未了梦

来忧古◎著

羊城晚报出版社
·广州·

图书在版编目（CIP）数据

未了梦 / 来忧古著. —广州 : 羊城晚报出版社，2016. 1

ISBN 978-7-5543-0257-6

Ⅰ. ①未… Ⅱ. ①来… Ⅲ. ①长篇小说—中国—当代 Ⅳ. ①I247. 5

中国版本图书馆CIP数据核字(2015)第271175号

未了梦

Weiliao Meng

策划编辑 高 玲
责任编辑 高 玲
责任技编 张广生
装帧设计 回归线视觉传达
责任校对 潘子扬
出版发行 羊城晚报出版社（广州市天河区黄埔大道中309号羊城创意产业园3－13B 邮编：510665）
网址：www. ycwb-press. com
发行部电话：(020) 87133824
出 版 人 吴 江
经 销 广东新华发行集团股份有限公司
印 刷 广州汉鼎印务有限公司（广州市黄埔区茅岗路268号A109）
规 格 889毫米×1194毫米 1/16 印张19. 75 字数450千
版 次 2016年1月第1版 2016年1月第1次印刷
书 号 ISBN 978-7-5543-0257-6/I·251
定 价 38. 00元

目录

Contents

第一章 初涉职场

时间进入21世纪初的2007年，在毗邻深圳的东惠市，在东惠市下属的一个叫平安镇的东南角，有一家不起眼却错落有致、整齐划一的厂房。厂房占地三万多平方米，厂门气势宏伟，一对威武的石狮蹲在门口，一副天下唯我独尊的样子。厂门上方有八个金光闪闪的镀金大字——“星光电子有限公司”。这是一家以生产音频产品为主的上千人的企业，我们的故事就发生在这里。

“狗日的狗”，写完这四个字，胡平愤愤然扔下手中的笔。在他的办公桌上，胡乱地扔着几张纸，上面乱七八糟写满了字，但除了这最后四个字有意义外，其余全不着边际。愤怒时，胡平通常采用这种方法来泄愤，虽然此法有点儿不环保。

半个小时前，胡平被采购部经理吴明找去谈话，胡平是他手下的一个采购员。

“OK－12的面板什么时候到?”吴明问。OK－12是一个出口日本机的型号，面板由胡平负责采购。该机定于本月15日出货，只剩下三天时间。

“明天。”胡平答道。

“前天你不是告诉我今天到吗?”吴明一边说一边用手搓着发亮的脑门，似乎这句话是被手从脑门搓出来的。吴明今年7月将满四十岁，但脑门上方的一大片头发却过早地离他而去，露出亮堂堂的一片。他经常用手搓他的脑门，尤其是在和别人说话时。似乎要凭借这坚持不懈的搓弄，还回他原来茂密的头发。

“厂家说昨天停电，还说——”胡平还想说下去，吴明停止了搓脑门的动作，像大人物通常所做的那样两手往下一按，打断了他的话。

“不要给自己找理由，我只要结果。”吴明身子前倾，两眼盯着胡平，仿佛猎人看着一只坐以待毙的猎物。他一字一顿说道：“做人要讲信用。信用，你懂不懂?”

胡平的脸“腾”地一下变得通红，呼吸也变得急促起来。这简直就是对他的侮辱，尤其是当他看到吴明那张似笑非笑的脸时。他恨不得将一口浓痰吐到他刚才用手搓过的发亮的脑门上，或者一脚踹在他那像青蛙深呼吸时一样又圆又鼓的肚子上。他甚至提起了脚，不过清醒的脑袋命令他向后转。回到办公室，他将一口浓痰吐在了垃圾桶里。

胡平今年刚满二十五岁，来自于四川的一个偏僻小山村，进星光电子厂不到两年时间。他中等身材，长相清秀俊朗，尤其是左边脸上的那个小酒窝，说话时时隐时现，看上去像是在微笑，一副天真纯朴的模样让人以为那是一张洁白无瑕的纸，等着你去画最美的图画，其实上面早已画满了乱七八糟的东西。他沉默时像一个文静秀气的小姑娘，可一旦发怒，即使眼前是一头凶猛的狮子，他也会和它搏斗厮打一番，看看到底鹿死谁手。上小学时，他没少和人打架，他秉承“打不赢也要咬他一口”的古训，得了个“小拼命三郎”的外号。

胡平在读高二时还叫胡爱平。他的父亲叫胡忠，是一个吃苦耐劳忠厚老实的农民，也许是应了“老实人不吃亏”这句话，他娶了一个聪明的娇小可爱的妻子。他的妈妈不知用了些什么手段弄得他爸爸服服帖帖一辈子，家里的重活从不让她沾手，生怕弄脏了她白嫩细腻的纤纤玉手，累坏了她弱不禁风的娇躯。

“不要动，让我来。”这是他经常对她说的一句话，甚至只要有时间，连洗衣服煮饭，他都包了。他的妈妈很受感动，连着给他生了两个儿子。然而他的爸爸却并不满意。

一天，他略带害羞地对她说：“萍啊，”——他的妻子叫张萍，“能不能生个女孩？”

“男孩不是很好吗？”妻子不解地问。

“不！”丈夫不好意思地说，“我要一个女儿，一个像你一样漂亮可爱的女儿。这样，等你老了的时候我还可以看到年轻漂亮的你。为了这个女儿，我就是再被抄一次家也心甘。”——他们的家在生第二个儿子时已被抄了一次。

胡平的妈妈听了，当时就感动得掉下了眼泪。没过多久，她就怀上了第三胎。当通过农村里的各种土办法推测出这胎是个女孩时，胡平的爸爸兴奋得几天几夜没睡好觉。小孩还未出生，他就早早地取好了名字——胡爱萍。第一个字取胡，那是理所当然，老祖宗定下的规矩。最后一个字取妻子名字的“萍”字，这是作为对爱妻的奖赏，中间一个爱字，那意思再明白不过。到了分娩的那一天，胡平的爸爸早早地等在产房外，激动得不停地来回走动，口中不停地念念有词“胡爱萍，胡爱萍”。一听到婴儿的哭声，他马上冲了进去，迫不及待地伸手去抱，突然，他张大了嘴巴，他发现小家伙的下边居然多了一件东西。他的手一软，小家伙差点掉到地上，幸亏护士眼疾手快接住了。

失望之余，他也懒得再给小孩重新取名，直接将原来的萍变成了平，就叫胡爱平。

胡平的妈妈见是个男孩，也倍感失望。她叹了一口气，为了生下这个想象中的女孩，她不知吃了多少苦。“认命吧！”她叹了一口气对丈夫说道。

由于来之不易，她把小男孩视作掌上明珠，倍加呵护。小家伙也给妈妈争气，除了下边多出来的东西像他父亲外，其他都像他妈妈：长得清秀俊美、聪明伶俐，甚至左边脸上的小酒窝也和妈妈的一样可爱迷人，搞得每一个抱他的人都忍不住想去那里亲一下。

胡平从小非常聪明，同时也淘气异常，学习成绩自然也就一般。一直到高二的下学期，有一天他突然对妈妈说他要考大学，要当法官，要用法律的武器伸张正义，为民做主，扫平天下一切丑陋的肮脏的见不得人的东西。因为他看了一部与包公有关的电视剧，他被包公那种大义凛然、头可断、血可流，正义要伸张的精神所感动。他做的第一件事便是改名，他要取一个真正的男人名字，他将中间的爱字去掉，改名为胡平。第二件事是长胡子，他觉得自己外貌秀气，不像包公高大威猛，那是爹娘所赐，没有办法，但是已经十七岁了还没有长出几根像样的胡子，他简直忍无可忍，于是他每天悄悄用刀片在嘴唇上刮弄，没想到几个月后还真长了一些绒毛出来。第三件，也是最重要的，便是从此“两耳不闻窗外事，一心只读圣贤书”。经过一年多的努力，高考时他如愿以偿，出人意料地考上了一所小有名气的大学的法律系。

怀着满腔的热忱，他投入了大一的生活。第一年下来，他的成绩是班上第一；大二开始后，他除了抓学习以外，还利用自己所学的法律知识兼做了几件除暴安民伸张正义的事——为农民工追讨欠薪，不过只成功了一件，为几个农民工讨回了两千元欠薪。还有一次去讨薪时被人揍了一顿，差点就回不来了。

到了大三的时候，胡平最喜爱的妈妈突然患病了——肾衰竭。这种病去大医院要花几十万元，家里只有两个哥哥在外打工，无力拿出这么多钱，只好在一些小医院治疗，或者买一些偏方药来吃。那时胡平再也没心思去伸张正义了，每天课余时间全部用来打工挣钱。他甚至卖了几次血，用这些钱来为妈妈治病。然而拖到年底，妈妈终于要离开他们了。那天晚上，在昏黄的灯光下，妈妈闭着眼躺在那张自从她嫁过来后就没离开过的大木床上，父亲坐在一旁一丝不苟地帮妈妈梳理着头发，两个哥哥已分头准备后事去了，胡平一个人站在床边望着妈妈抽噎着。突然妈妈睁开眼来，她看到了自己最疼爱的幺儿，她的一只手动了动。胡平赶紧俯下身去抓住妈妈的手。妈妈的眼光在寻找，终于，她看到了那个正在为她梳头的最爱她的男人。她的另外一只手动了动，胡平赶紧叫爸爸过来，抓住妈妈的另一只手。妈妈看了看两个自己最爱的男人一眼，两只手努力向胸前移动，力量虽然很小，但他们都感觉到了。于是三双手放在了一起，放在了那个即将离开他们的最爱他们的女人的胸口上。妈妈嘴角动了动，左边脸上最后一次露出了那个迷人的酒窝。她脸上挂着微笑，终于离他们去了。

胡平明白妈妈的意思，她将她最不放心的最心爱的男人交给他了，虽然他最小，但他是大学生，是妈妈最疼爱的儿子，他应当承担这个责任，他必须承担起这个责任。父亲虽然刚过六十岁，但过度的操劳严重影响了他的健康，他的头发已经全白了，背也有些驼。最心爱的女人离他而去了，他的眼里已没有眼泪——他的眼泪早就流干了，他用温热的毛巾擦拭着妻子已经冰冷的脸，他不停地一遍一遍地擦拭着，似乎以为这样就能唤醒死去的爱妻。谁劝都没用，直到他自己昏倒在地。

安葬好妈妈，告别了悲伤的父亲，胡平重新回到了校园。妈妈的去世对他的打击非常大，他重新审视了他之前的生活、观念、信仰，他得出了这样一个结论：钱是重要的，没有钱是万万不行的。为了完成妈妈的遗愿，让父亲过上好的生活，为了让自己拥有一个美好的明天，他需要尽快拥有足够多的钱。

大学一毕业，胡平便迫不及待地来到了东惠市。他觉得只有这个新兴的仿佛一夜之间冒出来的大都市才是实现自己梦想的地方。初到东惠市，他便被东惠市的美丽繁华迷住了：宽阔笔直的大街，花团锦簇的街心花园，整洁的街道，鳞次栉比的高楼大厦，还有那绚丽多彩美轮美奂的夜景。他惊讶、赞叹、羡慕，甚至有些嫉妒。他连着几天在街头闲逛、溜达，仿佛自己是一个百万富翁，悠闲自得地享受着眼前的美景，直到有一天他发现身上只剩不到七百元钱时，他才去人才市场找工作。然而出乎他意料的是，几天下来竟没有一家公司愿意给他面试的机会。

一个品学兼优的大学生，一个才华横溢的年轻人，找个工作怎么会这么难呢？他愤愤不平，再也没有心情去欣赏那些美丽的风景。几天之内，他几乎跑遍了东惠市所有的人才市场，结果一无所获。这时他才发现自己所学的专业太难找工作了，尤其他又是刚从学校毕业，没有工作经验。眼看自己的钱袋越来越空，他决定不能再等：从基层做起，先找个落脚点再说。

第二章 排忧公司

他来到人才市场，在一个招普工的电子厂的摊位前停下，递上自己的简历和毕业证。

“先生，对不起，我们这里不招大学生。”一个负责招聘的小姐很有礼貌地边说边将他的简历和毕业证递还给他。

“我是来应聘普通工人的。”胡平以为招聘小姐搞错了。

“我知道。”招聘小姐解释道，“可我们公司规定普通工人学历不能超过高中。”

“岂有此理。”胡平涨红了脸，接过简历和毕业证转身就走。没走多远，他感觉有人在叫他。

“兄弟，你是大学刚毕业的吧？”一个瘦瘦的戴眼镜的斯斯文文的年轻人问道，手里也像他一样提着一个装满资料的袋子。年轻人说话时，像小姑娘似的露着羞怯。

“是的。”胡平打量了一下眼前的年轻人，他对这个文质彬彬的年轻人挺有好感，“你也是？”

“是啊！”年轻人懊恼地说道，“我今年刚从江西那边大学毕业，已在这边找了一个多月的工作了。”

“我也差不多。”胡平说道。一种“同是天涯沦落人”的感觉在他心中油然升起，他主动做了一番自我介绍。

“我姓丁，你叫我小丁好了。”年轻人紧紧握住胡平的手说，一副相见恨晚的样子。

到了中午吃饭的时间，小丁邀请胡平一起去吃午饭。两个人要了两个快餐。小丁执意要给钱，胡平不同意。推来推去，也许是小丁更瘦弱的原因，钱最后还是由胡平出了。

于是两个人成了好朋友。

吃完饭，小丁说道：“听说前面不远处有一家人才市场，专门为刚毕业的大学生服务的，不收钱。我有好几个同学都是在那里找到工作的。我们一起去看看吧？”

“听你的。”胡平已经把小丁当成了患难与共的朋友。

胡平跟着新交的朋友小丁来到了一个比较偏僻的人才市场。

小丁领着胡平来到一家叫“好再来”的职业介绍所。

一个看上去非常朴素的女孩很热情地请他们坐下，并端来了两杯温水请他们喝，然后自我介绍道：

“我姓林，你们叫我林小姐就可以了。我们这里是由政府提供支持的专门为刚毕业的大学生推荐工作的介绍所，不收取任何费用。”随后拿出两份资料让他们填写。

胡平认认真真地将表格填好后交给林小姐，再看小丁，他早就交了表格，正面带微笑眯着眼坐在那里，左手食指有节奏地轻轻敲着桌面，对找份好工作似乎已经胸有成竹。

林小姐收好表格，坐到电脑前忙活了几分钟，然后停下，微笑着对胡平说道：

“好了，我们这里有几家公司在招学过法律的大学生，其中有一家正条件不错：包吃住，底薪两千五。”顿了一下，林小姐有些难为情地对二人说道，“不过政府有个规定，我们推荐的人必须要亲自去公司应聘并且要把介绍信盖上章拿回来，政府才会补助我们，所以我们要先收五百元的押金，等你们应聘完五家公司回来后就退还给你们——我们将免费为你们推荐五家公司。”

胡平听说要交押金，有些迟疑，他口袋里只有六百多元钱。这时候他新交的朋友小丁却毫不犹豫地数出五百元钱交给了林小姐，末了还问了一句：“这钱会退吗?”

“一定退。”林小姐十分肯定地答道，“有了那张盖章的介绍信，政府就会补助我们。我们是政府支持的，不用担心。”林小姐尤其强调了“政府”二字，似乎有了这个金字招牌，不用说区区五百元，就是五百万元也不值一提。

胡平听她如此说，又见新朋友小丁充满期待地望着他，就数出五百元钱交到林小姐手里。

告别了小丁，胡平拿着林小姐开的介绍信，按照介绍信上的路线图，坐了三个多小时的公交车，终于在一个很偏僻的地方找到了介绍信上指明的厂家。来到厂门口，胡平将介绍信递了进去。不久一个保安走出来对他说：“我们需要的人一个月前就招满了，昨天也有一个像你这样的人来过。”

胡平听了，脑袋“嗡”的一下，立刻明白自己遇到骗子中介了，可怜仅有的六百多元就被骗去了五百元，胡平气得浑身发抖，他没想到这些骗子竟敢对一个学法律的曾自比过包公的大学生下手，尤其让他不能忍受的是新交的朋友小丁，一个他视为知己的文质彬彬的年轻人竟然是个托。

“我一定要把骗去的钱要回来。”胡平狠狠地对自己说道。

第二天一大早，胡平再次来到“好再来”职业介绍所。一到那里，他有些傻眼了，昨天的林小姐和小丁都不见了，只有一个染着黄头发的中年妇女坐在电脑前玩游戏。

“林小姐呢?”胡平疑惑地问中年妇女。

“她今天休息。”中年妇女抬起头，不屑地瞟了胡平一眼，仿佛五星级酒店门口来了一个衣衫褴褛的乞丐。

“把我的五百元押金退还给我。”胡平忍着气说道。

“哎哟，退押金!”黄头发的中年妇女好像被人非礼了一样，尖声叫道，“我们这里还从来没有这个先例。”

“骗子!”胡平忍不住大声说道，“还我押金。”

“谁在这里乱叫?”随着话音，从里屋走出一个满脸横肉的光头大汉，“你小子胆大包天，不想活了是不是?”大汉走到胡平跟前，双手叉腰，饿虎般盯着他。

看到大汉眼里的凶光和发亮的脑袋，胡平心里有些害怕。但一想到自己口袋里只剩下几十元钱，连一天的生活费都不够用，他怒气上涌、悲愤交加。

“狗日的，你们不让老子活，老子跟你们拼了!”胡平心里一急，嘴里冒出一串四川话。说完，他从地上抓起一个砖头，准备放手一搏。

“哈哈哈!”大汉突然仰天大笑，并用四川话说道，“兄弟，别急，老乡嘛，请坐请坐。”大汉眼中的凶光不见了，变得像尊弥勒佛，“说说怎么回事?”

胡平把昨天的事说了一遍。

“不就是五百元钱吗?”大汉听完后对黄头发的中年妇女说道，“小张，还给他，怎么能骗老乡呢?”

黄头发的中年妇女极不情愿地从抽屉里拿出五百元钱，说道：“介绍信呢?”

胡平把介绍信递了过去。

“怎么没有签字盖章呢?”黄头发的中年妇女将手中的钱紧紧抓住，生怕飞了出去。

“他们说一个月前就招满了。”胡平忍住气答道。

“扣一百。”黄头发的中年妇女说完，飞快地抽出一张百元大钞放回抽屉里，“要不你就再回去盖个章回来!”

总算拿回了四百元。晚上胡平走在东惠市的大街上，突然感觉自己是那么的渺小、无能。学校里，他自以为聪明过人，所有学科都是优秀。同学们对他的记忆力、理解力、洞察力常常佩服得五体投地。没想到一到东惠市就被骗子弄得晕头转向，还和骗子称兄道弟。

“把自己卖了还替别人数钱。”胡平终于体会到现实的残酷和无奈。

过了两天，胡平终于等到一个叫“排忧公司”的面试通知，那里招聘法律顾问。

排忧公司在东惠市郊的一栋破旧的楼房里。主考官是一个四十多岁的中年男子，中等身材，平头，叼支烟，一脸满不在乎的样子。

“你学的是法律专业?”中年男子问道。

“是的。”

“都学了些什么?”中年男子吐出一个烟圈，向着天花板问道。

“《刑法》、《合同法》……”胡平好不容易找到一个施展才华的机会，他摇头晃脑像背书似的说道。

“够了，你被录取了。”中年男子很快打断了他的话。

胡平没想到这么容易就被录取了，一时竟说不出话来。

“我是这个公司的老板，”中年男子继续说道，“我姓秦，叫秦军，你以后叫我秦总就行了。工资每月底薪两千，外加提成，吃住自己搞定。”

“我的工作主要是做什么?”胡平小心地问道。

“是这样——”秦军摁灭了烟头，郑重地说道，“我们这家公司的主要业务是追债，帮别人追债，帮别人排忧解难，然后我们从中抽取提成。当然，我们都是按规矩、按合同、按法律办事。你这个法律顾问的职责就是在我们追债时适时地给我们提供法律支持，以法律为准绳，帮我们的客户拿回他们应得的钱。”

“公司有多少人?”胡平接着问。

“多的时候上百人，平时就四个人。我加三个经理，现在再加上你这个法律顾问刚好五个人。”说完，秦军在面试表格上签上了他的名字，“你明天就可以来上班了。”

第二天，胡平来到排忧公司上班，并认识了另外三个经理。

后勤经理方得成，三十多岁，长得肥头大耳，虎背熊腰，理一个小平头，戴一副墨镜，一副黑社会打手模样。他交游甚广，黑白两道、三教九流的人他都认识。他的主要职责是根据需要随时召集社会上的闲杂人员：上至七八十岁的老头，下至六七岁的小孩，缺胳膊少腿的、眼瞎的、满身长脓疮的、哭声能惊天地泣鬼神的、骂人能从早骂到晚不喝一口水的，然后带着这些人去找债主，让债主不得安宁，最后乖乖交出钱来。这种讨债方法称之为武讨。

传媒经理李兰芳，是五个人中唯一的女性，三十七八岁，内地下岗工人，戴一副近视眼镜，乍一看文质彬彬的像电视台的记者，她的主要职责是在适当的时候以媒体记者的身份出现，告诉欠债方如果他们继续欠债不还，就要将他们曝光。这种讨债方法称之为文讨。

还有一位老大哥叫张文理，五十多岁，瘦高个，戴一副金边眼镜，头上不多的头发任何时候都是服服帖帖、一丝不乱。他说起话来慢条斯理却句句击中要害，让你乖乖地把钱掏出来还要说声“谢谢”。他是公司的副总。

胡平的职责主要是扮成公司客户方的授权律师，利用合同上的各种漏洞和偷偷录下的各种证据，结合国家的法律条文进行文讨：义正词严地指责欠债方，声色俱厉地正告他们，声称要将他们送上法庭。胡平有一个天生的优势，那就是他从妈妈那里继承下来的左脸上的那个小酒窝，这让他看上去显得是那样的单纯可爱，谁见谁怜。这也是秦军录取他的原因。

胡平在排忧公司做了一年多的时间。这期间他和同事一起走南闯北，到全国各地去追债。由于他做事勤奋认真又聪明机灵，深得公司其他几位同仁喜爱。他在这里学会了开车，学会了察言观色、见机行事，学会了表里不一、深藏不露，学会了浑水摸鱼、借刀杀人，学会了钩心斗角、尔虞我诈，学会了冷静冷静再冷静，忍耐忍耐再忍耐。

他们经常要和地痞、流氓、无赖打交道，如果碰上那些要钱没有、要命有一条的超级无赖，不但钱收不回来而且很危险。有一次他们去追债，欠债人不但分文不给，还放出一群恶狗来袭击他们。胡平跑得慢了点，右腿被狗狠狠地咬了一口。回到公司的第二天他开始发烧，他吓得半死，以为感染上了狂犬病。他在床上躺了三天三夜，甚至遗书都想好了，就在第四天他准备写遗书时，病却奇迹般好了。从那以后，他便萌发了离去之意，而且这里也无法施展他的抱负。恰在这时，他从家里的来信中得知他的一个表兄在东惠市下属的平安镇一家电子厂做事。于是在一个星期天，他来到表兄所在的电子厂——星光电子有限公司。

他的这个表兄叫张浩，三十七八岁，身材不高，略有些瘦，是个极重情义的人。他大学毕业后被分配到一家国营厂，刚混上一个小科长，屁股还没坐热，厂就垮了，于是他来到东惠市打工。星光电子厂创建不久，他就进了该厂，一直从事品质管理的工作，算得上是厂里的元老，现在是星光电子厂的品质部经理。他是胡平妈妈大哥的儿子，比胡平大十多岁。张浩高中毕业考上大学后家里没钱让他去读，胡平的妈妈知道后，立即将家里养的两头猪拉去卖了给他做学费，大学期间仍不间断地资助他，所以张浩非常敬重胡平的妈妈。两兄弟见面非常高兴，胡平谈了自己想离开排忧公司的想法，张浩突然想起公司要招采购员，就劝他过来应聘。

“这家公司不错，老总对人挺好。”张浩说道。

“采购员每月工资有多少?”胡平问。

“两千多。”

胡平不说话了。他现在在排忧公司工资加提成每月接近五千，更何况做采购员和他所学专业牛头不对马嘴。

“还是再找找看吧!”胡平委婉地表示拒绝。

“你嫌工资低是吧?”张浩冲胡平神秘地笑了笑，说道：“不过我告诉你，我们公司去年销售额超过三个亿。”

“三个亿!”胡平听了两眼发光，说话都有些结巴，“采购部经理是个什么样的人?”

“经理叫吴明，老总的铁哥们儿，好钱好色，不过对同事和下属还可以。”

“他喜欢什么样的下属?”

“听话，单纯。”张浩打量了胡平一下，微笑着说道，“我看你挺适合他。”

“行，我明天就过来应聘。”胡平激动得脸都红了。

“不过你要做好思想准备。据我所知有差不多十个人盯着这个职务。”临走时，张浩叮嘱道，“另外，千万不能让人知道我们俩的关系，这家公司很忌讳这一点。”

事实上，那天应聘采购员职位的人远不止十个，吴明从早上忙到下午，等轮到胡平时他已十分疲惫，他看了胡平一眼，立刻喜欢上眼前这个斯文俊秀，看样子单纯的年轻人。虽说这个年轻人没有采购方面的经验，但这恰好说明他还没有被社会这个大染缸污染，一张白纸可以画出最美最好的图画。于是吴明大笔一挥，胡平就此成为星光电子有限公司采购部的一员，成了吴明的直接下属。

胡平进厂后，工作上勤勤恳恳、任劳任怨，为人谦虚低调。很快，他就凭自己超强的记忆力将几百种他负责采购的零部件名称背熟，并给每一种零部件编上号码，输入电脑制成表格。这套方法得到了吴明的赞赏并在采购部推广实施，不但大大提高了工作效率，也降低了采购失误率。不久，胡平成了吴明工作上的一个得力助手。

然而大约过了一年半后，情况却出现了微妙的变化，胡平明显感到吴明开始疏远自己，并且经常给他小鞋穿，他将一些最难应付的供应商划给他，把一些最容易出错的小部件让他负责采购。一旦出现失误，就严厉地训斥他。

胡平非常懊恼，他检讨自己这一年多来的言行，没发现什么问题。他对吴明一直毕恭毕敬，尊重有加；他从不表功，对同事总是谦虚忍让，还经常露出左边脸上的小酒窝表明自己的天真单纯；他对供应商也是有礼有节，从不接受他们的礼物，更不用说和他们一起吃饭。他的清廉、他的正直、他的能力有目共睹，甚至公司的两位老总都对他赞赏有加。

“是不是他发现了自己的秘密?”胡平想，“他刚才分明就是想通过侮辱我，让我发怒、和他吵架，然后就可以名正言顺地炒掉我。”

“一定要抓住这个机会，不能放弃，小不忍则乱大谋。”这样一想，胡平静下心来。他把桌子整理干净，然后立即思考怎样解决 OK－12 面板问题。

第三章 ‖ 逢凶化吉

近段时间，吴明感到有一股无形的杀气向自己逼来，这股杀气看不见摸不着，但却能明显感觉到它的存在：有人威胁到他的地位、权势，有人想把他拉下马来。而这个人不是别人，就是他自己亲自招进来的有个小酒窝的看上去天真单纯的胡平。

“他说做人要有原则。”一天，吴明的一个下属向他反映胡平拒收供应商红包的事。

“原则?”吴明吃了一惊，“他从来没收过，连饭也没和供应商吃过?”

“据我所知，的确没有。”下属肯定地答道。

“哪有猫不吃腥的道理? 我看他的原则是不收小钱，他是冲我的位置而来。”吴明若有所思地说道。他有些后悔当初招胡平进来。

采购员捞外快，这种事在大大小小、各种各样的公司中普遍存在，几乎已成了公开的秘密。只要不捅出大篓子，吴明都睁一只眼闭一只眼。“上梁不正下梁歪”嘛，他自己既要供养四个老人和两个小孩，还要供养一个情人，开销大得很呢! 情人一年就要花他差不多二十万，单靠他每个月六七千块钱的死工资怎么能养家糊口呢? 虽然上面有好朋友黄博伟黄总罩住，但他在公司里的名声确实不太好。现在有了一个既有能力又讲原则的年轻有为的大学生，他感到一股无形的杀气向自己逼来。“卧榻之侧岂容他人鼾睡”，他要开始出手反击了。

他抓住胡平这次工作上的失误，把他狠狠羞辱了一番。本来他以为胡平年轻气盛，肯定会和他论理吵架，甚至自己提出辞职，没想到他却一言不发就走了。他摇了摇头，满脸写着失望。他又用手使劲搓他发亮的脑门，似乎打算再从里面搓出一个主意来。

“小小年纪竟有如此深的城府!”吴明有些自叹弗如。他搓了一会儿发亮的脑门后，决定把这件事直接报告给刘副总。他的直接上司是黄博伟黄总，但他觉得黄博伟搞技术出身，心肠软，并且还在他面前夸过胡平几次。而黄博伟的妻子刘玲刘副总除了开发部、财务部和采购部外，公司其他部门都是她在负责。她精明果断，说一不二，连她的丈夫都要让她三分。

“刘总啊，有件事要向你汇报一下。”打通刘玲的电话，吴明语含笑意地说道。他对这个好朋友的妻子既敬又怕，他觉得他的所作所为没有一件能瞒过她的眼睛。

“什么事?”

“15日出口到日本的那批货能不能往后推几天?”

“为什么?”

“我们部门的小胡负责的面板不能按时回来。”吴明无奈地说道，似乎是在替胡平求情。

“不行。”刘玲语气严厉地说道，“那批货必须准时出，日本人的时间观念非常强。你叫他马上来我的办公室。”

吴明放下电话，心中暗喜，马上通知胡平说刘总找他。

刘玲的办公室在办公楼的第三层，她的办公室不大，却布置得井井有条，一尘不染。进门的两边，放了两盆盆栽富贵竹。在她办公桌的右上方，总是摆着一盆鲜花，每当她感到疲倦时，她便停下来欣赏那些娇艳漂亮的花朵。

“刘总，找我有事吗?”胡平走进刘玲的办公室时，她正在看花。她的脸庞在花的映衬下显得格外迷人。胡平看了不禁想起一句诗：“人面桃花相映红”。

刘玲三十六七岁，但由于她善于打扮，看上去远比实际年龄要小。她老家在沈阳，是家中独女、父母的掌上明珠。她在北京读大二时和同校的已在读大四的黄博伟好上了，两人一直走到今天。她身材高挑，气质高雅，精明能干。她安静时是高贵典雅的女神，但一旦她行动起来，她的一句话、一个眼神都具有无可抗拒的力量，让你心甘情愿为她效劳卖命。她上班时总是穿一套深色的套裙，一头秀发一丝不苟地盘在头顶。她说话简洁明了，处事干练果断。她的脸上偶尔也会露出笑容，只不过这种笑有点冷，无法让人产生亲切感，只能加深他人的敬畏之心。

“OK－12面板是怎么回事?”刘玲回到椅子上坐下，看着胡平问道。

“刘总，OK－12面板是我负责采购的，没能按时到货，责任全在于我。”胡平诚恳地说道，“我保证明天把货送到，不耽误生产和出货。”

“这么肯定?”刘玲看了胡平一眼，从文件夹里拿出生产计划表查看。

“明天一定送到。”胡平用十分肯定的语气说道，“如果完不成任务，公司可以马上辞退我。”

刘玲有些惊讶，她没想到胡平会说出这样不留余地的话。其实刘玲对他的印象很好，这除了他本身的能力外，刘玲在他身上似乎看到了她的初恋情人的影子。

“这样吧，”刘玲想了一下说道，“我给销售部打个电话，看能不能推迟两天出货。”

“不用，做人要讲信用。一旦丧失了信用，损失更大，”胡平诚恳地说道，“刘总不用担心，我会说到做到。”说完，他转身走了出去。

回到采购部，他立即向吴明请假，说有个朋友出了点事，要立即赶过去。

出了公司，胡平到附近商店买了一瓶老家生产的上好白酒，然后急匆匆赶往为他们提供OK－12面板的宏发塑胶厂。宏发塑胶厂离他们的公司比较远，坐车到那里要两个多小时。

宏发塑胶厂是吴明选定的供货商，半年前，胡平曾和吴明一起到这家厂考察过。该厂不大，只有三十人左右，老板主要负责业务，生产都交给一个主管负责。这个主管姓范，黑龙江人，四十多岁，大家都叫他老范，和胡平有过交往，他知道此人耿直、豪爽，尤其好酒，只要把他搞定，事情就好办了。

胡平赶到宏发塑胶厂时，正好还有十分钟下班。他托人把老范叫了出来。

“你怎么来了?”一见面，老范惊讶地问道。

“出来办点事，顺便来看看范兄。”胡平说完，用手指了指口袋，“晚上我请客，这里面有我从老家带来的好酒。”

老范有些犹豫，但一听说有好酒便爽快地答应了。

胡平平时很少喝酒，酒量一般，一瓶酒快喝完时，胡平已经开始发晕。

“小胡，看你满腹心事的样子，有什么事情需要大哥帮忙，不用拐弯抹角，直说。”老范酒喝舒服了，人也变得爽快起来。

“我想向范兄打听一下我们公司的 OK－12 面板什么时候可以生产?”胡平有点晕乎，但头脑却非常清楚，“你们前两天停电了吗?”

“那个……”老范迟疑了一下说道，“停电是骗人的，这几天有好几个厂家都在催货，你们那个面板没多少钱赚，所以老板让我们排在了后面。”

“可是他答应我昨天送货的!”也许是酒喝多了的原因，胡平的脸红红的，眼睛也是红红的，似乎快要哭了，“如果明天货再送不到，我就会被炒鱿鱼!”

老范伸手拍了拍胡平的肩膀，说道：“不用担心，我帮你搞定。”说完他掏出手机，开始拨打电话。

“老赵，将三号机台停下，上星光电子厂的 OK－12 面板。如果有人问，就说那套模具坏了需要修理。”电话接通后老范说道。

“谢谢!”胡平说完，歪倒在了桌子上。

第二天醒来时，胡平发现自己躺在一个陌生的宿舍里，正在疑惑，老范走了进来，手上还端了一大杯浓茶。

“真有你的，小胡。幸好你不是个女人。”老范见胡平醒来，挺高兴，一边开着玩笑一边将手中的浓茶递给他。

“我醉了吗?”胡平想起昨晚喝酒的事，感觉头有些痛。他接过茶，一口气喝干。

“还没醉? 吐了我一身。”老范指了指已挂在阳台晾衣架上的衣服，“我算服你了。你快回去吧，货已经做好了，剩下的事你找我们老板谈去，最好不要让老板知道你来过。”

“谢谢!”胡平一只手紧紧握住老范的手，另一只手伸进口袋，掏出两百块钱。

“你这是干什么?”老范生气地说道，伸手按住了胡平的手，“老范好酒但绝不贪财，再说我也没损失什么。”

出了宏发塑胶厂，胡平长长地吐了一口气。喝了老范的浓茶，他现在头也不疼了，心情格外的轻松。此时正值阳春三月，阳光明媚，春风和煦。路边的树木竞相长出嫩绿的新芽，树上的鸟儿叽叽喳喳地叫着、吵着、闹着，时而一窝蜂从树丛中飞出，在蓝天白云下盘旋一阵后又飞向绿油油的田野。胡平哼着歌赶往汽车站。路上，他给宏发老板发了一条短信：“如果 OK－12 面板今天下午送不到，就不用再送了。”发完短信，他觉得应该犒劳一下自己。他看见离汽车站不远有一个商店，于是走过去，买了一瓶饮料，刚喝到一半，他突然听到身后有人喊 ：

“抓贼!”

第四章 邂逅佳人

胡平一扭头，一辆摩托车吼叫着从他身边冲了过去。他本能地扔下饮料，朝摩托车逃跑方向追去。跑了几步，他便停住了，因为摩托车早已不见踪影。他回过头，只见一个女孩一边哭叫着一边跑过来，一只手还拎着一个大包。

“追不上了!”胡平走过去安慰女孩，问道，“丢了什么东西?”

女孩停下来，蹲下身捂住脸大哭起来。胡平站在旁边有些不知所措，丢下不管吧，于心不忍；劝劝她，又不知道怎么开口。过了好久，女孩不哭了，但仍捂住脸不肯站起来。

“人没受伤吧?”胡平见她不哭了，问道。

女孩摇了摇头。

“那就好。”胡平松了一口气。他见女孩一直捂住脸，还以为她的脸被歹徒划伤了。他曾听人说过：有个女孩在路上被骑摩托车的歹徒抢劫，女孩拉住包不肯放手，结果歹徒举刀砍过去，连包带手一起抢走。他把手伸进口袋准备掏钱。

“丢了什么东西?”

“一个包。”女孩停止了哭泣，开始回答她的问话，但仍不肯抬头，“里面有我的身份证，还有我朋友的电话。”

“我这里有一点钱，你拿去先对付一下吧。”胡平说着掏出一百元钱递过去。

女孩终于抬起了头。女孩抬起头的一刹那，胡平惊呆了：女孩那一双水灵灵的大眼睛像极了他妈妈年轻时候的样子。

“我还有钱，可我的身份证丢了，进不了厂。”女孩边说边站了起来，眼泪汪汪地望着胡平。

胡平仔细地打量了一下眼前的女孩，女孩下身穿一件半新旧的蓝色牛仔裤，上身穿一件淡黄色衬衣，两条辫子正好一边一个搭在肩上。女孩身材苗条，白皙的鸭蛋脸上有一双水灵灵的大眼睛，当她看着你时，任何一个男人都不禁会产生冲上去保护她的冲动。她说话时下嘴唇略微往上翘，像是在生气，又像是在撒娇。

“一个未经雕琢的美玉。”胡平心中暗赞。他决定帮她。

“我叫胡平，在平安镇的一家电子厂做采购。”胡平说着掏出一张自己的名片递给女孩，“我们公司正招人，如果你愿意，可以去我们公司试试。”

女孩接过名片，疑惑地看着他。

“我不是坏人！”胡平被她看得不好意思，慌不择口说道。

女孩“扑哧”一声笑了，说道：

“我知道你不是坏人。我刚才看见你追那两个坏蛋。坏人才不会去追坏人呢！我是担心我丢了身份证进不了厂。”

“应该没问题，我和人事行政部的人熟。”

“我跟你走！”女孩一下变得高兴起来，自我介绍道，“我叫方小丽，贵州的，第一次来广东。”

胡平帮方小丽拎着大包，两人上了车。

到了公司，胡平让方小丽在接待室等他，他去找人事行政部经理王芳。他和王芳虽是老乡，但他知道王芳办事原则性强，能不能通过她这一关，他心里也没底。他不敢带着方小丽直接去找她。

“公司规定没有身份证的人不能够进厂。”果然，王芳听完胡平的话后，为难地说道。

“有没有其他办法？”胡平求道，“你看我人都带过来了，再说现在公司又缺人。”

“这样吧，”王芳想了想说，“以前公司有过这样的先例，你替她担保，我们先让她进厂，让她三个月后将新的身份证寄来。”停了一下，王芳又关切地说道：“她是高中生，品质部那边正在招品检员，你可以让她去试试。”

胡平出来后，立刻给表兄张浩去了个电话。第二天，方小丽便到品质部上班去了。

由于在应对 OK－12 面板这件事上的出色表现，不久后的一天，刘玲当着胡平的面对吴明说：“吴经理啊，你真有福分，有小胡这样的下属为你分忧解难。”

吴明听后，只得暂时打消了炒掉胡平的念头。

每年的春天，星光电子厂都要举办春季运动会，时间从三月中旬开始，在五一节前结束。运动会项目有：拔河、篮球、羽毛球、乒乓球、象棋、跳绳等。每次运动会开始前，都要举行隆重的开幕式。

这天下午，风和日丽，阳光灿烂，星光电子厂一千多名员工提前一个小时下班，齐聚公司露天篮球场。开幕式模仿奥运会：首先是升国旗、放国歌，然后是去年获奖员工代表讲话，去年优秀裁判讲话，最后是公司总经理黄博伟讲话。

黄博伟来自辽宁农村，今年刚过四十岁。他年轻时气宇轩昂，一表人才，是学校有名的美男子。到如今岁月在他的脸上也没留下太多的沧桑，反而使他愈显成熟稳重、风度翩翩，不知迷倒公司多少女孩，成为她们梦中的情人。但他思想保守，对那些眉目传情的漂亮女孩视而不见，对她们的甜言蜜语充耳不闻，对那些痴情女孩的非分要求断然拒绝。他相信从一而终，白头偕老；相信海枯石烂，永不变心；相信“在天愿作比翼鸟，在地愿为连理枝”。他绝不会抛弃自己的原配妻子——如果妻子不抛弃他的话。他对事业执着，对技术执着，对爱情执着。他是如今天下少有的好男人——绝大部分认识他的男女都这样认为。曾有个学会计的女孩被他感动，经过统计分析归纳总结得出：找老公就要找像黄总这样的工程技术人员，因为他们细心稳重，实在执着，不会轻易移情别恋，更不会抛妻弃子。据她统计，工程师和营销人员的离婚比例是三比十。黄博伟的妻子是他的校友，比他小两岁，是一个来自大城市沈阳的独生女。他对她一见倾心，从此再不分离。她现在是公司的副总，是他不可或缺的左臂右膀。

黄博伟雄赳赳气昂昂地走上主席台。站在主席台，看着站在台下聆听自己讲话的一千多名员工，一种责任感、成就感在黄博伟心中油然而生。

“星光电子厂的全体员工朋友们！”他说道，嗓音洪亮，充满激情，“今年我们公司举办第七届运动会，我们公司在1999年刚开始创办的时候，只有不到十人，而今天站在这里的员工已有差不多一千两百人。八年时间，我们从一个默默无闻的小加工厂成长为今天在同行中名列前茅的优秀企业，靠的是什么？靠的是团结、努力、拼搏！我们开运动会的目的，就是要培养大家的这种顽强拼搏、力争上游的精神。成功的企业不是靠一两个人做出来的，一定要靠大家共同的努力。‘铁打的营盘流水的兵’，只要我们这种团结、拼搏的精神还在，我们就能战无不胜，就能昂首阔步向前迈进。”

台下一片掌声。

待掌声停下来后，黄博伟继续说道：

“为什么我们每年要花这么多精力和时间来举办运动会呢？因为第一，运动可以锻炼身体，身体是革命的本钱，如果你身体不好，经常生病，你怎么工作，怎么去挣钱养家糊口，怎么去实现自己的理想？第二，运动可以培养大家的团结意识、协作意识，比如拔河、篮球。一个人再厉害，如果没有团队的合作协助，就无法取得胜利。第三，通过运动会，我们可以发现人才。金子埋在土里就是石头，你不发光不表现出来，谁知道你是金子呢？比赛中最能体现一个人的性格特点。你敢不敢拼？敢不敢搏？你有没有团队合作精神？有没有奉献意识？你的组织能力怎么样？所有这些都可以通过比赛呈现在大家的面前。每年运动会的时候，我都会要求人事部门认真观察考察参加比赛的员工，对那些表现出优秀素质的人才给予提拔重用。第四，通过运动会可以找到朋友。如果你每天都待在车间和宿舍里，谁会认识你？通过参加运动会，把自己呈现出来，让其他人认识你，了解你，做你的朋友。我们公司里面就有不少人是通过每年的运动会相识，然后相恋结婚的。所以在这里，我希望大家积极报名参加我们的第七届运动会，把自己呈现出来，让我们认识你、了解你、重用你！另外，公司决定今年将所有运动会的项目奖金在去年的基础上加倍。最后，我宣布，星光电子有限公司第七届春季运动会开始！”

台下响起一片热烈的掌声。

这段时间，黄博伟心情特别好。去年在他的领导下，公司开发了几款非常畅销的产品，让公司狠狠地赚了一笔。产值突破了三个亿元，员工人数也由前年的八百多人一下增加到接近一千二百人。看着公司飞速发展，不断壮大，他感到由衷的高兴。他觉得今年不但要把运动会开好，还应该给全体职员大幅加薪。往年加百分之五，今年起码要翻倍。于是他找来妻子刘玲和人事行政部经理王芳。他先和王芳谈了关于运动会的事情，要她加大投入，一定要把这届运动会办成最成功的一届。然后他说道：

“下个月是每年给员工加薪的月份，我打算将办公室员工加薪的幅度增大一倍。”

“加薪容易降薪难。”刘玲说道，“去年的确赚了不少钱，可今年、明年会怎么样呢？何况现在又增加了这么多人。”

“我看最好还是用其他方法奖励他们。”王芳想了一会儿说道，“比如五一节放假的时候请全体职员出去旅游。”

“这个办法好。”刘玲首先表示赞成。

黄博伟想了想也点头表示同意。

每年春季运动会期间，最累最辛苦的就是人事行政部经理王芳。运动会的所有比赛都是在休息时间进行。人事行政部的人手不够，很多事情她都必须亲自操劳。每天晚上，当她拖着疲惫的身子回到出租屋，看到七岁的儿子王庭一个人静静地在小桌上做着作业，她就忍不住鼻子发酸，眼泪在眼睛里打转。

王芳今年三十二岁，她本来是个教初中数学的老师，她以前的丈夫和她在一个学校教书。那时两人的工资虽不高，但小两口恩恩爱爱，其乐融融，共同抚养教育着可爱的儿子。后来她的丈夫辞职下海，很快就赚了一大笔钱，也很快找了一个年轻漂亮的女孩，弃他们而去。一气之下，王芳离开了那个令她悲痛和伤心的学校，来到了东惠市打工。五年前，她进了星光电子厂，做刘玲的秘书。过了两年，原人事行政部经理辞工，刘玲非常欣赏王芳的能力，就让她接替了这个职位。去年，因儿子要开始上小学，父母又有病，她便把儿子从家里接了过来。王芳做事认真细心，原则性强，公司制定的规章制度她总是不折不扣地执行。她工作努力，任劳任怨，处事果断，深得副总刘玲的喜欢，把她当亲姊妹一样看待。也许是离婚对她打击太大的原因，她几乎从来不笑。一头短发，一副眼镜，一脸严肃，公司上至经理下至普通员工对她都敬畏三分。

一天，由于运动会期间工作太忙，王芳忘记了去接儿子，等她想起来时，已经晚了半个小时。她急匆匆地赶往学校，刚出公司大门不远，却见胡平带着王庭说笑着走过来。她连忙过去表示感谢。

“不用谢，我只是顺便路过。”胡平答道，“你儿子真不错，非常聪明可爱!”

听到有人赞美自己的儿子，王芳心里非常高兴。

“你刚才去了哪里?”她问道。

“我去接我侄儿——我大哥的儿子。”胡平答道。

他的侄儿叫胡立彪，其貌不扬却心比天高；好吃懒做却时刻梦想着在二十五岁之前成为百万富翁，然后找个明星演员做情人，游遍全世界；他从小娇生惯养，志大才疏，总认为自己是天才。

“比尔·盖茨不是大学也没有读完，不也是个高中生?”当胡立彪的爸爸逼他继续读书的时候，他如是说道。

高中毕业后，他待在家里无所事事，到处惹是生非，父母非常头疼，只好送他来胡平这里打工。

“找到工作了吗?”王芳关心地问。

“还没有。”顿了一下胡平问道，“最近我们公司招不招人?”

“现在是淡季，一般都不招人。”王芳答道，“不过好像不久前装配一车间想招一名男工，我回头看看，如果他们还招人的话，我就告诉你。”

两天后，胡立彪到装配一车间上班去了。

为了开好本届春季运动会，公司更改了作息时间，将原本下午六点钟的下班时间更改到了五点半，所有比赛从下午六点钟正式开始。

也许是开幕式上黄博伟一番激情演讲鼓动的原因，这届运动会报名参加人数大幅增加。一到六点钟，公司篮球场、羽毛球场、乒乓球场，还有娱乐室，到处都是参加比赛或看比赛的人。欢呼声、加油声、掌声，此起彼伏，整个厂区热闹非凡，像过年赶庙会似的，一片欣欣向荣的景象。

当然，最具观赏性、大家最喜欢观看的比赛仍然是男子篮球比赛，尤其是有黄博伟参加的比赛。黄博伟念大学时曾入选过校篮球队，他精湛的球技，精准的投球，潇洒的英姿，不时赢得阵阵掌声和女孩子们的尖叫声。

胡平对那些对抗性比较强的比赛项目不怎么感兴趣，他只报名参加了跳绳比赛，大学时他得过班上的跳绳比赛亚军。跳绳比赛不分男女，以一分钟和三分钟所跳次数的总和来计算得分。那天比赛完，胡平的总成绩是七百二十个，这个成绩比他在大学时还好。他颇为得意，以为冠军非他莫属，便问一名负责记分的记分员最好的成绩是多少。

“八百五十个。”记分员答道。

“谁这么厉害?”胡平失望之余问道。

“品质部一个叫方小丽的。”记分员在记分簿上查了查，回答道。

“方小丽!”胡平吃了一惊。自从上次带她进公司后已经快一个月了，胡平再也没有和她见过面，他几乎已将她忘了。他觉得应该抽时间找她聊聊，毕竟他们称得上是患难之交。

在厂区转了一圈，最后胡平来到娱乐室。他看到了方小丽，她正在看别人比赛跳棋。

“方小丽!”胡平上前打招呼。

方小丽听见有人叫她，一扭头，见是胡平，脸上立刻露出了笑容。两人来到室外聊了起来。

“进厂后感觉怎么样?”胡平问。

“不错，”方小丽答道，“品质部的同事对我挺好的。公司还举办运动会，感觉像是在学校一样。”

方小丽穿了一套天蓝色运动服，更显得身材苗条婀娜，说话时两只水灵灵的大眼睛忽闪忽闪，像天上的星星在眨眼睛。胡平有些把握不住自己。

“听说你跳绳跳得不错。”胡平说道，“你还参加了其他什么比赛项目?”

“还行吧。”方小丽不好意思地笑了笑，说道，“我还参加了跳棋比赛。”说完，方小丽看了看表，“快七点了，我们还要加班，对不起！我要先走了。”

“明天是周六，你们晚上加班吗?”胡平问。

“应该不会的。”方小丽答道，“听说淡季周六晚上我们都不加班。”

“那我明天晚上六点钟去看你，行吗?”

方小丽害羞地低下了头。过了一会儿轻声说道：“我要加班去了。”说完转身消失在了夜色中。

“真美!”望着方小丽的倩影，胡平咽了咽口水，自言自语道。

在上个世纪 80 年代以前，平安镇是一个只有百来户人家、一条破烂街道的很不起眼的小镇。但到了 80 年代后期，由于这里离香港不远，得天独厚的条件吸引来大量投资。到了 90 年代越发不得了，几千家企业落户到这个小镇上。有了钱，他们从香港那边请了一个规划师将小镇重新规划了一番。很快，整个平安镇焕然一新，变成了一个花园式的美丽城镇。在平安镇旁边，修了两条八车道的笔直大道，大道中间留有上百米宽的隔离带，全部种上花草树木。一到晚上，这里就成了情侣们的乐园，于是有人就给它取了一个名字——“情侣路”。镇上的本地村民富得流油，他们单靠出租厂房的租金，每人每月就有上万元收入。进入 21 世纪，平安镇仍不知疲倦地向前奔跑着。它优越的地理位置，灵活的政策，吸引了很多企业来到这里，星光电子厂便是其中一家。

到了周六晚上，胡平到方小丽的宿舍找她。两人一起出去吃晚饭，然后一起去看电影。看完电影出来，已是八点多钟。胡平带着方小丽来到“情侣路”，两人边走边谈。

“为什么不考大学呢?”

“考了，分数上了二本。”方小丽答道，“可家里没钱。”

“没钱?”胡平望着她。

“我是家里的老大，还有两个妹妹在读高中和初中。两年前，我爸爸去帮人挖煤。一次瓦斯爆炸，死了几个人，我爸爸运气较好，只是砸断了一条腿。”

“矿主呢?”

“跑了，到现在都还没抓住。政府补了一千块钱，这点钱还不够爸爸治伤腿的费用。”

“你出来后，家里怎么办呢?”

“自从爸爸腿受伤后，大部分农活都是我妈妈做。”沉默了一会儿，方小丽说道。

“你妈妈真好!”胡平赞道，“你们家是在平原还是在山区?”

“我们那里几乎看不到一块平整的地方，不像这边。我家住在半山腰，从山下走上去要差不多两个小时。不过我们那里的风景可好了，我家周围是一片很大很大的竹林，有几千亩。”说到这里，方小丽变得快活起来，脸上有了笑容，两只水灵灵的大眼睛像是要放出光来，“小时候我们经常在里面捉迷藏，寻蘑菇，还抓竹节虫。以前爸爸腿好的时候经常带我们去打猎，什么野兔、山鸡、斑鸠，每次都会满载而归。”

“真好，有机会我也去看看。”胡平说道，“你们不种粮食吗?”

“我们那里水很少，不能种水稻小麦。不过我们会造纸，每家每户都会。我们用卖纸所得的钱买粮食。”

“怎么造纸？给我说说好吗?”胡平很好奇，每户人家都造纸，他觉得太不可思议了。

“首先要选好竹子。”方小丽说道，“将选好的竹子砍下、剖开……”

打从七岁开始，方小丽就帮助父母造纸，对造纸的工艺流程实在太熟悉了，这其中包含了她太多的欢乐和痛苦。她说话声音柔和悦耳，像一阵春风拂过，足以让一颗躁动的心安静下来。偶尔，她伸出手来，将被夜风吹到脸上的头发轻轻撩到后面。她穿了一件新的洁白的连衣裙。一头秀发披洒在肩上，朦胧的灯光下，宛如一个天使。有时，她停下说话，抬起头，一双水灵灵的大眼睛望着胡平，似乎在等待什么。眼下的这个姑娘如此的温柔纯洁、美丽可爱，胡平有些感动了，一股爱意在胸中升起、扩散。他情不自禁地握住了方小丽的手，他感觉方小丽的手轻微地抖了一下，然后就没动了，任由他握着。

时间飞快地流逝，情侣路上的人越来越少。胡平和方小丽两人手拉着手，仍然不知疲倦地在情侣路上走着。

"你真美。"胡平停下来，转过身看着方小丽说道。方小丽抬起头，看了胡平一眼，嘴动了动，迅即又低下头去了，胡平一把抱过方小丽，在她的额头上、脸上亲吻起来，他几次想亲吻方小丽的嘴唇，但她却躲开了。

"你真的喜欢我吗?"方小丽仰起头说道。一双水灵灵的大眼睛一动不动地看着胡平。

"喜欢，真的喜欢。"胡平将嘴凑过去，却被方小丽的手隔开了。

"你这辈子只爱我一个人吗?"

"只爱你一人。"胡平说道。

"你将来会娶我吗?"

"我——"胡平觉得她的眼光仿佛要穿透自己，顿了一下说道，"会的。"

方小丽似乎从胡平的眼里看出了什么，说道："我妈妈一辈子就爱我爸爸一个人，我爸爸也是。哎!"说完长叹了一口气，闭上了眼睛。

胡平紧紧拥抱方小丽，忘情地亲吻。这一次，方小丽不再躲闪，微微打开了她的嘴唇。

回到宿舍，已经过了晚上十一点钟。胡平冲了凉躺在床上，脑中仍不时浮现方小丽美丽的身影，不时回想起刚才和方小丽亲吻时的情景。

"恐怕这次是真的喜欢上一个女孩了!"他想。

胡平在读大二时，曾和一个同班的女孩恋爱，那是他的初恋。他非常的投入，很快两人开始同居，他还以为他们会从此相濡以沫、同舟共济、白头到老。女孩是城里人，她很快就对来自乡下的胡平感到厌烦。她讨厌他臭人的香港脚，讨厌他三天才冲一次凉，讨厌他睡觉时弯着腰的姿势，最糟糕的是他没钱，连房租有时都要她来出。不到一年，女孩就毫不留情地抛弃了他，兴高采烈去做了一个有钱小老头的情妇，还经常穿金戴银、开着小老头送她的小跑车四处炫耀。胡平气得差点发疯，拿着笔在一本笔记本上发疯地乱写乱画，最后写下四个力透纸背的大字——"狗日的钱"!

大三的时候，母亲生病却因无钱医治而去世，让他对金钱又有了更进一步的理解。"钱！钱！钱！命相连!"他深刻理会了这句话的含义。他的脑海里从此装的就只剩钱了。

"女人和爱情看起来是挺不错的。"胡平想，"但二者和金钱、权势比起来，就是小巫见大巫了。如果没有金钱，女人和爱情都是靠不住的。"

很快胡平在离星光电子厂较远的地方租了一间房，开始和方小丽同居。

“我们之间的事最好不要让厂里的人知道。”一次亲热后，胡平对方小丽说道，“我们经理比较讨厌这种事。”

“嗯。”方小丽点点头，她还以为胡平的经理很正派，这种未婚同居传到他耳朵里面会影响胡平以后的晋升。

第五章 团队建设

这次运动会取得了不错的成绩，参加人数比上一届翻了一倍，气氛热烈，组织有序，十个项目共产生了二十个冠军。闭幕式上，黄博伟非常高兴，他和每一位获奖人员握手，合影留念。看着下边一张张笑脸，听着一遍遍热烈的掌声，一种成功的喜悦在他心中荡漾开来，比去年年底分红时从董事长老汪手中接过存有两百万元人民币的银行卡还要高兴。他陶醉了，有些飘飘然，讲话讲到最后，他把大手一挥，慷慨激昂道：

"亲爱的员工们！朋友们！我们的目标是成为全行业的第一，成为中国的名牌、世界的名牌。我相信我们公司的明天一定会更好，我们的明天一定会更美好。"

台下响起了长时间热烈的掌声。

运动会完后，转眼快到五一，公司决定放两天假，组织全体职员出去旅游。旅游地点选在了位于广东省南边的一个海岛。

5 月 1 日一大早，旅游公司的三辆大巴停在了星光电子厂门口。一百三十多名穿着统一服装的职员和一些职员的家属上了车。

考虑到开发部的职员比较沉闷，而且男多女少，黄博伟专门安排人事行政部的职员和他们坐在一辆车上，由他亲自带队。

汽车奔驰在宽阔笔直的高速公路上，高楼大厦越来越少，公路两旁绿色的田野开始多了起来。外面骄阳似火，车厢里歌声阵阵。黄博伟先指挥大家合唱了一首几乎人人会唱的《小草》，然后自己带头唱了一首 80 年代的歌曲《年轻的朋友来相会》，气氛开始热闹起来。王芳拿出从公司里带来的一面小鼓，采用击鼓传花的方式：鼓停，花在谁手里，就由谁来表演节目。表演者或唱歌或讲笑话或朗诵诗歌，车厢里歌声笑声掌声不绝于耳。有人看见了王芳的儿子王庭，提议让他表演，王芳还没有说话，小家伙早已冲了上去，一把抢过话筒，像大人一样，朗诵道：

"鹅鹅鹅，曲项向天歌。白毛浮绿水，红掌拨清波。"

背完后还像军人一样向大家敬了个礼，大家边笑边鼓掌。又有人叫他唱歌，他答应了一声，放开歌喉唱起了《世上只有妈妈好》。歌毕，车厢里几个女孩子的眼睛变得红红的，王芳的鼻子酸酸的。黄博伟带头鼓起掌来，于是车厢里响起一片掌声，间或夹杂着一两声叹息。

一路上欢歌笑语，到了海岛，已是下午三点多钟。大部分人到宾馆放下行李，就到海边玩去了。虽然请的是旅游公司，但还是有很多事需要王芳自己去做，王庭也只好跟在妈妈的身边。胡平不敢带方小丽一起来，他不想让别人知道他们的关系。一个人玩又觉得没多大意思，便主动过来带王庭去海边玩。

胡平带着王庭，两人先下海去游泳。胡平没想到王庭还会游泳，就问道："谁教你的?"

"去年暑假妈妈教的。"小家伙边游边自豪地说。

王庭人虽小，但胆子却不小。每当有大浪扑过来时，他总是迎上去，兴奋得大声叫喊。有几次他还想往深水区游，吓得胡平慌忙赶过去把他拉了回来。最后胡平警告他：如果再不听话，立即让他上岸去。王庭听后才有所收敛。

在海里玩了一个多小时，玩累了，胡平带着王庭来到沙滩上玩。海岛开发时间不长，海滩上还保持着原来的样子。胡平带着王庭在沙滩上捉螃蟹，找海螺，玩得很尽兴。两人还在沙滩上挖了两个大坑，把自己埋起来，只把头露出来。胡平觉得小家伙太聪明太可爱了。

"将来这小家伙一定有出息！"看着沙坑里睡着似的王庭，胡平想。又想起他小小年纪就没有了父亲，心中不免有些伤感。

到了晚上，王芳早早地布置好了篝火晚会。星光电子厂一百多名职员围在篝火旁边，一边听着海涛声，看着海天尽头缓缓升起的明月，一边吃着烧烤，喝着啤酒、唱着歌。不少人是第一次来到海边，非常兴奋。大家围坐在篝火边，不知疲倦地唱啊跳啊。有人见王芳辛苦了一整天，提议让她表演一个节目。王芳见大家高兴，也不推辞，在大家热烈的掌声中接过话筒唱了一首孟庭苇的《你看你看月亮的脸》。歌声悦耳动听，带着一丝无奈和悲伤，胜过很多自命不凡的歌星。月光下，她那专注的神态和略有些悲伤的表情，她那看上去和孟庭苇相似的身影，让人感觉她是那么的妩媚迷人，那样的楚楚可怜。几乎没有人听过她唱歌，没有人知道她歌唱得这么好！不少游客也被她的歌声吸引过来。歌一唱完，大家热烈鼓掌，纷纷嚷着要她再唱一首，连黄博伟也跟着叫了起来。王芳只得又唱了一首《爱的奉献》，歌声同样优美动听，只是多了一种悲凉的味道。黄博伟还邀上妻子刘玲随着歌声跳起舞来。黄博伟也上去唱了一首《莫斯科郊外的晚上》，歌声洪亮，有点美声唱法的味道，只是唱着唱着忘了歌词，引来大家一阵哄笑。

歌唱得差不多了，音乐换成了舞曲。大家纷纷站起来围着篝火，随着音乐的节奏舞动起来。尤其是那些喝多了酒的男生，简直把这里当成了迪斯科舞厅。

狂欢一直持续到夜里十二点，管理人员来催了几次才结束。晚会结束后，黄博伟觉得还不尽兴，便拉着妻子来到海边沙滩上散步。

"今晚的晚会太精彩了！"黄博伟拉着妻子的手边走边说道，"以后这样的活动应该多组织一些。"

"还行吧！"刘玲答道，"这些活动可以增加员工的凝聚力，但是花费挺大的。单是这场篝火晚会，花费就不会低于一万元。"

“没关系，钱可以挣回来的。”黄博伟轻松地答道，“今年多开发几款好产品就行了。”

刘玲看了丈夫一眼，没说话，她知道自己的丈夫在开发创新方面的确非常优秀。他正直善良，对钱不怎么看重，但在管理方面，尤其是权术方面，他有时就显得有点幼稚。身处一个一千多人的大公司总经理位置，这是很危险的。

“生于忧患，死于安乐”，她时刻提醒自己，暗中保护丈夫，但丈夫并不真正了解她。

“你以前听过王芳唱歌吗？唱得真好！”刘玲想转移动话题，说道。

“真的很好听！”黄博伟赞叹道，“我还是第一次听她唱歌。她为什么不再找一个呢?”

“也许是上次婚姻对她的打击太重，还没从中走出来吧。”刘玲答道。

第二天早上起床后，一部分未尽兴的人又跳进大海拥抱大海去了，另一部分人则在海边沙滩上或散散步，或抓螃蟹，或找海螺。

胡平一个人赤着脚走在海边沙滩上，沙子湿润而细小，踩在上面感觉非常柔软舒适。胡平第一次看到大海，淡淡的薄雾中，放眼望去，只见碧绿的海水无边无际，与天相接。几只海鸟飞过，迅速消失在天际，只留下几声似有似无的叫声。站在海边，仿佛大海就是整个宇宙，它包容了一切，所有的东西在它面前显得是那样渺小，那样无助。他感到一阵茫然，他觉得人类是多么的愚蠢和无知，却又常常自以为是，以为自己是万物的主宰。远处游泳场里那些密密麻麻的游人看上去像一只只蚂蚁般，似乎正在为一点蝇头小利你争我夺，自相残杀。他慢慢地走着，爬上海边一块巨大的岩石上坐了下来。他看见一排排海浪，呼喊着、推挤着、层层叠叠争先恐后冲向岸边，却很快消失得无影无踪，只留下一些白沫。

“人生何尝不是如此?”他想，“人们把金钱名利作为自己人生的目标，一个个奋不顾身冲上去，前仆后继，历经千难万险而不悔。他们渴望亲吻它，拥抱它，占有它。可是当你真正据为己有的时候又能怎么样呢？其实有的时候还不如这些海浪，连小小的白沫都未能留下。”有那么一刻，他甚至对“金钱至上”的信仰产生了动摇，他真想抛弃一切，像苏东坡所说：“小舟从此逝，江海寄余生。”他正在那里胡思乱想，突然听到有人叫他的名字。

第六章 创业者的手段

胡平听到有人叫自己，回头一看，却是一个女孩。他感觉面熟，知道女孩是星光电子厂的，却不知道女孩叫什么名字，是哪个部门的。

“一个人在这儿想什么呀?”女孩倒是很大方，跳上岩石，来到胡平跟前，自我介绍说，“我叫沈静，财务部的。”说完小嘴一撇，似乎是在责怪胡平怎么连她都不认识。

胡平打量了一下眼前的女孩，女孩年龄不大，二十二三岁，模样虽算不上漂亮，五官却也端正耐看。她的头发披在肩上，被海风吹得略微有些乱。女孩穿一身淡灰色休闲服，看上去挺文静，只是目光有些灼人，给人一种孤傲的感觉。

“你好，沈小姐!”胡平礼貌地站起身打招呼。

“看什么呢？有鲨鱼吗?”沈静笑着说道。

“鲨鱼倒是没有，不过刚才有几只螃蟹正在这里聚会，你这一闹，都给吓跑了。”胡平开玩笑道。

两个人聊了一会儿，下了岩石，慢慢往回走，边走边聊。

“你老家在哪里?”胡平问。

“清远。不过我五岁时就随我父亲来到这边。”

“你爸爸也在这边做事?”

“嗯。”沈静点了点头，似乎不大愿意谈论这个话题。

“你进厂多久了？我很少见到你。”胡平也察觉了，换个话题问道。

“去年 12 月份进的厂，不到半年。”沈静答道。

快到海边游泳场时，碰到黄博伟和刘玲，他们两个也在沙滩上散步。

“你们以前认识?”刘玲见到他俩在一起，有些惊讶地问道。

“刚认识，”胡平连忙解释道，然后用手指着前面说道，“那边很好玩，原生态，有很多小螃蟹。”

离开黄博伟夫妇，胡平觉得和沈静在一起太显眼，于是就找了个借口，说想去海里游泳，独自走开了。

从海岛回来后不久，一天中午快下班时，胡平接到保安室打来的电话，说接待室有朋友找他。他来到接待室一看，原来是他以前的好朋友李宝，他们已有差不多一年时间没见面。

“这么长时间不见人，手机又打不通，去哪里了?”胡平上前紧紧握住李宝的手说道。胡平仔细地打量了眼前的好朋友，发现他比以前更黑更瘦了，而且额头上方多了一条长长的伤疤，只是伤疤被额前的头发遮住了，不仔细看发现不了。

“回了趟家。”李宝见了好朋友也有些激动，“原来的手机被偷了，电话号码也丢了，所以一直没法与你联系。”

李宝是广西人，和胡平同龄，长得矮而壮实，因从小在太阳下干活，皮肤被晒得黝黑。他原是兴利塑胶厂的业务员，该厂主要为星光电子厂提供按键等小型塑胶配件。胡平刚进星光电子厂不久，有一次由于自己失误漏采购了一款出口机使用的按键，直到生产的前一天才发现。按键虽小，但没有它，整个产品无法生产。那时吴明对他还好，但吴明也没有办法。吴明要他自己想办法，搞不定就走人。胡平打电话求助李宝，李宝二话没说，立即带上他从深圳找到东莞再找到广州，用尽了种种关系，想尽了各种办法，终于在广州一家工厂里找到了可以替代的按键。那天当他们拿着按键回到公司时，已经是深夜两点钟。胡平被李宝的仗义和热情所感动，于是两人成了好朋友。

两人闲聊了一会儿，李宝告诉胡平他已改名为李志强，主要是原来的名字太俗气。他看了一下表然后说道:

“我这次来找你主要是想请你帮个忙。”

“说说看，我一定会尽力帮你。”胡平答道。

“我想自己开家塑胶厂。”李志强说道，“但我缺乏资金。我找了个以前认识的张老板，他很有钱，愿意投资，但他一定要我先找到客户。我告诉他我们生产出来的产品可以供给你们公司，说你是我的朋友，在这里做主管。他有些怀疑，要亲自过来看看，现在就在外面等我们，想见见你，吃顿饭。”

“你们怎么认识的?”胡平问。

“他是做服装贸易的，我以前在他那里做过业务员。”李志强答道。

“这个人为人怎么样?”

“很精明，不过人品还算可以。”李志强顿了一下说道，“主要是他愿意投资。”

“他准备投资多少?”

“三万。”

“三万!”胡平感到惊讶，“这么一点钱也能办厂?”

“一步一步来吧。”李志强叹了一口气，“我现在只有两千块钱，他投资后每年赚的钱对半分。他不参加管理。”

“我一定尽力帮你。”胡平考虑了一下，觉得这件事并不难，他虽然不是那种为朋友两肋插刀的侠义之士，但也不是那种忘恩负义的人。“可我们公司规定采购员不能让供应商请吃饭。”

“我现在还不是你们的供应商呢，”李志强笑道，“他的车停在比较远的地方，你们公司的人绝对看不到。”

李志强带着胡平转了几个弯，来到一辆宝马车前，车门打开，露出一张笑眯眯的圆脸，热情地和胡平打招呼:“胡经理请上车。”

三人来到一家酒店，找了一个包间坐下。

“我叫张明，明是聪明的明。”一坐定，张明自我介绍道，然后递上自己的名片。胡平名片上的头衔是采购员，不敢拿出来，便推说忘了带。张明四十多岁，个子不高，一张圆圆胖胖的脸，一说话似乎整个人都在笑，很有亲和力。只有那双过分外凸的眼睛偶尔动了一下，透露出一丝狡黠。

张明见二人不抽烟，自己点上一支，吐出一个烟圈后说道：“我和小李是多年的老朋友，这次他想自己出来做，我觉得很好，我支持他。”他显出一副非常仗义的样子，然后双眼盯着胡平说道：“我听小李经常谈起你，说你是他的好朋友，非常仗义。如果有你这样的朋友帮忙，我们的小李一定会马到功成。”

“李志强是我的好朋友，在我最困难的时候帮过我，我一定会尽力帮他。”然后胡平问李志强：

“你们准备做什么？什么时候有货？”

“先做按键，和兴利塑胶厂的产品一样。”李志强答道，“那东西虽小，但量很大，而且利润并不低。单是你们厂每个月都要几十万个。从现在开始买机器设备，大约两个月之后就有货出。”

“越快越好。”张明郑重地点了点头，说道，“你所需要的资金明天就可以到账。”

回到公司，胡平给表哥张浩打了个电话，让他对兴利塑胶厂的产品质量把关严一些。张浩听后心知其意，便叫手下的人从严检查兴利塑胶厂的来料，并向采购部投诉。

经常收到品质部对兴利塑胶厂的投诉，吴明有些烦。兴利塑胶厂是个小厂，没有什么油水可捞，于是他让胡平另外再找一家供应商。

胡平很快就提供了三家供应商的资料给吴明，其中一家就是李志强新开的美达塑胶厂。胡平知道每次选供应商，吴明都要亲自去考察，一是看看供应商的实力，二是和供应商老板私下谈谈。

一天，胡平经过美达塑胶厂附近时，他想自己先去了解一下情况。他怕给李志强添麻烦，也没告诉他。胡平按照李志强告诉他的地址，自己搭摩托车到了美达塑胶厂所在的工业区。下了车，又问了好几个人，终于找到美达塑胶厂所在的那栋楼。这栋楼有三层，很旧。有人告诉他，美达塑胶厂在一楼左边，他走进去，看到一间不到两百平方米的厂房，里边摆着五台他从未见过的机器。厂房虽小，倒也显得整齐干净。有几个工人正忙碌着，每次开机时，只见一个身强力壮的男工将一根一米多长的类似杠杆的东西使劲朝里推，模具随即打开，塑胶件从中掉出来，然后再用手往外推杠杆，锁紧模具。这一过程既慢又要花费很大力气，这和胡平在其他塑胶厂见到的注塑机有很大区别，那些全自动注塑机没有杠杆，也不需要人推，模具自动开合，产品自动顶出。他先好奇地站在旁边看了一会儿，然后问一名工人，说要找李老板。

“李老板？”工人疑惑地看着他，“我们这儿没有什么李老板，只有一个李师傅。”然后用手指了指最里面的一台机器。胡平看见那台机器上站着一个人，正弯着腰在修理什么，外形有点像李志强，于是他走了过去。

“李志强！”他冲修机器的人喊道。

“等一下！”李志强继续修机器。

又过了五分钟，他终于抬起了头。一刹那，两人都吃了一惊。李志强满脸的油污，几乎就只有眼珠是白的，如果不听声音，胡平简直不敢相认。李志强更吃惊，他没想到胡平会在这时候来到厂里。他赶紧从机器上跳下来，不好意思说道："你怎么不事先打个电话，我好去接你！"

"我怕麻烦你。"胡平见周围既乱又吵，便说道，"我们去你办公室谈吧！"

"我这里还没有办公室，这么大点地方，只够放几台机器。"李志强说道，"我们到外面小卖部去聊，顺便买点饮料喝，我都快渴死了。"

两人来到外面的小卖部，找到个僻静的地方坐下，一边喝着饮料一边说话。

"你那几台是什么机器？"胡平好奇地问。

"手动注塑机，二手的。"李志强说道，"五台机器总共花了不到两万块钱。"

"没买车吗？"

"哪还有钱买车？"李志强答道，"不过我有一辆摩托车，无牌的，花了五百块钱，你如果先打电话给我，我可以开上它去接你。"

"最近几天，我们经理会来实地考察，像现在这个样子肯定过不了关。"胡平担忧地说道。

"那怎么办呢？"李志强着急了，"如果做不了你们的供应商那就完了，模具我已经开好了。"

"不用急，想想办法。"胡平安慰道，"你能不能找一家好一点的塑胶厂先代替一下，来个偷梁换柱？"

"应该可以。"李志强想想说。

"那就好办。到时候我会提前通知你。叫张老板开他的宝马车去接人。另外，我们经理还喜欢按摩——特殊按摩。"说完胡平冲李志强笑了笑，李志强听了也笑了。

吴明接到胡平送上来的三份供应商的资料，仔细看了看，他觉得美达塑胶厂不错，于是有一天，美达塑胶厂的张老板开着宝马车接走了他。胡平找了个借口没去。吴明考察回来后立即通知胡平用美达塑胶厂的产品代替兴利塑胶厂的产品。

过了两个多月，到了7月30日。按惯例，这天是采购部经理吴明的生日。今年恰好是吴明四十岁的生日，大家准备好好庆祝一番。于是采购部每人拿出两百元在一间上好的酒店定下一个包间。那天下午下班后，采购部所有的员工齐聚酒店，为经理吴明祝寿。吴明特意把胡平安排在自己身旁的位置。宴会开始，气氛非常热烈，大家纷纷祝吴明生日快乐，频频举杯。

"男人四十一朵花。"一个叫田莲的女采购员端着满满的一杯酒站起来说道，"我祝愿我们的吴经理越来越年轻，越来越帅。"田莲不到三十岁，和吴明一样都是湖北人。她长相一般，细眉细眼，戴一副近视眼镜，说话细声细气，给人纯朴斯文之感，只是脸上雀斑分布范围过大、过密，对外观影响较大。

吴明最喜欢听别人说他年轻帅气，虽然他那凸起来的大肚子和亮堂堂的脑门有点委屈"帅气"二字。

"哎呀！等了四十年我这朵花终于怒放了。"吴明像拍皮球一样拍着大肚子说道，然后笑眯眯站起来和田莲碰杯，两人一饮而尽。

“古人讲：‘三十而立，四十而不惑’。”一男生端着满满一杯酒，站起来说道，“吴经理，干了这杯酒，祝您在不惑之年大展宏图，步步高升。”

大家都争相向吴明敬酒，胡平觉得自己也应该有所表示才行，于是他也端着满满一杯酒站起来。采购部几乎所有人都知道，吴明对胡平很不满，大家静下来好奇地看着他。

“大家都知道，我是吴经理亲自招进来的。”胡平十分诚恳地说道，“在这里，我首先要感谢吴经理这两年来对我的关心和爱护。这期间，我有什么做得不对的地方，请吴经理多多包涵指正，我一定知错就改。其次，吴经理这几年殚精竭虑，为公司、为我们着想，给了我们很多的帮助和支持。我提议我们所有人敬吴经理一杯，祝他身体健康，事事如意，福如东海！”

“干！”大家纷纷起立。十几只酒杯碰在了一起。

大家的情绪高涨起来。吴明脸上泛着红光，光亮的脑门也开始沁出汗珠。看着眼前一张张谄媚的笑脸和敬畏的目光，他得意扬扬。他高昂着头，伸出两手往下按了按，大家立即安静下来。

“兄弟们！”他说道，“承蒙大家的厚爱，让我在采购部经理这个位置上待到现在。我当官的原则是什么呢？共同富裕，共同致富——政府也是这么号召的。俗话说，‘君子爱财，取之有道’，供应商应不应该感谢我们？必需的！因为是我们为他们提供了一条发财致富的路。星光公司应不应该感谢我们？必需的！因为是我们让它得以正常运转，让它一年赚几千万。我们的供应商哪一个不是百万富翁、千万富翁？他们开着好车住着豪宅，是谁给他们的，这里面难道没有我们的功劳吗？我们付出了辛勤的汗水，奉献了自己的青春，还有我们的爱心。我们努力工作，勤勤恳恳、任劳任怨，把自己分内的事做好，拿回我们应得的部分，难道不应该吗，难道不是君子吗？”说到这里，吴明侧过头问田莲：

“小田，你跟了我多少年？”

“七年了，当年我和吴经理一起进的星光厂。”田莲答道。

“买房没有？”

“买了，三年前买的。”

“你的房子现在值多少钱？”

“一百多万吧。”田莲不确定地说。

“百万富翁。啊，不，应该是百万富婆。”吴明纠正道。周围响起一片笑声。

“我们这里面还有几个人买了房子。这些属于个人隐私，我就不再举例了。”吴明说道，“总之，跟着我干，绝不会亏待大家的！”

大家听了都心领神会，频频点头。田莲情不自禁地鼓起了掌，于是大家一起鼓掌，一起欢呼，一起站起来向他们敬爱的吴经理致敬。

胡平的掌声是最响亮最热烈的，而且是真情实意发自肺腑的。他真想冲上去拥抱吴明的大肚子，然后擦掉他光亮的脑门上的汗珠，再吻上一口。他觉得吴明的理论太精彩太伟大了！他要向吴明学习，向吴明膜拜，他要把吴明高高举起，向吴明欢呼“万岁万岁万万岁”！他热泪盈眶，激动得浑身颤抖。他终于为自己找到了一套“毛泽东思想”似的理论。他真想冲上去向吴明磕头，向吴明致敬，叫吴明师父。如果吴明不是挡在自己前进路上的那块绊脚石，如果一个采购部可以有两个经理，或者如果吴明能像尧让位给舜一样禅位给他，他想他一定能和吴明成为好朋友，而且是最好的知心朋友。

吴明喝了一口茶，待掌声稍停，接着说道：

“我表哥有个儿子，前年从警校毕业，人长得帅，成绩又好，家里又有钱。毕业后被分到县公安局。他高傲、正直、清廉，他从不收受别人的礼物，他总认为别人送礼一定是心怀鬼胎；他工作刻苦认真、任劳任怨，结果一年后大家猜怎么样了？”

“走人啦！”有人答道。

“对，走人了。”吴明说道，“不过不是往市里、省里走，而是走到乡下去了，去乡下做了一名乡警。”

有几个不怀好意的人瞟了一眼胡平。

“吴经理，听说你曾救过黄总，讲来听听行吗？”有人提议。

“当然可以。”吴明谦虚地说道，“不过那不是救，只能说是帮帮忙而已。”

“1995 年的时候。”说到这里，吴明停下来问身边的胡平，“那时你恐怕还在念初中吧？”

“初三。”胡平想了想答道。

吴明接着说道：“那时我和黄总在东莞一家台资厂打工。其实开始我们并不认识，我在生产部做拉长，黄总在开发部做技术员。有一段时间，厂里为节省开支，克扣伙食费用。黄总为人正直，于是带领开发部的人罢工抗议。厂里出钱找来治安队准备收拾他们，后来我听到这个消息，立即动员车间的员工起来支持他们。员工们听说后，全部聚集到厂门口，当治安队押着黄总他们出来时，大家都冲上去把他们包围起来。上千人呐！吓得那几个治安队员扔下他们就跑。那次事件后，我认识了黄总，并成了好朋友。不过第二天，我们都被炒掉了。”

“就这样完了吗？”有人问道。

“这只是个开始。”吴明用手搓了搓发亮的脑门，顺带擦掉了上面的汗珠，然后继续说道，“后来我们分开了。1996 年春节后，黄总从家里出来到东莞找工作，住在我租的出租屋里。黄总有晨跑习惯，每天早上六点半准时起床，然后到外面跑上半个小时。那天早上，他也像往常一样起来跑步，可没跑多远就被治安队挡住了，说是查暂住证。黄总只穿了一件背心、一件短裤，哪里有什么暂住证！于是就被抓了起来。你们想一想，早上起来跑跑步都要被当作坏人抓起来，那是什么世道！黄总感到自己受了莫大的委屈，他非常气愤，和治安队的人争辩，结果是‘秀才遇到兵，有理说不清’，挨了一顿打，被关进了临时收容所。

“收容所的房间潮湿阴暗，房间不到一百平方米，里面却关了一百多人。黄总又冷又饿又气，一打听，这些人都是因为没有暂住证被抓进来的。有的是正在找工作路过此地被抓；有的是早上去买菜被抓；有的是吃早餐时被抓；有一个六十多岁的老大爷，刚送完孙子去上幼儿园，回来的路上就被抓到这里。他们有的是没办暂住证，有的是暂住证忘记了带在身上。有几个承受力差的人在那里哭。有一个十六七岁的小男孩一

边哭一边喊妈妈。有个进来不止一次的人说：‘这帮人只是想捞点外快，明天就会放人，每人三百元。’

“黄总当时很气愤，觉得这些人无法无天。他开始行动，像在大学时候一样发表慷慨激昂的演说，劝说大家抱成一团，不给他们钱。他们可以团结起来撞开大门冲出去，然后去省上告状。有些人开始响应，但是他们身上什么东西都没有，因为怕有人自杀——曾经有个女孩被抓进来第二天就自杀了，他们身上的所有的有可能用来结束自己生命的东西包括皮带、鞋带都被收走了。黄总正在作动员，没想到有人告密，很快冲进来几个腰佩电棍的治安队员，将黄总按倒在地，五花大绑，押了出去。”

吴明讲得口有些渴，他停下来喝了一口茶。他见所有人都被吸引住了，心里很得意。

“大家不用担心，不是押出去枪毙。”吴明接着说道——有个女生听了松了口气，“第二天中午我去出租屋找黄总，发现人不在了。我当时心想：恐怕是遭遇治安队了，因为这种事太常见了。我赶紧去打听，果然是被抓到临时收容所里去了。我连忙带了三百元赎身钱赶过去。到了收容所一打听，看守的人说黄总犯了严重罪行——煽动暴乱，可能要判刑。我一听傻了眼，赶紧去找一个在治安队上班的老乡。给了他一千元钱，让他想办法。没过多久，那个老乡找到我并把钱退还给我，告诉我说：‘他们说他挑动群众，煽动暴乱，可能要判刑。’我一听急了，如果判刑，黄总这一辈子就完了。我不断地求他，只差给他跪下了。最后他说，给五千吧，看能不能想想其他办法。当时我每月的工资就一千多，我赶紧到处借钱，凑够五千交到老乡手里。

“第二天上午，我去接黄总，只见他脸上青一块紫一块，手上、腿上也满是伤痕。他的鞋丢了，赤着脚，短裤背心上全是污迹。他一见我，只说了三个字——‘狗日的’。”

见大家沉默不语，吴明又说道，“你们知道‘孙志刚事件’吗？”

大家摇头。

吴明叹了一口气，说道：“我们这些打工的都应该感谢他，他用自己的生命给我们换来了一个相对宽松一点的环境。他是一个大学生，还是学绘画艺术的。2003 年他来到广州，住在天河区，一天晚上外出时因为没带证件被治安队当作‘三无人员’抓起来关进了收容所，第二天就被活活打死在里面。这件事后来被媒体报道后，影响非常大。就在当年的 6 月份，政府出台了政策，废除了原来的《收容遣送法》。听说‘孙志刚事件’发生后，黄总还给他家里捐了一千元钱。就这样，我和黄总成了好朋友。后来他把他的表妹介绍给我，也就是我现在的妻子。”

“那黄总岂不成了吴经理的表哥？”有人作恍然大悟状说道。

吴明点了点头，郑重地说道：“不过我这个经理职位可不是靠关系得来的，我是靠自己的能力和工作成绩当上的。”

“那当然。”刚才那人附和道，“谁都知道没有黄总就没有星光电子厂。”

“那倒是。”吴明说完，有意无意地瞟了一眼胡平。

“完了。”回到宿舍，胡平躺在床上翻来覆去地想。他知道今晚吴明的很多话是说给他听的。如果只做个采购员，捞点小外快，那他根本就不会来这里。他到星光电子厂的第一天，就是冲着吴明的位置而来。“燕雀安知鸿鹄之志哉”，他表面上谦虚，对同事友好，工作勤奋，他除了表现出自己出众的工作能力外，更展示的是他那种与众不同的“出淤泥而不染”的高尚品德。这样做虽然风险很大，但他的确取得了部分成功，他吸引了公司高层领导黄总和刘总的目光。但他现在得知：吴明是黄总的表弟，又是黄总的恩人。

“撼泰山易撼吴明难”，他垂头丧气，差点泪流满面。这两年的苦看来是白受了，最可惜的是少捞了一二十万。

第二天晚上，胡平正在办公室加班，刘玲走了进来。

“小胡，忙什么呢？”刘玲亲切地问道。

“还有一点事没做完。”胡平抬起头，冲刘玲笑了笑。他见刘玲没有走的意思，就停下来望着她。

“昨晚你们给吴经理过生日去了吧？”刘玲笑着问。

“是的。”

“聊了些什么呢？”

“没聊什么。”胡平说道，“对了，吴经理说他以前曾救过黄总，他的妻子还是黄总的表妹呢。”

“他的妻子的确是黄总的表妹。至于说救黄总，恐怕有些夸张。”刘玲说完又问了一句，“你喜欢打篮球吗？”

“会，但打得不好。”胡平有点不好意思。

“黄总很喜欢打篮球，厂里那些篮球打得好的，就是能力差一些，他也会提拔他们。”

“黄总除了喜欢打篮球外，还喜欢别的什么？”

“他还喜欢钻研技术。他搞线路设计，搞软件开发，忙起来什么都可以不顾。”

“那他最讨厌什么呢？”

“这个——”刘玲想了想，说道，“第一是赌博，第二是像陈世美那样喜新厌旧的人。”

等刘玲出了办公室，胡平一拳砸在办公桌上。

“有了！”他忍不住大叫道。

第七章 技术型厂长

就在胡平快要坚持不住、快要放弃的时候，他终于看到了胜利的曙光。就像发现了武林高手的罩门一样——他终于找到了吴明的罩门，找到了可以给他致命一击的地方。“山重水复疑无路，柳暗花明又一村”，胡平扔下手中的工作，哼着歌儿离开了办公室。

已过了下班时间，整栋办公大楼非常安静。在三楼的总经理办公室里，黄博伟躺在办公桌后面的藤椅上，闭着眼睛。他并没有睡着，他右手的食指不时敲打几下藤椅的扶手，发出轻微的响声。他正在考虑新产品开发问题。他喜欢坐藤椅，不只是因为它比沙发更透气更凉爽，还因为他小时候看到他所崇拜的父亲经常坐的就是藤椅，特别是父亲在外忙活了一整天回到家后，往藤椅上一躺，那舒服劲就像大热天跳进了游泳池，所有的疲劳和烦恼都烟消云散。他喜欢安静，喜欢在其他人下班后一个人在无人打扰的办公室里思考问题。很多重要的开发方案和重要的决策都是在这种情况下做出的。这段时间销售情况不太好。他刚刚看了销售部经理林奇发来的邮件，里面有很多代理商对公司前段时间开发的新产品的意见：总的来说是不太满意的。

“淡泊明志，宁静致远”，他看了看墙上他亲自请书法名家书写的横幅，微微点了点头，又闭上眼继续思考。

近几年来，他感觉新产品开发越来越重要。现在交通方便，信息灵通。客户每次来到这边都会货比三家。如果你的产品不适合市场，他们很快就会移情别恋。四年前，他把除了开发部和采购部外的其他部门全部交给了妻子刘玲管理，采购部经理吴明是他的好朋友，和他妻子刘玲有些矛盾，他只好自己来管。平时他很少过问其他部门的事情。至于财务部，则一直是董事长老汪的领地。

黄博伟上大四时才认识上大二的刘玲，他虽然来自农村，但外形俊朗，又是校队的篮球队员，口才也相当不错，不知迷倒了多少女生。但他最后选择了刘玲，因为他觉得刘玲虽然算不上很漂亮，但气质高雅，且办事果断干练，细心稳重。事实证明他的选择是正确的。

刚到星光电子厂时，那是1999年的下半年。当时工厂只有十多个人，帮别人加工收音机。公司已经拖欠了工人几个月的工资，濒临倒闭。他来之后，立即改做民用视频和音频设备，不到两年时间就发展到了五百多人，产值过亿元。董事长汪建明爽快地给了他一百万元，并答应每年将利润的一部分作为分红给他。除财务外，汪建明把厂里的其他所有事情都交给黄博伟负责，他的主要工作就是和他的小情人四处游山玩水。不久，黄博伟把妻子刘玲叫过来和他一起管理公司。公司在随后的几年里蓬勃发展，现在已成了同行业中的佼佼者，一个有一千多人的优秀企业。虽然他在公司没有一点股份，但每年也能拿到上百万的分红，更主要的是他已经爱上了这个公司，把它当作自己的孩子一样。他不辞辛苦、全身心投入去抚养它、精心照料它，让它不断茁壮成长。虽然辛苦，但他毫无怨言。要不是他的妻子刘玲偶尔发一点牢骚，他还真以为这家公司就是自己的了。

他在藤椅上闭目沉思良久，觉得有必要召开一个由开发部和销售部两部门参加的联席会议。他打电话和妻子商量，刘玲正好也有这个想法，于是两人当即确定第二天晚上召开这个会议。

到了晚上七点钟，开发部的二十多个工程师和销售部的三十多名销售人员准时来到了大会议室。

“今晚召集大家一起开个会，主要是希望两个部门之间多沟通、多交流、多提意见。”待与会全体人员入座后，黄博伟说道，“一个公司最重要的就是开发部和销售部，最怕就是开发和销售脱节。大家有什么好的建议和想法，都可以提出来，‘知无不言，言无不尽’。尤其是销售部的，你们有什么想法或者代理商有什么想法，特别是有什么新点子新方案，希望你们都提出来，单靠我们开发部的工程师闭门造车是出不了什么好产品的。”然后他看了一眼销售部经理林奇，说道：“先从你们销售部开始吧。”

“我们的产品价格太贵。”

“我们的新产品开发周期太长。”

“我们有些产品的音色不够好。”

“我们的产品的品牌不够响亮，知名度不够高，是否能到电视台去做广告？”

销售部的人很活跃，提了不少意见，黄博伟不停地作着记录。轮到开发部提意见时，工程师们的发言就少了很多，好像他们是来接受销售部的批评似的。

会议最后，黄博伟作总结。他说道：

“大家刚才提的意见，尤其是销售部门提的意见非常好，我这里说三点。

“第一是产品的创新。创新是我们的立足之本。我们这么大的厂，有这么多的管理人员，我们管理人员的工资几乎占了一半，我们没法和别人比价格，如果我们的产品外观和别人一样，性能也差不多，可价格却贵许多，谁会买我们的产品？创新包括了三个方面，其一是外观的创新。不过要注意创新和特点的区别。有特点并不就等于创新，有人额头上长了一个大包，这个人的外观有特点，但得不到大家的认同，这不叫创新。美人痣长到了鼻子上就不叫美人痣。我们每年必须出两至三款明显区别于其他厂家产品外观且得到顾客认同的产品。我们公司的形象，我们公司的利润很大一部分将出自这些产品。我们的代理商也要靠这样的产品赚钱，因为这种产品是独一无二的，顾客看中了，就只能买他的产品。其二是性能方面的创新。现在的电子元件性能变化很快，尤其是IC部分。电子工程师一定要经常学习研究。新东西我们可以拿来先试，不要怕出问题、不要怕承担责任。不去试，怕字当头，你就只能永远跟在别人后面。其三是结构工艺性能方面的创新。这一点最容易被大家忽略。大家想一想，我们好不容易开发了一款外观性能都很有创意的产品，可是因为结构工艺太简单，结果我们的产品进入市场后很快就被别的厂家仿制出来，人家的价格肯定会比我们低很多。这样我们所有的投入、所有的心血就白费了。有人说申请专利后去法院告他们，这里我告诉大家，这些经常仿制别人产品的公司大部分都是小厂，有的甚至只有几个人，他们会怕你告吗？专利我们肯定要申请，但那是对付大公司用的。现在在同行业中，人人都盯着我们，所以我们的结构工程师在设计时，一定要在结构工艺方面增加一些难度，让小厂仿不了，大厂不敢仿。

“第二是产品的定位。我们的产品定位准不准，适不适合市场，这将直接关系到这款产品的生命力。我们的产品应该高中低价位都有，低价位的产品少赚钱，用来抢占市场，中价位的产品既要抢占市场还要赚钱，所以我们在设计这类产品时一定要有特点，这个特点可以不十分明显，但是一定要和其他公司产品有区别，而且要有实用性。高价位的产品必须要精致，音色好，外观和性能特点明显。这类产品可以拉大同其他厂家距离，是我们提升品牌形象和赚钱的拳头产品。

“第三是产品的通用性。这一点往往会被我们的工程师忽略。举个例说，我们公司现在有两百多个型号的产品，如果我们每一个型号都用一种泡沫包装，先不用说模具费要一百多万，单是为了储存这些泡沫，我们厂房面积再增加一倍也容纳不下。还有线路板也要尽量通用，这样既可以减少库存减少呆料，又便于备货。供应商同样也可以降低成本。怎样才能做到通用性呢？这就要求我们的每一个设计小组必须按照公司的标准设计，不能各自为政，相互间要多沟通多交流，互通有无。”

散会后，黄博伟又把刘玲和林奇留下。

“近段时间销售情况不如去年，林经理有没有找过原因？”黄博伟问。

林奇今年还不到三十岁，湖北人，中等个子，身材偏瘦，戴副近视眼镜，看上去像个书生，酒量却大得惊人。他只念过高中，曾被骗去做传销，后来据他说他在那里学到了很多东西。他对传销颇有好感，认为传销和保险为中国培养了不少的营销精英。他来星光公司有四年多了，其营销能力和管理能力都相当出色，是刘玲的得力干将。

“找过。”林奇答道，“前两天我还在和刘总商量，看能不能把市场再扁平化一下。直接供货到二级市场。”

“我认为这样好。”刘玲接过话说道，“现在不像以前，交通物流都很方便，再说省级代理由于负责区域过大，很难把市场做细。”

“出口方面呢？”黄博伟问。

“出口到非洲和印度的产品价格太低，我们很难与那些小厂竞争。出口欧盟和美国的门槛又太高，我们现在还达不到他们的要求。”林奇答道。

“我看我们应该多参加一些展会。其实每个地方都有对品质性能要求高的高端客户，只是我们还没有找到。”刘玲说道。

“你们的意见都不错，抓紧落实吧。”黄博伟说道。

看看时间尚早，黄博伟约刘玲一起去外面散步。

下午刚下过一阵雨，空气显得清新凉爽。月亮穿梭在云层中，时隐时现。刘玲挽着黄博伟的手臂，两人走在一条僻静的小路上。

“今年的情况会比去年好吗？”刘玲问。

“也许吧。”黄博伟说道，“我们现在缺乏新的拳头产品。”

“我觉得公司的人太多了。昨天我统计了一下，已经接近一千两百人，单是每个月的工资就要两百多万，再加上房租水电等费用，每月开支接近三百万。”刘玲担心地说道。

“不用担心，人多好做事。”黄博伟打算在不久的将来把公司发展成为几万人的大企业，现在离他的目标还远呢！

“现在国家的政策是保护弱者的利益，像社保呀、保险呀、税收呀，各种杂七杂八的费用加起来每年好几百万，如果再发生一些意外事故，比如火灾呀、工伤呀之类的事，那就危险了。国家只重视那些重要的大型国有企业，我们这样的企业可有可无。”

“不会吧。皮之不存，毛将焉附？没有我们这样的企业，有多少人会失业？全国有差不多两亿多的农民是靠我们这样的企业谋生。”

“这些年我们已赚了不少钱，是不是该考虑退路了？”

“退路！”黄博伟显得有些惊讶，“我已经把它当成自己的事业了。我想把它做成全国乃至全世界的知名品牌。再说，如果我退了，那些跟随我多年的兄弟们怎么办？”

“财务部有个叫沈静的女孩，我看她很有背景，连老汪也要让她三分，她是谁呀？”沉默了一会儿刘玲说道。

“我也不知道。财务部是老汪在管。”黄博伟答道。

“最近有不少供应商向我反映采购部的采购员要回扣的事。”刘玲望了一眼黄博伟，说道，“我查了一下，同样的材料，我们的采购价格比那些小厂还高。”

“也许是质量不一样吧！我们的标准严一些。”

“我说的是同样的材料。”刘玲不满道，“你的那个好朋友吴明吴经理，我看应该换个位置了。这种风气很危险。”

“好吧，我下来查一查。”黄博伟不想因为此事和妻子争论。其实他也知道吴明有些不干净，但由于吴明曾帮过他，他常常睁一只眼闭一只眼，假装不知道。

第八章 抓住把柄

进入9月份，到了视频、音频产品的销售旺季，各生产车间开始忙碌起来，除了星期天晚上，几乎都在加班。临近国庆节，一天下午下班后，胡立彪找到叔叔胡平借钱。

“你不是每月都有一千多元的工资吗?”胡平问。

“用掉了。”胡立彪答道，“上个月我买了一部智能手机，花了三千多。”

胡平很生气，自己用的手机不到一千元。而他工作还不到三个月，居然舍得花三千元买手机。胡平压住怒火问道：“借多少钱，干什么用?”

“国庆节放两天假，我和朋友约好去海边玩。”胡立彪见叔叔脸色不好看，小心答道，“五百元就够了。”

侄子第一次找自己借钱，胡平不好拒绝，边掏钱边说道：“钱我可以借给你，但你要知道现在你已经不是学生了，你是在上班。你父母不指望你现在供养他们，但你必须自己养活自己。另外，你上班不到半年就换了三个岗位，还经常请假。你们主管已经给我讲了，下次不用再找他，不想做就直接走人。”

“知道了。”钱拿到手，胡立彪心里高兴，说道，“我听三叔的。”

这段时间整个公司都很忙，好不容易等到国庆节放两天假，胡平决定好好陪陪方小丽，两个人已有十多天没在一起了。

时令已过秋分，但南方这边比不得内地，依然酷热难挡。晚饭后，空闲的人们喜欢出去散散步、吹吹风、聊聊天。当然，有钱的人则会趁着夜色去享受那些丰富的夜生活。

国庆节政府规定放三天假，加上一个周末，至少有五天，如果有人心血来潮，把前后两个周末一起加上，就变成了七天，成了所谓的“黄金周”。每当到了这时候，那些平常宅居的男女突然像从地底下冒出来般，倾巢而出。那些有名的没名的景点庙宇、高山峡谷，抑或农舍村屋、田野小道，都被这些蜂拥而来的人群塞得满满当当。

心怀鬼胎的人到庙宇忏悔，坏事做绝天良丧尽却求菩萨保佑自己身心安康万事如意。

吃惯了大鱼大肉的有钱人走进乡间茅舍，吃几天野菜做几天农民，希望把那些多出来的肥肉扔到田间当有机肥，并且把这当作能吃苦的表现，四处炫耀。

郁郁不得志的人来到悬崖绝顶上，迎风朗诵陈子昂的诗“前不见古人，后不见来者，念天地之悠悠，独怆然而涕下”。念完，找个地方刻下“某某某到此一游”，然后心满意足而去，好像已完成了一项惊天动地的壮举。

更有壮怀激烈者伫立江边，满脸愤懑，仰天长啸：“路漫漫其修远兮，吾将上下而求索”，如果不是周围人太多，说不定纵身一跃，做了屈原第二。

商家则高喊着“大减价”“节日大甩卖”等口号，并努力压住内心的狂喜，做出一副愁眉苦脸、赔了夫人又折兵的样子，假日一完，个个赚得盆满钵满。

当然，正如朱自清所说：“热闹是他们的，我们什么也没有”，以上这些欢乐，大多属于那些“为人民服务”的公仆们，或者国有企业的大哥们，一般打工的只能望梅止渴，想想而已。不要说七天带薪假，有两天的假期就不错了。假日里，他们或睡觉睡到自然醒，把前段时间的损失补回来；或找亲朋好友聚一聚，叙叙旧；有恋人的愈加珍惜这来之不易的两天自由，恨不得每分每秒都黏在一起。如果真的有哪一家工厂说放七天假，员工们反而诚惶诚恐，以为自己要被裁掉或者老板准备卷款潜逃。

星光电子厂就是一家不错的厂，百忙之中挤出两天时间让员工休养生息。

方小丽进入星光电子厂已经半年多时间。她聪明、勤奋、好学，吃苦耐劳，加上她外形漂亮，品质部几乎上上下下都喜欢她。张浩第一眼见她，就有似曾相识的感觉，尤其是她那双水灵灵的大眼睛，和他已去世的尊敬的姑妈年轻时很相似。后来又听胡平说，他和她在谈朋友，张浩更加关心她、爱护她，把她当作自己的亲妹妹看待。不到半年便破例提升她做了负责来料检测的小组长。方小丽呢，工作顺利，又找到心爱的男朋友，她感觉幸福极了，脸上总是挂着微笑，碰到熟悉或不熟悉的人都甜甜地打招呼。到了国庆节放假那天，下班后，她便开始精心打扮自己。她不需要涂脂抹粉，因为她的脸已经完美无瑕，任何一点装饰都显得是画蛇添足。她主要的打扮就是研究一头秀发怎么处理好：是披肩呢还是盘在头顶，或者扎成马尾式。披肩显得温柔飘逸，盘在头顶显得优雅高贵，马尾式则很时髦。她扎了又盘，盘了又扎，拿不定主意。不耐烦了，便坐下来对着镜子中自己的秀发噘着小嘴生气。最后她还是选择将头发盘在头顶。

胡平早早地来到他们的约会地点。虽然还没到约定时间，但他却坐立不安，度日如年，觉得一分钟犹如一年一样漫长。真正的如古人所讲“一日不见如隔三秋”。他不敢去方小丽宿舍找她，怕别人知道他们的恋情，虽然这很正常，但他下意识觉得这种公开对他将来的成长不利，他要保密。他只告诉了表哥张浩，目的是希望对她能有所照顾。约定时间已过去了五分钟，他正准备打电话，却看到方小丽在拐角的地方出现了。她穿了一件天蓝色的连衣裙，头发盘在头顶，朦胧月色中，宛如出水芙蓉，娉娉婷婷，婀娜多姿。胡平被她的美丽惊呆了，回过神来后赶紧迎上去，张开双臂将她拥入怀中。

夜色越来越浓，路灯亮了起来，昏黄的灯光让周围的一切显得朦胧迷离。方小丽依偎在胡平怀里，闭着眼睛似乎睡着了，四周静悄悄的。月亮从云层中探出头来，迅即又躲了进去，像一个害羞的少女。一阵晚风吹过，带来阵阵凉意，远处的霓虹灯闪烁着跳跃着，夜色中显得那样遥远虚幻，宛若海市蜃楼。

“睡着了吗?”胡平轻轻问道。他坐着，方小丽斜靠在他的怀里。见她没答话，胡平便低下头去想亲吻她的额头。

“没有呢。”方小丽突然睁开眼睛看着他，弄得他有点不好意思，嘴唇缩了回去。

“我在听你的心跳。”方小丽说道，“你刚才心跳得好快啊，你在想什么呢?”

胡平吃了一惊，刚才他确实有些走神，正梦想自己买彩票中了大奖，手里捧着一堆金钱激动呢。

“想你。”胡平顿了一下说道，然后又低下头去吻她的额头，方小丽笑着躲开了。

“你骗人。”方小丽伸出食指在他的脸上戳了一下，嗔道，“只要你不想别的女孩子就行。”

两个人站起来，手拉着手边走边谈。

“听说你最近升了官，还没请客呢!”胡平问。

“我才不请客呢。”方小丽嘟着小嘴有些生气地说道，“我以前做检验员，只要做好自己的事就行了，可做了组长后，要管理十多个人，还要挨别人的批评。”

“谁敢批评你?”胡平做出路见不平拔刀相助的样子，“是谁?我去帮你讨回公道。”

方小丽望着他“扑哧”一声笑了，说道:“你敢吗?”

“怎么不敢!”胡平做了一个拂袖子的动作。

“你们采购部的吴经理。”

“他怎么会批评你?”胡平放下准备拂袖子的手，有些吃惊地问，“你又不属他管。”

“他说我们要求太严，供应商很生气，不想跟我们合作了。到时出不了货要由我们负责。”方小丽委屈地说道，“可是那批喇叭确实有问题。抽查时就发现有杂音，售后部也在反映喇叭的质量问题。”

“那他应该去找你的经理才对啊!”胡平说，他和张浩的关系厂里没人知道，他也没有告诉方小丽。

“就是嘛。”方小丽噘着嘴说道，“可他是你的上级，我又不敢得罪他。”

“最后怎么处理呢?”胡平问。

“后来听说他找我们经理吵了一架，我们经理还是不同意收货，把那批喇叭退回去了。”

“星光电子厂每月单是喇叭的货款就有两三百万，这里面肯定有猫腻。”胡平想。

“他对我本来就不满，我不怕他。”胡平说道，“下次如果他再找你的麻烦，你就让他去找你们的张经理。”

“他还说找天要请我吃饭。”方小丽望着胡平说道，“你说我要不要去?”

“去干吗?”胡平说道，“黄鼠狼给鸡拜年——没安好心。”

“我听你的，不去了。”方小丽高兴地说道，“我本来怕不答应会影响到你。”说完，她突然用手按着胸口，像要吐的样子。

“怎么了?”胡平连忙扶住她。

“没什么。”方小丽喘了口气说道，“不知怎么回事，我最近老想吐。”

胡平吃了一惊，因为他大学和女友同居时也出现过这种情况，那是怀孕的先兆。

“什么时候开始的?”他问。

“大约一周前。”方小丽见胡平突然严肃起来，有些吃惊，睁大眼睛问道，“是不是、是不是怀上了?”

“有可能。”胡平点了点头。

方小丽用手捂住脸哭了起来，胡平连忙劝解。

“怎么办呢，平哥？”方小丽停止了哭说道，没人的时候她称呼胡平平哥，说完泪眼蒙眬地望着胡平。

“不用担心，”胡平安慰道，“有我呢。这几天抽空去医院检查一下。”

“反正我也是你的人了，我听你的。”方小丽用手擦了擦眼泪，说道。

夜很深了，两人依偎着向出租屋走去。路上行人很少，几盏昏黄的路灯照着曲折的小道，显得安静而神秘。突然，胡平就发现前面有个非常熟悉的人影，似乎是吴明，正搂着一个女人的腰走在前面。那个女的似乎是采购部的田莲。

“是的，是他们。”胡平从两人走路的姿势断定自己的判断不会错。他既紧张又兴奋，眼睛闪着光，像猎人发现了久已期盼的猎物似的。而方小丽还在想着自己怀孕的事，没有注意到胡平表情的异常。胡平赶紧将方小丽带到附近一家小商店，借口说要上厕所，立即沿刚才的路追踪过去，一直跟到吴明和田莲进了出租屋，记下门牌号码才回转过来。

吴明在外面有情人，这在采购部算不得秘密，但如果说是田莲，很多人都不会相信。这个大家称作“甜甜”的女孩看上去既斯文又内向，平时很少和人开玩笑，还时常将老公和孩子挂在嘴边，惹得那些结婚和没结婚的男人女人对她羡慕不已。

“真是人不可貌相！”胡平想，不过管她是谁，只要让他知道就行。

第二天，胡平悄悄找到他原来的同事——排忧公司后勤经理方得成，将一个装有五千元现金和一封信的信封交给了他。

国庆节假期后的第一天，下午下班后，胡平接到侄儿胡立彪打来的电话，说是这次去海边玩了两天，很有些想法，想和叔叔吃顿晚饭，顺便把自己那些伟大的想法和盘托出、共同分享。胡平猜想可能是他看了大海，被大海的博大精深所感动，说不定从今以后洗心革面、奋发图强、重新做人，诚如是，则是胡家之大幸！他连忙应允，约定晚七点见。

胡平在一家较好的酒店找了一个小包间静候侄儿的到来。七点钟，胡立彪夹着一个黑色的公文包，西装革履，像是要去出席什么重要的会议似的，出现在胡平的眼前。

“不好意思，让你久等。”胡立彪一边道歉一边掏出一支烟递了过去——他知道胡平不抽烟，但礼貌不能少。胡平摇手拒绝后，他便给自己点上。

“这两天玩得怎么样？”胡平问。

“还可以。”胡立彪吐出一个烟圈，答道。

“看完大海后有什么想法？”胡平笑着问道。

“还行，我到海里游了一会儿，就是水太咸，眼睛难受。”说完，他揉了揉眼睛，仿佛那海水对他依依不舍，现在还留在眼里。

胡平的笑容僵在脸上，仿佛买彩票的人发现自己中了奖，到了领奖处却被告知是张过了期的彩票。

胡立彪没有注意到胡平脸上表情的变化，猛吸一口烟，吐出一个更大的烟圈，非常严肃认真地说道：

“我这次找三叔是想和三叔商量一件非常重大的事。”

第九章 ‖ 地税专员

胡平见胡立彪凝重的神情，以为发生了什么大事，忙问道：

“什么事?”

“这次我和两个朋友一起去海边，并不是只为了玩，经过商量，我们决定合伙成立一家公司。”胡立彪说完，得意地望着胡平，仿佛自己已经是腰缠万贯的大老板。

胡平听了，惊得张大了嘴，一个刚放进嘴里的花生米趁机从嘴里溜了出来。

“成立公司?”他以为是自己听错了。

“对，成立公司。”胡立彪得意地说道，“我有个朋友在山西那边卖羊肉串——不是那种用手工烤的，是全自动的，一年赚了二十多万。他邀请我们过去，合伙成立一家连锁公司。先占领山西市场，然后向全国甚至全世界发展——你知道山西的羊肉串是很有名的。”说完，胡立彪有些激动，吐出一个又大又圆的烟圈，眼睛斜视着三叔。他对这个三叔向来不以为意，一个大学生，在一个公司干了两年多，只混了个采购员，每月工资不到三千，既无名又无利更无权。

“你找我还有别的事吗?”胡平压住心中的怒火问道。

“当然有。”胡立彪连忙摁灭手中的烟，拿纸巾擦了擦嘴，郑重地说道，“成立这个公司，我们说好每人先投资三万元，我想三叔如果有多余的资金，能不能先借我投资，一年后保证还你，年利息百分之三十!”

“我没有多余的钱。”胡平回答道，“这些年我挣的钱几乎都给你爷爷治病用了。”他说的也是实话，自从他的妈妈去世后，他的父亲百病缠身，他每个月的工资大部分寄给了父亲看病。现在他所有存折上的钱，加起来不超过五千。

“三叔太谦虚了!”胡立彪谄笑着说，“要不年利息给你加到百分之五十?”

“我真没钱，”胡平不耐烦地说道，“你要办什么公司我不反对，但所需的钱要靠自己去挣。我认为你现在最好还是待在这里，先学点东西挣点钱再说。你那个朋友说的多半是骗人的鬼话。”

“话不投机半句多”，胡立彪觉得眼前这个三叔太迂腐，太老实，太不够哥们，跟自己根本没有共同语言。见胡平不肯借钱，便搭讪了几句，起身告辞。

过了几天，在一个周末的上午，李志强打电话给胡平，说在接待室等他。胡平来到接待室，他见了李志强，大吃一惊。他的左边脸颊有一大块刮痕，上面还留着血迹，几块止血贴像补丁一样胡乱地粘在上面。右手掌也破了几处，血迹未干。两个膝盖上面的裤子都刮破了，尤其是右膝盖，上面血糊糊一片。

“怎么啦?”胡平吃惊地问。

“没什么，皮肉之伤。”李志强有些不好意思说道，“刚才我骑摩托车给你们厂送货，半途上遇到警察查车，我的摩托车是水货，假牌照。我正准备躲开，却被警察发现了。我在前面跑他们在后面追。幸亏我路熟，虽然摔了一跤，却没被抓住。”他好像是在讲述别人的故事似的，轻描淡写地说道。停了一下对胡平说道：“我找你是想请你帮我做件事。”

“什么事?”

“我本来已经答应明天去陪负责我们那个片区的地税专员老姜吃顿饭，陪他唱唱歌，没想到今天摔成这样——大帅哥变成了猪八戒，不敢去了，想请你代我去。”

“如果老姜是个大美女还差不多。”胡平开玩笑说道，“推迟几天或到下周再去不行吗?”

“不行的。”李志强严肃地说道，“他能抽出时间让我们去陪，已经是对我们最大的恩赐了。很多人想陪他都没有机会。我们还是托关系才找到这个机会的。”

“为什么非要请他呢?”胡平不解地问。

“工商税务我们得罪不起——这个你现在不懂，以后就会明白的。再说这个老姜还算不错，只吃喝玩乐，而且还乐意帮忙。上个月就是他提前通知我税务局的人要去我那里，否则就麻烦了。”

“好吧，我去陪他。”胡平想了一下，觉得帮忙陪吃陪喝陪唱也没什么。自己又不是女的，相信老姜能让李志强陪也绝不会是个同性恋。“可是怎么陪呢？我可从来没有陪过人。”

“很简单。”李志强说道，“他干什么你不用管，替他付账就行了。”说完掏出一个信封递给胡平。“这里有五千块钱，如果不够，先帮我垫着，回头我再给你。你会开车吗?”

“会。”胡平答道，“不过已经两年多时间没开了。”

“没事。我租了一辆车，明天下午两点钟。你到时候开车去，一切听他吩咐就行了。”

“为什么你不叫你的搭档去呢？他不是有宝马车吗?”

“他什么都不管。再说去陪这些人一定不能开好车，否则他们下手更狠。”

临走的时候，李志强又特别叮嘱道：“他是我们的大爷，千万不要得罪他。”

天空有些灰暗。到了中午竟下起雨来。雨细细的轻轻的，如丝如梦，被风一吹，荡荡悠悠，像失了主的魂。开车的人最讨厌这种雨，不开雨刷吧，这些雨很快就会让你的眼前变成模糊一片；开吧，雨水太少，很难刷干净，雨刷也难受得嘎嘎直叫。更令人气恼的是这些雨丝被风一吹，常常弯了身，跑到后视镜上去，赖着不肯下来，让你看后面的时候模模糊糊，朦胧一片。

胡平开着车，按照老姜电话里的指示七拐八弯，一会儿大路一会儿小路，一会儿又穿过狭窄得只能过一辆车的巷道，就像电影里为了摆脱跟踪的地下党组织一样。胡平的车技本来就不怎么样，又遇着下雨，开着一辆破旧的车在这些小巷里穿来穿去。他心里既紧张又生气，暗地里把老姜的祖宗三代都骂遍了，后悔当初不该答应这件苦差事。胡平好不容易把车开到一个偏僻的小商店门口停下。透过细雨，他看见商店门口的一张有些发黑的旧竹椅子上坐着一个人，三十多岁的样子，脸色阴晦昏暗几乎和周围的景色融为一体。那人戴一副墨镜、正六边形脑袋，穿一套黑色西服和黑色皮鞋，看上去死气沉沉、了无生气，仿佛是一张遗像放在那里。

那人看到胡平的车，站起来向他招手。胡平吃了一惊，在他的印象中，税务官员即使不是肥头大耳，也应该是满面红光、神采奕奕的那种，而眼前这个人却活像一个刚从坟墓里爬出来的僵尸。他不确定此人是不是老姜，赶紧拿出手机拨打老姜的电话，果然手机铃声在这个人的口袋里响起。胡平连忙下车，满脸堆笑，热情地招呼老姜到副驾驶就座。老姜断然拒绝，一屁股坐到后排，有些不满地问道：

“你姓胡，小李的朋友？”

“是的，”胡平赶紧道歉，“路不好走，又下雨，让您久等，实在对不起。”

“没事。”老姜摆了摆手，又像是在赶苍蝇，“快走，我的朋友已经等了很久了。”

车到了一个住宅小区门口，还未停稳，老姜已推开车门，蹦了出去。很快，从里面一前一后走出两个年轻女孩，前面的那个年龄稍大、身材高挑、体型丰满，丰腴的嘴唇上涂满了鲜艳的口红，饱满的胸脯似乎要挣脱衣服的束缚。她的脸上涂了很多粉，不知是皮肤不够光滑还是粉没有抹均匀的缘故，看上去有些凹凸不平，像一颗石子掉进水里激起的波纹。女孩浑身充满着野性和性感，让人想入非非。她未语先笑，笑声爽朗、干脆，只是细听有些做作。女孩见了老姜，对他说了几句话，然后用手轻轻拍着老姜的背部，宛如母亲在安慰被人欺负、心灵受到创伤的小孩。另一个走在后面的女孩，看上去似乎还是个初中生，扎两条小辫，长得小巧玲珑，皮肤略显苍白，神情好像刚哭过似的，惹人怜爱。胡平突然想起小时候老家邻居的女儿，因为家穷，父母重男轻女，刚刚读完小学就开始像大人一样劳作，还经常挨打，那欲哭无泪的样子，与眼前的女孩十分相似。胡平心里感到一阵难受。

很快，老姜带着两个女孩来到车上，并介绍给胡平：年纪大一点的女孩叫阿香，小一点的叫阿雪。他让阿雪坐到副驾驶位，自己和阿香迫不及待躲到后排，卿卿我我，互诉衷肠，那情景犹如小别后的新婚夫妇。

按老姜的指示，车停在了一家农庄前。说是农庄，其实里面装修非常豪华。四个人要了一个包间，老姜像绅士般请两位女孩点菜，然后自己要了一个鹿鞭汤。最后问胡平要不要点菜。胡平拿过菜谱看了看，吓了一跳，里边的菜全是百元以上一份，单是老姜点的一份鹿鞭汤，就值三百元。他赶紧合上菜谱，连说不点了。吃饭时，阿雪自然和胡平坐在一起，胡平把他当成了邻家小妹，就和她聊起来。阿雪说她姓陈，叫陈小雪，湖南人，今年已满十七岁，因家里穷，读完初中就出来打工了。

“至少还读了初中。”胡平觉得她比邻家小妹还是要好些。

吃完饭，胡平买单，老姜也不来争，一副理所当然的样子，仍和阿香打得火热。胡平看账单超过七百元，有些心疼，虽然钱不是他的。

走出农庄已是七点过钟，雨已停了。夜幕开始降临。根据老姜的指示，胡平开着车，来到市区一处繁华地带，停在了一个叫“夜来香”的酒吧歌厅前。阿香挽着老姜的手，宛如一对情侣，轻车熟路，来到一个KTV包间。胡平和阿雪边走边聊跟在后边。

包间很大，至少可以容纳十个人，四个人在里面显得有些空荡。也许是灯光和音乐的原因，老姜开始兴奋起来。他脱下外套，取下墨镜，挽起衣袖，似乎准备大干一番。阿香叫来侍者，熟练说出几种酒的名字，大手一挥，大老板似的叫道：“快上，不差钱。”然后紧挨着老姜坐下，玩起了掷骰子游戏，谁输就罚谁喝酒。

胡平因为要开车，不敢喝酒，阿雪陪着他唱歌。阿雪的嗓音一般，不过节奏把握得还好，表情也很到位，尤其是唱孟庭苇的那首《谁的眼泪在飞》时，其神情和歌声催人泪下。老姜和阿香玩了一会儿掷骰子游戏，也过来唱歌。老姜只能唱一些简单的老歌，比如《小草》《世上只有妈妈好》。他的歌声和他的外貌一样沉闷毫无生气。他唱《世上只有妈妈好》时一字一顿，好像古时候老学究读八股文，听了心里像吃了苍蝇般难受。阿香嗓音洪亮，只是经常跑调，而且她的歌声总比屏幕上的字幕慢一拍。唱了一会儿，两人大约觉得唱歌不是自己的特长，加之口干舌燥，于是又坐回去继续玩他们的掷骰子喝酒游戏。阿雪陪胡平唱了一会儿歌，看着阿香他们掷骰子喝酒热闹，就撇下胡平加入他们当中去了。

胡平一个人坐在沙发上，一边唱歌，一边看他们三人玩“掷骰子喝酒”游戏。三人越喝越兴奋，声音也越来越高亢，阿香脸通红，阿雪脸发白，而老姜的脸却越来越青。地上的空啤酒罐堆了一堆，侍者不断地拿着一箱箱洋啤酒进来。阿雪首先忍不住开始往厕所跑，接着是阿香。老姜则面带微笑，稳如泰山般坐在那里，一副扬扬自得稳操胜券的样子。刚开始时胡平还以为两个女孩子频繁上厕所是因为啤酒喝通了的原因，后来发现不对劲，她们是到厕所去吐，吐完后再喝，喝完后再去吐。

“这不成了纯粹的浪费吗？既糟蹋身体又浪费粮食，而且这些吐出的东西流入江河，还会污染环境。”胡平很生气，恨不得上去朝每人踹上一脚。他从小在农村长大，知道“粒粒皆辛苦”，小时候吃饭碗里一粒饭都不允许剩下。随即他明白了，这两个女孩如此拼命喝酒，肯定是为了多拿提成。他悄悄叫来侍者，问洋啤酒多少钱一罐。

“三十。”侍者面无表情说道。

“天呐！那一堆啤酒罐少说也有上百只，三千多元！”胡平想着暗中数了数口袋里的钱，除了李志强给他的五千元钱以外，自己身上只有不到五百元钱。

“再这样喝下去，恐怕自己只有在这里当人质，让别人送钱来赎了。”虽然不是他出钱，但他想到李志强为了节约，开着五百块钱买来的摩托车送货被交警撵得差点丢了性命，不禁愤恨起来。他觉得必须采取些行动，但又不能得罪姜大人。他想了想，丢下话筒，待阿雪再从厕所出来的时候叫住了她，让她陪自己喝。阿雪欣然答应。两人也是一边掷骰子一边喝酒一边聊天。

“你家里面几兄妹？”胡平问。

“两个，一个妹一个弟。”

“来这边多少年了？”

“快两年了。”

“做这一行多久?”

“一年。”阿雪酒也喝得差不多，酒后开始吐真言。

“那你为什么不去工厂上班呢?”

“上班太累，又不自由，还要受别人气。再说钱又少，我父母还指望着我挣钱回家修房呢。”

胡平尽量多找话题说，以便放慢喝酒的速度。他等会儿还要开车，不敢多喝。阿雪似乎也愿意配合，很有兴致地与胡平聊天，渐渐忘了喝酒拿提成的事。

“其实你可以抽点时间，多读些书。”胡平说道，“我有一个表妹，也是初中毕业，到这边后她边打工边读书，学的是函授会计专业，两年后拿到大专文凭，现在在一间外资厂做会计，月薪四千多。”为了增强说服力，胡平把一个同事的表妹当作自己的表妹来讲述。

“真的吗?”阿雪眼里闪着光，望着胡平说道，“其实我初中成绩很好。本来考上了县城重点中学的，但我父亲不让我去读，说家里没钱。”

“真的，不骗你。”胡平赶紧说道，“去年她刚结婚，嫁给了一个留美学生，还在深圳买了房，快要做妈妈了。”胡平望着阿雪，想起了邻家小妹，突然产生了一种英雄救美人的气概。他编出的这些话连他自己都相信了。

阿雪突然站起身，默默地走开，来到一张玻璃茶几前坐下，双手托着下巴，似乎在思考什么。没过多久，她双手捂脸哭了起来。起初声音不大，抽抽噎噎断断续续，继而悲声切切，哭声连成串，最后终于放开了，犹如决堤的洪水，那哭声惊天动地，撕心裂肺，间或捶胸顿足，以头撞墙。

阿雪刚起身时，胡平以为自己的计划失败了。他和她聊天的目的就是想让她少喝酒，这样就可以少付钱。他又无聊地拿起话筒继续唱歌。阿雪刚开始哭时，阿香只是诧异地抬头看了一眼，老姜则嘴角含笑，一副不屑的样子。直至阿雪放声痛哭，以头撞墙，胡平赶紧跑过去抱住她，想制止她这种不理智的自残行为。幸好因隔音的缘故，墙上贴了一层毛毯，阿雪撞了好几下还不见头破血流。但阿雪仍然拼命地往墙上撞去，大有不把墙撞倒不罢休的样子，并且一边哭一边喊“妈妈”。阿香跑过来，一面劝“小妹别哭”，一面帮胡平拦住阿雪，但阿雪仍不停地哭。不能撞墙，阿雪就用手拼命砸玻璃茶几，玻璃比地毯硬多了，很快，阿雪的手就砸破了，血流了出来。阿香听着阿雪的哭声，自己也禁不住开始流泪，一面责问胡平：

“是不是你欺负了小妹?”

“没有。”胡平矢口否认。他觉得有点莫名其妙，自己之前连她的手都没摸过，怎么能谈得上欺负她?

阿香边劝边哭，最后干脆撇下阿雪，一屁股坐到地上，号啕大哭起来，并且也学阿雪以头撞墙，其声音和气势后来居上，迅速盖过阿雪。胡平看得心惊胆战，听得头昏脑涨，忙得不亦乐乎，身上到处都是泪水、鼻涕和血迹。刚拉住这个，另外一个又往墙上撞，冲锋陷阵一般。这个哭声刚小了一点，那个又高亢了起来。他左支右绌，浑身冒汗，像赤膊上阵的救火队员。

老姜安然地点起一支烟，嘴角仍挂着笑，像看杂技团表演似的欣赏眼前的闹剧。

他一身黑暗，如果不是烟上那一点火星，还真看不出那里原来住着一个活人。胡平已累得筋疲力尽，四肢无力，回头却见老姜居然抽着烟岿然不动，一副事不关己高高挂起的模样，气得胡平冲他大声喊道：

“快过来帮忙，再闹下去出了人命，警察来了怎么办?”

一听到“警察”二字，老姜吃了一惊，很不情愿地过来拉着阿香。

“干吗呢！这是干吗呢!”老姜发出的声音又尖又细，像压电式高音喇叭发出的声音，一下把阿香给镇住了。阿香见来了靠山，转过身扑倒在老姜的怀里，眼泪鼻涕口水全跑到了他的新衬衫上。老姜满脸的厌恶，背后是墙，又躲不开，只好将他瘦弱干瘪的胸膛暂借给阿香当枕头和手巾用。

阿雪仍在哭，声音不大，却显得更加悲伤、凄凉。胡平紧紧抓住她的双手，怕她又去撞墙或是砸玻璃茶几。阿香在老姜干瘪的胸膛上停靠了几分钟，似乎从中找回了力量，终于不哭了，却回过头来大骂胡平，说一定是胡平说了什么让阿雪伤心的话。

“她跟了我差不多一年，她从来不这样的。她好听话!”说完，阿香抬起头，狠狠地盯着胡平，“你骂了她什么？是不是骂了她婊——”她硬生生地把后面一个字吞了下去。

“我骂她干吗?”胡平感觉自己是跳进黄河也洗不清了，又觉得自己没必要和她一般见识，于是说道，“也许是她喝多了酒的原因或者是想起了什么伤心的往事。”

一说到喝酒，胡平就气不打一处来。几千块钱就这样打水漂了，不，连打水漂都不如，水漂的话还能激起一阵涟漪供人们欣赏，这纯粹就是糟蹋劳动人民的血汗，还污染环境!

阿雪的哭声渐渐小了，最后变成了间歇的抽泣声。她已经没有力气再往墙上撞或用手砸玻璃茶几，软软地躺在沙发上。老姜干瘪的胸膛大约承受不了阿香丰满身体的重量，开始叫侍者买单。胡平听了以为是老姜感到内疚，要主动买单——因为在饭桌上，一般叫买单的，都会自己主动掏钱。胡平正在心里感激老姜，却见侍者向自己走来，再回头看老姜：他的两手正环抱着阿香的肥臀，在那里窃窃私语呢!

“狗日的!”胡平一边在心里暗骂一边掏钱。一结账：四千二百元。他有点感激阿雪，如果不是她这一哭一闹，等结账时估计他就只能在这里做人质了。

阿香本来体质过硬，虽然也哭了，也撞了墙、砸了几下玻璃茶几，但一旦醒悟过来就很快地恢复了本来模样。她知道今天扫了老姜的兴，得罪了自己的衣食父母，她得想办法赶紧挽救。她双手搂住老姜细细的脖子，微启红艳艳的朱唇，一副嗷嗷待哺的样子；而老姜呢，将头高高仰起，一副誓死不从的模样，似乎要从容就义般。阿雪像一摊泥，瘫倒在沙发上，拉都拉不起来。没办法，胡平只得把阿雪背在身上，背下楼放到车上。他怕她着凉，又将自己身上的外套脱了盖在她的身上。而阿香则一直双手搂住老姜的细腰，头依偎在老姜的胸前，像一对久别重逢的情人，慢慢走下来。

胡平开着车按照老姜的指示送阿香和阿雪来到她们的住处。车到楼下，阿雪也恢复得差不多了。她先下车，老姜和阿香也跟着出来，胡平坐在车上没动，他以为老姜要和他一起走，还暗自担心那条路不好开车。下车后，阿香仍然搂住老姜的细腰，一脸的依依不舍状。老姜似乎很生气，竟不为所动，甚至做出了一个抽身欲逃的动作。

这时惊奇的一幕发生了：只见阿雪突然“扑通”一声跪在了老姜的跟前，并说道：

“姜哥哥，你一定要上去，今晚都是我不好，扫了大家的兴，我会加倍地补偿。你一定要上去。等会儿我和姐姐一起伺候你。”阿雪说完张开双手抱住老姜那双瘦骨嶙峋的腿，仿佛生离死别一般。

老姜大约是被眼前两个痴情坚贞的女孩感动了，叹了一口气，似乎是原谅了她们，就像母亲原谅了淘气的孩子般。他转过头来，开始寻找胡平，并举起右手，用大拇指和食指做了一个优雅的数钱动作。胡平看了一愣，随即明白过来，赶紧将全身剩余的钱装入信封，然后下车假装和老姜握手告别，趁机将信封塞进了老姜的手里。钱拿到手后，老姜脸上露出一副被逼无奈的样子，扶住阿香和阿雪的肩膀，一步一步上楼去了。

“狗日的狗!”看着他们的背影，胡平忍不住骂道。他后悔刚才不应该将身上的钱全部给了老姜。现在感觉口干舌燥，想买一瓶水喝的钱都没有了。

第十章 反击

10月中旬的一天，人事行政部经理王芳突然收到一封快递件，她疑惑地打开一看，里面有一封信和一张碟片。她将信打开，只见上面写着：

尊敬的星光电子有限公司人事行政部领导：

你们好！

半年前，我们是你们公司的一家供货商，每年采购部的吴经理都要从我们公司拿走二十至三十万回扣，四年下来总共超过一百万。可是半年前吴经理却突然说我们公司的产品性价比不好，将采购单转向了另外一家公司。其实只是那家公司给他的回扣更高（我公司有证据，若需要的话，可随时提供）。本来我们不打算投诉，但吴经理到处乱讲我们产品质差价高，我们是被逼无奈才出此下策。

另外，我们在一次非常偶然的机会中，无意之间获得了一张吴经理和其情妇偷情的录像碟片，虽说找情妇并不犯法，但有这种偏好的人做贵公司的采购部经理，我们私下认为不是长久之计，并且真诚地请你们思考一下：就凭他那点工资养得起情妇吗？

此致

敬礼

×年×月×日

另附碟片一张，敬请笑纳。

信上没有发信人的地址，信也是由电脑打出来的。

王芳看了信，考虑了一会儿，决定先不看碟片，直接送到刘玲那里，让她亲自处理。

刘玲看完信，想了想，叫王芳留下，关好办公室门，将碟片放入电脑光盘，很快，电脑里传出吴明的声音："甜甜，宝贝，快过来……"还有田莲嗲声嗲气叫吴明的声音以及两人亲热时的呻吟，两个人看了一会儿，赶紧关掉。

"是采购部的田莲。"王芳说道。

刘玲有些气愤，又有些幸灾乐祸。她叮嘱王芳不要对任何人讲，由她来处理。

下午快下班时，刘玲将胡平叫到办公室，请他坐下并亲自倒了一杯水给他，然后笑着说道：

“找你来是想和你聊聊，听听你对公司的意见和看法。”顿了一下，又问胡平道，“你什么时候进的厂？”

“好像是2005年9月吧！”胡平答道，“具体日期记不清了。”

“挺不容易的。”刘玲点了点头，“听说你是学法律的，而且进厂前曾在一家法律咨询公司做过。为什么会想来我们公司做采购员呢？”

“法律专业太难找工作。”胡平答道，“我选择做采购这行时，开始的确不愿意，但是后来我发现其实采购也能学到很多东西，比如可以认识上千种不同的零部件，可以学会和各种各样的供应商打交道。其实大学只是学会学习方法，专业知识倒在其次。另外，在采购部还能学到不少管理方面的知识。”

“是吗？”刘玲饶有兴致地望着他，“说说你对采购部在管理方面的意见。”

“首先，我们可以根据开发部所提供的材料清单，将所有材料分门别类输入电脑，然后分配给采购员。采购员下单时直接打印，不需要用手写，这样可以减少错误和节省人力。当然，这要求开发部提供的清单必须准确。其次，由于采购工作的特殊性，最好半年至一年将每个采购员手中的工作轮换一次，这样可以避免一个采购员长久与一家供应商打交道，产生不必要的麻烦。最后，开发部和品质部，尤其是品质部，应加入到采购管理。所有供货商的更换须通过品质部的批准。一定要靠制度管人、管物，而不是靠关系、感情。”胡平说完，见刘玲眼中满是赞许的目光，频频点头。他竭力压住自己心中的狂喜，非常谦虚地说道：“这只是我个人的看法。吴经理做了多年的采购，在这方面比我有经验得多。”

“是吗？”刘玲不置可否地笑了笑，最后说道，“我看你也挺不错的！”

吴明有一个习惯，如果没有特殊情况，每天下午下班前二十分钟，他会撂下手中所有的工作，甚至关掉手机，然后舒舒服服地躺在座椅上，把右手搁在光亮的脑门，闭上眼：回顾过去，想想现在，展望未来。

这天下午，他同样也是这样，并且脸上始终带着甜蜜的微笑。过去的这段时间他是快乐的，身心也是健康的。他回想起自国庆节以来的这段时间，他和他的“甜甜”偷了几次情，每一次都令他感到兴奋和激动。他的“甜甜”大学毕业，比他老婆高了一个档次，还比他老婆年轻，而且更会伺候人，床上功夫也非常了得。兴奋之余，他睁开眼瞟了一下坐在他前排的“甜甜”——田莲。在他眼里，田莲脸上那些数量可观的雀斑全变成了美人痣。他又闭上眼。他真想一脚踹掉又老又丑的老婆，和他的“甜甜”私奔，但他知道这种事想想还行，实施起来难度太大。他的“甜甜”偶尔和他偷一次情还可以，若真要嫁给他，他琢磨着可能性只比零大一点。他清楚她爱的是他现在的权势和金钱，而非他的大肚子和发亮的脑门。更何况他老婆的表哥是黄总，没有他，他甚至连做个采购员都不合格。

“这种事一定要保密保密再保密。”他兀自点了点头。他知道他的这个好朋友把这种事看得比什么都重，更不用说还牵扯到他的表妹。他突然记起已好长时间没有和黄总吃饭聊天了，这样下去会疏远兄弟间的感情。他觉得过几天无论如何要找黄总吃顿饭、聊一聊。他正想着，却听见有人叫他：

“吴经理，黄总叫你马上去他那里！”是田莲柔和的声音。

“说曹操曹操就到。”吴明满脸笑容地站起来，深情地看了田莲一眼，对着她的背影说了一声“谢谢”。然后哼着小曲找他的好朋友黄总去了。

吴明进了总经理办公室，觉得气氛有些不对，只见黄博伟双手倒背，脸色铁青，在办公室里不停地来回走动，像一只刚被关进铁笼的狮子，时刻准备着咆哮，准备着冲出牢笼。甚至吴明进来他也没发现。

“黄总，你找我？”吴明小心翼翼地问。

黄博伟突然停下来，睁大眼睛看着吴明，似乎不认识他似的。

“黄总找我有什么事？”吴明谄笑着说道。

“你做的好事！”黄博伟大吼一声，震得吴明耳朵嗡嗡作响。他从来没有看到过他的好朋友发这样大的脾气。“你看看这是什么？”黄博伟说完扔给他一封信。

吴明小心地拿起信，看了一半，他立刻眉宇舒展，变得镇静从容。

“诬陷！这纯粹是诬陷！”吴明说道。他像小孩子受了委屈似的，只差眼泪鼻涕没流下来，“这肯定是那家喇叭厂干的好事。”他左手拿信，右手像匕首般指着那封信，似乎准备把它当作写信人千刀万剐。他相信他拿回扣的事黄博伟早就知道。这种事只要没有确凿的证据，最多被批评一下，所以他并不担心。

“急什么！你再仔细看看下面。”黄博伟冷冷一笑，说道。

吴明看完信，手开始发抖，光亮的脑门上冒出了汗珠。

“造谣！纯属造谣！”他嚷道，不过口气明显软了许多。

黄博伟冷笑一声，走到办公桌前，按了一下键盘上的播放键，电脑显示屏上面立刻传出吴明和田莲调笑偷情的声音和画面。

吴明两眼看着显示屏，腿一软，跪倒在黄博伟面前。

“表哥！你饶了我这次吧！”说完，挤出两滴眼泪。

“你这样做怎么对得起我表妹？”黄博伟一拳砸在办公桌上。一只茶杯跳起来掉在地上，“啪”的一声摔得粉碎，茶水溅了一地。杯盖虽摔掉了一角，仍顽强地在地上打了几个滚，不知趣地来到跪着的吴明跟前。过了好一会儿，黄博伟一屁股坐在沙发上，双手捂住脸，朝跪在地上的吴明挥了挥手，说道：“你起来吧，我不是皇帝，也不是你父母。”

吴明并不站起来，语带哭音说道：

“黄总，您就饶了我这一次吧！下次再也不敢了。都是那个叫田莲的小狐狸精勾引我，她想多拿回扣，我明天就让她走人。”说完哭丧着脸望着黄博伟。

黄博伟摆了摆手，愤愤地说道：“这件事我无法为你遮盖，这些东西是行政部送过来的。”停了一下，又说道：“我已经通知财务部多给你一个月工资。你明天就去人事行政部办理离职手续。另外，带上你老婆一起走，她不知道这件事。”说完，朝还跪在地上发呆的吴明挥了挥手，“你也累了，回去休息一段时间再说吧。”

吴明出了黄博伟的办公室，差点晕倒。

“别了，我的下属们。别了，我的回扣。别了，我亲爱的‘甜甜’。”他悲痛欲绝，恨不得找这个投诉的人拼命，可他确实弄不清这是谁搞的恶作剧。为了多拿回扣，他得罪的供应商不止一家。在公司里面，尤其是采购部，他只和胡平有点过节，但他们不是已经在他的生日宴会上和解了吗？而且这封信主要是投诉他拿回扣，再说胡平也不知道黄博伟最讨厌玩弄女人的事啊。他百思不得其解，他恨自己的老婆，虽然他老婆并没有招惹他，而且老婆虽然外观上不算漂亮，但配他还是理直气壮的。他恨那个让他丢了饭碗的叫田莲的女人，可这个女人是他自己主动去找的，而且花了三年的时间费尽心机才勾搭上。

多么可爱的金钱！多么可爱的女人！所有这些都将离他而去。他懊恼、痛心、愤怒。他不断地使劲搓他光亮的脑门，可是即使搓下一层皮来也无法挽回了。他败了，败得一丝不挂，一塌糊涂，连对手是谁都不知道。

第二天，刘玲到采购部召集全体人员开会，告诉大家吴经理因家中有急事已辞工，即日起采购部由她负责。她正在物色采购部经理。

两天后，刘玲把胡平叫到办公室，直截了当地对他说：

“我想让你做采购部经理，有信心吗？现在黄总已不再管采购部，由我负责。”

“我——”胡平似乎有些惊讶，“我能行吗？再说采购部有这么多老员工。比如田莲已在采购部工作了六七年。”

“不要提她！”刘玲打断了他的话，一脸的厌恶，“我两天前曾找你谈过，我觉得你有这个能力。”她见胡平还在犹豫，又说道：“你放心，我会授权给你，让你全权负责，我也会全力支持你的。”

“那我就试试吧。”胡平知道不能再谦虚，否则上了钩的鱼儿也有可能会溜掉。

胡平出了刘玲的办公室，刚才严肃的脸上立刻充满了笑容，他忍不住想哈哈大笑，又怕被人听见。他举起紧握拳头的双手，“耶！”他大吼一声。两年多的等待期盼，两年多的忍辱负重苟且偷生，两年多时间，他忍住从未接受过供应商一分钱，从未吃过他们的一顿饭。现在他终于如愿以偿了。他蹦着跳着，吹着口哨，像一只终于挣脱笼子的鸟，他可以自由飞翔了，可以在蓝天翱翔了，可以着手施展自己的抱负了，可以眯着眼点着头对供应商说“OK”了。他要把这两年多的损失夺回来。

晚上，他一个人悄悄来到一家酒店大吃大喝了一顿。他多么想把自己的这个秘密与人分享，但他没有这样的人，即使他的女朋友方小丽也不行。他要将秘密永远留在自己心中。他差点喝醉了，不过他的头脑依然很清醒。

“这只是万里长征走完第一步。”他告诫自己道。

第二天一大早，刘玲又召集采购部全体人员开会，宣布从即日起，胡平任采购部经理。会议最后，她用非常严肃的口气强调道：“以后你们工作上的事找胡经理就行了，你们的工资、奖金和去留都由他决定。”坐在她身边的胡平正襟危坐，严肃拘谨，苦着脸，一副极不情愿的样子，仿佛是被赶鸭子上架似的。

刘玲讲完离开以后，胡平继续开会。他用一种极无奈极忧伤的语气说道：

“吴经理因家中有事突然离去，非常突然非常令人伤感，前天他还在同我们说笑呢。我们都是在吴经理的带领下成长起来的，尤其是我，没有他就没有我的今天。”说到这里，他的声音变得有些沙哑，似乎吴明是他的救命恩人似的，他找了点纸巾擦了擦眼睛，像是怕眼泪掉下来。下边的听众心怀鬼胎表情各异地看着他。有个女采购员被感动得双手奉上一杯温水。胡平喝了一口水，整理了一下情绪，继续说道：

“本来这个经理位置是万万轮不到我的，在座的各位比我能力强比我资历老的大有人在。昨天刘总找我谈话时，开始我是坚决拒绝的。我对她说：‘吴经理家里有事可以请假嘛，半年一年都行。我们保证在他不在的时候把工作同样做好。’但刘总不答应，说吴经理这次多半是不回来了。急切之间找不到合适的人，从外面招，一是怕时间来不及，二是怕新人不了解情况，现在又是旺季，影响了生产怎么办？叫我先试一试，怎么办呢？我只好硬着头皮滥竽充数了。”说完无奈地摇头叹气。

下面的听众大都被胡平一番至真至诚的肺腑之言所感动，尤其是他对前任念念不忘和不计前嫌的赤胆忠诚，为公司利益甘担风险、鞠躬尽瘁死而后已的崇高精神，令在场的大部分人赞叹不已。当然，其中已有一两个不怀好意的人巴不得胡平不堪忍受压力把经理宝座禅让给他们，那样既可解除胡平的痛苦，又可以让得到它的人高兴。一举两得，何乐而不为呢？

胡平见下边的人都心悦诚服地看着自己，只差没有喊“胡平万岁”了，心里的笑差点就跑到了脸上去。他咳嗽了两声，清了清因激动而有些发干的嗓子，喝了一口水继续说道：

“当然了，你们都是我的好兄弟、好朋友，我们是同一条战壕里的战友。我相信大家一定会同我一起，渡过眼前的难关。目前最重要的事就是稳定，稳定压倒一切。一切都按照吴经理以前制定的方针政策办，希望大家努力做好自己的本职工作，拿回自己应得的报酬——像吴经理以前所说的那样。当然，如果有哪位不想合作，那我就只能请示刘总，按照公司的规章制度处理。”说完威严地扫视了一下全场，然后宣布散会。

接下来胡平所做的第一件事是叫所有的采购员将写有“原采购部经理吴明因事辞职，现任命原公司采购员胡平为采购部经理，负责采购部一切事宜”的公司任命书立即传真到所有供应商。第二件事是以考察为名，分别走访各大供应商，委婉地告诉他们，现在的胡平已经不是以前的胡平，以前对吴经理怎样，以后对他也是同样，不得偷工减料，吴经理不可能回来了，他现在是采购部老大，一切由他说了算。

“不能便宜了这些供应商，哪怕是一分钱。”他暗自说道。

不久，田莲辞工离开她工作了差不多七年的星光电子有限公司采购部。她走的时候胡平专门为她举行了欢送宴会，这让田莲感动得紧紧握着胡平的手，热泪盈眶，激动得半天说不出话来。

进入 11 月份以后，销售形势越来越好，销量越来越大，公司很多型号的产品已供不应求。黄博伟看着眼前的销售报表，心里非常高兴。

“还没到最旺的时候呢。”他想，“看来明年又可以继续扩张了。应该早做准备，多储备些人才，不要像今年一样弄个措手不及。”想到此，他觉得有必要和各部门的经理商量一下。他拿出上周的厂部例行会议记录看了看，上面写有生产部要求招人的意见。他决定参加本周的例会。

第十一章 问题重重

黄博伟是个通才，或者说是个复合型人才，他精通电子电路设计、软件设计，对外观造型和电声也有较高的造诣。他平时除了管理开发部和参与公司的重大决策外，还经常像工程师一样搞开发设计。他对设计达到了痴迷的程度。有一次他正和妻子做爱，突然灵光一闪，想到了一个新的创意。他立即翻身下床，扔下意犹未尽的妻子，去书房继续做深入的研究，直到第二天早上六点钟才大功告成。他兴奋地跑回卧室摇醒梦中的妻子，想与她共同分享成功的喜悦。他激动得语无伦次，似乎他的这个新创意新发明可以获得诺贝尔奖似的。他在妻子的脸上狠狠地亲了两口，弄得迷糊中的妻子以为遭了强奸，差点喊救命。

黄博伟很少参加每周例会，因为他的确很忙，而且除了开发部外，其他部门基本上是由妻子刘玲负责。当然，一旦他参加，他就是理所当然的主持——他毕竟是公司的总经理。

晚上七点钟，会议准时开始。他先扫视了一下全场。他看见原来吴明的位置换成了新上任的采购部经理胡平，心里有些不高兴，但一想到吴明竟敢在外面包养情人、欺负表妹，他的气就消了。兼任财务部经理的董事长老汪一般不参加会议，销售部、品质部、物控部、生产部、人事行政部、采购部再加上刘玲和一个记录员，总共有九人。按照惯例，他让各部门经理先发表意见。

“公司产品已有十几种型号断货。”销售部经理林奇首先发言，“这几天业务员都来找我，说今年如果完不成销售任务，责任不在他们身上。由于缺货，他们天天被代理商骂，甚至连我和刘总也被骂过几次。”说完望着刘玲。刘玲点了点头。

“人手不够，材料又不能按时送到。”说话的是生产部经理张伟。他三十出头，湖南人，个子不高，属于那种短小精悍型。他知道接下来黄博伟肯定会问他断货原因，连忙抢着说道，“我们至少还需要增加三百人。淡季走了两三百人，一直没补上。半个月前我已将招人计划交到了人事行政部，到现在只招来一半。材料也经常不能按时到位，有时我们排好了拉，仓库却说差材料。我们转一次拉至少花两个小时。另外，员工普遍反映食堂伙食差，尤其是夜宵，每天都是稀饭馒头。要知道生产一线的人几乎都是年轻人，每天要上十一二个小时的班。”张伟显得很委屈，仿佛自己超额完成了任务却还要被批评似的。

“采购部确定的原材料到货时间经常不准。”本来王芳想说话，却被物控部经理蒋雯抢了先。蒋雯三十多岁，胖乎乎的，她不慌不忙地说道，“另外，我们的生产计划也存在很大的问题，最多只能保证前面七天准确。销售部应该有个长远规划，至少一个月以上，不要随意更改计划，不要什么都急结果什么都做不出来，一团糟。”

“这段时间确实有些材料不能按时送到。”胡平见黄博伟的眼睛盯住自己，知道不开腔是不行了，他知道刚上任尽量少说为佳，沉默是金，否则会成为众人攻击的靶子，“我已经要求采购部全体人员除星期天外每天必须加班，全力配合生产部门。另外，我也希望销售部不要随意更改生产计划，因为旺季供应商也很忙，他们也是按计划进行生产。”

黄博伟听得有些糊涂，似乎谁都有责任，又似乎谁都没有责任，好像这些责任都应该由他来承担似的。幸亏这时刘玲开口了：

“我想黄总到这里不是来听大家推卸责任的。”刘玲冷冷地扫视了一下全场，说道，“第一，从今天起，销售部必须保证至少十五天内计划的准确性，就是说十五天内的计划不得随意更改。第二，物控部必须提前三天告诉生产部材料准备情况，生产部物料员则必须提前一到两天准备好第二天的生产材料。如果因材料问题导致生产不能正常进行，尤其是出现像刚才张伟讲的排好了拉才发现缺料的情况，生产部和物控部经理都将被罚款。第三，采购部要提前四到五天按生产计划将材料催到，不能今天推明天。采购员要及时地与供应商沟通，对那些经常说话不算数的供应商一定要重罚甚至换掉。”

黄博伟松了一口气，暗自佩服妻子的精明能干，正要说话却被品质部经理张浩抢了先。

“现在大家都很忙，但是不能因此忽视了质量。”张浩严肃地说道，“生产部工资是计件的，如果只重视生产效益而忽视了产品质量，会造成非常严重的后果。这段时间成品直通率比国庆节前下降了差不多十个百分点。有时我们的质检员发现了质量问题让生产部返工，一些人拉长着脸很不情愿，说些不三不四的话，甚至没返工的却骗我们说已经返工了。另外，最近一段时间供应商提供的原材料质量也有所下降。有的供应商在临近生产时才送货，退货又怕影响生产，只好勉强使用。我们一定要把眼光放得更长远一些，不能自己砸了自己的牌子。”

黄博伟听了频频点头，以为这才是负责任的表现，殊不知这些话已在例会上讲了不知多少遍了。

“关于伙食问题——”王芳终于找到了说话的机会，“这段时间菜价上涨很厉害，我们现在每个月都超支，财务部已有意见。至于招人的事，临近春节，很多人都不愿意跳槽，因为他们一旦跳槽一般都会损失至少一个月工资，所以我认为公司应该对那些跳槽到我们厂的熟练工给予一定的补偿。对那些介绍人来我们厂的本公司员工，可考虑给予一定的奖励，恐怕这样做才能招到更多的人。”

“员工伙食问题——”黄博伟见没有人再发言，说道，“从明天起，生产线上员工每人每天公司再补贴两元伙食费。招工的事就按王芳刚才讲的做，具体奖励补偿多少由王芳来制定，明天下午下班前交到我那里。至于钱的问题，我再找董事长谈谈，应该没有多大问题。”

“至于缺货的问题——”黄博伟的身子往椅子后靠了靠，两手交叉放在胸前，顿了一下说道，“我看这既是坏事也是好事。为什么这样说呢？说是好事，是因为这说明我们开发的产品今年很成功，公司的决策是正确的；说是坏事就是我们公司以及我们的代理商少赚了钱，销售部的人员要多挨骂。怎样解决这个问题呢？招人，这个刚才王芳已经讲了，但是我还有一个想法。不是说现在大学生找工作难吗？让他们到我们公司，把他们当作管理和技术方面的储备人才培养，先在车间锻炼几个月，把那些表现好的提拔到技术或者管理岗位上去，这样既解决了我们现在招工难的问题，又为我们明年扩大规模储备了人才，还顺带替政府排忧解难，一举三得，何乐而不为呢？”说完，黄博伟看了看大家，见没人说话，又接着说道：“现在最旺的时候还没到，一月份才是我们最旺的时候。现在每个部门必须围绕生产部，通力合作，精诚团结，开足马力，多出货，备足货。”

几天后，两百多名刚从学校毕业不久的大学生来到星光电子厂。王芳陪着他们去各车间考察，大学生们考察完后大都表示满意。但当王芳告诉他们必须先到车间实习锻炼三个月，其间待遇同普通员工待遇一样时，几乎所有的女大学生听了或直接或含蓄委婉地表达了同一个意思——去车间当工人是不行的，那是农民工的事情，她们不能也不该抢人家的饭碗。她们的聪明才智、她们伟大高尚的心灵不允许她们去干那些低级的工作，她们美丽而又宝贵的青春更经不起这三个月的糟蹋。如果让她们直接进办公室，那她们还是愿意考虑的，最后只有不到一百名男生愿意留下来试试。

黄博伟听了王芳的汇报后，觉得有必要亲自出马，用自己的亲身经历，用自己充满激情的演讲去影响他们，感动他们，征服他们，打消他们的顾虑，使他们静下心来，脚踏实地，逐渐成长为星光电子厂的栋梁之材。

第二天下午，几十名留下来的大学生被召集到会议室等候公司黄总的激情演讲。

在王芳作了一番简单的介绍后，黄博伟在热烈的掌声中走上主席台。

“同学们！”他说道，他的声音洪亮，有一种天然的吸引力，“首先我代表公司真诚地欢迎大家的到来，感谢大家对我们公司的信任和支持。”说完他深深地鞠了一躬。台下响起一片热烈的掌声。

“同学们啊！”掌声停止以后，黄博伟继续说道，“看到你们一张张年轻的脸，我非常激动，因为我仿佛看到了星光电子厂的未来。公司的未来靠谁？靠你们！只有靠你们，只能靠你们！你们怎样才能尽快成为公司未来的栋梁之材呢？下面我和同学们一起商讨一下这个问题。

“十七年前，我和大家一样，是一名刚踏出学校的大学生，和你们一样，我也满腔热血，胸怀大志。由于历史的原因，我们那一届毕业的大学生必须先到基层锻炼半年到一年的时间。我当时非常不理解，觉得这是对我们的惩罚。其实现在回想起来，那段时间对我来说太重要了，它让我学会了很多书本上没有的东西：锻炼了自己的动手能力，了解了下边最基层员工的想法，学会了怎样和他们相处。所以公司让你们去车间基层锻炼，并不是让你们去受苦受罪，也不是变相地剥削你们，更不是惩罚你们，而是你们成才过程中非常重要的一步。那么，怎样才能达到提高自己锻炼自己的目的呢？

“首先，从现在起，忘掉自己是大学生，把自己当成是普通员工，和他们同吃同住同睡，同甘共苦，把他们当作自己的朋友，平等的真诚的朋友。只有这样，他们才会把你当朋友，才会在你困难的时候帮助你，才会毫无保留地把他们的知识经验传授给你，你才会得到他们衷心的拥护和爱戴。学会做人，这是你们的第一步。这里还想说明一点的是，在我们公司里，没有农民工。什么农民工？纯粹是媒体在瞎扯淡，在我们公司只有员工。

“其次，要随时想到自己是大学生，是一个将来要做工程师，做主管、经理甚至老板的大学生，是一个有理想有抱负的大学生。你们不同于普通员工，你们要利用大学里学到的学习方法、思维方式，学到的专业知识，不断地提高自己，充实自己。比如，普通的员工拿着一颗螺丝，他可能只想着怎样把它又快又好地装上去。而你们呢，如果你想将来做结构工程师，除了要把这个螺丝装好之外还应该想一想：为什么要用这个螺丝？它在这里主要起什么作用？能不能用其他更好的东西代替？螺丝有多少种？怎么表述？是用什么材料做成的？等等。假如你想将来做管理，那你就得经常想一想：生产线上的工位排列是否合理？怎样才能提高生产效益和质量？员工平时想些什么？怎样去和他们沟通？等等。更重要的是不能只是思考，还要动手，对发现的那些问题，之后或查书，或请教有经验的人，直到弄清楚为止。只有这样才能事半功倍，才能早日实现你们的理想和抱负。

“最后，我想和大家谈一谈关于成功的问题。前不久，我有个亲戚的儿子——也是刚大学毕业，问我怎样才能成功。我告诉他其实很简单，把下面两条做好就行了。

“第一，能吃苦，有一句话说得好：‘吃得苦中苦，方为人上人’。其实我们绝大部分人的智力水平都差不多，也就是说你并不比别人聪明多少。如果一个人总是想着自己聪明绝顶、高人一筹，不愿意踏踏实实去做事，不愿意去基层锻炼，刚出校门就想做工程师、做经理甚至做老板，即使你运气好坐上去了也会很快摔下来，跌个半死。不能或者不愿意吃苦的人，绝对不会有多大成就。

“第二，要有毅力，持之以恒。大家都知道‘水滴石穿’的典故，做任何事情，如果没有毅力，遇到困难就怕，遇到挫折就退，这种人最终将一事无成。其实当今这个社会，信息发达，交通方便，没有什么事情好做，也没有什么事情不好做，关键看你怎么去做，只要你在做之前先做好最坏的打算，然后义无反顾、勇往直前，坚持到底，我想你一定会成功的。”

讲完后，黄博伟又留下来回答学生们的提问，一直到下午快下班的时候才结束。黄博伟走出会议室，他对刚才的演讲非常满意，这从学生们热烈的掌声，聚精会神、全神贯注的神情可以看出。

“嗯，不错！”他背着手自言自语道，得意之情溢于言表，“但仍需加强思想工作。”

他正得意着，忽然听到有人叫他，抬头一看，只见妻子刘玲拉着一个女孩的手，两人有说有笑走过来。女孩身材修长匀称，漂亮迷人。两只耳朵上挂着两颗精致的钻石耳坠，闪闪发光。两只会说话的大眼睛不时扑闪几下，勾人心魄，足以令那些自制力稍差一点的男人浑身酥软，束手就擒。

“博伟，给你介绍个美女。”刘玲冲丈夫笑了笑，说道，“这是我的表妹张欣欣，在北京工作。”

“你好，黄总——不，表姐夫。”黄博伟还未说话，张欣欣已抢先一步，一边说一边伸出了她的纤纤玉手。

“你好，欢迎！”黄博伟很少和女性握手，特别是当着妻子的面去握一个年轻漂亮的女孩的手。他踌躇片刻，终于伸出了手，象征性地握了一下，迅即脸上起了红晕。张欣欣以为表姐夫是被自己的美貌征服，心里美滋滋的，回头看了一下表姐，说道：

“表姐真是好眼力，挑了一个既会赚大钱又英俊潇洒的大帅哥，什么时候也帮我挑一个？”

“你表姐夫有一大把做老板的朋友、同学，等会儿让他帮你介绍一个。”刘玲看了丈夫的窘态，冲表妹笑了笑，说道。

“我正好有一个朋友还没有结婚。”黄博伟信以为真，“我约他过来一起吃晚饭。”说完拿出手机打电话。

张欣欣毕业于北京的一家艺术学校的表演系，大学毕业后没能当上演员、成为明星，只好在北京一家传媒公司找了一份营销工作。这次出差到深圳，顺便来看看多年不见的表姐。她一到这里，凭着职业的嗅觉和女性天生的敏感，觉得在这里有生意在等着她，有一笔提成可以拿。

等黄博伟打完电话，她立刻从精致小巧的皮包里拿出一张精美的名片，双手递了过去。

“这是我的名片。”张欣欣说道，“我们公司独家代理中央电视台的部分节目广告和一些知名报纸杂志的广告。如果表姐夫打算提高公司的品牌知名度，我非常乐意帮忙，而且保证以最低的价格提供最好的服务。”说完，趁表姐接电话不注意的当儿，大眼睛对着黄博伟扑闪了几下。

“不错！”黄博伟用大拇指和食指夹住名片的右上角，以行家里手的姿态像欣赏一件杰出艺术品似的，前前后后仔仔细细看了看，点头说道，“设计得真不错，尤其是那点红色，简直就是画龙点睛之笔。‘万绿丛中一点红’，太漂亮了！”

张欣欣听了哭笑不得。她见表姐夫只对名片的设计感兴趣，却对名片的内容和名片的所有者——美丽迷人的张欣欣小姐熟视无睹，很是恼火。她嘟起小嘴，鼻孔里差点哼出声音来。

这时刘玲接完电话，走过来说道：“先吃晚饭吧。”

三个人驱车来到一家酒店，找了个包间坐下。

“你约的朋友还没到，谁呀？”刘玲问。

“唐坡。”黄博伟答道。

“他呀？”刘玲忍不住“扑哧”笑出声来。

“你们在说谁呀？这么高兴。”张欣欣刚发完短信，听见表姐的笑声问道。

“你表姐夫的朋友，大诗人！”刘玲忍住笑说道。

“有表姐夫这么帅吗？”张欣欣睁大眼睛问。

“没他老！”刘玲瞟了一眼丈夫，笑着说道，“人家可是大老板，大诗人，也是你潜在的客户！”

大家正说着话，这时房间门被推开了，一个人闯了进来。

第十二章‖诗人企业家

来人三十左右，个子不高，脸色略有些苍白，最显眼的是他的一头披肩秀发和下颌上的一撮山羊胡。

“我就知道你们躲在这里。”来人兴奋地说道，好像玩捉迷藏游戏几经周折终于找到了藏着的人似的，“又有什么新指示，老黄?”

“给你介绍个朋友。这位是张欣欣张小姐，你嫂子的表妹。”黄博伟站起来说道，“这位是我的朋友唐坡。”

黄博伟和唐坡七年前相识，那时黄博伟到星光电子厂不到一年，正是艰苦创业的时候。唐坡由于酷爱诗词，偏科严重，连着补习两年依然名落孙山。他一气之下放弃了上大学的梦想，开始跟父母学做生意，后来他看上了星光公司生产的产品，主动找黄博伟要求做他们的代理商，两人从此相识并成为好朋友。四年前，唐坡看中了保健品行业，于是用挣来的钱开了一家生产保健品的公司。

张欣欣背对着门，唐坡进来时没注意到她。等张欣欣转过身来，他一下呆住了。

“星星!”他突然叫了起来，吓了几个人一跳，“天上星，亮晶晶，多么美丽多么迷人的星星。”他扬起头，好像在夜深人静的时候仰望繁星满天的夜空，嘴里念念有词:“我欲乘风归去，又恐琼楼玉宇，高处不胜寒——”

“是欣慰的欣，不是星星的星。”刘玲忍住笑，打断了他的话。

“不是星星的星!”唐坡似乎从梦中惊醒一般，大为失望地摇了摇头，披肩秀发也跟着摆了几下，好像是在为浪费了这几句精彩的诗词而惋惜。他皱了一下眉，严肃地说道:“没关系!”说完大度地挥了挥手，似乎是有人剥夺了他给眼前女孩取名字的权利，而他强忍住内心的愤怒饶恕了对方。他接着说道:

“这名字取得好！欣欣，欣欣向荣，说明你的父母希望你长得又快又好。”说话间，脖子往前伸了伸，大略是为了更清楚地看清对方，免得像大多数广告一样，货不对路，对不起自己精妙的赞语。

“不错!”他缩回头，兀自不停地点头，那撮山羊胡也跟着蜻蜓点水般地点了几下，以示和主人观点一致。“好漂亮好迷人好——”他突然发现自己的词语用尽，找不到更精美的词语来描述眼前这位美丽的女孩，张大了嘴却说不出话，仿佛突然有什么东西卡在了他的喉咙里。

“先坐下再说。”黄博伟怕他出丑，赶紧说道。

刘玲早已笑得喘不过气来，用纸巾捂住嘴不停地咳嗽。张欣欣呢，她觉得这个人外观还过得去，只是个子矮了些。至于他的那头秀发，对她来说是见怪不怪。因为工作的原因，她经常和所谓的艺术家打交道，这些人要么是一头飘逸的长发——不管是真的还是假的，要么就剃着光头，以示自己聪明绝顶或看破红尘。后来听他称赞自己漂亮，心里还乐滋滋的。及至他说出“欣欣向荣，长得又快又好”时，心里便有些生气，打算挖苦回敬他一下。黄博伟看到张欣欣脸色不对，赶紧对她说道：

“张小姐是首都北京人，而我的这位朋友是河北人，俗话说‘远亲不如近邻’，你们以后可要多交流交流。别看唐先生年纪轻轻，却是个大老板，说不定会去你们代理的中央电视台做广告呢。”

张欣欣听了这话立刻转怒为喜，说道：“唐先生真幽默。”边说边递上自己的名片。

唐坡接过名片，却并不坐下，两手伸进衣服和裤子的口袋一阵狠掏，掏出一堆东西来。里面有一些皱巴巴的纸巾，有几张灰不溜秋的车票，一把指甲剪，几根脏兮兮的棉签，还有几张缺胳膊少腿的名片以及一些乱七八糟的东西，比垃圾堆里的东西还齐全、丰富。他在里边翻来找去，终于找出一张深藏不露，四个角已经有三个卷起的名片。他先把找出的名片放在桌上，把剩下的东西一股脑儿塞进右手边的裤袋，然后双手拿起桌上的名片，像外国使节呈递国书一般，双手将名片递给张欣欣。

张欣欣接过名片看了看，见上面写着“东坡医药公司董事长”，便问道：

“东坡是指苏东坡吗?”

“对!”唐坡大约也站累了，一边坐下一边点了几下头，披肩秀发和山羊胡趁机活动了一下筋骨，“张小姐真聪明。中国几千年的文人骚客中，我认为首推苏东坡——千古第一文人，诗词书画无一不精。他的词我就不用说了，上次我去非洲旅游，居然听到一个黑人在那里手舞足蹈地背诵他的《念奴娇·赤壁怀古》。而他的书法——你见过他的书法吗?”他侧过头问张欣欣。

“没有。”张欣欣摇头。

“太遗憾了!”唐坡连连摇头，由于力度大了一些，几个白生生的头屑从他的秀发里飘了出来，跑到了张欣欣的身上。幸亏张欣欣正全神贯注想着怎样拉客户拿提成的大事，并没注意他的秀发和那几个不知好歹的头屑，“我见过他用草书写的《醉翁亭记》，那真是太美妙了！挥洒自如，飘逸空灵，不拘一格，和他的诗词一样超凡脱俗，妙不可言。”

“那么你的名字也是借用苏东坡的啦?”张欣欣为了争取这个潜在的客户，故意说道。

“Yes!”唐坡傲然地点了点头，“我原来的名字叫唐贵华，父亲给取的，太庸俗！我把它改了。”

“听说唐先生还是个诗人?”张欣欣问。

“诗人倒不敢当。”唐坡居然谦虚起来，“只是偶尔发表几首而已。”

“先吃饭!”这时已上了几个菜，黄博伟打断唐坡的话说道，“张小姐喝什么？是不是和你表姐一样，来一罐椰子汁？”

“好的。”张欣欣答道，然后侧过头问唐坡，“你呢，喝白酒吗？好像诗人几乎都喝白酒。”

“当然！”唐坡颇为自豪地说道，“我只喝白酒，而且只喝超过五十度的白酒。‘举杯邀明月，对影成三人’，想想看，如果举着一杯啤酒，能邀到明月吗？能邀到嫦娥吗？‘把酒问青天’，如果手里拿的是啤酒而不是白酒，这种人是多么的虚伪、卑鄙和无耻！”

“那时好像还没有啤酒？”张欣欣说道。

“即使有，真正的诗人也不会喝的。”唐坡十分肯定地说道。

“唐先生不开车吗？”张欣欣关心地问。

“你住在你表姐家？”唐坡反问道。

“嗯。”张欣欣点点头。

“你表姐家宽着呢。”唐坡答道，“我今晚就让车在酒店里过夜。我去老黄家。咱哥俩好久没有好好聊聊了。”然后问黄博伟，“你不会反对吧？”

“非常欢迎！可是等会儿我要开车，可不能陪你喝酒。”

“瞎说！嫂子会开车，而且比你开得好。”说完，变戏法似的从皮包里摸出一瓶茅台，用手敲着说道，“怎么样？”

黄博伟虽然酒量不大，却是个酒情中人。一见茅台，立刻眉开眼笑，便叫服务员拿酒杯来。

“张小姐进这家广告公司多久了？”酒过一半，唐坡问道。他虽然自诩为诗人，表现欲望也不遑多让，但长期的独身生活告诉他：如果你不去关心讨好你喜欢的女人，那么寂寞孤单就会来讨好关心你。他一见张欣欣，立刻一见钟情，为她倾倒。他下定决心要用自己的成熟幽默，用自己的博学多才，用自己的好车子、大房子还有上千万的动产和不动产，用自己诗人兼企业家的身份去感化她、征服她、占有她。他要让这个美丽迷人的张小姐成为自己的恋人、情人，甚至可以考虑成为自己的妻子。他开始察言观色，绞尽脑汁找一些张欣欣感兴趣的话题，而不是只谈诗说词。“曲高和寡”，这个道理他还是明白。

“三年多。”张欣欣答道，“大学一毕业就到了这家公司。”

“嗯，不错！挺好、挺好！”唐坡一边啃着烤鸡腿一边点着头说道。旁边不明就里的人听了还以为他是在赞美烤鸡腿。

“什么不错！”旁边的刘玲听了说道，“她大学学的可是表演专业，做演员做大明星的！”

“演员！”唐坡吃了一惊，仿佛被人击中了要害，他停止了点头和啃鸡腿，说道，“那可不是什么好东西——不，不是什么好职业。”

“你难道被演员、明星骗过？”刘玲看他激动的样子，好奇地问道。

“当然。”唐坡端起酒杯一饮而尽，十分伤感地说道，“那个演员骗子骗走了我的钱、我的心，骗走了我的初恋，还有我对女人的信任和崇拜。我和她谈了两年多恋爱，她用尽各种计谋各种手段各种小聪明，让我拜倒在她的石榴裙下，骗得我像狗一样成天围着她转。就在我准备要娶她时，她却对我说她从小到大的梦想就是当演员当明星，除非我投资拍一部由她主演的电影，否则一切免谈。我虽然被她骗得晕头转向，像傻子一样，但一说到生意，情况就不一样了。我让她把主要的演员和导演找来看看，结果发现这些人全是些整天梦想着做明星和导演的一群疯子。导演是个跑龙套的——头发倒是比我的还长，说是她大学的同学——我看倒像是她的情人。总之全是些乱七八糟的人。我拿出纸笔和计算器，把拍电影的得失逐一分析给她看。如果拍这部电影要投资一千多万，结果很有可能让我倾家荡产。我的诗几乎都不收稿费，我的歌也唱得不好，去卖唱别人还以为我在哭丧呢。我是个生意人嘛，我苦口婆心劝她，一把鼻涕一把泪，就差跪在地上求她，求她放弃这个愚蠢的毫无希望的想法，求她和我结婚，谁知第二天她竟然和那个长头发的假导演私奔了，还卷走我三百万。”说到这里，唐坡一脸的悲愤状，两只小眼睛拼命睁大，几乎成了圆形，“三百万可是我当时的全部流动资金啊!”

“塞翁失马，焉知非福!”黄博伟看他忧愤的样子，怕他气出病来或者当场泪流满面，那可不雅观，于是说道，“如果她当时不暴露，那你现在更惨。不用再想她了，那三百万你不是早就赚回来了吗?”

“老黄说得对，不想了。”唐坡说完使劲一甩头，仿佛借此像甩掉那些头屑一样，将刚才的烦恼甩掉。秀发的末梢擦过张欣欣的脸，弄得她鼻子痒痒的，忍不住打了个喷嚏。

“演员并不都是坏的。”面对两个潜在的客户，面对可能到手的上万元的提成，面对着几十万的房贷和出国的梦想，张欣欣勇敢地站了出来，现在该轮到她表演了，她说道，“有些演员为了出名，什么都干。陪吃陪喝陪睡，假车祸假打架假恋爱假离婚，总之只要能出名，没有什么不可以做，这就是所谓的潜规则。有些演员为了赚钱，什么人都陪，甚至老头子老太太全照收不误，只要肯出钱。香港知名人士某某某，全国知名的模范丈夫、慈善家，艰苦朴素的代表，勤俭持家的典范，但据我的一个圈内朋友说，其实这个人骨子里色得很，恨不得每晚都有几十个美女陪侍左右。他投资拍电影拍电视剧，他看中的女演员都得陪他上床，否则就没戏。”

张欣欣见几个人都聚精会神地听自己讲，心里非常得意——看来这个办法屡试不爽。她话锋一转，拿出当初在大学表演系学到的表演功夫，接着说道：“当然，这些演员里面也有不少洁身自爱的人，比如我认识的林某某、张某某等明星。请代言人就要请这些出淤泥而不染的明星，否则到时候就会赔了夫人又折兵。比如前段时间出现的有个知名演员的性爱光碟外泄事件。那些请他做代言的公司不但没能提高品牌知名度，反而跟着受累，损失惨重，几百万元打了水漂。”说完，她侧过脸问唐坡：

“唐先生主要做什么生意?”

“保健品。”唐坡答道。

“听表姐说您的生意做得很大，能教教我吗?”张欣欣说完，抛去一个媚眼。

刘玲见了暗骂表妹狡猾，自己从来没有在她跟前提起过唐坡，而且她相信表妹也绝不会喜欢上唐坡。

一提到“生意”二字，唐坡立刻像换了一个人，变得冷静、精明。他两眼闪着光，能看透一切阴谋诡计；脑袋高速运转，成败得失瞬间做出决断，比超级计算机还管用。女人的甜言蜜语、女人的媚眼、女人的眼泪和哭声都将失去作用。生意和金钱，是他体内天然的抗体。面对一个美丽迷人的女孩，一个他一见倾心的女孩，他开始侃侃而谈，口若悬河，其中不乏真知灼见。

“做生意嘛——”他说道，“一定要坚持一个理念，那就是‘有钱大家赚’。比如我做的保健品，说穿了一文不值，说实话，其营养价值还不如一杯豆浆或一斤水果，但一旦你有了‘有钱大家赚’的理念，它就升值了，值钱了，你就可以成为百万富翁了。首先，我送几万甚至几十万给名教授、医药权威，让他们写几篇专业上模棱两可但老百姓看了却感觉大祸临头而非买我的保健品不可的文章，在有影响力的报纸杂志上发表，甚至在电视台做广告。有了这个无形资产，我的保健品就有别于其他人的了，它就更有价值更值钱了。我将价格定得很高，将其中的一部分利润拿出来奖赏给代理商、零售商、促销员。尤其是促销员，他们卖我的一瓶保健品，拿到的提成比卖其他保健品三瓶的提成还高，他能不拼命推我的保健品吗？而且这些东西几乎没有什么售后服务。至于疗效，只要你不害人，没人来管你。促销员有钱赚了，零售商也就有钱赚了，批发商也跟着赚钱了，最后自然就轮到我了——”

说到这里，唐坡瞟了一眼张欣欣，见她睁大眼睛很专注地在听，心里十分得意，他用一种无可奈何的语气说道：“想不赚钱都难啊！”说完，连连摇头，似乎表明这些金钱是自己找上门来的，与他无关。

“大家算算看——”停了一下，唐坡掰着手指头说道，“促销员、零售商、批发商、报纸杂志人员、电台工作人员、学者教授，当然少不了我们的工商人员、税务人员，还有技术监督局、药监局，”唐坡见十个手指已经用完了，就不再举例，“总之，他们这些人都因为我赚了钱，所以我自然而然就有钱赚了。做生意就这样简单。”说完，两手一摊，表明他已将家传秘方毫无保留地说了出来。

“太美妙了。”张欣欣一半出于真心一半出于讨好，伸出两只玉手非常高雅地拍了几下，以示表扬。刘玲微笑着点了点头。黄博伟知道他这个朋友唠叨起来就没个完，早就开始想他的技术创新去了。

“那么，唐先生可不可以考虑一下，在我们公司代理的报纸杂志和电视节目上做做广告？”张欣欣说完，大眼睛冲唐坡扑闪个没完。

“这可是生意。”唐坡暗地里对自己说，以免被张欣欣的媚眼乱了心智。

“当然可以考虑。”唐坡爽快地说道。“如果既能做成生意又能抱得美人归，何乐而不为呢？”他想。于是说道：“你先把你们的服务项目介绍一下，看有没有适合我们的。”

“是这样的——”张欣欣一边说一边从包里拿出两份文件来，“我们代理的电视广告很多，时间段不一样，时间的长短不一样，价钱也不一样。植入式广告和一般的广告价格相差很大。至于报纸杂志广告和明星代言则相对简单些。”说完把文件一份给了唐坡，一份给了黄博伟。黄博伟接过来翻了翻，顺手递给了身边的刘玲，因为销售方面主要是她负责。

唐坡随便翻了一下，然后合上说道：“这样吧，吃饭不谈公事，我们先喝酒，等会儿去了老黄家再谈生意。”

“好，先喝酒。”黄博伟首先赞成并举起了酒杯。

“那我也陪两位老总喝一点。”张欣欣眼见提成大有希望，心里高兴起来，而且她的酒量和男人相比毫不逊色。大凡经常在酒桌上混的人都知道，女人不喝酒则已，一旦喝起来那是“不鸣则已，一鸣惊人”，而且女人喝酒善于伪装，一般开始比较谦虚说不能喝或只能喝一点点，等对方喝得差不多时，她再突然发力，连干几杯，给予对手致命一击。不知有多少所谓的“酒仙”“酒圣”都倒在了这些仪态万方、手无缚鸡之力的女人手上。

三人越喝越兴奋，一瓶茅台很快见了底，唐坡又从酒店买来一瓶。不久，黄博伟就倒在了沙发上打起了呼噜。他的呼噜声时高时低，时轻时重，起伏不定，颇有节奏感。

“不愧是做音响的专家。”唐坡听了黄博伟的呼噜声，由衷地赞叹道，“就连打出的呼噜声也是音乐！”

刘玲知道丈夫的酒德高尚——喝多了就睡觉，饭桌上从来不阻止他喝酒。张欣欣喝了酒，脸红红的，像熟透了的苹果，更加妩媚动人。唐坡本来有一斤多的酒量，此时已被张欣欣弄得神魂颠倒，他怕自己说错话做错事，不断默念“生意”二字以抗衡。张欣欣看出唐坡酒量惊人，又怕把他灌醉了没法签合同，所以第二瓶酒喝到一半就提议休战。刘玲要开车，滴酒不沾，一直微笑看着他们喝。

回到黄博伟的家已是晚上十点多钟，他的家在郊区的一个高档住宅小区。这里离星光公司比较近。房子是租的，三居室，装修豪华，宽敞明亮，在二十八层。刘玲觉得这边只适合挣钱，并不适合安家。这边生活节奏快、压力大、气候炎热，又没有多少亲朋好友在这边，她只把这边当作人生的一个驿站，随时可以离开。落叶归根，还是老家好，所以她不愿在这边买房，宁愿租房住。

黄博伟早已烂醉如泥，几个人把他扶上床安顿好，让他继续打他如音乐般的呼噜。

已是深秋时节，天气开始变冷，但空气却很清新。一轮明月高悬于天空，皎洁的月光洒向山川大地。无数少男少女、天涯游子、文人骚客都把明月当作自己的亲人，对着它倾诉自己内心的相思、愁苦和欢乐。

唐坡看见月亮就像大多数文人骚客一样，有了作诗的冲动。张欣欣见合同还没签订，怕功亏一篑，心里不安稳，两人不约而同提出到阳台上继续聊天，刘玲作为主人也只好奉陪。

唐坡以茶当酒猛喝了一口，闭着眼酝酿了很久，也许是酒喝得还不够多的原因，那些美妙的诗句仿佛洞里的老鼠见了猫，就是躲着不肯出来。过了好一会儿，他站起来，背着手昂起头，刘玲和张欣欣以为他要开始作诗，都做出洗耳恭听的样子。唐坡在阳台上来回踱了半天，终于开口了，不过不是作诗而是背诗，他背了一首李白的《将进酒》：

“君不见，黄河之水天上来，奔流到海不复回……”他摇头晃脑，打着手势，一副悲天悯人的样子。

“人生得意须尽欢，莫使金樽空对月。天生我材必有用，千金散尽还复来……”他已经完全沉浸在诗的意境中。他朗诵时声音有些沙哑，有点像鸭子叫，但却慷慨激昂、声情并茂、感人肺腑。他的披肩秀发时而轻轻晃动几下，像在春风轻拂下的杨柳；时而左右摆动，像小孩玩的拨浪鼓；时而上下飞舞，犹如狂风吹折了大树掀翻了屋顶。及至背到最后，“五花马，千金裘，呼儿将出换美酒，与尔同销万古愁”，他左晃右晃、摇摇摆摆，犹如站在行驶于惊涛骇浪中的船的甲板上。刘玲怕他摔倒，赶紧上去扶住他。

终于朗诵完了，站稳了，唐坡感到口干舌燥，他端起满满一杯茶，像喝酒一样一饮而尽。然后以手当梳子，把有些凌乱的秀发整理了一下，他尤其对那些跑到脸上影响了他的外观的头发不满，用手抓起来像扔垃圾似的往脑后抛去。他坐下，架起二郎腿，满脸得意地问：

“怎么样？不错吧！”——似乎刚才这首诗是他自己写的。

“很好，太美妙了！”张欣欣说道。她对唐坡那鸭子般的嗓音并不感兴趣，但对他那种全身心的投人和一字不差地将如此长的诗背下来表示由衷的钦佩。张欣欣以为他会就此打住，边说边打算去包里取合同，可是唐坡却会错了意，他以为“高山流水”终于遇到了知音，就像钟子期遇到了俞伯牙。自从他自诩为诗人以来，还从来没有人如此夸奖过他，更何况夸他的还是一个美女。他激动得热泪盈眶，浑身发抖。他拿起纸巾擦了擦眼睛。他生怕不小心眼泪掉下来，影响了自己的硬汉形象。为了稳定情绪，他喝了一口茶，然后说道：

“张小姐真不愧是个才女，不但人美，在诗歌方面的造诣也非常的高，我要向你致敬。”说完，双手合十，低下头做虔诚状。

“中国古代诗词，我最推崇苏东坡和李白的作品。”唐坡抬起头继续说道，“你看这一句‘孤帆远影碧空尽，唯见长江天际流’，用词多精确！意境多开阔！还有苏东坡的《卜算子》：‘缺月挂疏桐，漏断人初静。谁见幽人独往来，缥缈孤鸿影’——这岂止是豪放，简直是超凡脱俗，唯有神仙才能写出。再看看现在的诗，那叫诗吗？无病呻吟，扭捏作态，颠三倒四，乱七八糟，还王婆卖瓜、自以为是呢！我从来不读现在的诗，一句也不读！”

张欣欣怕他再说下去会影响签合同的正事，自己又不好阻止他，连忙给表姐使了个眼色。刘玲见了，就说道：

“大诗人，你到这儿来做什么来着？”

“做什么？”唐坡一脸茫然，“谈诗呗！”

“合同。”刘玲见他还没反应过来，又加了一句，“生意。”

一说到生意，唐坡马上清醒过来，把披肩秀发往右使劲一甩，说道：

“对，生意，诗暂时到一边待着去，我们谈生意。”说完，他从皮包中拿出一支笔和一本笔记本。张欣欣趁机将合同和介绍资料递了过去。唐坡接过来，逐字逐句地看起来。看完一遍后，两手抱胸，闭上眼睛，嘴里还念念有词，似乎要把刚才看的东西全背下来似的。突然，他睁开眼，飞快地从众多资料中抽出两页，一边仔细地看一边在本子上写着什么，最后对张欣欣说道：

“我打算做你们代理的三号杂志的封底广告和中央电视台的第二种第十项的植入式广告，但你给的价格偏高。咱们真人面前不说假话，我知道你们做业务员的收入主要靠的是提成，但也不能让我们做冤大头。这样吧，我停掉我以前做的那些杂志的广告，放到你这里来做，价格七折。至于电视台的植入式广告，对我们的用处不是很大，不过难得我俩这么有缘，我可以先做半年看看，但也要打七折。”

刘玲脸上仍挂着微笑，但心里不得不佩服眼前这个秀发披肩的大诗人的精明，从一个慷慨激昂、愤世嫉俗的大诗人转变成为一个精明冷静、诡计多端的商人，他只用了不到一分钟时间。

张欣欣的笑容僵在脸上，她知道唐坡以前做广告的那家杂志，它的价格的确只有她所报价的七折那么多，但这样下来，她到手的提成将会大幅缩水，估计只有不到两千。那个中央电视台的植入式广告本来就是特价，再七折她就得自己贴钱了。她气得鼻子一酸，眼泪差点掉下来。她正要断然拒绝拂袖而去，这时唐坡说话了：

“张小姐，我们都是做生意的，一回生二回熟。如果你代理的那家杂志广告效果确实好，下次我一定会把价钱加上去。至于那个中央电视台的植入式广告，这样吧，我给你加到八折，而且保证给你介绍成功一个大客户。你呢，让你们编导在节目中多提几次我们公司的名字，再帮我刻录一张有我们广告的节目的光盘，最后再让我和主持人合影留念——后面这几点几乎不会增加你们公司的成本，这样可满意?”一番话说得非常诚恳，似乎每句话都在替他人着想，他就是个活雷锋：一个乐于助人让你不得不心存感激的人。

张欣欣没想到眼前这个大诗人这么精明，她的脑袋也飞快地计算着：杂志广告七折后提成虽然少些，但可以算年度业绩，何况他已允诺下次加价。电视广告打八折后基本持平，但也可算入年度业绩，而且他还允诺要介绍一个大客户呢！这样一想她气也消了，说道：

“这个价格真的很低，我以前从来没有做过这么低的价格。按这个价格做下来，我的提成全没了!”

“眼光要放长远一点。”唐坡语重心长地说道，“到了北京我请客，保证让你把少赚的提成赚回去。”

“那你给我介绍的大客户呢?”张欣欣问道。

“不用急，我们先签订合同。我保证你在三天之内就会签下另一份大合同。”说完唐坡拿起合同，将刚才补充的几点加了上去，又仔细看了一遍后，签上自己的名字。

张欣欣也签了名，盖好章。签完后，唐坡笑着问张欣欣：

“你知道我给你介绍的大客户是谁吗?”

“我怎么知道?”张欣欣摇摇头。

“远在天边近在眼前。”说完，唐坡得意地笑了。

刘玲早就对表妹公司代理的中央电视台的一种植入式广告感兴趣，但她觉得价格太高。她采取欲擒故纵的办法，不露声色，先让表妹和唐坡谈，没想到被唐坡一语点破，只得说道：

“谁让你们把黄总灌醉?等他明天清醒后我们商量一下再说吧。”

第二天上午，刘玲叫来林奇和黄博伟，三人选定了中央电视台的一个可以展示产品并且让选手竞猜价格的植入式广告节目，虽和唐坡的那种同属一个节目，但在电视上露面的时间要长很多，而且让选手们竞猜价格的环节非常好，可以巧妙地把价格加上去，因为一般的顾客对于中央电视台非常信任，这样那个型号的产品就可以卖高价了！刘玲算了一下，只要多卖出一千套这个型号的产品就可以把广告费赚回来。刘玲看了表妹报的价格，觉得偏高，而且她对这个精明的表妹也是心有疑虑。她让林奇马上上网去查，找另外一家报价并传真过来。

下午，张欣欣按照和表姐的约定时间来到她的办公室。刘玲不在，她见办公桌上放着一份传真，拿起来一看，是北京另外一家广告公司的报价，价格不到她报价的八成。她脸一红，随即摇了摇头，她终于发现自己根本就不是这些商场老手的对手。

一会儿，刘玲回到办公室，见表妹已看了那份传真，便直截了当地对她说：

“同等条件下，我肯定会给你做，我们准备在这个价格的基础上再加五千，而且这五千直接给你，我们希望这个广告在十二月上旬能够播出，因为现在正是旺季。”

“没问题。”张欣欣想了想，点头说道，“争取在十二月初录制节目，录节目时你们要不要派人过去?”

“你说呢?”

“最好有人过去。一方面是监督，另一方面，可以和我们老板认识一下，他在北京认识的人多，说不定哪天会用上。另外，还可以想办法争取和主持人合影，便于以后宣传。”

“好，还是表妹想得周到。”刘玲笑着说道，“提前一天告诉我们。另外大诗人还等着你拿合同去找他盖章呢。”说完刘玲冲表妹笑了笑。

第十三章 直播间的猫腻

胡平坐在采购部经理位置上已一个月有余，他继承了前任吴明的权利和义务，当然，原来那些属于吴明的外快也一分不少地装进了他的腰包。曾有一个吝啬鬼供应商想投机取巧，以为老的已去新的刚上任，幻想新官会忘掉自己每月区区几百元的贡款，没想到第二天就接到星光电子厂采购部的通知，让他不用再送货了，因为新任经理对产品质量要求很严，他的产品缺乏性价比，没有竞争力。他这才着了急，赶紧通过各种关系找到胡平，最后多交了一倍的滞纳金才勉强过关。

“长江后浪推前浪，一代新人胜旧人。”他感叹连连，从此规规矩矩服服帖帖一分不差。

当然，如果说胡平只拿钱不干事，那也失之偏颇，有失公允。他兑现了当初对刘玲的承诺，他让人将所有材料输进电脑，分门别类，将原来采购员负责采购的物料全部打乱，重新安排。这样，表面上看他们的工作负担减轻了，但他们的外快却随之大幅缩水，因为他们的权力无形中被削弱了。采购员哑巴吃黄连——有苦说不出。而胡平呢，下属权力的削弱就等于他的权力的加强，他当然不会让那些供应商占便宜——那些人可比他有钱得多呢！他千方百计让供应商们将省下来的钱上缴到他手里，全部装进自己的腰包。他粗略估计了一下，一个月下来，多挣了差不多三万元，而这还只是个开始呢！

刘玲呢，看到采购部的工作效率提高了，出错也减少了，以为她这个伯乐找到了一匹千里马，心中暗自得意，经常在丈夫面前摆功。

胡平升任经理不到一个月时间，便将下属治得心服口服，工作努力，外快少拿还毫无怨言。即使是被他辞退的人也对他感激流涕，以为如果不是胡经理宽宏大量的话，自己早就该被辞退了，被辞退只能怪自己不争气。他轻而易举就获得了上下的一致称赞，尤其是他的直接上司，也是对他有知遇之恩的刘玲刘副总，每次见到他总是对他点头微笑，他们之间的关系也亲近了不少。

人们常说“人无远虑必有近忧”，现在的胡平虽然事业上一帆风顺，一派蒸蒸日上之势，但在感情上却出现了烦恼。上次方小丽怀孕，虽然最后打掉了，可也把他吓了一跳。两天前的晚上，方小丽又去到他的宿舍找他，虽然当时宿舍并没有其他人，而方小丽也解释说是因为打他手机没有人接才找上来的，但他还是有些生气和担忧。

按理说他现在已升任经理且坐得稳稳当当，而他又没结婚，谈个女朋友那是天经地义、完全符合中国现行法律和道德准绳的事，别人无可厚非。可他不这样认为。他觉得如果让周围的人知道了他在和别的女人恋爱甚至同居，那他的魅力就会大打折扣，至少不会再有人相信他是处男！凭他的直觉，他感到附近有一条大鱼，一条非常大的鱼在他周围游荡，如果因为这条美丽的小鱼而吓走了那条大鱼，那可是得不偿失！再说了，他对现状还非常不满，好车子、大房子，对他来说依然遥不可及。当然，他对方小丽还是有感情的。她的绵羊般的温顺，美丽无瑕的胴体，水灵灵的大眼睛，浓密的秀发，还有做爱时情不自禁的呻吟和“平哥平哥”的发自内心的呼唤，所有这些都让他欲火中烧欲罢不能。他曾经想过要娶她为妻，为自己生儿育女，但一想到这样做的后果，他就不寒而栗：他的美好前程将就此毁掉；所有的抱负、所有的雄才大略都将随风而逝，了无踪迹，最多像他的前任吴明一样，找个满脸雀斑的情妇。这对他来说是不可忍受的。他需要更大的权力，更多的金钱，更受人尊敬的地位。为了它们，他可以舍弃一切，毁掉一切。他对方小丽的各方面都满意，除了金钱和权势——她无法给他提供哪怕一丁点的帮助。他觉得要好好地和方小丽谈一谈。

这天晚上，胡平带着方小丽来到一家有名的咖啡厅。咖啡厅里红红绿绿的灯光半明半暗，时有时无的轻音乐让人如处仙境，桌上蜡烛发出暗淡昏黄的光，既浪漫又神秘。到了晚上，有钱男人带着自己的女朋友或者情人、二奶争先恐后来到这里，或谈情说爱，或拥抱接吻，甚至还可以干点别的。反正这里除了两人，谁也看不清谁，谁也不认识谁。尤其是那些带着情人、二奶的，这里既高雅浪漫，又舒适安全，即使原配夫人偶尔闯进来，也像入了迷宫般，分不清东南西北，而自己却可趁机逃之夭夭。

“这些天忙吗？”胡平抚摸着躺在怀里的方小丽的秀发问道。

“忙呢。”方小丽闭着眼答道，“这里真舒服！一定很贵吧？”

“没关系，我们只是偶尔来一次。”胡平说道，“你认识黄总吗？”

“认识，大家都说他是个好人。”

“他的确是个好人，不过他的思想很保守。你知道我的前任吴明是怎么走的吗？”

“不知道。公告上不是说他家里有事吗？”

“借口。事实上是因为他在外面找了情人，被黄总知道了。”胡平见方小丽睁大了眼睛看着他，接着说道，“以前黄总在东莞打工时因为没带暂住证被抓进了收容所，是吴明花了五千元把他救出来的，但是黄总最痛恨这种事情，所以最后还是把他赶走了。如果我们未婚同居的事被他知道就麻烦了，厂里现在有很多人觊觎我这个位置。所以——”说道这儿，胡平万分无奈地看着方小丽。

“哎。”方小丽长叹了一口气，幽幽地说道，“我们这样偷偷摸摸算什么呢？大不了我们离开这里。”

“你真傻，我好不容易才熬到这个位置。另外，听刘总说公司准备在中央电视台做广告，明年公司还要扩大呢。”胡平在她额头上吻了一下，说道，“忍耐一下吧，再过几个月，等我站稳了，成为公司里不可或缺的一员时；等我挣到足够多的钱买上好房子好车子时。那时候我一定让你成天待在家里做全职太太，不用上班。”

“那要等到什么时候呀？房子我家里有呢。我们家景色比这儿好多了，再说不上班待在家多无聊。即使再有钱，我也要去上班，我要自己养活自己。”说完方小丽闭上眼睛。

胡平没想到方小丽会说出这样的话，一时不知说什么好。

“我听你的，平哥。”沉默了一会儿，方小丽说道，两只水灵灵的大眼睛望着胡平，“我相信你，反正我的一切都交给你了，我这辈子不会再找第二个男人。”说完，幽幽地叹了一口气，又闭上了眼睛。

转眼之间进入 12 月份，刘玲接到张欣欣的电话，说电视台在两天后开拍含有他们植入式广告的节目。刘玲和黄博伟商量了一下，觉得黄博伟去更合适，因为他对广告设计比较了解。黄博伟打电话给唐坡，准备约他同去，没想到他三天前就到了北京，他只好一个人过去。

到达首都机场已是下午两点多钟。下了飞机，黄博伟坐出租车来到浩天传媒广告公司。张欣欣把他带到总经理室。房间里没有人，张欣欣给他倒上一杯茶，对他说道：

“我们老板打算见你。他叫白伟，你叫他白总就行。他刚从国外回来。”临走前叮嘱道，“你一定要让他出面找主持人，否则他们不会同意和你合影。”

黄博伟打量了一下房间，房间不大，但装修得非常豪华，里面摆放的家具全是意大利进口的名牌产品，上面摆放的烟灰缸、笔筒等小摆设全部镀了金，闪闪发光，墙壁上挂着五幅名画，一看就知是个暴发户。黄博伟正在打量房间的布置，从门口走进来一个四十多岁的中年男子，男子身材瘦长，戴一副方形玳瑁色眼镜，一脸严肃，仿佛是来收债似的。

“你是星光公司的黄总吗？”中年男子说道，一副居高临下的样子。

“是的。”黄博伟连忙站起身，“你是白总？”

“是的。”白伟伸出手来，让黄博伟握了握。

“请坐！”白伟说完，在黄博伟对面沙发上坐下，掏出一支烟递了过去，黄博伟摆手示意不抽烟。白伟摸出烟斗装上烟点燃，用力吸了一口，像终于出了口闷气似的吐出一个烟圈，然后说道：

“这烟是我在瑞士买的，很贵。大陆是没有的。你知不知道？”

黄博伟愣了一下，随即摇了摇头，因为他不抽烟，根本不知道烟的好坏。

“这套红木家具花了我八十多万。”白伟用手敲了敲椅背，以证其不假，“这五幅画全是名家作品——真画，花了我一百多万。你知不知道？”

黄博伟见他望着自己，满脸期待的样子，也不多想，赶紧点了点头。

“我是瑞士国籍，十年前去的。我是北京人，当然不能忘记报效祖国，所以又回来投资了。你知不知道？”

黄博伟点点头。

“听小张说你们公司挺大的，我们可以一起共同发展嘛，有什么事尽管找我好了，没有我摆不平的。你知不知道？”

黄博伟见他镜片后的眼睛始终盯着自己，只得又点了点头。

“央视广告代理一般人是拿不到的，但我一个电话，搞定！你知不知道？”

黄博伟点了点头。

“我们这次给你们的价位是非常低的。我们这次是做亏本生意。你知不知道?”

黄博伟下意识地点了点头。

“我们想让你们再提供十套音响产品，我们不要，是给主持人和导演的，这对你们很有好处。你知不知道?”

黄博伟习惯性地点了点头。

“黄总真是爽快人，既然答应了，最好明天早上送过来，迟了可不好办。你知不知道?”

黄博伟突然醒悟过来，可是既然已经点头，也不好反悔，只好尴尬地笑了笑，说道：

“明天恐怕不行，从我们公司发货过来至少要三天。”

“那可不行。”白伟拿烟斗的手在空中一挥，一副不耐烦的样子，“明天上午就要录制节目，如果主持人和工作人员收不到这些东西，后果很严重，你们是第一次，不晓得其中的奥妙。你知不知道?”

黄博伟吃了一次亏，不敢再点头，也不好摇头，赶紧说道：“请你稍等一下，我马上跟公司联系。”说完打电话给刘玲。

“怎么样，事情办好了吗?”刘玲电话里问。

“没这么快，明天才开拍呢。”黄博伟说道，“刚才浩天传媒公司的白总让我们再提供十套音响产品，要和展示的产品型号一样，说是用来送给主持人和工作人员，而且明天早上就要送到。”

“十套产品价值两万多，我记得当初合同上没有这一项。”顿了一下，刘玲问道，“你答应了吗?”

“答应了，我担心不送，他们可能会在拍摄时偷工减料。”他不敢说自己被人忽悠了。

“既然这样，我叫北京的代理商小何今晚给你送过去。你自己小心一点。”刘玲说完挂了电话。

“我叫北京的代理商今晚给你送过来。”黄博伟放下电话说道。

“黄总真是个爽快人。”白伟脸上露出孩子般甜蜜的微笑，而且终于省去了“你知不知道”这五个字。“好了，我们的事谈完了。等会儿我叫小张陪你出去逛逛。”说完站起身来准备和黄博伟握手告别。

“我想节目录制完后，和主持人合影，能行吗?”黄博伟突然想起张欣欣临走时的叮嘱，连忙说道。

“这个——”白伟皱起眉头，露出为难的样子，考虑片刻后说道，“好吧。我去和他们交涉。和他们合影是要收钱的，你们是第一次，就免了。你知不知道?”说完转身出了办公室。

看着白伟走出办公室，黄博伟用手揉了揉有些发酸的脖子，使劲甩了甩头，似乎刚做了一场噩梦似的。他坐回到沙发上，喝了口水，回想起刚才的对话，他感到既好气又好笑，似乎自己被魔法控制着了似的，一个上千人公司的老总却像小孩般无缘无故被人训斥了一通，除了鸡啄米似的点头外，最后还乖乖送上十套音响产品。他哭笑不得，懊恼不已，有一种受骗上当的感觉。他想如果换成妻子，或者唐坡，应该不会这样。他正想着，张欣欣走了进来：

“谈得怎么样，黄总？”她仍是那样时髦漂亮，只是没有再叫他表姐夫。

“还能怎么样？”黄博伟气愤地说道，“又白送了你们十套音响！”

张欣欣听了“扑哧”一笑，说道：

“我忘了提醒你，他总是这样。你的朋友唐大诗人也送了十件保健品。”

黄博伟一听唐坡也上了当，心理平衡了一些，问道：“怎么不见唐坡呢？”

“他呀——”张欣欣抿嘴一笑，说道，“前些天他整天跟在我屁股后面，像跟屁虫似的，搞得公司里的人以为我和他有什么关系似的。今天大约是去美容店了。”

“去美容店！”黄博伟疑惑地望着张欣欣，“他去那里干什么？”

“晚上见面你就知道啦。”张欣欣答道，“这个人一会儿诗人一会儿商人，搞不懂。行啦，我们不谈这些。你先自己出去逛一逛，明天早上九点钟开拍，到时公司会有人带你们去现场。晚上我请客。”说完，玉手扬了扬，留下一个微笑走了。

晚上，黄博伟如约来到一家餐厅，推开包厢门进去，张欣欣和唐坡已先到了。黄博伟见到唐坡大吃一惊，只见他一头披肩秀发不见了，代之以一个平头，就连下面的小山羊胡也不知去了哪里。若是在街上碰到，他断不敢上前相认。

“去掉三千烦恼丝，重新做人呗。”唐坡见黄博伟愣在那儿，说道，“坐呗，老黄，老站着干什么？”

黄博伟见旁边的张欣欣抿着嘴笑，一下醒悟过来，于是开玩笑说道：“不错，干得不错，改头换面，重新做人。这下变得又精神又帅气又年轻，只是——”说到这儿停了一下，两眼看着唐坡，“诗人形象没了。”

“诗人？诗人现在不吃香了，不做了。”唐坡说道，习惯性地用手去捻山羊胡，却扑了个空，只好摸了摸尖尖的下巴。“毛主席说，‘知错能改就是好同志’，既然张小姐不喜欢诗人，我就不做了。我改过自新，我还是好同志，对不对，张小姐？”说完，一脸谄笑望着张欣欣。

“那可是你自己说的，”张欣欣说道，“诗人、商人、企业家、科学家，我觉得都好。只是你的脸型和身材配那头长发确实不太好。”说完将头转向黄博伟，“黄总经常研究外观，你说呢？”

“有道理。”黄博伟煞有介事地点了点头，“我早就批评过他多次了，还是爱情力量大啊！”

张欣欣被黄博伟严肃的样子逗笑了，大家转而谈起白伟。

“这个人真是个做生意的料。”唐坡感叹道，“不知不觉就让人上了套。”

“估计你当时在做诗人吧，要不谁骗得过你？”张欣欣笑着说。

“那家伙对诗歌也挺在行，刚开始我和他谈李白的诗，正准备接下来谈苏东坡的，结果就给套着了，害得我白白损失了十件保健品。五千元啊！”唐坡说完，习惯性地摇了摇头，只是头发太短没飘起来。

“你是什么时候理的平头？”黄博伟问唐坡。

“下午刚理的。”

“难怪你被套着。”黄博伟说道，“如果你先理发再去和他谈就不会给套着了。”

“黄总也送了十套音响产品呢。”张欣欣笑着说，“不过这个人倒不坏，属于那种拿钱办事的人，不会白吃你们的。”

“他这么有钱，为什么还回来投资呢？”黄博伟不解地问。

“只有傻瓜才怕钱多。”唐坡道，“这么好的关系不用白不用。”

“好像他是为了一个相好才回来的。”张欣欣答道。

“二奶！一定是二奶！”唐坡摇头晃脑道，“牡丹花下死，做鬼也风流。”

“江山易改本性难移。诗人毕竟还是诗人呐！”黄博伟说完摇头叹息，“即使没有了长发。”

张欣欣听了一口饭差点喷到饭桌上，好不容易忍住笑，说道：“明天我要去天津办事，我不去现场了。我们公司会有专门人员陪你们去。”

“那怎么行呢？”唐坡一听急了，“我也不去现场了，我陪你去天津。”他见张欣欣并不反对，转头对黄博伟说，“老黄，现场监督的事就全权委托你了。你表妹一个人去天津不安全，我去做保镖。”

第二天一大早，黄博伟被浩天广告公司工作人员带到录制现场——一个大商场的一角，并被安排在观众席的第二排中间位置。这是个非常好的位置，既可看清台上的表演，又不至于太显眼，而且能被镜头拍着，在中央电视台露一下脸。录制还没有开始，黄博伟和坐在前排的一个女孩聊起来。

“你是北京人？”

“不是。”女孩长相文静秀气，脸上似乎总挂着微笑，“我是哈尔滨人。”

“来北京玩？”

“不是，我们是二号选手的家人。”女孩用手指了指旁边几个人，说道，“又叫‘亲友助威团’。”

“这些人都是‘亲友助威团’的？”

“不是。第一排坐的都是，其他的大部分是群众演员。”女孩答道。

黄博伟恍然大悟。怪不得那些人全是些五十多岁的老太婆老头子，他们手里拿着统一的塑料小手拍，或嗑着瓜子，或眯着眼打盹，或交头接耳、窃窃私语。

“你不是群众演员吧？”女孩问黄博伟。

“不是。我是在这期节目中做广告的厂家代表。”

“看你也不像。”女孩笑着说道。两个人正说着话，忽听得一阵洪亮的声音从前台传来：

“各就各位，全体准备！”

话音刚落，三队选手鱼贯而出，来到各自位置站定。一号选手夫妻俩都戴着近视眼镜，三十多岁，一脸严肃，似乎是准备给学生上课。二号选手就是刚才女孩的姐姐和姐夫，二十多岁，男孩身材壮实，戴一副眼镜，女的小巧迷人，脸上挂着幸福的微笑，一看就知道是活得比较滋润的城市白领。三号选手也是二十多岁，外貌一般，穿着朴实，女的壮实，男的瘦小，一出场，一股清新的乡土气息扑面而来。

三队选手刚站好，突然观众席上响起一阵热烈的掌声和欢呼声。群众演员们整齐划一地拍打着手中的塑料小手拍，高呼着口号。这时，一个身材高大，戴着眼镜的大约三十岁左右的男子迈着沉稳的步伐，穿过观众席走向前台，一边走还一边举起右手向大家招手示意。男主持人一站定，观众席上的欢呼声和掌声立刻停止。黄博伟仔细一看，原来左前方角落处有人在指挥，群众演员们都听他的。

“有请我们美丽的女主持人方芳小姐出场!”男主持人话音刚落，从后台蹦出一个穿红色短裙满脸带笑的漂亮女孩，从女孩走路的姿势和神情看，似乎正当花样年华。台下同样响起一阵掌声和欢呼声。

节目开始后，台上三队选手虽说是从各地消费者中挑选出来的，但个个反应敏捷，沉稳从容，和主持人互动得非常到位，配合得天衣无缝。而两位主持人男的显得成熟老练，机智幽默，台下的观众不时被他逗得哈哈大笑；女的活泼开朗，声音清脆悦耳，有时不经意说了句错话，却更显其天真可爱。

黄博伟第一次参加这种现场节目录制，就像是在看电影般。他甚至有些崇拜两位主持人了，尤其是那个方芳小姐，那样的活泼可爱！他甚至有了和她私奔的念头。他用手掌使劲拍了拍额头，好不容易让自己回到现实中来。

不久，轮到开始展示星光公司的产品了，黄博伟睁大眼睛看着，只见方芳小姐抱着一件星光公司提供的产品蹦蹦跳跳来到选手们跟前，让他们猜价格，最接近者获胜。结果二号选手猜的价格最接近，赢得了那套音响产品和积分。男主持人最后公布的底价让黄博伟吃了一惊，因为这个价格比一般的零售价高了差不多三分之一——刘玲之前并没告诉他。他感到有些内疚，脸上发烧，似乎自己成了骗子似的。对于广告植入过程，他感到非常满意。整个广告植入在节目中都显得很自然，恰到好处，不露一点广告痕迹，让人不知不觉就接受了那个价格，达到了“随风潜入夜，润物细无声”的境界。

看完自己公司的产品展示，黄博伟感觉有些累，趁节目间隙走出来找浩天公司的陪同人员小王聊天。

“你们的广告做得不错吧?”小王问。

“可以。”黄博伟回答，“比我想象中的还好。”

“当然啦，”小王有些卖弄地说道，“我们是第一次和你们合作，昨晚预演时白总亲临现场，主持人和编导都得到了一套你们的音响产品，他们觉得你们的产品很不错，赞不绝口。”

黄博伟听说产品得到主持人和编导的赞美，心里非常高兴，说道：“回头我叫人也送你一套。”

小王得意地一笑，心想“又有人上钩了”。为了将钩拉得更紧，他说道：“谢谢黄总，黄总真是爽快人。”

“那些选手表现真不错!”过了一会儿，黄博伟说道，“他们是怎么选上来的?”

“这个节目面对的是全国观众，这些选手都是经过反复挑选，千里挑一，然后再到北京集中培训一周。”小王说道。

“难怪。主持人也不错。”黄博伟问道，“男主持人叫什么名字?”

“朱峰，他还主持另外两个节目。”

“那个方芳小姐呢？刚从大学毕业不久吧？”

“她呀！”小王笑了，“她的小孩已上小学三年级。上次她带了儿子来，小家伙歌唱得可好听了。听说她结过三次婚，而且每结一次婚，知名度就会跟着攀升一次。现在的老公据说是个大人物。”

黄博伟听后惊讶不已。

第一场节目录制结束后，黄博伟催促小王去找主持人合影，因为他还打算合影完后去看望在北京做生意的大学同学叶朋。小王去了一会儿回来说道：

“主持人吃饭去了，要等一会儿。”

他还带来一个人，也是在这期节目中做植入式广告的。此人叫贾久灿，贵州一个乡镇上的酒厂老板，四十多岁，个子不高，穿了一套不太合身的西服，挺着个大肚子，光光的圆圆的脑袋，大约是把自己生产的酒当成了主食的缘故——脖子和脸都红红的，两只眼睛半眯着，像是没睡醒的样子。他也打算找主持人合影。

“我做这个广告就是冲主持人来的。”贾久灿对广告公司的小王说道，声音缓慢柔和，有点庙里和尚念经的味道，“如果没有合影，说出去别人还以为我是吹牛呢。”

小王敷衍了几句，找个借口溜掉了。

“你们做这个广告花了多少钱？”小王一走，贾久灿四下瞧了瞧，像做贼似的，挨近黄博伟小声说道。由于声音太小，黄博伟没听清楚，只好请他再说一遍。

“你们花了多少钱？”贾久灿踮起脚尖，嘴差点贴在黄博伟耳朵上。

“三十多万。”黄博伟答道。贾久灿嘴里吐出的热气吹到黄博伟耳朵里，弄得他浑身不舒服。他想挪开，又怕失礼。

“这么多？”贾久灿半眯着的眼睛突然睁大，似乎是发现了金子。他终于将嘴移开，因为他觉得没必要再保密。他得意地笑了，说道：“我只花了不到十二万，其实我只要我们生产的酒在中央电视台上露一下脸就行了，哪怕只有一秒钟。我可以把录像弄出来，加上我和主持人的合影，然后将它们制成碟片和 KT 板，发到每个经销商手里。央视广告，央视主持人，谁敢不认？名气有了，价格自然就高了，就有钱赚了。为什么有的酒可以卖到上千元一瓶？其实它的酒还不如我的呢，不就是吹出来的！其实再好的酒也不如一杯蜂蜜营养好，不是吗？”说完转过脸望着黄博伟，喘着粗气，像是刚干完重活的样子。

“没错。”黄博伟说完，赶紧装作找人的样子，转过头，以免那股臭烘烘的气流冲到脸上。

“等会儿合影时——”贾久灿喘了一会儿气，又接着说道，“我先上，我先和那个女的来两张。他妈的，那女的真漂亮！拍完后我送她两箱酒。那个男的，听说比女的名气还大，我也和他来两张，最好是他拿着我的酒边喝边拍，那样效果才好呢。”说完他得意地笑了，似乎那两个主持人就是他厂里的员工，会乖乖地听他的话，按他的指示做。

黄博伟听了贾久灿这番话，觉得很有道理，于是他也未雨绸缪，开始考虑和主持人合影的事。他想首先应该拍两张和主持人亲切握手的照片，再让方芳小姐怀抱刚才的产品和自己合影一张，他甚至为方芳小姐想好了抱产品的姿势：面带微笑，歪着头将脸贴在产品上方，双手环抱产品，做痴情状。至于和男主持朱峰的合影，最好是自己抱着产品让他来抚摸并微笑着做点头状。当然，最后一张三个人的合影是必需的，也是最重要的。这张合影的细节，他得仔细斟酌一番，这样想着，不觉过了半个多小时，现场就剩下他和贾久灿两人。两人不敢离开，因为不知主持人何时出来，怕错过了合影的机会。到了午饭时间，两人只好到隔壁商场买了盒方便面当作午餐。

到了下午快三点钟时，群众演员们全部到齐了，现场又重新布置了一番，第二场节目录制快要开始了。两人猜想主持人快出来了，正在着急，广告公司的小王气喘吁吁跑了过来，一边喘着气一边说道：

“快准备一下，主持人马上出来了。”

贾久灿一听，连忙从口袋里掏出一条皱巴巴的领带，弄了半天没戴上，求黄博伟帮忙。黄博伟刚给他打好领带，他便撇下黄博伟，突然变得矫健敏捷，推开挡道的群众演员向前冲去，快到前台时，却被两个保卫人员给挡着了。

“干什么的?”一人喝问。

贾久灿正要发怒，一看两人腰上别着警棍，立刻满脸堆笑说道：

“我是本期节目赞助商，想和主持人合个影，我是出了钱的。”最后一句话说得委婉含蓄又理直气壮，以为这两个保卫人员会被那个“钱”字击倒。

“我不管你是谁!”另一个气势汹汹地说道，“你知不知道，这里是央视录制现场。央视，你知不知道?”

这时，小王终于挤了过来，他见保卫人员挡着不让进，忙拿出自己的工作证递过去，委婉地说明来意。

“不行。”保卫人员瞟了一眼工作证，“工作时间任何人不得打扰。要拍照，等节目录完后再说。”

贾久灿愤愤然转过身，差点和赶过来的黄博伟撞个满怀。两个保卫人员像赶鸭子似的将两个人赶出场外，一个人还将警棍抽出来，一副谁敢不听话就抽谁的样子。

来到场外，贾久灿想起刚才的遭遇和所付的十二万，不禁怒火中烧，他在家里可是个受人尊敬的酒厂大老板！镇长见了他都得点头哈腰，几时受过这种气！他怒气冲冲来到小王跟前，用手指着他的鼻尖，两眼圆睁，目露凶光，脖子似乎也被拉长了一节，大嘴一张，像要喷出火来。

“你们这群骗子!”他咬牙切齿骂道，“你们骗了老子的钱，老子的血汗钱！你们骗我说可以合影，却让人家像赶乞丐似的赶我。那些臭不要脸的！老子不稀罕和他们合影，老子不拍合影了，把钱退还给我!”

小王从未见过如此蛮不讲理的人，生怕他一拳打过来或者一口浓痰吐到他脸上——他的嘴几乎是常人的两倍！他欲辩无词，欲哭无泪，只得赔着笑，不断说“对不起”。

贾久灿骂累了，想找个地方坐，小王见了赶紧掏出纸巾将凳子擦了擦，贾久灿见了，气稍小了些。一屁股坐在凳子上面，一边掏出饼干来吃一边对小王说道：

“不关你的事，那群王八蛋!”

黄博伟也很生气，摸出手机给张欣欣打电话。

“有这等事？”听完黄博伟的诉说，张欣欣说道，“你们稍等一会儿，我马上打电话给白总。”末了，又问黄博伟要不要和唐坡说两句，他就在她身边。很快手机里传来唐坡欢快的声音：

“我的广告拍得怎么样？老黄，有人欺负你吗？要不要我过来帮忙？”

“还好。”黄博伟说道，“只是到现在还没有和主持人合影呢。你不过来和主持人合影？”

“我呀，乐不思蜀，正忙着呢。等你拍完合影，我借来编辑一下不就行了。哈哈，再见！”

不一会儿，小王的手机响起，他接完电话，如释重负，脸上露出笑容，对两人说道：“你们放心，等会儿我们老板就来了，这些人很怕我们老板，包你们搞定。”

贾久灿停止吃饼干，怀疑地望着他。

大约半小时后，白伟果然来到录制现场。贾久灿想上前诉苦，白伟用手势制止了他，转头问小王：

“怎么回事，你知不知道？”

小王点了点头，将事情的经过讲述了一遍。

“岂有此理，真是给脸不要脸。”白伟生气了，摘掉眼镜，脱去外套，如果不是因为穿了紧身毛衣的缘故，估计还会捋袖子，一副准备和鬼子刺刀见红的模样，怒气冲冲往后台去了。

两位主持人刚录完一段节目，准备回后台休息一下，化化妆，放松放松。刚踏入后台，却见白伟像只老虎似的站在那里，两人就像准备逃课的小学生刚逃出教室却看见迎面站着班主任老师一样，又匆忙返回前台。朱峰拉长了脸——这样使得他原本过方的脸显得比例更协调了些；方芳小姐嘟着嘴苦着脸，仿佛小孩子心爱的玩具被别人抢了去。早已躲在前台附近的小王见状，赶紧说道：

“快上！”

贾久灿想抢先，却被小王拉住了，并推了黄博伟一把。

黄博伟走上前台，想着刚才构思好的情节，他满脸含笑，来到朱峰跟前，伸出右手，像小学生对老师一样，热情地说道：

“你好，朱老师。”

朱老师似乎没听见，两眼直视前方，一脸的庄重，好像正在凝神静思国家的大政方针似的，直到黄博伟再次叫“朱老师”，他的嘴里才“咕咕”发出两声响，不知道是在应答还是咽了两次口水。他用一个电影里的慢动作缓慢抬起右手，黄博伟见状赶紧上前一步，握着那只静止在空中的如雕像般的手，但那手的手指是直直地伸着，仿佛伟人在指引前进道路一般，黄博伟握上去使不上力气，只好象征性地摸了摸。他还想过去握一下方芳小姐的玉手，可方芳小姐人离得远远的，身子侧着，脸转向一边，好像附近有什么危险，随时准备逃走一般。

这时候一个保卫人员走了过来，说道：“只有三分钟拍照时间。”

黄博伟打消了和方芳小姐握手的念头，更不可能让她怀抱产品拍照了，于是索性自己怀抱着产品来到朱峰身旁。这时方芳小姐可能是发现危险已排除，主动向朱峰身边靠了靠。台下广告公司的小王飞快地按动快门，从不同的角度连拍了几张。

贾久灿生怕主持人又跑了，黄博伟还未拍完，他就迫不及待地冲了上去。他先是冲方芳小姐一笑，方芳小姐被他憨厚的模样逗笑了，他趁机靠近方芳小姐，小王赶紧对着两人拍了两张。然后贾久灿又来到朱峰身边，似乎要腾出手来找东西，将手里抱着的特制酒往朱峰手里一放，朱峰下意识地伸手一接，贾久灿则趁机靠近，笑容满面，紧挨朱峰站着。小王抓住机会拍了几张。等朱峰反应过来，他已经拿着他的特制酒回到了台下。

三人回到场外，都松了一口气，像是完成了一次重大战役。白伟早已穿好外套等着他们，两人连忙上前道谢。白伟点点头，算是回礼，然后说道：

“他们为什么不愿意和你们合影，你们知不知道?”

两人谦虚地同时摇了摇头。

“他们怕你们乱用他们的肖像。找他们代言或使用他们的肖像权，至少得几十万上百万。你们知不知道?”

两人又同时摇了摇头。

“你们和他们合影只能作纪念，不能用于宣传。如果你们要用于其他目的，那是你们的事。你们知不知道?”说完转身走了。

两个人面面相觑，不知所措，幸而这时小王说话了：

“白总的意思就是：你们如果用和主持人的合影来进行商业宣传，他们会找律师以侵犯他们肖像权的名义来起诉你们，与我们公司无关。我们的建议是，小公司可以用，大公司最好不用，因为小公司输了也没钱赔。他们这些名人和常人一样，精明得很呢。”

贾久灿听了很高兴，他正巴不得和名人打官司呢，这样更能提高他的酒的知名度，说不定连带自己也跟着成了明星，黄博伟听了则垂头丧气，觉得自己好不容易才争取到和主持人合影，却只能用于自我欣赏、自娱自乐。

第二天上午，黄博伟乘飞机回到了公司。

央视广告节目播出后，下面的代理商反应不错，刘玲又让销售部将节目刻录成光盘，订购两万张分发到各代理商处，要求所有零售商店里都要播放此录像。零售商们看了录像，一个个强忍着心中的欢喜，将原价格上调了差不多三分之一，但比节目中选手最终猜中的价格仍低一百元左右，以示自己是个诚实的商人。顾客们看了央视的节目，发现商家的定价居然比节目中的底价还低，对商家的感激信任之情油然而生，纷纷掏钱购买，于是星光电子厂的品牌知名度和销量大幅攀升。为保证货源，公司要求一线员工每晚加班四个小时，每月只在发工资时休息一天。

在广告播出大约半个月后，黄博伟收到一份请柬——这可不是一般的请柬，上面盖有东惠市委、市政府的大印。

第十四章 市长之邀

黄博伟将请柬来来回回、仔仔细细看了两遍，请柬上写着：

“经市委宣传部和市技术监督局组织鉴定、评审，贵公司被评为本年度市优秀企业，公司总经理黄博伟先生被评为本年度优秀企业家。请黄博伟先生偕同夫人（请带上身份证）一起参加定于本月28日上午9时在市委礼堂举行的颁奖大会。届时朱市长将亲自讲话并颁奖。午餐预备薄酒，以示庆祝。”

黄博伟放下请柬，靠在藤椅上闭目沉思了一会儿。他非常怀疑这是一个骗局，因为他从来没有和东惠市委、市政府有过瓜葛。现在的骗子既聪明，又大胆；服务既细致又周到，体贴入微，而且道德水准也大有提高。绝大多数情况下，都是在你感到无微不至的关怀中；在你感到从未有过的被尊重被信任的情况下；或是在你感到梦想即将成真，大把的钞票即将如长江之水奔涌而来时，心甘情愿，心悦诚服，感激流涕地将自己的钱财奉献给他们。其实他们根本不该被称作骗子，他们所从事的行业大约可纳入服务业范畴，姑且称之为心灵服务师吧。他们所得的钱财是服务对象自愿送上的服务费。只是这个行业利润略高了些，甚至超过房地产行业。当然，他们常常忘记缴纳个人所得税等应缴税费，这是不应该的。

黄博伟自己以前有过几次和政府官员打交道的经历，但无一留下美好印象。为此近几年来，他对政府官员一概敬而远之。他又将请柬仔细看了一遍，市委、市政府的大印看上去不假，但在今天这个世道，别说刻公章，就是人民币都可以以假乱真。在市委礼堂颁奖，敢这样做的骗子需要多么非凡的勇气啊！恐怕至少也得骨灰级的骗子才行。这样有勇有谋的人，做个市长绰绰有余，还用得着去行骗吗？黄博伟冥思苦想了一会儿，又觉得这请柬不能排除真的可能性，于是叫来妻子商量。刘玲看了一遍，也不敢下定论，主张打电话问一问董事长老汪，因为对外都是他在负责。

“什么骗局？”老汪在电话里不无得意地说，“我们前不久不是在中央电视台打了广告吗？是我向市里申请的，我那里有熟人。这可是对你本人对公司都有莫大好处的奖赏，天大的喜事呢！”最后叮嘱黄博伟，“你们一定要去啊，不去可不行。”

有过几次失败的经历，黄博伟并不想去，他觉得去那里纯属浪费时间，还不如在家设计产品什么的。而夫人刘玲呢，却认为这是一个难得的进入上流社会的机会。虽然她并不是一个虚荣心很强的人，但像绝大多数女人一样，她对那种穿着价值千金的名贵礼服，端着上千元一杯的洋酒，谈笑风生，面带微笑，婀娜多姿地穿行在高官富豪之中，在媒体闪光灯下侃侃而谈的上流社会生活，有一种本能的向往。她极力怂恿丈夫去，并且说：

“说不定老汪为了此事破费了不少呢！”

黄博伟终于妥协了，于是刘玲到高级服装店花了上万元为自己买了一套名贵礼服。到了参加宴会的那天，她还特意找出结婚时的金项链带上。平时她不敢戴，因为她怕那些骑着摩托车抢劫的歹徒将项链抢了去，更怕美丽雪白的脖子受伤。

28 日上午 8 点半，黄博伟偕同夫人刘玲来到市委礼堂。

安检非常严格，门口有四个全副武装的警卫守着，每位来宾都要出示请柬和身份证，并被严格审视一番，身上带的所有东西都要被检查一遍，手机被留下。

“领导讲话是不能被打扰的。”检查人员解释说。

通过安检进入礼堂。礼堂不大，只能容纳四百人左右，但里面的装修豪华舒适。主席台上照例插满了国旗，一枚硕大的国徽挂在主席台正中，使得整个会场显得庄严肃穆。黄博伟夫妇进去时，礼堂里已坐了两三百人。

黄博伟夫妇被带到第二排坐定。按照官场惯例，来宾一般要先等上半小时左右官员们才出场，这里也不例外。闲着无事，黄博伟和旁边的人聊起来。

“先生贵姓？”

“免贵姓张。”张先生十分客气地答道。此人五十左右，瘦小精悍，一听口音就知道是广东本地人。

“你好，张先生，我姓黄。”黄博伟一边说着一边掏出名片递过去。张先生接过名片看了看，同时也将自己的名片递了过去。

“张先生做房地产的？”黄博伟接过名片一看，当即肃然起敬。当今社会做房地产的都是真正的富豪，上亿资产对他们来说只是初级水准。

“是的。”张先生谦虚地答道，“我们以前是同行，我也做过音响。”

“是吗？那真是太巧了。”黄博伟说完，伸出手来，两人热情地握手，手一握完，两人的距离拉近了不少。

“我是 2001 年进入地产行业的。”张先生说道，“那时，制造业，包括音响行业就不好做了，利润越来越少。因为门槛低，很多人都去做，打价格战，恶性竞争，弄得大家都没钱赚。”

“是的。”黄博伟点点头，心有同感地说道，“前些年广东有上千家音响厂，不过这两年转行的、倒闭的不少，剩下的已经不多了。我们这个行业确实难做，需要的人手多，工人工资不断上涨，利润又低，政府还经常批评我们这些企业占用资源，要我们转型。如果我们这些所谓的劳动密集型企业真的都不做了，那些失业的农民工怎么办？”

“这个我理解。当官的向来都是欺上瞒下，好大喜功。”

“你们做房地产，所需要的人少，产值大，利润高，哪天我也改行做房地产算了！”黄博伟羡慕地说道。

两人正聊着，台上响起了主持人的声音：

“请大家安静。欢迎市委、市政府领导入场！”

在热烈的掌声中，官员们一个个面带微笑，西装革履，胸前佩戴着精美的身份卡，一边向台下的人们挥手致意，一边迈着稳健的步伐鱼贯而入，来到主席台各就其位。

国歌奏毕，首先是市委宣传部部长讲话。宣传部部长姓李，块头不大，气量不小。讲话声如洪钟，抑扬顿挫，相当有节奏感。虽然讲的全是些废话套话，像懒婆娘的裹脚布——又臭又长，但居然没人打瞌睡。他首先感谢了省委、省政府对市里的大力支持——因为主席台上坐着一位省委领导。其次感谢市委、市政府对宣传部的大力支持。一句话：没有市委书记、市长的支持，他这个宣传部部长是什么都做不成的，然后很不好意思地把自己委婉含蓄地表扬了一番。说到这一年本部门取得的成绩，李部长的声音更大更洪亮，震得台下的人耳朵嗡嗡直响，不要说打瞌睡，死人也给吵醒了。最后终于说到台下洗耳恭听的所谓的企业家。李部长说道：

“我要表扬一下在座的各位企业家。正是因为你们的努力，我们东惠市的经济建设才取得了如此辉煌的成就！”说完，鹰一样的眼睛全场一扫，那意思仿佛是说：“看哪个敢不鼓掌！”于是，台下的人不由自主地开始鼓掌。待掌声停后，李部长用更大的声音，几乎是声嘶力竭般吼道：

“下面请朱市长讲话。”说完，带头使劲鼓掌。台下的人自然而然也跟着鼓掌，有几个控制力稍差的人，甚至欢呼起来，仿佛粉丝见到自己心目中的偶像。

朱市长五十多岁，中等身材，戴副近视眼镜，浓密的黑发从三分之一处分开，服帖地偏向右边，他的脸色略显憔悴，大约是为人民的利益操劳过度所致。最难能可贵的是他的肚子，居然没有一点隆起的迹象。他穿一套灰色西装，打一条蓝色领带，给人感觉庄重而又平易近人。他走路轻快，看得出其身体健康，精力尚好，还可再为人民呕心沥血若干年。他那没有凸起的肚子说明他是一个正直廉洁的，出淤泥而不染的好干部、好领导；他那副深度近视眼镜足以证明其知识渊博，堪当大任。总之这是一个好市长、好领导，一个视人民利益高于一切的人；一个励精图治、以天下为己任的人；一个鞠躬尽瘁、死而后已的人。

朱市长从容不迫来到讲台，开口说道：

“企业家朋友们，你们辛苦了。首先我代表市委、市政府向你们表示衷心的感谢。”说完，深深鞠了一躬。

台下掌声如雷，不少人眼眶湿润。

朱市长讲话声音不大，但温和中却不乏力量，平淡中不乏真理，他的讲话深入浅出，简单明了，实实在在。他时而推心置腹，时而语重心长，时而情深切切。他处处为企业的发展着想，时时想着为企业家们排忧解难；他把企业家们当成自己的亲兄弟、好朋友，当成东惠市，甚至中国未来繁荣富强最重要的推动力量。最后，朱市长说道：“你们是当代最伟大的人。”他声音激昂，感情真挚，“没有你们，人民生活水平的提高、生产总值的翻番，甚至中国的富强、民族的昌盛都无从谈起，都是无根之木，无源之水。最后，我代表市委、市政府和全市人民再一次向你们表示衷心的感谢和诚挚的问候！”

“这个朱市长真了不起!”黄博伟由衷地赞叹，对身旁的房地产老板张先生说，“你以前认识他吗?”

“打过几次交道。”张先生答道，嘴角挂着意味深长的笑容，“他那头黑发挺不错，只可惜不是真的!”

大会最后是颁奖，黄博伟上去领了奖，还拿着奖牌和朱市长合影留念。

大会完后，大家来到宴会厅。这里的气氛活跃多了。

随着宴会的进行，几杯酒下肚，大家开始兴奋起来。除了在本桌相互敬酒互换名片外，不少人开始端着酒杯四处出击，不断找人敬酒，互换名片，热情握手，结交朋友。应该说结交朋友、互换名片才是本次会议的精华所在。大家耐着性子听市领导讲话，耽误一天宝贵的时间，其目的就在于此。参加这次会议的有不少是重量级的知名企业家、大老板，他们手握重金，站在金字塔顶部发号施令。那些目前仍身处较低层的小企业家们、小老板们，恨不得去跟每一个人敬酒，和每一个人交换名片、握手，称兄道弟，然后瞅准机会从他们身上捞上一把。

黄博伟是个耿直又喜欢安静的人，对同桌的那些看不顺眼的人，他都不想理，更不用说到其他桌上去结交新朋友了。有几个本打算过来向他敬酒和他结交的人，看到他一副冷冰冰无所谓的模样，都打消了念头，只有先前认识的房地产老板张先生过来和他喝了一杯。而刘玲呢，也不去想那些属于明星贵妇们的上流社会的生活了，安安静静地坐在丈夫身旁，因为凭着女性特有的敏感，她发现有几个年轻漂亮的女孩在打丈夫的主意。她的丈夫在众多男人中的确太出众，甚至有点鹤立鸡群的感觉。她可不能大意失荆州。

忽然，宴会厅里的人都争先恐后地向大厅入口处涌去，就像有人往公园的鱼池中撒了一把鱼饲料，顷刻间各式各样的鱼便蜂拥而至一样。原来是朱市长亲自来给大家敬酒了。黄博伟和妻子不为所动，仍坐在那里一边聊天一边喝着酒，并打算早一点离开回公司。两人正自顾自说着话，黄博伟却听见背后有人叫他的名字。他回转头，却见朱市长端着酒杯，笑盈盈地站在自己身后：

“博伟。”朱市长关切地说道，“怎么不去走走，活动活动，今天到这里来的人可都是些精英啊。”

两人连忙站起身，朱市长非常绅士地握了握刘玲的手，然后紧紧握着黄博伟的手说道：

“博伟啊，听说你们的产品上了中央电视台。好样的！我们需要的就是像你这样敢于创新，敢创品牌的企业家，年轻有为！未来全靠你们了。”朱市长一番话，竟让黄博伟有了“士为知己者死”的感觉，一激动，说话变得有些结巴：

“朱市长，你，你放心，我一定会把这个品牌做好、做强、做大，为市里争光。”

朱市长赞许地点了点头，然后回头说道：

“李秘书，叫我们的画家过来一下，这儿有一位未来的大企业家，大帅哥。”说完又转向刘玲，“我介绍一位美女画家给博伟认识，你可不要吃醋哦!”

刘玲忙笑着摇了摇头。

很快，一个四十多岁的女子走了过来。女子高挑身材，虽是半老徐娘，但风韵犹存，脖子上那一串闪闪发光的钻石项链，更显得与众不同。

“这是方女士，我市著名画家。”朱市长介绍说，“这是今年的市优秀企业家获得者黄博伟先生。”

“黄先生您好！”方女士说完，很有分寸地和黄博伟握了握手，然后从一个小手提包里拿出一张精美的名片递了过去。黄博伟连忙双手接过。

“一个是优秀企业家，一个是大画家。我们市政府今后三年的目标是把东惠市建设成为经济强市、文化强市，你们两人缺一不可啊！以后要多沟通沟通，多相互帮助。”朱市长说完准备离开，突然又想起了什么，说道：

“博伟，差点忘了一件事。下午市文化宫举办书画展，离这儿不远，我这里刚好有两张票，你们去看看，说不定还会看到方女士的作品呢。另外，市里准备评选企业年度创新奖，我看你们产品很有创意，评上希望很大。”说完从秘书手里接过两张票给了黄博伟。

朱市长走后，方女士也很快离去。黄博伟看了看手里的两张票，和刘玲商量了一下，决定去看看。虽然他们既不是学美术专业的又不是那种所谓的高雅之士，对书画知之甚少，但这可是市长大人亲自送的票，更何况这位朱市长是全市人民的好市长！

两人来到文化宫二楼展厅，展厅大门上写着“中国名家书画拍卖会”几个醒目大字。书画展变成了拍卖会，两人感觉有些不舒服。进了展厅，展厅中央放着一排排座椅，前面主席台上放着一张又高又瘦的小方桌，孤零零地站在那里，仿佛一个不合群的怕受伤害的小姑娘。大厅四周则挂满了书法、绘画作品。

离拍卖时间还有一个多小时，大厅里已有不少人。这些人中有的是出于好奇路过这里顺便进来看看，当发现这些东西既不好玩又不能给自己带来收益时，便匆匆离去。还有一些是对这一领域颇有研究的学者，苦于囊中羞涩，只能进来一饱眼福。这些人来得最早，走得最迟，常常在一幅作品前驻足良久，品头论足，指手画脚一番，最好是能引来一群人围观，以显示自己艺术家的博学。还有一些学生，他们主要是来参观学习。看着前辈们的作品，特别是看着作品下方标着的底价，眼里常常露出敬畏和羡慕之情。

当然，这些人里面还真有一些打算掏钱购买这些作品的人。这个群体中，有的是收藏家，准备以最低的价格买下看中的作者的作品，一旦作者出了名，或者去世后，好拿出来高价出售，那利润可不是以百分比来算，而是成百上千倍，尤其是碰巧买到那些英年早逝的名家作品……有的是附庸风雅的成功人士，反正不缺钱，买几幅书法、绘画作品挂在客厅，好让别人知道自己兴趣广泛，爱好高雅，不是俗人。还有一部分人，带着不太方便说明的目的，这些人意志坚定、腰包满满，不达目的誓不罢休；他们只看作者名字，不管字画的好坏；他们往往独具慧眼、胸有成竹，认定几幅作品，其他则不屑一顾；他们并不去欣赏那些大作，几个人聚在一起，聊得非常开心，就像在茶馆酒楼般，但聊的内容却与书法、绘画不沾一点边。

黄博伟和刘玲毕竟上过四年大学，文化底蕴不差。两个人逐渐看出些门道，对那些作品的好坏也能有所分辨。黄博伟对一幅名叫《牧牛图》的作品很感兴趣，这幅图让他想起了自己的童年时代，那时候，他除了读书外，每天的主要任务就是帮队里放牛。每天早上天刚亮他就被母亲叫醒，起床去放牛，一直到九点上学时间，下午放学后他又必须马上赶回家继续放牛。他觉得这幅画中牛的形象画得很好，栩栩如生，唯一遗憾的是：放牛郎看上去年龄大了些，而且神态过于严肃、呆板。刘玲则看上了一幅叫《梅花少女》的画作，她很喜欢梅花，花中那个冷艳孤傲的少女让她想起了自己的少女时代。不过两人仅是喜欢而已，却并没有购买的念头。两人又看了一幅徐悲鸿的《雄鸡图》和齐白石的《双虾》图。两人研究了半天，实在找不出这两幅画作比其他作品价格高出许多的理由，如果真的要掏钱购买，他们一定会选前面两幅作品。

“名家作品，我等才疏学浅，孤陋寡闻，参不透的。”末了，黄博伟边摇着头边说道。忽然，他的眼光被旁边一幅画作吸引，他看到那幅作品左上方写有作者的名字“方燕”，他招呼妻子刘玲一起来到画作前。画作的名称叫《钟馗捉鬼图》，画上的钟馗咬牙切齿，双眼瞪得如铜铃，须发尽张，大义凛然，右手像抓小鸡般捏着一个小鬼的脖子，旁边还跪了一个小鬼，小鬼一脸的惊惧和无奈，可怜兮兮正叩头求饶。画作不错，把钟馗那种疾恶如仇，为民除害之情表现得淋漓尽致。再一看标的底价，只有两千元。黄博伟怕弄错了，又掏出刚才方女士给的名片对照了一下：没错，方燕，就是她的画作！旁边还有两幅她的作品，一幅《爱莲图》，作品充分体现了莲花出淤泥而不染的高尚品质。另一幅则是一幅书法作品，上书“厚德载物”四个字，笔法刚劲有力，一气呵成，简直想象不出它竟出自一个女人之手！两人在三幅作品前驻足良久。

刘玲觉得既然是朱市长亲自关照，应该卖市长大人一个面子，帮助一下方女士。现在的艺术家，尤其是那些还没出名的艺术家，生活可清苦着呢。何况标价只有两千元。两人商量了一阵，决定买下那幅《钟馗捉鬼图》，因为黄博伟觉得这幅画作更有功底，升值空间大些。两人正商量着，大会上刚认识不久的房地产老板张先生走了过来。

“看中了这画?”张先生笑眯眯地问。

“看看而已，”刘玲抢先答道，“你呢?”

“我呀——”张先生别有深意地看了他们一眼，说道，“和你们一样，看看而已。”临走时又回过头说道，“这个价格只是底价，离最后的价格差得远呢!”

两人按照拍卖规则先交了一千元的保证金，刘玲想了想，对黄博伟说道：

“底价两千元，成交价会是多少呢?”

“不会超过一万元。”黄博伟答道，“她又不是名家。”

“那可不一定。这样吧，如果超过一万元，我们就放弃。”刘玲说道。

拍卖会准时开始。拍卖师是一个三十多岁的光头男人，白净脸皮，有点女人相。声音既有男人的宽厚又有女人声音穿透力强的特点，极具煽动性，天生做拍卖师的料。黄博伟和刘玲在中间找了个位置坐下，意外发现房地产老板张先生就坐在他们前排。前面的作品拍出的价格都不高，最高也不到五万元，参加竞拍的很少，直到拍卖齐白石的《双虾》，气氛才开始热烈起来。轮到拍卖方女士的作品了，首先是那幅《钟馗捉鬼图》。

黄博伟第一个举牌。

“两千。”拍卖师叫道。

“三千。”拍卖师刚说完，马上有人举牌，“五千。”

黄博伟狠了一下心，又举起了牌。

“七千。”拍卖师话音刚落，又有人举牌，“九千。”

黄博伟看了妻子刘玲一眼，一咬牙，举起了牌。

“一万。”拍卖师说道，“有人出一万了！”

“两万，有人出两万啦！”拍卖师声音略大了些。

黄博伟和妻子对望了一眼，同时摇了摇头，苦笑了一下，收起了号牌。

“五万。”拍卖师声音更大了一些。

“十万。”拍卖师有些激动。黄博伟有些惊讶，因为他看到举牌的就是坐在他前排的张先生

“二十万。”拍卖师声音更大了，白净的脸微微发红，右前方有人举了牌。

“四十万。”拍卖师声音中带着兴奋，脸涨得通红，黄博伟更是张大了嘴说不出话，因为举牌的又是张先生，张先生回过头，冲黄博伟谦虚地笑了笑，一副胜券在握的样子。

“四十万第一次。”拍卖师大概觉得这个价已到顶了，声音变得平和起来。但不久，他又开始兴奋起来。

“五十万，后面有位先生出五十万。”黄博伟转头一看，发现举牌的是一个五十多岁，个子不高的小老头，老头看上去相当安静慈祥，黄博伟感觉有些面熟。

“六十万。”拍卖师声音开始发哑，额头上渗出汗珠。

现在，全场就只有房地产老板张先生和后排的小老头在竞拍这幅画。小老头后发制人，不急不躁，态度安详，平和，一副与世无争的样子。只是在举牌时他的眼光会扫过前面，那眼光冷冰冰的，让人不寒而栗。

房地产老板张先生脸色变得严肃起来，他站起来往后面看了看，坐下后又举起了牌。

“七十万。”拍卖师喝了一大口水，润了润干燥的嗓子，掏出手帕擦了擦额头上的汗珠，还没等他放下手帕，后面的小老头又举牌了。

“八十万。”拍卖师激动得浑身打战，他开始计算自己应得的提成。

“一百万。”拍卖师报出这个价，已开始大声喘气，额头上的汗水流到了脸上。

房地产老板张先生举完牌后，闭上眼睛，脑袋飞快地运作起来。他以生意人的头脑迅速判断成败得失，当他看清后面举牌的小老头的面容时，忍不住打了个寒噤，他知道那是个不好惹的角色，这个报价也是他最后的底线。

“一百一十万。”拍卖师几乎是把这几个字吼出来。他忘记了用手帕，直接用手去擦脸上的汗水。

房地产老板张先生站起身，举起双手，表示投降。

拍卖会开不到一半，黄博伟和妻子刘玲就退场了。

“肯定有猫腻。”出了展厅，黄博伟愤然说道，“我就不信她那样的三幅作品能值两百多万！还有，我怀疑这位方燕女士根本就不是画家，这三幅字画根本就不是她的作品。”

“干吗生这么大气呢！”刘玲冲丈夫笑道，“又不是我们掏钱，人家还帮我们节省了

一万元呢。”

“乱弹琴！”黄博伟越想越气，将手中的“优秀企业家”奖牌举起来狠狠摔在地上，末了还想踩上一脚。

“干吗呢！”刘玲连忙制止，“这东西以后会有用的。”说完赶紧捡起来。

由于要赶货，星光电子厂元旦只放了一天假。上班不久，一天，汪建明把黄博伟叫到办公室。

“博伟啊，我找人代买了一幅画，你找人把它挂在接待室显眼的位置，这幅画很贵重。”说完，汪建明打开书柜，从里面取出一幅画交给黄博伟。

黄博伟接过画一看，一下呆着了，手里这幅画正是那天拍卖会上以一百一十万元成交的《钟馗捉鬼图》。汪建明看黄博伟吃惊的样子，问道：

“你见过这幅画？”

“见过。”黄博伟点点头。

“那天你去拍卖现场了？”

黄博伟又点了点头。

“这幅画来之不易。”汪建明郑重地说道，“你把它挂在接待室，那些大鬼、小鬼见了就不敢乱来了。这可是我们的镇厂之宝呀！”

黄博伟苦笑着摇了摇头，叫王芳派人挂到了接待室。

过了几天。这天早上，黄博伟上班后不久，就接到妻子刘玲的电话：

“博伟，装配一车间员工在闹罢工。”刘玲在电话里焦急地说道，“他们说要见你，还跑到其他车间去串联，鼓动全厂罢工。”

第十五章 大罢工

黄博伟听说员工闹罢工，吃了一惊，现在正是旺季，停产一天公司就要损失数百万元。他考虑了片刻，对妻子说道：

“马上通知所有经理级别人员到会议室开会，十分钟后必须到齐。王芳不用参加，让她立即去安抚罢工人员，告诉他们我在外面，半个小时之内一定赶回来见他们。让装配一车间的拉长也来参加会议。另外，叫老汪也参加。”

十分钟后，参加会议的人员全部到齐。黄博伟扫了大家一眼，说道：

“装配一车间员工罢工，相当于减小了五分之一的产量。现在正是一年中最旺的时候，对公司的影响非常大，而且如果不能及时处理，罢工还有蔓延的趋势。所以请大家来，共同商量一下怎么处理这件事。”说完，转头对坐在角落里的装配一车间拉长说道，“郭阳，你先讲一下事情的经过。”

郭阳二十六七岁，来自广西，个子瘦小，皮肤黝黑，做拉长已有两年多时间。他原本是车间一名普通员工，只有初中毕业，但他吃苦耐劳，勤奋好学，终于一步步地升到今天的位置。他管理严格，执行上级的指示从不打折扣，对生产效益和产品质量抓得很紧，但在人际沟通和灵活性方面则欠缺，一年中很难见到他脸上露出笑容，好像手下的员工都欠了他债似的。

“是这样的——”也许是从未当着这么多上级领导讲过话，他的声音有些打战，“昨晚有几个员工加班到八点半就提出下班。这些天正好赶货，我不同意，要他们加到十点半。他们不听我的，就和我吵起来，我一急，说了些重话，于是这些人不但自己不上班，还鼓动其他人不上班。我本来以为今天会没事，没想到他们竟然联合起来罢工。”郭阳有些激动，觉得自己受了委屈，眼睛红红的，眼泪在里面打着转，正在找机会溜出来。

黄博伟怕他忍不住哭出来会影响大家的情绪，忙说道：

“这件事我们会处理好，你先下去休息吧。这样，你先去品质部帮帮忙。”黄博伟怕他回去和手下员工接触引发更多矛盾，又怕他一个人想不开，就让他暂时去品质部待一下。

“是谁带的头。”郭阳出去后，黄博伟问生产部经理张伟。

“一个叫高正明，11 月份招的大学生；一个叫胡立彪，4 月份进厂的员工。”张伟答道。

“他们有什么要求？”

“我已经找他们谈过。”张伟边说边掏出笔记本，“他们要求：第一，要立即辞退拉长郭阳，新拉长要由他们自己推选；第二，要改善住宿吃饭条件；第三，每天加班不得超过两小时，星期天不能加班；第四，要提高计件工资——”张伟还要说下去，汪建明打断了他的话：

“哪来的这么多要求！不想干就滚蛋，重新招人。”汪建明早就听得不耐烦了，“我马上给治安队打个电话，让他们过来把这两个人抓起来。”说完便去口袋掏手机。

“等一下！”黄博伟连忙制止，“等事情弄清楚了再说，不要急。”然后问张伟，“你打算怎么办？”

“这件事比较棘手。”张伟说道，“尤其是那个大学生高正明，他说新《劳动法》已经颁布实施了，他们要按新《劳动法》做事，而且他还将新《劳动法》的主要内容复印了几十份发给下面的员工。如果事情闹大了恐怕影响不好。”

会议室气氛有些压抑，事发突然，大家各怀心事，多一事不如少一事，都不愿发表意见。

刘玲见其他人不说话，便问胡平道：

“胡平，你是学法律的，你觉得这件事怎么处理好？”

被点将，胡平推脱不过。他思考片刻，不紧不慢说道：

“新《劳动法》在今年 1 月 1 日已经正式生效。我看了一下，与以前相比改动很大，对普通员工的保护大大加强，而且现在正在风口上，一旦事情闹大被媒体曝了光，公司会显得十分被动，也很危险。”

汪建明听说会被媒体曝光，吓着了，赶紧将手机又放了回去。黄博伟点了点头。刘玲又问道：

“你有什么具体处理意见，说来听听。”

胡平见所有人的目光都集中在自己身上，不禁暗自得意。他觉得这是一个展示自己能力的机会，他当然不会放过这样的机会。刚才张伟说领头的一个人叫胡立彪的，他脸一红，很尴尬，但他随即想到除了王芳之外，其他人应该都不知道他有这么一个侄儿。他估计王芳也不会说出来。他喝了口水，故意沉吟片刻，然后说道：

“他们提的第一个要求完全可以接受，即使不辞退那个拉长，也得把他调到其他岗位。再说，那个拉长沟通能力太差，也不适合做那个职位。第二条更没问题，这些天多加些菜就解决了。至于住宿问题，正好趁此机会把那些爱闹事的人分开，不让他们住在同一个宿舍。第三条麻烦一些，但也可以先答应下来，只是需要变通一下，改为‘不愿意加班的可以不加班’即可，其实只要有钱拿，他们大部分人都会去加班，一个人待在宿舍干什么呢？出来打工就是为了挣钱。至于第四条，马上要过春节了，可先答应下来，不行的话过完春节再作调整。”

胡平一席话说得与会者个个点头称是，连汪建明也开始对他刮目相看。

高正明来自湖北农村，中等个，白白净净，戴副近视眼镜，别看他表面文静，内心却常常暗流涌动。富贵荣华、出人头地的想法时刻在他心中翻滚。他虽然来自农村，却从没干过农活，因为他是家中独子，父母的掌上明珠。他从小聪明，成绩又好，一直到大学毕业前，除了读书，他什么事都不用做，父母也不让他做除了读书外的任何事，因为他们觉得自己的宝贝儿子将来定会飞黄腾达，光宗耀祖。如果让他干农活，吃苦受累，将来回想起来，肯定会埋怨他们，那可不好。

高正明上大学时，凭借自己的机灵聪明和过人口才，当上了学生会宣传干事一职。那时的他，意气风发，风华正茂，也算是全校知名人物之一。父母也尽量满足他对金钱的需求，可以说衣食无忧。他虽然长相一般，却有不少女孩被他迷惑，暗恋着他，遗憾的是他为了追校长的女儿，对其他女子不屑一顾。毕业时校长的女儿出了国，弃他而去，未来的岳父大人本就对他没好感，认为他只有嘴上功夫还行。女儿一出国，巴不得他赶紧滚蛋。最后他只好孑然一身来到广东，来到星光电子厂做了所谓的储备干部。

进厂的第一天，黄博伟的讲话的确对他起了作用，让他几乎坚持了一个月，但很快他就不满起来。

他对吃的不满意，他和普通员工一样吃着大锅菜，而旁边的职员却吃着三菜一汤，而且职员里面有不少人连高中都没读过，他一个国家和人民花费了大量心血培养出来的堂堂正正的大学生，竟然和农民工一样，吃着这些难以下咽的饭菜，是可忍孰不可忍！

他对住宿也不满意，他在大学里住的是父母为他出钱租的公寓，两人一套，干净、整洁、舒适，可到了这里住的却是八个人一间的大房，那些素质低下的农民工极不讲卫生：随地吐痰，臭袜子、臭鞋子扔得满地都是；这些农民工丝毫不顾忌他人，在宿舍里喝酒聊天，高声喧哗；还有一个胖子，竟然打呼噜，弄得他常常做噩梦。

他对工作更不满意，他常常因为工作走神被拉长批评，还被罚过两次款，他的表现打分每次都是最后几名。一个大学生，竟被一个只读过初中的人辱骂、批评，他简直忍无可忍。他请假出去找了几次工，但似乎是感染了瘟疫一样，一听说是刚出校门的大学生，所有用人单位都敬而远之，生怕被传染似的。后来，他看了一些近代历史人物的自传，发现其中很多伟人竟是靠工人运动起家，他眼前一亮，仿佛黑暗中看到了指路明灯。

“大家知道吗，新《劳动法》快出来了。”一个星期六的晚上，等全宿舍的人到齐后，他说道。他破例站在宿舍中间，忍受着那些臭袜子、臭鞋子发出的臭味而没有躲进他那个几乎封闭的蚊帐中。见没人答话，他继续说道：“这可是一部关系到我们切身利益的法律，大家一定要看看。政府现在关注民生，关注我们这些打工仔，我们一定要配合政府，争取我们应得的权益。”

“可以少干活多挣钱吗？”有人小声地问了一句。

“可以！”见有人搭腔，高正明来了劲，慷慨激昂地说道，“大家看看公司老板，看看那个姓汪的，每天什么事都不做，却开好车，住别墅，养情人，听说他的小老婆还不到二十岁呢。还有那些帮凶，那些所谓的经理们，他们吃三菜一汤，两个人住一间空调房，可是我们呢？我们吃的是什么？住的是什么？公司的钱是谁赚的？——是我们。公司的发展靠的是谁？——是我们。公司的产品是谁做出来的？——是我们。受苦受罪的是谁？——也是我们。老板给我们最低工资，让我们吃不饱，穿不暖，住不好，靠残酷剥削我们的剩余价值致富。什么叫剩余价值，知道吗？就是我们创造的利润，除掉我们的工资外的那部分。我们养活了这些老板，让他们过着花天酒地的生活。现在有了新《劳动法》，我们可以说‘不’了。”他有些激动，仿佛回到了大学的校园里，一群仰慕者正聚精会神地听他演讲。他感觉口有些发干，只得停下来，去找水喝。大家被高正明慷慨激昂的声音镇住了，半天没人答话。

“可是——”过了一会儿有个年纪较大的员工说道，“我做过七八家厂，觉得星光厂算不错的，工资比其他厂高，还从不拖欠工资。另外，黄总给人感觉也不错。”

“假象，一切都是假象！”高正明喝了水，伸出舌头舔了舔发干的嘴唇，继续说道，“天下乌鸦一般黑，这些老板没有一个好东西。他们给我们的钱越多，说明他们剥削我们的钱越多。黄总表面上看还行，但实质是一样的。只要我们团结起来，我们的伙食可以改善，我们的工资可以增加，我们的加班可以减少。新《劳动法》规定我们有权利不加班。如果全国的打工者团结起来，那些老板们就会惊慌失措，甚至走投无路，磕头求饶！”

“最好是不上班又能挣到钱。”有人说了一句。

高正明并不气馁，只要有空闲，他就去各个宿舍进行演讲。功夫不负苦心人，有几个人表示愿意听从他的召唤，共患难，其中的一个志同道合者就是胡立彪。

前面已提到过，胡立彪是一个颇有抱负的年轻人，只缺钱。上次找叔叔胡平借钱碰了一鼻子灰，但他并没有放弃，那个烤羊肉串连锁店的梦想不停地在他的脑海里涌现，他在山西的朋友也三番五次来电催促，可加盟所需的三万元对他来说可不是个小数，没人愿意借钱给他。他来星光电子厂上班已差不多十个月了，每月也能领到差不多两千元，按说应该存了不少钱，可他的开销实在太大，为了梦想，他省吃俭用，一分钱分成两半花。可即使这样，到现在他的存折上也只有不到一万元。

“还不到三分之一呢！”他望着存折发愁。他打算换份工作，可到外面找了几家厂，给的工资比星光电子厂还低！他很无奈很不甘心，他寻找着机会，寻找着凑够三万块钱做连锁店发大财的机会。

他对什么《劳动法》一概不感兴趣，因为只要提到“书”这个字，他就眼发干，头生痛。他恨不能像秦始皇一样再来一次焚书坑儒，烧尽天下的书，杀尽天下的儒，好让自己耳根清净。他只对钱感兴趣，他之所以追随高正明，只因为高正明告诉他说：新《劳动法》规定未签合同须双倍赔偿。他听后非常高兴，因为星光电子厂正好未和他签合同，而双倍赔偿的钱正好可以补上他所缺的两万元加盟费。于是他坚定不移地参加了。由于他进厂较早，根基深厚，又能和下面员工打成一片，很快就成为带头人之一。他从全车间员工中找到八个和他一样未和公司签订合同的员工，拿出准备实施的新《劳动法》给他们看，那些员工听说可以获得双倍赔偿，一个个笑逐颜开，欣然同意加入他们的组织。但即使这样，参加的人也只有十几个，实力仍显单薄。他又和高正明商量，觉得可以利用拉长郭阳的不善管理、经常辱骂员工的弱点进行煽动组织。这一招果然灵，很快，全车间一百多人，就有超过半数的人支持他们。新《劳动法》

开始实施后，他们便迫不及待开始实施计划，他们利用员工对经常长时间加班以及元旦只放了一天假的怨气，那天晚上他们带头故意提出不加班，结果成功了，拉长郭阳的辱骂激起了公愤，绝大部分员工支持他们，参加了罢工。

此时，胡立彪和高正明以及另外三个员工代表坐在接待室里，准备和公司总经理黄博伟谈判。胡立彪抽着烟，吐出的烟圈一个比一个大，一个比一个好看。高正明手里仍拿着新《劳动法》在研究。其他三个代表则一副心不在焉的样子。王芳坐在他们对面，她开始还不停地劝说，可很快听的人就不耐烦了，厉声叫她闭嘴，她听后脸涨得通红，她没想到这些人竟敢对她如此无礼，她不好发作，只好不做声。等待的过程中，她接到人事行政部的电话，说市电视台打电话问公司的地址，打算下午过来采访。

“有人将事情捅到了电视台。”想到这，王芳心里更着急，期盼黄博伟早点过来。

半个小时很快就要过去，几个代表开始变得不耐烦。黄博伟终于按时赶到。王芳松了口气，她正打算起身离开，黄博伟示意她留下并让她坐在自己身旁。

“对不起，让各位久等了。”黄博伟未及坐下，便说道，“我在路上已经听说了你们的事，我相信你们也是被逼无奈，都怪我这个总经理没做好，管理不善，让你们受了委屈，在这里我要真诚地向你们道歉，请你们原谅。”

话一说完，现场气氛立刻轻松了许多。高正明本已做好了吵架的打算，他准备用他犀利的语言和黄博伟针锋相对，论理一番，顶多弄个鱼死网破。可黄博伟这番话却让他狮子吃刺猬——无从下手。胡立彪停止了吐烟圈，稍显不安，另外三个代表露出内疚的神情，而王芳则对黄博伟大为佩服。

“大家有什么要求，尽管提，公司一定尽力满足大家的要求。”坐下后，黄博伟说道。见没人搭话，他继续说道，“大家放心，我们一定不会搞秋后算账。‘良药苦口利于病，忠言逆耳利于行’，我相信你们提的意见一定能帮助公司发展壮大。”

“这是我们全体车间员工提出的要求。”高正明从笔记本中拿出一张纸递了过去，“我们的要求合情合理，完全符合新颁发的《劳动法》。”说完，他扬了扬手中的书。

黄博伟接过纸看了起来，看到最后，心里一惊，后面增加了两条要求：一条是立即按政府要求成立工会，民主选举工会主席；第二条是按新《劳动法》规定，对那些公司未与其签订合同的员工双倍赔偿。看完后他不动声色，说道：

“第一条我完全同意，只是提一个小小的要求，郭阳毕竟在我们公司干了五年，以前他和大家一样，只是个普通员工。我想把他调到其他部门去，各位可否同意？”他见没人提出反对意见，便接着说道。

“那就这么办，等会儿就通知一车间全体员工重新推选拉长。至于第二条，”他转身对王芳说道，“代表们提的吃住问题，开完会后你就立即着手解决，先写出一个方案，征集全厂员工的意见，饭菜伙食标准从今天起每天提高一元，由公司出。”

王芳连连点头，一边记在笔记本上，一边趁机在纸上写下“下午市电台要来采访”几个字给黄博伟。黄博伟瞟了一眼，回过头若无其事地说道：

“第三条嘛——”他略作沉吟，“能不能改为不愿意加班的可以不去，别人愿意加班，你总不能把他关起来是吧？我们也要尊重他人自由。”

高正明感觉有点不对头，但又找不到反驳的理由，只好点头。其他几个代表也跟着点点头。

“第四条我完全同意，公司效益好了，加薪是应该的，具体加多少我们下来再商量一下。一定要加，而且就从这个月开始加。”黄博伟见大家没什么意见，又接着往下说：

“至于成立工会——”

“这是政府赋予我们的权利。”高正明打断了黄博伟的话，傲然说道，“工会是代表工人阶级的利益，代表打工者的利益，是必须要成立的，以前没成立那是违法的。”

“我没说不成立。”黄博伟喝了口水，说道，“我觉得你敢作敢为，口才也不错，到时就让你负责筹备工作。”

高正明一时语塞，愣了半天，才说道：“我们带头罢工，是要为广大员工争取他们应得的利益，并不是想当官。”说完，不知是由于激动还是害羞，脸上起了红晕。

黄博伟不想在这件事上继续纠缠，下午电视台来采访，他必须在他们到达之前把问题解决，否则一旦曝光，麻烦就大了。他接着说道：

“最后一条赔偿的问题，我真的不太清楚——”

“新《劳动法》上有规定。”胡立彪早就不耐烦了，打断了黄博伟的话，将打印的新《劳动法》翻到赔偿规定那一章，递给黄博伟看。

黄博伟拿过来仔细看了看，脸色变得严峻起来，他转头问王芳：“公司不是要求每个员工都要签合同的吗？”

“这是我的过错。4 月份忙着开运动会，那时进了一批人忘了签。”王芳说完，低下头，心里很不安，她没想到，自己一时疏忽会带来这么大麻烦。

“有多少人没签？”黄博伟小声问道。

王芳怕坐在对面的那些人听到，就用笔在纸上写道：“八十人左右。”

“八十人如果全部按双倍赔偿那得要一百多万。”黄博伟看了暗想，“如果答应了这几个人，其他人知道后肯定也会索赔的，这可不是一笔小数目。”他一时拿不定主意。

“怎么样，到底答不答应？”胡立彪熄灭了烟，准备进攻了，“不答应我们是不会上班的。我们已经通知市电视台了。”其他三个代表有两个是没签合同等着拿赔偿的，也随声附和。

王芳心里一急，突然想起一个人来。

第十六章 ‖ 国画的威力

王芳看到胡立彪有恃无恐的样子，突然想起了胡平。她小声对黄博伟说："不要急，等一下，我出去一会儿。"

来到外面，王芳立即给胡平打了个电话，把胡立彪的事告诉了他，末了说道：

"你一定要赶快想办法说服你侄儿，只要他不闹就好办。下午市电视台就要过来采访，一旦曝光就麻烦了。"

胡平有些气恼，他对这个侄儿全无好感，但人是他介绍进来的，又是他的侄儿，闹出事来他肯定脱不了干系，而且难保王芳不会把这件事说出去，如果真是这样，那他在星光公司的前程就会被断送掉。必须出手，他思考了几分钟，拨通了胡立彪的手机，说有急事，让他马上到公司门口。

胡立彪兴冲冲来到公司门口，看见胡平早已站在大门旁边一个僻静处等着。他走了过去，满脸疑惑地看着胡平。胡平递给他一瓶水，然后说道：

"上次你说的烧烤连锁店进展怎样？"

"不怎么样，差钱呗。"他搞不懂三叔怎么会问起这事。

"差多少钱？"

"两万。"

"好，这个钱我先帮你垫上。"胡平说着，从口袋里摸出一张银行卡，"这上面有两万五千元钱，你先拿去用，等你赚了钱再还我。"

真是天上掉下来的馅饼！胡立彪呆着了，不知道说什么好，不过手上动作却丝毫没受影响，他迅速接过卡放入口袋。

"不过我有个条件。"等胡立彪放好卡，胡平慢悠悠说道。

"你说，什么条件。"胡立彪赔着笑脸说道，"什么条件都行，只要我能做到。"

"你不是在带头闹罢工要赔偿吗？"胡平瞟了一眼侄儿，"马上退出并且帮助公司平息事端。"

胡立彪愣着了，他不知道胡平从哪里得知的消息。

"你不是要赔偿吗？"胡平继续说道，"即使你们赢了，我算了一下，赔偿顶多不超过两万，而且打官司要花很多精力和时间。你这样做，如果公司知道了你和我的关系，对我非常不利，你也要为三叔着想一下。”

“行，我马上按照三叔的要求去做。”胡立彪说道。反正钱已到手，目的已达到，他犯不着再去得罪人。

“现在就去办这事，注意要不露声色。”胡平说道，“下班前办妥，然后给我电话，我再告诉你银行卡的密码。”

赶在上午下班前，罢工事件处理完毕。一车间员工们选出了新的拉长，开始上班。几个未签合同的员工每人补了一个月工资，答应不将此事泄露出去。胡立彪提出辞工并得到批准。高正明非常沮丧，他知道经这么一闹，此地已无立足之处，也提出辞工，要求补多一个月工资。他的要求被接受，但条件是立即走人，并不得向外泄露有关罢工的消息。

下午大约两点钟，星光电子厂门口来了两名电视台记者：一个是摄影记者，瘦高个，三十多岁，一头乌黑的秀发长及肩部，用一根橡皮筋扎成马尾式发型，如果不是嘴唇上一溜日本人似的八字胡，肯定会被人误以为是个“窈窕淑女”。他手里提着一台机关枪似的摄影机，一副路见不平、拔刀相助的模样。另一个是个女记者，三十岁左右，个子不高，一身朴素的穿着和一张被太阳晒得黝黑的脸说明这是一个廉洁正直、勤奋敬业的好记者；严肃的面孔和坚定的眼神显示出她时刻准备匡扶正义、扶弱济贫、惩恶扬善的决心；而她那一头比许多男士还短的头发，则足以证明其见识不短。她上午听说星光电子厂有人罢工并和新颁发实施的《劳动法》有关联，凭她多年做记者练成的嗅觉，觉得这是一件非常有价值的新闻，即使在全国，这也很有可能是新《劳动法》颁布实施后的第一起工人罢工事件，这个事件报道出来，必然引起轰动，如此一来，她的奖金、她的职位，还有她的名气，毫无疑问会随之水涨船高，她立即放下手上的其他工作，带上摄影记者，驱车赶了过来。

门卫早有准备，挡住两名记者，热情地往接待室请。女记者不肯就范，掏出记者证说道：

“我是市电视台的记者，我要进去采访。如果你们妨碍我的采访自由，我就告你们！”

“请等一下！”一个老门卫笑容可掬说道，“请问你叫什么名字？”

“我姓王。”女记者大声说道，“我要见你们的总经理！”

“没问题。”老门卫说完，回到门卫室拨通总经理办公室电话，说道：

“黄总，门卫室有一男一女两个记者要见你，男的姓王。”

黄博伟快到门卫室时，看见有个短头发的记者站在门卫室门口，双手抱在胸前不停地来回走动，还有一个留着马尾式长头发的记者背对着他蹲在地上正在包里找什么东西。于是他走上前，满脸堆笑、热情招呼道：

“王先生——”他认为称呼王先生比称呼王记者显得更尊重对方，“欢迎来我们公司采访！”

“你是谁？”女记者扬脸喝问。她身子后倾，瞪着黄博伟，似乎担心会被对方非礼。“你想干什么？”

黄博伟搞糊涂了，感觉对方成了主人，自己反倒成了客人。

“我叫黄博伟，是这个厂的总经理。”黄博伟解释道，“王先生——”

“谁是王先生?”短发记者打断黄博伟的话，怒形于色。

“你不是——”黄博伟又糊涂了。正在这时，马尾式长发记者转过身来，黄博伟见了他嘴唇上的八字胡，大吃一惊，突然醒悟过来，冲马尾式长发记者说道，“你是王先生?”

“我姓李。”马尾式长发记者答道，并用手指了指黄博伟跟前的同伴，“她姓王。”

“扯淡!”黄博伟暗骂一声。他终于弄明白了，脸一红，不好意思说道：“你好，王小姐。”并主动伸出了右手。王记者脸色缓和了一些，但却没有和黄博伟握手的意思。黄博伟只好顺势将手臂旋转了大约九十度，装作挠头的样子。

“我们是市电视台的记者。”王记者对黄博伟的热情并不买账，拿出记者证一挥，就像挥舞着一把大砍刀一样，“我们要采访你们装配一车间员工胡立彪和高正明，请你们协助。”说完，神色严峻地看着黄博伟，那神情仿佛在说：当心点，别挡我，否则老娘决不罢休。

黄博伟赔着笑脸，非常谦恭地说道。

“放心，我们一定会支持你们的工作。只是他们现在正在上班，去车间采访会影响生产。你们先去接待室坐一下，我马上去叫他们过来。”

王记者想硬闯进去，又担心工厂这么大，不知哪里去找人；拨打报料人胡立彪的电话又打不通。她只好和扛着摄像机的马尾式长发记者来到接待室。黄博伟出去找人了，接待室只剩下他们两人。

王记者是个闲不住的人，开始用她那双千里眼似的眼睛四处搜索，以期发现能造成轰动效应的新闻线索。突然，她看见接待室正中间挂着的那幅《钟馗捉鬼图》，她吃了一惊，紧走几步来到画跟前，足足看了有十分钟，基本上都是在看那个签名。

“方燕——”王记者口中念念有词，右手比画着，眼睛半睁半闭，仿佛巫婆在施展魔法。

王记者对那个签名笔迹非常仔细地研究了一番，犹如专家在鉴定古董真伪，最后她断定这是一幅真品。她像一个泄了气的皮球，一下蔫了。她又看见旁边挂着市优秀企业和市优秀企业家的奖牌——那个优秀企业家的奖牌已被黄博伟摔坏了一只角，更确信那幅画是真的了。

一会儿，黄博伟按事先准备好的计划带着王芳和几名员工回来了。王记者却不再提采访员工的事，态度变得十分友好，还十分罕见地露出了笑脸和两颗兔牙，并十分体贴地开始谈论现在私营企业的艰难，句句犹如亲身经历般，让黄博伟感动不已。随后王记者提出要采访他这个优秀企业家，要竭尽所能写一篇颂扬他的文章，好让世人明白现在的私营企业家是多么的伟大，多么的无私，多么的秉公守法。没有他们，中国不知将有多少人失业，多少人挨饿，多少人流离失所、倾家荡产。他们是中华民族之魂，是中华民族这所大厦的基石。没有他们这些基石，所有的高楼大厦都会变成“楼歪歪”、“楼倒倒”，很快就会土崩瓦解，灰飞烟灭。他们理所应当得到赞扬、尊重；他们是当代中国最可爱、最伟大的人。

黄博伟被说得有点不好意思，脸红红的，像刚喝了半斤白酒似的，连忙谦虚了几句。

最后，王记者把那幅《钟馗捉鬼图》着实称赞了一番，尤其是对其作者方燕女士，更是赞不绝口，以不容置疑的语气说她是当代中国最杰出的女画家！并要黄博伟一定记着代她向方燕女士问好。

“你就说市电视台的记者小王——头发最短的女记者，向她问好！”女记者叮嘱道。

临走之时，趁没人注意的当儿，王芳将一个红包塞到了女记者朴素的上衣口袋里。

刘玲没想到此次罢工事件能如此快速、得体地得到解决，她对丈夫的爱意又深了一层。她决定晚上要好好犒劳一下丈夫。

晚上回到家，她让黄博伟先去冲凉。自己精心地打扮了一番，当她洗完头，冲完凉，披着一头秀发，穿着一件半透明的性感十足的粉红色睡衣兴致勃勃回到房间时，却发现黄博伟已不在卧室，他正坐到书房的电脑桌前，专心致志研究技术问题。

“博伟，这么晚了，睡觉吧，明天再做。”刘玲娇嗔道。

“还早呢，不到十点钟。”黄博伟头也不回地答道，“有个出口机的软件出了点问题，明天客户就要过来验货。你先睡吧。”

刘玲有些不高兴，只好一个人躺在床上，边看电视边等待。两个小时过去了，仍不见丈夫回卧室，刘玲有些生气，关掉电视，径直来到书房。

“博伟，睡觉吧。”她拉着他的胳膊，撒娇道。

黄博伟正在全神贯注地思考着软件问题，突然被打断，很不高兴，不过看到妻子撒娇时的万种风情和性感美丽的胴体，他的气消了，站起来，搂着妻子回到卧室。

由于脑袋里念念不忘软件问题，精力无法集中，黄博伟和妻子亲热时敷衍了事，很快解决了战斗。

“有了。”他忽然想到了软件问题的症结所在，推开躺在怀里意犹未尽还打算再缠绵一番的妻子，穿好衣服来到书房电脑桌前，又开始了技术攻关。

刘玲欲罢不能，三十六七岁年龄，正是如狼似虎、生理需求旺盛的时候，又不好生气，只能暗自流泪。

罢工事件后的第二天，公司大门口旁的公示栏多了一份告示：生产部经理张伟因管理不善被罚款一千元，并给予警告处分；人事行政部经理王芳因工作失误罚款一千元；副总经理刘玲负连带责任，罚款两千元。

晚饭后，胡平决定去看看王芳，毕竟她被罚款和他的侄儿胡立彪有很大关系。他觉得对不住这个可怜的老乡。另外，他也想从王芳口中得知刘玲和黄博伟知不知道胡立彪和他的关系。他先上网查了一下七八岁小孩喜欢什么样的玩具，然后照网上所说到商店里买了一辆遥控赛车和一个变形金刚，还买了一些水果。按着王芳曾告诉过他的路线，来到她租住的出租屋。

王芳租住的出租屋在离公司大约一里路的一栋五层楼的民居上，周围类似的建筑有二十多栋。这些建筑非常亲热地挤靠在一起，如果不是防盗网阻挠的话，站在一栋的阳台上可以和另一栋的人亲切握手。这些都是本地人建造的违法建筑，专门用来出租给外地打工人员。这些出租屋的租金比起那些小区住宅的便宜很多，加之离厂区较近，十分抢手。

王芳租的是一间一室一厅带有厨房和卫生间的房间，房间全部加起来不到三十平方米，房租每月四百元。房间虽小，却被王芳布置得井井有条，干净舒适。进门右边有一个小梳妆台，台上小花瓶里放着几条盛开的月季花；左边屋角的小桌上，放着一个圆形的小鱼缸，几只小金鱼在清澈的水中摇头摆尾，活泼可人；屋的右边摆了大小两张床，占去了屋子的一半。胡平进去时，王庭正伏在桌上做作业，抬头见了胡平手中的变形金刚和赛车，小家伙欢快地大叫一声，一下从小凳子上站了起来。

“叫叔叔。”王芳见状连忙喝止。她见胡平来访，既惊讶又高兴。她在这里住了差不多两年时间，只有刘玲来看过她几次。

“胡叔叔好！”王庭非常有礼貌地叫道，只是眼睛一直没离开胡平手中的那两件玩具。他和胡平已经很熟悉，也喜欢和他玩，听他讲故事。

王庭来到广东后，虽然能经常和妈妈在一起，但却很少有时间和小伙伴玩了。每天放学后，他就得赶回到这间不到三十平方米的小屋，否则妈妈回来见不着他就会生气甚至流泪哭泣。如果妈妈没空去接他，他就一个人走一里多路回家，然后完成作业。如果妈妈还没回来，他就自己淘米煮饭，再看看小人书。只要妈妈高兴，他就觉得快活。小小年纪的他已经成熟得像个大人，他最不忍心看见妈妈流泪。他现在已经上小学二年级，他在班上成绩非常好，几乎每次考试都是第一名，还是班长。王芳常常以此为荣。每次开家长会，当她听到老师对儿子的表扬时，心里总是甜滋滋的，再累再苦也心甘情愿。可以说，儿子就是她的一切，她所做的一切全是为了儿子。她对男人几乎已经死了心，把全部希望寄托在儿子身上。

胡平见王庭欲说还休的模样，忍不住笑了，把玩具塞到他手里，回头对王芳说道：

“好久不见，你儿子又长高了不少！”

“我天天见着，反倒感觉不到。”王芳一边答话一边请胡平坐，并递上一杯水。

“这次我侄儿的事让你受了牵连，实在不好意思！”胡平真诚地道歉。

“主要是我工作失误。”王芳说道，“这种事情如果再过半年、一年发现，那更麻烦。我今天问了劳动局，按照新的《劳动法》，只要没签合同，都要按双倍赔偿，即使是员工自己不愿意签也一样。”停了一下她又问道：

“你用什么办法说服你侄儿的？我看他当时的神情，挺蛮不讲理的。我还担心你说服不了他，没想到他出去一趟，回来后就不闹了，还主动帮忙劝服其他人。”

“钱呗。对那种人还有什么好办法？我给了他一笔钱，他就听话了。”这时王庭的赛车跑了过来，撞在了他的脚上。

“等一下再玩。”王芳冲儿子说道，“我和叔叔在谈事呢。”

王庭不情愿地噘起小嘴。

“没关系！”胡平连忙说道，“这里太窄，等会儿我带你下去玩。”

“真的吗？”王庭听了脸上露出了笑容，“我还剩一点作业，做完就下去。”说完，放下赛车做作业去了。

“真的，不骗你。”胡平说完，转身对王芳说道，“你儿子真听话。”王芳听了，脸上有了些许笑容。

“黄总有没有问我侄儿的事？”顿了一下，胡平问道。

“问了。”王芳答道，“我没说他是你侄儿。我只说我认识他的一个亲戚，我叫他的亲戚给他打了电话。”

“谢谢。”胡平由衷地表示感谢，“你怎么不申请住到厂里去呢？你一个人，又带着小孩，这里不安全。”

“刘总也劝过我。”王芳说道，“可我自己是管行政后勤的，我们公司有三四十个带着小孩在外租房住的员工。如果我带头这样做，别人很难信服。再说，我不希望儿子从小就染上大人的坏习惯。”

谈了一阵话，胡平带王庭到楼下空地上玩了一会儿赛车，回到公司时，天已经黑了。他想起应该给大哥去个电话。他告诉大哥胡立彪已经离开他这里，到山西朋友那边开烧烤连锁店去了，至于他主动借钱给胡立彪的事则没说。他想去找方小丽，看了看时间，还不到八点，方小丽要加班到九点才能下班。正在他百无聊赖之际，手机响了，是李志强打来的，约他到老地方吃夜宵，他马上答应下来。

胡平和李志强算得上是一对好朋友，在所有的供应商中，李志强是唯一可以不用向他进贡的人。为了不被公司里的人注意到，他俩吃饭的地方离星光公司较远，胡平到达时，李志强已点好菜在等他，李志强身旁还坐着一个女孩。

“这是我的女朋友彭瑛。”一见面，李志强就站起来热情地介绍道，“方小姐没来？”——他是为数不多知道和见过胡平女朋友的人。

“她要加班。”胡平边说边打量眼前这个叫彭瑛的女孩。女孩个子中等，扎一条马尾辫，年纪大约有十八九岁，说不上漂亮，胳膊、腰、腿都显得比一般女孩粗壮些，眼睛大而有神，但和其他五官放在一起，大得有些过头；女孩肤色却相当的好，白皙而细腻。李志强配她，单从外观上说还是赚了不少。

“你好，胡哥。”彭瑛站起来大大方方叫道，“强哥经常在我跟前提起你，很崇拜你的。”

“哪里，哪里！”胡平听了心里乐滋滋的，变得谦虚起来，“你家强哥才厉害，白手起家，赤膊打拼，人家可是真正的老板呢！”

三人落座，边吃边谈。

“那个税务局的老姜后来找过你吗？”胡平问。

“没有，自从你那次陪他以后，至今没找过我。”李志强笑着说，“也许是他觉得不好意思吧。”

“这种人不要脸。”胡平想起那晚的事，心里仍然愤愤不平。

“不管怎么说，你帮我省了一笔不小的费用，”李志强说道，“听说你们厂有人闹罢工？”

“听谁说的？”

“下午到你们厂送货得知的。”李志强答道，“现在的年轻人不好管，吃不得苦，又想拿高工资。”

“你的厂怎么样，现在有多少人？”

“还可以。我前段时间买了一台二手的全自动注塑机，花了一万多。现在已有二十多个人了，两班倒。”

“那些人好管吗？搞注塑可比我们厂的员工辛苦多了。”

“我招的人大部分是三十岁以上，而且很多是夫妻俩。他们虽然辛苦，可每月下来每人收入一般不会少于两千。所以我的人员很稳定。”

“你还真有办法。”胡平赞道。见彭瑛上洗手间还没回来，便问道，“你小子艳福不浅，你们是怎么认识的，说来听听？”

“很简单。”李志强说道，“她是湖南的，来我们厂打工的第三天，母亲生病了，急需五千元钱，我见她可怜，就借了五千给她。我以为她不会回来了，没想到不到半个月，她就返回了，治好了她母亲的病，和我好上了。”

“干得不错！”胡平点头赞道，“我看她很喜欢吃泡菜，是不是有了？”

“一个多月了。”李志强说完，有点不好意思，但看得出他的内心非常快乐、幸福。

胡平大为惊讶，这让他想起如果方小丽上次怀孕不打掉的话到现在应该有三个月了。当然，他一点也不后悔，在没有挣到足够多的钱，有足够高的地位前，他不会结婚，更不会要小孩。

“那你们打算生下来？”

“是的。”李志强严肃地点了点头。

“什么时候结婚？”

“以后再说吧。”李志强摇了摇头，似乎有难言之隐。他下意识地把额头上的头发往上理了理，露出左上方的一条长长的疤痕。

“你那疤痕是怎么回事？”胡平见了那道疤痕吃了一惊，问道。平时那道疤痕被头发遮着，不仔细看发现不了。

李志强听了脸上突然露出惊恐神色，但很快就平静下来。

“摔的，骑摩托车摔的。”他淡淡地说道。

一会儿，彭瑛回来了，胡平把她称赞了一番，这让她非常开心。她笑时总是不好意思地将头扭向一边，伸出手去捂着嘴，似乎是怕笑声飞出来伤人似的，十分可爱。

“春节准备去哪里玩？”吃完饭，李志强问胡平。

“还没最后定下来，小丽想让我跟她回贵州老家。”胡平答道，“你们呢？”

“我们打算去海南玩。”李志强看了看彭瑛，微笑着说道，“她说她长这么大还没看过大海。如果你们想去我们就结伴同行。”

大约是市里开完表彰大会的半个月后，又传来好消息：星光电子厂因为敢于创新，获得了市里组织评选的“企业开拓创新奖”，市里给予了一百万元重奖。黄博伟找老汪商量后决定从中拿出二十万奖励开发部全体人员。中午，黄博伟请客，带着开发部全体人员去酒店好好地吃了一顿。吃完饭回到办公室，他吃惊地发现办公室多了一个人，确切地说是来了一个光头。

“我们的诗人又怎么啦？”黄博伟见了来人，忍着笑说道，“看破红尘，想落发为僧？四川峨眉山的景色挺不错，山清水秀。”

“峨眉山月半轮秋，影入平羌江水流。夜发清溪向三峡，思君不见下渝州。”唐坡脱口而出，说完，他长长叹了一口气，把头仰靠在沙发上，“我倒是想伴着青磬红木鱼，了此残生！奈何上有老父老母，下无儿女，不忠不孝，无后为大啊！”

黄博伟听了心里暗自佩服，说道：

“现在不做长发诗人，做光头诗人了！是不是张小姐又让你投资拍电影？”

“比拍电影还糟糕！”唐坡一下站起来，端起一杯水全倒进肚里，然后说道，“她说她要去法国留学，叫我资助五十万。”

“五十万对你来说还不是小菜一碟？”

“不是人民币，是欧元！”唐坡睁大眼睛说道。

“欧元！”黄博伟连连摇头，“的确太贪心。这样的女子要来何用？”

“话也不能这么说。”唐坡坐下，沮丧地说道，“关键是她要一个人出去，让我先等她一年。你见过有谁这样做生意的吗？礼尚往来嘛！这么长时间，我连她的手都没碰过。”

黄博伟听了又好气又好笑，说道：

“不用急，我再给你介绍一个。”然后笑着问道，“你找我就为了这事？”

“当然不是啦！我们言归正传，谈生意。”一提到生意，唐坡立刻表现出商人的精明干练，他说道，“我考虑了很长一段时间，我觉得我们两家可以联合起来做生意。我的中高档保健品可以拿你的中低价位产品做促销——不过要用我的品牌；而你的中高档产品也可以拿我的中低价位保健品去做促销。药物保养和音乐治疗相结合，一个是物质的，一个是精神的，相得益彰，疗效肯定会成倍增加。这样，我们两家的销量都会大幅增加，品牌知名度也会大大提高，对顾客也有利，一举三得。更何况我们的产品都是上了中央电视台的。”

黄博伟觉得他说的有道理，只是销售是妻子负责，自己不好随便插手，想了想说道：“你的想法不错。不过，销售是你嫂子负责，等会儿你可找她谈谈。”

“女人啊。”唐坡叹了口气，摇了摇头，似乎早已料到会有这样的结果，“女人只顾眼前利益，头发长见识短。”

“你嫂子不一样——”黄博伟还没说完，唐坡打断了他的话：

“没有什么不一样。”唐坡大约是刚被张欣欣伤透了心，迁怒于她的表姐刘玲，愤愤然说道，“凡是女人都差不多！”然后起身准备告辞，刚出门突然想起一件事，回头对黄博伟说道，“对了，有件事我想提醒你一下，这段时间湖南境内下大雪，广东的出省公路有可能会被堵死。我已经有几批货堵在货场里发不出去。小心库存积压，资金链断裂。”说完，告辞走了。

唐坡走后，黄博伟想了想，觉得有必要提醒妻子一下，于是拨通了她的电话：

“听说湖南下大雪，塞车比较严重？”

“是的，不过影响不大，京珠高速还可以走。”刘玲答道。

“需不需要停产，让供应商暂停供货？”

“暂时不需要，我打听过，这点雨雪影响不大，况且现在代理商每天都在催着要货。”刘玲说道。

然而南方的雨雪越下越大。湖南、四川、贵州等地遭遇百年不遇的大雪灾，公路上结冰，车辆无法通行，高压线上结冰，厚重的冰雪将高压线生生压断，不久，火车也停运。

到了1月20日，刘玲发现情况不妙，赶紧告诉黄博伟，下令公司全部生产线停产，提前放假，供应商停止供货，但是已经晚了，成品仓已经堆满了成品，甚至车间里也放满了成品。供应商送过来的材料堆满了仓库。一方面是生产出来的成品运不出去，钱收不回来；一方面是送完材料的供应商催促结账收款。公司流动资金严重不足，如果不尽快想办法，一旦供应商知道了这个情况，引发他们的恐慌，弄不好一夜之间公司就会破产。星光电子厂被这场突如其来的大雪灾逼入了绝境，陷入了空前的危机中。

会议从上午一直开到下午，公司所有经理级别的人员全部集中在会议室，个个神情严肃。黄博伟时而坐下，时而站起，焦虑不安地走来走去。研究技术，搞技术创新，或者演讲辩论，这些对他来说都不是问题，就是管理他也不差，但一说到钱，他就只有束手就擒、举手投降。他家的收入支出，投资理财，他从来不管，都是妻子一手包办。

公司的财务他也很少过问，除非是要给员工搞点福利比如组织运动会或者组织员工外出旅游或资助某个困难员工，他才会找老汪批点钱。

“怎么办呢?”他一边走一边自言自语，“后天要发工资，这个一定不能拖，员工等着拿钱回家过年呢!”

汪建明双手抱在胸前，脸上比高压电线上结的冰还冷，似乎眼下所有的人都欠了他一大笔钱似的。每年只要公司赚了钱，他就高兴，他一高兴，就带着小情人四处游山玩水，享受阳光、美女、青山绿水、清风明月，很少过问公司的事。他对他的远房表亲黄博伟很放心。可眼下产品积压，供应商催款，公司危在旦夕，他怎么向大哥交代啊？他非常非常生气，但又不好发作，一直强忍着。

“请老周将公司目前的财务状况再说一遍，尽量简单明了。”刘玲说道。她刚才已听了一遍并做了记录，但她怕还有遗漏。

公司会计主管老周已六十多岁，国有企业退休会计。他为人正直公正，精通业务，还是个老党员。他这么大年纪还出来打工挣钱，主要是为了补贴家里两个不争气的儿子。

“到昨天为止——”老周咳嗽一声，看着眼前的报表说道，“应付供应商总货款为四千六百二十五万，年前须支付供应商货款为二千五百九十七万，再加上十二月份员工工资二百八十七万，年前实际须支付约二千八百八十四万元，公司现有可用资金共计六百三十五万元整，公司全部应收账款为三百五十五万，也就是说年前公司总共欠缺差不多一千九百万现金。”说完，老周取下老花眼镜擦拭。

“把应收和应付款的详细资料给我看看。”刘玲说道。

老周将资料递了过去。

刘玲接过资料仔细看起来，其他人都不说话。黄博伟见妻子发话，心里踏实了许多，他知道她在这方面的才能，他开始安静地坐在椅子上喝起茶来；汪建明仍是一脸严肃，冷若冰霜；销售部经理林奇面有愧色，不时瞟一下刘玲；胡平一副沉思状；其他几个经理则事不关己，一副无所谓的样子；唯有王芳因关心刘玲，脸上流露出焦急的神情。

五分钟后，刘玲将应收和应付款资料分开，一份交给林奇，一份交给胡平，她郑重地对林奇说道：

“我刚才看了这两份报表。我要求销售部必须在三天之内收回百分之九十以上代理商欠款，而且必须想办法让代理商在五天内预先支付不少于五百万的货款，可以给这些预先付款的代理商五个点的回扣。对那些不支持公司政策的代理商要明确地告诉他们：代理合同到期将不再续订合同。”

“这个——”林奇没想到刘玲会这样做。他估计这样做有些困难，因为雪灾的原因，很多代理商的货也没发出去，货款没收回来，不一定有钱。“我试试看。”他低着头道。

“不是试试，是必须完成。”刘玲忽然发起火来，“皮之不存，毛将焉附？你告诉代理商这个道理。我想他们也懂，患难见真情，你完不成，就由我来完成。”

林奇满脸通红，知道自己已无退路，只好抬头答道：“一定完成。完不成我就辞职。”

刘玲点了点头，又转向胡平道：

“你那边呢？”

“我估计其中有七百万到八百万货款可以通过支票的形式延期付款，估计可以延期两个月。还有一百多万应该可以推到春节后再付款。”胡平胸有成竹地说道。

刘玲赞许地对他点了点头，然后说道：“所有职员12月份的工资只发一半，实在有困难的可找部门经理签字，找公司借支。大家一定要共渡难关。”说完，转头对汪建明说道：

“老汪，还差四百万，你看能不能想想办法？”

汪建明想了想，觉得问题不大，便说道：“行，这四百万我搞定。”

“到哪里弄这四百万呢？”开完会出来，汪建明开始琢磨这事。

第十七章 星光厂的幕后

汪建明和黄博伟拥有共同的祖父母，到其父辈一代，汪建明的父亲早年移居广东，娶一本地人为妻，生下汪建明，因两家父辈关系甚好，所以时有来往。

汪建明出生在 1962 年——大饥荒年代的末期。吃草根，啃树皮，饿死人的年代他没赶上，加之又是家中独子，父母有意无意的宠爱让他从小就对牵羊放牛、栽秧打谷、除草施肥这些农活丧失了兴趣，养成了不务正业游手好闲的坏习惯。

80 年代初期，因天时地利人和之便，广东改革开放走在了全国前面。他和那些成千上万向往美好生活的年轻人一样，准备偷渡到繁华富有的邻居香港一展身手。他费尽心机，历尽千难万险，当他好不容易来到深圳和香港之间的界河时，全身除了一身破衣破裤和一个从垃圾堆里捡来的救生圈外，一无所有。他既激动又害怕，终于鼓起勇气往河里一跳，还没游到三分之一，救生圈就没气了，他不会游泳，只好一边拍打着又冷又脏的河水，一边大喊救命。边防军非常及时地赶到将他捞起，又很及时地将他关进了监狱。半年后他被放出，从此绝了去香港的念头。

偷渡不成，他无颜也不想再见父母。其时深圳刚被划为特区不久，人气正旺，遍地撒钱，他便留了下来。他既没有父辈吃苦耐劳的美德，更无一技之长，但又没笨到活人被尿憋死的地步，于是他无师自通地干起了小偷小摸的行当，不久又找到两个志同道合的朋友，生意逐渐开始“红火”起来。但他们犯了大忌——干这一行哪有不拜山头找靠山的呢？有一次，他们看中了一个个子瘦小、举止高雅、神态祥和的中年男士。中年男士右手提着的那个胀鼓鼓的高档皮包，充分显示出这是一个资金充裕的成功人士，又独自一人，这种人是他们的最爱。这种人往往手无缚鸡之力，遇到偷、抢这种小事常常息事宁人，权当舍财免灾，因为这些人钱财的来路不一定比他们更光彩。遇到这种人，其实根本不用装腔作势去偷抢，只要直接走上去，拍拍他的肩膀，打个招呼，说声谢谢，就像拿自己的东西一样，把包拿走即可。

汪建明正是这样想，也是这样做的。他让另外两个同伴袖手旁观，等着看他的好戏。他独自一人，吹着口哨，若无其事地来到中年男士跟前，十分顺利地“接管”那个涨裹裹的高档皮包，可还没等他跨出第二步，突然从旁边冲出五六个彪形大汉，将他按倒在地，一阵拳打脚踢之后捆绑起来，蒙上眼睛，塞进一辆面包车绝尘而去。他的那两个等着看好戏的朋友吓得溜之大吉。他开始还认为自己遇上了便衣警察，心想顶多进牢子待上几个月，并不太担心，但等到他头上的黑布拿掉之后，他知道这次情况大大不妙。

“叫什么名字?”在一间阴森森的小屋里，刚才被偷的中年男士问道。中年男士的神情仍是那么安详，语气温和，平易近人。

“汪建明。”

“多大?”

“二十五。”

“干这个行当多长时间了?”

“不到一年。”

中年男士点点头，接着说道：“你知不知道这是谁的地盘?”

“不知道。”

“那我现在就让你知道。”中年男士眼中寒光一闪，拉长腔调说道：“带下去，帮他弄明白这是谁的地盘，谁是这里的主人。”

当汪建明再次来到中年男士跟前时，全身只剩下一条裤衩，两手被反绑着，嘴角流着血，身上到处都是被皮鞭抽过留下的痕迹。他头发散乱，两眼发昏，如果不是旁边有两人架着，他早已瘫倒在地。

“知道这是谁的地盘了吗?”中年男士背着手走过来，不紧不慢地问道。

“知道，是锤子帮的，也是老爷你的。”他头脑还算清醒，脸上居然还能挤出一丝笑容。

“你那两个朋友呢？告诉我他们在哪里!”

汪建明不说话。

“我问你话呢，听到没有?”中年男士生气了，两眼瞪着汪建明说道。

“我不会出卖朋友。”汪建明不知从哪里冒出来的勇气，说完竟狠狠地回瞪了中年男士一眼。

中年男士没想到汪建明竟敢瞪自己，气得满脸通红，吼道：“给我扔到河里喂鱼，马上!”

两个人架着汪建明走出去，刚走出房门，中年男士突然说道：

“回来。”

中年男士走到汪建明跟前，盯着他看了一会儿，然后和颜悦色说道：“只要你帮我们找到你那两个朋友，我就马上放了你。你放心，我们不会对你的朋友怎么样，只想见见他们。”

“你休想!”汪建明突然像发了疯似的叫道，“你们杀了我吧！我什么都不会说，一个字也不会说。”

“哈哈——”中年男子突然大笑起来，笑声尖锐刺耳，“有种，真有种！我就喜欢你这样的人。”中年男子亲自给汪建明松了绑，并吩咐手下人好生伺候。

汪建明所受的都是些皮肉之伤，不到一周时间便恢复得差不多了。这几天里，每天有酒有肉，晚上还有娇滴滴的女孩陪。第八天的时候，中年男士来了，温和地对他说道：

“满不满意呀，建明?”

“满意。”汪建明答道，有些不好意思，要知道他来到这里之前还是个处男呢。

“那就好。”中年男士哈哈大笑，笑毕，说道：

“我很欣赏你，愿不愿意留下来，和大哥一起发展?”顿了一下，中年男士又说道，“你放心，我不会强迫你。这里有五千元钱。”中年男士边说边从口袋里拿出一沓百元钞票，“如果你不愿意留，拿上钱离开，这些钱算是对你所受委屈的补偿。”

汪建明并没花费多少时间思考便答应留下来，因为除此之外他实在想不出还有什么更好的出路。

就这样，他成了深圳锤子帮里的一员。后来他得知，中年男士叫沈福荣，本帮帮主，带头大哥。

汪建明很快得到重用，不到两年时间，便成了沈福荣的心腹之一。

本来，像汪建明这类人，资质平平，初中毕业连高中都没考上；其貌不扬，他个子不高，五官勉强凑合在一起，虽算不上丑陋，但与英俊潇洒风流倜傥这些词毫无瓜葛；武艺也不见得高强，和同龄人打架，胜算也就百分之五十；至于黑道中那种常见的凶狠奸诈、残酷冷血，在他身上体现得也并不明显；甚至拍马屁，他也不见得比常人高明多少。按理，他这类人是最容易被人忽略，被人忘却，被人遗弃的。然而，他身上有两种最为领导者欣赏且不多见的性格：守口如瓶，忠心耿耿。不该说的话，他半个字儿也不会吐，杀了他也没用；他对主人比狗还忠心还听话。

从古至今，甚至将来，大凡做领导的，一般都喜欢三种人：一种是既有能力又忠诚的人，所有领导者都喜欢这种人，但这种人乃稀世之宝，可遇而不可求。例如诸葛亮，面对刘备的不成器的儿子，为了刘家的天下，他七出祁山，鞠躬尽瘁，死而后已，“出师未捷身先死，长使英雄泪满襟”。另一种是有能力却不太可靠的人，这种人若是领导能够驾驭则可，否则祸患无穷，例如蜀中名将魏延，一旦诸葛亮去世，便翻脸不认人。还有一种就是能力平平却忠心耿耿、守口如瓶的人，汪建明就是这一类人。

沈福荣原本是广东清远偏远山区的一个初中代课老师。虽然只念完高中，但他博览群书，立志不凡。他做了几年代课老师，感觉前途黯淡，郁郁不得志，便只身来到深圳。不久他创立了锤子帮。由于他机警谨慎，残忍狡猾，加之眼光独到，手法高超，又善于见风使舵，很快便在这个鱼龙混杂的地方创出名声，成为一个令人闻之色变的大帮会的帮主，鼎盛时期会员超过千人，年收入超亿元，从事的行业除了收保护费、组织卖淫等传统黑道产业外，走私紧俏商品也是他的一条主要生财之道。

沈福荣和一般的黑帮老大不一样。他做人十分低调，从不显露炫耀自己。在锤子帮中，虽然贵为帮主，但他几乎只和三个人打交道：一个是副帮主蒋昆，此人能力超强，是帮中具体事务的管理者和执行者，他唯一信服的人就是帮主沈福荣大哥，甘愿为臣；第二个是他的侄女，负责整个帮会的财务；第三个就是汪建明，虽然他没有什么具体职位，但帮中最机密最重要最见不得人的事都由他负责。沈福荣感情专一，很少在外拈花惹草，他三十岁才结婚，老婆是他的学生，两人感情甚笃，相敬如宾，直到最近几年他才在别人的劝说和带动下找了个小情人。他只有一个女儿，视若掌上明珠。空闲时，他喜欢和政府官员、文人志士交往，或谈论时事，或切磋棋艺，或喝酒吟诗。他表面看起来慈祥、随和，谈吐高雅，知识渊博，对家庭负责，完全可称得上是当今社会的精英、大众的楷模。

1992 年，邓小平南行讲话后，深圳掀起第二次改革浪潮，为改善环境，公安部门加大了对黑帮的打击力度，沈福荣的得力助手，副帮主蒋昆被击毙。他看清形势，认为黑道毕竟是黑道，发展有限，既危险又成不了大气候，不如回归白道，正大光明赚大钱。他解散了锤子帮，带着几名骨干人员突然消失，直到两年后才出现在东惠市的平安镇上。他花钱买通了高层，当上了平安镇的副镇长。为官期间，他绝对称得上清官，而且是清官中的清官，他不但分文未贪，还常从自家腰包往外掏钱：上级需要帮忙，他掏钱；同僚家中有事，他掏钱；下属生活困难，他掏钱；甚至对那些打工的困难户，他也会慷慨解囊。他管理过上千人的大帮会，其实黑道和白道在管理上可以说有异曲同工之妙，他的能力自然不差，而他又谦虚低调，很快便博得了上上下下的一致称赞，口碑极佳。正当人们以为他前程似锦、官运亨通时，他却突然辞职不干了，因为他发现了一个金矿——房地产，那里有一堆堆金子等着他去开采。他充分利用从政几年搭建的人脉关系，以最低的价格拿地，或倒卖赚取差额，或自己建房出售赚取巨额利润，很快便成为平安镇上屈指可数的有钱有势的大人物。

锤子帮解散后，汪建明当时想自己出去闯荡。他在锤子帮的收入已经不低，离开大哥沈福荣时，沈福荣又给了他一笔数目不菲的分手费。他本可安安稳稳过上一辈子，然而他管不住自己，挥霍无度，花钱如流水，尤其是在女人身上。他一见到漂亮女人就想弄到手，结果在女人的大力“帮助”下不到三年便穷困潦倒了。走投无路之际，他只好又来投靠大哥。当时沈福荣还是副镇长，怕影响不好，本打算给他一笔钱将他打发掉，后来仔细考虑，感觉他还有使用价值，便拿出十万元成立了一家公司，交给汪建明管理，名义上法人代表是汪建明，实际上他是每月按时到大哥沈福荣处领工资。

公司取名叫星光电子有限公司。成立之初，汪建明找来一些人帮别人加工收音机，不到一年，公司负债二三十万。沈福荣已着手安排善后，那二三十万元的负债他可不想背。

有一天，在深圳某电子厂做工程师的黄博伟奉父亲之命去找他的表叔，结果却找到了表叔的儿子汪建明。正处绝境的汪建明听说这个从未谋面的远房表弟是大学生，又懂电子技术，便使出浑身解数把他留下来，让他做了这个负债累累，只有十几个人的公司的总经理。黄博伟上任后，改做音频视频设备，不到半年时间，工厂便扭亏为盈，九年时间发展成为同行业中的佼佼者。

沈福荣没想到自己无意中养了一只会下金蛋的鸡。当初投资十万元，到如今他拿回的资金已超过一亿，而且这只鸡还在源源不断地下金蛋。当然，星光电子有限公司是他的，这毫无疑问，光明正大且问心无愧。他每年都会从纯利润中拨出百分之二十给汪建明，而汪建明拿到手后基本上是三七分：黄博伟得三。

如果没有赚钱甚至亏本呢？

“让他们赔。”沈福荣早就考虑过这个问题。不过这种情况自从黄博伟来后还没出现过。

开完会回到家里，汪建明却有些发愁了，四百万虽然不是个大数目，可要在五天之内凑够，却不是件容易的事。

“找谁借呢？”他挖空心思地想，平时和他交往的几乎都是女人，而这些女人还时刻盘算着向他借钱呢。他考虑了半天，最后没办法，还得去找大哥。

九年来，沈福荣只去过星光电子厂五次，而且每次去除了汪建明外其他人都不知道，没人知道他是做什么的。他暗中仔细观察过黄博伟，并得出结论：这是一个有能力但不太好驾驭的人。但黄博伟却从未见过他，甚至不知道有这么个人。他一直认为这个公司是他远房表兄老汪的。沈福荣虽然不去工厂，但每个月的财务报表他都要仔细核实，对工厂的事了如指掌，他对工厂的现状很满意，几乎从不过问，专心做他的房地产。

汪建明到他家时，他刚和朱市长喝过茶。早在做平安镇副镇长时，沈福荣就结识了朱市长的，并且交往甚密。通过上次拍卖会出资购买方燕女士的画作，两人关系又上了一个新台阶。

“有什么事吗，建明？”沈福荣看见汪建明，热情地招呼道。朱市长刚答应他在一项重要的土地竞拍投标中帮忙，他还沉浸在刚才的喜悦中，心情非常好。

“没什么事，过来看看大哥。”

汪建明有些惴惴不安，毕竟以往每年年底时，他来都是告诉大哥今年又赚了几千万，可今天来却是让大哥从口袋里往外掏钱，他感到有些对不起大哥，特别是看到大哥的白发最近又添了不少，他鼻子一酸，说道：

“天气冷，大哥可要注意身体啊！”

“没事儿。”沈福荣站起身来，亲切地拍了拍小兄弟的肩膀，说道，“今年公司收成怎么样？”

汪建明有些心慌，连忙喝了口水，镇静了一下说道：

“今年湖南、贵州等地发生雪灾，大哥知不知道？”

“当然知道。报纸电视天天都在报道。听说出广东的公路、铁路都被堵死了。”

“公司的产品全部压在了仓库里，送不出去，所以——”

“所以什么？”沈福荣明白过来，拉长脸说道，“所以你来找我帮忙是不是？”

汪建明像做了错事的小孩，偷偷看了一眼大哥，点了点头，说道：

“公司现在缺乏资金周转，银行贷款又来不及，想跟你借点钱。”

沈福荣生气了，他还打算从星光公司拿钱呢。他压着心中的怒气说道：“借多少？”

“四百万。”汪建明小声说道。

“四百万？”沈福荣嚷道，恨不得过去扇他一耳光，叫他闭嘴滚蛋，“没有，我这儿还缺钱呢。”

“就四百万。”汪建明赔着小心说道，“利息可以高一些。”

沈福荣在房间不停地来回走动。汪建明吓得待在一旁，一句话不敢说。沈福荣毕竟是大哥级人物，很快冷静下来。他经过仔细盘算，考虑到星光公司不管怎么说也是自己的，汪建明不到万不得已不会来求他，他不能见死不救，把这只会下金蛋的鸡活活憋死。于是他用一种很无奈的口气说道：

“建明，不是我不想帮忙，我是真的没钱。我刚投资了一个大项目，资金缺口大着呢。当然我也不能见死不救，毕竟不是外人的公司。这样吧，我借你三百万，利息百分之三，另外的一百万你自己想办法。”

汪建明一听，已是大喜过望，连忙说道：“谢谢大哥！这样吧，百分之三利息太少，我们按银行利息给你。”

“我说的是每月利息百分之三。”

汪建明听了笑容僵在脸上。

销售部的回款任务完成得十分艰难。正如林奇所料，由于不少省份大雪堵塞了道路，代理商的货发不出去，货款收不回来。让他们把欠的货款打过来已经很不容易，再让他们先预付一部分货款确实让很多代理商力不从心。所有销售部人员，加上刘玲不分白天黑夜给代理商打电话，动之以情晓之以理，威胁利诱，拉打结合，一个个累得口干舌燥，精疲力竭，到月底，好不容易勉强凑足八百万。

而胡平则轻松多了，开了一次会，把任务分配下去，自己主抓几个大的供应商，由于平时星光公司信誉好，不到三天，便超额完成了任务，超额的部分正好可以填补老汪未完成的一百万。

资金短缺问题终于解决了，大家松了一口气。

临近春节，南方雪灾越来越严重。

南方已很久没见下雪了，当柳絮般的雪花飘飘扬扬来临时，人们异常兴奋，他们叫着跳着奔跑着，堆雪人，打雪仗，在雪地里摆出各种各样优美的姿势拍照，尽情享受大自然的恩赐。然而，雪越下越大，越下越急，丝毫没有停歇的意思。纷纷扬扬的大雪洒落在山川大地，到处是白皑皑的一片。大雪和着寒风雨水，似乎要将整个世界埋藏起来。山野农民的茅屋在雨雪中痛苦地挣扎着、呻吟着，摇摇欲坠；几十年不冻的小河结了冰，人可以在上面行走；吃惊的鱼儿躲到最底层，仍冻得瑟瑟发抖；小鸟又饥又冷，颤抖着，绝望地望着眼前满山遍野的大雪；所有的路面都结了厚厚一层冰雪，人走在上面都会摔跤，更不用说通行车辆；高压线上裹上了厚厚一层冰雪，高压线不堪重负断裂开来，火车失去了动力，像一具具僵尸般躺在冰冷的铁轨上。雨雪不停地下着，刚刚开通的公路很快又被冻着。广东所有出境公路全被堵死，很多车辆被堵在半路，两三天都不能挪动一步。车上的人们又冷又饥又渴，回家的激情被这场不期而遇的大雪浇得所剩无几。

广州火车站已滞留了几十万准备回家过年的旅客。人们回家的热情似乎并没有因为这场百年不遇的雪灾而减少，火车站广场周围挤满了密密麻麻的人群，而且还在不断增加。公路已几乎被冰雪完全阻断，他们一个月的工资还不够坐一次飞机，坐火车回家成了他们唯一的选择，虽然火车也是断断续续通行。

等待的人群中有不少是三四十岁的农民工夫妇。他们一脸沧桑，相互依偎着，饿了就掏出面包和大饼吃上几口，渴了拿出自带水喝；他们话不多，一脸祥和，与世无争，他们只有一个坚定信念：春节一定回家。这是他们对远在千里的父母、儿女的承诺。他们知道，千里之外的父母儿女都在翘首期望着他们回去。小孩期盼外出打工的爸爸妈妈带给他们新奇的玩具、漂亮的衣服，享受一下父母的温暖；老父老母则希望儿女们平安归来，抛去一切烦恼忧愁，全家在一起吃个团圆饭。他们也想趁春节放假，在年老体衰的父母跟前尽一点孝心，给儿女们一个拥抱。他们抛家弃子来到广东，他们拼命干活，加班加点、任劳任怨、忍辱负重，只为了让儿女将来的生活过得更好一些，让他们有钱接受更好的教育；让父母安度晚年，有病能有钱医治。中国人的善良、坚韧、吃苦耐劳、勤俭持家、尊老爱幼在他们身上得到了完美体现。

人群中也有一些刚毕业不久的大学生。原来的雄心壮志被残酷的社会现实击得粉碎，他们渴望着回到父母身边，向他们诉说心中的烦恼、苦闷和忧愁，抚慰那颗尚未成熟的心灵。他们希望能从父母身上获取力量，然后再重新投入战斗。

政府的报纸和电视台不停地呼吁人们在广东过春节，把广东当成自己的家，还呼吁广东的尤其是珠三角的企业主动出面挽留员工，不要再给政府添乱。然而似乎用处并不大，人们仍从四面八方赶往火车站。

方小丽很懊恼，她原本打算春节带上胡平一起回家过年。她来广东打工已快一年了，她非常想念爸爸妈妈和两个妹妹，尤其担心爸爸的伤腿。每次爸爸都在电话里安慰她说“差不多了”，可差不多到底差多少？她放心不下。她每个月几乎把所有的工资寄回家里，她希望爸爸的伤腿能早日治愈，她最近几个晚上经常梦见小时候她骑在爸爸脖子上看电影的情形。

贵州的雪灾也非常严重，有几天甚至不能通电话，因为大雪将通信电缆压断了。那些天她非常着急，担心家里的房屋会不会垮塌；担心爸爸的伤腿会不会恶化；担心妈妈瘦弱的身躯能否承受得住全家的重担。她恨不得飞到妈妈身边。后来电话通了，得知家里都平安，她才放了心。爸爸坚决不让她回去，说从县城到她们家的三十多里公路上堆满了冰雪，有几辆回家的车从山上摔到山下，死了不少人。

“我和你妈妈还有两个妹妹都好。”她的爸爸在电话里告诉她，“现在回家很危险，等天晴了，冰雪化了，路畅通了你再回来。”

胡平并不打算去方小丽家，因为他觉得还不到时候。大雪封路正好是一个很好的借口，他千方百计劝说方小丽和他一起去海南玩。

“冰雪塞道，太危险了。”他说道，“去海南玩吧，那里既暖和又安全，还有沙滩、大海。你不是还没见过大海吗？那里有全中国最美最好的沙滩。李志强和他女朋友也打算去，正好可以做伴。”胡平做采购部经理虽然只有三个月，试用期刚刚过，可他捞起外快来毫不手软，丝毫不亚于前任。到年底时，所得外快已超过十万，他觉得应该从里面拨出一小部分，慰劳一下自己和女朋友。

回不了家，方小丽只得同意了。

第十八章 非常之旅

胡平和李志强商量后，把出游的时间选在了大年初五，因为从这天起旅行社海南游价格开始大幅降价，而且又能赶在上班前回来，他们选了一个双飞三天两夜旅游线路，每人一千五百元。

下午五点多钟，四个人在旅行社的安排下从东惠市出发，在深圳机场登上了去海口的飞机。四个人都是第一次坐飞机，彭瑛吓得紧紧抓着李志强的手不敢松开。方小丽自小在山里长大，一点都不害怕。她的座位刚好挨着窗口，她推开遮阳板，兴奋地看着窗外的景色。

飞机越飞越高，高楼大厦、山川河流越来越小，越来越模糊，最后窗外只剩下一片一望无际、变化莫测、千姿百态的云彩。远处，似乎在遥远的天边，云彩变幻成一座五彩缤纷的宫殿，一条彩虹斜挂在宫殿上方，时隐时现。一束阳光照在宫殿上，更显得金碧辉煌、美奂绝伦，宛如仙境。

“真美！”方小丽闭上眼，仿佛看到自己和心爱的平哥正手拉着手在云彩中飞翔，飞向天边那座美丽的宫殿。她情不自禁地握住身旁胡平的手。

到达海口时，天快黑了，又等了差不多一个小时，等人都到齐了，导游带着大家上了车，来到一个酒店。

早上六点半钟，所有游客被叫醒。到餐厅吃完早餐，导游让大家上了一辆等候在旁的旅游大巴。导游是个二十多岁的年轻小伙子，中等个子，又黑又瘦，戴一副遮阳镜，在核对完人数之后，他说道：

“我叫张立新，大家叫我小张就可以了。我是本地人，大家看我这么黑就知道了。我是本地的少数民族——苗族人。”然后讲了几句谁都听不懂的所谓苗语，果然不少游客脸上露出吃惊和好奇的神色，似乎没想到会遇上一个少数民族导游，不由得生了几分敬畏之心。

最后，导游小张狠狠地瞪了大家一眼，说道：

“我们苗族人对朋友是很仗义的，当然对那些不是朋友的人也不会客气。这三天我会带大家去一些购物点，希望大家多多帮衬，给个面子。大家知道我们做导游的没有工资，只拿提成。”说完对大家抱拳作谢，好像表演完后的卖艺人般，只差没拿出盘子接受施舍。

胡平以一个律师的眼光对苗族导游小张审视了一番，实在找不出他哪点像苗族同胞。

大巴车经过两个小时的行程，来到此次旅游的第一个景点：琼海市街心的“红色娘子军雕像”。小时候，方小丽经常听爸爸讲红色娘子军的故事，尤其是那首歌“向前进，向前进，战士的责任重，妇女的冤仇深……”让她记忆深刻。导游小张说停车半个小时让大家参观。方小丽兴冲冲地来到雕像前，却有些失望，她发现雕像中的女战士虽然脚穿草鞋，肩披竹笠，长相却挺标致，看不出有什么深仇大恨。不过她很快就喜欢上了这个标致的女战士，和她一起拍了几张合影。她准备把这些照片拿回家去给爸爸看，让他也高兴高兴。

看完红色娘子军雕像，很快来到第二个景点——玉带滩。车还未停稳，车厢内就响起一阵欢呼声，原来那些从未见过大海的游客透过车窗看到了一望无际、碧波万顷的南海。

玉带滩是一个海滩半岛，它的一边是浩荡无边、波涛汹涌的南海，一边却是安静得像个少女似的万泉河，涨潮时两者之间的间隔不到十米。站在玉带滩上，面向南海，一排排巨浪呼啸着奔涌而来，似乎要吞噬这个瘦小的沙滩，去和近在咫尺的文静的万泉河约会；再远望，不远处，万泉河、九曲江、龙滚河三江交汇，殊途同归，最后流入大海。

方小丽和彭瑛两人从来没有见过大海，她们被眼前大海的魅力迷住了，平时文静安宁的两个女孩变得活泼开朗起来。她们撒下各自的男朋友，沿着海边沙滩跑着、跳着、叫着；她们像淘气的小孩，浪潮退去的时候站到沙滩下面，浪潮奔过来时又惊叫着往上跑。她们把手放进暖暖的海水里，感受大海的温暖。方小丽好奇地用手沾了一点海水放进嘴里，立刻吐了出来，皱着眉嚷道：“咸死了！”她们在沙滩上寻觅贝壳，也不管是死的还是活的，只要发现一个，就像找到宝贝似的，高兴得又跳又叫，然后小心翼翼地捡起来放好。方小丽索性脱去鞋子，卷起裤脚，拉着胡平的手，去感受浪潮涌过来时的力量，两人随着潮水的涨落时进时退，有一次差点摔倒在海水里。

彭瑛也想脱掉鞋子，可是李志强阻止了她：“你身体不好，会着凉的。”两人手拉着手，走在沙滩地势较高处，踩着细细的沙子，一边聊天，一边欣赏美丽的大海，有时看到胡平和方小丽被浪潮追赶的狼狈模样，又不禁开心大笑。彭瑛虽然答应了李志强不脱鞋，可看到方小丽在潮水里玩得开心，心里有些不甘，她故意走在下面地势低一些的地方，一会儿，一个巨浪扑过来，她跑慢了一步，鞋子被海水打湿了。她抬起脚朝李志强做了个鬼脸，李志强摇了摇头，只好脱掉鞋，拉着她的手一起去玩潮水。李志强在广西北海打过工，那时几乎天天见着大海。这次来海南旅游，主要是陪彭瑛。他怕彭瑛冻着，摔着，怕汹涌的浪潮吓着她；他总是走在她前面，像父亲保护女儿一样护着她。玩了一会儿，他感觉海水有些冷，怕她感冒，赶紧带着她离开了；他拿过自己的鞋子，强迫她穿上，自己则赤着脚，拎着她那双被海水弄湿了的鞋子跟在身边。

四个人在南海这边玩够了，又去到沙滩另一侧的万泉河。万泉河的河水安静多了，河水缓缓地流着，河水清澈见底，几只渔船在河里漂着，渔船上的人正在用网抓鱼。

几个人打了一阵水漂，用河水洗手上和脚上的泥沙——万泉河的河水比南海的海水冷多了！

离开玉带滩，导游带大家去吃午饭。午饭和绝大多数旅行社的一样，能吃饱，不能吃好。饭是随便吃，菜却很快一扫而光，除非是那种很难吃的菜或有人不小心在菜里发现了苍蝇之类东西。

吃过午饭，车行两个多小时后有人嚷着要上厕所，导游小张友好地表示同意，善解人意地说几分钟就到。果然车很快就停了下来，很多人早就憋不住了，争先恐后向厕所奔过去，可走近了才发现，上厕所首先得经过一个商场，必须先在迷宫似的商场中迂回前进绕上半天才能最终抵达目的地，回来时的路程也一样。这情景让人不禁想起一句名言："前途是光明的，道路是曲折的。"上车的时候，大部分游客都在商场买了东西，导游小张走在最后面，正在学习雷锋呢！手里提满了游客购买的东西，笑眯眯的。

大家上完厕所，仿佛卸掉了一个大包袱，神情变得轻松起来，相互之间开始交谈。他们这批游客总共有四十二人，来自五湖四海，有三个小孩，其中还有一对老外夫妇。大家对玉带滩的感觉不错，对下午的行程充满着期待。

"下一站去哪里？"有人问道。

"下一站参观咖啡厂。"大约是刚才游客在商场的大力消费，让导游小张收入不菲，他兴致勃勃地说道，"海南的咖啡非常有名，这是一家专门生产出口欧美咖啡的厂家，大家可以去看看，了解一下咖啡的生产过程，品一品他们生产的咖啡——免费的。为了感谢大家来海南旅游，所有的咖啡按厂价直销，价格比市面的低一半，有需要的游客不妨带一些回去。"

大巴很快停在了一家气势不凡的工厂门口，接待人员郑重其事地给每一个游客的脖子上挂了一个参观证并严肃地告诉大家，没有此证，拒绝入内。然后热情地带领游客参观。

进入厂区，游客们首先看到的是该公司简介。简介上面贴满了照片，有董事长和文化名人、省部级领导的合影，还有董事长向贫困山区捐款的照片以及董事长和他所赞助的贫困大学生的合影。董事长总是面带微笑，一副诚实正直、和蔼可亲的模样。每幅照片旁边还有很多数据和说明。总之，所有的这一切明白无误地告诉大家这样一个信息：你眼前的是一家世界闻名的、最诚实、最善良、最值得骄傲的企业，如果你竟然不买他们的产品，准会后悔一辈子！

很快，大家被带到一个雅致的房间坐定。一会儿，一位教授模样的老人行色匆匆走进来。老人花白的头发和鼻梁上的老花眼镜以及脸上的皱纹显示出这是一个知识渊博、为人厚道的高级知识分子。他请求大家原谅——他刚从北京开完一个咖啡国际研讨会回来，所以迟到了几分钟。他给大家讲了海南咖啡悠久的历史和它神奇的功效，并说自己之所以能成为知名教授，这个厂生产的咖啡功不可没。他的一番推心置腹式的解说，他的诚恳的语气，还有那朴实的外貌，让台下的游客听得频频点头、心服口服，恨不得马上掏光口袋里的钱，买上一堆该公司生产的咖啡，让自己和儿女们都能成为国际知名教授。胡平因为自己以前干过类似的工作，不为所动，只是暗赞老家伙的表演精彩、高明。

上完课，接待人员带领大家到所谓的生产车间视察。车间里的确有不少人在不停地操弄着机器，但由于接待人员说车间是按最高国际标准建成，里面环境要求高得吓人，一般人是不能进去的，大家只好隔着厚厚的玻璃窗，雾里看花般看了一阵。

最后，大家被带到一间舒适的大房间，接待人员早已准备好了可口的咖啡让大家免费品尝，同时殷勤地为游客们介绍货架上琳琅满目的咖啡产品。很多免费品尝了咖啡的游客感觉味道不错，见那些产品价格似乎的确比外面便宜了许多，加之刚才老教授的话语还回荡在耳边，于是纷纷掏钱购买。

两个小时后，大家开始陆续上车，走在最后的依然是导游小张，一副心满意足的样子。

到了车上，导游小张清了清嗓子，微笑着说道："游客朋友们，我们今天白天的旅游景点到此全部结束，精彩的留到晚上。晚上七点半钟，就在我们今晚住的酒店附近，有一场精彩绝伦的表演。什么表演呢——"小张面带神秘的微笑看着大家，故意停了一下，然后大声宣布道："泰国人妖表演！"他以为下面会出现尖叫声或者至少应该有些掌声，遗憾的是什么也没有。几个单身男人愣愣地望着他，有女朋友或老婆的则有些不好意思地低下头。

导游小张有些失望。他接着说道："大家知道中国的某某男明星吗？他今晚也会到场，不过他现在已经不是男人，成了女明星啦！他比那些泰国人妖漂亮百倍，大家千万不要错过机会，仅此一场。"

"收钱吗？"有人小声问。

"这个门票是自理的。"导游小张答道，"正常门票是一百五十元一张，不过我这有优惠的团体票，一百二十元一张。"说完，他开始挨个问游客是否愿意去观看。最后只有八个人掏钱买了门票。导游小张不太满意，去找几个单身男人做思想工作，又拉上了三个人才作罢。

第二天一大早，旅游大巴载着大家来到所谓的"海南第一山"——东山岭。

"海南第一山"有点名不副实——海拔只有一百八十四米。山中遍布奇石，大大小小、形状各异的石头，或因古往今来的文人骚客题词刻字而成为古迹；或被赋予美丽神奇的传说成为仙石。当然，东山岭上最有名的还是宋朝为纪念宰相李纲而建的潮音寺。

听说潮音寺的签比较灵，李志强心中一动，带着彭瑛一上山就直奔潮音寺而去。胡平从来不信鬼神，只信自己，对求神拜佛向来不屑一顾，他则带着方小丽去观赏那些奇石、仙石去了。

一进入潮音寺，便有导游过来免费为李志强和彭瑛热情讲解带路，导游讲解道："当年宰相李纲支持岳飞抗金，被奸臣陷害遭贬。李纲万念俱灰，打算到潮音寺出家为僧，老和尚先让他抽签，为他占了一卦，然后婉拒，临别赠言'东山再起'四个字，果然不久李纲官复原位。"

不久，导游带着他们来到抽签占卜的地方。

抽签之前得烧香拜佛，按刚才导游的说法，香越高抽到好签的机会越大。因为香越高，佛祖接起来越方便，不用太过弯腰低头。李志强去卖香的地方看了看，最高的香足有两米高，这种香想来佛祖不用弯腰，坐着就可以笑纳了。不过这种香价值一千六百八十八，取“一路发发”的谐音，吉利无比。李志强考虑片刻，决定买六百六十六的那种香，比上不足比下有余，只要一切顺利，照样可以一路发下去。

因为他烧的香个子高，应该说是香的价格高，他被一个小和尚直接带去抽签，不用排队。抽完签后小和尚又把他带到一个慈眉善目的得道高僧前。李志强看了看签上那些文字，如坠五云中，只好恭请高僧解签。高僧看完签，闭上眼睛，一脸虔诚，似乎是在聆听佛祖指示。

“阿弥陀佛，施主近日有福自远方来。”高僧闭着眼说道。未等李志强答话，高僧突然睁开双眼像审视犯人一样把他从头到脚仔细打量了一番，吓得他差点想夺路而逃，幸好高僧又闭上了眼睛，而且口中念念有词。过了一会，高僧再次睁开眼，眼光却柔和多了，说道：

“施主结婚没有？”

“没有。”

“有女朋友没有？”

“有。”李志强点点头。

“这个签是一个上上签，恭喜施主几个月后喜得贵子，母子平安。”

“多谢大师傅。”李志强虔诚地说道，心想这个高僧说得真准。正要打算转身离去，忽然高僧又发话了：

“施主请留步，这里有一点小小的问题，老衲不得不说。”说完，高僧又闭上眼睛，嘴里开始念念有词。

李志强大吃一惊，连忙回过头来不安地问：“请大师傅指点迷津？”

“施主脸色不太好，老衲发现此乃妖魔附身所致。”

李志强用手摸了摸脸，好像感觉到脸色确实不太好，赶紧说道：“请大师傅指教。”

高僧沉思良久，说道：“请施主可再烧一炷高香，我佛慈悲，已遣大力金刚为施主驱魔。”

李志强连忙又去买了一只六百六十六元钱的高香，并且叫来彭瑛，两人为佛祖供上香，双双跪在佛祖前，虔诚地祈祷佛祖保佑。

出了潮音寺，李志强把抽签拜佛的事给胡平说了，并劝他也去试试。

“没用。”胡平嘴角露出一丝嘲讽的微笑，“我从来不相信那些东西，我只相信自己。”

“信则灵。”李志强想了想说道，“我信，彭瑛也信。”

离开东山岭，旅游大巴又载着大家七拐八绕，来到一个深海鱼油加工厂。胡平他们和另外几个人觉得有些累，不打算进去，导游小张不高兴了，说道：

“请大家帮帮忙，每个人都要去厂里参观参观，这是领导给我布置的任务。一个人不去，我的奖金就要被扣掉一百元。”说完抱掌行礼，末了加上一句，“我们苗族人是很仗义的。”

大约是惹不起这个所谓的苗族人，再加上司机嚷着要熄火以节省油费，最后大家还是全部下了车，去参观所谓的深海鱼油。

深海鱼油推销方式和前面提到的咖啡厂差不多，大家上了一次当，进去之后免费品尝海产品的人不少，但真正掏钱买的却不多。弄得导游小张上车时苦着一张脸，好像大家欠了他钱似的。

吃过午饭，大家上了车，导游小张一副无精打采的样子，说道：

“下一站天涯海角，一个小时左右到。”说完闭上眼开始打瞌睡。

“天涯海角。”方小丽一听，欢快地叫道，“太好了！”

“这么激动干吗？”胡平不解地望着她说道。

“有首叫《选择》的歌你听过吗？”方小丽侧过头望着胡平说道，“林子祥和叶倩文唱的。”

“好像听过。”

“我很喜欢这首歌，我这里有呢。”说完，拿出手机，找出这首歌，按下播放键，并将一个耳机放到胡平耳朵上。

“——希望你能爱我到地老到天荒，希望你能陪我到海角到天涯，就算一切重来我也不会改变决定，我选择了你，你选择了我喔——”方小丽小声地跟着唱，眼睛变得湿润起来，泪水在里面打转，唱完后，她将头靠在胡平肩膀上，两只手紧紧握着胡平的手。

车到目的地，导游小张通知大家一个半小时后在此上车。大家下了车，随着人流往前走，走不多远，有一石刻，上面写着“海判南天”四个字，似乎是说陆地和南天被大海在此分开，这里就是陆地尽头。再往前走约二十米，有一巨石屹立在石磊之中，奇伟壮观，上刻“南天一柱”四个大字。胡平在石前伫立良久，他看见下面刻有几个小字：“永安范云梯”，心想这一定又是一个郁郁寡欢、壮志未酬的老兄。那四个字在他的眼里似乎变成了“金钱，权势”四个字，他摇了摇头，叹了一口气，竟产生了一种同病相怜的感觉，他恨不能找这位范兄痛饮一杯，互诉衷肠，如果他能活转过来的话。

过了“南天一柱”，再往前走就到了“天涯”“海角”处，大家纷纷上去合影留念。

“天涯行苦役，海角路漫漫”，似乎经历千辛万苦，踏遍万水千山来到此处，看到“天涯”“海角”这四个字，就算功德圆满，了却了一桩心愿。

方小丽拉着胡平，在两处拍了多张照片，每次她都带着甜蜜的微笑，做出胜利者的手势，或依偎在胡平怀里；或拉着他的手；或两手抱着他的腰，将头靠在他的肩上。似乎到了这里，她和心爱的人就永远不会再分开；有“天涯”“海角”四个字作证，他们的爱就会地久天长，就会海枯石烂永不变心。她脸上带着幸福的微笑，感觉周围的一切都是那样美好，甚至海边上那些丑陋的石头，在海水的抚摸下也发出了动听的音乐。

拍完照，方小丽又拉着胡平来到海边，他们在潮水中嬉玩、追逐，时而停下来找寻贝壳和海螺，时而互相依偎，欣赏海的波涛，倾听海的呼唤。

他们租了一艘游艇，给了游艇师傅三倍的价钱，让他尽量往海中开，来到离海岸很远的地方，陆地不见了，四周全是茫茫海水，蓝蓝的天空中几只海鸥在飞翔，碧绿的海水起伏不断，像一张巨大的绿色丝绸在舞动。几个大浪袭来，游艇颠簸了几下，吓得坐在后面的方小丽紧紧抱住胡平，把脸贴在他的背上，闭上眼睛，她既害怕又激动，她觉得只要能和心爱的人在一起，即使现在死去也无怨无悔。她又想起了林子祥和叶倩文唱的歌“——我一定会爱你到地久天长，我一定会陪你到海枯石烂——”两行热泪从她的眼中流下。

两人回到岸上，既有些兴奋，又感到疲惫。两人手拉着手，沿着沙滩，慢慢地走着。不久，他们看到了李志强和彭瑛。李志强坐在沙滩上，彭瑛依偎在他怀里，身上披着李志强的衣服，似乎睡着了。李志强面向大海，一动不动，像雕像般，似乎只要没人打扰，他们就会一直这样坐下去，直到海枯石烂。胡平大受感动，连忙掏出相机拍下来。李志强终于发现了他们，轻轻拍了拍彭瑛，叫醒了她。

“走累了休息一会儿，”李志强有些不好意思说道，“没想到她很快就睡着了。”

离开天涯海角时还不到下午三点，游客们都没玩尽兴，纷纷质问导游小张为什么不多玩一会儿，离天黑还很早。

导游小张竟没发脾气，赔着笑脸向大家解释说这是旅行社的安排，与他无关，并说下一站会给大家一个惊喜。

“下一站我们去参观一个海南最大最好最有名的玉器和金银首饰生产厂家。”导游小张说道，“大家都知道，海南有全国最好的海滩——这个大家都已经看到了。其实海南还生产两样全中国乃至全世界最好的东西，大家知道是什么吗？黄金和美玉。当初日本人为什么要侵占海南，就是为了抢夺这两种珍贵的东西。大家经常看到玉器和金银首饰，但它们是怎么生产出来的呢？等会儿大家就明白了。”导游小张说这些话时既通顺流畅，又充满感情，颇具煽动力，还真不愧是个好导游！

很快，旅游大巴停在了一个装修精美的工厂前面。工厂门口蹲着两只威猛的狮子，让人肃然起敬。正中摆着一个剖开的书桌大小的水晶矿石，里面蓝紫色半透明的水晶颗粒探出可爱的小脑袋，引得游客纷纷上前合影留念。生产车间照例是犹抱琵琶半遮面，只能隔着玻璃看，不过看着那些在玻璃里面忙碌的工人，足以让人相信这是一家正规的生产效益不错的企业。最后，大家来到产品陈列室。

胡平四人一进大厅，立刻有一个女服务员迎了过来。女服务员带着标志性的微笑，五官还算过得去。她首先感谢各位先生女士的光临，并对诸位一路的辛苦致以亲切的慰问，然后和大家聊起家常。女服务员举止得体，微笑灿烂，声音柔和，而且从不提与钱有关的事情，让一行人受宠若惊，如沐春风，大家被她热情周到的服务所感动，争相和她攀谈。她扫视了众人一眼，立刻感觉出四人中胡平是带头人，于是用非常温和的语气问胡平道：

“胡先生老家是哪里的？”

见女服务员和自己拉关系，胡平很高兴，回答道：“四川的。”

“哎呀，太巧了！”女服务员失声叫道，“我们老总就是四川的，这些天他一直在念叨家乡人呢。你等等，我请他过来和你聊聊。”说完转身向一间办公室走去。

不一会儿，一个矮矮胖胖的四十多岁的中年男子走了出来，女服务员跟在后面。

“哎呀呀，有老乡自远方来，不亦乐乎？”中年男子满脸笑容，很远便用四川话叫起来，“欢迎老乡光临。”中年男子一边说一边伸出胖胖的手紧紧握着胡平的手，一副久别重逢的样子。

女服务员上前对胡平介绍道：“这是我们的李总。”说完，脸上露出敬畏之色。

“小王，你先去忙，我要和老乡好好聊一聊。”李总冲女服务员说道，然后李总继续握着胡平的手不放，还不时抖几下，那热情仿佛连人都要融掉：“胡先生从哪里来？”

胡平终于有了说话的机会，他被眼前这个老乡的热情所感动，他在其他地方还从没遇到过这样一见如故、热情好客的老乡，他答道：“广东东惠市。”

“东惠市！”李总好像突然发现了什么，眼睛睁得大大的，“我们太有缘了。”说着又将握着的手抖了几下，“我以前就是在东惠市一家首饰厂打工，五年前才到这里开了这个金玉首饰加工厂。”

“李总真了不起！”胡平赞道，“这么年轻就拥有这么一间大公司。”

“过奖过奖。”李总谦虚起来，忽然回过头叫道，“小王，拿四杯水，不，两瓶可乐，两瓶椰子汁，我要好好慰劳一下我的老乡。”说完终于放开了胡平的手，因为他想转过身和其他人讲话。

“他们三个也是四川的？”他问胡平。

“不是，是我的朋友。”

“你的朋友就是我的朋友，对不对？”李总脸上挂着同样热情的笑容，和三个人一一握手，只是没有刚才和胡平握手的时间长。这时小王拿了四瓶饮料过来。

“可乐给两位男士，椰子汁给两位美女，”李总吩咐道，“椰子汁可是美容的。”

几个人被李总的热情细心所感动，但无功不受禄，大家似乎不愿接受这些饮料。

“拿着。”李总有些生气了，“谁不拿着就是不把我当朋友，好不容易遇着了一个老乡，这一点饮料算什么？”

“拿着吧！不要辜负了李总的一番心意。”胡平也劝道。

等大家喝完饮料，李总说道：“你们来这里一趟不容易，大家看看柜台里的这些东西。既然你们是我的老乡、朋友，这样吧，所有东西打五折——不，三折，以成本价卖给你们。”说完转身对站在旁边的服务员吩咐道：

“小王，你听着，只要是我的老乡和他的朋友们看中的东西，全部三折。等会儿结账时给我签个字就行了。”然后他看了看表，又一次紧紧握着胡平的手，作难舍难分状，“老乡，你和你的朋友慢慢看，我已经给小王讲了：你们选中的东西，全部三折。我去办点事，完了再来找你。”说完转身离去。

“请等一下，老乡。”胡平说完，赶上前几步，做出一副难以启齿的样子。

“什么事？”刚走不远的李总闻言转过身，“尽管说，有我呢。”说完双手叉腰，似乎打算为老乡两肋插刀。

“就是——”胡平放低声音说道，“我们上午在一个卖深海鱼油的厂家买了几瓶深海鱼油，身上的钱全部用光了，你看能不能——”

李总一愣，随即大笑起来，胡平也跟着大笑起来。

“真不愧是我老乡。”李总停止了笑，最后一次紧紧地握着胡平的手，低声说道，

“兄弟流落到此，混口饭吃，还请多多包涵。”说完抬头对正在给方小丽他们耐心做讲解的小王使了个眼色，小王点点头，随即离去。

“理解。”胡平抽回自己的手，说道。

胡平回来时，方小丽和彭瑛正打算挑选几个玉镯和项链，方小丽还打算给她妈妈买个玉镯避避邪气。她们认为三折后这些东西的价格实在太诱人了，不买实在对不起胡平的这个四川老乡。

“走吧，不用买了。”胡平对他们说道。

“为什么呢?”方小丽抬头不解地问道。

“假的，全是假的。”

“你怎么知道。”

“热情过度。”

上车后，许多游客拿着刚买的玉镯和金项链炫耀，为自己的精明而自豪。有几个福建游客因为和老板是老乡，给了他们两折的最低价，听说别人的是三折，他们立刻怀着同情心自豪地向他们传授讲价技巧。最后上车的导游小张破天荒地主动和游客们打招呼，还夸奖了一个小女孩，说她脖子上刚买的金项链实在是漂亮极了!

到了吃晚饭的时候，大家感觉有些不对劲，有个游客发现自己花三百元钱买的一条金项链竟是塑料电镀的；还有个游客拿出打两折花六十元买来的玉镯在桌子上敲了敲，听声音感觉不像玉石发出的声音，找来刀片削了一下，感觉有点像塑料，一气之下，他找来打火机，居然一点就着，并发出一股难闻的焦味。几个人讲了购物过程，几乎无一例外的都是遇到了一个情深义重的老乡老板。大家觉得上当受骗了，有个游客甚至买了一万多元的玉镯和项链，准备回去后送给亲朋好友。大家气愤不过，去找导游小张讨说法。

“是我叫你们买的吗?”导游小张义正词严地说道，“我只是让你们参观，没叫你们买，谁让你们买的? 你们见到过天上掉馅饼的事儿吗?”

第三天，也是此次旅游的最后一天。早上，大家上车时，一个个垂头丧气，无精打采，有一对年纪较大的夫妇因为昨天损失惨重，上了车还在相互埋怨指责。下一站是大东海，导游小张开始大力推荐那里自费的水上娱乐项目，并说他可以拿到八折的团购票。大部分游客还沉浸在昨天上当受骗的悲痛中，没有人搭理他。大巴车很快到了景区停下，导游小张见没有人找他买票，抛下一句“一个半小时后出发”便不见了。

大东海是一个月牙形海湾，三面环山，一面临海，阳光、碧水、沙滩和翠绿的椰树构成了一幅美丽的热带风光图。这里四季如春，水暖沙平，辽阔的海面晶莹如镜，叠映着蓝天白云青山的倒影。湛蓝的海面上，三三两两的帆船缓缓而行。它像一个美丽安静的农家少女，等待人们去发掘欣赏。

本来大东海的景色不错，可很多游客还在为昨天的受骗上当，为昨天损失的钱财生气、自责，大部分游客只在海滩上散了散步。由于参加自费水上娱乐项目的人很少，导游小张得到的提成十分可怜，最后上车的他满脸不高兴，恨不得自己动手去游客的口袋里掏钱。

旅游大巴开了一个多钟头，大家以为是到最后一个景点亚龙湾，可当车停稳，却发现到了一个珍珠养殖厂。

“大家下车看看珍珠是怎么养殖的?”也许是昨天的事件让导游小张感到内疚，他没做过多的宣传，“这是海南唯一的一家国营珍珠养殖厂。”

大家有了几次上当受骗的经验后，对参观这些所谓的工厂早已没有兴趣，不过对珍珠的养殖，大家还是很好奇，于是大家抱着只看不买的心态进了珍珠养殖厂。

养殖厂的确像个国有企业，到处充满着懒散悠闲的气氛。养殖厂的工人一副无精打采、有气无力的样子。营业厅的大门上写着“本厂为国营厂，所有东西不讲价”，那意思似乎告诉大家，这里只有货真价实的珍珠，这里不欢迎那些喜欢讨价还价占小便宜的顾客。营业厅里的服务员也是一副爱理不理的样子。

营业厅前有几位师傅正在从蚌壳里取珍珠。师傅们清一色的老大爷老大娘，满脸的沧桑似乎比不远处的大海还古老。老人们动作迟缓，好不容易取出一个珍珠后还要拿在手里端详半天，似乎是在鉴定它的好坏或者是在欣赏这颗来之不易的宝贝。他们脸上的皱纹是对他们诚实品德最好的注释。很快，每个老人的周围就围了一群游客，其中也有胡平他们。有人提出要买他们手中的珍珠，老人们严词拒绝，说道：

“我们是国营厂的老职工，爱厂如家，要起带头作用，营业厅里的珍珠都是从我们这里拿过去的。”

胡平觉得老人中有一位很像他的父亲，他鼻子一酸，差点掉下眼泪。

仰仗他的经验和机警，一路走来，他们与受骗上当无缘。而这里的一切却像是一家即将倒闭拍卖的国有企业，早就该退休在家安享晚年的老人却被叫来在烈日下工作，他感叹国企的艰难，同情老人们的遭遇。好不容易来一趟海南，总得买点礼物送给女朋友吧？他觉得送珍珠是一种不错的选择。他来到营业厅，看中了一条价值三百元的珍珠项链。

“请把这条项链给我看看。”他对一个正在剪手指甲的女服务员说道。

女服务员放下指甲刀走了过来，取出项链给胡平，然后冷冰地看着他——这让胡平彻底相信这是一家国有企业。

胡平拿在手里翻来覆去看了一阵——其实之前他从没见过珍珠，又把方小丽叫过来。李志强和彭瑛也跟了过来。

“怎么样?”他笑着问，右手食指将珍珠项链挑起。

方小丽用手摸了摸，她之前也从没见过珍珠，不过只要胡平喜欢她就喜欢，况且三百元也不算贵。她点点头说道：

“还行，只要你喜欢就行。”

旁边的李志强也来了兴趣，向服务员要了一条和彭瑛一起翻看。

胡平见李志强也打算买，决定和服务员探讨一下价格。

“这个价格太高了。”他对女服务员说道，“昨天我们在那边看到的同类产品两百元都不到。”

“肯定是次品。”女服务员以不容置疑的口气说道，“我们这里是国营厂，货真价实，不讲价。”

胡平碰了个钉子，想了想又说道：“这样吧。我们一家买一条，便宜点。”

“不讲价。”女服务员断然拒绝，“我们这里的所有产品包换，买回去不满意可以拿来换。”

女服务员冷冰冰的表情和坚定的口气终于让胡平打消了顾虑，他相信这是一家真正的国营厂，一家服务态度不好但却不会欺骗顾客的国有企业。他侧过身准备掏钱，女服务员误会了他的意思，以为他要转身离去，赶紧说道：

“我们可以送你们两件小礼物。”

于是他们额外多得了两件小礼物——两个可以吹响的小海螺。

上车的时候，胡平看到不少人也像他一样手里拿着珍珠项链或者珍珠手镯，最后上车的导游小张脸上也有了笑容。

吃过午饭，旅游大巴终于来到本次旅游的最后一个景点——亚龙湾。

亚龙湾是海南最南端的一个半月形海湾，有东方夏威夷之称，东西北三面青山环绕，海水清澈澄莹，海滩平缓开阔，沙子洁白细软。这里全年阳光灿烂，海水温暖，是个很好的冬泳场所。

下了车，四个人相约去游泳。他们换好泳装，租了救生圈，来到游泳场。

方小丽穿上泳装，更显出她苗条迷人的身材。她的皮肤洁白如雪，引来周围男士的惊叹，女人的羡慕嫉妒。她从来没有游泳过，既兴奋又紧张，她按胡平所讲，将救生圈放在腋下，开始的时候紧紧抓着胡平的手，片刻不敢松开，慢慢地放开了，开始学着游泳。海浪不大，她拉着胡平的手静静地躺在海面上。海浪把她轻轻托起又轻轻放下，一种若浮若沉若虚若实的感觉让她兴奋不已。她闭上眼，享受着这美妙幸福的时光。她真希望他们就这样一直躺着，直到地老天荒、海枯石烂的那一天。胡平喜欢冒险，喜欢在汹涌的波涛中搏击，喜欢无拘无束地畅游。他陪了方小丽一会儿，感觉实在太拘束，便把她送到浅水区，自己一个人玩冲浪去了。

李志强带着彭瑛在浅水区游了一会儿，他怕彭瑛着凉感冒，没多久便上岸了，然后两个人沿着海滩，踩着柔软洁白的细沙去找寻贝壳。

游累了，胡平和方小丽也上了岸。方小丽看见海滩上不少人挖个坑把自己埋起来，觉得很好玩，就拉着胡平挖坑。挖好后她躺进去，只把脸露出来。沙子挨着皮肤，她觉得痒痒的，咯咯咯笑起来。她觉得一个人躺着太孤独，又起来叫上胡平把坑挖大了一倍，和胡平一起躺进去。叫李志强和彭瑛帮忙把他们重新埋起来并拍照留念。

“平哥，以后我们去世了就这样。”方小丽侧过头望着胡平说道。

在亚龙湾玩了一个半小时，大家上了车，以为这次旅游已结束，该回家了。不料导游小张说道：“最后一站，参观海南唯一一家梅花鹿养殖厂。”

车到养殖厂，大家下了车却不打算去参观。小张急了，赶紧过来劝说，见大家都不买账，便狠狠地说道：“大家可以不去，但今晚就不用回去了。就在这里过夜。”

“我要到你们旅行社去告你。”有个游客愤愤地说道。

导游小张笑了，说道：“欢迎，非常欢迎，这本来就是旅行社安排的。这是发展海南经济的需要，你就是告到省长那里也没用。”

司机是个四十多岁的胖胖的中年男子，这时候他走了过来。他先把小张训了一通，然后又真诚地感谢了三天来广大游客的配合，并预祝大家身体健康，身心愉快。最后司机用商量的口气说道：

“外面天气太热，大家就当是到里面去荫凉，可以吗？不一定非要买东西，这样小张也好交差。出门在外行个方便，大家给我一个面子好不好？”

游客们觉得司机讲得有理，而且还要指望司机把他们送到机场呢，于是大家无可奈何地进了养殖场。

从养殖厂出来上了车，车向海口开去。大约是这三天收入颇丰的缘故，导游小张开始变得热情起来，他为大家讲解沿途风光，中间夹杂着一些只能让车上几个小朋友发笑的笑话，他还掏出糖来送给车上的几位小朋友。他带头唱了几首流行歌曲，虽然经常跑调，嗓音却还不错。车上也渐渐热闹起来，毕竟大家是出来游玩而不是出来生气的。有些人开始原谅导游小张，觉得这小伙子也怪可怜的，那张晒得黑黑的脸便是证明，还有几个晕车的游客，觉得小伙子每个月大部分时间都在车上，多辛苦多可怕！

到吃晚餐的时候，导游小张面带微笑给每一桌游客敬酒，衷心感谢大家三天来大公无私的奉献，表扬了大家旅途中那种“毫不利己专门利人”的高尚品德，最后代表海南所有的导游同仁，代表旅行社的全体工作人员以及海南人民，对车上所有游客以及即将来海南旅游的游客表示衷心的感谢，并送上最热烈最诚挚的祝福！

在晚餐快结束时，导游小张给每位游客发了一份表格，上面要求每位旅客对导游及旅游区的服务做出实事求是的评价。胡平拿着这份表格陷入了沉思，他搜肠刮肚，冥思苦想，打算以法律为准绳，对这次海南之行的所见所闻做出最准确、最周密、最坦率的评价。他沉思良久，却久久不能动笔：字太多表格放不下，太少又不能充分表达自己心中的愤怒和期望。旁边的李志强和彭瑛低声商量了几句，彭瑛拿过一张表格，在上面写了三个大字：“大坏蛋”。

胡平一看，拍案叫绝，提笔在自己那张表格上也写了三个大字“小坏蛋”。

晚上，在从海口回深圳的飞机上，胡平看着挂在方小丽脖子上的珍珠项链，越看越感觉有些不对劲，他想让方小丽取下来他再仔细看看，以确定其真伪。方小丽看了他一眼，含笑说道：

“看什么呢，只要心中觉得是真的就行了！”

第十九章 结网

春节上班后，胡平一直闷闷不乐，沉默寡言，身体也日渐消瘦，像患了重病般。他遇到了很大的麻烦。

胡平在采购部经理的位置上虽然只做了三个多月，但由于表现出色，他得到了上下一致的认可，他的地位已稳如泰山，不可动摇，但他是个志存高远、胸怀大志的人，按照他引用别人的话说："万里长征才走完第一步，还早着呢！"攻克一个堡垒只是为征服下一个堡垒作准备，他接着又要马不停蹄地去攻克另一个更大更强的堡垒：他要再次升迁，要做星光电子厂的总经理，要将现任总经理黄博伟拉下马来。但这个堡垒实在太强大了，简直固若金汤，无懈可击，不知从何下手。这就是他近段时间烦恼苦闷的原因。

"找准敌人的致命弱点，一举成功"，这是运动战的一个最基本的要领。商场如战场。胡平对他的前任就是这么做的，他现在还打算这么做。他充分利用自己在大学期间锻炼出来的超强的分析推理能力，对现任总经理黄博伟进行了全方位的解剖分析、推理演算，希望能找到他的致命弱点的蛛丝马迹，可是最后得出的结论让他垂头丧气：他面对的几乎是一个不可能完成的任务。因为胡平现在面对的是一个令人尊敬的，才华横溢且又有强硬后台的总经理。

他对着画满箭头和记号犹如军用地图似的"升迁路线图"昼思夜想，苦苦寻求破解之策。

"搞定董事长，直接辞退黄博伟让自己补缺。"他望着路线图想道，"但首先董事长这个人犹如神龙般见首不见尾，很少在公司露面；其次黄博伟是他的亲戚而且是他挽救了这个厂。这条路肯定行不通。"他摇了摇头，拿起红笔在此路径上打了个叉。

"黄博伟自己拱手相让？不太可能。他已经将星光电子厂当成了他生命中的一部分，再说他年富力强正准备大干一番呢。而且即使相让，以自己目前的资历，也轮不到自己头上。"他在此路径上也打了个叉。

"搞定他的老婆。"想到这，胡平兴奋起来，他认为做到这点并非不可能。刘玲外貌出众，能力超群，对丈夫似乎也很忠诚，而且是刘玲提拔了他，又是他的顶头上司。但胡平从她偶尔流露的眼神中，发现了她内心的躁动和不安，只要好好地加以引导和利用，希望还是有的。

“可是搞定他的老婆有什么用呢？让她提拔自己做总经理，代替自己的丈夫？不可能。她不可能为了自己而抛弃丈夫。更何况她也没有这个权力。”胡平想，“当然，如果有征服这个女人的机会，也大可不必浪费掉，至少自己目前的地位会更稳固，在捞取外快方面的步伐也可迈得更大一些，说不定还能从她身上找到她丈夫的致命弱点。”他拿起红笔在这条路径上打了个叉，想了想又在叉上加了一笔，变成了半叉。

胡平望着路线图上所有那些和总经理这个目标发生联系的人的名字，不断地进行分析、推理、演算，最后他的目光落在了人事行政部经理王芳身上。他觉得以目前自己所掌握的信息来看，现在就贸然去挑战黄博伟根本就没有获胜的机会，他必须收集更多有用的情报信息，找到他的致命弱点，而王芳主管人事行政，掌管着公司所有人员的档案资料和公司的一些内部机密。她又是刘玲的手下爱将，和刘玲关系非同一般，说不定知道一些内幕消息，她毫无疑问是最合适的人选。

“就从这里打开缺口。”他用红笔在王芳的名字上重重地画了一个圈，扔下笔，收起路线图，他决定动手。“临渊羡鱼不如退而结网”，他要开始编织他的网了。

星光电子厂只有星期天和国家法定节假日才放假休息。一到星期六，王芳就将儿子送到一家私人办的辅导班去。辅导班每天收费一百元，包中餐。说是辅导班，其实就是将十多个年龄相近的小孩集中在一起看管起来，只要不出事就行。这些小孩都是附近打工人员的子女，因为大部分工厂每周只有一天休息时间，甚至还有不少厂两周才休息一天，若是遇到小孩不上学而大人要上班的时候，就只好将小孩送去辅导班。

每逢星期天和节假日休息，只要不加班，王芳都会整天和儿子待在一起。只有和儿子在一起，她才会感到充实和开心。有时她也会带上儿子去公园玩耍，更多的时候是在公司附近或家里玩。春节后上班不久，按惯例公司举办春季运动会，由于时间紧，有些比赛会安排在星期天进行，王芳经常要去现场安排指挥，这时候胡平就常帮她照看儿子。王庭也喜欢和胡平玩，胡平不时买一些他喜欢吃的零食或者玩具给他，开始时他坚决拒绝，后来逐渐开始接受，两人越来越熟悉，有时和胡平玩到天黑了还不想回家。

一个星期天的下午，胡平带着王庭，去一个离公司不远的空地上放风筝。

此时还是初春时节，温暖柔和的春风吹拂着大地万物，各种各样的花在春风吹拂下次第开放，争奇斗妍。在蓝天白云下，在和煦的春风中，几只风筝迎风招展。

因为父亲离开得早，王庭从来没有玩过风筝。他手里拿着胡平给的蝴蝶形风筝，兴奋得一路跑着来到空场地，一个人拿着风筝满场乱跑，可是跑了一圈，风筝只是在他头顶上飘，他抬头瞅了瞅别人在高空飘荡着的风筝，嘟着嘴来到刚赶到来的胡平跟前，说道：

“叔叔，我们的风筝怎么飞不起来呢？”

胡平拿过来一看，原来是线轴上的压线开关没打开，他既好气又好笑。胡平耐心地教他，王庭很快学会了，终于把风筝放上了天。望着在天空中飘飘扬扬的像只大蝴蝶的风筝，他高兴得又跳又叫，他已经很久没有这样激动过了。他时而停下来，一边放线一边望着风筝；时而奔跑起来，头顶上的风筝随着他的脚步飘动。没过多久，忙完了比赛的王芳也赶了过来，看见儿子在春光中跑着，叫着，跳着，兴奋不已，她感激地看了一眼旁边的胡平，笑问道：

“来多久了？”

“一个多小时。”胡平答道，然后回过头招呼王庭。王庭转过头看见妈妈来了，立刻跑了过来，满脸是汗，拉着妈妈的手说道：

“妈妈，你来放。”说完把线轴交到王芳手里。

王芳见儿子高兴，接过线轴和儿子一起放起来。忽然，风小了，风筝开始往下掉，王庭见了大叫起来，胡平赶紧叫他们一边收线一边逆着风跑，王芳按照胡平说的做，风筝果然没有再往下掉。过了一会儿，风大起来了，王芳跑累了，就站在那里慢慢地放线，风筝越飞越高，终于，线放完了，风筝挺直了身子悠闲地躺在春风里，只有长长的尾巴在轻轻摆动。望着蓝天白云下的风筝和身旁欢呼雀跃的儿子，王芳的脸上露出了久违的开心的笑容。不远处的胡平见了一呆，他发现王芳笑起来真美！他痴痴地看着她出神，王芳发现了赶紧别过头去。

不知不觉天快黑了，王芳一看表，已错过了公司吃饭时间，她有点不好意思，邀请胡平去她家吃饭，胡平爽快地答应下来。

王芳做的是地道的川菜，胡平没想到她的烹调技术这么好，边吃边赞不绝口。吃完饭，他又陪王庭玩了一会儿，给他讲了一个故事才走。王芳送他到门口，告别时，王芳竟有些依依不舍，她发现自己似乎喜欢上了这个比自己小五岁的小老乡。

“不可能，我和他之间只能是老乡、朋友。”王芳坚定地摇了摇头，试图熄灭心中刚升起的一缕情丝。

三月下旬的一天，黄博伟收到一封来自湖南良平县的信，打开一看，是一封律师函，上面写着：

广东东惠市平安镇星光电子有限公司总经理阁下：

本律师受当事人张权委托，根据中华人民共和国相关法律法规，就贵公司所生产的不合格产品引发我的当事人房屋失火一事，特向贵公司发出如下律师函：

当事人张权于2006年6月购买贵公司生产的音响产品一台，型号为AV－136，春节前在使用过程中引发一场大火，烧毁房屋一栋，价值一百八十万元，当事人张权夫妇被烧成重伤。后经良平县公安局和技术监督局联合调查，认定此次火灾为贵公司生产的不合格产品起火燃烧引发大火所致。贵公司所使用的电源线不符合国家标准。为此，要求贵公司赔偿当事人张权各种损失共计二百万元整，否则当事人将就此事上诉至法院并通知媒体。限贵公司在七天之内做出回复。

“和气生财”，本律师认为，本着友好协商的精神，贵公司可派遣高层人员来我处协商解决此事。

良平县树正律师事务所

律师：姚树正

“岂有此理。”黄博伟看完信，嘀咕了一句，这让他想起几年前的一件事：

那时星光电子厂刚起步，只有三十多个员工。有一天他收到一封从湖南一个偏僻县城寄来的律师函，说他们产品的纸箱上印的说明与实物不相符，高度差了五毫米，按国家有关法律法规文件，要罚款十万元。当时他以为那是骗人的把戏，没去理它。过了不久，又收到一封该县城法院的判决书，说法院判定原告胜诉，他看了看随手将判决书扔进了垃圾桶。没过多久，财务人员告诉他，星光公司的账户已经被冻结，钱被全部转移了。黄博伟大吃一惊，这才发现自己遇到的不是一般的骗子，他后悔莫及，幸好当时公司账户里只有几万块钱。

他想了想，叫人将信送到了刘玲那里。

刘玲看完信，给销售部经理林奇打了一个电话，让他马上和湖南代理商核实此事，然后给品质部经理张浩去了个电话：

“2006 年 6 月前我们使用的电源线符不符合国家最新标准?”

“我们是从 8 月份开始使用新的电源线。”张浩答道。

刘玲皱起了眉头，没多久，林奇的电话来了。

“湖南代理商刘总几天前就知道了此事。”林奇在电话里说道，“刘总在良平县的法院有个亲戚，刘总请了他出面调解，说给三万元就可以解决，但要我们派个人过去，最好是能当场拍板做决定的人。”

刘玲沉思了一会儿，她觉得此事闹到法院倒没什么可怕，但如果此事被捅到媒体那里，麻烦可就大了，说不定会毁了整个公司。她觉得有必要开个会商量一下。随即她通知了品质部、采购部、销售部的经理和丈夫黄博伟。

人到齐后，刘玲把事情的经过讲了一下，她的话刚完，黄博伟便说道：

“这肯定是敲诈，怎么可能会燃起来呢?”他满脸怒气，“这件事我去处理，我带个工程师一起去，我要亲自去和那边所谓的技术监督局的人论理。”

“那些人不讲道理，我以为还是私下解决为好。”林奇说道，“我听说去年深圳有个厂家也遇到和我们几乎一样的问题，他们找了律师过去打官司，结果最后还是赔了三十万才了结。还差点被媒体曝光。”

“我们现在的电源线已全部换了吗?”刘玲问张浩。

“前年年底就已经全部换了。”

“以后要注意类似的问题!”刘玲说道。然后问胡平：“你有什么意见?”

这件事本来和采购部没多大关系，胡平搞不懂为什么要让自己来参加会议，见刘玲问自己，便答道：

“我赞成林奇的意见，不过我估计三万元恐怕搞不定。”

“没问题。”林奇肯定地说道，“刘总的那个亲戚在县法院工作。刘总已答应到时候和我们的人一起过去。”

“我看还是派人去一趟为好。”刘玲最后说道，她看了丈夫一眼，继续说道，“这次去不是和他们谈技术，他们摆明了就是想要钱。我查过地图，这个良平县地处偏僻，离省城长沙两百多公里，是个穷县。我打算亲自去一趟，不过我想带个人一起去——”说完，目光落在胡平身上：

“胡平如果没有什么要紧事就陪我走一趟。”

胡平吃了一惊，本来这是销售部的事，可最后却弄到了他头上。他以前在排忧公司时曾去过那些地方，知道那些人极其难缠且大都是些亡命之徒，事情远没有像他们所说的那样简单。他想拒绝，可一时又找不到借口。

“我让你去是因为你学过法律，过去有可能会用上。”刘玲见胡平在迟疑，有些不高兴，“现在销售部很忙，我和林经理不可能都离开。”

“行，我去。”胡平见已经没有退路，只好硬着头皮答应下来。

回到宿舍，胡平在地图上找出良平县的位置，仔细地看了看，他感觉此行凶多吉少。第二天，他到了排忧公司，找到了副总张文理。张文理热情地接待了他，因为他把每一个来找他的人都看成是他潜在的顾客。张文理坐在沙发上，一边抽着烟一边听胡平讲述。

“那地方我去过，山高皇帝远。”胡平说完，张文理接着说道，“此行不吉利，最好别去。”

“我已经答应，别无选择。”

张文理想了一会儿，站起身，去柜子取出一个盆子，从里面拿出一支钢笔对胡平说道：

“这是一支进口的钢笔式微型录音机，它可以一边录一边传输。你带上它，到了那边只要你打开它，我就可以随时知道你那边的情况。”

“谢谢！”胡平接过笔，感激地说道，“多少钱？”

“完事后再说吧，你看着给就行了。”张文理说道。

星光公司长沙总代理刘剑锋是一个二十七八岁的年轻小伙子，他十八岁高中毕业就开始做生意，从五千元起家，现在每年能给星光电子厂销售上千万的产品。生意场上惯用的种种阴谋诡计，各式各样投机取巧的手段，他早已司空见惯。上到政府高官，下到小混混、地痞流氓，他都能应付自如，和他们称兄道弟，把酒言欢。总之，他年龄不大，个子不高，但人却精明着呢！是一块天生做生意的料。

几天前，他收到良平县姚树正的律师函，他一看就明白是怎么回事。他觉得这种小事没必要反映给厂家，让厂家小瞧自己。他当即给他的良平县代理去了个电话，让他出面摆平此事，但很快代理回话说难度太大，需请高人帮忙。他后来想起有个远房亲戚在良平县法院工作，律师怕法官，他请出这位高人，果然很快有了回音。三万元再加“务必请星光公司高层领导亲临县城参观”，这个条件不算太苛刻但也不太好办，他正在考虑怎样向厂家汇报，正好林奇打电话过来询问此事。他和林奇很熟，便将他的处理过程告诉了林奇。

刘剑锋到机场接到刘玲和胡平时，天已经黑了。刘玲亲自驾到，他自然不敢怠慢，安排他们到四星级酒店住下。吃饭时，他又把事情的经过仔仔细细向刘玲汇报了一遍。最后，他胸有成竹地说道：

“明天早上我和你们一起过去。我那个在县法院工作的亲戚已把事情基本上搞定了，已经约好明晚面谈。后天你们可在县城玩一天，那里山清水秀，风景宜人。”

刘玲听了放下心来。她想了想，问道：

“要不要带点现金？”

“最好带一些，小县城银行少。那些人都是见钱眼开之徒，一见这么多现金，什么事都好商量。”刘剑锋说道。

当晚他们去银行取了五万元现金——刘玲怕出意外，多准备了两万。刘玲让胡平带在身上。

第二天早上，刘剑锋开车带着刘玲和胡平从长沙出发赶往良平县，刘玲觉得坐副驾驶不安全，便和胡平一起坐在后排。

一路上，到处都洋溢着春天的气息，万物呈现出勃勃生机。公路两旁，是一望无际的麦田，青青的麦苗在春风中点着头，像是在和春风打招呼。在这片青绿色的田野中，数间青砖碧瓦的农舍点缀其间，几缕轻烟从农舍飘出。

翻过一座山岭，刘玲突然兴奋得叫了起来，原来前面漫山遍野全是金黄色的油菜花，刘玲叫刘剑锋把车停在路边，自己下了车，胡平见状，拿出随身携带的照相机，跟在刘玲后面下了车。

明媚的阳光下，美丽的蝴蝶在花丛中翩翩起舞，向人们展示它的漂亮新衣，蜜蜂停在黄色的花蕊上，辛勤地采着花蜜。刘玲置身于万花丛中，她看见一只带红色斑点的蝴蝶，可捉了几次都没捉住，反倒在自己的裙子上留下了数点金黄色的花粉。她蹦着、跳着，闻着油菜花香，感觉自己仿佛回到了天真、纯洁、充满幻想的少女时代。她想起了自己的初恋情人，他们也曾在金黄的油菜花里嬉戏过、快乐过，她下意识抬头看了一眼站在不远处的胡平，不禁怦然心动。她整理了一下有些散乱的头发，对胡平招招手，让他过来给自己拍照。

胡平一边拍一边欣赏眼前的这个女人。他觉得现在的刘玲比在公司见到的她漂亮可爱多了。她没有了那种严肃高傲的神情，脸上带着欢快的笑容。她的秀发散开披在肩上，更显得妩媚动人。她侧着头，一部分秀发搁在金黄的油菜花上，她伸出两个手指，睁大眼睛，嘟着嘴，像小女孩一样做着鬼脸。

回到车上，刘玲仍然兴奋不已，她拿过相机，翻看刚才拍下的照片。“好看吗?”她微笑着侧过头问身旁的胡平。

“很美!”胡平答道，“比在公司时漂亮多了。”

“在公司时若是这个样子，早就被人吃了。”刘玲瞟了一眼胡平，说道。

车开始上山，路越来越难走。车沿着盘山公路盘旋而上，一边是悬崖，一边是峡谷，几朵白云飘荡在半山腰。刘玲坐在后排右边，看到右边又陡又深的峡谷，吓得她一下转过身，紧紧抓着胡平的手，直到走完那段峡谷才松手。

翻过几座山后，前面出现一个湖泊，远远望去，碧波荡漾，波光粼粼，令人心旷神怡。

“这里是一个不错的旅游景点，现在正是欣赏樱花的时候，我们下去看看。”刘剑锋说着，把车开到湖边停下。

湖泊不大，湖水清澈见底，一群鱼儿在岸边悠闲地游着，鱼鳞清晰可见。几只野鸭神态安详地在湖中散步。湖泊的对面是一片樱树林，远望去如云似霞，颇为壮观。他们来到樱树林时，已有不少游客在那里赏花拍照。樱花开得正盛，粉红的、淡黄的，层层叠叠，开满树枝，花繁艳丽，满树烂漫。

刘玲从来没有见过这么多漂亮的樱花，非常高兴，伴着樱花拍了很多照片。余兴未尽，她又拾起掉在地上的樱花，找来一根线将它们串起来，放在头顶，宛如花中仙子般。她这次出来，似乎是专为旅游而来。她无忧无虑，尽情欢笑，既活泼开朗又天真烂漫，像一个十七八岁的少女。

三人赏完樱花，回去的路上，刘玲看见路旁有个老大娘在卖烤红薯，一问五毛钱一个，她给了老大娘五元钱，拿了三个红薯就走，走不多远，老大娘追了上来，找给她多出的钱。

“山里人多好!”刘玲接过钱感慨地对刘剑锋说道。

“山里人是这样，但县城里的人就不一样了。”刘剑锋微笑着说道。

第二十章║骗局

刘玲他们一行在下午三点左右到达良平县城。良平县城称得上是个花园城市，县城四周青山环绕，一条清澈的小河从西向东绕城而过，县城里绿树成荫，花团锦簇，街道整齐、干净。刘剑锋把他们带到县城最好的一家酒店也是他们准备会谈的地方住下。然后打电话给对方律师姚树正想确定一下会谈时间，姚树正说在外面办事，今晚的见面会取消，改在明晚。

刘剑锋感觉有些不妙。到了晚上，他悄悄地给在县法院工作的亲戚打了个电话，亲戚回答说：

“情况有些变化，我无能为力。你最好找个借口离开，不要参与此事。”

“我们马上回去。”刘剑锋说道。

“走不成了，你们已经被监视。”

“人身安全有保障吗?”顿了一下，刘剑锋问道。

“没事的，他们只想多要些钱。”亲戚说完，挂了电话。

第二天早上，刘剑锋正陪着刘玲和胡平吃早餐，突然接到一个电话，最后只听他大声说道：“好，马上送医院，我很快就回来。”

“谁病了?”刘玲抬头关切地问道。

“我女儿。说是发高烧，准备送医院。”

“那你先回去吧，小孩要紧。”刘玲担心地说道。

“那怎么行呢？丢下你们两个在这里，我不放心。”刘剑锋做出一副舍生取义的样子。

刘玲笑了，自信地说道：

“我们又不是三岁的小孩，不会照顾自己。你走吧，明天我们回长沙再去找你。”

“好吧。”刘剑锋沉思片刻，恋恋不舍地对刘玲说道，“酒店今明两晚的费用我已经付了。另外，山里的人比较野蛮，和他们说话时客气一些效果会更好。我已经把刘总的电话号码告诉了姚律师，他会和你联系。”

下午刘玲和胡平到县城四处闲逛。她们来到城外小河边，小河里的水很清，河边有不少人在钓鱼；河的对岸是一片金黄色的油菜花，微风吹过，带来一阵淡淡的菜花香；不远处的广场上，很多人在放风筝，各种款式和色彩的风筝在春风中摆动着长长的尾巴，在蓝天白云下悠然地享受着暖暖的春光；环绕县城四周的青山形成了一道天然屏障，像一条绿色的围墙护卫着县城。刘玲觉得这座城市真美，她甚至打算在这里买一套房子，以便以后来这里度假。

天渐渐暗了下来，太阳慢慢地滑进厚重的云层。落日的余晖中，小城显得安静、祥和，舒适、美丽。

天快黑时，刘玲接到姚律师的电话，说晚上八点钟在酒店会议室见面。

八点钟，刘玲和胡平准时来到二楼的酒店会议室，他们刚一进门，就被一个身穿黑衣服的高大的男人请到一间会议室。会议室有三十多平方米，一张长方形桌子周围已经围坐了八个人：正中是一个三十多岁的男人，黑衣光头，眼睛直勾勾瞪着前方，一脸横肉，身子前倾，两只手交叉着放在桌上，像一头狮子随时准备发起攻击，吞噬猎物；右手边坐着两个人，其中一个穿一身警服，露出一副玩世不恭的神态；另一个像政府工作人员，戴一副眼镜，正襟危坐。左手边坐了五个人，一个是七十多岁的老头子，头发全白，衣服破烂，右手边衣袖空荡荡的；一个是七十左右的老太婆，看样子似乎随时都会倒地不起，离开这个悲惨世界；一个是中年男子，矮而壮，一脸凶相，像个屠户，脸上贴满了膏药；挨着中年男子坐着两个六七岁的小孩。这五个人全是少数民族打扮。

胡平一看不妙，借口上洗手间，给在深圳的张文理打了个电话，详细地介绍了眼下的情况，包括每个人的外貌特征。

“不用急，车到山前必有路。”张文理安慰道，“打开录音笔，我随时帮助你。”

胡平悄悄将钢笔式录音笔打开，夹在笔记本里。等他回到桌前时，光头男人有些不耐烦了，说道：

“快给刘总上茶。”

很快，门口进来一个男的，将一杯茶放在了胡平跟前。

“刘总真有雅兴，还带了女朋友来。嗯，不错。”光头男子边说边打量刘玲，一脸的坏笑。

“我才是刘总。”刘玲突然冷冰冰地说道。她也看出今晚情况不妙，但是从小养成的傲气和不服输的性格使她临危不惧，知难而上，“他是我——”

“我是刘总请的律师。”胡平抢着说道。

“对，他是我们公司聘请的律师。”刘玲接着说道，“请问你们谁是姚树正姚律师？”

“我就是。”光头男子森然道，“我就是那个专门树正气，灭邪气的姚树正律师。”然后睥睨着刘玲，说道，“你一个女的能做主吗？”

“那要看什么要求。”刘玲答道，“合理的要求我就能做主。”

“好，我现在就让你看看我们的要求合不合理。小张，给他们看看我们的理由。”姚律师冲那个政府工作人员模样的年轻人说道。

小张站起来，不紧不慢地从身后取出一个箱子，将一台已烧坏的音响设备放到刘玲跟前，又从口袋里掏出一张皱巴巴的发票递过去，然后问道：

“这是不是你们公司生产的产品？”

“是的。”刘玲仔细看了看说道。

“好！”小张逻辑性极强，步步紧逼，“再看看这条电源线。”小张拿出一条已经烧掉皮的电源线，说道，“经我们技术监督局检查，这是一条不符合国家标准的电源线，正是这条电源线导致了这场火灾。”说完，他回到座位坐下。

“我可以证明这台机器就是在失火现场找到的，就是它引发的火灾。”穿警察制服的男子说道，“我是公安局刑警大队的，专门为民除害，我们的口号是‘坦白从宽，抗拒从严’。”说完，狠狠地瞪了刘玲一眼，似乎他已快控制不住自己抓坏人的冲动。

“看看，大家看看！”姚树正激动地站了起来，用手指着刘玲说道，“你们这些偷工减料的厂家，你们这些昧了良心的资本家，你们残酷剥削工人不说，还用你们不合格的产品残害我们的少数民族同胞。他们好端端的一个家，一个幸福美好的家庭，却被你们害得家破人亡，无家可归。他们现在家被烧光了，人也被烧伤了——老婆还躺在医院昏迷不醒，你们摸着自己的良心想一想，自己说该怎么办？”姚树正越说越激动，说到伤心处，竟掏出手帕来擦眼睛，鼻子也跟着抽噎了两下。

“哇。”老头子突然大哭起来，哭声嘶哑，老泪纵横，缺了右手的衣袖上下飞舞，像一把大锤击打在每个人的心上。

“你要替我们老百姓做主呀，姚律师！”老头子突然给姚律师跪下，头磕在地上“嘭嘭”有声，等大慈大悲的姚律师扶起他时，额头已破了，血顺着鼻子流下来，老头子顺势用左手一抹，鲜红的血涂满了整张脸，显得既恐怖又悲惨。在老头子哭的时候，老太婆也没闲着，她的声音虽没有老头子洪亮，却又尖又细，令人毛骨悚然，她嘴里念念有词，说的是方言，又像是在念咒语，时而用手指着刘玲，时而对着姚律师点头，还将衣袖卷起，像是准备和人拼老命似的。两个小孩稍微落在了两个老人后面，但很快也开始号啕大哭起来，鼻涕甚至甩到了胡平和刘玲身上。矮壮的中年男子一会儿劝老头子，一会儿劝老太婆，一口一个爹，一口一个妈，叫得让人听了心酸，终于，他也忍不住了，放声大哭起来，那哭声悲怆得让人以为世界末日来临了。他边哭边捶胸顿足，最后大约是太过悲伤，竟举起双拳砸在桌上，刘玲离他较近，桌上的茶杯被震得飞起，掉在地上摔得粉碎。

刘玲从来没见过这种阵势，也不知是不是老太婆的巫术起了作用，她脑袋发昏，差点就要晕过去。胡平面带微笑看着眼前发生的一切，他觉得这些人如果去东惠市，薪水肯定不会低，至少不会比他以前在排忧公司工作时的那帮人低，因为他们的表演更逼真，更能打动人。

“假的，你什么都不要答应，推到我身上。”胡平小声对刘玲说道。刘玲听了点点头，她只想赶紧离开这里。她刚站起身，只听姚树正大喝一声：

“站着！想走，没那么容易！”话音刚落，两个黑衣大汉站在了会议室门口。

“怎么样？两百万，这已是我们最低的要求，两百万对你们这些有钱人来说是九牛一毛，可对于他们——”姚树正突然变得义愤填膺，指着仍在痛哭流涕的两个老人说道，“这可是我们的少数民族同胞，这可是他们一辈子的心血啊！你们害得他们家破人亡就想撒手不管、逃之夭夭吗？告诉你们，只要有我在，你们就休想得逞！”

“法院的人不是说只要三万元吗？”刘玲有气无力地说道。

“他算个屁？法院的院长见了我都要磕头叫爷爷。”姚树正不屑地说道，“我的地盘我做主，不信你问问这位警察同志。”

“没错，他就是我们的带头大哥。”穿警察制服的男人说道。

“在我这里，不要心存侥幸，不要自作聪明，更不要自以为是，惹恼了我，可就不是两百万的事了。”姚树正说完，不怀好意看着刘玲。

“你们这是明目张胆的抢劫！”刘玲边说边去摸手机打算报警，手刚伸进口袋，两个黑衣大汉走了过来。

“不准动，交出手机！”一个大汉命令道。

刘玲乖乖地把手机交了出去。

“你的！”另一个大汉冲胡平吼道。胡平也只好上交了手机。

“哈哈哈！”姚树正得意地大笑起来，一边笑一边踱到刘玲身边。

“想报警是不是？”他皮笑肉不笑地说道，“不需要麻烦你的手机，这里就有警察，你报呀！”说完，用手指着穿警察制服的男人。

“只要你听大哥的，等会儿我一定会让你满意。”穿警察制服的男人淫笑着说。

“听到没有，刘总刘小姐，我的大美人。你只要乖乖听我的，什么都好说。”姚律师说完，弯下腰，嘴几乎要挨到刘玲的脸上，吐出的臭气熏得刘玲直想吐。

“怎么样？”姚律师见刘玲没有反应，伸手在她脸上捏了一把。

“啪！”一声清脆响亮的耳光打在姚律师多肉的脸上。

“混账，畜生！”刘玲一边骂一边举起手打算再送出一个，但两只手却被一个黑衣大汉抓着，动弹不得。

“你敢打我！”姚律师气极而笑，这回他是真生气了，不过他不是抡拳头或是找菜刀斧头什么的，他开始脱自己的裤子。

“住手！”就在这时，一声怒喝从天而降，紧接着便是茶杯摔碎的声音。只见胡平像头猎豹似的站在凳子上，双手叉腰，瞪视着姚树正。

所有的人都愣着了，因为从进门到现在，似乎这个年轻人只说过一句话，大家几乎忘记了他的存在。刘玲既感激又担心地望着他，不知道他下一步要做什么。

姚树正刚把裤子解开，闻言一愣，抬起头，看到一道凶狠的目光正瞪视着自己，心里一惊，提裤子的手抖了一下，裤子掉到地上，露出里面的黑色内裤，刚才被愤怒激起的欲望已去了一大半。

“小子，你想干什么，想鸡蛋往石头上碰？”他一边去提裤子一边说道。

“你们都给我听着！”胡平吼道，“你们刚才所做和所说的一切我已经全部录了下来，而且已经传到公司总部去了。”

“小子，你想吓唬人。”姚树正一脸的嘲讽， “班门弄斧，大爷可不吃你这一套——”他还想说什么，手机突然响了。

“谁啊？”他拿起手机不耐烦地问道。

“我是东惠市排忧公司法律事务所的张总。”一个冰冷的声音从电话里传出，姚树正听了心里竟有了一丝寒意，“姚树正姚律师，你听好了：不要以为自己剃了个光头，就可以胡作非为目中无人了，你们刚才表演的全部录像都已经储存在了我的电脑里。

我还要告诉你：那个老头子的右手没断，就藏在他衣服里面。”

姚树正看了看老头子的空袖子，心里直发毛，搞不懂怎么会被对方看出来。

“听好了——”电话里又传来冰冷的声音，“你刚才骂了法院院长，而且你还做了他的爷爷；你公然侮辱警察，另外，你还羞辱和恐吓我的客户；所有这些录像都在我面前的电脑里，我已经做了两份，只要我手指轻轻一按，一份就到了你们省纪委那里，另一份则通过视频网站公布出去。”

“千万不要这样，请手下留情！”姚树正一听这话，吓得手脚发软，浑身发凉，裤子又掉在了地上，“请张总张大爷饶了我这一次，下次再也不敢了。”

“我的兄弟胡律师现在在你那里，十分钟后如果我接不到他的电话，这些录像就出去了。你叫胡律师接电话。”

姚树正将手机恭恭敬敬地递给胡平，说道：

“请您听电话，请胡兄帮兄弟美言几句。”说完，哭丧着脸望着胡平，一副可怜兮兮的样子。所有的人都吃惊地望着姚树正，不知道他葫芦里究竟卖的什么药。

胡平心里已大致明白了是怎么一回事，接过手机说道：

“张总，你好！我是胡律师，有什么吩咐？”

“那小子已经被我制服了。”张文理在电话里小声说道，“我已经告诉他如果你十分钟后不打电话给我，我就把录像公布出去。剩下的事情你看着办。”

胡平把电话还给姚律师，对他说道：“姚律师，我们找个安静的地方聊一聊。”然后转过身来严厉看了其他人一眼，对姚树正说道，“我不在时不得伤害我们刘总一根毫毛！”

“是，是！”姚树正连声答应，吩咐手下好好照顾刘玲，带着胡平来到另一间小会议室。

“怎么解决？我们只有十分钟时间。”在小会议室的椅子上坐下后胡平问道。

“这样吧——”姚树正想了想，说道，“就三万。”

“三万！”胡平嘴一撇，说道，“我们事务所一分不得还要倒贴，告诉你，刘总只给了我们两万。”

“对半分，兄弟，”姚树正讪笑道，“兄弟我也是出了力的。”

“不行！”胡平断然拒绝。“五千。”

“五千！”姚树正喊出声来，“连本都不够！”

“我帮你算一算。”胡平伸出五个手指，“请七个人每人两百元，一共一千四，加上你其他打点费用，不会超过三千元。”

“那音响我是花了五百元买的。”姚树正没想到遇到一个如此精打细算的对手。

“这样吧，再给你加一千，六千，多一分都不行。”胡平以不容商量的语气说道。

姚树正看了看时间，离十分钟已经不远，只好点头同意。胡平从口袋中掏出一份早已准备好的合同，对姚树正说道：

“姚律师，请你在这里签个名。另外，张权是哪一个？”

“就是那个脸上贴满膏药的矮胖男子。”

“好，让他在这上面也签个名，签完后我立刻给你钱。钱货两清，了结此事。十分钟快到了，我还要打电话回总公司。”

姚树正赶紧跑出去叫张权过来签名，自己也签了名。胡平看了看两个人的签名，拿出六千元给了姚律师。等姚律师出去后，胡平拿起笔模仿姚树正的签字在付款金额处填上“五万元整”四个字。

胡平再次回到会议室时，发现房间里空空荡荡的，只有刘玲一个人伏在桌上抽泣。他走过去，轻轻地拍了拍她。刘玲抬头一看，喜出望外，她再也控制不住自己，扑倒在胡平怀里失声痛哭起来。胡平轻轻拍打着她的肩膀，安慰道：

“没事了。这帮人都走了，完事了！”

“我还以为再也见不着你了呢！”刘玲眼泪汪汪说道。

两人手牵手离开会议室，坐电梯来到楼上他们所住楼层。胡平握着刘玲的手，觉得温暖、湿润、柔和，非常舒服。他偷偷看了一下刘玲，她刚哭过，眼睛润润的，脸上泪痕未干，头发稍微有些乱，却更显得楚楚可怜，美丽迷人，他心里一动。

“这可是一个千载难逢的机会！”他心里暗想。

第二十一章‖情场周旋

胡平送刘玲进了她房间。刘玲抬起头，泪眼迷离地望着胡平，朱唇微启，似乎准备说再见。

“机不可失，时不再来”，胡平见状上前一步，张开双臂将她拥入怀中。刘玲挣扎了一下，但很快停了下来，闭上眼，嘴角露出一丝不容察觉的微笑，任由胡平抚摸。胡平笑了，露出他那迷人的酒窝。他果断地将她抱起，像只得胜的公鸡，昂首挺胸走向卧室。

一个是闺中怨妇，久旱逢雨，一个是情场老手，经验丰富。经过半个多小时的激战，刘玲终于心满意足，像只小猫一样蜷缩在胡平怀里。

“你让我做了一回女人。”刘玲闭着眼睛轻声说道，身子紧紧依偎着胡平。胡平嘴角挂着胜利的微笑，看着怀中的猎物，产生了一种征服的快感。

第二天早上，胡平醒来时发现刘玲已经穿戴好，正坐在床边看电视。他回想起昨晚两人的缠绵情意，意犹未尽。他伸手去拉刘玲，打算再亲热一番。

“马上起床。”刘玲躲开，瞪了他一眼，生气地说道，“我到隔壁你的房间去，十分钟后再过来。”说完起身离去。

等刘玲再回到房间时，胡平发现昨晚那只温顺的猫不见了，站在他面前的是他的顶头上司。

“昨晚的事处理得怎样？”刘玲坐在胡平对面的椅子上，双手抱胸，严肃地问道。

“没事了。”胡平边说边从口袋里拿出合同递过去。

刘玲仔细看了一遍，问道：“五万元搞定？”

“对。”胡平答道，“我们只带了五万元。”

“很好。”刘玲点点头，把合同还给胡平，“回去后到财务报账。”说完，刘玲站起来，倒背着双手在房间走动着，仿佛这里是她的办公室，她现在要开始上班办公了。她停下来，微笑着看着胡平，说道：

“昨晚你是怎么搞定那些人的，能不能告诉我？”

“当然可以。”胡平早有准备，“其实很简单，我把这边的情况告诉了我以前公司的朋友，我的朋友打电话给姚律师，说已掌握了这边会谈的录像。他们一听吓坏了，立刻举手投降。”说完，胡平脸上露出得意的微笑，左边脸上的小酒窝也跟着呈现出来，一脸的天真、单纯。

“不错。”刘玲点点头，意味深长地说道，“那么吴明那件事也是你的那些朋友干的吧？”

胡平不作声。

刘玲看了他一眼，一边踱着步一边说道：“看来我小看了你！不错！年轻人有理想，有能力又帅气，前途远大。”她突然停下来，回过头望着胡平，很认真说道，“如果我再年轻十岁，说不定我会嫁给你！”

“现在也行。”胡平半开玩笑半认真说道。他受不了刘玲那种盛气凌人的样子。其实以前在公司时都是这样，只是他觉得自己昨晚已征服了她，她至少应该和他平等相处，尤其是现在只有他们两人。

“不行。”刘玲长长叹了一口气，摇了摇头，“我和你有缘无分。我们俩的事就我俩知道就行了，说出去对谁都没有好处。另外，除了工作上的事，平时你不能主动找我，有事我会约你。”

他们当天就离开良平县城回到长沙，到长沙后也没去找刘剑锋，当晚就坐飞机回到了公司。

第二天，胡平来到排忧公司，把钢笔式录音机还给了张文理。

“你为什么要说是录像而不说录音呢？”胡平不解地问。

“我担心说录音镇不着那个姓姚的，从当时他的表现看，这人已差不多是个亡命之徒。”张文理答道。

“姓姚的怎么会相信呢？”

“我说老头子的断手是假的。”

“你怎么知道？”

“靠经验。而且当时也只能这样，背水一战。”

胡平听后大为钦佩，拿出一万元作为报酬给了张文理。

4月初的一天，方小丽接到同学谢玉凤打来的电话。谢玉凤是她初中和高中时的同班同学，两人关系一直不错。谢玉凤皮肤白皙，身材高挑，一双似喜还嗔的丹凤眼不知迷倒了多少男生。她在高二时爱上了一个比她高一个年级的男生，但那个男生考上大学后就立即和她断绝了关系，她一气之下高三没念完就一个人去了东惠市。三月下旬回家时谢玉凤从方小丽的家人中知道了她的电话，听说她就在东惠市的平安镇打工，于是和她联系。方小丽接到她的电话十分高兴，立即答应星期天去拜访她。

按着谢玉凤给的地址，方小丽在下午四点多钟找到了她的住所，那是一幢在一个四星级酒店旁边的高档公寓。谢玉凤租住的公寓有四十多平方米，里面装饰十分华丽。谢玉凤刚化好妆，两人相见，分外高兴。方小丽仔细打量了一下谢玉凤，发现与中学时代的她相比简直判若两人。她的头发染成了时下最流行的黄色并盘在头顶，两只耳朵上挂着两个精致的玉石耳坠，她的那双丹凤眼本来就很迷人，再涂上一层亮色眼膏，更显得妖娆妩媚。她穿了一套黑色丝质半透明的吊带连衣裙，两条玉臂裸露在外，两个乳房高高耸起，勾人心魄。

“哟，打扮得这么漂亮，准备去约会？”方小丽惊讶地问。

“不是约会。”谢玉凤答道，“我这是为上班作准备。”

“这么晚了还上班？”方小丽更惊讶。

“我们白天休息，晚上七点开始上班。”谢玉凤解释道。

“在哪里上班？”

“就在前面那个酒店的夜总会。”谢玉凤说完，把方小丽从上到下打量了一番，说道，“你这两年几乎没什么变化，还是这么朴素。不过你是天生丽质，如果你来我们这里，不知会迷倒多少男人。”

谢玉凤见时间尚早，就带着方小丽来到酒店一楼的咖啡厅，两人一边喝咖啡一边聊天。

“你在那边做什么事？”谢玉凤问。

“在一家电子厂做质检员。”

“每月挣多少钱？”

“工资加上奖金快两千了。”

“两千！”谢玉凤叫了起来，“这么一点钱？”

“我觉得够了。”方小丽说道，“我每个月至少可以给家里寄回一千五百元。”

“我在这是一天收入就有这个数——”谢玉凤说着，伸出一个手指。

“一百？”方小丽说道。她想一天一百，一个月差不多就有三千元，比她现在多挣一千元。

“再在后面加一个零。”谢玉凤得意地说道，“我在这是每个月收入不低于三万。”

方小丽吃惊地张大了嘴巴，不过她很快就明白了谢玉凤所从事职业的性质，她脸一红，又不好当面说破，便找些以前中学时代的话题来聊。她本来打算今晚就住在谢玉凤这里，和她好好聊聊，但现在她改变了主意，况且人家打扮得花枝招展，绝不是为了今晚陪她。不久她起身告辞，谢玉凤依依不舍说道：

“咱们好久不见，本打算留你住一晚上，好好聊一聊，不过今晚我有一个重要客户临时决定要过来，只有等下次了。你在那边打工又累又挣不到钱，如果你哪天打算来我这里上班，我一定帮忙。我和这里的老板很熟。”

方小丽含糊答应着，一出酒店，逃也似的回到了公司。

春节后，方小丽报名参加了电大函授学习，她选的是“汉语言文学”专业。每周星期六晚上和星期天上课，星期六两节课，星期天上六节。

星期六晚上的课是从七点钟到九点钟，从公司到东惠市区上课的地方坐车差不多要一个小时，她五点半下班，有时来不及吃晚餐就带上车吃。胡平有时也会去接她。

这天晚上上完课，方小丽挽着胡平的手，两人走在东惠市的大街上。大街上人来人往，川流不息，看上去似乎比白天还繁华热闹。装饰精美的商店鳞次栉比，里面各式品牌的商品琳琅满目。远处的霓虹灯千变万化，闪烁不定。

“这里的夜景真美！”胡平赞叹道，“以后我们就在这附近买一套房，把家安在这边。”

“这里太吵了，我不喜欢。”方小丽皱着眉说道，“还不如去我老家或你老家的县城。”

“小县城有什么好？”胡平说道，“大城市才是我们的家。”

方小丽低下头不说话，过了一会儿，似乎想通了，抬起头说道：

“我听你的，你去哪里我就跟你到哪里。”她突然想起春节去海角天涯的事，便笑着补充道，“就是天涯海角我也跟你去！”

胡平听了挺受感动，拿过她的手握在手里，沉默了一会儿，他问道：

“你们专业人多吗？”

“不多。最多的是会计专业。”

“因为文学毕竟不能当饭吃，偶尔玩玩还可以。”胡平说道，“而会计呢，工作好找，待遇也不错，你看那些会计师，哪个不是月薪过万，而且对于女孩子来说，会计这个职业不会像其他文秘之类的职业，会随着年纪的增长而贬值。”

“也许是吧。可我选这个专业是因为我喜欢。”

“发表过文章没有？”

“读高中时发表过一些诗。”方小丽不好意思地说道。

“诗人，没想到！”胡平停下来望着方小丽，笑着说道，“什么时候给我看看？”

“我并不想成为诗人、作家，我没有那个天分。”方小丽见胡平带有嘲讽的神情，生气地说道，“我打算读四年，拿到本科文凭后回老家教书。有时间再写点诗歌小说什么的，我喜欢教书。”

胡平见方小丽生气了，赶紧说道：“教书好，你做了老师，我们的后代的教育问题就不用操心了。”

方小丽听到“我们的后代”几个字，心里暗自高兴，气也消了，便说道：“你不是想看我写的诗吗，有两首我还记得，背给你听听——”

《春天里的风》
我在春天的风中醒来，
掬一捧春风，
我把它放在耳边；
听——
小鸟在歌唱，
种子在发芽，
远方大海在呼唤；
我把它放在鼻端，
我深深地呼吸，
那里有花的芬芳，
还有春天泥土的气息；
我把它放在胸前，
我要让它带着我心中的秘密，

去到遥远的天边，
带给那个
那个最懂我心的人。

《双飞蝶》
昨夜梦，
情到浓处、雨疏风狂。
醒来日当午，
倚窗望园中。
桃花风中笑，
彩蝶花里闹。
细语向桃花，
去年双飞蝶儿，
来否，来否？

“很好，不错。”胡平赞道，其实他心里一点感觉都没有。自从他在大三充分认识了金钱的重要性后，他对诸如诗词、书画、小说之类的东西全不感兴趣，视之为垃圾，弃之如草芥，别人以之为精神食粮，他却认为这些东西是粮食中的坏蛋，吃了只长脂肪，是减肥节食的对象。

方小丽听了赞美，以为胡平是出自肺腑之言，很是感动，含羞说道：“我以后还要继续写呢。”

胡平见她当真，不知道说什么好。沉默一会儿，方小丽问道：

“你有什么打算呢？”

“我目前的位置很稳固。”胡平答道，“但我不会安于现状。”

“你想跳槽？”方小丽疑惑地望着他，“我觉得这里挺好的。”

“为什么要跳槽呢？”胡平反问道，“难道不可以再升一级？”

“再升一级？”方小丽吃了一惊，“你想做总经理？”

“为什么不可以呢？”

方小丽被他的话弄得有点糊涂，不解地说道：

“怎么可能呢？黄总在公司威望很高，而且他的妻子还是你的顶头上司呢！”

在去良平之前，胡平对黄博伟敬畏有加，常有高山仰止之感。黄博伟毕业于名牌大学，魁梧英俊，口才一流，技术方面在同行业中更是颇负盛名，在管理上也有独到之外；他谦虚低调，平易近人，在员工中有很高的威望，几乎算得上是个十全十美之人。然而从良平回来后胡平对他的看法大为改观。

“连自己的女人都不能征服的男人还算是男人吗？”他扪心自问，觉得黄博伟早就应该把总经理位置拱手相让。他从此对黄博伟另眼相看，坚定了他取而代之的信心和决心，虽然每次见到黄博伟时他也恭恭敬敬地叫一声“黄总”，但其实心里已开始可怜黄博伟了。这也算得上是他良平之行的一个意外收获。

从良平回来后，刘玲又约了胡平几次，每次都是以谈工作之名到她办公室，当然是在没人的时候。她安排他去考察某个供应商，约好在那家酒店相见。所有约会全部安排在上班时间，因为据她说休息时间她得陪自己的老公，她只是把和胡平的约会偷情当作一种业余爱好，当作情感生活中的一种点缀。这一点颇得胡平好感，因为这样他没有压力，而且约会偷情照样可以领工资。每约会一次，胡平对黄博伟的鄙视就会更深一层，而他的自信心则会得以提升一次。每次激情之后，他总会委婉含蓄地问一些关于星光公司内幕方面的事，但聪明的刘玲早已对他起了戒心，除了做爱方面的事，绝口不提其他事，口风紧得很，弄得胡平每次约会，除了更瞧不起她的老公外，别的一无所获。不过，有了刘玲这个情人顶头上司，他瞅准机会换了几个供应商，增加了好几万收入。

当然，所有这些都不能告诉方小丽，正如他不会让其他女人知道他在和方小丽谈朋友一样，于是他说道："在我的人生字典中还没有'不可能'三个字。只要是人，就一定会有缺点。"

方小丽见他说得如此果断、肯定，不好再说什么。她看了看表，对胡平说道：

"还有十分钟最后一趟车就开了，我们回去吧!"

自从有了当总经理的念头，胡平和方小丽约会时更加小心谨慎，像做秘密情报工作似的。

这个星期天，胡平吃完午饭，回到公司的宿舍。和他同宿舍的那个人也在外面租了房和女朋友光明正大同居，很少回宿舍。他看了一会儿电视，觉得那些电视剧实在无聊透顶。他最讨厌看言情剧，尤其是韩国的言情剧，认为它们没有体现"钱"和"权"的重要性。

"怎么会这样呢!"看着言情剧，他想，"爱情能当饭吃吗?"

他喜欢看斯诺克比赛，虽然他一次都没玩过。他觉得那是一种充满欺骗、猜忌、算计、钩心斗角的勇敢者的游戏。他对那些经常制造出斯诺克、制造出障碍的人表示由衷的敬佩，同样对那些谈笑间清除那些挡在前进道路上的绊脚石的高手致以更崇高的敬礼。遗憾的是斯诺克比赛在中国尚未普及，转播场次极少。他对诸如篮球、足球等需要激烈对抗的运动不以为然，认为那是一种体力活，是一种粗人的游戏。他把所有节目摁了个遍，没发现一个自己喜欢的节目。他扔下遥控器，又拿出他的"升迁路线图"研究起来。他首先拿起红笔在路线图上标出的"刘玲"至总经理的路径上打了个大叉，彻底否定。

"这个女人太精。"他喃喃自语，为了使自己的思路更清晰，对事物的判断更准确、更全面，他索性闭上眼，像一个军事战略指挥家一样，陷入沉思中。

"唯一可行的方法，唯一可能的突破口——王芳!"良久，他自言自语道。

他收好图纸，打算去找王芳。他照了一下镜子，拿过一把梳子把那些掉在前额上的头发整个儿往后翻，让它们昂首挺胸，显出一副跃跃欲飞之态，以让他整个形象显得更加俊朗有型。

"不错!"他对着镜子自语道，对镜中的自己颇为赞许地点了点头。

他从床下找出一个上次买回来剩下的玩具，准备动身前往王芳家。想到自己此行的目的是从王芳那里探听消息，他的心里掠过一丝歉意，不过随即就变得理直气壮起来：他是真心喜欢她的那个可爱的聪明的儿子，而且他每次去她家大部分时间都是在和她的儿子玩，他是以一个老乡、同事、朋友的身份，去关心照顾这一对可怜的孤儿寡母。他陪她聊天，以抚慰她那颗受伤的心灵，让她感觉到人间还有温情在，感觉到世上还有好男人。他觉得自己有着一颗仁慈、博爱、伟大的心灵。一瞬间，他感觉自己的形象突然变得高大、伟岸，以至于那面镜子都装不下他的一个小小的酒窝！

他正准备跨出宿舍门，这时，他的手机响了。

“喂——”他掏出手机，刚说了一个字，就被一个小孩焦急的声音打断。

“叔叔，我妈妈病了！”

“王庭！”胡平吃了一惊，问道，“你在哪里？”

“我在你们厂门口。”

胡平急匆匆赶出来，只见王庭站在门卫室，小脸通红，满脸汗水，正着急地向里张望。看见胡平，赶紧跑了过来。

“我妈妈病得很厉害，还哭呢。”王庭喘着气说道。

胡平赶紧到王芳所在的出租屋，只见王芳斜躺在床上，右手顶在腹部上，牙关紧咬，泪流满面，额头上豆大的汗珠直往下掉。

“你怎么了？”胡平赶紧上前问道。

王芳用手指了指儿子就昏了过去。

胡平立即把王芳背下楼，叫了一辆车，送到医院。

在医院住了三天后，王芳回到了出租屋。她是食物中毒。那天王芳带着儿子去公园玩，午餐时王庭吵着吃麦当劳，王芳觉得太贵，就只给儿子买了一份，回家的路上她看到路边有人卖粽子，她喜欢吃粽子，就买了两个，回到家当午饭吃。不久，她肚子开始剧烈疼痛，头也发昏，她艰难地用手指了指门，王庭立刻领会了妈妈的意思，跑到公司找胡平。那两个粽子里面竟混入了老鼠药！幸亏送院及时，再晚一点就危险了。

她庆幸儿子没有吃粽子，她死了不打紧，如果伤害了儿子，那是她无法承受之痛。她从心里感谢胡平，她觉得这个年轻帅气的老乡实在是太好了：热情、善良、乐于助人，而且年轻有为——真是个21世纪的绝世单身好青年！

“哪个姑娘嫁了他，才有福呢！”她痴痴地想。

已经三天没见到儿子了，她很想念他。她住院这几天，儿子都是胡平帮她带着。回到出租屋，她给胡平打了个电话，很快胡平带着王庭过来了，手里还提了一袋水果。

“病好了吗？”胡平见了她，关切地问道。

“差不多了。”王芳感激地说道，“这几天给你添麻烦了！”

“你还没吃饭吧？”胡平打量了一下王芳，她看上去比先前瘦了不少，一副弱不禁风的样子，她的脸色苍白，说话声音轻得几乎听不见。看着眼前这个弱小可怜的女子，胡平竟有了一种保护她的冲动和欲望。

“还没有，我想吃点稀饭，等一会儿我自己来弄。”

“你刚出院，先休息，我来。”胡平说完，进厨房去了。

吃完饭后，胡平打算告辞，王庭却不让他走，说道：

“今晚就住在这里，你还没有给我讲故事呢。”

胡平脸红了一下，尴尬地望了一眼王芳，王芳连忙走过来说道：

“叔叔明天还要上班，下次再讲给你听。”

“不，我要叔叔讲完再走。”王庭噘着小嘴，固执地说道。

“好，叔叔讲完故事再走。”胡平答应道。

胡平走后，王芳的心却久久不能平静，犹如平静的湖里丢下一个石子，一石激起千层浪。

当年，当她在一次偶然的机会发现自己的丈夫竟然一丝不挂、赤身裸体地和一个女人睡在床上时，她气得差点当场晕倒，她从此恨死了男人，认为天下的男人没有一个好东西，都是陈世美似的人。

当初，为了支持丈夫创业，她除了每天的教书工作外，还承担了所有家务，她要照顾丈夫七十多岁瘫痪在家的母亲，每天为她洗澡擦身，穿衣喂饭，还要照顾好年幼的儿子，她虽然忙，虽然累，但她感到充实、快乐、幸福。她爱她的儿子，爱她的丈夫，甚至也爱丈夫的瘫痪在家的母亲。

她和他在同一所学校教书，她刚开始和他谈恋爱时，父母极力反对，认为他一无所有，除了一个瘫痪的需要照顾的母亲外。她长得漂亮，追她的人不知有多少，甚至局长大人亲自光顾她家，有意和她的父母结成亲家，但她仍然坚持选择了一无所有的他，因为她觉得他是一只潜力股，一个尚未雕琢的宝石，她除了喜欢他的英俊潇洒外，更喜欢他身上那种敢说敢做、敢拼敢闯的性格。结婚后，她从精神上鼓励他，鼓励他辞职下海经商拼搏，还从物质上支持他，拿出自己的所有积蓄甚至从娘家帮他借钱，让他去创业发展。她的眼光的确没错，他很快取得了成功，赚了一大笔钱。可是她没想到，自己的丈夫在追求事业成功的同时，还在追求更加年轻漂亮的女孩。在儿子快两岁的时候，在她发现丈夫有别的女人的时候，她毫不犹豫地选择了离婚，离婚时心高气傲的她除了儿子外，什么都没有要。

离婚快六年了，在这之前从来没有男人令她心动过，她几乎已经放弃了再婚的打算，她准备独自一个人把儿子抚养成人。她把所有的爱、所有的心血都用在儿子的身上。可是胡平的出现，搅乱了她内心的平静。她拿过镜子仔细端详自己，她的皮肤仍是那样细腻白嫩，虽然她从来没有刻意去护理它，她的眼睛仍然大而明亮，只是眼角处有了点不起眼的皱纹，她的身材仍是那样苗条，绝不比那些二十几岁的女孩差。

“人家才二十七岁，又年轻有为，前途远大。”想到这王芳摇了摇头。

胡平从王芳的出租屋回到宿舍，还不到九点钟，房间里空荡荡的，只有他一个人，他又拿出他的“升迁路线图”研究起来。他躺在床上，闭着眼，一只手拿着路线图，另一只放在脑门上，不时用手指轻敲脑门。他已经能明显地感觉到王芳对他的好感，尤其是今晚告辞时王芳从眼里流露出的信息，那是一种信任和真心感激的目光，其间还包含有一些疑虑和不安。他觉得可以采取行动了。他就像一个老谋深算的特工，为了不引起王芳的猜忌和怀疑，他每次去王芳家，从来不谈与星光公司有关的问题，他把大部分精力和时间花在了她儿子身上，他知道只要征服了她的儿子，水到渠成，实际上就等于征服了她。现在，他成功了。

“小家伙居然要留我过夜！”想到这，他不觉笑出声来。

过了两天，到了星期五晚上，王庭来找胡平玩。

“明天不上学，妈妈说我可以晚一点回去。”一见面，王庭就对胡平说道。

“你妈妈呢?”胡平问。

“在加班。”

胡平拿了辆遥控赛车玩具，两人先到室外篮球场玩了一会儿赛车，王庭是个好动的小孩，他跟在赛车后面满场跑，像个指挥员似的指挥着赛车。玩累了，胡平带他来到宿舍里玩电脑游戏。王庭以前很少玩游戏，这次他妈妈住院，他和胡平待在一起，在胡平的指导下，逐渐开始会玩电脑游戏，而且越来越上瘾，爱不释手。八点钟的时候王芳打电话叫王庭回去，他说再玩一会儿，到了九点，王芳又来电话催，胡平见时间已晚，就关掉电脑，送他回去。

来到王芳的出租屋，胡平要告辞，王庭却拉着他的手要他讲故事。王芳见儿子身上弄得脏兮兮的，想赶紧让他先冲凉，便说道：

“先去冲凉，冲完后叔叔才给你讲故事。”

“OK. Very good!”王庭兴奋得冒出一句英语，蹦跳着冲凉去了。

王芳热情地请胡平坐，端上一杯水，又拿出一个苹果削起来。

王芳刚冲过凉，身上散发出一阵阵淡淡的清香，她穿了一件紧身的白色丝绸睡衣，洁白的手臂裸露在外，丰满的胸脯显露出少妇的成熟丰韵，一绺头发跑到前面，遮住了她的半只眼睛，再加上她嘴角上似有似无的笑容，让她更显得妩媚迷人，她的手指细长灵巧，苹果在她手里轻轻转动着，很快便脱下一副完整的皮来。她将削好的苹果递给胡平。

胡平可称得上是情场老手，依然被眼前这个少妇独特的魅力给迷住了。他接过苹果，不敢正眼看她，怕一下把持不住，他感觉心跳加速，血往上涌，一种强烈的占有欲望在胸中滋长。

两人似乎无话可说，又似乎有很多话要说。两人有些尴尬地坐着，幸好很快王庭冲完凉出来了，小家伙拉着胡平到了他的小床上，让胡平给他讲故事。胡平给他讲了一个孙悟空三打白骨精的故事，王庭听了仍不满意，嚷着还要听一个。

“好，我再给你讲一个。”胡平想了想，说道，“故事的名字叫‘英布救母’。”胡平让王庭在床上躺好，然后讲道：

“从前，在喜马拉雅山山脚下有一个美丽如画的小村庄，村上往着母子俩，儿子叫英布，只有七岁，母子俩相依为命。突然有一天，有个恶魔来到小村庄，将英布的妈妈抢走了，小英布追啊追啊，不知道追了多少个昼夜，最后来到一座寺庙。寺庙的老师父听了小英布的讲述，被他的那种无畏的精神和对母亲深深的爱所感动。他传授了小英布降魔的法术，但有一个条件，他必须步行穿过一百〇八座大山后才能救出母亲，多走一座或少走一座他的母亲都会被恶魔吃掉。”

“老师父为什么要让英布步行呢？像孙悟空一样飞不行吗?”王庭睁大眼睛问道。

“那可不行，老师父要考验小英布的诚意。”胡平说道，“小英布起了个大早，背着行囊出发了，第一天走过了一座山，第二天又走过了一座山，第三天又翻过了一座山——小英布总共翻过了多少座山？”

“三座！”王庭响亮地答道。

“好。”胡平接着说道：“第四天又翻过了一座山，第五天又翻过了一座山——小英布总共翻过了多少座山？”

“五座！”王庭答道。

……

“第四十一天翻过了一座山，第四十二天又翻过了一座山——小英布总共翻过了多少座山？”

“四十二座，”王庭有气无力地答道，顿了一下，颇为不满地说，“你为什么总是问我呢？又不是我在讲故事。”

王芳早在一旁捂着嘴笑。

“我怕记错了。你知道多一座或少一座山，小英布的妈妈都会被恶魔吃掉的。”胡平说道。

“哦。”王庭似乎明白了。

……

“第五十一天翻过一座山，第五十二天又翻过一座山——小英布总共翻过了多少座山？”胡平说完，见王庭没出声，低头一看，他已经睡着了，小嘴上噘着，好像是在抗议似的。

“哈哈哈……”王芳见儿子睡着了，忍不住笑出声来，“从哪里学来的，真有你的。”

“小时候妈妈对付我不想睡觉的绝招。”胡平得意地说道。

胡平起身告辞，王芳站起来准备去开门。手刚伸出来，却被胡平握着了。王芳低下了头，手任由他握着。王芳那温暖湿润的小手和身上发出的清香让胡平热血沸腾，他再也控制不着自己，将王芳拥入怀中，两人激烈地亲吻起来。

经过一阵销魂的缠绵后，躺在胡平怀中的王芳流下了快活幸福的泪水，身心和生理上都得到了极大的满足。胡平紧紧抱着王芳的胴体，右手的食指在王芳光滑白嫩的皮肤上轻轻地有节奏地敲打，像打音乐节拍一样。他很想高歌一曲，如果不是怕吵醒睡在旁边的王庭的话。

“你走吧，万一王庭醒来看见不好。”过了一会，王芳轻声说道。

“那么我们星期一晚上再见。”说完，胡平温柔地吻了一下王芳的额头。

胡平下了楼，忍不住吹了个口哨，声音又清脆又响亮，比画眉叫的还好听。不到一个月时间，征服了星光电子厂两个最有权势的女人，他真想找一个人与他一起分享成功的经验和喜悦，或者找个酒吧一醉方休。他脸上露出胜利者的微笑，头高高昂起，像一只得胜的公鸡，脑袋左顾右盼，洋洋自得，遗憾的是在夜晚，没人能看见。如果不是天黑怕摔跤，估计他还会倒背双手，像某些伟大人物一般，满面红光，斗志昂扬地向宿舍走去。

王庭平时晚上是九点半上床睡觉，胡平怕去早了王庭又要让他讲故事。到了约好的星期一晚上，他差不多十点钟才到王芳的出租屋。王庭早已睡熟了，为了方便，王芳用一个布帘将他的小床围了起来。

两人相见，犹如久别的夫妻，热烈拥抱，亲密接吻，然后上床。两人已没有了第一次的激动和紧张，双方配合默契，从容不迫，游刃有余。

“你是什么时候进的这家公司?”完事后，胡平随意问道。

“2003 年。王芳说道，“刚进厂时做刘总的助理，后来原来的人事行政部经理离职，刘总就安排了我接任。”

“你和刘总关系好吗?”

“好，她待我如姐妹。”

“听说这个厂是黄总一手带大的?”

“没错，黄总刚到这个厂时，这个厂负债累累，濒临倒闭。”

“听说黄总是老汪的亲戚，实际上这个厂也是黄总的?”

“应该不是。”王芳想了想说道，“我听刘总说这个厂好像有个后台老板，老汪只不过是个傀儡。”

胡平听了又惊又喜，这个情报对他太有用了。他不动声色，故作吃惊地说道：

“不会吧！老汪不是法人代表吗？谁是后台老板?”

“我不知道，刘总好像也不知道。”王芳说完紧紧地抱着胡平，“管他谁是后台，总之不关我们的事。”

回到宿舍，胡平立即拿出线路图，用红笔在上面写上又大又粗的四个字：“后台老板”。

“现在一切都变得简单明了。”胡平望着那四个字自语道，“搞定后台老板就搞定一切。可是怎样才能搞定后台老板呢，怎样才能找到后台老板呢?”

第二十二章 ‖ 从政之道

五一节公司没有组织出去旅游，只是放了两天假。五一节前，黄博伟接到大学同学范杰的电话，说他在香港，过两天前来拜访。他和范杰已有十多年没见面。去年到北京监督拍摄广告时从其他同学那里得知他的消息，后来通过两次电话，知道他在山西一个产煤地区黑眉县任主管工业的副县长。

黄博伟和范杰大学时候都因擅长演讲而出名，加上两人都有强烈的忧国忧民意识和济世救民的抱负，于是惺惺相惜，成了好朋友。范杰来自江西农村，戴副近视眼镜，长相斯文俊秀，却能言善辩。他从小立志从政，把毛泽东的“为人民服务”作为自己的座右铭。还在读高中的时候他就入了党，进了大学后表现更加积极，热衷于参加各种各样的社团组织活动，大二时被选为学生会干部。范杰颇有战略眼光，很早就认识到关系在仕途中的重要性，大学期间他利用工作之便，千挑万选，找了一个外貌很普通但后台却相当强硬的山西女孩周莉做女朋友。大学毕业时，当其他同学都在为找工作而发愁时，他却携同女朋友轻轻地挥挥手，告别同学，到山西某市委机关上班去了。从此他仕途一帆风顺，芝麻开花——节节高，四十刚出头就当上了副县长，而且据说还是省里重点培养对象。

天快黑时，黄博伟在深圳罗湖海关出口处接到范杰和他的妻子周莉。范杰西装革履，留个大背头，戴一副金边眼镜，步伐稳健，面色祥和，浑身洋溢着领导者的气息。他的身材变化不大，看上去比实际年龄年轻不少，黄博伟一眼就认出来。

走在他身边的夫人周莉却像换了个人似的，腰比以前粗壮了许多，胖胖的脸上抹了一层厚厚的粉，使得她那张原本就缺乏生气的脸更显僵硬呆板，年轻时本来就不多的头发又有不少离她而去，虽经周密掩饰，仍偶尔露出少许头皮，尤其是她嘴唇上那一层鲜艳的口红，让人时刻担心它会掉下来，只有她的眼睛让人依稀看到她年轻时的影子。黄博伟快步迎上前去，范杰也看到了他。两只手紧紧地握在了一起。

“老了。”范杰感叹道，“你变化不大，还这么帅。”

“哪里。”黄博伟谦虚道，“你从政快二十年了，身材还保持得这么好，真是难能可贵啊！”

“哈哈哈……”范杰笑起来，同时伸出手满意地拍了拍肚子，说道，“还算争气，不像个贪官。”

黄博伟又同周莉打过招呼，然后带着他们驱车回到家里。刘玲上大学时就认识范杰和周莉，四个人还曾在一起玩过，十多年后再见面，大家都很高兴，决定晚饭就在家里吃，由两位夫人主厨。

饭菜很快端上来，虽然算不上丰盛却很可口，全是大家平时喜欢吃的东西。黄博伟拿出一瓶珍藏多时的茅台酒和范杰对饮。

“你们去香港玩?”黄博伟问道。

“不是。”范杰答道，“是去招商引资，其他的人先回去了。”

“那边的东西便宜着呢。”周莉接口说道，“尤其是化妆品，比我们那里便宜了差不多三分之一。我买了两大包让人带回去了。”她不无得意地说道。为了证实自己的精明，她从手提包中拿出一瓶护肤霜，把商标展示给大家看，然后说道：“这个牌子的护肤霜在香港一瓶只卖六百元，可在我们那里八百元还买不到呢。”说完，扭头对刘玲说道，“妹子，这瓶就送给你啦。”刘玲称谢并想拒绝，但东西已塞进手里，她只好收下。

“现在的男人啊——”周莉见刘玲收了礼物，十分高兴，继续说道，“见了漂亮的女人就流口水，所以我们这些已婚女人一定要善于打扮自己，尤其是我们这些中年妇女，否则就会大意失荆州。”在说最后一句话时，她拉长了声调，眼睛瞟了范杰一眼。

黄博伟看着周莉吃菜，总觉得她嘴上的口红会随着饭菜吞下肚去，他甚至担心她筷子上沾的口红会进入菜里，让他也不知不觉吃进去。他觉得大学时候的她高傲、斯文，虽然长得不怎么样，但眼前的她却显得有些庸俗粗鲁，他不知道范杰怎么能忍受，幸好两个女人都不喝酒，吃完饭后很快就到客厅看电视聊天去了。

没有了女人在旁边监视，两个男人变得无拘无束，说话喝酒都方便多了。

几杯酒下肚，范杰变得兴奋起来，一改刚才正襟危坐的领导者模样，放低声音说道：

“记得大学时我们系的系花李倩吗?”

黄博伟想了想，点了点头，说道：

“记得，就是那个眼睛大大的，会跳芭蕾舞的女孩?”

“就是她!”范杰叹了一口气说道，“去年自杀了!”

“自杀!”黄博伟大吃一惊，当初不知有多少男生拜倒在她的石榴裙下，甚至他自己都曾动过心，“怎么会这样?”

“她去美国留学，嫁了个老外，后来老外把艾滋病传给了她。她忍受不了痛苦和羞辱，去年回到老家，不久就自杀了。”范杰说完，眼睛红红的，竟是要哭一般。

“你怎么知道?”

“去年到北京，听她的一个同学讲的。他们还去她的老家看过她。”

两个男人不再作声。沉默了一会儿，黄博伟举起酒杯说道：

“来，喝酒，酒逢知己千杯少。我们谈一点高兴的事。香港这次招商会怎样?”

“还能怎样?我们那里只有煤。”范杰摇头说道，“顺便带老婆出来散散心，买点东西呗!听说你的企业做得很大?”

“不是我的。”黄博伟摇了摇头，“我只是个打工的，不过我的确把它当作自己的企业来经营。”

“打算去内地投资吗？”

“去你那里？”黄博伟笑问道。

“那我要代表黑眉县全体人民欢迎大驾光临。”范杰说着，朝黄博伟拱手作礼。

“你那里和这边相比有什么优势，凭什么能把我吸引过去？”

“问得好！”范杰拿起一张纸巾擦了擦嘴，非常自信地说道，“第一，我们那里房租、人力便宜，只有你们这里的三分之一；第二，我们县政府大力支持，在贷款和税收方面给予较大优惠；第三，你是我老同学，熟人好办事嘛！”说完，冲黄博伟笑了笑。

黄博伟笑着摇了摇头，说道：

“没吸引力。首先，你说的第三点我不赞同。一旦涉及金钱和利益交易，同学朋友之情很快就会玩完，弄不好朋友变成仇人。做企业不像从政，主要不是靠关系。第二点你们并不具备什么优势。这边的融资渠道比你们那里多，何况我们这种制造业不像房地产，大部分资金靠贷款。至于税收，很多企业都会偷税漏税，这边一个小小的平安镇就有上千家企业，税务人员很难管得过来。你们那里一个县城才几十家企业，和尚头上的跳蚤——明摆着的，说是优惠，实际上比这边交得还多。至于第一点，也是你们的唯一优势。但我告诉你，你们那里和这边相比有几个非常明显的劣势。”

“请讲。”范杰边说边从口袋里摸出笔记本和笔。

“第一，缺乏竞争环境。这边同行竞争很激烈，逼着你向上，而你们那里缺乏这样的环境。就如省重点中学的优秀生，如果去到普通中学，用不了多久大部分也会变成普通学生一样。如果我们去了你那里，离开了这边的竞争环境，很快就会被淘汰。

“第二，缺乏配套的供应商。我们的企业还没有大到供应商会跟着我们走的地步。

“第三，缺乏配套的物流。你们那里有发往全国的物流体系吗？

“第四，也是我想重点强调的。像我们这样的企业，每年都要和很多政府部门，比如税务、工商、质检等部门打交道。这里的企业多，只要你不出大事，一般要半年一年才轮到找你一次。假如一个国税专员一年定的目标是捞取五十万，他管辖五百家企业，实际上每年每家给他一千元就够了。这个数目双方都能接受，皆大欢喜。但如果到了你们那里，总共就那么几十家企业，假定你下面的那些官员个个都廉洁正直，视金钱如粪土，但他不可能天天都待在办公室，总得到下面走一走看一看吧！他们每来一次我们就得去接待一次，至少得陪他们说说话！一年加起来就有几十次甚至上百次，哪还有时间去经营企业！所以像我们这样的企业去你们那里就只有死路一条。”

范杰一边听一边记一边点头。见黄博伟不说话了，抬头说道：

“你分析得很有道理，那你说怎么办呢？老同学，总不成就看着我们内地和这边差距越拉越大？”

黄博伟喝了一口酒，想了想说道：

“有三个办法可能行。第一，引进一些这边不让做的污染较大的企业，这样做的坏处是当地的环境会受到一定影响；第二，引进那些大型的中央级企业或跨国公司，这样做效果会非常明显，立竿见影，但这样的企业太少，没有过硬的后台和关系很难搞定；第三个办法虽然实用，但见效慢，有一定风险。”说到这便停了下来。

“前面两个办法都行不通。”范杰见黄博伟不说话，便说道，“说说你的第三个办法？”

“第三个办法的实质就是创业。搞一些小的开发区，提供优惠贷款，利用中国人乡土观点重的特点，去吸引那些在沿海经济发达地区工作的本地人回乡创业，尤其是那些三十到四十岁的人，这些人有技术，有经验，也有一定的积蓄，成功的可能性比较大。在他们的带动下逐渐形成区域规模经济，带动经济快速向前发展。只是这个过程可能比较慢，并有一定风险。”

“很好，老同学。”范杰点头说道，“你刚才说的风险是不是担心创业失败了，有些贷款收不回来？”

“对！”

“那就需要伯乐。世有伯乐，才有千里马。”范杰说完，望着黄博伟，笑着说道，“我那里的招商局局长还空着，怎么样，去试试？”

“想拉我下水？”黄博伟笑道，“你知道我的性格不适合从政。”

“那要看你遇到什么样的伯乐。”范杰说道，“像你这种既有能力又不贪财的人太少了。”

“你怎么知道我不贪财？”黄博伟偏过头问道。

“你能贪多少，一千万？你现在的身价远不止这个数，你会去贪吗？”范杰说道。

“哈哈哈……”黄博伟大笑道，“你呢？”

“我不贪，我只是收点小礼。”范杰微笑着说道，“我只收价值不超过五十元的礼品。”

“那也是贪！”

“错！”范杰正色道，“我一年就是收一千次礼也才五万。我老婆家资产上亿，我用得着去贪这点钱吗？”

“难怪你要娶她做老婆！”黄博伟一脸坏笑地看着范杰。

“有失必有得，各取所需嘛！”范杰说道，“你知道我为什么要收这些礼品吗？”

“不知道。”黄博伟摇头。

“这里面大有学问。”范杰说道，“我问你：如果在一间安静的图书室，大家都在认真看书，你突然站起来，周围的人会有什么反应？”

“觉得奇怪，看我几眼呗！还能怎么着？”

“好的。假如你再高歌一曲呢？”

“以为我是个疯子，群起攻之。”

“很好。你看，我手下有一大堆官员，他们或多或少拿了别人的钱，收了别人的礼，如果我要以清廉自居，实际上就相当于在图书室高歌一曲，他们一定会团结起来赶我走，就如古人所言‘水至清则无鱼’；但如果我也和他们一样埋头看书，一样去贪，就不会有人注意你，你就会失去很多机会。所以我站起来了——收了五十元的礼，既不至于导致他人的强烈反感，又不算是受贿，最主要的是可以引起一些人的注意，比如图书管理员——相当于你的上级。”

“太精辟了!”黄博伟衷心佩服，“听君一席话，胜读十年书。那你喜欢什么样的下属呢?”

“最好是像你这种既有能力又不贪财的人。”范杰说道，“可是这种人现在太难找。相比之下，我宁愿用那些能力强但有点贪财的人也不愿用那些平庸的所谓的清官。当然这些人只能用一时，时间长了肯定会出问题。”

说完，他探过头像怕别人听见似的小声说道：“怎么样，去我那里做局长?”他见黄博伟沉吟不语，又非常认真地说道：“老同学，不瞒你说，我最迟年底就会升一级，到那时，你就是我现在的位置。以你的能力，上升空间大得很，你现在钱已挣得差不多了，为什么不去政界闯一闯呢? 只要我们两人联手，前途肯定一片光明!”

黄博伟有些心动，说道：“考虑一下再说吧!”

范杰见他松了口，非常高兴，举起酒杯说道：

“我等你的好消息。来，为了我们的友谊，为了我们未来的合作成功，干杯!”

送走范杰和周莉后，黄博伟把范杰邀请他从政的事告诉了刘玲，征求她的意见。

“你的性格不适合从政，至少在目前的中国不适合。”刘玲说道，“你觉得你这个老同学前程似锦?”

“他有能力又不贪财，应该不错。”

“他的确有能力，他家那么有钱，没必要去贪，但他过不了一关——”

“哪一关?”

“色关。”刘玲看了黄博伟一眼，说道，“你想想看，他有权有势，形象又好，他能抵挡诱惑吗? 再说他们又没有小孩。刚才他的老婆和我聊天说起他时，也是一脸的幽怨。我估计他是兔子的尾巴——长不了。”

“不会吧?”黄博伟说完，想起范杰的老婆脸上厚厚的脂粉和血红的嘴唇，心里一阵恶心。抬头看了看眼前美丽娴静的妻子，一种幸福感油然而生。他觉得自己有这样一个女人做伴，实在是三生有幸。

“不会?”刘玲撇了撇嘴，嘴角露出一丝冷笑，“如果我也像他老婆一样，你会不会出轨呢?”

“我——”黄博伟顿了一下，说道，“怎么会呢?”

第二十三章 地震

近段时间，刘玲过得很快乐。用句时髦一点的话说就是幸福指数愈来愈高。她并不是那种虚荣心强、好高骛远的女人；也不追求那种花天酒地、纸醉金迷的上层社会生活。她有一个爱她的、忠于她并事业有成俊朗帅气的丈夫，还有了一个小情人。大约每周一次的约会把她从沉闷、平淡的生活中暂时解脱出来，不但满足了她在生理上的需求，还使她那颗日渐枯萎的心灵得到及时的浇灌。她不是一个水性杨花、见异思迁的女人，每次约会后，她不但不会减少对丈夫的爱，反而因为内心的一丝愧疚，对丈夫更加关心，体贴入微。她心满意足，笑口常开，这让她的丈夫看在眼里，喜在心里，以为是自己的功劳。

5 月 12 日这天，阳光明媚，春天刚过去，夏天还“犹抱琵琶半遮面”，刘玲觉得这是一个约会的好日子。早上上班后不久，她把胡平叫到自己的办公室，她觉得应该敲打敲打他，以免娇纵惯了，以后不好驾驭。她让他站在她的办公桌前，沉着脸，严肃地说道：

“听说最近这段时间你又换了几家供应商?”

“是的。”胡平平静地答道，“遵照你的指示，我换掉了不配合我工作的几家供应商。”

“不配合你的工作!”刘玲问道，“是不是他们拒绝给你更高的提成?”

“一定是有人嫉妒我、诽谤我。”胡平愤怒地说道，“我们重新找的几家供应商，无论在价格、质量方面都不比先前的差，这个有案可查。”

“你的胆子是越来越大了。”刘玲紧盯着胡平说道，“你换掉的几家供应商中，有一家在星光公司刚成立时就给我们供货，人家没有功劳也有苦劳啊！他们的老板和黄总很熟，已经告到黄总那里去了，昨天黄总还问我呢!”

胡平没想到事情会闹到黄博伟那里去，不敢说话。

刘玲站起来，在房间里踱了几步，来到胡平跟前，似笑非笑地看着他，说道：

“是不是因为我俩的关系，你才敢这么大胆?”

“不是。”胡平正色道，“我一直认为感情和工作应该分开。”

刘玲看着他一脸正经的样子，忍不住笑出声来，伸出右手食指点着他的额头说道：

“不要说得比唱得还好听。那件事我已经替你挡回去了。记住，凡事不能太贪，要适可而止，懂吗？”

“我懂。”胡平做了个鬼脸，顺势在她的脸上捏了一下。

刘玲吃了一惊，回头看没有人才放下心来，嗔道：“这里可不能乱来。你等一会儿出去考察一下供应商，中午一点半钟我在华新酒店三〇八房间等你。”

胡平拿着刘玲的批条，要了一辆公司的车。他先开车去一家供应商那里看了看，说了几句勉励的话，和供应商一起吃了顿午饭，然后准时来到约会房间。这是一家四星级酒店，房间装饰豪华、舒适。房间照例是刘玲以胡平的名义预定的。胡平刚冲完凉，就听到敲门声。他开了门，打扮性感迷人的刘玲一下闪进房间，张开双臂投入胡平的怀抱。

完事后，刘玲闭着眼侧卧着，神情疲惫，头发凌乱，一副心满意足的样子。胡平仰面躺着，心里计算着得失，似乎感觉有点亏，他想了想，说道：

“我们的产品现在供不应求，公司为什么不考虑扩大生产呢？”

“没有资金。”刘玲有气无力答道。

“不是听说我们公司还有后台老板吗？”

“后台老板！”刘玲突然睁开眼，坐起来，盯着胡平说道，“你听谁说我们公司有后台老板？”

“狐狸精。”胡平在心里暗暗骂道，接着开口说道：“好像是品质部有人这么说。”

“瞎说。”刘玲瞪了胡平一眼，严肃地说道，“不要胡思乱想，老汪不就是董事长、法人代表吗，还会有什么后台老板？”说完，索性穿衣起床。她穿好衣服后立刻和刚才的温柔体贴大相径庭，浑身透露出一种让人肃然起敬的领导者的威势。胡平见了心里很不舒服，闭着眼躺在床上不肯起来。

“还不起床？”

“再躺一会儿。”胡平懒洋洋答道。

刘玲看了看表，已快三点，她拿起遥控器，开了电视。

“地震。”她忽然惊叫起来。

“哪里地震？”胡平吓了一跳，睁开眼问道，“哪个国家？”

“四川，你老家。”刘玲把声音调大了些，好让胡平听见，“8.0级，比上次唐山大地震还厉害呢！”说完，她忽然想起成都的代理商还欠着上百万的货款，赶紧打电话到销售部叫他们去追款。

胡平听说是自己老家地震，担心父亲的安危，赶紧穿衣起床，他看新闻上说地震带位于汶川、北川一带，心里稍安，因为他家离那里还有几百公里。他立即打电话回家，但电话已经打不通。

地震发生时，黄博伟正在开发部和工程师讨论技术问题，王芳打电话告诉他四川发生了大地震，他一时没回过神来，问道：“地震，哪里发生地震？”

“四川，八级大地震！比上次唐山大地震还厉害。”王芳加重语气说道。

这下黄博伟听清楚了，他以前看过一些关于唐山大地震的书，地震造成二十多万人死亡，那情景惨不忍睹，他心里一紧，问道：“听谁说的？”

“电视新闻里播的。”王芳答道，“刚才打电话给刘总，没打通，听说出外办事去了。”

“你家里没事吧?”

“不知道，那边电话都打不通。不过我家离震区较远。”王芳答道。

黄博伟立即打开电脑上网查看，此时已是下午三点多钟，网上已经出现许多关于汶川地震的消息。他匆匆看了一遍，眉头紧锁：“刚刚经历了雪灾，现在又是大地震，真是多灾多难啊!”他无奈地摇头叹息。

第二天上午，黄博伟独自在办公室上网查看四川汶川地震灾情，他被地震所造成的破坏所震惊，被那些救人的感人事迹所打动，他甚至产生了亲自去灾区看看的念头，但很快摇头否定，他感觉自己身上的担子太重，家庭的、社会的，亲朋好友、妻子儿女、父母双亲，还有公司上千员工，所有这些他都得挑在肩上。他就像一只受伤的鸟儿，已失去了去蓝天白云翱翔的自由，他正胡思乱想着，唐坡兴冲冲推门进来。

“什么事这么激动?”黄博伟见唐坡满脸是汗，气喘吁吁的样子，问道。几个月不见，他的头发也长出了不少，于是开玩笑道：“怎么又改变了发型，不打算出家做和尚了?”

“做和尚!”唐坡愣了愣，想起了春节前剃光头的事，笑了笑说道，“我这是带发修行。”然后一脸严肃地说道：

“四川地震了，你知道吗?”

“知道。”黄博伟说道，“昨天下午就知道了。”

“想不想去看一看?”

“看看?”黄博伟奇怪地看着他，“全国人民都在忙着抢险救灾，你去看什么?”

“是去做志愿者。”唐坡忙解释道，“我已经约了三个朋友，准备明天一早出发，你愿不愿意和我们一起去?”

“这个——”黄博伟还在沉吟，唐坡已打断了他的话，说道：

“开玩笑的。我知道你不会去，你上有老下有小，中间有老婆管住，还有上千的员工拖着，你走了他们怎么办?”

黄博伟被他说得不好意思，只好说道：“我不像你，一个人单身，的确不方便去。”

“我理解。”唐坡大度地说道，“我到你这里来是想买四台音响。”

“你要什么样的音响?”

“自带电池的。”唐坡说道，“不要太重，那边可都是山区。”

“你们带音响去干什么?”黄博伟不解地问道，“他们现在最缺的是食品和药品。”

“这你可不懂了。”唐坡得意地说道，“送食品和药品，那是政府和普通志愿者的事，像我这样的诗人，带给他们的是精神食粮。他们当中很多人失去了亲人，需要用音乐去抚平他们心灵的创伤。这比物质需求更重要。”

“这个想法的确不错。”黄博伟想了想说道，“这样吧，这四台音响算是我送给灾区人民的。”

地震后的第二天，胡平接到大哥打来的电话，告诉他家里情况：他刚从重庆回到家，家里损失不大，只是父亲受了惊吓，为躲余震淋了雨着了凉，生病了。最后还气愤地告诉他，儿子胡立彪在山西搞传销，并且骗了同村的几个人过去。

胡平接完电话，想起孤零零的老父亲，眼泪在眼眶里直打转，自从大学毕业后，他从未回过家，虽然他每月都会准时寄五百元钱给父亲。两个哥哥嫂子都在外打工，也很少回家，二哥的小孩已在去年带到了他们打工的地方江苏上学去了，家里实际上就只有父亲一个人。他擦了擦眼泪，决定请一周的假回家看看父亲。

他上了开往家乡的火车，发现车上大部分人都是家在地震灾区的。他们上了车，极少说话，神情凝重，面容憔悴。凌晨两三点钟的时候，胡平被一阵响声吵醒，睁眼一看，原来是住在他对面的一个四十多岁左右的中年男子在那里哭泣。中年男子先是抽泣，继而忍不住哭出声来。他脸色苍白，头发凌乱，泪流满面；他一只手紧压在胸口，从那里间或传出几声咳嗽。周围的人被惊醒了，纷纷围了过来。中年男子感觉不好意思，双手捂着嘴，想压着哭声，然而那声音却变得更凄惨，撕心裂肺。这时列车员赶过来，上前询问。

“我的一家人都没有了。”中年男子说道，“我家就住在北川县城，我的父母、十二的女儿和我的老婆……”中年男子说不下去了，放声大哭起来。

几个心肠较软的女人首先忍不住跟着哭了起来，后来那些有类似经历的男女全部忍不住失声痛哭，列车员也掏出了手帕擦眼泪。胡平感觉鼻子酸酸的，两行热泪顺着脸颊往下流，整节车厢被哭声充满。火车在夜色中奔驰着，载着满满一车的忧伤和思念。

已经四年多时间未回家了，一切都是那么的亲切、可爱。胡平的老家位于川东一处偏僻的丘陵地带。时间似乎在这里出现了停止，除了偶尔出现一两栋外出打工人员寄钱回来修建的新房外，几乎没有什么变化。山还是原来的山，路还是原来的路，水也是原来清澈见底的水。一切都还是那样的古朴、安宁、自然。这里离中心震区较远，地震对这里几乎没造成什么伤害。此时立夏刚过去不久，田野里是一片成熟的小麦，中间夹杂着几块嫩绿的稻田。有几个年纪较大的老人和妇女在田里收割小麦；还有人吆喝着水牛在犁田，准备插秧。胡平走在家乡的小路上，心情舒展开来，这些路他太熟悉了，十多年前，他就是每天踩着这些小路去上学。逢赶集的时候，他的妈妈常常牵着他的手，带他到镇上玩，买糖果给他吃。

他来到了他读小学的地方。由于学生太少，学校三年前就已经停办，现在成了一个养殖场，里面养着成百上千只鸡。他隔着大门往里看，他看到了他以前念书的那间教室，一大群刚孵化不久的小鸡叽叽喳喳在里面吵着、叫着，互相追逐取乐，这让他想起自己无忧无虑的童年。他看到了小学一年级时他和小伙伴在教室前栽的那一排香樟树，十多年了，小树已经长大了，枝茂叶绿，一大群鸡在下面乘凉。守门的狗发现了他，冲他叫起来，并径直向他跑过来。他长叹了一口气，离开了小学校。学校离家不远，小时候每次放学，他总是首先爬上校门口侧面的一个小山坡，那里可以清楚地看到他的家，有时候可以看到在院子里劳作的妈妈，他习惯性地爬上小山坡，房子仍是那样的房子，却再也不能望见妈妈了。胡平忍不住流下了两行热泪。他向家中走去。

回到家，家里空荡荡的，坍塌的院墙死鱼一般躺在那里，里面散发出阵阵陈腐稻草的味道。他正犹豫着，突然听到有人叫他的小名。

第二十四章 传销陷阱

“平儿!”一个微弱的声音在他左前方响起。

“爸!”胡平一听声音，赶紧走了过去。他的父亲躺在一台老式的鼓风机后面的一张竹椅上。

“平儿!”老头儿见到了儿子很激动，扶着拐杖想站起来。

胡平赶紧过去扶着他。

“你回来了!”老头儿终于站了起来，一只手紧紧抓住儿子的手，生怕儿子会跑掉似的，两眼望着他看了很久。他开心地笑了，露出嘴里残留的几颗牙齿。

胡平鼻子一酸，眼泪忍不住掉了下来，他的父亲快七十岁了，头发、胡子已经全白，背佝偻着，脸上布满皱纹，本来就小的眼睛凹陷下去，显得更小。他说话时已经有些含糊不清。五年前，胡平安葬完妈妈离开他的时候，他看上去要精神得多，爱妻的离去对他的打击太大，他几乎已经没有了生活的乐趣。他看到了妻子最疼爱的儿子，仿佛看到了妻子一样，他的脸上露出小孩般开心的笑容。他拉着胡平的手，问长问短。

“有女朋友了吗?”老头儿问。

“有。”胡平本想摇头，但看到父亲渴望的眼神，他点头说道。

“怎么不带回来看看?”老头儿又问。

“她现在很忙，请不了假。”

“哦。”老头嘟起了嘴，表示自己的不满，停了一下又问道，“你们打算什么时候结婚?”

“还早着呢。”胡平说道，他还从来没有认真考虑过这件事，虽然他和方小丽已同居一年多，还怀孕了一次。

“你已经不小了。”老头儿严肃地说道，“我像你这么大的时候，你大哥都快十岁了。”沉默了一会儿，老头儿语重心长地说，“平儿啊，你知道你妈妈最大的遗憾是什么吗?”

胡平望着父亲不知道怎么回答。

“没亲眼看到你结婚生子。”老头儿说完长长地叹了一口气，语重心长地说道，“平儿啊，爸爸没什么能耐，没给你留下多少东西，对不起你。我已经老了，浑身是病，昨晚还梦见你妈妈呢。”说到这了，老头儿用手擦了擦眼睛，“如果在我去见你妈妈之前，你能把婚事办了，我也好向你妈妈交代啊！”

胡平心中一酸，忙说道：“你身体还好，怎么说这种话呢？我很快就会结婚，到那时把你接过去帮我们带孩子。”

老头儿脸上露出了笑容，说道：

“难得你这番孝心，我知足了。我不求别的，只希望你能过上好日子，找个好老婆。爸爸虽然没有过上好日子，但这辈子娶了你妈妈我就知足了。”老头儿又开始擦眼睛。

“你放心，爸爸！”胡平坚定地说道，“再过两年，我会挣很多钱，我一定不辜负妈妈的遗愿，照顾好你，让你过上好生活，安享晚年。”

“我已经知足了！”老头儿点头说道，“只要你经常回来看看我，我就知足了。”

胡平感觉这些话题太沉重，想换一个话题，便说道：

“大哥呢？他不是早就到家了吗？”

“他呀，忙着呢。”老头儿说道，“今天一早就出去给人家赔礼道歉去了，听说他儿子搞传销，骗了好几个村子里的人去，村里人要找他算账呢。哎……你大哥这么老实的人，怎么生了这样一个不成器的儿子。”

不久，胡平看见大哥从坍塌的院墙处跨了进来。

胡平的大哥四十多岁，身材瘦弱，生活的艰辛让他看起来比实际年龄更老。因为家里穷，他小学毕业后就开始在家务农。他老实本分、寡言少语、吃苦耐劳，好不容易把儿子抚养大，指望他出人头地，没想到他却去搞传销，还骗村子里的人去入伙。这些人的父母不肯干休，找上门来讨要子女，索还被骗钱财。有几个被骗的人家联合起来要去公安局告他的儿子。他只有这么一个儿子，还指望着给他养老送终。他非常害怕，天一亮就出去挨家挨户替儿子求情。他本来已十分疲惫，不过见了多年不见的小兄弟，心里也由衷的高兴。两兄弟打过招呼聊了几句，他的脸色又变得凝重起来。

“不用担心！”胡平劝道，“那些人都是自愿去的，公安局不会管这些事。”

胡平的大哥听了稍感宽心，说道：

“可那毕竟是昧着良心去骗人啊！他才二十岁，怎么能去做这种丧尽天良的事啊！”

“做传销的人也不全是坏人。”胡平说道，“其实做传销也很锻炼人，我们公司销售部经理听说以前也做过传销，只要不陷进去就行。”为了使气氛轻松一点，他问道，“大嫂呢？”

“她在别人家做保姆，没空回来。”

“你们俩都在外面打工，家里的地不做了？”

“早就没做了。前两年我们承包了十多亩地，可一年忙下来，连本钱都没捞回来，你知道我们这里是靠天吃饭，如果老天爷不开眼，该下雨的时候不下，那更糟糕。现在我们村除了老人和小孩，几乎全部都外出打工去了，谁还愿意在家种田？”

两兄弟又谈了一些别的。说到这次地震的事，胡平的大哥说道：

“听说离我们这儿不远的绵阳死了不少人。前几天爸爸不敢进房间住，每晚住在外面，结果被雨淋了，昨天还发烧呢。我带他去医院看了一下，今天看样子好些了。”

“这倒掉的院墙怎么办?”

“重新砌上。”胡平的大哥说道，“我打算明天去找几个人来做，否则的话爸爸一个人在家不安全。”

“行!”胡平说道，“你负责找人，费用我来付。另外我看这些老房子也该退休了，再过两年我出钱把它推掉重新盖座楼房。”

第二天，胡平的大哥找人砌院墙去了。胡平陪着父亲去给妈妈上坟。他妈妈的坟在山顶一个向阳处，是他父亲当年花了五百多元请阴阳先生选的。他们的家在山脚，去到山顶要一个多小时。胡平和父亲带上纸钱、鞭炮和祭品来到妈妈的坟前。坟是一座双人坟，显得比其他人的大一些，因为他的父亲已经在里面给自己预留了一个位置，只等那一天到来便去和爱妻做伴。坟的周围清理得很干净，看不见一根杂草。

“我每个月都会到这里来看你妈妈一次。”老头儿说完开始沿着坟四周巡视，偶尔停下来，伸出枯瘦的手去地上拾起一片被风吹来的枯叶。他的妻子生前极爱干净，他不能让这些杂物骚扰了妻子的休息。他慢慢地巡视一圈后，坐下来欣慰地看着正跪在母亲坟前虔诚许愿的儿子。

胡平烧完祭品，恭恭敬敬地在母亲坟前磕了三个响头。他对母亲许愿：一定要早日挣得大钱，让父亲早日过上好日子安享晚年；要尽快在老家盖一座楼房，让胡家出人头地、光宗耀祖。

磕过头许过愿，胡平亲手点燃了鞭炮，噼噼啪啪的鞭炮声在空旷的山野格外响亮，惊醒了一只正在沉睡的大鸟。只听“哇”的一声低沉的长鸣，大鸟突然腾空而起，在坟上绕了一圈，然后向西北方向飞去。

不对呀，怎么飞错了方向呢！老头儿目送大鸟远去，喃喃自语，心里有一种不祥之感。

这些天，胡平哪里也没去，每天陪着父亲聊天、散步、做饭，到稻田边走走，去麦地里看看。他还陪着父亲去看望了他的大舅，了却了父亲多年的心愿。老头儿非常开心，病也好了许多。

第五天，胡平的大哥找到他，央求他去山西劝劝儿子。

“我们的话他都不听，只有你的话还起点作用。”他的大哥忧心忡忡地说道，“说好说歹还是自己的儿子，我们不能丢下不管啊！你去劝劝他，叫他回来，家里的事我已经替他打理好了，警察不会来抓他。”

望着大哥写满沧桑的脸和几乎白了一半的头发，胡平无法推辞。

“行，我去劝劝他，不过你也不用太担心，他这种行为还算不上犯罪。”

临走时，老头儿叫住了胡平。

“平儿。”老头儿颤颤巍巍地从贴身口袋里摸出一个小盒子，交给胡平，“这是你妈妈临走前留下的玉镯，说是要送给你媳妇的礼物。你这一走不知道我们父子还能不能再见面，你先收好了。”说完又从另外一个口袋摸出一个皱巴巴的存折交给胡平，说道：“这是这些年你寄给我的钱，我基本上都没用。也不知道我还能活多久，这些钱就算是我和你妈妈给你们的结婚礼物。”

胡平强忍着泪说道：

“玉镯我收下，钱我一定不能收，等下次我带女朋友回来时，你再亲自给她。”

胡平告别了父亲和大哥，乘火车去了太原。他到太原已是下午三点钟，他怕胡立彪不接自己的电话，就找了个公用电话打过去。

“喂，你好，请问是哪位？”电话里传来胡立彪彬彬有礼的声音，显然是经过专门训练。

“我是你三叔。”胡平答道。

“三叔！你不是在广东吗？怎么来太原了？”

“前几天地震，你爷爷生病了，我回家看他。”胡平语气尽量缓和地说道，“你爸爸告诉我说你在这边搞传销，让我过来看看你。”

电话里半天没有声音，胡平担心他把电话挂了，刚要说话，电话里传来胡立彪的声音。

“就你一个人过来吗？”

“是的。你爸爸要在家照顾你爷爷。”

“你在哪里？”

“火车站附近。”

“我一个小时左右到你那里，然后再和你联系。”说完胡立彪挂断了电话。

两个人在胡立彪选定的茶馆见了面，茶馆档次不算高，但很清静。胡立彪变化不大，只是抽烟抽得更凶了。两人聊了一下家里和星光电子厂的事，然后胡平问道：

“大哥告诉我说你在搞传销，是真的吗？”

胡立彪吸了一口烟，点点头，没说话。

“你是被骗过来的？”

“是。”胡立彪点点头，随即又摇头，说道，“也不是。”

胡平疑惑地看着他。

胡立彪伸出食指将烟灰弹到烟灰缸里，头仰靠在椅子上，说道：

“说是，是因为我的确是在不知情的情况下被骗过来的，而且还被骗走了两万多块钱；说不是呢，是因为我觉得这个职业挺适合我。很快我就可以把那些被骗的钱赚回来，这里对我来说其实是一个很好的机会。”

“听说传销会限制人身自由，拿走证件，把人关在房里，是真的吗？”胡平问。

“刚开始时，的确是这样。”胡立彪说道，“对那些刚进来的或者经过培训仍未达标的人，通常会采取一定的强制措施，不过这种人是少数，大部分人在经过培训后，撵都撵不走。”胡立彪说到这里得意地笑了，“比如我从进来的那一刻起就没想到过离开。每天不用打卡上下班，不用加班加点干活，不用挨组长骂。每天只需打几个电话，上网聊聊天，既轻松又自在，神仙般的生活，谁还愿意走呢？”

“可你这是骗人的工作。”胡平没想到胡立彪会说出这样的话，有些生气。

“骗人？”胡立彪做出一副比窦娥还冤的委屈模样说道，“你们太不理解这一行了，我们这是帮助人，这叫共同富裕。”

“可是不少人因为搞传销弄得名誉扫地、家破人亡。”胡平见他强词夺理，提高声音说道。

“每个行业都存在着竞争。”胡立彪见三叔发火，心里还是有点害怕。平常他根本不把父母放在眼里，但对这个三叔他还是有点敬畏。他放缓语气说道：“我们这一行也一样。我的上级早就成了百万富翁，开宝马住别墅。当然也有做得不好的，主要看自己的能力。比如你们音响行业，每年都有不少厂家关门倒闭，但也有做得好赚大钱的。”

胡平发觉自己这个学法律的大学生竟然快要败在一个高中生手里，他不得不佩服传销在培养自信力和口才方面的本领，难怪有人说传销和保险是中国培养销售人才的摇篮。他想起大哥的嘱托，决定以情动人，于是说道：

“听说你还骗了我们村里的几个人过来?”

“请不要用‘骗’字。”胡立彪严肃地说道，“我是看在同村邻居、朋友的份上帮他们找了一份好工作，这叫助人为乐，他们感谢我还来不及呢。他们现在和我住在一起，有吃有住有穿，每个月还有工资拿，轻轻松松逍遥自在，怎么能说骗他们呢？不信你去试试，看看他们愿不愿意跟你走?”

“可你父亲这些天都在忙着给村里人赔礼道歉呢。”胡平压住心中的怒气说道。

“胡闹，简直是胡闹。”胡立彪扔掉手中剩下的半截烟，满脸怒气说道，“我爸这是不给我面子，神经病，自讨苦吃。”

胡平真想冲上去，像胡屠夫打女婿范进一样，给他一记响亮的耳光让他清醒过来，可是看了看块头比他还大的侄儿，心里有些害怕。又怕这一耳光打过去，没把他打清醒，反而把他打跑了。他深深吸了口气，努力让自己平静下来。他想了想说道：

“你认识我们公司的销售部经理林奇吗?”

“有点印象。”胡立彪不知道自己刚才差点挨了一耳光，还在生父亲的气，见胡平问他，随口说道。

“他以前也做过传销。”胡平说道，他本想接着说，“你也可以像他那样找一份销售工作做。”没想到胡立彪抢先开了口。

“他到现在还在打工，说明他以前做传销做得不怎么样。如果是我，不出两年就能成百万富翁，有宝马开，有别墅住。”说完，环顾了一下四周，像要透露什么重大秘密似的，小声对胡平说道，“不瞒三叔说，我现在已经有了十多个下线，不出一年发展到五十多个，那时候我可就是百万富翁了。”

“但愿如此。”胡平又好气又好笑，“不过请看在我和你爸爸的份上，不要再去‘帮助’村里的那些人，把眼光放远一点，中国那么大，兔子还不吃窝边草呢。”沉默了一会儿，胡平又问道：“这样看来，你是不打算回去了?”

“回去干吗?”胡立彪答道，“人各有志，我们一年之后再看。”那神情仿佛百万富翁已成瓮中之鳖，只等一年后手到擒来。说完，他站起身，伸出右手，作握手告别状。

“无可救药!”胡平望着侄儿远去的背影，摇着头说道。随后他掏出手机给大哥打了个电话，说他的儿子一切都好，既壮实又成熟，他热爱本职工作，目前并不打算改行。还有那些被他“帮助”过去的村里人据说都很好，千万不要再去找人道歉了。

自从汶川地震发生后，黄博伟每天都会抽出一定的时间关注网上的报道。他本来就是一个感情丰富、极具正义感和责任心的人，网上那些悲惨的照片和感人的故事常常让他泪流满面。他恨不能亲自去现场帮助那些受伤的人们。其中有两则故事让他的心灵受到了极大的震撼：

有一个救援队在碎石瓦砾中发现了一具变了形的女人的尸体，她双膝跪地，身子前倾，双手支撑住地面，呈匍匐状，像古人行跪拜礼，后来救援队在她的身子底下摸出了一个几个月大的小女孩和一部手机，手机上有一行字，“亲爱的宝贝，如果你能活着，请一定记住我爱你”。他看后唏嘘不已，泪水直流。

还有一张图片，图片上一个男的骑着摩托车，身后背着妻子的尸体，正准备将她送往太平间，他不忍将妻子弃之野外，在极大的悲痛中努力要给妻子些许死后的尊严。

他看完后，边流泪边想，如果那女的是自己的妻子，自己会不会如此去做呢？

“会的。我一定会那样做的。”他想，“我宁愿死去的人是自己。”

他看到许多企业和个人都在捐款，于是立即叫王芳组织动员全厂员工捐款，然后他找到董事长汪建明。

“老汪，这次灾区捐款，公司准备捐多少？”

“你说呢？”汪建明根本没考虑过此事，略显惊诧。

“一百万不算少吧？”黄博伟稍加考虑说道。

“一百万？”汪建明吃惊地望着黄博伟，“你以为我们开的是银行？”

老汪的反应大大出乎黄博伟的意料，他参照其他企业捐款的情况，以他们公司现在的规模，捐一百万并不算多。他想了想，像是代表灾区人民和汪建明谈判似的说道：

“那么五十万总要出吧？”

“博伟啊！”汪建明说道，“你知道的，去年公司没赚钱，今年我还上了其他的项目，也需要钱，当然爱心我们是要献的，灾区的人民我们肯定要支持，这样吧，我考虑考虑，过两天再答复你。”

最后星光电子厂总共捐了三十多万，其中员工总共捐了二十多万，黄博伟自己捐了五万，汪建明连同公司一起捐了五万。公司总共有十二个员工的家在重灾区，黄博伟自作主张每人给了一万元，剩下的钱汇给了慈善机构。

黄博伟在得知公司连同汪建明一起只捐了五万之后，对妻子埋怨道：“老汪也太吝啬了，五万元也能拿得出手。”

“你以为你是谁啊？”刘玲冷冷地说道，“你虽然是总经理，可连个小股东都不是，还在这里自以为是呢。我早就说过，老汪只不过是个傀儡，真正的主人躲在后面。”

“哪个是真正的主人？”黄博伟望着刘玲疑惑地问道。

“我现在也不知道。”刘玲答道。过了一会儿刘玲又说道：“这段时间公司资金很紧张，经常推迟付给供应商货款，有几个供应商为此事打电话找我诉苦呢。”

“你没找老汪问问？”

“找过。”刘玲气愤地说道，“他总是找借口推脱，说是上了一个新项目。他那样的能力能上什么新项目？”

第二十五章 神秘的财务经理

地震发生后大约两个星期，黄博伟在办公室见到了唐坡。诗人比先前瘦了不少，也更黑了，走路时，右腿还有点瘸，但却显得很高兴。

“哪天回来的?”黄博伟问。

“昨天上午刚到，今天就到你这儿来报到了。我知道你急着想听我的故事。”

“没错。”黄博伟被他逗笑了，“我一直后悔没有和你同去。快讲来听听。看你这个高兴劲儿，肯定是心灵上有了什么重大收获，或者是捡了什么宝贝——是不是英雄救了美人?”

“收获是相当大。”唐坡摇头晃脑道，“‘莫听穿林打叶声，何妨吟啸且徐行’。你这次没去会后悔终生的。”

“我们四个人出发的时候，买不到机票，只好上了开往成都的火车。火车上人很多，大部分是家在地震灾区回家探亲寻友的，也有一部分人像我们一样是去支援灾区的志愿者。火车上我们遇到两个来自广州的女孩，学医，今年 7 月份毕业，一个叫小叶，一个叫小吴，也是去支援地震灾区的，于是我们就结伴而行。我们十五号到的成都，然后打的去了绵阳。成都的出租车司机真好，一听说我们是支援灾区的志愿者，免费把我们送到了绵阳。我们到了绵阳的九州体育馆一看，里面住满了灾民，已经有不少志愿者在那里帮忙。”说到这里，唐坡停下来看着黄博伟，“在这里我要代表灾区人民感谢你送的几套音响产品。我们给灾民们放音乐，晚上还组织他们跳舞，尤其是那些小孩，非常喜欢。音乐至少可以暂时让他们忘却失去亲人的痛苦。我们在那里待了两天，把音响全部留在了那里，然后去了重灾区都江堰。我们在十七日下午到达都江堰，那时救人的工作已基本结束，到处是倒塌的房屋和没来得及掩埋的尸体，真是惨不忍睹。听说那里有个三四个月大的小孩被救出时，嘴里还含着死去的妈妈的乳头在吮吸。”也许是悲伤的原因，讲到这里，唐坡停下来，擦了擦眼睛，喝了一口水，然后继续说道：

“我们在都江堰待了两天，发现帮不上什么忙，因为这里相对来说交通比较方便，专业人员和志愿者都很多，我想去震中汶川映秀镇看看。我讲了我的想法，两个女孩也愿意去。有两个结了婚的男的怕不安全，本着对家庭负责的态度，不愿意再继续前进。他们把身上的药品、干粮给了我们。我们四个人第二天早上开始向映秀出发。

“当时路还没通，余震不断，我们沿着河边的公路向前走。一边是浑浊湍急的河水，一边是随时都在往下掉石头的大山，从早上走到下午，还没走到三分之一的路程。路上人很少，主要是一些支援灾区的部队官兵和少部分心里惦记亲人的寻亲人员。一个男的很快坚持不住，想打道回府，名叫小吴的女孩表示赞同，我本以为会只留下我一个人，没想到另外一位叫小叶的姑娘坚持留下来和我一道前进。”说道这儿，唐坡发现黄博伟在偷笑，便用手指着他说：

“我可告诉你，这小叶姑娘可不是个什么大美人，长相一般得很。”

“人不可貌相。”黄博伟连忙说道，“我没别的意思，你继续讲。”

“晚上我们不敢再往前走，因为山上不停地往下掉石头。我们找了一个平坦一点的地方，休息了一晚，第二天继续赶路。到快中午的时候，终于出事了。先是一阵强烈的余震，紧接着我们左边的山体出现了滑坡，大量的石头泥沙顷刻间冲到了公路上，我亲眼看见有两个人被石头推进了旁边湍急的河里，很快就不见了。还有一些人被沙土掩埋了。我和小叶走在后面，我看见一个石头向她头顶砸来，赶紧冲过去把她拉开，我自己跌了一跤，右脚被一块石头砸中，差点摔进河里。小叶被滚下来的树枝刮破了脸，血流满面。我正打算过去安慰她，没想到她一声不吭，站起来擦了擦脸，马上冲过去救人。其他人见了也一起赶过去帮忙。我们主靠手挖和用树枝刨，最后救出来五个人，其中有一个是不到十岁的小孩。小叶当时手上脸上全是血，像电影里的吸血鬼一样。她已累得筋疲力尽，但她没有休息，因为只有她懂医，她为那些刚被救出来的人包扎伤口，等把这些人全部处理好，她自己却昏倒了。”

唐坡声音哽咽，再也说不下去，眼泪顺着脸颊流下来。

“后来怎么样呢？”黄博伟也被感动了，问道。

“后来嘛——”唐坡破涕为笑，“后来就是你所说的英雄救美人，我救醒了她，然后又继续往前走，天快黑时，我们终于到了映秀镇。”

“映秀镇不大，伤亡不像想象中的那样严重。最可怜的是那些学生，地震时他们正在上课，我们去了一所倒塌的小学校，听说很多学生都被埋在了里面，我们去时还看到不少大人在那里一边烧香一边哭泣。”

“你们还去了什么地方？”

“去了北川。”唐坡说道，“其实这次受灾最严重的是北川县城。这里四面环山，地震时周围的山大部分垮塌，整个县城几乎被掩埋。听说两万多人只逃出来不到三分之一。”

“北川中学呢？听说那里很惨。”黄博伟问。

“真正的惨不忍睹。”唐坡摇头叹息道，“还是重点中学呢，整栋大楼都塌了，一多半的学生来不及逃生被埋在了里面。我们二十四号到的那里，还有不少学生的家长在那里哭呢。小叶姑娘当时哭得非常伤心，我也陪着掉了不少眼泪。”

黄博伟说道：“你和那个小叶姑娘最后怎么样了？”

唐坡没有立即回答，笑了笑反问道：

“你看过那张照片吗？就是有个骑摩托车的男子载着他死去的妻子去太平间的那

一张?”

“见过，挺感动人的。”黄博伟答道。

“以前——”唐坡喝了口茶，缓缓说道，“我幻想自己有一天能成为一个诗人，一个浪漫的，才华横溢的，像李白、苏东坡那样的诗人。才子要配佳人，我希望我未来的妻子是那种冰肌玉骨、貌美如花，回眸一笑百媚生，六宫粉黛无颜色的绝世美女，可是有了这次经历，看了这张图片之后，我完全改变了先前的那些看法。”说到这里，他停了一下，变得严肃起来，认真地说道，“我发觉平平淡淡才是真，外在的漂亮只是昙花一现，内在的美才能持久。平淡的生活中更能体现美的价值。小叶姑娘虽然不是很漂亮，但她温柔、善良、纯朴、热情勇敢，我觉得她才是我要找的人，她才是一个愿意和我一起慢慢变老而不需要什么山盟海誓的人。”说完唐坡从口袋里拿出手机，打开他和小叶的合影让黄博伟看。图片中的小叶姑娘留一个学生头，戴一副近视眼镜，浅浅地笑着，个子不高，略显瘦弱，一副小鸟依人的样子，看上去算不上很漂亮，但五官精致，有一种小巧玲珑的美。

“不错，挺好的，”黄博伟点头赞道，“你们挑明关系没有?需不需要我给你们做媒人?”

“都什么年代了，我可不需要你这个电灯泡。”唐坡笑道。

“你对她表白了?”

“已是三天前发生的事了。”唐坡自豪地答道。

“是诗还是词?说来听听。你不会又找一些李白或者苏东坡的诗词来充数吧?”

“根本用不着。”唐坡一副志得意满的样子，“我只说了五个字。”

“五个字，不是三个?”黄博伟疑惑地问。

“小叶，我爱你!”唐坡说完哈哈大笑起来，然后说道，“你知道她怎么回答的吗?”

“她怎么回答?”

“——我也是!”

两个男人一起大笑起来。

“今年年底前请你们喝喜酒。”临走，唐坡对黄博伟说道。

胡平回到公司后的第一个星期六晚上，他像往常一样到市区接在那里上课的方小丽。这段时间他们虽然经常通电话，但还没有单独在一起过。方小丽下了楼，两人手拉手找了一处不显眼的地方，立刻黏在一起，拥抱接吻。

“你们那里地震造成的损失大吗?”方小丽躺在胡平怀里，闭着眼睛问道。

“不大。”胡平说道，“我们老家离震区比较远。”

“那些地震灾区的人太惨了。”方小丽说完，叹了一口气，“尤其是那些学生，真可怜。”

“地震发生时正是上课时间，不过那些建筑质量也太差了。”胡平说道。

沉默了一会，方小丽睁开眼问道：“你父亲的病怎样了，好些了吗?”

“没什么大病，只是精神状况比以前差。”

“他一个人在家你不担心吗?”

“担心。”胡平看着远处，“我大哥有时会回去看看他。”

“我看不如把他接过来。”方小丽想了一下说道，“我们可以在外面租一个大一点的房子，我们和他住在一起。”

“明年再说吧！”过了一会，胡平问道，“你父亲的腿好些了吗？”

“听我大妹说很严重。可是我每次打电话回去，我爸都说快好了。”

“那个煤矿老板抓着没有？”

“没有。”

“缺钱吗？我现在手头有些钱，可以借一些给你。”胡平关切地问道。

“暂时还不缺。”方小丽感激地说道，“我每个月的工资基本上都寄回家了。”

“你的两个妹妹现在怎么样？”

“大妹很快要参加高考，她成绩很好，考个重点大学应该没问题。”方小丽自豪地说道，“小妹还在念初二，成绩也不错。我打算七月份回去一趟，那时候已开始放暑假，这样既可以看看爸爸妈妈，还可以陪陪两个妹妹。”

“我刚请了一周的假，到时候恐怕不能陪你回去。”

“没关系，我自己回去。”方小丽说完，忽然想起一件事，说道，“你以前认识我们经理吗？”

胡平听了吃了一惊，问道：“你是说张浩吗？”

“对！”

“不认识。”胡平摇头道，“来到星光公司才认识的。”

“我还以为你们以前认识呢！”方小丽略带遗憾地说道，“他在我跟前常提起你。他对我很好，常常照顾我。听说我上电大，星期六和星期天从不安排我加班。”

“是吗？”胡平说道，“那我哪天一定要请他吃一顿饭，好好感谢感谢他。”

5 月底的一天，董事长汪建明召集经理级别管理人员和财务部所有人员开会。老汪照例迟到五分钟，因为他认为，只有这样才能显示出自己的重要和与众不同。不过这次他不是一个人迟到，他身后还跟了一个二十四五岁的年轻女孩。

汪建明让女孩在自己左侧第一个位子坐下，然后问坐在右侧第一个位置的黄博伟：“人员到齐了吗？”

“到齐了。”黄博伟答道，同时瞟了一眼对面的女孩。这个女孩黄博伟在财务部见过，却弄不明白老汪让她坐在那个位子是什么意思，要知道那个位子本来是他夫人刘玲的，现在刘玲被挤到第二个位子上，正一脸的不高兴呢！

汪建明习惯性地咳嗽了两声，既是为了清嗓子，但更重要的是提醒下面的人他要开始讲话了。

“今天，我把大家召集到这里来，是做什么呢？啊——”他的声音有些沙哑，但包含的低音部分大大超出正常水平，声音极具震撼力，让人不得不肃然起敬。他开会时讲话有个习惯，常常在讲完一小段话后停顿一下，加上一个尾音“啊——”据说是从某位大人物那里学来的。他经常借这个“啊”字停顿之机想下一段话或者喝上一口茶润润喉咙，因为大约是讲话低音太重的缘故，他常常感到口干舌燥，不喝茶不足以继续下去。他的面前总是摆着一本打开的笔记本和一支精美的钢笔，但从没人见他动过那只笔。他环视了一下与会者，见没有人搭话——也不可能有人搭话，郑重地说道："现在我要隆重地推出我的接班人沈静小姐，从现在开始，她就是我们公司的财务经理。"说完，左手指向坐在左侧第一个位置的女孩。

看到他的手没有收回的意思，黄博伟连忙带头鼓掌。于是，在稀稀拉拉的掌声中，沈静站起身，神情拘谨地向大家点了点头，算是对大家掌声的回礼。

听到掌声，汪建明满意地点了点头，也趁机喝了一口茶，待掌声停止后，汪建明继续说道：

"这几年我实在太忙。当然了，年龄大了，也有些力不从心，啊——今后，公司所有的收入支出都要经过她的审核，所有超过一千元的支出，都要经过她的批准才能执行，啊——下面，我们欢迎沈经理讲话！"说完，带头鼓掌。

"我也没什么好说的。"沈静站起来说道，自信代替了刚才的拘谨，"我们公司的财务制度有不少需要改进的地方，希望大家今后能配合我的工作，让公司发展得更快、更好、更健康。"

一石激起千层浪，如此重大的人事任命，汪建明事前并没有和任何人打招呼，首先总经理黄博伟就对此事表达了自己的不满：

"老汪怎么能这样做事呢？"散会后，黄博伟对妻子说道，"这种事也不和我商量商量。再说了，以后所有超过一千元的费用都要经过她的批准，我这个总经理还有什么用，这么年轻的女孩懂什么？"

"这个女孩来头不小，早在财务部的时候我就看出来了，老汪平时都很尊敬她，主动和她打招呼。"刘玲说道，"她肯定和星光公司神秘的后台人物有关。"

"那我们怎么办？"黄博伟对妻子的远见一向佩服，问道。

"怎么办？"刘玲瞟了一眼丈夫，说道，"车到山前必有路呗，还能怎么样？"

开完会回到办公室，王芳越想越不对劲，她记得这个女孩是董事长汪建明带来的，没有上交任何个人资料，这在全厂是绝无仅有的。按理，公司所有的人事任免都要经过人事部，可她事前也没得到任何通知，连招呼都没打过，她放心不下，给刘玲去了个电话，讲了自己的担忧。

"来头很大。"电话里刘玲叮嘱道，"这种事你不要去管，做好你自己本职工作就行了。"

胡平对这次任命也挺纳闷。

"这么年轻就坐上这么重要的位置，肯定是老汪的亲戚。"他想。根据他的经验，他排除了女孩是老汪情人的可能，不过他对女孩本身并没有什么不满，女孩外貌还算过得去，属于那种比普通好一点的情况。况且胡平记得去年五一节在海边时女孩还主动同他打招呼，似乎对他有好感。对他来说无论老汪还是她当财务部经理都一样。

可是胡平很快就感觉到了新上任的财务部经理的不一样，不到十天的时间他已被叫去批评了三次。

"你们采购部为什么不按照新的财务规定去做呢？"沈静端坐着，严肃而又不失礼貌，"所有不按规定对账的供应商，财务部都拒绝付款。"

"他们以前一直都是这样做。"胡平解释道。

“以前是以前，现在是现在。”沈静说道，“就是因为以前做得不够好，现在才要改。我们不能让供应商有隙可乘。这些钱可是大数目，动辄几十上百万。单据、签名、日期、订单数量等必须要弄清楚才能付款。否则，如果有人偷梁换柱，公司损失就大了。”

胡平觉得她说得不错，点点头，表示要尽快拨乱反正。沈静对他也挺热情，每次都会亲自给他倒水让座，有时批评完后，还会冲他笑笑，这笑虽然不能使他神魂颠倒，但对他那颗极强的自尊心还是有明显的安抚作用，让他对她颇有好感。

有一天，胡平接到一个供应商的电话，供应商对他大倒苦水，说自从他们换了新的财务经理后，他们做的对账单来回六七次都不能过关，货款一直拖着不能结算，他现在手头紧张，务求胡平帮忙想办法，并含蓄地说明这忙不会让他白帮。胡平叫人查了一下他的对账单，觉得问题不大，便去财务部经理室找沈静。

在快要到财务部经理室时，他听到里面传出争吵声，他停下了脚步，侧身细听，只听一个男人低声下气说道：

“大小姐，你就通融一下，放我一马吧！”

第二十六章 新目标

胡平仔细一听，竟是董事长汪建明的声音。

“不行。”只听沈静断然说道，毫无商量余地，“这五十万有你的签名，说明钱是你领走的，出纳也证实是你两个月前领走的，现在无凭无据，这五十万用到哪里去了？”

“还不是用来请那些官员去了。请他们吃一顿饭有时要好几万呢。”

“我查过了，这些费用已经单列出来了。你肯定是挪用了这笔钱。”沈静说道，那声音像是大人在训斥不听话的小孩。

房间里暂时没有了声音。胡平怕被发现，连忙蹑手蹑脚地向后退去。忽然，他听见了开门声，眼见躲不过，急中生智，他装作刚到的样子向前走去。汪建明低垂着头，像一只丧家狗一样走了出来，看都不看胡平一眼，让胡平觉得自己刚才的表演有点自作多情。

他上前敲了敲门。

“谁啊？”沈静没好气地问道。

“是我，采购部的胡平。”胡平答道。

“请进。”沈静礼貌地说道。

沈静见了胡平，脸上气色好了些，站起来给他倒了杯水。

“刚才过来时听到里面声音挺大的，沈经理又和谁吵架了？”胡平问道。

“老汪呗。”沈静说道，看见胡平手上拿着一叠账单，便问道，“又是对账出了问题？”

“是啊！”胡平讪笑着说道，“那些供应商还没有习惯新规定。这里有个数据对不上，财务人员说要你签字才行。供应商找了我好几次。”

沈静接过账单细看了一下，见数据出入不大，就在旁签了名，还给胡平。胡平接过来，站起身打算走，沈静叫住了他：

“这么急着走，有什么要紧事吗？”

“没什么事，现在采购部挺清闲的，不像你这大忙人。”胡平答道。

“那就坐一下，聊一会儿，我现在也没事。”

胡平不便拒绝，便坐下，正要找话题，沈静先开了腔：

“听说你是学法律专业的？”

“对，当时想着以后出来做法官，铲尽天下不平事。”

“很好啊！就像包公杀陈世美一样。后来为什么改变主意呢？”

“不是我改变了主意，而是我到了这边之后，到处寻找，发现不平事都被别人铲除得差不多了，到处都是又平又直的阳光大道，用不着我亲自动手了。”胡平故作认真地说道。

沈静听了“扑哧”一声笑出声来。

两人又聊了一些别的内容，越聊越投机，沈静越来越高兴，最后胡平起身告辞，沈静竟破例起身相送。

胡平告辞出来，刚走几步，突然脑中灵光一闪，他兴奋得差点叫出声来。

晚上回到宿舍，胡平找出“升迁路线图”，在“总经理——后台老板”那条路径的后面，郑重地写下“沈静”两个大字，并且在这条路径上用红笔打了一个大大的勾。

“一个连董事长都害怕的女孩，肯定和后台老板有着非同一般的关系。”他兴奋地想着。白天沈静和汪建明的对话历历在耳。“这就是突破口，这就是通向胜利之门。”他兴奋得在宿舍里来回不停地走动。他看了看表，时间尚早，他决定今晚去王芳那里再核实一下，虽然今晚不是和王芳约会的日子。

也许是心灵的沙漠干涸太久，也许是生理的需求太过猛烈，总之，王芳现在是被年轻英俊的小伙子胡平彻底征服了。她疯狂地爱上了他，臣服于他，把自己的一切都交给了他。她那深埋于心中的本来即将熄灭的爱情之火重新燃烧起来，而且愈燃愈旺，大有不可阻挡、吞噬一切之势。她像初恋的少女一样爱上了他。“一日不见如隔三秋”，她充分体会了这句古老诗句饱含的深意。她每天至少都要看他一眼，否则便吃不下饭，睡不好觉，整天失魂落魄。为此，她每天都要找借口去采购部一趟。

她认为每周一次的约会次数太少，曾向胡平提出过抗议，但胡平严肃地拒绝了她的非分要求，说现在正是努力学习和认真工作的年龄，他不想在这种儿女之情上耗掉太多的美好时光。“少壮不努力，老大徒伤悲”，他可不想等到老时才来后悔。何况去的次数越多，被她儿子发现的概率越大，万一哪天他们正亲热着，她的宝贝儿子突然醒来怎么办？他当然不能告诉她还有两个女人等着他去抚慰。他还委婉地警告她，虽然他们一个是孤男，一个是寡女，谈情说爱再正常不过，也是政府所提倡，但他还没做好思想准备，一旦两个人的秘密被第三者知道，他们的关系就到此为止，绝不含糊。虽然王芳心里万分不情愿，也只好委屈自己点头答应，因为她知道他是那种“言必信，行必果”的人，她绝不想去冒失去他的危险。

和每个热恋中的女人一样，她开始注意打扮自己。她的肤色极好，细腻而白嫩，俗话说“一白遮百丑”，她只需薄施脂粉，轻扫蛾眉，就变成了一个百里挑一的美人，再加上她近来快乐指数大幅攀升，脸上经常带着微笑，更让她看上去年轻了十岁。她既有少妇性感成熟之美，又常作少女天真纯朴之态，不知迷倒了星光公司多少青年才俊，甚至连大家公认的柳下惠似的人物总经理黄博伟也禁不住赞美了她几句。

“士为知己者死，女为悦己者容”，当然，这一切都是为了胡平，为了这个她和她的宝贝儿子都喜欢的男人。凭着恋爱中的女人特有的敏感，她很快就发现胡平早已有了女朋友，为此她痛苦了几个晚上。然而她并不是一个轻易认输的女人，把好东西拱手相让这种傻事，她才不干呢！再说她也没有达到这种思想境界。

“我要把他夺过来，紧紧地攥在自己手中。”她暗暗下定决心，爱情之火已烧昏了她的头脑，她变得固执甚至有些凶狠。

有一天，王芳借口了解员工思想状况，把方小丽叫到她的办公室。她一边和方小丽闲聊，一边仔细地打量眼前这个女孩。她发现自己除了在成熟方面超过她之外，其他方面都处于弱势。不过，谈话中王芳很快发现了她性格上的弱点：太善良以致有些怯弱，单纯得有些不切实际，这年头居然还想做诗人作家，天方夜谭似的。她信心大增，立即开始行动。

每次约会，她都把自己的小房间收拾得干净整洁，舒适温馨，让胡平感觉像回到了家一样，她充分利用自己的经验和阅历，每次做爱，她都曲意应承，让胡平尽情享受她的温柔与体贴，兴尽而归，回味无穷。

她这样做的确起了作用，每次从王芳这里离开，胡平就对刘玲的厌恶增加了一分，他甚至觉得刘玲是在利用他满足自己的情欲，他尤其看不惯刘玲和他做爱完后马上恢复的那种居高临下的样子。每次做完爱，他故意闭上眼睛，希望刘玲在没有给他看到她那种领导者模样之前悄然离去，但刘玲却不，每次都要等他穿好衣服，上去吻一下他的额头，像对待小朋友一样拍拍他的肩膀才离去。他讨厌她的做作和虚伪，可他又不敢和她一刀两断，断然拒绝她的邀请，至少在他当上总经理之前，他不能这么做。他还得忍气吞声，虚与委蛇。他故意把他和王芳的约会安排在刘玲之后，而且只隔一天的时间，为的就是让自己那颗受伤的心能到王芳那里得到安抚。至于方小丽，他心里还是爱她的，至少目前王芳还无法取代她在他心中的位置。当然，在金钱和权势面前，这一切都将变得暗淡无光，无足轻重。

这天晚上十点刚过不久，王芳听到敲门声，她开门一看是胡平，意外的惊喜让她差点晕过去，她扑上去紧紧抱着他，差点忘记了关门。一阵令人蚀魂销骨的缠绵后，胡平抚摸着王芳的秀发，轻声问道：

“这些天累吗？”

“不累。”王芳幸福地答道，“你呢？”

“累倒是不累。”胡平说道，“只是被那个刚上任的财务经理弄得有些心烦。她不知从哪里弄来的规章制度，搞得我部门的采购员和供应商叫苦连天，无所适从。这个女孩是从哪里冒出来的？”

“我也不知道。”王芳答道，“董事长带进来的人，她的个人资料我们人事行政部也没有。”

“这么年轻就坐上那个位置，是不是董事长的什么亲戚，或者是老汪的情人？”

王芳“扑哧”一声笑了：

“她怎么会是老汪的情人呢？只怕人家还是个黄花闺女呢！”

“不会吧？”胡平故作惊讶地说道，“看年纪她也有二十四五岁，这个年龄还是处女，那比熊猫还珍贵呢！”

“看你说什么话！”王芳有些生气。因为她觉得他的这句话似乎在影射她这种结过婚的女人。“不过我告诉你，这个女孩来头大着呢！”

“什么来头？”

“听刘总讲，大约是和这个公司的后台老板有联系，连董事长都要让她三分。”

胡平听了这话激动不已，为了掩饰自己兴奋的心情，他又和王芳温存了一番，王芳非常快乐，还以为是自己的魅力使然呢！

从王芳家里出来，胡平得意非凡，他觉得这个女人已被自己牢牢握在了手心，像胶泥一般，想怎么捏就怎么捏，即使让她像西施一样去勾引吴王夫差，估计她也会毫不犹豫地答应。他并不觉得自己的这种做法有何不妥，和那些大政治家、大伟人比起来，他这简直就是小巫见大巫。

王芳的话完全证实了胡平的推测。回到宿舍，他用笔在“升迁路线图”上画了一个血红的箭头，箭头直指写有“沈静”两字的圆圈中心。他已找准了突破口，剩下的就是发起进攻，攻城略地了。

谋定而后动，这是胡平做事的原则。找到突破口只是个开始，他像一个战役发起前的指挥官，眉头紧皱，陷入沉思中，他反复思考，仔细推敲，最后他得出结论：如果没有外界的干扰，他要征服这个和星光公司的后台老板有紧密联系的女孩犹如老鹰抓小鸡——十拿九稳。而“外界干扰”主要就是目前和他有密切联系的三个女人。

对于刘玲，胡平非常放心，这个女人从来没想过要和他一起过日子，他们只是逢场作戏，各取所需罢了。对于这一点，两人都心知肚明，她甚至比胡平更害怕秘密泄露，所以胡平对她无须担心。

而王芳呢？看样子这个女人是真的爱上了自己，她现在是单身，她早就希望着两人能早点结束地下情，手拉手出现在世人面前。如果沈静得知他在和一个离过婚且有小孩的女人恋爱同居，那一切都完了！他本来打算通过她搞到一些秘密情报，现在这个目的已经达到，但任务完成后要想甩掉包袱可不是件容易事。

“怎么办？”胡平苦苦思索，绞尽脑汁，“先稳着她，等自己和沈静生米煮成熟饭，事情就好办了。”他决定再次悲壮地告诉王芳：如果两人的秘密哪怕泄露了一点，他立刻远走高飞，浪迹天涯，永远别想再见他一面。他相信自己的魅力，相信她不会让他去浪迹天涯。

对于方小丽，胡平心里感觉有些内疚，觉得这对于一个深爱着自己的不到二十岁的姑娘来说未免有些残酷。他心里隐隐作痛，他多么希望她就是那个和后台老板有密切关系的女孩，这样就可以一举两得，多么美妙的事情！可老天偏不作美。他长叹了一声，无奈地摇了摇头，在鱼和熊掌不可兼得的情况下，他和绝大部分人一样选择了熊掌，而这个熊掌就是金钱。

“熊掌没得到之前，鱼还得先留着，只要不让她们相互知道就行。”胡平想。

到了星期六那天，胡平告诉方小丽，说他有个多年未见的朋友来找他，晚上就不去接她了。最后还郑重嘱咐她：这段时间飞车抢劫大行其道，晚上一定要注意安全。早点回来，在出租屋等他。

到了下午，胡平瞅准一个无人的机会，来到财务部经理室，为了证明此行目的是办公事，他手里还拿了几份文件。沈静见了胡平，脸上挂着甜甜的微笑，放下手中的工作，也不看他递过来的文件，热情地让座倒茶，陪他聊天。胡平早已练成情场高手，他察言观色，用得体的语言讲一些公司和社会上的趣闻逸事，让人觉得他颇有涵养而又不失幽默。

“有一天，我们公司有个扫地的阿姨，到一个女生宿舍打扫卫生。”他说道，“房间扫到一半，她突然听到一个婴儿的哭声，她吓得魂飞魄散，跑到保安室报案，说发现有个女生宿舍里藏着婴儿。保安立即告诉了经理王芳，王芳听说后马上带着几个保安手持电棒赶过去。可是大家翻遍了那间女生宿舍，也没发现什么婴儿以及和婴儿有关的任何东西。这个阿姨五十多岁了，非常老实，不可能说谎。你知道是什么原因吗?”

沈静微笑着摇头。

“大家正在疑惑时。”胡平接着说道，“床上又传来婴儿的哭声，一个胆大的保安手握电棒小心翼翼地靠近那张床，突然掀开挂在床边的布帘，发现床上什么都没有，他循着声音掀开枕头，发现是枕头下面的手机在响。原来这个哭声实际上是这个手机的铃声!”

沈静听后，笑得前仰后合，脸红扑扑的，煞是好看。

胡平心中暗自得意——其实这个故事就是王芳讲给他听的，但表面上却装作严肃认真的样子。有时，他又故意沉默不语，而且皱着眉头，似乎在想心事，一旦沈静关心他，他立刻摇摇头说没事，这让他更显得成熟稳重。他知道眼前的女孩喜欢这样的男人。过了一会儿，他又开始讲他的风趣幽默的故事。

“现在很多人尤其是女孩子喜欢花大钱去美容院美容减肥。”他开始说道，“其实根本不用去美容院，也不用花钱，有本国际权威美容杂志介绍了一种最新的方法。”说到这里，他停下来不说了。

“什么方法，说来听听?”沈静望着他，好奇地问道。

“倒立，每天倒立五分钟，什么事都解决了。”胡平答道。

“不可能吧?”沈静一脸的疑惑。

“这是有科学依据的。”胡平认真地说道，“倒立首先是美容。倒立的时候，在重力的作用下，流经脸部的血液速度加快，从而让脸部的细胞得到更充分的营养，滋润皮肤的同时，还可以对脸部的毛细血管起到清洁的作用，比敷面膜的效果还好。其次是生发。由于流经头部的血液加快，可以冲开一部分被堵塞了的毛孔，让这些毛孔重新长出头发来，这就像我们在家用水管冲堵塞着的地漏一样。”胡平说到这又停下来，因为他看见沈静一边听一边点头，信以为真。他按捺着心中的得意，等着她提问。

果然沈静见他突然停了下来，以为他忘记了，便提醒道：

“还有减肥作用你还没说呢!”

“对，差点忘了。”胡平点点头，说道，“我们大多数人的肥胖主要是肚子上的脂肪太多，如果每天坚持练倒立，那些多余的脂肪就会在重力的作用下慢慢向胸部移动。到了胸部呢，由于脖子太细，那些脂肪就堆积在胸部，逐渐变成胸大肌。这样，不但减了肥，还健了美。把脂肪变成胸大肌，变废为宝呢!”

沈静听完，似信非信地望着胡平，她发现胡平的嘴角有一抹诡异的笑容，突然明白过来，她一边笑一边将粉拳砸在了胡平身上。若是在其他较为隐秘的地方，比如说月朗星疏的夜晚，他早就趁势将沈静揽入怀中，岂能让这样的机会白白浪费掉？可这里是办公室，万一被人撞见泄露出去，那可就前功尽弃了。“小不忍则乱大谋”，他笑着躲开并趁机说道：

“听说今晚电影院有部美国大片挺好看的。想去吗？”

沈静停了下来，看了看胡平，说：“好啊，你请客！”

“没问题！”胡平压抑着内心的激动说道，“八点半在电影院门口见。”他故意避开六点钟那场，以免不小心碰见公司的熟人。

到了晚上七点半，胡平开始打扮自己，平时他很少这样做，可这次约会对他来说太重要了，可以说在他的人生旅途中具有里程碑似的意义。胡平给自己定下的策略是一鼓作气，速战速决。就像每次战役中缺衣少粮的一方指挥官的谋略一样，时间对他来说是不利的，时间越长，他的另外三个情人暴露的概率就越大，也就越危险。他要牢牢地把握着这次机会，如果有可能的话，最好今晚就将“生米煮成熟饭”。他知道沈静爱干净，于是花了较长时间把自己浑身上下仔细冲洗了一番，把胡子刮得干干净净。他用梳子把浓密的头发来了个三七分，还打上发油，好让前额上的头发保持平直状态。他穿了一件黑色T恤，配一条黑色牛仔裤和一双擦得锃亮的黑皮鞋。一身黑色的打扮配上他白皙的皮肤，再加上他妈妈赐给他的可爱的小酒窝，使他显得既成熟帅气又有几分天真和斯文。他漱完口，又对着镜子研究了几分钟，发现头上有一根白发，他把它找出来，毫不留情地拔下扔掉。最后，他对着镜中的自己打了个招呼，做了个胜利者的手势，信心十足地走出宿舍。

他去花店精挑细选了几支含苞欲放的玫瑰花，包装好，为了保密，他又在外面罩了一张报纸。离约会时间还有十分钟的时候，他来到了约会地点等候。

沈静非常准时地来到了约会地点。她见了胡平这身打扮，眼前一亮，当胡平拿开报纸将玫瑰花送给她时，她又惊又喜，激动得差点要扑上去给他一个拥抱。虽然光线较暗，但胡平照样能感觉到沈静的激动，他心中暗暗得意。

电影开始后，胡平将右手悄无声息地滑到紧挨着他的沈静的座椅边上，中指还不时地动几下，仿佛鱼竿上的蚯蚓，等着鱼儿上钩。

电影是美国的惊险恐怖片，那些不断呈现的特技镜头让观众不断受到刺激，尖叫声不绝于耳。很快，鱼儿上钩了，在一个恐怖镜头出现后，沈静下意识地抓住了胡平越过界的手。等她静下心来想抽回属于自己的手时，发现两只手已连在了一起，很难分开了。她稍微象征性地挣扎了几下，但很快就心甘情愿地放弃了。

电影完场后，两人沿着一条林荫大道往前走。沈静那只手自从不小心落在了胡平手里就再也没拿回去过，她任由他握着，她觉得他的手温暖有力，感觉很舒适，很惬意。

已是晚上十点多钟，白天的高温在夜晚凉风的吹拂下已变得凉爽多了。月亮躲在薄薄的云层后面，朦朦胧胧的像一个害羞的少女。

两人手拉着手，来到平安镇有名的情侣路。对热恋中的情侣来说，晚上十点过正是一个属于他们的幸福时间。此时行人已经很少，他们或拥抱，或拥吻，或窃窃私语，卿卿我我，尽情享受这美好时光。胡平下意识地回头看了看，因为这条路他和方小丽不知走了多少回，虽然他知道方小丽一个人不可能来这里，但他心里还是有些忐忑。

“在想什么呢?”沈静感觉到他的变化，问道。

“这儿人真多。”胡平说道，感觉自己有些答非所问，他又补充道，“我在想这些人为什么都是外地人?”

“也许是本地人不屑与外地人为伍吧!”沈静答道。

“你不是本地的?”

“不是。”沈静摇摇头说道，“我老家在清远那边。”

“你大学是在哪里读的?”胡平问。

“成都。”

“成都?”胡平吃了一惊，睁大眼睛望着她。

“干吗这样看着我?”沈静看了他一眼，笑道，“难道我就不能去你们那里?”

“不是。”胡平忙说道，“我是没想到。”

“其实我对成都的感觉挺好的。”沈静说道，“我在那里待了四年。四川男人都挺勤奋的，既会做家务活，又没有大男子主义，在全国都是数一数二的好男人。”

“那你当时怎么没找一个四川男朋友?”

“那时候我还小呢!”沈静说道，“而且我们学财会专业的，男生很少。四川女孩皮肤特好，我也没法和她们去竞争。”

“听董事长说你曾去国外留过学?”胡平问道。

“在澳大利亚待了一年。”沈静回答道，“我不习惯那边的生活，就回来了。”

这时他们走到一个路口上，路口的风很大，沈静穿了一件粉红色连衣裙，她的长发和裙摆在风中飘动着，夜色中更加显得飘逸迷人。胡平觉得再进一步的时机到了，他打算采取突袭，一下将沈静揽入怀中，然后拥抱她亲吻她，使她就范，正当他这么想着伸出手去时，沈静似乎早已看透了他的心思，冷冷地说道：

“手不要乱动。我们才第一次约会呢!”声音虽然不大，却有一股无形的力量，胡平的手伸到半途，只好改道向上装作去挠头，边挠边说道：

“我们虽然是第一次约会，可我对你早就仰慕得很呢。”

“是吗?”沈静不置可否地说道，边说边看了看表，“已经过了十一点，我要回家了，不然我妈妈会担心的。”说完招了一辆出租车过来，告辞走了。

胡平愣愣地站了一会儿，刚才激发起来的欲火让他感觉浑身不舒服，他赶紧往出租屋走去，方小丽早就在那里等他。

第二十七章 一千万

这几年，汪建明是“吃不愁，穿不愁，带着情人到处游”。他这个星光公司的董事长，过着比神仙还逍遥的日子。只有一件事让他颇为不满，他的体重越来越重，脂肪越来越多。他多出的脂肪大多堆在了肚子上，弄得他的小情人常把他的肚子当作枕头用。脂肪多了，耐热性也就随之下降，所以这几年，每当过完5月，他就开始准备外出避暑事宜，一般要等到国庆节临近时，才带着小情人姗姗归来。

今年，他将避暑之地选在了云南的丽江古城，那里气候温暖如春，古城幽静古朴，他和小情人每天喝喝茶，搓搓麻将，兴致好的时候再去爬爬山，下下棋，优哉游哉，不亦乐乎。遗憾的是他只有初中文化，又对诗词文学这些东西嗤之以鼻，视若无睹，否则，以他的性情，说不定会成为一个大诗人、大作家呢！

这天，他正和小情人一起在茶楼品着茶，搓着麻将，突然手机响了起来，他一看来电显示，心里一惊，立刻叫停了所有的声音，然后接通手机非常谦恭地说道：

“大哥，有什么事？”

“你在哪里？”电话里传来沈福荣的声音。

“我在广州办点事，很快回来。”他知道，如果大哥知道他在丽江古城享乐，他肯定会被骂个狗血喷头。

“我这里急需一千万现金，二十天内帮我准备好。”沈福荣说完，挂断了电话。

汪建明一手拿着手机，呆呆地站着，直到小情人叫他才回过神来。

“一千万，天啦！不是两个月前才拿走一千万吗？”汪建明十分沮丧，他知道公司现在资金已经很紧张，这一千万去哪里找呢？他知道若把他那个远房表弟黄博伟逼急了，他一撂担子，公司就完了，他也跟着完了。可大哥的话就是命令，有条件要给，没有条件创造条件也要给。公司是大哥的，甚至他本人也是大哥的，他只有服从。他再无心情品茶搓麻将，他决定立即赶回公司。

回到公司，汪建明立即在董事长办公室召见了黄博伟。

“博伟啊，”汪建明沏好茶，请黄博伟坐下，然后亲切地问道，“近来身体可好？”

“还行。”黄博伟道，“没有感觉有什么不对。”

“最近去医院检查过身体没有？”汪建明接着问道。

“没有。”

“一定要注意身体。”汪建明以长者的口吻说道，“身体是革命的本钱，身体不好，拿什么去干革命，挣再多的钱有什么用？四十多岁的人了，不像二三十岁的时候，有些问题表面上看不出来，一旦发现可就晚了。记住，以后每年至少要做一次全面的身体检查，再忙也必须抽时间去。”

黄博伟见董事长如此关心自己的身体，有些受宠若惊，感激地说道：“我听董事长的，忙完这段时间就去做一次全面检查。”

“你看你，怎么又叫我董事长？”汪建明生气地说道，“叫我‘老汪’。”

“老汪。”黄博伟连忙改口。

“这就对了。”汪建明脸上露出了笑容，“你的父母还好吧？”

“还行，身体都还好。”

“怎么不接他们过来玩一下？我很久没见过他们了。”汪建明用责备的口气说道。

“他们不习惯这边的天气。”黄博伟答道，“再说他们还要在家照看小孩。”

然后汪建明动情地回顾了他们的前辈相互帮助，风雨同舟，相濡以沫的友情，最后说道：

“博伟啊，我现在投资了一个房地产项目，那可是一个几十亿的大项目！现在急需一千万的现金——”说到这里，两眼看着黄博伟。

“一千万！”黄博伟听到这个数字，吓了一大跳，最近妻子还在说公司资金紧张，供应商的货款不能按时付给，意见很大呢。他疑惑地说道，“前不久你不是刚从公司抽去一千万吗？”

“不够用！”汪建明摇头叹气道，“我也知道现在公司资金紧张，可我也有难处啊！现在银行贷款难，我是骑虎难下，几十亿的项目一旦停下来，我赔不起啊！我只有家破人亡啊！”说完，他用肥大的手擦了擦眼睛，似乎里面有眼泪打算流出来。

黄博伟不说话了，他看了看处于悲伤状态的远房表哥董事长，心里开始动摇了。这个公司虽然是由他一手带大，全权负责管理，但归根到底公司的法人代表还是汪建明，这公司是他的，这是有国家法律作保证。“覆巢之下无完卵”，于是他说道：

“这样吧，老汪，我回去和公司其他人商量一下，尽量凑够一千万，你什么时候需要？”

“不要超过半个月，”汪建明故意把时间压缩了五天，以免到时拿不出钱来被大哥责怪。然后他郑重地说道：

“博伟啊，你下去好好和妻子商量一下，一定要想办法帮我凑够这笔钱。你放心，到年底分红的时候我会记得的。”

从老汪那里告辞出来，黄博伟径直来到妻子刘玲的办公室，把刚才和老汪的谈话告诉了她。

“一千万！”刘玲叫道，“我们去哪里弄这么多的钱，供应商还成天找我要钱呢。”

“你就帮他这次吧。”黄博伟哭丧着脸说道，“说白了这是他的厂，他的公司，他垮了这个厂也完了。”

刘玲看到丈夫痛苦的表情，于心不忍，说道，“我找销售部经理商量一下再说吧。”

林奇在星光电子厂负责销售部已经四年多，他头脑灵活，口才上佳，沟通组织能力强，是刘玲的一个得力助手。由于家里穷，他高中毕业后就从湖北老家来到东惠市打工。两年后由于致富心切被同学骗去做了传销。

他到了那里的第一天便发觉上当受骗了，他本打算尽快逃走，可上完第一次课他就改变了主意，因为他觉得在这里能学到很多东西。他本来是一个性格内向、不善言辞、缺乏自信的人，而传销的上课方式对他来说绝对可以称得上是因材施教，画龙点睛。凭着他的聪明勤奋，不到半年时间，竟有了脱胎换骨的改变，从一个见了陌生人就脸红的害羞男孩变成了一个对着几百人侃侃而谈、口若悬河的演讲高手。他参加传销时被骗去了三千元钱，他是那种不愿占别人便宜，但别人占了他的便宜他也会很不高兴的人，他有选择性地从网上“帮助”几个人参加了传销，等赚够了三千元钱后他立即义无反顾地选择了离开，因为他知道一旦陷进去，除了赔上自己的青春和名誉外，什么也不会得到。

离开传销，他加入了销售员队伍，凭着他的聪明及在传销期间锻炼出来的自信和口才，他很快站稳了脚，从以前的一个生产线普通员工变成了一个销售精英。他到星光电子厂应聘销售部经理时，人事行政部人员见他只有高中毕业，学历太低，准备拒绝，正巧刘玲看见了他，和他谈了不到五分钟，刘玲就觉得这是一个人才，于是将那些研究生、本科生拒之门外，单单选中了他。事实证明，她的确没看错人，自从林奇做了销售部经理后，销售业绩不断攀升，在同行业中稳居前三。

林奇对刘玲也敬重有加，除了因为她对他有知遇之恩外，刘玲的气质、精明和远见也让他折服。有不少公司高薪请他，他不为所动，心甘情愿在刘玲手下效力。同时他也是一个有野心的人，去年他就和一个朋友在老家合伙成立了一家销售公司，主要就是销售星光公司的产品，他常常利用职务之便给予特殊照顾，一年下来效益相当不错，当然，这些事公司没人知道。

林奇听完刘玲的话后，也觉得一千万的数目太大，他皱着眉头说道：

“现在是淡季，代理商订货很少，这么短时间内去哪里弄这么多钱？”

“的确难办。”刘玲说道，“所以我才来找你一起想办法。”

林奇沉吟了一会儿，忽然说道：

“有了，8 月份北京不是开奥运会吗？我们搞一个奥运十日游活动，凡是在十天内打款一百万的代理商都可以免费参加。”

“主意不错！”刘玲高兴地说道，“让他们先打款，还可以套着他们，免得他们又去其他厂进货。”

“我们本来八月份也要开订货会，就相当于提前开了。”林奇说道。

“这件事就这么定，你去落实。”说完，刘玲满意地走了。

黄博伟这几天很郁闷，他心里有一种前所未有的失落感。他全身心投入经营星光公司，希望它不断发展壮大，成为一家世界知名企业，可如果别人仅把它当作一个私人小金库，贪得无厌地进行索取，这个企业迟早会垮掉。他感到心寒，有一种被欺骗的感觉。

“是不是真如妻子所料，有一个神秘的后台老板控制着这家企业？”

第二十八章 男女心计

恰好此时，范杰来电邀请他去玩，郁闷的黄博伟立刻答应了。他在那里玩了三天，范杰陪着他，和他进行了推心置腹的交谈并许下郑重的诺言。在范杰的盛情款待和循循善诱下，离开时黄博伟变得踌躇满志，心里燃起了强烈的从政愿望。

告别范杰，黄博伟乘飞机回到了东惠市。出了机场，时间尚早，他没有去公司而是直接回到了家里。他从冰箱里取出一瓶红酒，自己斟满，美美地喝了一口。他非常惬意地伸了一个懒腰，打了一个长长的哈欠，然后半躺在沙发上，眯着眼，嘴角挂着微笑，仔细回味着这两天的经历。

“先做招商局局长，年底我做县长，你就是副县长!”范杰亲切的话语在他耳边回响起。

“那可是一百多万人的大县，真是一个施展拳脚的好地方!”他想，“范杰也真不错，上面有人罩着，自己又有能力，胸怀大志，前途不可限量。凭自己的才识和能力，做个副县长也无可厚非，并不为过。”他开始憧憬他们亲密合作的美好未来：一幢幢高楼大厦拔地而起，成千上万的大中小企业如雨后春笋般冒出来。在他俩的英明领导下，小煤窑没有了，天变蓝了，水变清了，人们面带幸福的笑容载歌载舞，黑眉县的经济像脱缰的野马，一路狂奔猛进，甚至连深圳也只好在后面仰望着，自叹弗如。他们不断和市委、省委甚至中央领导人握手言欢，陪他们视察，讲述他们独创的经济发展模式：既发展了经济，又解决了就业和环保问题。人们安居乐业，笑逐颜开，和睦相处，路不拾遗，夜不闭户。当然，伴随着他们的丰功伟绩，他们的地位也水涨船高，到底高到什么程度，这点黄博伟拿捏不准，还得和范杰商量来着。

金钱、权势、美女，世人哪个不爱，哪个不想？那些言必谈老庄的所谓清心寡欲、与世无争之人，如果不是酸葡萄心理，就是曾经在这三样东西里浸泡过久，被弄得鼻青脸肿甚至身败名裂。所谓成功的最高境界，就是将此三样东西悉数揽入怀中，藏着，捂着，紧紧拽着，直到得道成仙的那一天。平常人等，得一样足矣!

黄博伟可不是平常人，他禀赋极高，又还有些激情，偶尔也会背诵一下毛泽东同志的诗句：“自信人生二百年，会当击水三千里”。在这三样东西中，他认为自己已经有了两样。

经过十年的努力，他拥有的资产早已过了千万级别。在他看来，像他们这种不懂得穷奢极欲生活的人，这么多钱已绰绰有余，何况他既不赌，又不打算找个情人二奶什么的。至于美女，他理所当然地认为妻子就是他心目中的美女，虽然现在年纪有点偏大。他现在唯一欠缺的就是权势。他对其他两样东西的追求打算就此而止，这一点相当难能可贵！可是对权势的追求，他觉得离目标还相当得远，做一个上千人企业的老总远远不能满足他的欲望。在范杰未出现前，他给自己定的目标至少是领导一家上万人的国际知名企业。现在，有了更能满足他对权势渴望的机会出现了，他能不激动吗？

正当他半躺在沙发上，一边品着上好红酒，一边胡思乱想得意扬扬之际，手机响了。他一看号码，是妻子打过来的，他的脑袋立刻清醒过来，将含在口中正在品赏的红酒咽了下去，声音很亲切，充满关怀地说道：

“玲，什么事？”他记起已有两天没和妻子通话了，有些内疚。

“你在哪里？”电话里传来妻子不满的声音。

“我刚回到家！”

“我还以为你乐不思蜀了呢！”妻子说完就挂了电话。

他觉得有些不妙，于是主动打电话过去，却没人接，一会儿收到一条短信：“正开会，晚上回家再说。”

晚上回到家，刘玲嘟着嘴，绷着脸，对前来献殷勤的丈夫不理不睬，一屁股坐在沙发上，弄得沙发里的弹簧发出一声轻微的呻吟。

“我本来打算昨天回来——”黄博伟正想解释一番，刘玲发话了：

“怎么样，这两天玩得还高兴吧？”刘玲架着二郎腿，两手抱在胸前，像个上级领导。

“还行——”黄博伟刚说出口，觉得有些不妥，马上停着，可说出的话却收不回来了。

“那你还回来干什么？就住在你那个同学家呗！”刘玲果然生气，冷冷地瞟了丈夫一眼，说道。

黄博伟知道自己惹了祸，赔着笑不再出声。

过了一会，刘玲说道：

“你那个同学是不是又给你灌了迷魂药，要你去他那里做什么局长、县长？”

“人家可是诚意邀请。”因为这事涉及自己的理想和远大抱负，黄博伟觉得自己不能再沉默，于是说道，“我们现在钱已挣得差不多了，为什么不可以换一种方式生活呢？说不定到那里更能实现我们的人生价值。”

“我可没心情去做七品夫人！”刘玲说道，“不要指望你那个同学，他根子不稳。”

“他省里也有关系！”黄博伟辩解道。

“我是指他的思想。”刘玲说道，“英雄难过美人关。”

黄博伟觉得再在这件事情上争论下去，其结果必定和以前一样：孔夫子搬家——尽是输，便转移话题：

“你们下午开什么会？”

“批判大会呗！”刘玲说着，眼圈开始变红，撇了撇嘴，满脸的委屈。

“批评谁，批评你？”黄博伟大惑不解，他见妻子委屈的样子，实在想不出星光公司还有谁敢批评她，基本上都是她批评别人，就是自己也经常是她批评的对象。

“不是我还有谁？”刘玲说道，两颗泪珠从眼眶慢慢流出，恋恋不舍的样子，“那个刚上任的财务经理，狗仗人势……”她开始哽咽，像是被人严重侮辱。

如果她说批评她的那个人是个男人，估计黄博伟早已热血沸腾，他尤其见不得男人欺负女人，更不用说还是自己的娇妻，但她说的这个财务经理却是一个和妻子相比可称得上是黄毛丫头的女孩，他足足愣了十秒钟才说道：

“她批评你什么？”

“她说我负责的销售部没管好，应收账款太多。”刘玲用纸巾边擦泪边说道，然后愤愤然将纸巾往废纸篓里一扔，昂头说道，“如果当时老汪不在，我肯定会让她下不了台，她算老几？狐假虎威，敢在我面前指手画脚！”

黄博伟心中暗笑，心想沈静批评得对，销售部应收账款确实太多，淡季都有五六百万！他甚至有些高兴，当然这些不能在妻子面前表现出来，于是劝道：

“人家还是个小女孩，你都可以当她阿姨了，不用和她斤斤计较。”

刘玲听出他的话里明显偏袒沈静，再看他的表情也有点幸灾乐祸，心里更是委屈，眼泪哗哗地流了出来，黄博伟一看妻子是真生气了，连忙过去搂着妻子，想用他厚实的胸脯和强壮的胳膊安慰和保护“娇妻”，其实他不知道他的娇妻在他离开家的当晚就去酒店和胡平度过了一个浪漫之夜，现在还在回味呢！

“不要生气了，我明天替你报仇。”黄博伟安慰道。

在丈夫温暖有力的怀抱里享受了一会儿，刘玲感觉好了些，说道：

“怎么替我报仇？”

“这个——”黄博伟想了一下，认真说道，“我明天就去做媒，把行政部的张连生介绍给她。”

刘玲听了“扑哧”一声破涕为笑，因为那个张连生不是一般的丑，丑得在公司小有名气。

“你真坏，讨厌！”刘玲边说边打算离开丈夫怀抱。

黄博伟见妻子梨花带雨的样子，心里产生了一股强烈的原始冲动，他突然把妻子压在沙发上，三下五除二就让自己全身赤裸，然后去脱妻子的衣服，妻子像是被他吓着了，睁大眼睛看着他，稍作抵抗便完全投降。也许是把对权势的欲望转变成了强烈的性欲，黄博伟像一头发情的公牛在妻子身上奋勇冲杀，尽情挥洒。刘玲开始还显得较矜持，但很快就被丈夫感染，变得疯狂起来，两人在沙发上你来我往，愈战愈勇。沙发里的弹簧痛苦地呻吟着，诉说着不满，似乎快要挣扎不起。终于，刘玲软泥似的瘫在下面一动不动，黄博伟又勇敢地坚持了一会，才趴在了刘玲的胴体上。

“你真行！”一会儿，刘玲缓过劲来，抬头在丈夫脸上狠狠地亲了一口。然后献殷勤说道，“老汪所需要的一千万已凑得差不多了。”

黄博伟被弄得心花怒放，竟有了再来一次的想法，后来发现有些力不从心，这才作罢。

星期六下午，沈静一个人呆坐在财务部经理室，心事重重，闷闷不乐。这倒不是因为几天前和刘玲吵了架，其实她压根儿就不觉得那叫吵架，她只是作为一个专业会计，一个财务部经理，对销售部应收账款过多提出了质疑，虽然言辞激烈了些，刘玲当时听了脸都变黑了，但这就是她的做事风格，别人怕刘玲，可她却不怕。她好像还没怕过谁呢，连她的父亲都得让着她。

沈静从小和她妈妈生活在一起，直到她的父亲发迹后才过来一起生活。那时她都快十岁了，她既继承了妈妈身上的勤劳、刻苦、办事认真的优良品质，又继承了父亲那种不择手段、不达目的誓不罢休的性格。当然，同大多数娇生惯养的女孩一样，自私、小气甚至刻薄这些在她身上同样也不缺少。她到澳大利亚留学一年回来后，沈福荣本打算让她去他的房地产公司上班，可她坚决拒绝了。她知道父亲的情人就在房地产公司，她遇到那个女的说不定会上去煽她几耳光。沈福荣拿这个宝贝女儿没办法，正好他也想加强对星光公司的控制，于是就让她去财务部，先让她熟悉星光公司的业务，到了今年 5 月份，为了更进一步控制这家公司，他让女儿做了财务部经理，全面掌握公司财务大权。

她不高兴的原因是为情所困。像大多数她这样年龄的女孩一样，她憧憬着美好的爱情，渴望有一天自己的白马王子翩然出现，带着她驰骋在五彩缤纷的世界里。她的白马王子出现了，可带的却不是她，这就是她闷闷不乐的原因。

进入星光公司不久，她就喜欢上了外形英俊同时又野心勃勃的胡平，又听说他是四川人，更加深了她对他的喜爱。去年五一节在海边的时候，她瞅准机会，在他一个人的时候主动上前搭话，给了白马王子一个机会，没想到胡平竟然无动于衷，把它当成了一次普通的巧遇。很快，沈静就发现他早就有女朋友了，而且那个女孩比她美丽、温柔。她为此几个星期没睡好觉、吃好饭，人也瘦了一圈，整天无精打采，像得了什么重病似的，吓得她的妈妈非要带她去医院检查不可。

那时，她刚进公司不久，既无资历，也无地位，她又不爱炫耀，只好隐忍不发。不过，她可不是那种心胸像大海一样宽广的谦谦君子，别人的东西，只要她看上了，她就会想办法抢过来。坐上财务经理的宝座后，她认为时机成熟，正当她准备采取行动时，胡平却主动约她，这让她大喜过望，但她是一个相当聪明相当有心计的人，她猜想胡平大约是看中了她的能力，当然还有她的气质和漂亮。她的身世公司无人知晓，这一点她深信不疑，她来星光公司上班时甚至简历都没交一份，这既是她的要求，也是她父亲的要求，他们不约而同地要求董事长汪建明严格保密。

她欲擒故纵，第一次约会只留了一点手上的余香给胡平，上个星期六胡平再约她时，她以身体不适为由婉拒，这个星期六她打算采取行动了。时间慢慢地流过，可电话铃始终没有响起。“难道他想放弃？”想到这，她有些不安，甚至觉得不应该拒绝上次约会，正当她焦急不安的时候，传来了敲门声，她一听敲门声就知道是胡平，心里一喜，不过表面上却做出庄重的样子。

“请进。”她说道。她拿起一支笔，装着正在审批文件。

果然是胡平。他走了进来，小伙子仍是那样的英俊潇洒，手里提着一个文件袋。

“快下班了你还拿这么多文件来找我，”沈静笑吟吟地问，“不会又是对账问题吧？”

“不是。”胡平说完，竟从里面拿出一瓶椰子汁，“这是你最喜欢喝的。”

沈静接过椰子汁，说了声“谢谢”。

“你的病好了吗?”胡平关心地问。

“差不多了。”

“今晚请你看电影，可以吗?”说完，胡平的脸有些发红，他以为她又要拒绝。

“嗯。”沈静故意沉吟了片刻，然后点了点头。

胡平兴奋得想冲过去拥抱她，但表面上露出的却是微笑和稳重。他认为拥抱留到晚上进行更恰当一些。

到了晚上八点钟，胡平来到约会地点，却发现沈静早已等在那里，他打算去买电影票，沈静阻止了他，说道：

“不用看电影了，我们一起走走。”

两人不知不觉来到情侣路，沈静很少说话，即使说也是简单回答“是”、“不是”，或模棱两可的“嗯”。

胡平一个人说了一阵，见有些不对头，便问沈静道：

“你是不是遇到什么麻烦事，需要我帮忙吗?”

“你能帮吗?”沈静瞟了胡平一眼，说道。

“没问题。上九天揽月，下五洋捉鳖，我都行。”胡平半开玩笑半认真地说。

“你认识品质部的一个叫方小丽的女孩吗?”沈静看着他问。

胡平吃了一惊，大热天出冷汗。他没想到她会突然问出这个问题，有些措手不及，口吃似的说道：“认、认识。”

“听说她在和你们采购部的一个人谈朋友?”

胡平知道再也躲不过去，他迅速拿定主意，无论如何不能失去眼下这个女孩，沈静在他眼里化成一堆堆金光灿灿的黄金，瑰丽无比，摄人心魄。

“她是我以前的女朋友。”他痛快地承认道。

“以前?”沈静抬起头，“你们现在没来往了?”

“在来往，但只是一般朋友。”胡平决定把撒谎进行到底，不能露出丝毫破绽。

“为什么不和她交往了呢，她不是挺好的一位姑娘吗?”

“我们之间志趣爱好不一样，相差太大，志不同道不合。她喜欢诗歌，喜欢文学，还说以后要回老家教书。”

“那你呢?”

“我觉得诗歌文学早已过时，我喜欢看管理类的书，我想不断提高我的管理水平，我还在学英语，准备考八级。现在这个社会，不学习很快就会被淘汰。”胡平把自己狠狠表扬了一番，居然脸不红心不跳，“另外，她想以后回老家，我不想跟她回去，我希望在这边发展。”

沈静似乎被他的肺腑之言打动，点了点头，说道：

“你觉得我和她相比怎样?”

“各有优点。”胡平答道，“你素质高，还留过学，气质好，能力强，如果今后我自己创业，你肯定能成为我的得力助手。”

“我有没有她漂亮？”沈静紧追不舍地问。

“各有千秋。”胡平反应极快，处变不惊，“你的美如空谷幽兰，清纯脱俗；她的美如三月带雨梨花，柔美婉丽，楚楚可怜。”

沈静对他的回答似乎还满意，颔首点头，过了一会儿，她又问道。

“既然你们没有再谈朋友，她为什么还在我们公司做事呢？以她的外貌和能力，她应该可以去其他公司找个更好的工作。我听说两人如果恋爱不成，常常会分开的。”

这个古怪问题一下把胡平难住了，他张口结舌一时不知道说什么好。

“我这个人最讨厌脚踏两只船的男人。”沈静眼望远处，幽幽地说道，“如果你真想和我好，你就劝她离开我们公司。她虽然现在已经不是你的女朋友，但我看到她总觉得有些不舒服。你既然和她现在还是普通朋友，你去劝劝她，我想她肯定会听你的。”

胡平已无退路，他知道只要他想得到眼前这个女子，实现他的第二个梦想，他迟早得走这一步，只是这一步来得快了点，他一点思想准备都没有。他想了想，痛下决心，说道：

“既然你有这种想法，那我去劝劝她试试。”

“在她没走之前，你不用再来找我。”沈静说完，伸出手来，胡平握了一下，目送她坐出租车离去。

胡平来到出租屋，时间尚早，方小丽上课还未回来。他一个人倒在床上，闭上眼，沉思默想。

“怎样才能让她心甘情愿离开星光公司呢？”他想，“既要让她离开，最好还能感谢自己，至少不要怨恨自己，这才是好办法。可怜的姑娘，上电大需要钱，家里两个妹妹上学需要钱，父亲的伤腿也需要钱。看来我得给她一些钱，就算是青春补偿费吧。”这么一想，他不但心安理得，甚至恍惚间自己成了慈善家，成了扶弱济贫的英雄。他开始考虑钱的问题，既要让自己满意，又能让她接受。他仔细计算了一下，他和她认识有一年零四个月又十二天，谈了一个月又十七天的朋友，再去掉未谈朋友的二十五天，同居的日子不到一年零两个月，他个人认为补偿应该从同居之日算起，为表示自己的大方，他按一年零两个月总共四百二十五天计算。

“每天多少钱呢？政府可没出台这个标准。”他想来想去，算来算去，最后在三万和五万之间权衡，他就像是在菜市场讨价还价一样，经过一番激烈的思想斗争，他把最终的赔偿数目定在了五万，因为他觉得自己还是爱她的，他在这不到一年的采购部经理任期内已捞到了三十多万外快，给她个最高数目自己也完全能够承受。

方小丽上完课回到出租屋，见胡平愁眉苦脸地躺在床上，以为他哪里不舒服，赶紧走过去用手背去测他额头上的体温，看看有没有发烧。

“没事。”胡平不好意思坐起来，因为他此时正想着和她分手的事。

方小丽穿了件白色连衣裙，秀发披在肩上，暗淡的灯光下看上去有些朦胧，犹如云雾里的白衣仙女，亭亭玉立，柔美婉丽。眼看着如此尤物就要拱手相让于他人，胡平心里愤愤不平，甚至连法律规定的一夫一妻制也成了他憎恨的对象，如果二女可共侍一夫多好！不过胡平是个非常现实的人，金钱权势才是他的最爱。他知道今晚很可能是她属于他的最后一次了，就像任何拥有宝物的人在被迫交出宝物的前夜会尽情把玩一番一样，他也不想浪费最后的美好时光。他趁方小丽低头看他之时一下将她拥入怀中，方小丽含情脉脉地看了他一眼，就闭上眼任其施为。胡平比平时更勇猛激烈，似乎是为了弥补今后的损失。而方小丽以为是他爱她太深，等得太久，也尽力配合。虽然两人想法各异，却也殊途同归，最后都心满意足，相拥而眠。

星期天一整天，胡平都待在宿舍考虑和方小丽分手之事，他左思右想，最后还是觉得以写信的方式提出为好，因为他担心方小丽听说分手之后一激动再加上一哭，后面的话都听不进去了，那岂不白白浪费了他的一番好意？

“要让她感觉到他们之所以分手是老天作祟，与他无关。”他定下了信的主题思想，花了整整一个下午的时间考虑，最后提笔写道：

小丽：

你好！

当我提笔写这封信时，我的手在颤抖，我的内心备煎熬，我的眼泪在眼眶打转，时刻准备着喷涌而出。

春去秋来，我们相识已一年有余。从相识到相知再到相恋，我们共同度过了一年多的美好时光。在这一年多时间里，我们相互关心，相互帮助，相互支持，共同成长。我多么希望我们能相濡以沫，同舟共济，白头偕老，就像那首歌所说：永远陪你到天涯、到海角，海枯石烂心永不变。

可是，我知道，感情不能代替理智。通过近段时间的观察和思考，我认为我俩只适合做一般朋友，因为我们俩的志趣爱好相差太大，而且难以调和，犹如水火不能相容。

你是一个才貌双全的奇女子，喜欢诗歌文学，并且在这方面颇有造诣，我听过你写的诗，离成为真正的诗人仅一步之遥！你很有文学天赋，相信总有一天你会成为一名作家。而我呢，大学算是白上了，除了能背诵一些枯燥的法律条文，什么都没学到。不要说外国名著，就连中国的四大名著也只是蜻蜓点水般过了一遍，更不用说什么唐诗宋词。真的，在这方面我无疑是个白痴，我配不上你，一想到这点我就伤心欲绝，恨不得在地上挖个洞钻下去不再出来。假如我们今后一起生活，相互之间缺少共同语言，每天在一起，要么相顾无言，要么相互吵架，甚至打架，这样的生活是多少的痛苦和悲哀，也是你我都不愿见到的。

你有一颗善良、宽容的心，但你太善良太天真。你不喜欢钩心斗角、尔虞我诈，只求安于现状，而你知道我是一个有野心的人，我不会安于现状，我的人生词典里没有“不能”二字，我希望今后我的另一半也和我一样，能在事业上给予我最大的支持，我俩像两条平行线，永远没有交点。性格决定命运，也许就是如此吧！

以你的美丽和多才，我相信肯定会找到一个比我更好的男人。早分开对你对我都好，特别是对你，因为随着年龄的增长，女人老得更快一些。

虽然分开了，但我仍是你的朋友，随时乐意为你效劳；你仍是我的小妹，我仍将尽最大努力保护你，不让别人伤害到你。

信写完后，胡平又反复看了几遍，作了一些小修改。他自我感觉良好，信的内容情真意切，写的过程他还掉了几滴眼泪，完全是替女方着想。写完信他的感觉好多了，心里变得坦然了，似乎自己反倒成了受害者。他用手摸了摸胸口，感觉里面的心热乎乎的，正跳得有劲。他伸了个长长的懒腰，看了看信，感觉这玩意儿真好，把复杂的事简单化，把本来属于自己的责任变成了别人的责任。

到了星期二晚上，他趁方小丽不加班，打电话约了她出来。他只带信没带钱，因为他知道方小丽虽然缺钱，却绝不是那种见钱眼开的女孩，搞得不好会弄巧成拙。约会地点离公司不远，因为他怕她万一承受不了打击，迷失了回家的路，而且他和她即将分手，即使被公司的人看见也于他无损。方小丽接到电话后又惊又喜，以为胡平要告诉她什么好消息，还把自己好好地打扮了一番。当她兴冲冲来到约会地点，却见胡平一脸严肃，满腹心事低着头站在那里，直到她走到跟前才发现。

“你来了。”胡平抬起头，说完后又迅速地低下了头，他怕看到方小丽那双水灵灵的大眼睛。

“你怎么啦，是不是身体不舒服？”说完，方小丽又准备用手背去他的额头上试温。

“没事。”胡平用手挡开。

两人都没说话，在夜色中漫无目的地走着。工厂员工大部分在加班，路上行人很少，月亮躲在云层里不肯露面，只有几颗星星在天空中诡异地眨着眼睛。远处五颜六色的霓虹灯不停地闪烁着，充满了诱惑力和神秘感。方小丽几次欲言又止，因为几乎每次约会都是胡平主动和她说话，她不习惯先说。胡平觉得严肃的气氛制造得差不多了，终于开口说道：

“小丽，我和你交往一年多了，你觉得我这个人怎样？”

“很好啊！”方小丽不假思索答道。

“其实你不了解我。”胡平一脸委屈，“这段时间，我仔细考虑了我们之间的事，我觉得我和你之间志趣爱好相差太大，今后很难相处。”

方小丽呆着了，一动不动地站着。

“我觉得既然我们迟早要分开，迟分不如早分。当然，我们仍然是朋友，一般的朋友，兄妹般的情谊——”胡平感觉不对，抬起头，发现方小丽并不在身边，而是在几米远的后面站着，神情凄惨。

“你怎么啦？”胡平回到她身边问道。

“你说的都是真的？”方小丽好像刚从梦中醒来般，泪水夺眶而出。

“我们之间缺少共同语言。”胡平不敢正眼看她，“我们今后很难在一起共同生活。”

“为什么会这样呢？”方小丽边哭边说道。

“信里我已经写得很明白。”说完，胡平拿出信交到方小丽手上，逃一般离开了。

星期四下午下班时，张浩来到采购部把胡平叫了出去。

“你快去看看方小丽。”张浩一脸焦急，说道，“她已经两天没上班了。听和她住同一宿舍的工友说，自从星期二晚上回宿舍后她就一直躺在床上，不停地哭，两天两夜没吃一点东西，谁劝也没用。是不是你俩吵架了？”

胡平有点心虚，但仍坚决地摇了摇头，说道：“没有。”

“不管有没有，你先去劝劝她，恐怕只有你的话她才肯听。”张浩那神情，仿佛方小丽是他的女儿似的。

“你见过她没有?”胡平仍有些拿不定主意。

“废话，我没见她怎么会来找你?”张浩生气地说道，“她已虚弱得不成样子，说话都没有力气。我劝她，她只是摇头，一句话也不说。”

“行，我等一会儿就去看她。”胡平心里担心她真的出了事对自己也不好，于是说道。

第二十九章 ‖ 女人的直觉

为了减少负面影响，胡平直到晚上加班时间过了十多分钟后，才带了一些水果和装有五万元存折的信封来到方小丽住的宿舍。他敲了敲门，没人反应。他又使劲敲了敲，仍无人反应。他使劲推门，门虚掩着，他走进去，看到最里面床上躺着的方小丽。

方小丽躺在床上，双眼紧闭，满脸憔悴，两天不见，好像换了一个人似的。同一宿舍的其他三个人都加班去了，只留下她一个。她正在做梦，梦见自己在黑暗中，在一片无边的草原上拼命地奔跑，后面紧追着一群饿狼，那些发着绿光的眼睛离她越来越近，正在走投无路之际，她隐隐约约听到一个熟悉的声音，她大叫一声醒来，发现胡平站在她的床边。她像发现了救命稻草似的紧紧抓着胡平的手，拼命地抓着，以为他能保护自己，带自己走出那万劫不复的深渊，但她很快清醒过来，回到了现实当中，她松开手，颓然躺下，她看了胡平一眼，眼泪慢慢流了出来。

“你怎么能不吃饭呢！”胡平劝道，“你父母知道会着急的。”

方小丽呆呆地望着天花板不说话。

“我们之间不还是好朋友吗？”胡平又说。

“你说的都是真的吗？”过了好一会儿，方小丽终于开口说道。

“主要是我们性格志趣相差太大。”胡平委婉地说道。

方小丽长长地叹了一口气。

“既然你这样想。”她说道，“肯定有你的道理，我一直都相信你，我现在同样相信你，以后也会相信你。这两天我已经想通了，我不怪你。也许你说的是对的。”

“你打算以后怎么办？”胡平关切地问。

“我已经请了假，也许我会辞工，先回老家休息几天，看望一下父母。”然后她望着胡平，“我们今后还是朋友吧？”

“肯定是朋友、兄妹。”胡平肯定地说道。他一听说她打算辞工，心里悬着的石头落了地，他可以向沈静交差了，可以名正言顺地去追她了。

“谢谢你这一年多来对我的照顾。”方小丽流着泪说道，“你走吧，我已经没事了。”

胡平留下那个信封，心情相当愉快地走了，就好像打赢了一次重要的战役。方小丽看到胡平留下的信封，以为里面装的又是一封解释分手原因的信，她看也不看，把它收起来放好，打算留作纪念。

这段时间，刘玲发现王芳变化很大。以前，短发、眼镜、厂服、运动鞋是她生活的写照；严肃、认真、一丝不苟是她工作的写照。可到了最近全变了，她留起了长发，而且还像许多年轻女孩一样把它拉直了，脸上还经常抹上一层淡淡的胭脂，厂服虽然没变，但脚上却换了一双小巧的高跟鞋，以前几乎从来不笑的她现在常会露出迷人的微笑，她这一改变让她几乎年轻了十岁，像一个二十四五岁的漂亮姑娘。

凭着女人的直觉，刘玲猜想王芳肯定是遇到了什么大喜事，而最大的可能是她找了男朋友。刘玲仔细观察，希望能发现她的恋人的蛛丝马迹，但却一无所获。她既是王芳的上级，又同她亲如姐妹，她怕王芳误入歧途，觉得有必要找她谈一谈，这天下午快下班时，她把王芳叫到了办公室。

“最近怎么样?”

“还好。”王芳面带微笑说道，“谢谢刘总的关心。”

“跟我还客气什么!”刘玲说道，“王庭怎么样，暑假没送他回老家?”

“没有。我父母身体都不太好。”王芳答道，“我让他去了公司附近的一个暑期培训班。”

“王庭快八岁了，你住在外面既不方便也不安全，要不要搬到厂里来住?”

“不用。”王芳摇了摇头，“小孩住到厂里，影响不好。再说为我一个人搞特殊，别人会说闲话，不便于管理。”

“你看你，就是原则性太强。”刘玲说道，“外面住一定要注意安全。”

“知道了。我会注意的。”王芳感激地说道。

“你最近是不是遇到什么大喜事?”刘玲话题一转，看着王芳问道。

“喜事?”王芳一愣，“没什么喜事。”

刘玲笑了，笑得有些神秘。

“是不是有男朋友了? 看你这段时间像换了一个人似的，漂亮得连黄总都给你迷住了。”

王芳被说得有些不好意思，低下了头。她决定把心中的秘密告诉这个大姐般的上司，请她参谋参谋，她红着脸点了点头。

“是谁呀，这么有福气。”刘玲见她点头承认，笑问道。

“采购部的胡平。”

刘玲的笑容僵在脸上，眼睛差点鼓出来。王芳低着头，没注意到刘玲的表情变化，仍自顾自地说道：

“他也很喜欢王庭。”

刘玲终于回过神来，若在以往，她对这个横刀夺爱的下属早就挥泪斩马谡了，虽然她和王芳之间有着姐妹之情。但现在她却不这样想了。自从有过那次和丈夫的沙发激情后，她对丈夫又有了新的认识，觉得他潜力无限，只是尚未挖掘出来，只要今后善加调教，没准会让她受用终生。自从那次后，她对胡平的兴趣已大不如前，竟打算从此做回贤妻良母。她有了拱手相让的想法，于是说道：

“你对他了解吗?”

“了解，我们早就认识，非常熟悉。”王芳说道。只差没有将他们早已同居之事说出口。

“他是一个很有野心的人。”沉吟片刻，刘玲委婉地说道，“据我对他的了解，他不是一个轻易爱上女人的男人。”

“这个我知道。”王芳自信地说道，“我们是老乡，我就喜欢他那种上进心。”

刘玲看着王芳，从她的眼神、说话的口气和那种抑制不住的幸福感，刘玲感觉她和胡平的关系早已超越了一般。刘玲发现她已无可救药地爱上了这个男人。看来她又一次低估了这个有一个酒窝的年轻人。刘玲不相信他会真正爱上王芳，虽然王芳姿色的确不错，可她毕竟大他六七岁，还带着一个七八岁的儿子。“他到底是出于什么目的呢？”她百思不得其解。

“你们是什么时候好上的？”刘玲问。

“大概是在4月中旬吧。”

刘玲心里感到一丝欣慰，因为毕竟她和胡平好上在先，她这个做上司的还是抢先了一步。

“你们的关系一直没有公开吗？”刘玲问。

“没有。”王芳说，“他不愿意，说是怕影响不好。”

刘玲觉得自己问得傻，很明显胡平是怕她知道。“吃着碗里，看着锅里。”刘玲暗骂胡平不是个东西，似乎自己被他玩弄了般。

“我不是想阻挡你。”刘玲想了想说道，“因为我知道你在感情方面过于执着，又受过一次伤害，你最好和他保持一定距离，一步一步来，以免陷得过深，到时想抽身不易。”

“嗯。”王芳严肃地点点头，其实她已经没法抽身了。

王芳看见方小丽送上来的辞工书，激动得差点当场晕倒。

“天助我也！”她喃喃自语，以为是自己的虔诚和魅力使然。当方小丽来找她办辞职手续时，她破例答应她的要求：即辞即走即结清工资。方小丽对她深鞠了一躬，由衷地表示感谢。王芳强压着内心的兴奋，故作同情和不解说道：

“你在我们公司已经工作了一年多，你们张经理还说准备提拔你，为什么现在急着辞工呢？”

“父亲生病，家中有事。”方小丽平静地说道。

方小丽前脚刚走，王芳就按捺不住给胡平打了个电话。她假装不知道他和方小丽之间的事，只说怪想他的，问他晚上是否愿意共度良宵。胡平回话说，他有事，且约定时间未到，他正忙着呢！

胡平的确很忙，下午方小丽刚走，晚上他就和沈静手牵手走在情侣路上。方小丽下午走的时候，胡平发了个短信送她：“走好。”方小丽也回了两个字：“谢谢。”然后胡平就开始筹谋晚上和沈静的约会。

“你的效率挺不错的嘛。”情侣路上，沈静似笑非笑地对胡平说道。

“我们本来就是一般的朋友关系。”胡平一脸委屈状，“而她早就打算辞职回家看父母。”

“过去的事就让它过去吧。”情敌一去，沈静心里格外高兴，“你今后有什么打算？”

“先把你娶到手再说。”胡平半开玩笑半认真地说。

“还早着呢，我的父母还没见过你。”

“如果你的父母不同意怎么办呢？”

“应该会同意。”沈静自信地说道，“我自己的事自己做主，他们会听我的。你父母呢？”

“我母亲早已去世，”胡平伤感地说道，一提到母亲，他就会感到心酸，“我父亲更不会管我的婚事。”

“我们的事以后再说吧。”沈静见胡平有些不高兴，便说道，“你今后事业上有什么打算？”

“我现在已经是采购部的经理——”胡平想了想说道，“难道还能再升一级？”说完，他用眼角瞟了一眼沈静。

“这个恐怕难办。”沈静想了一会儿说道，“我们这个公司是他们夫妇带大的，他们在公司的威望又高，你很难代替他们。”

胡平真想大声对她说：我完全有能力代替他们，完全能坐在总经理的位置上把所有工作做好！但他觉得这样做太过锋芒毕露，而且现在说这些早了点。不过从她的话里，他看到了希望。

“现阶段我还是一步一个脚印，先把本职工作做好。”他故作谦虚地说。

“如果哪天你想创业，我一定会支持你。”沈静说道。

“谢谢。”胡平答道。

其实在胡平心里，他对创业根本就没有兴趣，创业既辛苦又耗时，而且风险又大，哪有现成的好！眼前就是一个上千人的企业，多好的一块蛋糕，干吗还要去舍近求远呢？

两个人走在情侣路上，彼此心情都很不错。沈静终于赶走了情敌，把心目中的白马王子牢牢抓在了手里，心里比喝了蜜还甜，她脸上挂着幸福的微笑，主动把身体依偎在胡平身上。胡平看着身边的女孩，犹如看到一堆灿烂的黄金，他早已将方小丽抛到了九霄云外，他现在已经走出了关键性的一步，总经理的目标离他越来越近，他情不自禁地吹了个响亮的口哨。

一只青蛙大约是被胡平美妙的哨音所吸引，从草丛里跳到两人跟前，沈静吓得赶紧往胡平怀里躲，胡平等这个机会已经等了很久，他暗地里对青蛙说了声“谢谢”，抬脚向青蛙踩去，顺势将沈静紧紧搂在怀里，然后把嘴凑了上去。沈静等待这刻也等了很久，于是两张嘴唇迅速挨在了一起。一阵激烈持久的拥吻后，胡平意犹未尽，手熟练地向沈静身体深处滑去，处在激情当中的沈静敏感地察觉到了，用自己的玉手阻止了那只蠢蠢欲动的手，并推开胡平警告道：

“不要乱来，等我们结婚那一天才行。”

一听这话，胡平那张“老”脸上竟然起了红晕，他见沈静望着他，似乎在等待他的褒奖。其实他才不在乎她是不是处女呢，他只在乎速战速决，早点将生米煮成熟饭，免得夜长梦多。但他又不得不装出欣喜的样子，俯身在她的额头上象征性地吻了一下，算是对她保持贞洁的奖赏。

方小丽走的时候，张浩亲自把她送到火车站，火车票也是他帮她买的。从第一眼见到她时张浩就喜欢上了她，她那双水灵灵的大眼睛，让他想起了已去世的姑妈——也就是胡平的妈妈。他对她的爱是一种父亲对女儿的爱，或者是兄妹之间的爱，绝没有掺杂丝毫男女之爱。他时刻关心她，帮助她，在他的职权范围内尽量照顾她，他这样做并非只是因为他是表弟胡平的恋人，还因为他内心深处对他的姑妈的爱。

他眼睁睁看着她在不到一周的时间内无论是身体还是心灵都遭受了巨大的摧残。她的身体瘦了一圈，以往红润的脸色变得苍白，眼眶深陷，原来充满欢乐的大眼睛装满了忧愁。看着这一切，他心如刀绞，他暗地里把胡平骂了无数次，如此美丽善良的姑娘让他糟蹋了，简直是暴殄天物。虽然恋爱自由，这种事他管不着也没法管。他曾私下找胡平谈过，劝他回心转意，这样的好姑娘万里挑一，但他的这个表弟不为所动，以种种理由搪塞。他既为方小丽的悲惨遭遇悲哀，又为表弟的愚蠢固执悲哀，最后自己为自己悲哀起来，还流了几滴眼泪。

“先回家休息一段时间，散散心，玩够了再回来。”临别时，他对方小丽说道，“如果不想再回星光公司，我一定帮你找一家更好的公司，更好的岗位。”

方小丽挤出一丝笑容，对他点点头又摇摇头，最后对他深深鞠了一躬，然后消失在上车的人流中。

坐在回家的火车上，方小丽心如缟木，万念俱灰。美好的生活、纯洁的爱情、崇高的理想等等，犹如过眼云烟，全都离她而去，不知所终。人世间所有的酸甜苦辣、悲欢离合，在她眼里都成了浮云。她面无表情，心里既无爱，也无恨。在失恋的当天，如果不是挂念父亲的伤病，她早已纵身一跳，一了百了，从此解脱。她甚至决定在看过父母家人后，就找一个幽远清静、人迹罕至的寺庙出家落发为尼，从此与青灯古佛为伴，了却尘世情缘，六根清净，无牵无挂。

下了火车，又坐了三个多小时的汽车，方小丽在下午快四点时终于来到家所在的山脚下，从山脚到半山腰的家，还要步行一个多小时的山路。她的大妹早就在山脚的站点等她，看见她亲切地叫了声“姐”，然后过来帮忙拿东西。一年多时间未见面，方小丽见大妹比以前更成熟漂亮，心里稍感宽慰，但见她身上穿的衣服是自己以前穿过留下的旧衣服，心里又一阵难过。

“姐，你比以前瘦了，脸色也不好，是不是病了？”大妹打量了一下方小丽说道。

“没有。”方小丽努力挤出一丝笑容，“可能是坐车时间长的原因。爸妈身体怎么样？”

“妈妈的身体还好，爸的脚伤好像比以前还严重。”大妹忧心忡忡地说道。昨天她还在县城一家超市打工，听说方小丽今天下午到家，特意请假来接她。

“过两天带爸爸去县城医院检查一下。”方小丽说道，“你高考考得怎样？”

“还行。”

“能上重点线吗？”

“能。”

“打算填什么志愿?”

“我想学医，希望今后当个医生，治好爸爸的病。”大妹说到这里，停了一会儿，又接着说道，“可是听说学医费用很高，实在不行我打算填报师范类学校，这类学校国家有补助，费用低很多。”

方小丽低着头没有说话，这次她辞工时所领的工资全部加起来还不到四千元，给家人买礼物花掉了差不多一千元，还剩不到三千，平时她的工资除留下一小部分零花外，其余的全寄回了家里，根本没有什么积蓄。

“小妹不在家吗?”过了一会儿，方小丽问道。以前她在县城念高中的时候，每次回家，小妹都会到山脚下接她，帮她拿东西。今天却没见到她。

“她也在县城打工。”大妹说道，“就在我隔壁一家商场，本来她也打算回来接你，可她们商场很忙，请不了假。”

“她不是刚满十六岁吗?”

“只要满十六岁就没问题。”大妹答道，“她那份工作还是我帮她介绍的。”

“多少钱一个月?”

“像我们这种暑期工工资都比较低，我六百，她五百，每个月除去吃住，我们两个加在一起也有八百多元。”大妹有些自豪地说。

方小丽的家坐落在半山腰的一片竹林之中，这里冬暖夏凉，风景优美，空气清新，对旅游的人来说的确是个不错的景点，但对于长年累月生活在这里的农民来说，却不是什么好地方，这里交通不便，又缺乏水利灌溉设施，完全靠天吃饭。以前这里的农民还能靠用竹子手工造纸卖些钱，但现在不行了，他们根本无法和当地新建的造纸厂竞争，只能把竹子卖给造纸厂换点钱。

方小丽走进家门口的时候，父亲正一只手拄着拐杖一只手提了一桶猪饲料从厨房出来，他转头看见女儿，立刻停下来冲她乐呵呵地笑。

“爸爸!”方小丽叫了一声，眼泪就流了下来，她真想扑到心爱的爸爸怀中痛哭一场，把所有的委屈、痛苦、烦恼向他诉说，如果是在以前，如果他的腿是好的，她早就扑过去了，但现在她忍住了。

“你看你，怎么哭了呢!”爸爸既是责备又是爱怜，“见了爸爸应该高兴才是嘛。”

大妹走过去接过猪饲料喂猪去了。爸爸招呼方小丽坐下，然后指着桌上的一个茶杯说道：“知道你今天下午到家，给你准备了一杯茶，先解解渴。”

方小丽仔细地打量了一下爸爸，爸爸变化不大，还是那样乐观，坚强，说话时声音还是那样厚重有力，给人以安全感，只是那条断腿变化较大，当初医生建议截肢，但由于费用太高，家里没钱，就一直拖了下来，现在那条腿膝盖以下看上去像一段枯木。

“这条腿现在怎么样?”方小丽坐在爸爸身边，手扶伤腿问道。

“还能怎样，老样子呗。”爸爸用右手敲了敲枯腿，笑着说道，“有它没它一个样。”

“上面有些发肿。”方小丽仔细看了一下说道，“不行，过两天一定要去县城医院检查一下。”说完，抬头问道，“妈妈呢?”

“在菜田犁地。没办法，别人家的牛，明天一大早就要牵走。”爸爸无奈地说。

“我去帮帮她。”说完，方小丽出去了。

太阳像一个红红的大圆盘挂在西边，落日的余晖给这片美丽的云贵高原涂上了一层金色。几缕炊烟从竹林中的农户家中升起，被晚风一吹，像水波一样荡漾开来，一部分飘飘荡荡进了翠绿的竹林，还有一部分顽强地昂着头，扭动着身子，向着天空飘去。竹林下面，以前是一排排井然有序、整齐划一的梯田——那是“文化大革命”时学大寨的成果。前几年由于绝大部分年轻人都外出打工去了，大部分田地荒废，杂草丛生，近年国家提倡退耕还林，为了拿到国家的补助，大家又重新在梯田里栽上了树，只剩下约五分之一的梯田里还继续种着庄稼。

凭着记忆，方小丽很快来到自家的菜地。她看到了妈妈的身影。落日的余晖中，妈妈正在犁地，她右手扶着犁，左手拿着缰绳和一根用细竹做成的鞭子，她的头发胡乱地盘在头上，一顶半新旧的草帽挂在脖子上，裤脚高高挽起，一件蓝色旧衬衣早已被汗水湿透，她熟练地扶着犁跟在牛的后面。她的嘴里不时发出一声吆喝，并抖动着手中的鞭子。拉犁的是一头强壮的大牯牛，它时不时转过头来看看，好像要揭竿而起似的，不过每当听到主人发出的又尖又细的刺耳吆喝声和看到主人手中抖动的鞭子时，它又变得老实了。快到菜地尽头时，只见她猛一拉缰绳，在牛转过身的一瞬间，她右手提起犁，一个转身，干净利索地将犁掉了个头，又开始了下一轮犁地。她转过身之后，发现了站在前面不远的女儿。

“小丽回来了。”她停下来，用手理了理掉在前额的头发，脸上露出开心的笑容。

“妈妈。”方小丽边叫边笑着走了过去，“天快黑了，你一个人不怕吗?”

“怕什么！山上又没有老虎。”妈妈笑道，“再犁几趟就完工了。这牛是租的，明天一大早就要牵走。”

方小丽仔细看了看妈妈，她比以前又老了不少，四十一岁的她，脸上已有了不少皱纹，脸被太阳晒得黝黑，她赤着双脚，脚上全是泥土，手上满是老茧，她看上去比实际年龄大得多。方小丽想起和妈妈年龄差不多的星光公司的刘总，那简直一个在天上，一个在地下。她的妈妈年轻时是村里有名的美女，那时恐怕比刘总还漂亮，可是不同的人生轨迹，使她们在短短十多年后就有了天壤之别！方小丽鼻子有些发酸，但她不愿在妈妈面前表现出软弱，她拿起地里的一把锄头，说道：

“我去挖那些没有犁着的死角。”

犁完菜地，天已经全黑了，方小丽扛着锄头走在后面，妈妈肩扛着铁犁赶着牛走在前面。

“你请了多少天假?”妈妈问。

“一个星期。”方小丽怕她担心，没说已经辞工。

“男朋友怎么没一起回来?”

“他太忙，请不了假。”方小丽撒谎道。

“他是大学毕业?”

“是的。”

妈妈不说话了，沉默了好一阵，然后说道：

“小丽，妈妈给你讲句实话，我年轻时也像你现在这样漂亮，把握机会，找一个有本事的男人，不要再回老家了。哎，我这一辈子就只能这样了，你不要再像妈妈一样。”

“你觉得爸爸不好吗？”方小丽不解地问。

“好，不好我能嫁给他？”妈妈说道，“但那个时候不一样。你爸从来没有对我红过脸，妈也从没有后悔过嫁给他，再苦再累也心甘。可你们这一代人不一样。那年你考上大学没钱让你去读，妈现在心里都觉得对不起你。”说完，她用手抹眼泪。

“我从来没怪过你们。”方小丽连忙说道，“如果不是爸爸的脚受伤，我们的家不是很好吗？”

“是啊！”妈妈叹了一口气，“你爸爸其实很有能力，都是挖煤给害的。”说完又去抹眼泪。

“听说大妹高考成绩不错？”方小丽怕妈妈伤心，忙转移话题。

“嗯。”妈妈点了点头。“这次我们就是倾家荡产也要让她去读。”

“妈，你不用担心。”方小丽说道，“她想学医，就让她去学吧，钱的事你不用操心。我想办法。”

第二天一大早，大妹就坐车进城上班去了。方小丽起床后，拿了一把锄头和妈妈一起去到菜地，到天快黑时，终于把菜苗种了下去。

第三天，方小丽带着爸爸妈妈一起来到了县城医院给爸爸看病。检查结果出来后，方小丽找到了医生。

“我爸爸的腿伤严重吗？”她问医生。

“严重！”医生严肃地说道，“大腿部分已经被感染，再不赶快治疗甚至会危及生命。”

“需要多少钱？”

“如果单是截肢治疗，大概要三至五万。”医生说道，“如果要安假肢，大约还需要这么多。”

“最迟可以再拖多少时间？”

“一个月内应该没问题，可以先吃一些药维持。”医生说道。

方小丽把医生的话告诉了爸爸。

“我不治，哪有这么严重？”爸爸听后说道，“医院为了赚钱，都把病往重里说，我现在感觉很好，以后再说。你大妹还要上大学呢。”

方小丽知道爸爸是为了钱的事，她想了想，对爸爸说道：

“你不用担心钱，我和男朋友存了一点钱，本打算结婚用，现在我们先拿出来给大妹读书和给你治病，反正我们也不急，等你们有钱后再还给我们。”过了一会儿，她又补充说道，“我们那笔钱存的是死期，下个月就到期，到时我给你们寄过来。”

“那太难为你们了。”爸爸还想拒绝，妈妈先说话了，说完，低下头长叹了一口气。

中午时，方小丽叫上大妹和小妹，全家人去了一个比较好的餐馆好好吃了一顿，大家难得团聚，都非常高兴。

“大妹就报医科大学，等你学成回来，爸爸的伤腿就交给你负责。”方小丽笑着说道，“学费我下个月二十号之前给你寄回来。”

“我挣的钱也给二姐拿去上大学。”小妹插话道。

“你挣的钱你自己作零花钱用。”方小丽看了小妹一眼，笑着说道，“只要你不问家里要零花钱就行了。”

小妹一直非常听大姐的话，听方小丽这样说，对她做了个鬼脸，然后说道：“我这钱不是送，是借给二姐的，等我结婚时她要加倍还我的。”

一家人听了都笑起来。

“姐，你信上说未来的姐夫很不错，下次一定要带回来看看。”大妹说道，“让我也参考一下。”

“春节再看吧。”方小丽强作欢笑说道。

晚上回到家，在父母都睡了后，方小丽一个人捂着被子大哭了一场，她早已没有了出家的念头。家中的困境让她一夜间变得成熟强大起来。大妹急需钱上学，爸爸急需钱治疗，她是家中的老大，责无旁贷。她虽然不是男人，但是她必须拿出比男人还要强大的勇气和力量，背负起这个沉重的家。她擦干眼泪，眼里流露出坚定的目光。她内心再也没有恨，只有爱，这种爱是一种对家人对亲人真挚的爱，是一种无私奉献的爱，是一种纯洁高尚的爱；她要用她那柔弱的肩膀去挑起整个家庭的重担，她要用她的那颗爱心，去换取心爱的爸爸的生命，挽救这个濒临绝境的家。她从此不得不走进一条荆棘遍地、黑暗凶险的人生道路，直到走完她的一生。

她拿起手机，拨通了同学谢玉凤的电话。

“我打算三天后去你那里上班。”她平静地说道，“请你帮忙给老板推荐一下。”

第四天，她陪着爸爸去镇上逛了一天，给他买了几瓶他喜欢喝的酒，又给爸爸妈妈一人买了一套新衣服，还给妈妈买了一个小巧精致的椭圆形镜子和一把牛骨梳子，她知道妈妈年轻时候爱美，喜欢打扮。晚上回到家，她把父亲的伤腿用温盐水仔细地擦洗了一遍，然后一边给他捶背一边陪他聊天。

第五天，她借口说公司忙，踏上了南下的火车。

第三十章 正面对抗

望着彭瑛越来越大的肚子，李志强又喜又忧：喜的是再过两个多月就可以做爸爸了，忧的是他俩还没正式结婚——没拿到结婚证，也就是还没有被政府承认。彭瑛不是很在意：她只要他这个人，有无结婚证并不在乎，可李志强知道，没有结婚证，他们的小孩出生后就不会有户口，就是所谓的私生子，一辈子都会被人歧视。他感到有些内疚，觉得对不起他们母子俩。可想来想去也想不出什么好办法，他觉得唯有更加努力地工作，挣更多的钱留给他们，万一今后他不在身边，他们也能过上好生活。

凭着他的勤奋和诚信，他的客户越来越多，工厂规模也越来越大，其上升势头大大超出他的预料，一年多时间，便从原来的五六个人发展到四十多人。他把生产交给别人管理，自己主要负责业务。他经常开着面包车去给客户送货，和客户沟通交流，忙得不亦乐乎！

这天他去一个客户那里送完货，正好遇到他们公司下班。他卸完货正准备上车，却突然听到下班的人群中有人叫他，而且叫的是他以前的名字李宝。他下意识转头一看，发现叫他的人似乎是他以前的一个同乡，他心中一惊，假装没听见，若无其事地开车走了。

晚上回到家，李志强一直心神不定，他反复考虑，觉得自己已身处险境。自己无所谓，可不能牵连到彭瑛。他觉得必须让彭瑛回她的老家生小孩，于是他对彭瑛说道：

“最近这边计划生育抓得很紧，像我们这种情况被抓着处罚很严，我送你回你的老家生小孩怎么样？”

彭瑛非常不愿意离开她的强哥，但她又不想给她的强哥添麻烦。

“行，我听你的。”她低头说道。

两天后，李志强把彭瑛送回她湖南的老家。彭瑛的父母见女儿挺着个大肚子被送回来，心里很不高兴，直到彭瑛告诉他们这个男人就是当初借钱给她看病的老板，他们才有了笑容。临走时，李志强留了一张有十万元现金的银行卡给彭瑛，又另外给了她的父母一万元。

回到公司的第二天，李志强给胡平打了一个电话，请他吃晚饭。

“晚上我已经约了人。”电话里胡平说道，“有什么事不妨直说，我们都是老朋友了，不用那么客气。”

“听说你大学学的是法律专业。”李志强在电话里说道，“我有一个朋友出了一点事，他托我问一下你。”

“我已有好长时间没看那些东西了。你说说看，我知道多少就告诉你多少。”

“我这个朋友因为有人欺负他的母亲，他得知后去报仇，打伤了几个人，这算不算正当防卫?”

“不算，事后再去报仇这种事不能算。”

“那——”李志强迟疑了一下，“那会判几年呢?”

“要看打伤的情况和当时的情景。事情的起因也有一定影响。”

“听说有两个伤得比较重。”

“一般最多就判六七年吧。另外，请一个好律师也很重要。他被抓着了吗?”

“跑了。”

“跑了！这种情况恐怕会判得更重一些。”

“如果自首呢?”

“会轻一些。不过也要看情况。原告的身份、实力、关系，这些因素对案件的判定都会有直接的影响。”

“好的，谢谢!”李志强说完，挂了电话，坐在椅子上愣愣出神。

胡平刚接完李志强的电话，手机就响了起来，一看是王芳打来的。

“很忙吗?”电话一接通，里面传来王芳柔媚的声音，“没打扰你吧?”

胡平见王芳话里隐含责备之意，忙说道：“刚才正和一个朋友通话。”

“今天星期几?”

“星期六。”胡平觉得这话问得有点奇怪。

“今晚有空吗?”

胡平心里一惊，他记得星期一才和她约会过。他早已和沈静约好今晚去一家咖啡店喝咖啡。方小丽走了已有一周，刘玲这段时间也没约他，沈静又还没到手，而且她已非常清楚地说过，不到举办婚礼的那晚上休想干那事儿。王芳柔媚的声音又让他想起他们一起销魂的情景，他考虑片刻，说道：

“今晚有个朋友过来，我晚一点去你那里。”

“不会是女朋友吧?”电话那头王芳说道。

“怎么会呢? 是个供应商。”胡平故意小声说道，“去早了你儿子也不答应。”

王芳咏咏笑了，说道：“老时间，我等你。”

胡平带着沈静到咖啡店浪漫了几个小时，牵了手、接了吻，胡平还送给她一束娇艳的玫瑰花，让她在幸福的海洋中沉浸了好长时间。快到十点钟时，胡平找借口溜掉了。

为了今晚这次约会，王芳准备了很长时间。

星期一约会的时候，她考虑到方小丽刚走，以为胡平还处在失恋的痛苦中。她用自己的身体，尽最大可能给予这个在失恋中痛苦挣扎的小伙子安慰。亲热完后，她还不停地用手像安抚受伤小孩一样轻轻拍着胡平的背，希望借此早日平复他心灵上的创伤。

她给胡平打完电话，早早地让王庭睡下。她把自己精心打扮了一番，她拿出昨天刚买回的一件丝质粉红色半透明紧身内衣穿上，把自己丰满的胸脯和身材的玲珑曲线尽情展现出来。她故意把头发松松盘在头顶，露出雪白美丽的脖子，显出一副情意绵绵的样子；她把自己打扮得既成熟性感，又妩媚娇柔；既风情万种，又清丽可人。过了十点钟，还没听见敲门声，她有点坐不住了，她觉得时间过得太慢，有点度日如年的感觉；又过了五分钟，她有点担心他不会来——毕竟还没有到他规定的约会时间。她拿起手机，几次想打电话询问，可最后还是忍住了。她觉得自己应该表现得稳重、成熟，不能像十七八岁的少女那样肤浅、急躁。又过了五分钟，胡平终于到了，她迫不及待一下扑到胡平的怀里，鸡啄米似的在他脸上亲吻，也不管他脸上还流着汗水。

胡平被王芳的性感和美貌彻底迷住了，他甚至等不及冲凉，立刻抱起王芳来到床上，翻江倒海，巫山云雨起来。一阵激情燃烧过后，胡平筋疲力尽躺在王芳身边，准备像往常一样小睡一会儿，养足精神即离去。王芳在他的怀里依偎了一会儿，然后睁开眼，见他睡着了一般，就伸手到他的肢窝挠了挠，胡平觉得有些痒，忙收紧了手臂，说道：

“别闹，睡一会儿。”

“我有事给你说呢。”王芳柔声说道。

“你说吧，我听着。”

“品质部的那个叫方小丽的女孩走啦，挺可惜的！”

“重新招人呗。”过了一会儿，胡平说道。

“你不想她?”

“我为什么要想她?”胡平睁开眼说道。

“还在装。”王芳用右手食指轻戳胡平的额头说道，“我早就知道她是你的女朋友。”

胡平心里暗骂女人真狡猾，他自认为保密工作做得很好，没想到轻而易举就给两个爱他的女人识破，他不知道说什么好，索性又闭上眼，不说话。

“其实我也不怪你。”王芳叹了一口气说道，“她在我前面认识你，她人也挺不错的，只是我有点奇怪，她为什么会突然离开你呢?”

“人各有志。”胡平眼见躲不过，只得开口说道。

“她既年轻又漂亮，的确可以找一个有钱有势的男人做老公。”王芳有些可怜胡平，以为他是受害者，情不自禁伸出手去拍胡平的背，希望能给他一些安慰，帮他早日忘掉那个势利女人。

胡平被她说得有些不好意思，又被她的手拍得浑身起鸡皮疙瘩，就一边伸出手来阻止她继续拍下去一边说道：

“过去的事就让它过去吧，不要再提这些往事了。”

“对，我们要着眼于未来。”王芳停止了拍打，说道，“你打算今后怎么办?”

“还能怎么办?”胡平似乎很无奈——不过他现在的确很无奈，因为他发现身旁这个女人并不好对付。

“向前看呗。什么时候黄总刘总退休，再看看有没有我们这些小字辈的机会。”他说道。

“我指的是我俩的关系。”王芳解释道，“你现在的位置挺好，干吗还想往上走？黄总是星光公司的大功臣，又是董事长的亲戚，无人可代。”

“也许吧。”胡平说道，“我俩之间现在不是很好吗？”

“不好。”王芳坐起来，有些生气，说道，“我们这种关系就像做秘密情报工作似的，甚至我连二奶、情人都不如。”说完，她开始抽泣，泪水顺着脸颊往下淌。

胡平见状有些不耐烦，但又不好马上走人，便说道：

“你觉得怎样才好？”

“我觉得——”王芳用纸巾擦了擦眼泪，停止了抽泣，说道，“你是单身，我也是单身，男欢女爱，又不是做偷鸡摸狗的事，为什么要偷偷摸摸呢？”

“可是给王庭看见不好。”胡平好不容易找了一个借口。

“没什么不好。”王芳果断地说，“你不是也喜欢他吗？他也喜欢你，就是要让他知道，我想他不会排斥你的。”

胡平已无话可说，他实在找不到合理的借口，他为此生气。

王芳见他脸色不太好看，便缓和了口气说道：

“我俩既是老乡，又相处了这么久，我觉得你就是我心目中理想的男人，既有能力又喜欢小孩，以后结了婚，我会尽心帮助你，不管你做什么我都会支持你。”

胡平不能再躺下去了，他坐起来，双手抱头，做痛苦状，似乎头脑里正在进行激烈的思想斗争，他暗中瞟了一眼一脸期待望着他的王芳，说道：

“你刚才讲的话我回去后再好好想一想。再说方小丽刚走不久，过一段时间再说吧。”说完，起身告辞。

胡平走后，王芳的眼泪哗哗地流了下来，她怕吵醒熟睡中的儿子，又不敢哭出声来。不过，她心里还是充满着希望和期待，因为她觉得胡平刚才说的话似乎也有道理：如果这么快就另觅新欢，别人说不定会骂他忘恩负义呢。这样一想，心里宽慰了许多。忽然有些想念儿子，她起床穿好衣服，去儿子的床上看了看：熟睡的儿子脸上似乎带着微笑，也许正做着美梦。她忍不住在儿子的小脸蛋上亲了一下。

经过刘玲和林奇的努力，共有十二个客户响应了星光公司组织的“奥运十日游”活动，每人打款一百万。看着到账的一千两百万，汪建明眉开眼笑，高兴得直搓手。他把黄博伟夫妇着实夸奖了一番，并郑重许诺，年底分红时一定会让他们有意外的惊喜，这让在场的刘玲分外激动，甜甜地说了声“谢谢董事长”。

这十二个预先支付了一百万货款的客户当然不会忘记星光公司许诺的免费奥运十日游，个个拖儿带女，总共来了三十多人，鉴于这些人都是公司重要的大客户，刘玲决定亲自带队，另一个原因是她可以借此去北京看望一下那些在京工作的同学以及她的表妹张欣欣。

唐坡毕竟是个生意人，没有完全被张欣欣的美貌冲昏头脑，“千金难买一笑”，他认为不太合算。没有了唐坡的资助，张欣欣打算去浪漫之都巴黎的梦想也随之落空，只好委曲求全地继续待在北京做业务。这次表姐让她帮忙联系旅游公司，她责无旁贷，义不容辞，很快帮她联系到一家旅行社，也理所应当、当仁不让地赚了一笔不菲的提成。

刘玲走后，黄博伟回到家感觉家里太空荡、太寂寞，索性搬到厂里住。他叫人在他的办公室里放了一张简易床，晚上就睡在那里，既方便又安静，每天还可以节省出几个小时和开发部工程师们研究技术创新问题。

这天晚上，黄博伟又加班到十二点。他躺下不久，一阵惊天动地的响声把他从睡梦中惊醒，他起床拉开窗帘，只见外面一道道闪电划破漆黑的夜空。顷刻间，倾盆大雨从天而降，那雨扯天扯地地下着，如雨帘悬挂。他所在的位置正对着厂区大门，大雨几乎将路灯发出的光遮断，看不清周围的房屋。电闪雷鸣中，偶尔能看到大门旁边保安亭的影子。

黄博伟生长在北方，从来没有看到过这样的大雨。他想起小时候夏天，每次下雨，他总会趁妈妈不注意时溜到院子中去玩，弄得浑身是泥，全身湿透。当妈妈一边数落一边用温暖的手帮他搓身上的泥时，他觉得非常舒服。

炸雷一个紧接一个，一个比一个响亮，震耳欲聋。黄博伟没有了睡意，索性披衣起床，欣赏外面的雨景。他想起了苏东坡的一首诗："游子脚底一声雷，满座顽云拨不开。天外黑风吹海立，浙东飞雨过江来——"可惜这儿不是杭州的钱塘江。他正自感叹，发现大门进来的一片空地不见了，闪电划破黑夜后，看上去白茫茫一片。他想如果此时有一只小船在水面上划着，那该是一幅多美的画面！突然他感觉不妙，闪电中他发现左边一排露天篮球场边的水泥凳子不见了。

"糟糕！"他暗叫一声，急忙打开办公室门，冲到楼下，到了楼下一看，水已经漫过台阶，估计那些地势更低的厂房早已进水，他摸出手机给王芳打电话，王芳的手机却关机，他冲不远处的保安值班室大喊，可那边没有一点反应，雷声和雨声把他的声音淹没了。他一咬牙，冲进大雨中。场地的水已淹过他的膝盖，他摔了几跤，全身湿透，跌跌撞撞来到保安值班室。

大门值班保安正打着匀称悠长的呼噜做着美梦，一副泰山崩于顶而不惊的模样。黄博伟叫醒他，让他去叫人。

很快，住在厂区的大部分员工来到楼下，黄博伟亲自指挥，组织大家抢险救灾。一楼厂房大部分进了水，大家一直忙到凌晨两三点才休息。

第二天早上上班时，王芳来到厂里，看到情况不对，一问才知道昨晚发生了那么大的事，而她作为最该负责的负责人居然不在现场，她连忙来到总经理办公室，向黄博伟道歉。黄博伟见她一脸憔悴，又考虑到她和妻子不一般的关系以及孤儿寡母的艰辛，叹了一口气，问道：

"昨晚怎么关机了呢？"

"不是关机，是我手机没电了，忘了充电。"王芳低头答道。

"厂区里的下水口为什么堵着了？"

"三天前那些地方施过工，可能没有清理干净。"停了一下王芳说道，"我没尽到职责，请黄总处罚我！"

"幸亏发现及时，损失不大。"黄博伟叮嘱道，"以后一定要注意安排人员经常巡查。没事了，你去忙吧。”

出了门，王芳松了一口气，同时又觉得有些内疚。近段时间，她满脑子都是胡平的身影。她时而苦恼，时而快乐；时而痛苦，时而幸福；不过大部分时间都是在快乐和幸福中度过的，因为她觉得方小丽走后，她已把胡平牢牢抓在了手中。当昨天下午偶然听到有人说胡平在和财务部的经理恋爱时，她眼前一黑，差点晕倒，昨晚上她一夜未眠，一直在想这事，以至手机没电了她也不知道。不过她相信那是谣言，除非自己亲自证实。

下午刚上班，黄博伟接到仓库打来的电话，说生产部昨天领出去准备生产的一部分电子元件被昨晚的雨水浸泡，已经不能使用，其中有出口日本的产品使用的特殊电容。黄博伟听后吃了一惊，因为这种电容很特殊，不易买到，而出口日本的产品五天后必须出货，日本人时间观念非常强，刘玲临走时还特意交代了这件事。他想了想，立即打电话把胡平叫到办公室。

“出口日本的产品所使用的电容被昨晚的雨水浸泡，不能使用了，你知道吗？”黄博伟问站在办公桌前的胡平。

“刚听说。”胡平答道，这是他第一次和黄博伟单独面对面说话。

“重新采购需要多少时间？”

“正常情况下需要三十天。”

“最快呢？”

“我来你这里之前已经和那家供应商的老板通了电话，最快也需要十天。”

“可这批货五天内必须交货。货柜已经定了。”

“能不能推迟五天？”

“不能！”黄博伟答道，“我刚才说了，货柜已经定了。如果我们推迟，所有的损失都得由我们承担，还会被罚款，更为重要的是我们的信用会受到很大影响。”

“这是自然灾害，又不是我们故意的。”胡平不满地说道。

“不要找原因。”黄博伟打断了他的话，说道，“我给你三天时间，能不能采购回来？因为生产部装机还需要两天。”

望着黄博伟严肃的面孔，开始时胡平有些害怕，但想到自己不久就要取而代之，更何况他的精明能干漂亮的老婆早已被自己征服，绿帽子早就稳稳当当地戴在了他的头上，还敢在自己面前要威风。一想到这些，对他的敬畏之情立刻荡然无存，胡平变得底气十足，似乎顷刻间两人的职位已颠倒过来，他大声说道：

“不能，这不是我们采购部的责任，我已经尽职了。”

黄博伟用奇怪的眼神看着他，似乎没料到一个下属竟敢用如此的口气和他说话。他喝了一口茶，压抑着胸中的怒气，说道：

“我找你来不是为了查谁的责任，而是为了解决目前的问题。如果一切正常，公司就不用请管理人员了。”

“人家老板都说至少要十天，你让我三天完成，我又不是孙悟空，会变出来。”胡平毫不客气地说道，他以为黄博伟被他的气势吓着了，以为自己真的变成了他的上级。

黄博伟没想到胡平作为一个部门经理，竟会说出如此不负责的话，气得脸色铁青，大声说道：

“你作为一个部门的负责人，有没有尽自己最大努力去解决问题，去为公司着想？”

“我已经尽力了。”胡平嘴上这么说，但看着黄博伟愤怒的样子，心里还是有些怕。

“放屁！”黄博伟忍无可忍，手指胡平说道，“我告诉你胡平胡经理，你眼下只有两条路可供选择，一条是马上写辞工书，马上走人，我自己去搞定这件事；另一条就是马上给我飞到杭州去，三天之内把这种电容买回来。”

第三十一章 悲惨母子

胡平气鼓鼓地回到办公室，他拿出一份辞工书飞快地填好，却并不交上去。他把它翻个面放在桌子上，然后闭上眼睛开始计算这样做的成败得失。最后得出的结论是：如果他把辞工书交上去，黄博伟大笔一挥，他立马就得走人，眼下没人能救他。这些年所有的忍耐、付出和努力都将成为过去。他现在势单力薄，羽翼未丰，一个沈静帮不了多少忙，更何况他和她刚好上不久。他根本无法与之抗衡。他开始后悔刚才的举动，差点让他功亏一篑。他拿起桌上写好的辞工书撕掉，扔进废纸篓，决定走第二条路。

两个小时后他已坐在了飞往杭州的飞机上。

胡平走后，黄博伟想了想，觉得还是应该做好第二手准备，他叫人把日本客户常驻星光公司的代表请到会客室。

这个常驻代表叫池田俊树，个不高，长得却很壮实。他的真实身份是这家日本大财团老板的儿子。他从小对中国文化感兴趣，在北京念的大学，能讲一口流利的汉语，不知道底细的人常把他当作中国人。两年前他从大学毕业后，一直留在中国工作。他们公司的音响产品大部分在星光公司加工，他一年中有三分之一时间待在这里。他对星光公司的管理模式很感兴趣，觉得并不比日本公司管理差，他尤其敬佩公司总经理黄博伟，虽然很少见到他。他觉得黄博伟是一个既精通技术，又懂管理的复合型人才。听说黄博伟想见他，他赶紧来到会客室。

黄博伟对日本人有一种天生的反感，因为在他很小的时候，父亲就告诉他，他的爷爷奶奶就是被当年入侵中国的关东军杀害的。他见了池田俊树，表面上仍装出很热情的样子，告诉他有一批货因重要零件被昨晚的雨水浸泡，有可能要延期，池田俊树听后很有礼貌地说道：

“我们非常同情贵公司昨晚上的遭遇，我完全可以接受你的解释，因为我当时就在现场。可我们的客户就不这么认为了，我们不能把你们的理由当作理由来解释给他们听。我们希望贵公司按时交货。”

黄博伟送走池田俊树，心里窝了一肚子火，觉得这人简直不讲道理。他暂时放下此事，其实凭他的经验，他觉得胡平在杭州应该能找到这种特殊电容。

到了杭州后，胡平没费多大劲就找到了所需电容，第三天早上就买好货乘飞机赶回了公司。为了消除影响，他还去找黄博伟道了歉，黄博伟并不知道胡平早已稳稳地给他戴了一顶绿帽子，像往常对待犯错误的下属一样大度地和他握了握手，还拍了拍他的肩膀以示安抚。

沈静听说胡平买到了所需的电容回来了，心里松了一口气。为预防万一，胡平启程去杭州前把他和黄博伟吵架的事告诉了她，这两天她一直为这事操心。她按捺不住内心的喜悦，早早来到采购部办公室门外等着，一下班就上去挽着胡平的手。胡平虽然感觉有些不好，但又不敢拒绝。他在和方小丽以及王芳交往时曾要求她们保密，可对沈静，他却不敢对她提这样的要求。沈静虽然对最后一关把关甚严，但对和心爱的人牵手这样的只是肌肤相亲的事却并不排斥而且乐意为之。她挽着胡平的手，脸上带着甜甜的笑容，一边同胡平说着话一边走出办公楼。

两人的行动早已被密切监视着他们的王芳看见。王芳恨不得冲上去把沈静的手从胡平身上拿开，换上自己的手，可她的脚不听使唤，愣愣地站在旁边目送他们离去。

第二天是星期六，王芳请了一天假，那天晚上她做了很多噩梦，第二天醒来时头昏脑涨，四肢无力。她心烦意乱，心里充满了绝望和痛苦。她联想起近几个月来和胡平相亲相爱的种种情景，觉得自己似乎是被人利用，被人欺骗；胡平和她接触，和她恋爱直至和她同居，似乎都是为了达到现在的目的，但她又不敢确定，她仍然深深地无可救药地爱着这个野心勃勃的脸上有一个酒窝的英俊小伙子。她那本已快熄灭的爱情之火一旦重新点燃，一旦变成熊熊燃烧的大火，即使是一盆冰水浇下来，也难以熄灭。痛苦、绝望和一丝的希望折磨了她一整天。

“天啊，我是这样的喜欢他，爱他，我愿意把我的一切都奉献给他——除了我的儿子，可他却这样对我，这太不公平了。”她没吃早饭和午饭，心力交瘁，整天泪流满面，长吁短叹。她想彻底忘掉这个忘恩负义的家伙，可不到十分钟，他的音容笑貌又会浮现在她眼前。最后她决定哪怕只有一丝希望，也要付出百分之一百的努力去争取。她知道自己重新夺回他的胜算很渺茫，但她却不愿轻易放弃。

傍晚王庭从暑期学习班回来，嚷着明天要去动物园玩，因为明天正好是他八岁的生日。他听到别的小朋友说那里有大象表演，可以骑到大象身上去照相，威风得很，一直非常向往。王芳心里很烦，本想一口拒绝，但看着儿子期待的目光，又于心不忍。后来想了想，觉得如果明天叫上胡平一起去动物园，说不定他会回心转意，因为看得出胡平很喜欢儿子，于是她对王庭说道：

“明天出去玩时叫上胡叔叔好吗？”

“好！”王庭高兴地答道，“我好久没和他一起玩了，我还要听他讲故事呢。”

王芳拨通了胡平的手机。

“明天是王庭八岁的生日，我们打算去动物园玩，你和我们一起去吧，王庭挺想你的！”王芳用恳求的语气说道。

“明天我有事，没时间。”电话里胡平说道。

“什么事？”

“有朋友过来。”

“男的还是女的?”

“男女都有。”胡平迟疑了一下说道。

“今晚过来吗?”王芳极力压制着心中的怒气，说道。

“今晚不行，我有事。”

“又陪朋友?”

“对。”

“男朋友还是女朋友?”

“男的。”

“是财务部的那个沈经理吧。”王芳再也忍不住，几乎是喊了起来。

“你听着，今晚上你必须过来，否则，我就把我俩的事捅出去。”王芳说完，挂断了电话。胡平再打过去，她也不接听，最后她收到胡平发来的一条短信:

“我晚上十点钟过来，不要生气啦。”

给王芳发完短信，胡平陷入了苦恼和担忧之中，他没料到她会有如此大的反应。

“如果让沈静知道自己和结过婚且有小孩的王芳有着亲密的关系，那就完了。”他想。他看了看表，还有半个小时下班。他停掉手上的工作，开始思考应对之策。

“今晚同沈静的约会肯定不能耽搁。”他想，“把时间错开一下，先和沈静约会到十点钟，然后再去王芳那里。明天沈静已和他约好一起去海边玩，这可是进一步加深关系的好机会，理当不容错过，至于王芳约他陪她儿子去动物园的事，他大可不必挂在心上，他目前没有时间也没有这个义务。”

“今晚怎么面对她呢?”他想，“难道她真的傻到认为自己会同她结婚?”

老实说，从双方的经济往来看，他和王芳之间的确是清清白白，没占一分便宜，廉洁得可以和清官媲美，甚至他还吃了点小亏，主要体现在他送了她儿子不少玩具。从感情上说，他觉得他们是两相情愿，周瑜打黄盖——一个愿打，一个愿挨，并不存在谁吃亏的问题，他既没有欺骗她，更没有强迫她。至于他从她那里得到的一些信息，只能说是他们聊天时的自然结果，水到渠成，何况她也没有为此损失什么。

“最重要的是不能让沈静知道这事。”他想，“实在不行就给她一些钱，算是青春补偿费吧。”

到了晚上十点钟，胡平找了个借口和沈静告辞，然后来到王芳所在的出租屋。王芳早已坐在饭桌旁的椅子上等他。她化了个淡妆，人虽然看上去有些疲倦憔悴，但仍掩饰不着她的漂亮妩媚。她给胡平开了门，点头示意他坐到桌子旁边的一张椅子上。上个星期六晚上，他们还曾在这里拥抱接吻激情缠绵，可只过了短短几天，他们之间就有了一种陌生感。

两个人坐定，好长时间都低着头不说话，最后还是胡平先开口:

“王庭这么早就睡了?”

“平时都是这个时候睡觉。”

“今天星期六，可以多玩一下。”

“已经养成习惯了。”

然后两个人又开始沉默。

“你在和财务部的沈静谈朋友?”这次是王芳先开口。

胡平点点头，没有说话。

“你打算和她结婚?”王芳盯着他问。

这次胡平没点头，假装没听见保持沉默。

“那我怎么办?”王芳见胡平不接话，又问道。

“我们之间——”胡平咳了一声，说道，“我们之间一直就是老乡、朋友，将来也是。”

“什么样的朋友？是一般朋友吗?”

“如果你能保守我们之间的秘密——”胡平顿了一下说道，“那么我俩还是可以像以前那样来往，甚至我来这里的次数可以更多。”

“你想让我做你的情人，做你的二奶，你这个王八蛋!”王芳再也控制不住自己，失声痛哭起来，边哭边说，“你看上那个女人，不就是因为她是星光公司后台老板的亲戚吗？你不就是想做这个公司的老总，把这个公司据为己有吗?”

“你不要乱猜，我不是那样的人。”胡平辩解道，“我主要是觉得她人好。”

听了这句话，王芳更加伤心，说道：

“我是不如她好，我结过婚，年龄比你大，又有小孩，可品质部的方小丽呢，她哪点不如她？你就是看上了她背后的权势、金钱，你用各种方法接近我，和我好，就是为了从我这里打探消息，达到你的这个不可告人的目的!”

胡平被她说破，心里又气又急又恼，忍不住大声说道：

“是又怎么样？我又没强迫你，你比我大了五六岁，我怎么可能娶你?”

王芳停止了哭，睁大眼睛张大嘴巴望着他，片刻后，她已愤怒到极点，抓起桌上的茶杯朝胡平扔了过去。胡平往旁一闪，茶杯掉在地上，摔得粉碎，茶水溅了一地；王芳还不解气，挥起拳头往胡平身上打去，胡平左躲右闪，挨了几拳，不过没有什么力量，只有点象征性的意思。胡平正躲着，不提防后腿上又着了两拳，不过同样没力。他回头一看，原来王庭被吵醒了，以为妈妈受了欺负，也加入了战团，边打还边嚷：“大坏蛋，欺负我妈妈。”一点都没有念及胡叔叔平时对他的好。胡平右遮右挡，狼狈不堪，突然王庭被凳子绊倒在地，躺在地上哭了起来，王芳心疼儿子，连忙上前抱起儿子，母子俩抱头痛哭，胡平见机不可失，连忙趁此机会逃之夭夭。

胡平走后，王芳怕影响儿子，加上自己已筋疲力尽，便止住哭，让儿子重新上床睡觉，自己和衣躺在床上，迷迷糊糊睡着了。睡梦中，她发现自己来到了一条小河边，河水清澈见底，无数的小鱼在水里欢快地游着，时而聚在一起，像是在商量什么；时而分散开来，像是要玩捉迷藏游戏，几条大鱼警惕地守护在旁边。明媚的阳光照在碧绿的水面上，到处是粼光闪闪。她看见儿子欢叫着跑了过来，她带着儿子跳进清澈温暖的河水里，像鱼儿一样自由自在地游着。突然，所有的鱼儿不见了，她回头一看，只见无数条丑陋的鳄鱼正张着血盆大口向他们扑来，她吓得失声尖叫，赶紧带着儿子拼命往前游，正在走投无路之际，她隐隐约约听到有个熟悉的小孩声音在叫“妈妈”。她大叫一声睁开眼，发现儿子正站在床前，吃惊地看着她。

“妈妈，你刚才在喊什么?”王庭见妈妈醒来，问道。

“没什么，妈妈刚才做了一个噩梦。”王芳说道，她觉得头很痛，全身乏力，“几点啦？”

“九点半了。”王庭看了看表说道，“不是说好今天去动物园玩吗？”

王芳感觉身体很不舒服，想在家休息，但看着儿子期待的眼神，又不忍心拒绝。她挣扎着起床，煮了点面条吃，然后准备出门。

“胡叔叔呢？”快出门时，王庭望着妈妈问道。他已忘记了昨晚上打架的事，只记得妈妈曾说过让胡叔叔陪着一起去，他喜欢胡叔叔，觉得有他陪着肯定好玩得多，“你不是说他今天和我们一起去吗？”

王芳听了又气又恨又觉得自己和儿子都可怜，但她又不想伤儿子的心，只好强忍着泪水说道：“他有事来不了。”

此时正是8月中旬，云层很低，天气有些闷热。太阳像捉迷藏似的，时而躲进云层，时而露出一张惨白的脸。

王芳带着儿子进了动物园。因为是星期天，动物园里人很多。他们先来到猴山。猴子们看到这么多人也很兴奋，在假山中不停地奔走跳跃，搔首弄姿，取悦围观的人群。围观的人不时抛进一些食物。看着猴子们为了一点点食物你争我抢，围观的人群不时发出阵阵哄笑，似乎从这些人类近亲身上找回了自己身上已失去多年的尊严，极大地满足了他们的虚荣心。王庭见了也要妈妈给他零食喂猴子，王芳不答应，并指着旁边一块牌子给他看：

“禁止扔食物给猴子。”

“为什么呢？”王庭看了一眼牌子，似懂非懂，问道。

“因为很多东西不干净，猴子吃了容易生病。”王芳解释道。

“妈妈说得对。”王庭露出一副恍然大悟的样子，“刚才我看见有位叔叔把自己吃了一半掉到地上的香蕉扔了进去，小猴子吃了肯定会生病的。”

两人看完老虎、豹子等动物，来到熊猫馆。

“这些熊猫是从我们的老家四川运过来的。”王芳指着熊猫说道。

“它们为什么要离开妈妈来到这么远的地方呢？”王庭问。

“因为它们长大了，”王芳看着儿子说道，“它们应该有属于自己的天地，应该去外面的世界看看，长长见识。”

“我长大了也要出去，我还要出国呢！”

“妈妈会支持你的。”王芳抚摸着儿子的头说道。

到了中午，天气更加闷热，太阳已不知躲到哪里去了。

王芳带着儿子去吃午餐。王庭嚷着要喝冰冻可乐，可到了店里一看，一瓶可乐要五元，比外面贵了一倍，他咽了咽口水，不再坚持买可乐，拿过妈妈带来的矿泉水喝了起来。吃完饭，两人去看下午一点半开始的海豚表演。路上，不知谁丢了一个空矿泉水瓶在地上，王庭像踢足球似的踢着它来到前方的垃圾桶，然后把它放了进去。

海豚表演非常精彩，有海豚顶球：几只海豚分别把一个小球顶在嘴上，在水池里飞快地奔跑，来回穿梭，球稳稳地顶在嘴上，像粘着了似的，完后一用力，像抛绣球似的把球抛到训练员手里。还有海豚玩呼啦圈等。最后一个节目是海豚救人，一个训练员掉在了水池中间，眼看就要沉下去，海豚发现后立刻迅速地游过去，把他顶出水面，很快把他送到岸边。

“妈妈，我们家能不能养只海豚？”看完后，王庭十分羡慕地问。

“你想做什么？”王芳奇怪地问。

“哪一天我掉进水里，它可以赶来救我。”

王芳听了心里一紧，想起早上的噩梦，忙说道：“家里是不可以养海豚的，妈妈会游泳，你不用怕。”说完，赶紧带着儿子出来。

大象表演是在下午三点钟进行。来到表演现场，王庭拉着妈妈的手，一直挤到最前面。大象表演场地不大，人却很多，里面又闷又热，表演开始后，首先是大象在跳迪斯科，随着一支迪斯科舞曲响起，三只大象抬起又粗又壮的腿，很努力地跟着音乐的节奏，时而提起时而放下，那笨拙憨厚的表情，引来台下孩子们的一阵阵欢笑声。然后是大象献花，大象用鼻子将一束鲜花卷起，慢慢走到观众席前面，双腿跪地，鼻子像人手一样将鲜花放下，献给观众。正好大象离王庭较近，他抢上一步，抢过鲜花送给妈妈。王芳接过花，高兴得在儿子的小脸上亲了一口。接着是大象喷水，只见大象将鼻子伸进水槽中，猛吸一口，然后对着人群喷出。王芳被冷水一浇，觉得头更痛；王庭淋了水，却高兴得大叫起来。见大象又要准备第二次喷水，他索性站起来，高举双手，不停地向大象招手，大象果然被吸引，又向这边喷了一次水，王庭高兴得手舞足蹈，一边用手抹脸上的水一边欢呼。王芳头有些发晕，但看见儿子高兴的样子，又不忍心制止他。

看完大象表演，王庭又拉着妈妈和大象合影。王芳好久没看到儿子这么高兴，就答应了他。王芳交了二十元钱，训练师把王庭抱到大象身上，王庭骑在大象身上，像一个凯旋的将军，伸出食指和中指，做出胜利的姿势，还不断扮着各种鬼脸，王芳拿出随身携带的照相机，给他拍了很多张照片。她觉得儿子骑在大象上的神情举止，很像他的父亲。看着儿子高兴的样子和大人似的举动，王芳的心里稍觉宽慰，但她仍感到头越来越痛，似乎要炸开似的，她想带着儿子尽快回家。

云层越来越低，热气虽然退了一些，但空气却越来越潮湿，人们的心情也越来越烦闷，天边出现一片厚厚的黑云，正缓缓地向这边移动。

王芳拉着儿子的手，出了动物园，动物园门口人很多，没走多远，王芳突然发现儿子不见了。她焦急起来，在人群中大声呼叫，拼命地挤来挤去，四处寻找，但没发现一点踪迹。她想儿子是不是又折回了动物园，于是又回转去央求守门员放她进去寻人，守门员开始不允许，后来看到她焦急的神色和一脸的泪水，就同意了。王芳在动物园里找寻了一阵，突然想起儿子没有门票不可能进去，况且她记得出动物园门的时候她还拉着他的手。她赶紧冲到门外，动物园门口仍是人山人海。

王芳有些绝望了，她流着泪呼喊着儿子的名字。来到一个三岔路口，她突然看见儿子站在路对面的一株大树下，正在那里东张西望。王芳激动不已，高声叫着儿子的名字。此时正好是绿灯，王庭听到妈妈的呼唤，不顾一切地冲了过来。他小小的身影向着妈妈这边跑过来，在他幼小的心灵里，妈妈就是他的一切，只要在妈妈的身边，他什么都不怕。他离开妈妈虽然时间不长，但周围的一切让他觉得害怕。那些陌生的面孔，那些奇形怪状的高楼大厦以及那些大大小小的车辆，还有那一片快要来到头顶上方翻滚着的乌云。他撒开小腿，向妈妈这边跑过来，他跑过人行道，差点撞在了一辆自行车上。他没有停下来，因为此时在他眼里只有妈妈，他跑上了主车道，第一个车道的驾驶员发现了他，拼命地踩着刹车，他逃过了一劫，中间车道的驾驶员也发现了他，可已经来不及了。

王芳亲眼看着儿子向她跑来，看着他被车撞倒，她声嘶力竭地叫着，不顾一切地冲了过去。她跑到儿子身边，跪倒在儿子身旁，看着儿子血肉模糊的身体，她慢慢地倒了下去。所有车都停了下来，所有人都惊呆了，世界在这一瞬间仿佛凝固了一般。

天空突然暗淡下来，仿佛黑夜提前降临，一条条闪电划破天空，一阵阵惊天动地的雷声在天庭上炸响。狂风裹挟着大雨，无情地冲刷着世间万物，仿佛要洗净世上所有的肮脏龌龊之物，还人世间一个干干净净清清白白的世界，让世上从此再没有悲伤痛苦、思念哀愁。

第三十二章 摊牌

刘玲带着参加“奥运十日游”的代理商来到北京后，就将他们交给了表妹张欣欣替她联系的旅行社，自己找朋友同学聊天叙旧去了。她去参加了一个留京同学组织的小型同学聚会，结果发现参加聚会的十多位同学竟有超过半数的人离过婚，有几个甚至已离过两次。

“你们是因为什么原因离婚?”她问当时班上公认的最老实的男生。

“性格不合，志趣不同。”男生轻描淡写地说道。

“要我说吗——”一个有点喝高的男同学迷糊着双眼说道，“这年头离婚太容易太普遍了，三个条件只要有一个不合就应该离婚。”

“哪三个条件?”有人问。

“第一个经济，就是金钱呗。无房无车，该离。第二个是性生活，性生活不和谐，该离。第三个是性格志趣，天天吵嘴打架，话不投机，该离。”男同学说完，扬扬自得地扫视了一下全体男女同学。

有几个人鼓掌叫好。

“你呢?”有人问刘玲，“听说你丈夫还是我们的校友。”

“还好。”刘玲答道。

“你们是怎么过到现在的?”有个离过婚的同学找刘玲取经。

“相互体谅、忍让呗。”刘玲笑了笑，答道。其实她对照刚才那个男同学提出的三个条件，有点问心有愧，后两条她觉得他们离达标还有一定距离。

“值得学习，模范夫妻。”有人赞道。

“奥运会在北京举行，你们感觉怎样，没有做点什么?”刘玲问一帮留在北京工作的同学。

“挺好的。”有个男同学懒洋洋答道，“不举办奥运会，公司就不会放假，我们就没有时间聚在一起喝酒聊天了。至于做点什么，那是在校学生的事，轮不到我们这帮中壮年们。”说完，自嘲地笑了。

“热闹，人多。”另一个同学说道，“我打算去看几场篮球赛，有姚明参加的。”

于是几个喜欢篮球的人开始讨论即将举行的八分之一篮球赛，几个喜欢足球的人讨论中国的足球。讨论篮球的人个个兴高采烈，对姚明赞不绝口，大部分人认定中国队一定能战胜德国队进八强。讨论足球的人一个个怒形于色，义愤填膺，恨不得自己亲自上阵，抱着足球就往对方门里跑——像橄榄球比赛一样，一副恨铁不成钢的样子。几个女人则对跳水、乒乓球感兴趣，猜测这次郭晶晶是否能如愿以偿拿到冠军，对她的绯闻也津津乐道，恨不得这些绯闻就发生在自己身上。

刘玲抽时间去看望了表妹张欣欣。

张欣欣仍是那样漂亮时髦，只是在刘玲偶尔提到唐坡时，脸上禁不住露出愤恨和遗憾之色，恨的是他竟然不识抬举，诗人变成守财奴；遗憾的是钱没弄到手，自己去巴黎浪漫之梦破裂。

“也许是自己太心急，太狠了一点。”分手后张欣欣也做了自我检讨和自我批评，总结了失败原因，为的是下次不能再让上钩的鱼儿溜掉。

张欣欣知道表姐喜欢看花样游泳比赛，想办法替她弄了张门票，刘玲高兴得直夸表妹能干。

到了北京的第六天，刘玲开始接到参加“奥运十日游”代理商的投诉电话。

“旅行社说每天让我们至少看一场比赛，可那是些什么比赛——”一个代理商在电话里对刘玲诉苦，“第一天看马拉松比赛，第二天还接着看，要不就是去看射箭比赛或者射击比赛。”

“说让我们看四场球赛，第一场曲棍球，我们看了半天搞不懂；第二场看橄榄球比赛，倒是热闹，运动员尽往人堆里冲，可那玩意儿我们也闹不明白，以为要打群架呢；第三场不知能不能称作球赛，叫什么冰壶比赛，看上去像擦地板似的，他们擦得费劲，我们看得更费劲；好不容易去看了一场乒乓球比赛，连中国队的影子都没见着!”另一位供应商对刘玲抱怨道。

到了第七天，有几个重量级的代理商打电话给刘玲，说一定要看中国男篮的比赛，他们想看姚明，如果不能满足他们的要求，他们宁愿立刻打道回府。

刘玲见事态严重，忙打电话问表妹是怎么回事。

“现在是奥运会期间，吃、住、玩都很贵的。”电话里张欣欣说道，话语中透着委屈，似乎她为此事倒贴了不少钱似的。

刘玲到附近两家旅行社打听了一下，发现按照他们现在的标准，全部价格就在二十万左右，而他们却付了三十五万元。

“这小妮子也太狠了一点，一转手就赚了十多万。”刘玲暗自骂道，可无凭无据，又不好责骂表妹。为了平息代理商的不满，她只好又多掏了三万元，让旅行社想办法买了一场中国男篮比赛的门票。当然，这三万元得由公司报销。

这天晚饭后不久，刘玲刚刚在电话里安抚完代理商，就接到黄博伟打来的电话。

“王芳出事了。”黄博伟在电话里紧张地说。

“什么事?”刘玲吃了一惊。

“她的儿子出了车祸，今天下午在动物园出来的时候。”

“怎么样，严重吗?”

“死了。”

"王芳怎么样?"

"听医生说，她，她——"黄博伟怕妻子听了着急，有点迟疑，说话变得吞吞吐吐。

"到底怎么样?"刘玲感到事情严重，因为她很少听到丈夫这样说话。

"听医生说她疯了。"黄博伟说完又赶紧补充道，"可能是暂时性的，你不用着急。"

"你是怎么知道的?"刘玲让自己冷静了一下，问道。

"警察从她随身带着的包里发现了她的厂牌，然后打电话来告知的。"

"我明天一早坐飞机回来，你开车来接我，一起去医院。"刘玲说道。

晚上，刘玲几乎一夜未眠，第二天上午在机场见到黄博伟，她一头扎入他的怀里失声痛哭起来。

"到底是怎么回事?"去医院的路上，刘玲问道。

"昨天是星期天。"黄博伟边开车边说道，"她带儿子去动物园玩，出来的时候走散了，后来她的儿子看见她，就横穿公路跑过来，当时正是绿灯，结果被车撞倒了，看到儿子的惨状，她当场昏倒在地。救护车把她送到医院抢救，醒来后她嘴里不停地叫着儿子的名字，只要看到七八岁的小孩，就跑过去抢过来抱在怀里。我是昨晚七点多到的医院。医生说她是疯了，而且很严重，不知能否治好。"

"一定要想办法把她治好。"刘玲一边抹眼泪一边说道，"医疗费用我们帮她出。"

"行，没问题。"黄博伟点头答道。

来到医院，刘玲来到王芳所在的病房，她单独住在一间狭小的病房里。她坐在床沿上，头发凌乱，满脸灰尘，衣服上全是泥土，赤着脚，看见刘玲进来一点反应都没有，嘴里仍不停地念着儿子的名字。

昨天还是那样漂亮妩媚，那样精明干练，转眼间却变成了一个疯子，刘玲忍住泪走上去大声地对她说道：

"王芳，我是刘玲，星光公司的刘玲，我来看你了。"说完，她盯着王芳的眼睛，希望奇迹出现。

王芳像是什么也没听见，仍在那里不断重复叫着儿子的名字。突然，外面走廊上传来孩子的说话声，王芳听了立即兴奋起来，眼睛发着光，像老虎发现猎物似的，敏捷地站起来，迅猛地冲了出去。她看见一个七八岁的男孩，不顾一切地冲上去抱在怀里，又是亲吻又是大笑，嘴里不停地说道："庭庭，乖庭庭，妈妈在这里，别怕。"一边还伸出手慈母般轻拍小男孩的背部。小男孩吓得大声哭叫，他的父母见状赶过来，好不容易才从王芳手里把小孩夺过去。刘玲见了再也忍不住，哭倒在丈夫怀里。

临走前，刘玲叫人给王芳洗了个澡，拿出自己的一套衣服给她换上，又亲自用梳子把她的头发梳好，然后找到主治医生问道：

"她的病能治好吗?"

"估计很难。"医生答道，"她受的打击太深，应该不只一种打击，她先前肯定还受了其他的刺激。"

"请你一定帮忙。"刘玲流着泪说，"钱的事我们会想办法。"

星期天胡平和沈静去了海边玩，两人玩得非常高兴。晚上回到宿舍时，已快十一点钟了。胡平隐约听到有人说厂里有人出了车祸，当时也没在意。他还在回忆下午在碧蓝的海水里和沈静一起游泳亲热的情景。

“这女孩不错，身上挺白的。”胡平仰靠在床上有点想入非非，“几时才能把她真正弄到手呢，两个月，三个月，半年？”他对自己今天的表现很满意，通过游泳，他和她的身体有了更进一步的接触。她对他的感情也更深了一层，她甚至开始含情脉脉地注视他，这让他暗自得意，心花怒放，以为胜利就在前方不远处等着他。

他突然想起了王芳，觉得这个女人有点不可思议，竟然以为自己真的会娶她！

“这件事可千万不能让沈静知道。”他担忧起来。怎样让王芳闭嘴，他还真没想到好办法。想起昨晚被他们母子俩合伙揍了一顿，他还心有余悸，愤愤不平，虽然那些拳头落在身上跟按摩差不多。

“明晚再去做做她的思想工作。”他想。他决定明天晚上去见她，并带上一张五万元的存折卡。他觉得，凭着他的口才和表达技巧，对她动之以情，晓之以理，许之以钱，肯定能说服她保守秘密，说不定还会继续做他的秘密情人呢。

“方小丽和我同居了一年多时间，最后还不是乖乖地离开了，走时还感谢我呢！”这样一想，他信心倍增。

最后，实在有些累了，他很快进入了梦乡，嘴角还挂着胜利者的微笑。

早上去公司餐厅吃早餐的时候，胡平听说了王芳母子俩出事的消息。

“这是真的吗？”他问那人。

“肯定是真的。”那人肯定地说，“昨晚公司就有人去看过她。儿子被撞死，她自己也疯了。”说完连连摇头叹气。

胡平手中的碗掉到了地上，他再也无心去吃早餐。他回到办公室，呆呆地坐着，脑袋里一片空白。过了好一会儿，他忽然怀疑这个消息的真实性，拿起手机拨打王芳的电话，然而连拨三次，电话里传来的都是服务员“对方已关机”的声音。他摇了摇头，懊恼地扔下了手机。不一会儿，沈静打来电话，告诉他王芳母子俩出事的消息。

“我已经知道了。”胡平回答道。

“哎，太可怜了。”电话里沈静叹了一口气，说道，“中午下班后我们去看看她？”

胡平本打算自己一个人去，但一时又找不到拒绝的理由，只好答应。

吃过午饭，两人买了一些礼品，匆匆赶往医院。

两人来到王芳的病房，推门进去，只见王芳坐在一张木椅上，脸向着窗外，侧面对着他们。她看上去神态安详。她穿着刘玲给她的一件精致的蓝色连衣裙，头发梳得整整齐齐，白皙的手臂裸露在外面，两手像淑女般放在腿上。她的嘴唇在动，似乎在喃喃自语。她看上去一点都不像病人，倒像是盼夫心切的少妇在床边凝目远眺，思念远方的亲人。

厂里面派过去照顾她的一个女孩过来告诉胡平：“黄总夫妇此前来过，离去不到两个小时。”

“她现在情况怎么样？”胡平问。

“还好。”女孩答道，“只要不听到小孩的声音就没事。”

胡平向她慢慢地走过去，好像是怕惊醒梦中人似的。王芳发现了他，抬起头愣愣地看着他，眼里似乎闪过一丝亮光，但那亮光如闪电般一闪即逝，她又恢复到先前的样子。胡平走近了些，听清楚了她嘴里不断地叫着儿子的名字：“庭庭，庭庭……”

胡平听着鼻子有些发酸，脑里出现王庭俊秀可爱的面孔。一个活泼可爱的小生命就这样消失了，他感到无比的心痛，眼泪忍不住掉下来。

“如果我昨天去陪她们，也许就不会有事了。”他想，心里一阵自责。他对她们母子俩还是有感情的，尤其是王庭，他认为小家伙长大后一定会有所作为，可是眼下这一切都没有了，都已经消失在风雨中、黑暗里。他希望王芳能替他保守秘密，但绝不会希望她以这种方式，而且还搭上了一条活生生的小生命。

他试着叫了王芳一声，但王芳一点反应都没有，仍是神情木然，嘴里反复念叨着儿子的名字。

沈静被眼前的情景感动了，她既为王芳的悲惨遭遇所感动，更被胡平的所作所为打动。她以为自己的恋人是一个情深义重的好男人，一个充满同情心和爱心的奇男子，她从他的眼泪里看出他具有一颗多么仁爱的心。她庆幸自己找到了一个值得自己去爱的优秀男人。

王芳出事后的第三天，胡平接到刘玲打来的电话，要他去他们以前经常约会的酒店等她。胡平放下电话后，感觉有些奇怪，因为以前约会她都是直接把他叫到办公室去，然后当面告诉他。

“也许是她太想念自己了。”他要了一辆公司的车，高高兴兴出发了。

来到酒店预定好的房间，他推门进去，却见刘玲早已等在房间，背对着他。他已有好长时间没有干那事了，强烈的欲望让他兴奋起来。他以为她是在等他过去拥抱她，于是情不自禁地张开双臂，一边说着“我的大美人，让你久等了”，一边兴致勃勃扑了上去。

快要接近刘玲时，刘玲突然转过身，抡起手臂就是一巴掌，胡平压根儿没想到她会打他，这一掌结结实实打在了脸上，这可不是打情骂俏，这一掌力道十足，打得胡平眼冒金星，差点跌倒在地。

“你这个王八蛋，骗子，流氓，不要脸的东西！”打完后，刘玲横眉怒目，手指着胡平恶狠狠地骂道。

“你凭什么打我？”胡平还没完全回过神来，抚着脸说道。

“凭什么？”刘玲怒目圆睁，高声说道，“就凭我是王芳的好姐妹。我这一掌是替她打的，你这个下流的东西，你骗了我，害了她。”刘玲越说越气，抓起桌上的一个烟灰缸掷过去，见没打着，她纵身一跃，又抡起手臂打过去。

胡平左躲右闪，连连败退，这时他已完全清醒过来，知道了是怎么一回事，他要开始发威了，他可不想任人宰割，不管他是男是女。只见他跳上椅子，大吼一声，正要反击，房间门却被推开了，冲进来几个酒店保安。

“干什么？”一个保安手持警棍，上前喝问。

“没事，我们闹着玩。”胡平赶紧赔着笑脸说道。

保安的目光移向喘息未定的刘玲。

“没事。”刘玲担心事情闹大，害怕丈夫知道她和胡平之间的事，连忙说道，“我和他刚才在吵架，有点误会，现在没事了。”

“酒店可不是个吵架的好地方，要吵要打回家里去。”一个队长模样的人狠狠地瞪了两人一眼，悻悻地带着人走了。

保安走后，两人平静了一些，过了一会儿，刘玲说道：

“你说，你是不是欺骗了王芳？你不要隐瞒，我早就知道你和她在谈朋友，甚至已住在了一起，你为什么又找上了那个财务部的女孩？”

“恋爱自由，你管得着吗？”胡平的脸还隐隐作痛，心里很气愤。他并不觉得自己该对王芳母子俩的事承担责任，他同情他们，可怜他们，或许内心还有一点内疚，但绝不认为自己欺骗了他们。

“我和她两相情愿，我没有花过她一分钱，相反，我还常买玩具送给她儿子，我怎么欺骗她了？”他振振有词地说道。

“你先和她好，然后又抛弃她。”

“我从来没说过我要娶她。”胡平冷笑着说道，“难道我和你好，也要娶你吗？”

“你这个卑鄙无耻的小人！”刘玲狠狠地说道，“我要把你和她的事公布出去。”

“随便你。”胡平冷冷地说道，“我也会把你和我的事捅出去。”

刘玲睁大眼睛用手指着他，喘着气却说不出话来。

“不要那样看着我。”胡平嘲讽道，“我也不想再和你打架，我一个小小的经理，无名小卒，此处不留爷，自有留爷处。可是你呢？你想过没有，难道你打算和你丈夫离婚然后嫁给我？”

刘玲终于慢慢冷静下来，考虑到如果两人彻底反目，事情显然对她不利，而且她觉得他似乎说得也有道理。这件事他并没有什么大的过错，毕竟他俩只是恋爱，从道理上讲，他并不需承担什么责任。她想到王芳悲惨的命运，忍不住号啕大哭起来。

胡平没想到她会突然间大哭起来，一时间不知所措。去劝解吧，说不定再挨上一耳光，他是坚决不去的；一走了之吧，他又害怕她一时想不通弄出什么事情来，况且他心里并不讨厌她，觉得这女人身上还是有不少优点。他索性给自己倒了一杯茶，边喝茶边看着她。

刘玲终于停止了哭，她一抬头看见胡平，她还以为他早就丢下她走了呢！她心情好了一些，对胡平说道：

“我俩之间的事到此为止。”

“好。”胡平顿了一下说道，“说实话，王芳母子的事我也非常痛惜。”

“不要说她了，我们以后各自好自为之吧。”刘玲说完，站起身离去。

第三十三章‖深入虎穴

沈福荣认为北京奥运会是一个编织关系网的千载难逢的机会。不久前，他通过朱市长弄到了几百亩商品房开发用地，他准备在时下最赚钱最热门的房地产上大显身手了。他花了差不多三十万，通过各种手段和途径预定了上千张奥运会重要比赛的门票，赠送给那些与他的房地产项目有关的政府职能部门官员。而对朱市长，他一甩手送出一百多张重要比赛门票，因为他知道朱市长光情人就有十多个，大有和以前的皇帝一较高下之势。

对于朱市长包养如此众多的情人，沈福荣颇不以为然，认为浪漫得有点过头。他和朱市长相交时间虽然不长，但第一次见面两人就惺惺相惜，相见恨晚，几乎成了莫逆之交。他认为自己有必要给这位朱兄提一些逆耳忠言，既为他也为自己。

“朱老弟啊！”有一次，两人酒至半酣，沈福荣推心置腹、语重心长地说道，“听说你包养了十多个情妇，兄弟我私下认为值得商榷。”

“有何高见？”朱市长仰起被酒精弄得红红的脸，眯着眼问。

“听说你那些情人从十七八岁的小姑娘到四十多岁的半老徐娘，一应尽有，太杂乱了。这可不像吃饭，五谷杂粮，萝卜青菜，最好样样都有。不同年龄的女人有不同的需求，你一个人怎么能照顾得过来呢？你想想，你我都是五十多岁的人了，就算你精力旺盛，平均两天来一次，一个轮回也要差不多半个月，可这些女人大部分正值虎狼之年，一旦你顾此失彼，红杏不出墙才怪呢。当年的皇帝有太监管着他那些妻妾嫔妃，你总不能每个情人都安排一个保镖帮你守着吧？就算你安排了保镖也不保险，说不定来个监守自盗呢。这些女人一旦在外面有了新情人，鬼点子多得很，很容易惹上麻烦。你位高权重，觊觎你的位置的人多如牛毛，一旦不小心让他们抓着把柄，那可是跳进黄河也洗不清啊！朱老弟最好还是像兄弟我一样，一个老婆，那是一个家；一个情人，那是一个销魂窝；若还不过瘾，出去打打野味得了。”

朱市长一边听一边频频点头，颇以为然，仿佛要自抽耳光似的用手使劲摸了摸两边红红的脸颊，然后自怨自艾地说道：

“我这个人啊，就是有一点不好——太多情，就像《红楼梦》里的那个什么贾宝玉似的。哎，不好！对身体、对事业都不好，正如沈兄所言。这次听你的，回去之后立即裁人。最多留下三个，其余统统裁掉。”说完，他挥手做了个举刀切菜的姿势，以示自己决心已下，无可更改。

“但要注意方式方法。”沈福荣提醒道。

“那当然！一切从实际出发，实事求是；循序渐进，不搞一刀切。先裁掉那些很少用的，比如那些年纪大的，再裁掉那些不听话甚至让我戴绿帽子的，最后只留那些既听话又年轻漂亮的。”朱市长像做政府工作报告一样说道。

“我说的是不要被她们抓着把柄。”沈福荣见朱市长误解了自己的意思，只好明白地说道，“可以适当给予补偿，不能把她们逼急了，狗急了还跳墙呢！”

“沈兄过虑了，我还是市长嘛，量她一个小女子，能把我怎样？”朱市长拍着干瘪瘪的胸脯说道。

忠言虽然说了，但沈福荣明显地感觉到他的这位朱兄并没想真正悔改，只是做做样子而已。用他常说的一句话就是“狗改不了吃屎的本性”。他敏锐地预感到这位朱兄前途凶多吉少，所以后来每次和他交往时，他都多留了一个心眼，尤其涉及钱财方面的交往，务必做到干净利落，不留下任何把柄，以免日后拔出萝卜带出泥，受到牵连。

奥运会后期，沈福荣也抽空带着情人去逍遥了几天，看了几场比赛，还到现场观看了闭幕式。

奥运会闭幕没几天，沈福荣突然接到一个在市政府工作的关系户打来的电话，说朱市长被双规了，他的一个情妇向省纪委举报了他，多项职务犯罪以及利用拍卖画作变相收受贿赂的行为都被查得一清二楚。

这个消息对沈福荣来说并不让他吃惊，只是来得太不是时候。他的房地产开发已经上马，急需一大笔资金，本来还指望他的朱兄帮忙，弄两三个亿的贷款，看来这条路行不通了。幸好他当时为自己准备了后路，他早已联系了一个来自美国的风险投资基金，只是这边的胃口太大，他迟迟不敢答应，现在贷款没有了，他只好联系这个风险投资人，对方早已考察过，很快就答应下来，他这才松了口气。

这天，沈福荣回到家，看见女儿在客厅和她的母亲又说又笑，高兴得像个孩子，便走上前问道：

“什么事这么高兴啊？”

沈静正要回答，妈妈却抢着说了：“你的宝贝女儿有男朋友了。”

“真的吗？”沈福荣笑着望着女儿，“我还以为你要独身一辈子，让爸爸养活呢。”他以前委托人给女儿介绍了好几个对象，但都被女儿拒绝，有的甚至连面都不见，让他大为不满。

沈静羞涩地对父亲点点头。

“谁这么有福气啊？居然被你看中？”沈福荣坐到女儿对面，看着女儿说道。

“是你公司的。”沈静说道，“你猜猜看。”

沈福荣想了半天，说了房地产公司几个他认为不错的男孩的名字，沈静听了直摇头，生气地嘟着嘴说道：

“你怎么就只知道你的房地产公司？”

“你是说星光公司啊？”沈福荣恍然大悟，“那家公司我就只认识你汪叔叔一个人，还有那对姓黄的夫妇，暗中也看过几次。爸爸没法猜，快说来听听，好让爸爸帮你参考参考。”

沈静一想爸爸说的也是事实，她到了星光公司后，就从没见他去过，于是说道：“他是采购部的经理。”

“经理？说明此人还是蛮有上进心的。”沈福荣说道，“多少岁？哪里人？学的什么专业？”

沈静一听笑了，回说道：“爸爸是在审问犯人吗？”

“看你说的。”沈福荣也笑了，“爸爸是关心你。”

“二十七岁，四川人，学的是法律专业。”沈静说道。

“还行。”沈福荣听后点了点头，“打算什么时候带他回来？”

“我现在还不想带他回家。”沈静答道。

“为什么呢？”她的母亲急切地说道，“难道不想让妈妈看看？”

“女儿做得对。”沈福荣接过话题，“我们这栋别墅价值千万，谁知道他是冲你的人还是冲你的钱来。”

“他应该不是这种人。”沈静说道，“不过让他晚一点知道更好。”停了一下，她说道，“我打算星期六晚上带他到酒店和你们见面。”

“不要定在晚上。”沈福荣说道，“女儿的终身大事，爸爸一定要看个仔细，千万不能马虎。晚上在那样的灯光下看人，死人都变成活的了。”

当胡平听说星期天去拜会未来的岳父岳母时，心里既高兴又有些不安，高兴的是自己几年的心血没有白费，已经胜利在望；不安的是他早就判定沈静和星光公司的后台老板有非常紧密的关系，甚至就是父女关系。但这个后台老板如此神秘，星光公司创办快十年了，除了董事长老汪外竟无一人知道其真面目，而实际上整个星光公司都在其掌控之中。想到这儿，胡平不寒而栗。这次拜会太重要了，如果不小心被他看穿，那就前功尽弃了。

“你爸会喜欢我吗？”他问沈静。

“我可猜不到。”沈静见他担心的样子，笑着说道，“不过他平时挺和气的，从来没有打过我骂过我，只要我喜欢的，一般他都会喜欢。”

听了这句话，胡平才放了心。

星期天起床后，胡平把自己精心打扮了一番。按照他的推测，未来的岳父既然是有权有势之人，肯定不喜欢打扮得花里胡哨的男生，五十多岁的人思想一般都比较保守，于是他不再往头发上加发油，理了个平头，穿一件浅蓝色衬衣，配一条黑色西裤，他对着镜子看了看，最后决定把衬衣下部扎入裤子，这样看上去既显朴素又显精神，还带着几分英武。他对着镜中的自己微笑着伸出大拇指，然后挥手告别。

十二点钟，他准时来到约定的酒店包间。一会儿，沈静陪着父母走了进来，他连忙站起身来迎接，沈静做了一番介绍，大家入座上菜。沈静的妈妈把胡平上上下下仔仔细细打量了一番，乐得合不拢嘴，非常满意这个未来的女婿。

“小胡呀，你家里都有些什么人？”她问。

“两个哥哥，还有一个父亲。”胡平恭敬地答道，“两个哥哥已经分开过，都在外面打工。”

“那你以后一定要把你父亲接过来，一个老人待在家里很孤单。”沈静的妈妈关切地说道。

胡平忙点点头并表示感谢。胡平尽力做出谦虚、纯朴、有责任心、懂礼貌的模样，不时给沈静夹上几个她喜欢吃的菜，殷勤地给未来的岳父岳母添酒倒茶。但他一直不敢正眼看未来的岳父，觉得他表面上看上去和蔼可亲、平易近人，嘴角挂着一丝令人捉摸不透的微笑，但偶尔从他眼里射出一束寒光，可以穿墙透壁，把一个人的五脏六腑都看得清清楚楚。有一次胡平给他倒酒时被他看了一眼，心里一紧，酒瓶差点从手里滑落下去。未来的岳父大人见他受了惊，大约是为了缓和一下气氛，随即展颜一笑，这下胡平差点跌倒，要不是他及时扶着椅子的话。那一刻他真想落荒而逃，从此不再作那些非分之想。然而他是有着钢铁般意志不达目的誓不罢休的人，他很快镇静下来，稳住了阵脚，尽量不去看未来岳父大人的那张看似和蔼可亲的脸，把注意力集中在女朋友尤其是未来的岳母大人身上。

吃完饭，沈福荣让胡平先回公司，他带着妻子女儿回家。

“你觉得这个人怎么样？”三人在客厅坐下后，沈福荣问妻子。

“不错，”沈静的妈妈喜滋滋答道，“这女婿不错，小伙子帅气，又体贴人，又有礼貌，又——”

“还有完没完。”沈福荣生气地打断了妻子的话，扭头问女儿，“你呢？”

“我和妈妈意见一样。”沈静答道，“如果我觉得他不行，我就不会和他好。”

“糊涂！”沈福荣不满地说，“都是女人之见。这人不好。”

“不好？”沈静和妈妈不约而同地问道。

“此人目光游移不定，甚至不敢看我的眼睛，生性浮躁又野心勃勃，是个短命鬼，不配做我的女婿，配不上我女儿。”沈福荣严肃地说道。

“怎么会呢？这人这么老实。”沈静还没来得及说，她的妈妈先说话了，“我看是你自己太多心了吧！”

“你懂什么！”沈福荣瞟了妻子一眼，说道，“我看他不是看上了我们的女儿，而是看上了我。”

“爸爸，你这话就不对了。”沈静说道，“在此之前他根本就没见过你，也不知道你是干什么的，更不知道我们家有没有钱，我看你这是猜疑心太重。”

“你爸爸几十年来阅人无数，几时错过？”沈福荣生气地说道，“不管怎么样，我不允许你继续和他来往！”

“我看你是因为我拒绝了你介绍的那些男人才这样。”沈静边说边抹眼泪，抬头冲父亲说道，“我偏要和他交往，我就是要嫁给他。”

“你，你怎么能这样！”要说沈福荣在这个世界上还有让他怕的人，那就是这个宝贝女儿，他急得在客厅不停地踱来踱去，“我这全是为你好。”他走到正哭得起劲的女儿跟前，“他这种人真的不适合你！”

“除了他我谁也不要。”沈静边哭边说道，“你不喜欢他我就跟他回四川去，不用你们管。”

“我看你是老糊涂了。”沈福荣的妻子也帮女儿说话，数落起丈夫，“女儿走我就跟她一起走。”说完也开始抹眼泪。

在两个女人的眼泪面前，天不怕地不怕的沈福荣不得不屈服了，对女儿说道：

“都不要哭了，先按你的意思来。不过在交往过程中一定要注意爸爸刚才说的几点，一旦证实就要果断绝交。另外，正式结婚前不能让这小子占便宜，知道吗？”

沈静不哭了，朝父亲点了点头。

胡平回到宿舍，心里一直惦记着刚才见面的事，过了一会儿，他实在按捺不住，就给沈静打电话：

“你的父母对我的评价怎样？”

“还行吧。”沈静刚刚迫使父亲勉强同意，眼泪未干，她说道，“不过我爸爸说你表现不够好。”

“我下次会加倍努力的。”胡平说道，他总算松了口气。

星期一晚上，他约沈静出去，他迫不及待地想知道他的父母尤其是她的父亲对他的详细评价，因为从直觉上，他觉得她的父亲，那个星光公司神秘的后台老板对他是不满意的，这让他忐忑不安。

“你妈妈对我印象怎样？”情侣路上，胡平手扶沈静的柳腰，轻声问道。他其实最想知道她的父亲的评价，但他认为从她妈妈那里切入最好，因为他相信她的妈妈对他的印象肯定不错。

“妈妈对你很满意。”沈静说道。

“你父亲呢？”胡平接着问，“他对我有意见？”

沈静突然停下来，转过身，紧紧盯着胡平的眼睛，目不转睛地看了差不多一分钟，然后说道：

“爸爸说你这个人眼睛老是转个不停，有点不怀好意。”

“是吗？”胡平耸了耸肩道，“眼睛不动那不成了雕像了。”

“也许是他疑心太重。”沈静点头说道。

“他还说了别的吗？”停了一下，胡平问。

“别的——”沈静侧着头想了想，“对了，爸爸说你不敢正眼看他，你是心虚还是怕他？”

胡平暗地里骂了一句“老东西”，一本正经地答道：

“他是你父亲，我怎么能和他对看呢？那多没礼貌，又不是斗气或是准备打架，何况第一次见面，我也有些紧张。”

“真搞不懂你们这些男人。”沈静想了想，说道，“他觉得你这个人野心比较大。我倒觉得这是个优点，人们常说‘不想当元帅的士兵不是好士兵’，一个没有野心的男人不是个好男人，我不喜欢没有野心的男人。你就是想当总统，我也喜欢，我支持你。”

“还有吗？”胡平问。

“还不够多吗？”沈静回过头，用食指点着胡平的额头，半嗔半怒道，“你这次考试差点不及格，下次可得给我争点气。我的父亲可是个说一不二的人，只是对我有时例外。”

胡平表面上装作非常尊重她的父亲，暗地里却不知把他骂了多少遍。心想这老家伙真厉害，眼睛真毒。不过只要把他的这个宝贝女儿弄到手，还不得乖乖听我的，想到这，不觉“扑哧”笑出声来。

“你笑什么?”沈静听见笑声，奇怪地问。

胡平感觉自己失态，忙解释道：“我想起昨天吃饭我太紧张，给你父亲添酒时把茶杯当成了酒杯。”

“我爸有这么吓人吗?”沈静不解地说道，“他平时对我挺和气的。”

胡平见沈静有些生气，赶紧转移话题，讲了几个笑话，沈静听了“咯咯咯”笑个不停，重新变得快活起来。来到一个灯光暗淡处，胡平老练地将她揽入怀中，热烈拥抱亲吻。累了沈静就坐在胡平腿上，头靠在他的肩膀上。她像所有初恋的女孩一样，闭着眼，憧憬着幸福美好的未来。而胡平也在闭目沉思，不过他想的是如何对付她那老奸巨猾的父亲。

两人一直到十一点公司快关大门时才回公司。

胡平现在不用再担心什么，他和沈静之间的所有障碍都已消除，可以一心一意全身心投入与沈静的恋爱中。他现在迫切希望早一点把这个女孩弄到手，顺带分享一部分她父亲的金钱和权势，甚至某一天全部据为己有!

不久后的一天下午，胡平接到朋友李志强的电话，说晚上一起吃饭，并有重要事情和他谈。

第三十四章 卖厂风波

胡平按时来到李志强约好的餐厅包房，推开门，房间里只有李志强一个人，桌上已经放了几个精美的菜肴，还有一瓶好酒放在桌上。

“什么事搞得这么隆重!”胡平问道。

“咱们很长时间没在一起喝酒聊天了，”李志强答道，“这段时间你帮了我不少忙，今晚得好好感谢你一下。”说完倒满两杯酒。

“这么热的天喝这种酒行吗?”一杯酒下肚，胡平觉得肚里火辣辣的难受，说道，“还是改喝啤酒吧?”

“啤酒不过瘾。”李志强说着又倒满两杯，并且率先一饮而尽。胡平也只好干了。

李志强本来酒量就不大，几杯酒下去，立刻脸红脖子粗，胡平见状连忙制止，说道：

“一进门看你忧心忡忡的样子，有什么烦心事，说来听听，能帮上忙的，我一定帮，不要只顾喝酒，耽误了正事。”

李志强听了，放下酒杯，双手抱头，过了好一会儿，长出了一口气，说道：

“我今晚约你来，的确是有一件重要事情相告。”说完，用手将额头上的头发拨开，露出一条三厘米左右长的刀疤，说道：“你看见这条刀疤了吗?”

胡平点点头。

“这是被人用刀砍的。”李志强说道，“还记得上次我问你朋友打架的事吗?”

“记得。”胡平想了想点点头。

“那个人就是我。”停了一下，李志强说道，“今天上午家里的一个朋友打来电话，说和我打架的仇家已经打听到了我的住址，警察很快就会来抓我。”

“警察来抓你!”胡平吃了一惊，“到底是怎么一回事?”

李志强端起酒杯干了杯中酒，然后说道：

“事情的经过是这样：我父亲小时候打篮球摔断了腿，没钱医治，最后成了瘸腿。我妈妈是个天生的聋哑人，后来嫁给我父亲，生下了我。我父亲在我五岁时就生病去世了。”说到这里，李志强眼睛有些发红，他伸出右手张开五指使劲在脸上来回搓了几下，然后接着说道，“从此，我和母亲相依为命，母亲为了养活我，为了供我读书，每天不分白天黑夜干活，她既聋又哑，几乎没法和周围的人交流，经常被周围一些不怀好意的人欺负。在我读高三那年，她生病了，花了很多钱，我放弃了考大学的机会回家照顾她。后来为了还钱，我来到这边打工，认识了你。”

“你是什么时候和人打架的？”胡平问。

“去年四月份我来找你，你不是说好长一段时间联系不上我吗？”李志强说道。

胡平想起了去年刚见面时的情景，点了点头。

“就是在那一段时间。”李志强说道，“我出来打工后不到两年，我们那里搞开发区，所有房屋都要搬迁。我父亲的坟就在我家后面不远处，我母亲怕损毁我父亲的坟，坚决不答应，她又很难与人交流，那段时间我的手机正好丢了，联系不上我，她就一个人住在院子里，手里拿一把菜刀，死活不走，一定要保护老宅和我父亲的坟。开发区的人最后找到我们村的村长，塞了些钱。就在离过春节还有几天的时候，在一个下着雪的晚上，村长趁周围没有人，叫了几个人到我家，把我母亲捆绑起来，推上车带到几里远的地方扔下，并趁机将房子和我父亲的坟全部推掉。我母亲在雪地里冻了一晚上，第二天上午才被人发现，当她回到家，看见房子和坟都不见了，尤其是我父亲的坟——生前我父亲对她很好，我父亲去世后，我妈妈几乎每天都要去坟前看看，当时就晕倒在地。等我后来听到消息赶回去时，我母亲已经不行了，她见了我，就不停地用手比画父亲坟的样子，我明白了她的意思——她是叫我在她死后把她和父亲埋在一起，我对她点了点头，第二天她就去世了。”

听到这，胡平眼里噙满了泪水，他找来纸巾擦了擦眼睛，李志强似乎已经悲痛过了，反而显得很平静。

“后来呢？”过了一会儿，胡平问道。

“我从损毁的坟中找出父亲的尸骨，请人把父亲和母亲合葬在一起。办完母亲的丧事后，我买了一把杀猪刀，在一个漆黑的夜晚潜入了村长家。遗憾的是我很快就被发现了，他有四个儿子，我一个人和他们几个人搏斗，幸亏我手里有一把锋利的杀猪刀，我砍倒了两人，自己额头上也中了一刀，最后我趁黑逃了出来，立即远走高飞，改名换姓。我原来不是叫李宝吗？为怕被追踪，改名叫李志强。我在外面躲藏了一段时间，身上钱用光了，才又来到这边做事。”

“他们把你告了？”胡平问。

“是的。村长和他的一个儿子被我砍成重伤，村长的一条腿被我砍断，儿子听说也被砍掉一只手，他们一直在找我，听说我还被通缉了。”

“那就麻烦了。”胡平道，“他们家在当地怎样？”

“有钱有势。”李志强说道，“上次我们村土地被占，他肯定捞了不少钱，他还有个儿子在镇上派出所工作。”

“那你现在打算怎么办？”

“逃，继续逃。我儿子最迟下个月就要出生，我至少得见他一面。”一想到那将出生的儿子，李志强脸上有了笑容。

“厂里的事怎么办？”

“我早就准备好了，我给我的那个搭档张敏留了一封信，这封信在我走后托你转交给他。”说完，李志强从左边口袋里掏出一封信给胡平，并嘱咐道，“张敏这个人其实不坏，只是爱占一些小便宜，希望你以后继续和他做生意。”

“行。”胡平点头应道。

李志强又从右边口袋取出一封信，很郑重地双手递给胡平，胡平忙伸出双手接过。

“我这个人从小性格内向，这辈子没交多少朋友。”李志强说道，“承蒙你看得起，把我当兄弟一样看待，如果我出事了，请你把这封信转交给彭瑛，我没有什么其他要求，如果她能看在我的分上，让孩子跟我姓，我就死而无憾了。”说完，两行热泪从眼角流下来。

胡平也被感动了，想了想说道：“其实你不用这么悲观，依我看，你这种行为最多就判七八年，如果找个好律师，判一两年也有可能。”

“先躲一阵子再说吧。”李志强凄然地说道，突然双膝跪地，对胡平说道，“如果方便的话，就拜托你照看一下她们母子俩。”

胡平连忙把他扶起，动情地说：“你的事就是我的事，有事你叫她尽管找我，我一定会尽力而为!”

临走，胡平忽然想起一件事，问道：

“你当时用的杀猪刀留在现场没有?”

“没有。”李志强想了想说道，“我记得当时带了出来，后来扔到河里去了。”

“记住——如果今后你被抓，一定不要承认你是带着刀去他家的，只说是在他家里拿的刀。”胡平叮嘱道。

“这个重要吗?”李志强不解地问。

“非常重要!”胡平严肃地说道，“性质不一样。”

“行，我听你的。”李志强点点头。

2008 年 9 月 15 日，美国雷曼兄弟公司破产，金融危机爆发，这时距北京奥运会闭幕还不到一个月。这场由次级房屋借贷危机引发的危机迅速蔓延到全球，其中欧美西方发达国家受害程度最深。

这场金融危机迅速波及中国，尤其是沿海那些出口型企业，在广东珠三角地区掀起了一阵企业倒闭潮。

这天，黄博伟召集生产和销售部门的负责人开会商讨应对危机事宜。

“在国外方面——”销售部经理林奇首先发言，“我们公司出口对象主要是日本、韩国，还有非洲的一些国家，而这些国家受此次危机影响并不大，所以对我们的出口影响很小。”

“听说最近一段时间深圳、东莞有不少主要面向欧美国家出口的企业倒闭，”刘玲接着说道，“我认为这对我们来说是一个机会。我听说有不少和这些倒闭企业做生意的客户正在寻找新的供应商，我们可以想办法把他们拉过来。”然后转向林奇说道，“这两天你亲自跟踪一下这事。”

黄博伟对妻子的见解非常佩服，不住地点头。

“行，我会后就去落实。”林奇答道。

“国内现在怎么样?”黄博伟问林奇。

“国内市场从8月下旬就开始启动了。”林奇回答道，“这次危机对国内影响不大，到目前为止，我们国内的产品供不应求。我认为生产部应该再招些人。”

“你的意见呢?”黄博伟问生产部经理张伟。

“我同意林经理的意见。”张伟说道，“我查看了生产计划，排单已经排到十一月中旬了。去年我们公司最多的时候有一千一百多人，现在还不到一千人，我估计还需要再招三四百人。”

“只要有订单，招人没问题。”黄博伟说道，“我们的公司就是要越做越大，越做越强。逆水行舟，不进则退。”

开完会，黄博伟感觉心情特别舒畅，他本来还担心这次金融危机会对公司造成较大冲击。

“你真的认为这次金融危机对我们来说是个机会?”一起回办公室的路上，黄博伟问妻子刘玲。

“当然!”刘玲满怀信心地答道，“中国的金融体系主要由政府掌控，相对封闭，应该不会受到太大影响，而我们的主要市场是国内，只要我们稳着国内市场，保证企业正常运营，那些从倒闭企业转出来的客户自然会找上门来，说不定还能因此找到一些优质外国客户，尤其是那些受此次金融危机影响不大的亚洲国家的客户。”

黄博伟听了，信服地点着头。

看着电视、报纸天天炒作金融危机，沈福荣一头雾水，什么次级抵押，什么金融衍生品等等，他对这些金融名目一窍不通，也懒得去研究，认为这些都是美国鬼子自讨苦吃，铁匠戴枷锁——自作自受。他有一个表哥死于抗美援朝，对很多人向往的美国一向没有好感，甚至巴不得它早点垮台，烂掉。他见报上说金融危机在美国愈演愈烈，危害程度越来越大，他高兴地和老伴举杯相庆，希望它早日掉进万世不得翻身的十八层地狱。

这日，他正和一个朋友一边下着象棋，一边幸灾乐祸地谈着美国的金融危机，手机响了，他一看是那个美国的风险基金管理人的号码，以为他要打款过来，因为几天前就已签好合同，对方承诺这两天把三亿元贷款划拨到位。他接通电话，得意地用他刚从女儿那里学来的英语说道：

“Hello，How are you?”

对方不知是没听懂还是没回过神来，对他的这种幽默并没理会，用纯正的汉语说道：

“沈先生，不好意思通知你，我们在美国的母公司已经破产，我们公司的老板已经回美国，临走时他让我通知你：我们的合同取消。”

“你说什么?”沈福荣一时间没回过神来，问道。

“我们在美国的母公司破产了，我们几天前签订的合同已无法执行。”对方非常有耐心地说道，末了还加上一句，“请问沈先生听懂了吗?”

“听懂个屁!”沈福荣气得满脸通红，如果他身上有枪，如果此时这个人就站在他跟前，他肯定会毫不犹豫拔枪射杀他。这消息简直要了他的命，他现有的资金顶多能再坚持一个月，到时如果资金接不上，供应商、承包商知道后蜂拥而至，找他要钱，他就只有家破人亡，自杀谢罪了。他喘着气，脸色铁青，举起手机狠狠砸在地上，留下目瞪口呆的棋友，拂袖而去。

沈福荣的事业能达到今天的高度，除了与他独到的眼光和做事心狠手辣之外，还与他凡事考虑周密、细致有关。每次遇到重大事情，他从不孤注一掷，行动前必事先留条后路。可这次他失算了，他没想到他的朱兄朱市长如此快就栽在了女人手里，更没想到万里之外发生的金融危机会殃及他。他懊恼、愤怒、痛苦，甚至绝望。他整天在客厅里不停地踱来踱去，摔坏了七八只茶杯，他妻子刚开口想说点安慰的话，立即招来一顿臭骂。他好不容易让自己镇静下来，苦苦思索去哪里弄这两三个亿。朱市长被抓后，下面人人自危，朝夕不保，哪敢再为他出头？他变得闷闷不乐，愁眉不展，一天吃晚饭时，他看见女儿回来了。原来他的妻子见他整天烦躁不安，长吁短叹，吓着了，赶紧打电话叫女儿回来劝劝他。沈福荣看见女儿，突然眼前一亮。

“如果把星光公司卖掉——”想到这，他脸上有了笑容，叫女儿过来，详细地问了公司现在的情况。

“现在生意不错。”沈静告诉父亲，“国内市场很好，产品供不应求，日本客户下了五个货柜的产品。此次金融危机将不少国外客户推到了我们公司。外单不但没减，反而增加了。”

沈福荣边听边点头。

“公司还准备招人呢。”沈静说道。

“不错，干得好。”沈福荣赞道。

“听妈妈说你这几天心情不好。”见父亲气色好了些，沈静说道，“遇着什么烦心事了？”

“也没什么。”沈福荣淡淡地说道，“最近资金周转有点困难，不过你不用担心，很快就可以解决。”他已决定卖掉星光公司，虽然它是一只会下金蛋的鸡，但目前也只能舍车保帅了。他拿不准能卖多少钱，不过就目前来看星光公司一年能赚三千万，估计卖两亿应该问题不大。这样，他的资金问题就基本解决了。当然，按他一向做事的原则，他将继续寻找上层靠山。他从来都相信钱会砸昏任何人，除非你用来砸人的钱不够多。朱市长倒了，还有马市长、牛市长。他掏出手机，给汪建明打了个电话，让汪建明明天上午到他家有要紧事相商。

“建明，最近这段时间忙吗？”汪建明到后，沈福荣亲切地招呼他坐下，并亲自为他倒茶。

汪建明受宠若惊，忙答道：“忙！现在公司生意很好，今年肯定可以把去年因雪灾损失的钱赚回来。”

“那就好。”沈福荣朝他微微点头，“最近身体还好吗？”

一听这话，汪建明心里不安起来，他知道大哥一旦开始关注他的身体，后面必定有麻烦事等着他——这招他早就学会了。

“还可以。”他苦着脸说。

“身体可是革命的本钱，一定要保重身体。”沈福荣语重心长地说道。停了一下，他又说道：“朱市长被抓了，你知道吗?”

“听说了。”汪建明小心地答道，不知道大哥提出这个大人物与他有何关联。

“抓得不是时候啊!”沈福荣叹了口气，似乎是因为这件事未经过他的允许而不满，“他一走，扔下一个烂摊子给我，叫我如何是好?”说完，双手一摊，连连摇头，一副受够了委屈的样子。

汪建明开始还以为大哥要准备去接朱市长的班，又要弃商从政，可仔细一想又觉不对，于是他装出一副很气愤的样子说道：

“他做了什么对不起大哥的事?”

“也没做什么对不起我的事。”沈福荣摇了摇头，说道，“只是他原本答应等我的房地产项目上马后立即贷款三个亿给我，可现在——哎！我现在是骑虎难下，你说我该怎么办?”

汪建明张了张嘴，想说什么，可一想到三亿这个数对他来说犹如天文数字，赶紧把话咽了回去。

“你有什么好主意?”沈福荣见他欲言又止的样子，说道，“说来大哥听听。如果这笔钱不在一个月内弄到，大哥我就会家破人亡啊!”

“我愿意把我的所有资产都给大哥。这些本来就是大哥给我的，没有大哥就没有我汪建明的今天。”汪建明见大哥把事态说得如此严重，连忙表态道。

沈福荣对他的这番忠心表白颇为满意，一边点头赞许一边说道：

“我知道你一直以来对我忠心耿耿，可你那一点家产我都知道，起不了多少作用。”

“大哥准备怎么办？我听你的。”汪建明从沙发上站起来，一副誓死效忠的样子。

“我打算卖掉星光公司。”沈福荣说道。

汪建明被惊得目瞪口呆，他万没想到大哥会说出这样的话。星光公司由他亲手创建，到现在已经快十年了，虽然他没做出多大的贡献，可他毕竟顶着个董事长的头衔，并一直伴随着它，日久生情，他对星光公司还是有感情的。面对既敬又怕的大哥，他一时不知道说什么好。

沈福荣见他迟疑不决的样子，心里有些不满，于是说道：

“建明啊，你已经跟随我十多年了，我的为人处事你难道还不了解？你放心，卖掉星光公司，大哥一定不会亏待你。”

一听这话，汪建明心里一惊，他太清楚眼前大哥的为人了：绝对服从，否则后果严重。他果断地说道：

“我听大哥的，大哥说怎么办就怎么办!”

“很好。”沈福荣满意地朝他点点头，“你回去之后马上联系买家，越快越好。注意保密。”

“大哥认为多少价格可以出手?”汪建明问道。

“最好是三亿或更多，”沈福荣自己心里也没底，“不要低于两亿，否则不够用。”

汪建明告别大哥，回到星光公司。他在董事长办公室沙发上呆呆地坐了一个多小时。想到要卖掉与自己朝夕相伴快十年的公司，他心里隐隐作痛，但想到大哥的前途，想到大哥对他的知遇之恩，以及大哥眼中偶尔露出的利剑般的寒光，他又不敢怠慢。为了保密，他不敢找人商量。他试着给几个认识的有钱人去了电话，只说有个朋友想出售一家运营良好的工厂，但所有人一听他报出的价格，都婉言拒绝，这些真正的有钱人对玩实业早已失去兴趣。他苦苦思索，把他所知道的有钱人的名单排列出来，他突然想到了公司的代理商，国内的代理商很少能一次拿出这么多的钱，他想到了国外的客户，他从销售部调来外国客户名单仔细看了看，觉得有个日本客户存在着这种可能。正好该客户的一个代表在公司，于是他立即打电话叫人把这个代表带到他的办公室。

“你好，你好。”一见这个日本代表，汪建明满脸堆笑，就像发现救命稻草似的，上去紧紧握着他的手，说道，“非常欢迎你的光临。”那模样有点像大臣迎接归驾的皇帝。

池田俊树被汪建明的热情弄糊涂了，他想不到自己一个小小的客户代表，竟然会受到董事长如此隆重热情的接待。他之前从来没有被汪建明接见过，甚至从来没有见过他。如果不是刚才带他过来的外贸部人员告诉他是董事长亲自接见，他一定不会相信眼前这人就是星光公司的董事长，甚至会以为这又是个骗人的圈套。他提高警惕，但表面上仍彬彬有礼，谦恭地说道：

“你好！董事长。”

“池田——”汪建明想招呼他坐，可一时想不起他后面的名字，他几分钟前还问过外贸部人员他的名字，见面一激动，竟给忘了。

“我叫池田俊树。”池田俊树微笑着自我介绍，“董事长叫我小池好了。”

“小吃，好，好。”汪建明连声说道，一听这个名字，他突然想起了成都的小吃味道真不错。他一下就记住了。

“董事长找我有什么事？”池田俊树坐下后问道。

“没什么大事，随便聊聊。”汪建明一边倒茶一边说道，“小吃老家是哪里的？”

“日本名古屋的。”

“你是日本人？”汪建明吃了一惊，他见他普通话讲得比自己还好，以为是个假洋鬼子。

“是的，”池田俊树含笑答道，“我是在你们的首都北京上的大学。”

“难怪你的普通话讲得比我还好。”汪建明自嘲道，“你们公司在日本还不错吧？”

“还好。”池田俊树眼珠一转，觉察到董事长今天单独接见他绝非只为了喝茶聊天，立马警觉，含糊答道，“在日本市场的占有率在前几名。”

“嗯，不错。”汪建明表示赞赏，“你在你们公司中的地位是——”汪建明一时想不起合适的词，便用眼光询问池田俊树。

“大概相当于你们公司销售部的一个业务员。”池田俊树心中暗笑，说道。

“哦！”汪建明有些失望。

“董事长有什么事需要帮忙吗？”池田俊树问。

“是这样的——”汪建明想了想，说道，“我有一个很好的朋友，他有一家很好的音响厂，但他现在手头资金紧，想卖掉它，你能不能问一下你的老板有没有兴趣？”

“那家公司有多大？”

“和我们差不多。”

“董事长说的是不是就是你的这家公司——星光公司。”池田俊树单刀直入，问道。

汪建明没想到这个日本人这样狡猾，一猜即中，当即点头承认。

池田俊树听后心中暗喜，他早就垂涎星光公司，他做过调查，知道星光公司无论在国内市场的占有率，还是在行业中的地位及业内人士的口碑，都非常不错。它们的开发、销售团队更是国内一流，甚至不比国外优秀的同行差，单是它的固定资产就过亿。他不露声色地说道：

“我以前曾听我们老板说过想在中国大陆收购一家制造音频设备的厂家，不知道他现在有没有买到，也不知道他是否改变主意。董事长是否可以告诉我你的条件，我转告我们公司的老板，说不定他会感兴趣。”

“我的条件——”汪建明认为一个区区业务员，说话没有多少分量，本不打算告诉他，不过眼下时间紧，也没有更好的买家，告诉他也不打紧，于是很爽快地说道，“总价三个亿，包括厂房和所有的设备。”

“包不包括品牌和人员这些无形资产？”池田俊树紧接着问。

“那当然。”汪建明对什么是无形资产几乎一无所知，随口说道，“只要你们给我三亿，这个公司就全部是你们的了，我一个人裸奔。”

“裸奔？什么叫裸奔？”池田俊树疑惑地望着汪建明。

“就是我一个人只穿裤子衣服离开这里，这个公司所有的东西都是你们的了。”汪建明解释道。

“你能对你刚才所说的话负责吗？”池田俊树说道，“我的意思是董事长你能否把你刚才所说的写成书面材料并盖上章给我？因为我的老板必须看到这些才会相信。”

“没问题。”汪建明没想到这个“业务员”做事如此认真，立刻答应，紧接着补充道，“这些钱必须以现金的形式，在二十天内付清。”

“应该没有问题。”池田俊树回答道，“我两天之内就会给你一个答复。”

两天后的下午，池田俊树来到董事长办公室，一进门便关上门和汪建明密谈。

“我的老板看了你的条件，认为你开的条件太高，现在又是金融危机时期，现金很紧缺。”池田俊树开门见山说道。

“你们老板愿意出多少？”汪建明有些失望，以为这桩生意要泡汤。

“他最多出两个亿。”池田俊树答道。其实他和父亲已经商量好，即使三个亿也值得买下。但他从汪建明急于出手的神态中看出有机可乘。

“两亿——”汪建明故作沉吟，其实他一听这个价心里激动了半天，他终于可以按时完成大哥交办的任务了，不过他毕竟也做过生意，知道有讨价还价这回事。他想再为大哥增加些收入，于是很难为情地说道，“能不能再加些？此前已有人出了两亿五千万。”

池田俊树从他那飘移不定的目光中立刻判断出他在撒谎，于是说道：

“董事长先生，我谨代表我的老板告诉你：这个价格是经过我们公司全体董事讨论确定的，如果再讨论一次，至少需要半个月时间，因为很多董事已经出差到世界各地。”

“不能再加一点么？”汪建明作最后的努力。

“没办法！”池田俊树两手一摊，“这不是我能决定的。”

“好，那就按你们出的价吧。”汪建明终于按捺不住内心的喜悦之情，脸上挂满笑容，在他眼里，钱多钱少并不重要，重要的是完成大哥交代的任务。说完，他伸手去拿池田俊树手上的合同。

“请等一下！”池田俊树见他急不可待的样子，心中暗喜，说道，“我们还有两个附加条件。”

“还有什么附加条件？”汪建明手停在半空，不解地问道。

“第一，董事长先生须保证交接的顺利进行——就是要保证现有的开发和销售人员一年之内不能离开，尤其要保证公司总经理黄博伟夫妇一年之内不能离开。我方保证所有这些人的待遇只升不降。”池田俊树说完，看着汪建明，等待他的答复。

“这一条没问题。”汪建明答道，“公司总经理黄博伟是我的亲戚，他会听我的。”

池田俊树点点头，然后继续说道：

“第二，我公司社长将于一周后到达贵公司，希望召集所有开发部和销售部人员开会，也请董事长和总经理黄博伟夫妇参加，如果以上人员对我公司收购贵公司无重大异议，即表明该交易达成，会后由我公司社长和董事长签订合同。所有资金在十五天内到账。”

“没问题。”汪建明一口答应，他认为只要黄博伟答应，一切都好办。

池田俊树将意向书交到汪建明手里，请他签字。汪建明签完字送走池田俊树后，立刻打电话向大哥报告好消息。

沈福荣听完汪建明的报告，稍微松了一口气，不过他仍不敢怠慢，指挥手下人打听替代朱市长职务的周市长的消息，务必要不惜一切代价尽快搞定他。

汪建明给大哥打完电话，开始考虑怎样说服黄博伟，让他答应帮日本人至少再干一年。这件事他心里其实没底。他知道星光公司是黄博伟从小一手带大的，他视之如子女，如今要卖掉它还要让他再帮忙看护，犹如做父母的被迫卖掉自己的子女后还要装作不认识的样子，强颜欢笑去当他们的保姆，而且他知道黄博伟性格刚直，宁折不弯，稍有不慎就有可能弄巧成拙，坏了大事。他思考再三，给大哥去了个电话，希望大哥同意他在卖掉星光公司后给黄博伟五百万元作为补偿。沈福荣听了认为要价太高。

“他不过是一个打工的，为什么要给他这么多？”他在电话里喊道，“最多给他两百万让他走人！”

汪建明只好在电话里低声下气地讲了日本人的附加条件，沈福荣听后气稍缓，说道：

“最多给他四百万，一分也不能再多。”说完挂了电话。

汪建明考虑了一会儿，打电话把黄博伟叫到办公室。

这段时间黄博伟见公司订单越来越多，效益越来越好，心情特别舒坦。他每天都抽出半个小时去车间走走。看到员工们井然有序有条不紊地忙碌着，主管们尽职尽责忠于职守，他就像看到自己的孩子在学校取得了好成绩般，脸上挂着骄傲幸福的微笑。

那天他正在车间巡视，接到汪建明的电话，他带着愉快的心情，走进董事长办公室。他还打算着和汪建明商量一下，明年扩大生产，争取再上一个台阶。

“什么事，老汪？”黄博伟进了门，主动和汪建明打招呼。

“哎呀，几天不见，你又瘦了，是不是工作给累的？”汪建明站起身，热情地握着黄博伟的手，说道。

“没什么，这段时间事情多，开发生产都很忙。”黄博伟有些感动。

“你既要抓开发，还要关心生产，可千万要注意身体，星光公司全指望着你呢！你可千万不能倒下。”汪建明一边说一边亲自为他沏茶。

黄博伟听了汪建明的夸奖，心里美滋滋的，不过他心里很快明白过来，因为按惯例，在关心他的身体和夸奖他一番后，他的这位远房表兄董事长一定会有麻烦事给他，所谓“天下没有免费的午餐”，于是他直截了当地问：

“你不会是又遇到什么麻烦事了吧？”

汪建明脸上的笑容僵着了，但他随即哈哈大笑起来。

“博伟，咱们还真不愧是表兄弟，你太了解我了。不过也不是什么麻烦事，说不定还是好事呢。”

“说来听听。”

“你知道前不久朱市长被抓的事吗？”

“听说过。”黄博伟答道，“可与我们有什么关系呢？再说了，这样的贪官不抓留着干吗？光情妇就有十多个。”

“他有多少情妇跟咱们无关，这种人也的确该抓，可抓的时间没选择好。你知道我今年年初上了个房地产项目，不久前还从公司借了二千多万呢。朱市长曾许诺给我贷款三个亿，可现在，他屁股一拍走了，可把我坑苦了。”

黄博伟以为他又要从公司借钱，便说道：

“公司现在流动资金也不过两千万，你不可能全部都拿去吧？”

“这次我一分都不要，再说两千万离三亿还差得远呢！”

黄博伟一听，心下释然，只要不谈钱，其他都好说。

“那你打算怎么办呢？”

“哎！”汪建明叹了口气，十分为难地说道，“我现在是骑虎难下啊！如果一个月内弄不到这三亿资金，我那个房地产项目很快就会破产，我如果破产，星光公司肯定会拿去抵债，你说我怎么办呀，博伟？”说完，汪建明瞟了黄博伟一眼，见他满脸关切之色，心中暗喜。

“贷款，抵押贷款不行吗？”黄博伟对这位远房表兄董事长深表同情，他对汪建明还是有感情的，他不能眼睁睁看着表兄破产。

“朱市长在时还行，现在不行了。”汪建明摇头说道，“三亿元，可不是个小数，像我们这样的民营企业根本贷不到。”

“那怎么办呢？”黄博伟替表兄着急。

“我打算卖掉星光公司！”汪建明看了一眼黄博伟，故作惋惜地说道，“我也是不得已而为之呀！这个公司已跟了我快十年了，就像我的亲儿子一样，可现在老子要完蛋，只能舍车保帅了。”

黄博伟一听，一下从座位上站了起来，但随即捂着脸坐了下去。

“你不用太担心。”汪建明继续说道，“买我们公司的人是一家国际知名大公司，星光公司在他们手里肯定会越来越好，我们是给它找了个好娘家。而且我已经和这家公司商量好了，必须保证我方员工的权益，尤其是销售部和开发部这两个部门的人，不得随意裁员，工资只升不降。另外，你们夫妇的职位不会作任何变动，薪水也是只升不降，他们只派少数人员进驻监督。”说到这，汪建明见黄博伟仍双手抱头做痛苦状，又屈身靠近小声对他说：“一旦这次买卖成功，我立即将四百万划到你的账上。”

“这家公司叫什么名字？”黄博伟终于抬起头，眼里含着泪花，问道。

“就是在我们厂做加工的那家日本公司。”汪建明怕他不满意，又补充道，“我已打听过，这家公司在日本属于顶级大财团，一年销售额有好儿百个亿。”

“星光公司本来就是你的，你想怎么办就怎么办吧。”过了好一会儿，黄博伟说道。说完，站起身走了，甚至忘记了和董事长表兄告辞。

汪建明听了这话，以为事情差不多办妥，靠在沙发上悠然地喝起了茶。

晚上回到家，黄博伟把下午汪建明找他谈话的主要内容告诉了妻子刘玲。

刘玲听后半晌没说话。

“你认为老汪说的是真的吗？”黄博伟忍不住问。

“急需钱是真的。”刘玲答道，“要不然他也不会把这家年纯利润两三千万的公司贱卖掉。星光公司厂房加设备等固定资产就超过一亿元，不过这一定不是老汪的主意，老汪这个人是没有能力也不可能搞什么房地产项目，其实星光公司一直都被他身后的神秘人物所控制。”

“那我们怎么办呢？”

“还能怎么办？”刘玲瞟了一眼丈夫，“拿了钱走人呗。我早就说过，我们只是打工的，四百万差不多相当于我们平时两年的分红。”

黄博伟不停地摇头叹气。

“老汪没让你留下来？”过了一会儿，刘玲问道。

“他说日本人让我仍担任现职，薪水只升不降。”

“日本人真狡猾。”刘玲想了想说道，“他们需要一个平稳过渡期，你如果马上走，星光公司的品牌效应很快就会大幅缩水，说不定整个公司都会毁于一旦。”

“我不喜欢替日本人做事。”黄博伟想起爷爷奶奶的遭遇，说道。

“那你打算怎么办？”刘玲问。

“我打算先去范杰那里看看。”黄博伟沉思了一会儿说道。

第三十五章 误入歧途

黄博伟和汪建明谈话后的第二天早上，忽然接到市检察院的通知，让他上午十点半去检察院，有人找他，他有些疑惑，但还是按时到达。工作人员把他带到了一间办公室，办公室里的一张大办公桌一端，已经坐着三个穿制服的人。

“他们是从山西过来的在纪委部门工作的同志。”工作人员介绍道，“他们想找你了解一些情况，希望你能配合。”工作人员说完，带上门出去了。

三个人六只冰冷的眼睛不约而同地把黄博伟从头到脚审视了一番，左边的一个瘦高个站起来，脖子动了动，不知道是在和黄博伟打招呼还是因为坐久了活动一下僵硬的脖子，他伸出右手，示意黄博伟坐到他们对面，那里早已放了一张椅子。

“你叫什么名字?”中间坐着的领导模样的人问道，像审犯人似的，两只鹰一般的眼睛紧盯着黄博伟，不放过他脸上一丝一毫的表情变化，以期从中发现线索，“你是星光公司的总经理?”

“是。”黄博伟点头答道，“我叫黄博伟。”

“我们是山西省纪委部门的工作人员。”领导模样的人口气稍缓和了些，朝左边的瘦高个努了努嘴。瘦高个拿出一本证件在黄博伟眼前晃了晃，黄博伟只看见一张模糊的照片。

“你在山西黑眉县那边是不是有个同学叫范杰?”领导模样的人接着问，右边一个年轻人则在记录。

“是的。”黄博伟脑袋“嗡”了一下，暗想：“难道是范杰出事了！”刚进门听说是山西过来的纪委人员找他时，他就有了预感。

“好。”领导模样的人仰了仰头，挺直了身子，严肃地说道，“范杰同志在那边出了点事，什么事呢? 你不用问，总之是有损干部形象的事。我们找你，是想了解一下你和他交往的情况，希望你实事求是，如实回答，不要隐瞒。你的所有言行，我们将记录在案，如有不实之处或弄虚作假，我们将视为包庇罪犯，妨碍执行公务，你明白吗?”

黄博伟点点头，听完这番话后，他反而变得坦然起来，他不相信范杰会贪污受贿。“你们问吧。”

“你们从何时开始交往。”

“大学期间。”

“毕业后呢?”

“失去了联系，直到去年年底。”

“是他主动找的你?”

“不是。我从同学那里知道了他的电话号码，然后联系上他。”

“五一节你们见面了吗?”

“见了。”

“都做了些什么。”

“吃饭，聊天，喝酒。”

“他有没有从你这里拿过什么东西。”

“有。”

三双眼睛突然睁大且放出光来，好像老鹰发现地上的小鸡一样，三人几乎同时说道:“拿了什么?”

“笔，一支钢笔。他说他要在飞机上将此行的一些感想记录下来。”黄博伟平静地说道。看着三人失望的表情，他心里直想笑。

“给我放老实点!”年轻的记录员发现受了愚弄，按捺不住大声说道，“我们是代表国家，代表政府，代表人民找你谈话。”

“我讲的句句属实，我可以负完全的责任。”黄博伟冷冷地说道。

“这种小事情可以不必说。”领导模样的人示意年轻人不要再说话，然后继续问道，“除了送钢笔外，还有没有送比较贵重的东西。”

“没有。”

“听说6月底的时候你去过他那里?”

“是的。”

“去做什么?”

“五一节他到我这里做客时我给他谈了一些东惠市这边的发展经验，比如建一些小型工业区，扶持小企业发展，六月底他做完工业小区规划后叫我过去看看，提提意见。”

“听说他邀请你过去做招商局的局长?”

“是，他的确这样讲过。”

“他为什么给你这么重要的位置?我们知道你从来没有在政府部门任职过。”

黄博伟感到自己的人格受到了侮辱，冷笑着说道:

“你们知不知道范杰最不缺什么?”

“最不缺什么?”瘦高个以为抓着了什么重要线索，像长颈鹿一般把长脖子伸了过来，迫不及待地问。

“钱，他家最不缺的就是钱。”黄博伟提高声音说道，“你们不用浪费时间在这里审问我，我以我的人格，我的全部家产，甚至我的性命担保，我和他之间干净得很，绝不存在丝毫的肮脏交易。他也决不会去贪污、去受贿!”

最后，领导模样的人见从这里挖掘不出什么重要线索，悻悻地说道：

“我们今天的谈话内容要保密，不得向其他人泄露。以后你如果回想起什么遗忘的重要事情，请你及时通知我们。”说完，让黄博伟在记录上签名。然后撇下黄博伟，急匆匆走了。

出了检察院大门，黄博伟立即拨打范杰的电话，电话却关机。第二天下午，正当他心神不定担心范杰出事的时候，他接到了周莉的电话。

“黄博伟吗？”电话里传来周莉沙哑的声音。

“是我，范杰怎么样了？”他焦急地问道。

“去世了！”周莉说道，“昨天晚上跳楼自杀的，他留有一封信给你。你要不要过来送他？”

“要，我马上赶过来。”

黄博伟赶到范杰家时，已是晚上十点钟。

“到底是怎么回事？”见了周莉，黄博伟迫不及待地问。

周莉神情沮丧，脸上泪痕未干，她长叹了一声，摇了摇头说道：

“他和一个有夫之妇搞在了一起。五天前被女的丈夫在一家酒店当场抓住，还录了像。第二天就被纪委双规，前天晚上自己跳楼自杀了。”

黄博伟听了心里一凉。在中国，从政人员发生这种“通奸”之事实际上就等于宣告一个人的政治生命的终结，而范杰是一个把政治生命看得胜过自己生命的人，难怪他要自杀。但他不愿意相信范杰会做出这种类似政治自杀的傻事，在他的眼中范杰应该是一个自律性极强的人。

“会不会是被别人陷害？”

“是不是被人陷害不知道，”周莉幽怨地说道，“但是和那个女人搞在一起却是事实。”

说完从口袋里拿出一封密封好的信交给黄博伟：“这是他留给你的。”

黄博伟打开信封，信是这样写的：

博伟兄：

你好！

当你看到这封信时，我已不在人世间了。

近日发生之事，周莉会告诉你，这里我不多说。

政治生命的结束等于宣告了我本身生命的结束，更何况发生了这种事，我已经无颜再见和我共同生活了十多年的妻子！

还记得上次我给你讲的那个最后因感染艾滋病而自杀的会跳芭蕾舞的大学同学李倩吗？她其实是我的初恋情人。当初我为了理想而抛弃了她。当爱情再一次来到我面前时，我却无法拒绝，我已经不是年轻时候的我，不是那个为了理想而可以放弃一切、拒绝一切诱惑的人了，最终，我为此付出了惨痛的代价。

我曾许诺，我曾期望，我们能一起奋斗，一起打拼，在政界闯出属于我们的天地，实现自己的人生目标，但是现在，我只能对你说声“对不起”。

纪委的人向我提起了你，他们已知道我请你来担任招商局局长之事。不过没什么可担心的，拳拳之心，可见天日，我俩之间，并无见不得人的勾当。

你太实在，性又太刚，我去之后，千万不可再有从政之想，以免重蹈覆辙。把你的企业做强做大，才是你的根本。

我欠妻子一家太多，若有来世，当作牛马相报。

我走了，为理想而生，为理想而灭。本是凡人，却欲做非凡之事。这大概就是我的悲剧之所在吧。

我走了，博伟兄，你多保重。我要去到另外一个世界，路漫漫其修远兮，吾将上下而求索，到另外一个世界，我仍将上下求索！

另，我的相好是一名弱女子，虽然她已婚，但我俩真心相爱。我赤裸裸地来，赤裸裸地去，我走之后她将更加艰难——无论是金钱还是精神方面，这是我唯一放心不下之事，望博伟兄能替我关照一下，不胜感激。

信的最后写着女子的手机号码和姓名地址。

黄博伟看完信，眼里噙着眼泪，久久不能言语。

“他的尸体呢？”过了很久，黄博伟问道。

“还在医院。”周莉擦干眼泪，深吸了一口气，说道，“不管怎么样，他还是我的丈夫，我已安排好明天下午在殡仪馆为他送行。”

黄博伟收起信，他打算明天送走范杰后再去找那个和范杰相好的女子。

第二天，黄博伟早早来到殡仪馆，他想好好地再看一眼他的老同学、好朋友。

灵床上，范杰安静地躺着，他的身体已经经过整容，看不出有丝毫自杀的痕迹。除了没戴眼镜，他看上去和平时差不多：标志型的大背头一丝不苟，紧闭的双眼更凸显出他的严肃，名贵西装显示出他曾经的辉煌和地位，他的嘴角略有些下凹，像是在冷笑又像是痛苦地抽搐。他活着是领导，死后也像个领导，也许到了另外一个世界，他还会是一个领导！

县委的领导一个都没来，但送行的人却越来越多，工业区几乎所有的企业负责人都来了，不少人还把职工带了来，以致殡仪馆无法装下这么多人。在沉痛的哀悼音乐中，人们一个个神情肃穆，给死者鞠躬，绕着灵床缓缓移动，对死者投去最后一眼并默默地为他祝福。

在缓慢移动的人群中，有一个女子引起了大家的注意，她穿着白色连衣裙，手臂上缠着黑纱，胸前戴着一朵白花，头发看似经过精心梳理，盘成一个新娘发型，只不过发髻上插了一朵小小的白花，如果去掉那些黑纱和白花，女子的打扮完全就是新娘的打扮。女人约三十岁左右，面容憔悴，弱不禁风，但却难掩其独特的风韵和魅力。她走得很慢，眼睛一刻不离躺在灵床上的范杰；她开始时表现得很坚强，但从见到范杰的尸体的那一刻起，她的泪水就一直没有停过。她没有去擦眼泪，让泪水尽情地流；她手扶着灵床，不时用洁白的牙齿紧咬嘴唇，嘴唇已被她自己咬出了血。她有时站着不动，眼睛直直地看着死者，似乎想用目光唤醒死者。走到灵床中间的时候她停了下来，这里离死者头部最近，可以最清楚地看清范杰的面容，前面的人已经离开了灵床，空出一大截，后面的人小声提醒着她，她却没有一点反应，仍站在那里凝神细看，过了很久她才又开始慢慢移动。

黄博伟正在奇怪，突然听见旁边有人指点着说：

“这个女人就是范县长以前的相好，就是她害了范县长。”

女子眼看就要走完灵床，突然，只听她喊了一声：“范哥等等我！”说完，右手从衣裙中拿出一把匕首扎进了自己的胸部，就在人们反应过来，准备过去相救时，女子突然拔出匕首，一股鲜血喷涌而出，她奋力一跃，扑倒在范杰的尸体上。

周围的人惊呆了，很快救护车来了，医生上去看了看，很快摇了摇头走了。

夜已经很深了，黄博伟独自一人站在范杰自杀的大楼前，凝视着楼顶，很长时间没有说话。

天空黑沉沉的，周围一片寂静。无边的黑暗中闪烁着几颗星星，宛如地狱勾魂的鬼火。在万籁俱寂中，突然响起一阵哀怨凄婉的古筝声，还有一个男子的伴唱声：

“长亭外，古道边，芳草碧连天。晚风拂柳笛声残，夕阳山外山。天之涯，地之角，知交半零落。一壶浊酒尽余欢，今宵别梦寒。”

歌声凄婉，悲怆，飘荡在无边的黑暗中。

第三十六章 逃亡

国庆节刚过，为了保证日本人来时不出意外，在他们到达的前一天下午，汪建明召集开发部和销售部的全体人员以及经理级别的管理人员到大会议室开会。黄博伟刚参加完范杰的葬礼回来，心情很差，加之他已预知开会的主要内容，想推病不去，但经不住妻子的再三劝说，最后还是去了。

会议由汪建明亲自主持。

“在座的各位兄弟朋友们。”他把会议室坐着的八十多名星光公司的精英扫视了一遍，虽然他认识的人不到四分之一，却装作和他们都非常熟悉的样子。眼看即将大功告成，他心情特别好，甚至对他们的称呼都改变了，让这些为他打工多年的员工第一次也许也是最后一次享受到“兄弟朋友”的称呼。他用他特有的男低音说道：“今天我把大家召集起来是要告诉大家一个天大的好消息。什么好消息呢——”他拉长了声调，故意停下来，睁圆双眼，看着下面的人。

下面的人一个个屏声敛气，伸长脖子望着他。

汪建明暗自得意，接着说道：

“我们即将和一家国际知名音响企业合作，我们即将走出国门成为国际上响当当的知名企业。”

这几句话汪建明在开会前反复背诵了很久，居然一次停顿都没有就把它讲完了。他讲这句话时的语气好像他已经成了这一家合并后的国际知名企业的董事长。他讲完后，以为肯定会博得大家一阵长时间热烈的掌声，以此感谢他这个救世主般的英雄，可他等了半天，却连一片掌声都没听到，大家只是用疑惑的眼光看着他，仿佛不认识他这个董事长似的。他有些失望，但并不气馁。他喝了一口茶，调整了一下情绪，继续说道：

“明天，即将同我们合作的日本朋友会来我们公司考察，和大家见面。啊——大家不用担心，合作后对大家只有好处没有坏处，在座各位的工资待遇只升不降。啊——合作后公司的总经理职位仍由你们敬重的黄博伟先生担任。”

最后这句话博得了一阵稀稀拉拉的掌声。

汪建明见大家不够兴奋，反应不够热烈，掌声也像没睡醒的样子有气无力，他猜想肯定是旁边坐着的他们的黄总没说话的缘故。这些人并不信任他这个董事长，只认他们的黄总，于是他用眼睛示意黄博伟讲几句。坐在黄博伟身边的刘玲发现了，赶紧用肘碰了一下丈夫，但他仍没有反应，垂着头半闭着眼，像批判会上等着挨批评的犯人。想到老汪许诺的四百万，刘玲一下站了起来，朗声说道：

“我和黄总支持董事长与日本企业合作的决定，坚决服从公司的安排。”

汪建明听了满意地点点头，然后说道：

“黄总夫妇顾全大局，给大家带了个好头。日本朋友明天下午会在这里和大家见面，啊——日本是我们的友好邻邦，又是个礼仪之邦，和我们中国一样，啊——明天见面时大家一定要有礼貌。啊——如果有谁不听话或故意作对，我一定严惩不贷。”

开完会，胡平回到办公室，他绞尽脑汁猜想刚才汪建明一番讲话的意思。他觉得“合作”二字肯定不会那么简单，但又猜不透汪建明葫芦里卖的什么药。

“是一般的合作还是参股、合并，甚至完全收购？”他猜测不透，这可关系到他的前途和命运，他不能眼睁睁看着那个即将属于自己的总经理位置从眼前溜掉。如果是被日本人收购，那他就彻底完蛋了，聪明的日本人绝不会让一个像他这样的人坐在总经理的宝座上，除非那个日本公司老板的女儿不远万里来到中国并看中了他。如果真是那样，那他就得重新审视他和现女朋友沈静的关系。通过这段时间的接触，他觉得这个女人脾气不小，不好伺候，远比不上他以前的女朋友方小丽，甚至还不如已成疯子的王芳。当然，在情况没有弄清楚之前，他不会贸然采取行动。思考了半天，最后他决定打个电话问一问沈静，也许她知道其中内幕。

“老汪刚才在会上说的和日本公司合作是什么意思？”他在电话里问。

“我也不清楚。”沈静答道。

“你爸爸没提起过吗？”

“没有，没听他说过这方面的事。”沈静答道，“你也不用担心，明天不就知道了吗？”

胡平认为沈静没有骗他，只好等待明天下午答案揭晓。

晚上黄博伟一回到家，就质问妻子刘玲为什么代替他讲话。

“你想怎么样？”刘玲不满地看了丈夫一眼，“难道老汪会因为你不同意就不卖了？”她见丈夫沉着脸不说话，又说道，“你想想看，你的同学范杰已经去世了，你难道还想从政不成？依我看，先把那四百万拿到手再说。如果你真的不想帮日本人打工，那我们就回老家去或者干脆出国。这些年我们已挣了一两千万，不愁生活不下去。”

黄博伟长长地叹了口气，他知道妻子说的是对的，可又有些不甘心，毕竟这个公司是自己一手带大的，多年的感情难以割舍。眼看着明天就要成为别人的了，他心如刀绞却又无能为力。他极力压着即将夺眶而出的眼泪，一言不发，走进房间躺倒在床上，睁大眼睛看着天花板，任眼泪痛快地流淌出来。

第二天，整个星光公司装饰一新，到处彩旗飘飘，洋溢着快乐祥和的气氛，好像准备新娘出嫁般。厂大门口挂着一幅巨大的横幅，上面用中文和日文写着“热烈欢迎日本友人莅临”。一条新的红地毯从厂大门一直铺到办公楼。办公楼前面摆满了花篮。厂区各处都经过仔细清扫，看上去干净整洁。广播里播放着轻快的音乐。

十点整，在星光公司董事长汪建明的陪同下，池田俊树和他的社长父亲以及随员共五人出现在厂门口。汪建明身旁还有一个面带微笑的瘦小的五十多岁的男人，这人就是星光公司真正的主人——汪建明的大哥沈福荣先生。眼看着一只会下金蛋的母鸡就要被别人抱走了，他心里多少还是有些痛惜。他想来看它最后一眼，也算是为它饯行，况且星光公司几乎没有人认识他，他不用担心什么。

一行人到了会客厅，稍坐片刻后，池田俊树便带上两人和星光公司的财务人员去核实资产去了。汪建明则陪着大哥以及社长本人和助理去车间参观。

沈福荣还是第一次这么近距离地看自己的工厂，他看到各个车间的员工都低着头有条不紊地忙碌着，车间里干干净净，摆放整整齐齐。员工都认真地做着自己的事，很少有员工抬头看他们这一行人。看到如此高效、正规、完善的管理，沈福荣暗自点头，忍不住把身边的汪建明夸奖了几句，汪建明当仁不让，接受了大哥的夸奖，表面上谦虚了两句，却是一脸得意之色。连一向十分挑剔的社长看完后也伸出了大拇指。

自从上次签订了意向书后，池田俊树在征得汪建明的同意下和星光公司财务人员核定了大部分的资产，但这次重新核对也花费了不少时间，直到下午四点半才核对完。下午五点钟，应日方要求，召集所有开发部和销售部人员以及经理级别管理人员到大会议室开会。如果不出意外，会后就将正式签订收购合同。一旦合同签订，星光公司就完全属于日本人，成为这家日本大财团的一个子公司，一个在中国的桥头堡，而沈福荣则可以怀揣着两亿元人民币去解救他的房地产公司。星光公司他总共才投资了十万元呢！

大会议室已被重新装饰过，主席台铺上了新地毯，两旁摆满了鲜花。

主席台上总共坐了五个人，右边坐的是日方社长池田先生，接下来是他的助理和儿子池田俊树。左边坐的是沈福荣和汪建明，边上空着的一个位置本来是安排给黄博伟的，但他拒绝了，他宁愿和开发部的工程师们坐在一起，这让主席台看上去不够完美，有点头重脚轻的感觉。为了表示对大哥的尊重，汪建明把沈福荣安排坐在中间位置，这样他就可以和池田先生并坐在主席台正中，俯视整个会场。

沈福荣和池田先生坐在一起，却产生了一个意想不到的效果，两人年龄、身材相似，甚至发型也一样——都是平头，两人表情也几乎一样，严肃中透着威严，不怒而威，只是池田先生多了一小撮八字胡。台下的人看了以为他们俩是亲兄弟。

主持人是汪建明花了不少钱从电视台请来的电台节目主持人，姓张，年龄不大，却天生长着一副的伶牙俐齿，说话极富煽动性，能把一颗普通的石头说成是孙悟空出世时的仙石，让大家对它顶礼膜拜。按照汪建明的授意，他首先讲了中日两国人民友好往来的历史——因为汪建明怕这些年轻人看抗日战争题材片看多了，心里滋长了对日本人的仇恨，不利于今天的成交，指出中日两国人民是长期合作的，睦邻友好的，相互帮助的，然后大谈日本企业的成功史，似乎只要有日本人在，稻草都会立马变成金条，最后看到台下听众的脸上露出激动之色，适时振臂一呼：

“让我们以热烈的掌声欢迎日本朋友的到来！”

台下立刻响起一阵热烈的掌声。

接着，主持人简单地回顾了一下星光公司的历史，把星光公司董事长汪建明毫不客气地吹捧了一番，中心意思就是没有汪建明先生，就没有星光公司的今天，这一次收获的掌声比较稀疏，因为台下没有多少人见过这个董事长。

汪建明对欢迎自己的掌声还不如欢迎日本人的多颇有些不满，心里直骂下面的人是一群卖国贼，崇洋媚外，不识好歹，不过这对他的心情影响并不大，能在大哥面前有所表现，他认为这才是最重要的。他拿过话筒，像往常一样清了清嗓子。也许是他太过于表现自己或者是太珍惜这也许是最后一次面对星光公司的员工讲话的机会，他信口开河，滔滔不绝，一个人讲了差不多一个钟头，“啊”字用了不计其数。

他详细地回顾了他当初创业的艰辛，仿佛比旧社会的贫下中农还苦，说到心酸处，他眼睛红红的，一副欲哭无泪状。他还谈到他披荆斩棘走遍千山万水 ，到全国乃至全世界去发掘人才，最后慧眼识珠，找来了现在公司的总经理黄博伟先生。在他的英明领导和高瞻远瞩下，在黄博伟总经理和全厂员工的共同努力下，星光公司终于一点点壮大，九年多时间，从几个人发展到一千多人，迎来了光辉灿烂、前程似锦的今天。讲完后，他悄悄瞟了一眼大哥，希望能得到他的赞赏，分红的时候可以多分一点给他。沈福荣却不动声色，和旁边的池田先生一样，似乎两人正在比试坐禅功夫呢。

下面的听众开始时被汪建明创业时的艰辛所感动，后来觉得他说得有些不靠谱，熟知内情的人都知道他把本来属于总经理黄博伟的功劳一股脑儿地安到了自己头上，于是感到惊奇，再后来就变得木然，有几个人想趁此机会补一补昨晚欠缺的觉，可董事长的话中低音部分太多，震得心里一颤一颤的，很难静下心来，再加上他每次发出“啊——”音后，就会不由自主地扫视他的听众，他的视力极佳，被他发现打瞌睡可不是好事，于是这些人只好自己掐自己，坚持着。

汪建明好不容易说完了，台下爆发出一阵热烈的掌声，不过这热烈的掌声，绝大部分不是赞赏他讲得精彩，而是庆幸他终于讲完。

轮到池田先生，他可是个爽快人，说话直接、干脆、果断，言简意赅。他用日语讲，旁边的助理翻译成中文，他讲话的大致意思是：

非常高兴能在这里和大家见面，他和他的同僚们非常感谢在座的各位以及董事长汪先生这些年的努力，他们为能够收购一家如此优秀的中国企业而感到高兴。按他们事先和董事长汪先生达成的协议，收购完毕后，在座的各位至少应再为公司工作一年以上，而他们会履行对董事长汪先生的承诺，在座各位的工资待遇只升不降，而黄博伟先生仍将作为公司的总经理负责收购后公司的运作。

下面的人终于明白了这次是全面的收购，而不是昨天董事长讲的什么“合作”。池田先生讲完话后，除了有少数几个人呼应了一下董事长和主持人的掌声外，其他人都把怀疑的眼光投向坐在开发部位置前排的黄博伟，因为他才是他们最信任的人，他们想从他身上寻找答案。

黄博伟内心备受煎熬，他记着妻子劝告过的话，努力强迫自己冷静下来。他不断用汪建明许诺的四百万来镇压各种冒出来的念头和想法，但总是徒劳。他只要抬头看见池田先生的脸和他那一小撮八字胡，总会想起惨死在日本人手里的爷爷奶奶。见大家的目光都投向自己，他实在忍不住了，站起身来。刘玲早就注意丈夫的一举一动，但因相距较远，她只能干着急，想用眼睛示意他，可他根本就不往她这个方向看。汪建明见他满脸怒气站起来，知道事情要糟，但也不好阻止，急得直搓手。沈福荣虽感觉到他的脸色不对，但他以为汪建明已将一切搞定，也没放在心上。池田先生听过儿子的描述，知道此人就是大名鼎鼎的星光公司总经理黄博伟先生，他正想听听他的高论，所以一见他站起来准备发言，便微笑着点头以示鼓励。

“刚才池田先生说收购我们公司——”他说道，声音洪亮，正义凛然，“我们没有也不能有什么意见，因为拥有这家公司的是董事长汪建明先生。不过刚才池田先生说我们需要至少为公司再工作一年以上，我认为这既不合理也不合法。我们有择业的自由，在这里，我仅代表我个人提出辞职。”

这一刻时间仿佛凝固，整个会场鸦雀无声，只有几台空调机发出的嗡嗡声。主席台上三个日本人一脸的惊诧和不解，而池田先生和他的儿子更是满脸的失望。汪建明气得满脸通红，几次欲言又止。沈福荣也从旁边长相和他犹如亲兄弟的池田先生的表情上看出了问题的严重性。他的脸色变得越来越难看，眼睛里流露出来的寒光似乎能杀死人。

就在这一刻，不知是谁放了一个屁，这个屁绝对可以称得上是上佳之作。它初时饱含低音，声音大气而厚重，颇具震撼力，有一种舍我其谁的霸气，犹如当年张飞手持丈八蛇矛，大吼一声惊退曹操百万雄兵。继而低音减弱，中音加强，那声音转而变得柔和、委婉，清新脱俗，犹如在阳光明媚的春天里，躺在青青的草地上，仰望蓝天白云，四肢百骸无不妥帖舒畅。然后随着高音的加入，声音变得清脆、亮丽起来，犹如黄莺歌唱。最后声音越来越小，细若游丝，但又不马上停下，反反复复，飘飘袅袅，犹如古筝演奏中的颤音，似有还无。

大家先是一怔，循声望去，却发现声源处坐着一个戴眼镜的看上去比女生还斯文瘦弱的男生，他是开发部的工程师，低着头，脸红红的，不知是为了不小心惊动大家而表示歉意还是为刚才屁的声音不够精致完美而内疚。大家也许是觉得如此响亮动听的屁不应该发自一个文弱书生之体，忍不住哄堂大笑起来。

主席台上，汪建明似乎也在笑，不过那笑比哭还难看、凄惨；沈福荣一副冰冷的面孔，仿佛他周围的空气也结了冰；池田先生脸上依然保持着微笑，大约是被刚才这个屁的深厚底蕴所折服；另外两个日本人则紧抿着嘴，努力不让自己笑出声来；甚至主持人也捂着嘴在笑。

就在第一波笑快要终结的时候，也许是受到大家笑声刺激的原因，文弱书生屁股下面又传出一声响，不过这声响与刚才的大相径庭，这次干脆利落，不像上次那样久拖不决。简单地说，这一声响就像一个声如洪钟的人深呼吸后念出个“不”字。全场又是哄堂大笑，继而是长时间热烈的掌声和叫好声，仿佛这个文弱书生刚代表他们做了一次精彩绝伦的演讲。

主席台上，池田先生脸上的笑容僵住了，而且脸色很快转青。他感到自己受到了侮辱，愤然站起来，带着助理和儿子拂袖而去。

沈福荣见日本人走了，两亿元没了，气得脸色铁青，手指黄博伟，咬牙切齿骂道：

“你是什么东西，敢在这里嚣张！”

黄博伟以为沈福荣也是日本人，想起爷爷奶奶的遭遇，他义愤填膺，手指着他骂道：

“你是什么东西，日本走狗，给我滚！”

沈福荣一辈子都没被人如此骂过，哪里忍受得了，他一跃站上桌子，想扑过去揍黄博伟，他后悔来时没带上他的几个牛高马大的保镖。

黄博伟见了毫不畏惧，沉胸收腹，摩拳擦掌，准备替爷爷奶奶报仇。

不过架最终没打成，汪建明拼命拉住了大哥，而黄博伟也被开发部的工程师们劝住，然后拥簇着他离开了会议室。

散了会，已是七点多钟，天已经黑了，刘玲显得心事重重，黄博伟见了不悦，冲妻子说道：

“不就是四百万吗！值得这样吗？”

“这不是四百万的问题。”刘玲说道，“你这么一闹，估计日本人不会再收购星光公司了。你看见老汪旁边的那个人了吗？”

“就是想和我打架的那个日本人？”黄博伟做出一副不屑的样子，“他那猴子一样的身材，还想和我打架，我只需一拳就把他打发回老家。”

“什么日本人？”刘玲又好气又好笑，“他就是我所说的星光公司的幕后老板，老汪的顶头上司。”

黄博伟一听傻眼了，张大嘴半天说不出话来。

“不会吧？”他愣了半天，才说道，“我看他和那个池田鬼子长得挺像，还以为他们是亲兄弟呢。”

“什么亲兄弟，”刘玲没好气地说道，“这下不但四百万没有了，我估计我们还会有其他麻烦。”

“对了！”黄博伟突然一拍大腿，说道，“这个人就是上次在画展上买那幅《钟馗捉鬼图》的小老头，还有——财务部的那个叫沈静的女孩和他长得有点像。”

“什么有点像，她就是他的女儿。”刘玲说道。

两人开车准备回家，像往常一样，刘玲坐在副驾驶位置，从公司到他们所住的小区大约需要四十分钟左右，车行一半，刘玲的手机突然响了起来，她拿起一听，电话里传出汪建明急促的声音：

“带上你老公，立刻离开这里，越快越好，越远越好！”说完，立刻挂断了电话。

刘玲愣了片刻，立即把刚才汪建明说的话告诉了正在驾车的黄博伟。

“难道他们会对我们下手？”

“估计老汪不会。”刘玲说道，“我们和他毕竟一起相处了这么久，他和你又是亲戚关系，再说如果真是这样，他就不会通知我们了。我估计是那个幕后人物，就是刚才要和你打架的那人。”

“我不怕。”黄博伟自信地说道，“我一个人可以对付两三个。”

“从老汪的口气听得出事情已经很紧迫。”刘玲忧心忡忡地说道，“我估计这个人是走黑道的。他们在暗处，我们在明处。”

“那你说我们怎么办？”黄博伟问。

“我认为我们必须尽快离开这里，越快越好。”刘玲心里忽然有了一种不祥的预感。

“可我们什么都没带，什么都没有。”黄博伟说道。

“博伟，我有些害怕。咱们赶紧回家，带上存折和一些贵重的东西，马上离开这里。”刘玲声音颤抖着说道。

“行，我听你的。”黄博伟见妻子害怕的样子，心里有些内疚，有些后悔自己刚才在会上的举动。之前他答应过妻子，在会上保持沉默。

车子来到他们所住的小区附近，再拐上一条较偏僻的小道就可以到家了，车子刚拐上小道，刘玲立刻大喊停车！黄博伟以为有什么紧急情况，一下把车刹住。

“什么事？”他问。

“你看前面。”

“前面没什么呀。”黄博伟看了看，奇怪地问。

“前面不远处停着一辆车，我感觉有些异样。”刘玲低声说道。

“我过去看看。”黄博伟边说边准备下车。刘玲连忙制止。

“不能去，说不定他们正等着你呢。”刘玲想了一下，说道，“你把车往后倒，看他们有什么反应。”

黄博伟按妻子所说向后倒车，车刚开始往后倒，突然从前面停车的地方冲出两个黑影，向车子逼近，同时停着的车也开始启动。

挡风玻璃被打碎，黄博伟感到脸上火辣辣的痛，一抹全是血，他果断地猛踩油门退回大路，然后挂上前进挡加大油门向前冲去。后面的车也紧跟着追过来，边追边开枪射击。黄博伟忍着痛，驾车高速向前逃去。刘玲开始时吓呆了，一颗子弹射穿了她的座椅，但她很快反应过来，指挥黄博伟往人多车多的地方逃，因为这些地方一般都有警察，他们不敢明目张胆地开枪射击。

好不容易甩掉追车，这时候刘玲才发现丈夫受伤了。左边脸上满脸的血，她吓得哭了起来。

“没事。”黄博伟一边开车一边安慰妻子，“找一家医院包扎一下就行。”

两人怕被跟踪，不敢去大医院，找了家小诊所检查。幸亏伤势不重，子弹擦着脸颊飞过去，如果再往右一点，就非常危险了。黄博伟在医院进行了简单的包扎，拿了一些药，开车来到火车站附近，扔掉车，和妻子一起连夜上了开往老家沈阳的火车。

刘玲带着黄博伟来到沈阳她父母的家，这里的地址以前在星光公司时用过，刘玲担心被追杀，第二天马上搬走。黄博伟见刘玲从家中拿出几箱星光公司的票据，觉得很奇怪，便问道：

“这些票据还留着做什么？烧掉吧。”

“烧掉？”刘玲冷笑着说道，“既然他们对我们不仁，我们也没必要对他们客气。这些票据是这几年星光公司的出货凭证，只要将这些东西送到税务局，星光公司就完了。我们既然能将星光公司从小带大，也能毁掉它。”

“有这个必要吗？”黄博伟问，他感觉于心不忍。

“有！”刘玲对黄博伟吼道，“他们那些人丧尽天良，甚至想杀了我们，对这种人还能手下留情吗？”

看着妻子愤怒得有点变形的脸，黄博伟无语。

“这段时间你先养伤。”刘玲擦了一下眼泪，说道，“把原来的手机卡扔掉，不能与星光公司任何人联系，免得被跟踪。另外，我去年就已经在办移居澳洲的手续，过一段时间带上家人，我们一起去澳大利亚生活。”

“去澳大利亚?”黄博伟吃了一惊。

“对。”刘玲说道，“你这个人只知道工作，被人卖了还不知道，你幸好娶了我。这些年我们挣的钱我大部分用来办了投资移民，大约半年左右，我们就可以去悉尼定居了。”然后刘玲咬牙切齿地说道，“到那时候，我就会把这些资料全部寄给税务部门，我要让星光公司以及那些贪婪无情、凶狠狡诈之徒死无葬身之地。”

沈福荣听说让黄博伟夫妇逃走了，非常生气，把执行任务的人骂了个狗血喷头。他有些不甘心，还想继续派人追杀，这时候汪建明说话了：

“大哥，我认为这个时候还是找钱要紧。”他小心翼翼地说道，其实他心里是在替黄博伟担心。

沈福荣一想也对，当下最要紧的是去哪里弄那两个亿，不过他借机把汪建明臭骂了一顿，如果不是考虑到星光公司还需要他，沈福荣早就把他扫地出门。这次开会，不但让他当面被人嘲笑，骂作“日本走狗”，还让快要到手的两亿元打了水漂。

刚骂完汪建明，沈福荣气还没有消，手下一个人拿着两张照片走了过来，恭恭敬敬地交到他手上，他一看照片，犹如抓着了救命稻草，对着照片连连亲吻，高兴得手舞足蹈，甚至暂时忘记了追杀黄博伟夫妇的事。

第三十七章 上市计划

周市长之前是个分管财政的副市长，这次被破格提拔，接替被双规的朱市长，多少有些出人意料。周市长是个谨小慎微的人，做事认真仔细，除此之外，他在群众中口碑甚好，享有廉洁正直的好名声，也许正是这一条帮助他爬上了现在的位置。总不能刚抓了一个贪污腐败的市长，又上一个有贪污腐败嫌疑的人做市长吧！

“以史为鉴，可以知兴替；以人为鉴，可以明得失”，周市长上任之初，开始三天他几乎什么事都不做，专门研究其前任朱市长的成败得失，尤其是寻找他失败栽倒的原因。他可不想成为下一个短命鬼、倒霉蛋。在出事之前，他对他的这个上司朱市长还是挺佩服尊重的，觉得他既有能力又有魄力，敢想敢说，敢做敢拼，在东惠市进行了一些大刀阔斧的改革，政绩有目共睹，可是稍一疏忽就掉进了万丈深渊。

经过反复研究，他找到了两条前任失败的根本原因：首先是前任太多情或者说情人太多，最终被情人所害；其次是结交的朋友太多，受贿范围过大，几乎到了见钱就收的地步，不加区分不加筛选，以致出现了收了别人的钱却忘了帮别人办事这样的疏忽，这不符合做交易的潜规则。

对照自己，他欣喜地发现自己在这两方面都做得都相当不错。首先，他目前只有一个情人——以后他也不打算轻易增加，而且他的情人还是个没被社会大染缸污染的思想单纯、美丽可爱的大三学生。其次，他在选择朋友方面相当慎重，精挑细选，宁缺毋滥，坚持少而精的原则。他每到一个地方上任，结交的朋友绝不超过三个。他是个相当讲信用和慷慨大方的人，从不让朋友吃亏，每次朋友得到的一定比他付出的多，这让他在朋友圈子里的口碑相当得好，大家争先恐后和他做朋友，想尽千方百计和他结交。有如此好的群众基础，他就可以毫不费力地从中挑选两至三个既有实力，头脑又灵活，口风又紧且仗义的成功人士结为自己的朋友，互通有无，相互支持。这样，他一路走来，四平八稳，官运畅通，廉洁正直的名声四处飘扬，成了一笔价值千金的无形资产。

经过认真的研究对比总结之后，他信心十足地开始履新。他也像几乎所有上任的新官一样烧了三把火，火是烧得恰到好处，让那些心怀不满的下属折服，让同僚们刮目相看，他很快坐稳了市长的宝座。闲时对着蓝天白云沉思，开始琢磨交朋友的事。

周市长是本地人，刚过完五十二岁生日，年轻时既不英俊也不潇洒，年纪大了显然也不会好到哪里去，不过像所有在外有情人或者想有情人的男人一样，他非常注意自己的形象，由于保养得当，他的肚子至今无一点外凸的迹象，这和他廉洁正直的名声完全匹配。他的头发在他不到四十岁就所剩无几了，为此几年前他特意去了一趟韩国，不为别的，就为做一个像真的一样的假发，花了十多万元人民币后总算大功告成，为了更形象逼真，他让发型师在假发的显眼位置分别挑染了几十根白发，以示自己头发天然生成，并未漂染过。为了彻底打消他人的疑虑，他还经常变换发型，有时四六分，有时一边倒，甚至偶尔来次五五分，但大部分时间还是四六分的发型居多，因为他认为这种发型更显得秀气、斯文。当然，他的发型的变化不能以牺牲头发的长短为代价，否则十多万元很快就不见了。

星期天上午，他去美容店弄了个四六分的发型回来，刚进小区门口不远，一个邮递员模样的人快步走来递给他一封快件，好像这邮递员有什么急事似的，没等他签字就走了。

周市长也没有起疑心，因为他相信在这个世界上，他只有朋友，没有敌人，更没有仇人，他不慌不忙地打开信封，从中摸出一张照片。

照片上是一个笑靥如花的青春靓女，风情万种地站在一栋别墅前，手拿一串钥匙，樱桃小嘴微启，一脸期待状。

“这不是我的小王吗?”周市长有些激动，自从当了市长后，为了谨慎起见，这段时间他一直没敢去和小情人幽会，想死她了。他以为是小王给他寄来的照片，照片的姿势分明就是在告诉他：“快来吧，我想死你了。”

“美人儿，我也想你。”他忍不住去吻照片上那微启的娇艳欲滴的樱桃小口，没想到他用力过猛，口水出来太多，又太急，那照片经他口水一黏合，差点就取不下来。他费了好大的劲才从嘴上取下照片，咂了咂嘴，满意地对着照片中的小王点了点头，似乎是亲了她真人似的。

他把照片小心地放进口袋，又把手伸进信封里，很快他又摸出了一张照片，他一看照片，脸一下变红了，一副难为情的样子。原来这是一张不久前他和小王的亲热照，双方都几乎一丝不挂，正忘情地拥抱呢。他暗自责怪小情人太不通人情世故，万一这张照片落在了那些卑鄙的小人手里，那他不就成了朱市长第二，去狱中和他做伴?他打算明晚过去好好收拾她一番——用他的床上功夫。他刚要把照片放进口袋，发现有点不对劲。

“小王怎么会给自己寄这样的照片呢?她可是个单纯的姑娘。”想到这儿，他心里一紧，连忙一用力把信封撕开，从信封里掉下一张纸条，他捡起来一看，上面写着：

“下午三点在好运饭店一楼大厅左上角恭候。”下面还有四个大字：“绝无恶意!”

沈福荣提前半个小时就来到好运饭店，他要了一杯最好的龙井茶，悠闲地开始品茶。他穿了一身休闲服，面带舒心的微笑，看上去和蔼慈祥，俨然一副好父亲好爷爷好市民模样。一个四五岁的调皮小女孩见他一个人孤孤单单坐着，便悄悄离开正在吃饭的父母跑过来，仰起小脸叫道：

"爷爷好!"

沈福荣听了非常开心，一边答应一边伸手拍了拍小女孩粉嘟嘟的小脸，还掏出几颗糖来给她。小女孩临走时给了他一个飞吻，他笑着还了一个。望着小女孩远去的背影，他心中竟有了早抱孙子早退休早享福的念头。

过了三点钟，仍没有人来，服务员殷勤地过来问他要不要开始点菜，他让再等一会儿。他依旧神定气闲，一副悠然自得的样子。他一点也不担心，现在周市长已被他牢牢地拽在了手里，想溜也溜不掉。

在周市长还是局长的时候，沈福荣见过他一面，他那弄得一丝不苟的头发让沈福荣一下便猜中他属于多情型的。在他做了市长后，沈福荣指挥手下不分昼夜，严密守候，终于发现了他的小情人，然后对这个还在读大三的清纯女大学生连哄带骗，软硬兼施，很快就逼其就范。

三点十分不到，周市长终于出现了，其实他早就来了，但他一直躲在暗处观察，等到他确定约会地点确实只有一个人时，他才现身。他故作镇静，极力拿出市长的派头，昂着头挺着胸，迈着沉稳的步伐走过去。他看上去不像是去谈判，倒像是下基层检查工作。

这时候早过了吃饭时间，大厅里很少人，沈福荣故意选择这个地方这个时候就是因为这里既宽敞明亮又隐蔽，以此打消周市长的顾虑。他以前开会曾见过周市长，所以一眼就认出来了。沈福荣见他走过来，忙站起身，热情地打招呼，谦恭地让座。周市长仍一脸严肃，在沈福荣对面坐下后，又左顾右盼了一阵，才开口问：

"你是谁？我不认识你。"

"贵人多忘事。"沈福荣笑着说。然后做了一番自我介绍。

"哦，有点印象。"周市长终于想起来了，态度也好了些，"你就是以前朱市长的朋友，搞房地产的沈老板。"

沈福荣理所当然地谦虚了一番，并让服务员上了一瓶五千块钱的洋酒和几个名贵菜。

"那两张照片是怎么回事?"上菜的当儿，周市长问道，一脸的愤怒。

"周市长冤枉我了。"沈福荣一脸的委屈，"有人找到了我下面的人，说有当今市长的艳照要卖，我不相信，叫人拿来一看，我和周市长有过一面之缘，一看照片上的人果然是你，就赶紧买下了。我还怕买到假货呢!"

"谢谢。"周市长半信半疑说道，"花了多少钱?"

"没花钱。"沈福荣连连摇手，"我们不谈钱，总之这件事已经过去了，绝不会对你有任何的伤害。我这次请你来，主要是想交你这个朋友。"

然后两人再也不说钱和照片的事。两人一边品着五千元一瓶的洋酒，一边海阔天空地谈，谈古谈今，谈天谈地，谈经济谈政治谈管理，越谈越投机，越谈越有劲。周市长没想到民间还有这样谈吐不凡，志趣高雅，句句真知灼见的儒商，对沈福荣佩服得五体投地，差点就想和他来个桃园结义：从此有福同享有难同当，不求同年同月同日生，只求同年同月同日死。真是"酒逢知己千杯少"，一瓶五千元的洋酒很快就喝完，沈福荣又叫送上一瓶。

喝完酒出来，两个原来的陌生人几乎成了亲兄弟，沈福荣拉着周市长的手一起上了他的车，说是去兜兜风，司机很快带他们来到一处繁忙的工地。司机停下车，沈福荣携手周市长，站在一高处，手指工地说道：

“周市长，这就是我正在开发的一处商品房，有五百多亩，还是朱市长在任时批的。”

“了不起，真了不起！”周市长被风一吹，酒醒了一大半，看着这一片正在冉冉升起的楼房，就像看到一堆堆黄金，嘴角流着口水赞道，“什么时候完工？”

“还不知道呢。”沈福荣面带愁容说道，“朱市长走得匆忙，他当时答应帮我从银行贷一笔款，可眼下——哎。”沈福荣摇着头，一副痛不欲生的样子。

周市长心中暗自冷笑，知道对方终于出牌了，他佯装糊涂道：

“沈兄这么大的老板，难道还会遇上什么麻烦事？”

“什么大老板，那是指我年纪大。”沈福荣谦虚地说道，然后转头对周市长说，“不瞒您说，朱市长当时曾答应我买下这块地后，他愿意帮忙从银行贷款三亿给我。可现在他走了，弄得我哑巴吃黄连——有苦说不出。”

周市长若有所思，来回踱了几步，然后抬起头果断地说道：

“既然是前市长答应过的话，就一定要落实，不管他现在怎么样，要不然我们以后怎么取信于民？”周市长做出一副为民做主的样子，“这样吧，沈兄，我既然交了你这个朋友，朱市长以前又是我的上司，我就帮他实现他许下的诺言。”周市长说完，伸出四个手指，“四亿够不够？”

沈福荣大喜过望，不过表面上仍和先前一样，不动声色地说道：

“感谢周市长的支持，有您这样的好市长，真是我们老百姓的福分。”

“其实我这也不是帮你。”周市长一本正经地说道，“你搞房地产开发，既解决了许多人的失业问题，又增加了市里的财政收入。我这是在为民造福，为民谋利呀！”说完，两人相视一笑，两只手紧紧地握在了一起，就像曾经在同一战壕出生入死的战友一般。

酒也喝了，朋友也交了，贷款也搞定了，手也握了，周市长提出告辞，两人依依惜别，像一对即将分别的新婚夫妇。

“九”这个数字在中国有它特殊的含义，它代表“阳”，代表着美好、吉利，当两个九相遇时，就成了重阳，这就是中华民族重要节日“重阳节”的来历。农历的九月九重阳节，是人们登高怀旧的日子，有首唐代名诗对此作了很好的诠释：“独在异乡为异客，每逢佳节倍思亲。遥知兄弟登高处，遍插茱萸少一人。”

在重阳节的这天，白天方小丽同往常一样，接待了很多客人，到了晚上，她谎称自己生病，把自己独自一个人关在租来的公寓里。公寓很豪华，她在这里已经接待了许多各种各样的客人。可今晚，她想独自一个人安安静静地待着。

她来这个夜总会上班已经两个多月了。刚开始上班的时候，她不分白天黑夜，不管是中国人还是外国人，只要给钱，她都接待。对于那些有特殊嗜好比如不想戴安全套的客人，她也不拒绝。一个月后，她终于及时地向家里汇去了五万元，让大妹如愿以偿地上了她梦寐以求的重点医科大学，让父亲去医院做了手术。

由于她长得漂亮，又是新来的，找她的人排起了长队。为了多挣钱，她拼命地接客，拼命地去讨客人的欢心。她几天前又向家里寄了一笔钱，两个多月差不多已经寄了二十万回去。

她仍是那样的美丽迷人，她将原来的黑发染成了金黄色，这样让她看起来更性感，更有吸引力，更受客人喜欢。

这段时间，她脑袋里只想着“钱”，怎样挣更多的钱：让大妹如愿上医科大学，让小妹继续读书，让父亲治好病，让母亲早日脱离繁重的劳作。可今天晚上，她突然思念起远在千里之外的父母，还有近在咫尺却远在天边的初恋情人胡平。

她打开箱子，拿出相册，从里面取出一张全家照，这是今年7月份她回家时照的。照片中，爸爸站在中间，拐杖支在腋窝下，他张开双臂，试图把全家人置于他的保护下，用他强有力的胳膊为全家人遮风挡雨，尽到一个父亲的责任，他面带微笑，坚定而乐观。妈妈的头往爸爸厚实的胸脯上偏过去，一副想靠上去又有点难为情的样子，方小丽看了忍不住笑出声来。妈妈的脸上也有了皱纹，背也有点驼，但透过她那双明亮的眼睛还是能看到她年轻时美丽的影子；小妹开心地笑着，满脸的快活；大妹抿着嘴在笑，但明显地感觉到她眼神里透露出一种淡淡的忧愁；而她自己呢，也在笑，不过看得出她当时心里很痛苦。

看完全家照，她心里感到一阵温暖和欣慰，多好的一个家！父母恩恩爱爱，相濡以沫，姐妹共同扶持，努力向上。她为这个家自豪，被父母的恩爱所感动，她觉得自己的付出是值得的，她对当初的决定丝毫不后悔。

她突然咳嗽起来，最近经常这样，她认为是感冒，并不在意。

她咳了一阵后，又拿出另一本相册，这里面都是她以前和胡平在一起时拍的照片。

最早一张是在情侣路上拍的，两人坐在一张石凳上，她小鸟依人般靠在胡平的身上，被风吹起的秀发有一缕飘到了胡平的头上。胡平侧着脸，微笑着含情脉脉地注视着她。

她一边慢慢地翻着相册，一边回忆着当时快乐美好的时光。

她翻到一张去年春节时去海南旅游的照片。照片是在天涯海角景点拍的。照片上，他们伸出一只手相互搂着，高举着另一只手，而背景的岩石上就写着“天涯”二字。他们仿佛在宣誓：他们来到了“天涯”，他们从此将不再分开。看着看着，两行热泪从她眼里流了出来。

她合上相册，闭着眼睛，脑袋里浮现出胡平英俊的身影，特别是他左边脸上的那个酒窝，那个看上去让他永远显得单纯可爱的小酒窝，那个让她永远无法忘记的小酒窝。

“他现在在做什么呢，有没有再找女朋友?”方小丽一边擦眼泪一边想。

“我已经不可能再回到他的身边。愿他早日找到心上人，一辈子快乐幸福！”她默默地为他祈祷。

胡平此刻也没闲着，他正满腹心事地走在沈静身边。

那天在会上，当他听到池田宣布将收购星光公司时，他气得差点当场晕倒，他甚至比黄博伟还失望、愤怒，因为他早已把星光公司划到了他自己的名下，认为这个公司迟早将属于他。他下意识地在与会的人员中寻找沈静，可奇怪的是她并没有参加这个重要的会。若她在的话，胡平也许会立刻走到她跟前，先把她臭骂一顿，然后当面和她一刀两断，从此不再有任何关系，他要让她为她父亲的愚蠢行为付出沉重代价。可是事情很快有了戏剧性的变化，黄博伟独自站了出来，再加上两个非常识时务的屁，最后逼得日本人撤手而去。

当黄博伟站出来时，他真想站起来为他欢呼，给他加油，甚至那一刻，胡平觉得他可爱极了。他当即做出决定：永远不再和他的妻子约会，拿掉一直暗中戴在他头上的那顶绿帽子，以此作为他此次奋不顾身，损己为人的奖赏。

可第二天，黄博伟夫妇却突然消失了，悄无声息，没有和任何人打招呼，没有交代任何事情，而且手机也关机。这让他以及全公司的人都感到疑惑和吃惊。第二天董事长汪建明亲自召集全公司管理人员开会，告诉大家黄总夫妇因家中出了急事，已辞职回家。并宣布由他暂时代理总经理一职。

胡平对黄博伟夫妇去了哪里并不在意，他所在意的是黄博伟空出来的职位。他觊觎此位已久，岂容别人染指？他很快发现汪建明对销售部经理林奇感兴趣。他要向沈静施加压力，让她说服她的父亲，将此大位留给他未来的女婿。恰好今天是重阳节，他正好借此机会约她出来。

“黄总夫妇怎么会突然消失了呢？”他问沈静，“他们什么事情都没交代。”

“我问过父亲，他说他们从公司拿了一笔钱辞职回老家去了，也许是打算出国。”沈静答道。

“这可太巧了，他刚和你父亲吵完架，第二天就消失了。”

“我父亲当时在气头上，下来后气很快就消了，不会对他怎么样的。”沈静不满地看了胡平一眼，说道。

两人不再说话，走了一段路，胡平问道：

“黄总夫妇走了后，难道让老汪一直代下去？”

“不会的。老汪没有那个能力。”沈静答道，“昨天我好像听到老汪在向我爸爸推荐销售部经理林奇做总经理。”

胡平沉下脸，不再说话。

“你不高兴，有什么心事吗？”一会儿，沈静关切地问道。

“你觉得我怎样？”胡平愤然转过脸来说道。

“你很好啊！”沈静吃惊地看着他。

“我是说为什么不让我做总经理？”胡平见沈静没听懂他的意思，直截了当地说道。

“你——”沈静上下打量了他一番，“你坐这个位置恐怕难以服众。”

“只要有权有钱，没有人敢不服。”说完，胡平上前一步拉着沈静的手，恳求道，“你让我试一试，不试怎么知道我行不行呢？”

“这我可做不了主。”沈静答道。

“你可以向你父亲建议。”胡平吻了一下沈静光洁的额头，“至少让你父亲单独见我一面，我告诉他我的打算，他肯定会满意的。再说，我很快就会成为他的女婿，女婿顶半个儿嘛。”说到最后胡平开始撒娇。

沈静被他可爱的样子逗笑了，又知道他是有远大抱负的人，便说道：

“我试试看，如果不行我就让妈妈出面，妈妈挺喜欢你的。”

“非常感谢！”胡平说着，又打算去吻她的额头，这次她笑着躲开了。

“别闹了，我今晚要早点回家，今天是重阳节，晚了妈妈会骂我的。”

“既然是重阳节，为什么不请我到你家吃饭呢？”胡平心中暗想。他知道这是她父亲的意思，她的父亲还没有认可他这个准女婿，不由得对她的父亲怨恨起来。

搞定了银行的四亿贷款后，沈福荣觉得应该腾出手来管一管星光公司的事情了，这次虽然没把它卖掉，但也让他知道了这个公司的价值。这天晚上，他把汪建明叫到自己住的别墅。

“公司现在情况怎么样？”他坐在客厅的沙发上，一边喝着茶一边问坐在对面的汪建明。

汪建明因那天大会上发生的事被大哥狠狠地骂了一顿，心里还有些害怕，于是小心翼翼地回答道：

“还好。我告诉公司员工，说他们夫妇俩家中有急事，急辞回家。有些人虽然不太相信，但也无可奈何。”

“他们有没有打电话给公司其他人？”

“目前还没有。”

“你给他们去个电话。”沈福荣一副坦白从宽，抗拒从严的样子，“叫他们不得打电话给公司任何人，不得将此事说出去，否则，他们就不会有上次那样的好运了。以前发生的事我就既往不咎。”

“听大哥的。”汪建明边说边点头，“我一定通知他们。”

沈福荣气色好了一些，口气缓和地说道：

“你上次推荐那个叫林奇的人做总经理，他能行吗？我看他那么年轻。”

“我考察过他。”汪建明答道，“此人虽然年轻，但在公司中很有威望，而且这几年一直管理着销售部门，成绩有目共睹。”

“还有没有其他人选？”

“其他人选。”汪建明想了想说道，“大小姐的男朋友——”他欲言又止。

“他怎么样？说说看。”沈福荣盯着他说道。

“人挺聪明，抱负也不小，可我觉得他有些浮躁，而且在公司中威望不高，资历也欠缺一些。”汪建明鼓足勇气说道。其实他心里极不愿意胡平来接这个位置，因为一旦胡平做了总经理，他就只有靠边站了，他的这个董事长职位实际上就名存实亡了。

“这样吧，你让他们两人都写一份计划上来，就说是你要看看他们对公司未来发展的看法。等我看完后再作定夺。”沈福荣说道。女儿已在他身边提过多次，竭力要让她的男朋友做总经理这个位置，他对这个准女婿一直不认可，可又拗不过女儿，他想出这招，如果胡平写得不好，他就可以名正言顺地让林奇做总经理，那时她也无话可说。

胡平接到汪建明的指示后，他知道真正做决定的是沈静的父亲。他首先研究这个未来岳父的为人。

“阴险，狡诈，老奸巨猾，为目的不择手段。”他很快得出了这样的结论。

对这样的人，四平八稳的计划对他没有吸引力，必须另辟蹊径。他绞尽脑汁，冥思苦想，一则网上的消息引起了他的兴趣。消息说中国正在为创业板上市做准备，估计明年九月份就可以正式启动。他看后大喜，认为这无疑是一个非常好的题材，也是星光公司未来的一个非常好的选择。他知道，一旦公司上市，其价值就会几十甚至上百倍往上翻。

他在计划书的开始部分，也写了一些保持公司现有组织结构和人员的稳定，重用有能力的人，提高生产效益和质量的话，接着话锋一转，用大量篇幅写关于公司上市的问题。

“公司上市有什么好处呢?”他写道，“首先是公司价值的大幅攀升。一旦上市成功，其上市价值往往可达到其实际价值的几十甚至上百倍，也就是说以星光公司现有的状况，上市后市值至少在百亿以上。其次，公司上市后可筹得大笔资金，这些资金既可用于扩大再生产，也可挪作他用，比如投资当下最赚钱的房地产行业——”

沈福荣看完胡平的计划书，半晌没有言语，一阵悲哀涌上心头。

“后生可畏。”他感叹连连，感觉自己老了，快要跟不上形势了。他投资当下最赚钱的房地产，利润最多也只有百分之百，可如果公司上市，几十上百倍的利润唾手可得，从两亿到上百亿，这是怎样的赚钱手段?他庆幸当初星光公司没被日本人买走，甚至有些感谢黄博伟成全了他。

他又把这个准女婿重新评估了一番，觉得这家伙不但野心大，眼光独到，而且手段也相当高明，或者说不择手段。他很清楚胡平和他女儿谈朋友其中有很大一部分是冲他来的，不过他骨子里并不反感，因为这种做法和他颇为相似：为了目的不择手段。

“好好加以培养，说不定前程无量呢!”沈福荣决定邀请他来家里面谈。

当沈静告诉胡平，让他晚上去她家见她的父亲时，他就知道自己已经成功一半了。他内心激动万分，但表面上却平静如水，只是很有礼貌地说了声“谢谢”。

下午刚下班，早有一辆车停在了厂门口等候他们。胡平和沈静上了车，大约半小时后，车停在了一栋别墅前。这是幢三层独栋别墅，依山傍水，位置非常好。进到里面，沈静让胡平在客厅等候，自己先上楼去了。

胡平打量了一下客厅。客厅有一百多个平方，比他想象得更豪华奢侈。家具全是红木做成，价值数十万，客厅正中的灯为镀金水晶吊灯，价值不会低于十万，客厅的地板用高档实木铺成，墙壁上挂着几幅价值不菲的名人字画，一套进口的高保真音响正在播放着轻音乐。看着眼前的这些，胡平心里有些激动、羡慕甚至妒忌，这不正是他梦寐以求的生活吗?

“这些东西不用多久就是自己的了。”这样一想，他随即变得安静而坦然，仿佛这些东西已经属于他了似的。

这时，沈福荣从楼上下来了，他穿了一套浅灰色休闲服，神态安详，面带微笑。

“沈叔叔好。”胡平站起来，恭恭敬敬地叫道。

沈福荣向他点点头，很快佣人端上茶来，沈福荣以主人的身份请他品茶，自己则坐到他对面，开始仔细打量眼前这位年轻的野心家、阴谋家。也许是心情好的原因，他觉得眼前这个年轻人还不错，单从外观上说配她的女儿似乎没占到便宜，这让他感到欣慰。年轻人左脸上有一个小酒窝，只要一说到重要话题就会非常配合、非常及时地出现，让人觉得这个年轻人是那样的单纯、那样的可爱，似乎童真未泯，让人以为他说的每一句话都是真的，站在你面前的就是一个坦诚、直率，丝毫不会弄虚作假的非常正派非常值得信赖的年轻人。这让他轻而易举地成了一个伪装大师，这一点沈福荣也自叹弗如。

年轻人的野心和聪明已从他的计划书里充分地完整地体现出来，他是一个伟大的野心家和阴谋家，这一点已毋庸置疑。沈福荣开始仔细观察他的眼睛，因为眼睛最能体现一个人深层次的性格特点，他敏锐地发现年轻人正在躲避他的目光，但又不够坚决，似躲还迎，他的目光有些散乱，不够集中，这说明年轻人天良尚未完全丧尽，还不是个心狠手辣的人物，这一点让沈福荣感到放心。如果眼下的这个年轻人再心狠手辣一些，只要达到他的八成，沈福荣估计若是两人相斗，他非败下阵来不可，因为在野心和伪装方面，他需要向眼前的年轻人学习和请教。

沈福荣像是在欣赏一件稀奇古怪的东西一样打量着胡平，而且还没有停下来的迹象，这让胡平感到不安，担心自己有什么不好的东西让对方发现，于是他主动开口道：

“沈叔叔找我有什么事吗?”

“是的。”沈福荣对胡平突然打断他的思路略感不满，不过他很快就调整过来，拿起桌上放着的计划书，“我想和你探讨一下你写的这份计划书。”说完，他从桌下的一个盒子里取出一副老花眼镜戴上。沈福荣长相斯文，又做过老师，再戴上一副眼镜，如果走在大学校园里，没有人不会认为他是一个德高望重、彬彬有礼、平易近人的教授，学生们向他行注目礼，教师们热情地和他打招呼。胡平见了，立刻想起读高中时教自己语文的张老师，一个拿出自己不多的工资资助贫困学生的令人肃然起敬的真正的人类灵魂工程师。

“你认为你有多大的把握让公司上市。”沈福荣戴上眼镜，快速地看了一遍计划书，问道。

“为此事昨天我曾专门请教了一个这方面的专家。”胡平说道，“他说以我们目前的这种规模和效益，如果想单独上市，是不可能的。”胡平知道眼下的准岳父狡猾无比，便先下手为强，来了个欲擒故纵。

果然，沈福荣的神色一下变得严肃起来，有些生气地望着他。

“但是。”胡平心里暗笑一声，接着说道，“如果经过他们改头换面的包装，至少有八成的把握可以在明年九月份启动的创业板上市。”

“怎么个改头换面?”沈福荣脱口而出问道。

“很简单。”胡平说道，“由我们出面，再收购几家小公司。”

“怎么收购?”

胡平见准岳父的思维已经完全落入了自己的掌控之中，心里得意非凡，不过表面上他仍装作若无其事的样子，说道：

“不是真收购，只是名义上的。就是让它们成为星光集团公司的一员，实质上他们平时完全独立自主，等公司上市成功后，按公司高管身份赠予他们股份。”

“实际上就是‘明修栈道暗度陈仓’，做给上面的人看。”沈福荣恍然大悟，一针见血地指出问题的实质。

“没错。”胡平笑了，心里却在想这个未来的岳父果真是个狡猾之人。

“那上市成功后，我们得多少，他们得多少呢？”沈福荣提出了他最关心的问题。

“我们是最大的原始股东，股份至少不低于百分之五十。”胡平很认真地说道，“如果上市公司价值一百亿——这是最保守的估计，那我们就至少可以得五十亿。”

“那些小公司愿意吗？”

“怎么会不愿意呢？”胡平分析道，“假如我们赠给他们百分之一的股份，一旦上市，他就可得到一个亿，而他们公司现在的价值最多也不会超过一千万。昨天我试着给几个供应商打电话，他们听后无不欢呼雀跃，争先恐后地要求加入进来。不要说几家，就是几十家都没问题。”

沈福荣对准女婿的回答非常满意，然后两人不再谈论计划书的问题，也不再谈论任何与工作有关的问题，他们开始谈论历史、政治、哲学、文学、诗词。沈福荣发现这个准女婿在这些方面令他大失所望，远比不上他这个只念过高中的曾经的代课老师，唯独在谈到政治时，他表现出惊人的天赋，对《厚黑学》《孙子兵法》这类书有着精辟的见解，能轻易地将《孙子兵法》与《三十六计》倒背如流，他对中国法律的见解更使他叹为观止，对中国法律中多如牛毛的漏洞如数家珍。

“你怎么不去做公务员，去从政呢？”最后，沈福荣疑惑地问，“你在这方面有着卓越的才能，前途无量，说不定将来弄个省长做做也未可知？”

“沈叔叔过奖了。”胡平谦虚地说道，“这年头，金钱和权势相辅相成，密不可分，再说，我太善良了，好像不适合玩那玩意儿。”

“有点自知之明。”沈福荣心里暗暗夸奖，嘴上说道，“‘七十二行，行行出状元’，做实业也不错嘛！”

晚上，沈福荣破例让胡平在他的别墅里住了一晚，享受了一晚五星级酒店总统套房般的待遇。

第三十八章 荣升总经理

在黄博伟离开半个月之后，星光公司终于确定了其总经理人选。根据沈福荣的授意，董事长汪建明在公司大会议室举行了一场简单而隆重的任命大会。

汪建明对大哥决定让胡平出任总经理，心里一直耿耿于怀，为了避免在开会讲话时不小心说错了话，坏了大哥的大事，他特意找人写了讲话稿，这让他倍感委屈，不过他除了忠实执行大哥的命令，别无选择。他一个人端坐在主席台，威严地扫视了一遍台下的一百多名管理人员和办公室人员，按惯例咳嗽两声，清了清嗓子，又看了一眼讲稿，开始说道：

"经公司董事会研究决定，任命公司原采购部经理胡平为星光公司总经理，全权负责公司的管理和运作。该任命从即日起生效。"说完，他带头鼓掌。台下也跟着响起一阵不冷不热的掌声。

掌声停后，他接着说道：

"虽然胡平进入公司时间不是很长，但他对待工作任劳任怨，兢兢业业，积极主动地为公司献计献策，为公司的发展做出了巨大的贡献。这一任命，正是公司对他表现的认可和奖励。"最后一句话他提高了嗓音，并有意地停了下来，以为台下会响起一阵掌声，不过下面的一百多人似乎都没理解他的想法，居然一片掌声也没有，这让他有些失望，只好接着说道：

"从现在开始，希望大家团结在胡平总经理的周围，同心协力，让星光公司变得更强、更大、更好！下面让我们以热烈的掌声欢迎新任总经理胡平讲话！"说完，汪建明站起身，抬头使劲鼓掌，在他的带动下，台下的掌声也比先前热烈了些。

汪建明几乎是照着讲稿念完，从而也省去了很多个他讲话时的口头禅"啊"字。全部讲话只有几分钟，这让台下一些习惯听他长篇宏论的人有些不习惯。

胡平清楚地知道台下的这些人对他的资历和能力都存相当大的怀疑，虽然他们不知道其中的内幕。他来到讲台，极力压下心中的激动，装出一副诚惶诚恐的样子，他并没有坐到主席台，而是直接站在讲台前面。首先对着台下谦恭地鞠了一躬，然后才开始说道：

"首先我要感谢董事长和公司董事会对我的信任和支持。在这里我保证只要我在位一天，就尽我所能，为星光公司的发展壮大尽一份力。”说完，对着台下深深鞠了一躬。

台下报以一阵掌声。

“其次——”胡平接着说道，“我要感谢在座的各位，没有你们以前的付出和努力，星光公司就不会有今天，没有你们今后的付出和努力，星光公司就不会有未来。”说完，他又深鞠一躬。

台下的人被他的谦恭感动了，掌声热烈起来，甚至连汪建明也跟着鼓掌。

胡平见了，心中暗自得意，但他脸上仍是一副谦恭之态。等掌声完全停止后，他继续说道：

“我站在这里，说实话，我现在的心情只能用‘诚惶诚恐’四个字来形容。”说到这里他停顿了一下，看样子似乎进入了回忆状态，“我记得董事长第一次找我谈话的时候，当时我拒绝了，因为我知道自己才疏学浅，无论资历、能力和声望都不足以担此重任，怕影响公司的发展。后来董事长又找我谈话，给我讲了我们公司现在面临的困难，我只好勉为其难，滥竽充数。在这里，我向大家保证，我只是暂时代理此职，一旦公司找到比我能力更强的人，我一定让位，能上能下，回去干我的老本行。”

台下的人被他的谦虚和真诚所感动，全都聚精会神地听着。

“一根筷子很容易折断，但如果是一把筷子呢？”胡平故意停顿了一下，然后接着说道，“力气再大的人也不可能把它折断，这说明什么道理呢？说明团结就是力量。俗话说一个好汉三个帮，所以在今后的工作中，我希望我们团结起来，共同拼搏、共同奋斗、共同前进。我相信，在大家的共同努力下，星光公司的明天一定会更美好，大家的明天一定会更美好，谢谢大家。”说完胡平又深深地鞠了一躬，只不过这次他的脸上有了灿烂的笑容。

台下响起长时间的热烈的掌声和欢呼声。

旁边的董事长汪建明听得目瞪口呆，他的确奉大哥之命找胡平谈过两次话，但与其说他是在拒绝还不如说他是在想尽千方百计获取更大的权力，说白了，就是想让他这个董事长成为傀儡。汪建明想不通为什么大哥竟答应了，还特别叮嘱他以后尽量少管星光公司的事，多管管小情人，因为他的老婆又来告状了。他心中暗骂胡平混蛋。

第二天，胡平搬到了以前属于黄博伟的办公室。他首先让人把那张写有“淡泊明志，宁静致远”的横幅取下，他认为这种空话套话最容易消磨人的意志，让人安于现状不思进取。他崇拜的是权势和金钱，但这些东西又常常为正人君子所不齿，于是他叫人买来一幅写有“大展宏图”四个字的横幅挂上，因为他觉得其实“宏图”二字实际上就是指权势和金钱，只是说得更委婉一些，听起来也冠冕堂皇。他又让人撤掉了里面的一套沙发和茶几，以前黄博伟常在那里和犯了错误的下属谈心或者招待自己的私人朋友，比如以前唐坡就常坐在那里和黄博伟聊天。胡平觉得办公室是用来办公的严肃神圣的地方，下属来找他，只能站着和他讲话，这样既能显出自己的权威，还能提高办事效率。沙发撤走后，那里显得有些空旷，于是他叫人把原来放在刘玲办公室里的两盆盆栽富贵竹搬过来放在那里。

最后，胡平叫人搬走了以前黄博伟用过的那张藤椅，换成了一张竹制摇椅。他对摇椅情有独钟，他小时候常常躺在家里的摇椅上，妈妈一边给他讲故事一边摇着摇椅让他入睡。他在担任采购部经理时便有此意，但那时他根基不牢，怕别人说闲话，只能想想而已。现在整个公司几乎都是他一个人说了算，甚至董事长汪建明他都不放在眼里，他还怕谁呢？

前三天，他常作闭目沉思状，别人还以为他是在思考星光公司未来的发展战略，不敢轻易打扰。其实他这几天一直沉浸在胜利后的喜悦中。他有时面带微笑，兀自点头，对自己半年多来的表现表示赞赏；有时他也会想到已经离他而去的三个女人。他觉得方小丽可惜，这几天晚上做梦常梦见她，还在梦中和她亲热了几次；他同情王芳，觉得这个女人命太苦，不过也真笨，笨到自以为他真的会娶她；对于刘玲，他感情复杂，是她提拔了他，从而让他有了今天，可是每次想起和她亲热后她的那种神情，就像他是她花钱供养的小白脸一样，这让他痛恨不已，当然还有那一记耳光，那记以疯女人王芳的名义打他的耳光，一想起这记耳光，他就怒火中烧，如果她现在还在的话，他肯定会马上扑上去还她一个，把损失补回来。不过，一切都已成过去，往事已成云烟。总之，这三人对他登上今天的宝座还是或多或少做出了贡献，尽了一份绵薄之力。他心中对她们表示由衷的感谢，并决定从此原谅她们曾对他犯下的种种错误。

没人的时候，他常常双脚交叉着放到办公桌上，再让摇椅轻轻晃动起来，这是让他最感惬意的时候，此时他甚至可以暂时不去想权势和金钱这些东西。

三天后，新上任的胡平总经理开始采取行动了。在其位要谋其政，更何况他现在大权在握，正准备大展宏图呢。前三天的休息只是为了后面精彩的开始做准备。

他接连签发了四道任免令。

第一道是提拔原销售部经理林奇为公司副总经理，同时兼任原职。

他知道林奇对他心怀不满，但销售部实在太重要了，他现在又插不上手，他必须先稳住他，然后瞅准机会，找一个自己信得过的人去做销售部经理，逐渐架空他。

林奇做过传销，又在社会上混了这么多年，绝非善类，自然一眼看透了胡平的心思。他有自己的打算，他这次失败的根源是拜错了菩萨，以为星光公司的一切由董事长老汪说了算。刘玲走后，总经理位置又被一个名不见经传的采购部经理抢了去，他心灰意冷，开始寻找退路。

第二道是提拔他的表兄（这个关系全厂只有他俩知道）——原品质部经理张浩，做了公司的另一个副总，负责分管除开发和销售之外的所有部门。以张浩的资历和能力，公司上下都对这道任命感到满意。

第三道是解职令，大意是新招的人事行政部经理试用期不合格，解除合约。

王芳疯了以后，刘玲从外面招了一个男的来做人事行政部经理。此人不修边幅，态度强横，和前任王芳有天壤之别。胡平看了心里极不舒服，此君对胡平也没表现出足够的尊重。有次他和沈静约会回来晚了，此人竟当面狠狠地批评了他。他怕张浩分管后不执行他的命令——他知道他这位表哥外柔内刚，干脆先下手，只让表哥去处理后事。

第四道是提拔原开发部的一名善于沟通和处理人际关系的副总工程师任开发部的经理，代替原黄博伟的兼职。

另外，他私下又找了生产部经理张伟谈了话，并许诺增加他的奖金。他觉得此人没多大野心，人又实在，是个可用之材。

胡平充分利用权势和金钱，再加上他的谦恭之态，很快就稳住了人心，稳住了局势，博得了公司大多数人的好感，人们很快就忘记了他们以前的黄总、刘总，开发、生产和销售同黄博伟夫妇在时一样，稳步前进。实践证明，除了不能亲自搞设计，胡平并不比前任差，甚至超过他。

在公司全面进入正轨后，胡平立即将重点转移到公司的上市准备上。他几经比较研究，选定了一家叫天大的中介公司，双方很快谈妥了条件，进入实际操作。

胡平找的这家天大公司的老板叫王旦，五十多岁，光头，矮矮胖胖，有点像不倒翁。他给公司取名叫天大，以显示自己的气魄和胆量，说白了就是他什么都可以做，什么都不怕。他深谙和气生财的道理，平时脸上总是带着微笑，看上去和蔼可亲，但私下里却是个胆大妄为、狡黠异常的人，据他讲他在工商、税务、证券等部门的朋友兄弟多如牛毛。他的后台不是一般的硬，为了保密，一直不肯说出来。前些年他帮忙包装了几家公司去香港上市，发了一笔横财，现在又看中了即将启动的创业板，打算再狠狠地赚上一笔。据他的估计，公司一旦上市成功，其价值将是原来的几十倍，所以他和胡平谈价时，对实际支付费用要求非常少，但对股票赠予的数量却咬定青山不放松，哪怕是一股他也会反复讨价还价。胡平很欣赏他这一点，当即拍板成交。

王旦对公司上市有一套自己的见解。

在和王旦谈定合作后，胡平点头表示完全同意。

一天，胡平偶然听说去年黄博伟曾获得市优秀企业家称号，一时心血来潮，立即给未来的岳父打电话——他现在遇到重要问题可直接给沈福荣打电话请示。

“沈叔叔。”电话里胡平说道，“刚才替我们包装上市的王总说，如果我们能像去年一样获取今年的市优秀企业和市优秀企业家称号，对于我们公司上市会有很大帮助。”

“没问题。”沉默了一会儿，他未来的岳父说道，“这件事我去替你办。”

放下电话，胡平得意地笑了。

方小丽这段时间一直不停地咳嗽，吃药输液都不见效。她觉得奇怪，就上网去查，她突然看见艾滋病症状里也有不断咳嗽这一条，她心里一紧。她记起刚来夜总会上班的第一个月，因想尽快多挣钱，有几个客人不想戴安全套，但价钱多加了一倍，她也接受了。

“会不会感染了艾滋病?”这个想法吓了她一大跳。她决定悄悄去医院做一次检查。

几天后，她拿到检查结果，HIV 反应阳性！她不相信，又找了两家医院检查，但检查结果完全一样。

拿着三张结果完全一样的检验单，方小丽惊呆了，继而放声大哭，从早哭到晚，直到哭干了眼泪。她原本打算做到年底，再挣一二十万寄回家，然后明年重新找一家公司，一边打工一边继续把电大念完，可现在一切都完了，她还不到二十一岁，正处在人生中最美好的年龄段，可死神的脚步却向她走来。她像几乎所有得知自己身患绝症的病人一样，精神彻底崩溃，从此自暴自弃。她很快学会了抽烟喝酒，经常靠喝醉酒麻醉自己，靠抽烟打发无聊的时光。

有一天，一个客人送了她一支香烟，她抽后感觉非常舒服，仿佛自己进入了仙境，一切烦恼都离她而去。她很快上了瘾，等她知道这些烟里加了毒品时，她已欲罢不能了。她拼命地接客人，拼命地挣钱，然后用这些钱购买毒品，很快她就被毒品集团控制，挣的钱几乎全部到了他们手上。

她吸毒的事很快被夜总会的老板知道了，老板很忌讳这种事，她立刻被赶了出去。她试着找了几家高档夜总会，但干他们这一行彼此相熟，消息传得很快，知道她吸毒都拒绝了她。没办法，她只好去了一家低级的洗浴中心。

她完全变了，她和男人打情骂俏，和女人争风吃醋；她故意穿着暴露，炫耀自己光洁的皮肤，以吸引男人的注意；她穿一条超短裙，还时常将一条大腿放在另一条大腿上，一副欲说还休的样子，让男人看了想入非非。为了让客人有新鲜感，她不断变换发型和头发的颜色。她在嘴唇上抹上红艳艳的口红，以便让自己更性感，更吸引人。她学会了抛媚眼，学会了卖弄风骚，总之，她已完完全全变成了一个风尘女子，一个地地道道货真价实的风尘女子。

由于洗浴中心客人出的价钱不到夜总会的三分之一，为了挣到买毒品的钱，她不得不昼夜不停地接客，只有当她拿到毒品的时候她才会感到放松，只有在吸毒的过程中，她才会感受到快活。

她睡眠不好，经常失眠，生活无规律，她变得越来越瘦，皮肤在逐渐失去光泽，脸色逐渐发黄，她的大眼睛再也没有了昔日迷人的光彩，只是在有男人经过注意她时，她会突然睁大，但其效果往往是吓跑了本来对她有兴趣的男人。

她似乎已经没有了灵魂，只剩下一具肉体做摆设。

星光公司在胡平的指挥下生产销售不断攀升，上市工作有条不紊地进行着，稳步向前推进，就连一直不看好他的董事长汪建明也暗自折服，对他竖起了大拇指。

快到元旦的时候，胡平如愿以偿地被市里评为“市优秀企业家”，这离他当上星光公司总经理才两个多月时间。他狠狠地亲了一口由周市长亲自颁发的荣誉证书，抱着它让人拍了好几张照片，然后把它放进自己的QQ空间，以便让自己的亲朋好友分享。

很快他就接到无数的电话和电子邮件，大部分是同学和亲朋好友的赞美和祝贺，其中不少人还热烈地邀请他方便的时候过去叙叙旧，聊聊天，甚至还有人提出了合作意向。

对所有这些赞美和恭维，胡平坦然受之，他也认为一个大学毕业不到五年的二十七岁的青年，能凭自己的本事坐上一个上千人公司的总经理的位置绝非常人所能及，实在值得表扬和学习。

“等明年九月公司上市，那时自己坐拥几亿甚至数十亿资产，那才是真正的富豪呢，到那时他们会更吃惊!”想到这儿，他得意地笑了。

这天，胡平接到一个电话，电话是他高中时的同窗好友刘大好打来的。两人自从高中毕业后便失去了联系，听到对方的声音，双方都有些激动。

“听同学讲，你现在已经是大老板大企业家了。”刘大好在电话里不无羡慕地说道，

“我早就说过你早晚有一天会出人头地。”

“只能说还过得去。”胡平谦虚地说道，“你呢？现在在哪里做事？”

“我现在在哈尔滨。”刘大好说道，“和朋友一块开了一家贸易公司。”

“生意好吗？”

“还可以。”刘大好答道，“什么时候过这边来？”

“最近很忙，过完春节再说吧。”

“一定要过来看看老同学。”刘大好激动地说道，“早一点过来，咱哥俩很久没有在一起聊天了。”

放下电话，胡平心里久久不能平静，他想起了美好而又艰苦的高中生活，想起了刘大好——高中时最好的朋友。

刘大好家在城镇，这让他比大部分来自农村的学生更有一种优越感。他长得又高又壮，学习成绩不怎么样，为人却很仗义，高中时他睡在胡平的上铺，胡平那时比较瘦弱，常被人欺负，这时刘大好总是及时地站出来替他打抱不平，因此两人关系很好，犹如亲兄弟般。

“春节后一定要抽时间去看看他。”胡平想。

公司上市，必须和税务局的人搞好关系，为了方便工作，元旦后不久，胡平找汪建明商量，让他帮忙引见，认识一下负责这个片区的税务官员。汪建明当即表示同意。于是在一个周末的晚上，两人到一家高级饭店恭候税务官员大驾。

过了十多分钟，还不见人来，胡平有些不耐烦了，心想自己一个上千人企业的老总，竟然要等候一个小小的税务官员，于是忍不住埋怨了几句。汪建明见怪不怪地说道：

“不要急，慢慢来，这些人架子大得很，迟到不超过半小时就算很给你面子了，迟到时间越长，方能体现出他们的重要性。”

大约二十分钟后，包间的门被推开了，一个灰色的人影像做贼似的闪了进来。汪建明见了连忙站起身，像老朋友似的上去和他热情握手并让座。来人一扭头看见了胡平，脸上露出惊讶之色！

第三十九章 救友脱困

胡平一见来人，也吃了一惊，不过他反应快，生怕那人受到惊吓转身离去，赶紧上前几步，从汪建明手里接过来人的手，一边摇着一边装作高兴的样子说道：

“你好，老姜。真是‘天涯何处不相逢’，一年多时间不见，你比以前瘦了，可要注意身体啊。”

老姜一阵尴尬后也慢慢反应过来，但他一时想不起胡平的名字，只好在嘴里将“你好”二字重复了几遍。

这下轮到汪建明吃惊了。

“你们以前认识?”他问。

“认识，老朋友了，只是已有一年多时间没见面。”为了避免让老姜陷入尴尬，胡平抢着说道。

“那就好。”汪建明点点头，然后转向老姜道，“他现在已经是我们公司的总经理了，年轻有为啊。”

老姜又吃了一惊，随即脸上露出敬佩之色。经过那天晚上的事情后，他对胡平既妒忌又佩服，以为他是一个既正直又善良而且坐怀不乱的奇男子，阿雪更是对他崇拜得五体投地，事后流着泪恳求他不要再去找那家公司麻烦，他也爽快地答应了她。当时他并不知道胡平在星光公司工作，还以为他在李志强的手下做事呢。现在听说他已成了有一千多人的星光公司的总经理，不禁对他肃然起敬，刮目相看。

胡平知道这个人就是他的上帝、他的亲爹、他的顶头上司，这个人的一句话就有可能让他所有梦想化为泡影，让他下地狱，相反则可以送他进天堂。所以胡平绝口不提那天晚上的事，对其毕恭毕敬，推崇有加，很快两人便热络起来。

“你知道阿香和阿雪的情况吗?”吃饭的当中，在汪建明上厕所去后，老姜主动说道。

胡平摇摇头，其实他早就想问，只是怕他尴尬，一直没说出口。

“阿香在去年春节前回老家去了。听说她在老家找了个老公。”

“阿雪呢?”胡平问道，他心里挂念着这个外貌像邻居家小女孩的姑娘。

“她呀——”老姜喝了一口洋酒，慢吞吞咽下去，然后说道，“回老家上大学去了。”顿了一下又补充道，“这还得感谢你。不过我也资助了她两万元钱。”

“主要是你的功劳。”胡平听了连忙说道。

酒足饭饱后，临别之时，老姜故意走在后面握着胡平的手满嘴酒气说道：

“你这个朋友我交定了。以后有什么事需要兄弟帮忙，只管开口。”

胡平听了，心中暗喜，装作万分激动的样子表示感谢。

1月底的一天，下午快下班的时候，胡平伸了个懒腰，惬意地从摇椅上站起来准备下班了。这时，他的手机响了，他一看是个陌生的电话，便挂断了，因为随着他知名度的提高，手机号码被四处传播，什么买房的，办总裁学习班的，投资移民的，还有干脆就是直截了当要钱的，经常变着花样找他，让他不胜其烦。可他还没跨出办公室，手机又顽强地响了起来。他有些生气，准备接通电话后先把对方大骂一顿出出气。他刚接通，还没来得及开口讲话，电话里就传来一个女人沙哑而又急促的声音：

“是胡大哥吗?”

胡平第一次听到有女人叫自己胡大哥，便惊讶地问道：

“你是谁?”

“我是彭瑛。”对方松了口气，“我在你们公司外面，想见见你。”

“你找门卫叫他们带你到接待室。”

“门卫不让进!”

“不让进?”胡平有些生气，“你把手机给他们。”

不久，门卫惴惴不安地带着彭瑛来到了接待室，并向胡平表达了歉意。

胡平一见彭瑛，立即明白了门卫不让她进来的原因，她看上去像一个穷困潦倒带着小孩逃难的难民，她比以前消瘦了许多，脸色憔悴，蓬头散发，眼睛下方有两个明显的黑眼圈，衣服是灰黑色，上面沾满了灰尘，她不合时宜地穿着厚厚的毛衣，一看就知是刚从寒冷的地方过来。不过她怀里抱着的小孩倒是精神得很，一面吮着自己的小手指，一面从妈妈的怀里转过头来，两只又大又圆的眼睛直直地盯着胡平看。

胡平忙客气地让座倒茶，并问道：

“小孩多大了?”

“三个多月。”

“李志强怎么没一起来呢?”

彭瑛的泪水突然涌了出来，接着“咚”的一声跪在了胡平跟前，边哭边说：

“他被抓了。”

“什么时候被抓的?”胡平吃了一惊。

“就在昨天晚上。”彭瑛一边擦眼泪一边说道，“他回来看儿子，没想到那些人早就在我家附近等他。他临走时告诉我，说只有你才能救他。”说完连叩三个头并放声大哭。

怀中的小孩看着妈妈哭也跟着大哭起来。

听着母子俩悲痛欲绝的哭声，胡平心里隐隐作痛。看着眼前这对可怜的母子，他想起自己临别前对李志强的承诺。他决心尽力帮助这母子俩。他对跪着的彭瑛说道：

“快起来，我一定会尽力帮助你的。”

彭瑛又对他磕了一个头，才站起来，然后从贴身衣服里面掏出一个存折，交给胡平，说道：

“这是他去年7月份送我回家时给我的，我一分钱都没用，你拿去救他吧！”

胡平本想拒绝，但看她坚定的神色，又怕不收伤了她的心，便收下了。

然后彭瑛给胡平讲述了李志强被抓的过程：

李志强在外面躲藏了一阵，见没什么动静，他思念儿子心切，就在儿子满三个月的晚上，悄悄去了彭瑛的家，他进到家里还不到一个小时，她家就被十几个警察包围了，带队的就是村长在派出所工作的儿子。他们抓住他，当着她全家人的面把他狠揍了一顿，还威胁他们要告他们窝藏罪。

胡平听了，为朋友的遭遇感到悲伤难过。他忽然想起李志强临别时曾委托他在其出事后将一封信交给彭瑛。他去办公室找出信，回到接待室交给彭瑛。彭瑛看完信后一边撕信一边咬牙切齿地骂道：

“李志强，臭流氓，王八蛋！”

“怎么回事？”胡平不解地问。

“他想休了我，不要我们娘儿俩。我这辈子跟定他了，他就是死了我也不会放过他。”彭瑛说完，紧紧搂着儿子大哭起来。

胡平大为感动，连忙上前劝解。他忽然想起彭瑛昨天下午就带着儿子坐汽车赶过来，一定很累，忙带他们到附近的一家宾馆住下。

“我打算明天去他老家看他。”临别时彭瑛对胡平说。

“你暂时不要过去。”胡平听了连忙制止，“你现在过去只能帮倒忙。我会马上想办法，你一定要听我的话。”

彭瑛想了想，信任地朝胡平点了点头。

胡平决定首先要弄清李志强案子的具体情况，于是他给排忧公司的老板秦军打了个电话，告诉他有事请他帮忙，让他来公司面谈。他现在已今非昔比，再不需像以前那样跑到排忧公司求他们帮忙。

秦军如约而来，看到眼下这个曾经在自己公司打工的年轻人不到四年时间就变成了一家上千人公司的总经理，他惊讶不已，放下身段把他恭维了一番，胡平听了心里很得意，然后转入正题说道：

“我有个朋友出了点事，想委托你们帮忙打听一下。”

胡平把事情发生的地点和经过简单地说了一遍。

“想打听什么事？”秦军侧着头问。

“第一，调查清楚那个村长一家现在的情况；第二，帮我找到那天晚上村长带人绑架李志强母亲的证据。两件事情，你看需要多少钱？”胡平怕他狮子大开口，又补充道，“这一次我是帮朋友的忙，价格上看能否优惠？我们公司今后还有许多事请你们帮忙。”

秦军表面上顺从地点着头，心里却毫不手软，尤其是面对这样一个新暴发户，他很快开出价：

“四万。”

胡平一听这个价格，觉得有些离谱，他以前在那里做过，知道一些内幕，他还了一个价：

“两万。”

秦军一听，原来满不在乎的脸变成了一副受苦状。

“这点钱还不够本呢！再说那个地方又很偏僻。”

两人又经过一番讨价，最终以三万成交。

“我要求在一周内得到消息。”最后胡平说道，“如果你们能找到村长贪污的证据，我另外再加一万元。”

一周后，秦军果然将两份调查结果交到了胡平手里，第一份是关于村长一家的，上面写着：

村长：吴贵，男，现年五十八岁，现仍为村长，经营一家砖厂，该村首富，名声不大好，常仗势欺人，为富不仁，两年前被仇家砍断一条腿，现需拄杖而行。有三个儿子：

大儿子吴得宇，三十七岁，忠厚老实，安分守己，早已分开单过，和父母家来往较少。

二儿子吴得军，三十三岁，凶狠狡诈，好吃懒做，完全继承其父性格特点并发扬光大，是个难缠人物。他就是那晚绑架老妇人的主谋。两年前在和仇家的搏斗中，一只手被砍断，但这丝毫没有影响他残暴的性格，常用一只手扇人耳光。

三儿子吴得权，三十岁，现镇上派出所所长，警校毕业，一身武艺，家中权威，性格比老二稍好，能讲点道理，仕途看好。若想制服此家人，须从此人下手。三人均有妻小。

第二份报告写的是关于那晚上绑架李志强母亲的事，上面写的绑架原因和过程同李志强的讲述差不多。另外附有三个当时参与者的口供，上面还有他们的手印。

至于村长贪污的事却一无所得，不过胡平认为有了绑架证据就够了，还可省去一万元。

胡平看了调查结果非常满意，觉得李志强有救了。他给一个在桂林工作的大学同学打了个电话，请他帮忙介绍一个李志强所在县城的律师。

“有一个熟人，不过收费比较高。”同学在电话里说道。

“人品怎么样?”胡平问，“会不会两头吃——吃了原告吃被告?”

“这倒不会。”同学答道，“所以他的收费也贵些。”

“好，就找他。”胡平说道。

“他叫何大海，以前是我的同事，虽不能说是疾恶如仇、为民请命的那种侠义之士，但也算得上好人，富有同情心。”同学介绍道，随后告诉了何大海的手机号码。

胡平知道这种事不能拖，为了不让公司其他人知道，他借口说去北京开会，然后悄悄带上彭瑛母子俩，先坐飞机到桂林，然后又坐五个多小时的汽车才到李志强家所在的县城。

当晚，胡平在县城一个饭店的包间里和何大海见了面。何大海三十岁左右，个子不高，一副书生打扮。按照胡平的示意，酒至半酣，彭瑛声泪俱下地把事情的原委告诉了何大海，何大海听后眼睛红红的鼻子酸酸的，不停地用桌上的纸巾擦鼻子，最后愤愤不平地说道：

“这个吴贵仗势欺人，横行乡里，我早就有所耳闻，这一次一定不能让他占便宜!”

“谢谢何律师。”彭瑛说道，“你看代理这个案子需要多少费用?”

“这个——”何大海看着眼前的孤儿寡母，有些不好意思开口，“算了吧，就算我帮忙。”

“那不行!”彭瑛擦了擦眼泪，坚决地说道。随后从贴身衣袋里取出两万元交到何大海手中，然后说道，“打官司肯定要花钱，这点钱你先拿着，不够我再加。我就是去卖血也要把我老公救出来。”说到最后，她有些哽咽。

胡平见何大海还在迟疑，忙说道：

“何律师，你去上面打理也要花钱，虽然我们是朋友，但亲兄弟明算账，这钱你一定要收下，否则我们只有重新找人。”

何大海这才有些不好意思地收了两万块钱。

“这件案子的确比较棘手。”收了钱，何大海精神一振，也不再吞吞吐吐，直接切入正题，“你们来之前我已经打听过了，起诉书上说他是带刀夜闯民宅，行凶杀人，畏罪潜逃，而且人是吴贵的三儿子带人抓回来的。他们在法院里也有人，按目前这样的形势，至少得判七八年甚至无期。”

彭瑛一听，忍不住又开始哭泣。她这一哭把怀中的小孩弄醒了，她忙止住哭，开始给小孩喂奶。

“我有一个想法，不知道对不对。”胡平说完，拿出秦军交给他的调查报告，“我觉得我们可以来个围魏救赵。”

“怎么个‘围魏救赵’?”何大海接过调查报告边看边问。

“告吴贵父子非法绑架他人致死。”胡平答道，“这样肯定会影响吴得权的仕途，逼他们就范。另外，李志强去他们家时并没有带刀，是为了自卫才从他们家拿刀砍伤了人。”

何大海一听笑了，暗自佩服胡平的高明。他一边点头一边说道：

“此法的确很妙。你这里又有这些证据，完全可以告他，不过中国的法律人为因素很多。”

“你的意思是指主审法官?”胡平说道。

“对。”何大海答道，“我们一方面要理直气壮地告吴家，让他们投鼠忌器，不敢肆意妄为；另一方面要在你的那位朋友当晚是否带刀去他们家这件事上做文章；另外，就是要在主审法官身上下些功夫。”

“我们听你的，何律师。”胡平谦恭地说道，“你说怎么搞定主审法官?”

“先让他们母子俩直接去找法官诉说冤情。这个法官也是湖南人，姓张，是你朋友妻子的老乡，挺讲义气。然后我再给他送点礼。”

胡平听了，立即从口袋里掏出一万元递过去，这次何大海毫不客气地收下了。

第二天，按照何大海的指示和描述，彭瑛下午五点之前就来到张法官的住所附近等他。张法官住在一个高档小区，小区里全是精致高档的洋房。小区依山傍水，前面还有一个公园。

彭瑛怀中抱着孩子，站在一个僻静的地方。她站的地方是进小区的必经之路，但恰好又是个风口。寒冷的西北风不断地吹打着她，她穿的衣服不多，冷得直发抖。她的脸冻得发红，嘴唇发紫，清鼻涕不停地往下掉。她不敢离开这里片刻，唯恐因自己的疏忽错过了见张法官的机会，她知道她的男人的生死全掌握在这个人手里。怀中的孩子已经睡着了，她怕冻着他，用自己瘦弱的身体挡着寒风。她有时也走动几步，以免脚被冻僵。

不远处的公园里传来一阵小孩的欢笑声。一个头戴貂皮帽、身穿高档皮衣的时髦女人从小区里走了出来，怀里抱着一只可爱的波斯猫。女人从彭瑛身边走过时瞟了她一眼，然后拍了拍怀中的像小孩一样依附在她胸前的猫咪，轻轻说了句“真可怜”。

天上下起了毛毛细雨，雨虽小，可落在人身上寒冷刺骨。彭瑛怕冰冷的雨水落在了孩子身上，连忙解开外套，用衣服把孩子遮挡起来。突然，怀中的孩子哭了起来，她吃了一惊，用手一摸孩子的额头，感觉孩子在发烧。她又不敢离开，只好把奶头塞到孩子嘴里，孩子吮吸着妈妈的奶，暂时停止了哭。她没有流泪甚至脸上看不出丝毫痛苦，她神色安详，目光坚定，因为她坚信自己多受苦就能换来爱人少受苦，她宁愿自己受苦也不愿自己的男人受苦。

她手里提着一个黑色塑料袋，袋子里似乎放有重要东西，因为她自始至终都将袋子提在手中，累了就两只手交换着提。

天色渐渐暗了，她已经等了快两个小时，但她仍坚持着，没有一点要走的迹象，她怀中的孩子又睡着了，这让她安了心。她有时也向远处眺望一下，进小区的人已经非常少。小区里早已是灯火辉煌，不知谁家的音响正在播放《一剪梅》歌曲，歌中唱道：

“真情像梅花开过，冷冷风雪不能淹没……”深沉凄婉的歌声融入夜色中，随着寒风飘荡开来。

昏暗的路灯光下，终于出现了一个何大海描述过的身影，那身影越来越近，脚步有些不稳，像是喝多了酒。

“张伯伯。”彭瑛迎上前去，用家乡话说道。

身影突然站直了，听着这熟悉的乡音，张法官停住了脚步。

“你是谁?”

彭瑛确信自己没认错人，因为一般人很难听懂他们的家乡话。她心中一喜，赶紧用家乡话说道：

“张伯伯，我是你老乡，李志强的老婆。”

张法官终于明白是怎么回事了。他昨天还在研究李志强持刀行凶案。他已收了吴家两万元。他欲得不理，又想这女子毕竟是家乡人，而且怀中还有个小孩，看起来怪可怜的。正在他迟疑间，彭瑛突然双膝跪地，边哭边说道：

“张伯伯，张法官，你一定要救一救我老公。”说完，连着“咚咚咚”磕了三个响头。

张法官五十多岁，已快到退休的年龄，还有点良心，他向四周看了看，见没人，忙上前扶起彭瑛，问道：

“姑娘，你有什么冤?”

彭瑛将手中的黑色塑料袋往张法官手中一塞，说道：

“我老公的冤情都写在了这里面，请张伯伯带回家看看。看在老乡和我们孤儿寡母的份上，希望你秉公审理，不要让我老公受冤枉。”

张法官提过袋子，感觉有些沉，似乎里面有不少内容。他又朝四周看了看，夜色中就只有他们两人，于是说道：“你先回去吧，我一定会公正审理你老公的案子。”

彭瑛站起来，又朝张法官深深鞠了一躬。

张法官回到家里，打开袋子一看，里面除了有一份详细写明李志强案件经过的状纸外，还有一万块钱，他上午才收了何律师的一万块，让他照看李志强的案子。现在又收了一万块，刚好和吴家送的一样。

从感情上来说，他同情弱者，同情孤儿寡母，何况对方还是老乡。但从权势上来说，他无疑偏向吴家。这让他左右为难。原告和被告的钱他都收了，退回去是不可能的，他还缺钱呢。不过他相信凭自己多年的办案经验，一定会找到办法让双方都满意。

晚上，胡平又把何大海和彭瑛叫在一起商量。胡平明天下午要赶回公司，上午他还打算和彭瑛一起去看守所看望李志强。彭瑛带着小孩到医院看完病回来已经是晚上十点多钟了。她在寒风站了差不多三个小时，早已疲惫不堪，但听到胡平叫她，仍然马上赶了过去，在她心目中，她的男人比什么都重要。

胡平听了他们两人的汇报，特别是得知他们都将钱送到了张法官手里，认为这起案子已有七八分成功的希望。如果处理得好，李志强最多以一个防卫过当或过失伤人判一年左右的有期徒刑。最后，胡平强调了三点：其一是要尽快起诉吴家非法绑架李志强母亲，早日给吴家一个下马威。其二是庭审辩护时一定要抓住李志强进入吴家时并未带刀这一点。反正当时天已经黑了，就是带了刀别人也看不见。第三是造势，就是还需在舆论方面多下功夫，可充分利用网络媒体。吴家早已恶名在外，而李志强是孤儿寡母，是被同情的对象。造势的目的就是要压迫吴家，让他们有所顾虑，不敢胡作非为，特别是吴得权，他可是人民警察。

何大海同意胡平的观点，而且非常欣赏他。为了不引起不必要的误会，胡平一直没告诉何大海自己学过法律。

何大海走后，胡平从口袋里拿出先前彭瑛给他的存折，对彭瑛说道：

“这几天我们总共花了四万块钱，你这存折上的钱我没动过，这四万块钱算是我借给你们的，等你们有钱的时候再还我。”

彭瑛不同意，一定要现在就还，胡平有些生气，说道：

“明天下午我就要回公司，你在这边还需要不少钱，你先拿着，救人要紧。”

彭瑛听了不再坚持，收了存折，对胡平说道：“这钱我们以后一定加倍还你。”

第二天上午，胡平、彭瑛和何大海一起去看守所探望李志强。

李志强在彭瑛家被抓回来后，吴得权又指示同室犯人对李志强进行殴打，李志强不敢反抗，被打得鼻青脸肿。有一次甚至被打昏过去。他的衣服有十多天未换，又脏又臭，他甚至开始感到绝望。当他来到接见室，看到胡平、彭瑛时，他激动得流下了眼泪。

彭瑛看到自己的男人被折磨成这样子，忍不住伤心地哭了。胡平非常气愤，不过他忍住了，告诉李志强一定要坚持着，并把何大海介绍给他，说已聘他为此案被告的律师，让他以后好好配合。因为怕有录音，为了提醒他，胡平故意说道：

“虽然他们绑架了你的母亲，但你也不应该出于气愤夜闯村长家，而且还在他家拿刀砍伤人，这是犯罪行为，你懂不懂？你要好好地反省一下。”为了让李志强听清楚，他故意说得很慢，并对他使了个眼色。

李志强听了会意地点点头，并说道：

“我知道自己错了，上次审问我时，我就承认在他们家拿刀砍伤人不对。”

旁边的何律师听了也向他点了点头。

探望结束后，胡平立即带着何大海找到看守所所长，告诉他们李志强在此受了虐待，要求他们立即改正，否则会告他们。临走时，胡平又拿出五千元悄悄塞到了所长手中。

中午，胡平快要离开时，他问送他的彭瑛：

“你打算怎么办？”

“我打算在这里找个工作，住下来陪着他，一直到他出狱那天。”彭瑛坚定地说，“他在这儿几乎没有什么亲戚，没人愿意帮他。”

胡平听了点点头，然后说道：

“有什么事打电话给我，我会尽力帮助你们。”

第四十章 杰出领导者

根据王旦的建议，胡平很快完成了对二十多家供应商名义上的收购，组建起了星光集团。集团拥有员工四千多人，每年产值十多个亿。而胡平则成了星光集团公司的总经理。

这天下午，胡平躺在办公室的摇椅上，闭着眼睛，一边摇着摇椅，一边回忆童年时代的幸福时光，正在他渐入佳境时，耳边却突然听到一声喊，吓得他差点从椅上摔下来。

胡平非常恼怒，睁开眼，正打算训斥来人，却发现沈静正笑盈盈地看着自己。

“怎么不敲门就进来?”他揉了揉眼问道。

“怎么没敲？我还以为没人呢!”沈静答道，“刚才梦见和哪个美女约会，笑得那么开心?”

“还有谁？我的沈小姐呗!”胡平说完，突然从椅子上一跃而起，在沈静脸上亲了一口。

沈静急红了脸，下意识地转身看了看，半嗔半怒道：

“正经点，这可是办公的地方。”

胡平又重新躺回摇椅上，双手枕头，还使劲摇了几下。他觉得沈静害羞时的神情真可爱。他闭上眼，故意拉长声音说道：

“沈小姐找胡总有何贵干？这里是办公场所，可不是谈情说爱的地方。”

沈静听了既好气又好笑，便蹲下身去挠他，胡平边笑边躲边求饶。

“我有正经事给你说。”沈静见他求饶，便不再挠他，理了理额前的头发，说道。

“你说吧，我听着呢!”胡平一本正经地说道。

沈静见他严肃的神情，又想笑，终于忍住了，说道：

“天大公司的王总昨天打电话给我，要我们财务部配合他们做假账。”

“应该的。”胡平说道，“有位大人物说过‘不说谎话办不成大事’，不造假星光集团就上不了市。”

“可爸爸认为我在这方面没有经验，让你物色一个人专门负责这方面的工作。”

胡平听了暗想：“这老狐狸真狡猾，想置身事外，不让自己的女儿涉险。”不过以他目前的实力，还不敢和准岳父对着干，于是假装满不在乎的样子说道：

“那就让你们部门的老周做，他是个老会计，给他个星光集团财务副总监的职务，让他专门配合天大公司。”

沈静走后不久，胡平接到一个在老家县城招商局工作的同学李进的电话，说他正陪着县长一行在招商引资，县长听说他的成长事迹后，很感兴趣，想明天下午专程过来拜访参观。胡平想这是一个在家乡父老面前露脸的好机会，于是爽快地答应了。

第二天下午三点多钟，李进陪着县长一行共十五人来到星光集团公司，胡平到接待室亲自接见他们。他像国家领导人接见外宾似的，在李进的介绍声中，和他们一个个亲切握手，先从县长开始，一直握到县报女记者。握完后，他感觉右手腕有些酸痛，他还从来没有一次性和这么多人握过手，他暗中揉了揉手腕，活动了几下，总算好了些，能够活动自如了。

县长姓刘，和胡平以前的顶头上司兼情人刘玲同一个姓，这让胡平一下就记住了。刘县长四十多岁，瓜子脸，白净脸皮，身材瘦弱，一副弱不禁风的样子。他看上去甚至比刘玲更像女人，只是头发没有她长。他说话永远不慌不忙，一副胸有成竹的样子。

胡平陪伴在刘县长身边，带着一行人参观工厂。两人用家乡话亲热地交谈着。刘县长自我介绍说曾在一个几千人的国营厂做过厂长，工厂在他的带领下发生了质变，从亏损转为赢利，取得了历史上最好的成绩，他也凭此丰功伟绩走上了从政之路，并很快成了一县之长。他关切地询问胡平今后是否愿意为人民服务——也就是是否有从政打算，并说只要他愿意合作，多沟通、多相互了解、多相互帮助，那么，在他的鼎力支持下，他的前途是光明的，道路是不曲折的。胡平听出了刘县长的弦外之音——县长大人有官缺钱，于是他假装应允，说自己早就有这方面的考虑，只是一直没有遇到贵人。刘县长正打算做进一步的深谈，有两个随行人员不识时务地走近了他俩，他只好停下来。然后他又开始对眼前车间的管理高谈阔论起来。首先他对车间的整洁有序，员工的兢兢业业表示了赞赏，接着话锋一转，开始谈起了管理中思想工作的重要性。

“意识决定行动。”他说道，“如果一个员工头脑里只有个人，没有集体，没有国家和人民，这样的员工不是个好员工，迟早会出问题。我当初做厂长时，要求每个车间，每个组，一天至少开四次会。结果很快产量、质量都上去了，职工们工资也提高了。”

胡平装出一副洗耳恭听的样子，不断点头。

参观完工厂，晚上胡平做主，为这些远道而来的家乡父母官们接风洗尘。胡平把他们带到一个海鲜饭馆，请他们吃海鲜。几个胆小的人看了看端上来的奇形怪状的海鲜，试着尝了一口，立刻张口皱眉，像不小心吃了只苍蝇一样；而那些勇敢的或者说胆大妄为的人，却把它们当作宝贝，大快朵颐，吃得嘴角流汁。作为宴会的主人，胡平在大家酒至半酣时做了个简单的发言。

“有朋自远方来，不亦说乎！”他站起来，端着酒杯说道，“各位为了贫穷落后的家乡的发展和繁荣，不远千里来到这里，我代表家乡的父老乡亲们感谢你们！”

官员们热烈鼓掌——主要是为这顿丰盛的酒宴。

酒足饭饱之际，刘县长打算把胡平叫过去，接着上午未完的话题再作深谈，却发现胡平早已和县报社的女记者混在了一起。

女记者也喝了不少酒，不过她久经沙场，这点酒对她来说算不了什么，她清醒得很。凭着多年的职业经验，她觉得这是一个好机会。她正坐在胡平对面，对他这个星光集团总经理进行专题采访。而胡平呢，酒的确喝多了些，他斜靠在沙发上，有点亢奋，正处于半人半仙的状态。他把这个三十多岁的女记者当成了自己的知心姐姐，他对她毫无戒心，把真心话儿对她倾诉。他的过来，他的现在，他的将来，还有他的野心，他一股脑儿全倒了出来。女记者一边录音一边不停地记着，直到最后胡平睡着了，嘴里发出响亮的呼噜声。

不久，胡平接到女记者从老家寄过来的几份报纸，打开一看，在报纸的显眼位置，刊登着女记者的专访文章，标题为“苍平人民的骄傲——专访星光集团总经理胡平先生”。

胡平看完文章，一个经久磨炼、不屈不挠、虚怀若谷、发奋图强、立志创业而终成大器的英雄人物跃然纸上。文章还说他是“一个上万人企业集团的总经理，一个年轻有为人人称赞的亿万富豪，一个胜不骄败不馁、谦虚谨慎、善良正直的年轻人”。文章的结尾是这样写的：

“记者：听说你打算回家乡投资，支持家乡的建设？

“胡总：是的，我有这个想法，等我把这边的事理顺了，再过两年，我就回家乡投资。我是从苍平出来的，是苍平县的父老乡亲们养育了我，我忘不了他们，我要回报他们，我要用自己微薄之力，为家乡的经济建设添砖加瓦，让父老乡亲们早日过上快乐富足的生活！”

胡平放下报纸，有些不好意思，脸上微微发红。他记不清楚那天酒后对女记者说了些什么，甚至女记者长什么样他都记不起来了。幸好这是张小报，只在苍平县发行，不会流传到广东这边来，要不然，他肯定会成为犯罪集团的目标。他给报社寄了两万元过去，算是赞助费。

临近春节放假的时候，胡平决定举办一场庆祝星光集团成立的宴会。他邀请了名义上加入了星光集团的所有公司的负责人和高层管理人员以及星光公司的所有职员，总共有四百多人。他让人包下了一个大酒店的大厅。

宴会那天，胡平作为集团总经理，西装革履，面带胜利者的微笑，迈着轻快的步伐走上主席台作主题演讲。

在如雷般的掌声中，他开始了演讲。他畅谈过去，展望未来；他把公司上市后的种种好处做了一番淋漓尽致的描述：似乎到那时，在场的每一个人都能分到若干股份，都会成为百万富翁。他的声音时而柔和，时而激昂，下面的人被他描绘的美好未来所感动，掌声、欢呼声一阵高过一阵。他仿佛成了大明星，正接受粉丝的朝拜。

胡平俯视着下面的一张张仰望着他的脸和一束束渴望的目光，他变得踌躇满志，意气风发，斗气昂扬；他像个将军，像个国王，像个救世主；他在主席台上挥舞着手势，口沫四溅，用一幅幅想象中的美妙图画调动下面听众的激情；他昂着头，挺着胸，一副君临天下的样子。他从来没有像今天这样兴奋过、激动过；对金钱、对权势的执着，让他有了今天的成就，让他从一个默默无闻的采购员，不到四年时间就坐上了总经理宝座。谁曾想到，这是一个曾经卖血为母亲治病，最后因没钱眼睁睁看着亲爱的妈妈痛苦地死去的农家子弟；谁曾想到这是一个曾经为了五百元钱而准备和人拼命的穷困潦倒的书生？

下面听他演讲的四百多名公司精英中，大部分年纪比他大，他们只能用羡慕甚至嫉妒的目光看着台上的年轻人、他们的总经理，聆听他的演讲，期盼他的恩赐，希望到时能多分到一些股份。

他有理由骄傲，他值得骄傲，他应该骄傲！

“最后，我预祝各位新年快乐，合家安康。让我们一起去迎接美好的新的一年！让我们一起去拥有更多的股份，更多的幸福！”他的话语一落，台下响起了长时间热烈的掌声。

宴会开始，胡平作为星光集团总经理，带着一群管理人员去给大家敬酒。他面带微笑，频频举杯，理所应当地接受大家的欢呼。

“天生我材必有用，千金散尽还复来。”他口中含糊不清地说完这句李白的诗，终于醉倒了。

春节放假的前一天，彭瑛打来电话，告诉胡平案件已经判下来了，李志强被判了一年，吴家父子也被判了一年。胡平听了松了一口气，了却了一桩心事。

年终盘点下来，星光公司纯利润超过三千万！沈福荣对胡平任总经理后的表现很满意，尤其是想到他即将为自己带来的几十上百亿的收入，心里一高兴，从三千万里拨出一百万给胡平，作为对他的奖赏。

由于要为公司上市准备，胡平春节没有回家，假期中也只休息了几天，沈福荣怕他知道太多秘密，只让他初一晚上在家住了一晚，而且特意叮嘱女儿不能把他从事房地产的事告诉胡平。

一天晚上，两人在外约会，情到浓时，两人热烈拥抱亲吻，胡平控制不住自己，想继续往下深入，但很快被沈静给制止了。

“我们什么时候结婚呢？”胡平意犹未尽，怏怏说道。

“等公司九月份上市后吧。”沈静道。

“是你父亲的意见？”

沈静点点头。

“那你的意见呢？”

“即使公司没上市，国庆节前我也要和你结婚。”沈静坚定地说道。

星光公司是在农历初八开始上的班，因为生产任务重，今年上班时间提前了些。

人员差不多到齐了，却不见公司副总林奇来上班，胡平打电话过去也无人接听，又过了几天，仍没有他的消息，胡平估计出事了，忙派人去查销售账目，结果发现林奇老家所在地的代理商有差不多两百万元的应收账款未收回。

他把此事报告了汪建明和沈福荣。沈福荣气急败坏，他没想到竟有人欺到他头上，主张立即报案或者派人找到林奇老家去修理他。胡平却认为这件事最好不要声张，因为首先他们没有证据证明是他贪污了这些货款，其次现在正处于公司上市的关键时期，出这种事肯定会对公司上市产生不良影响。几十上百亿和两百万相比，孰大孰小？沈福荣权衡利弊，只好忍气吞声，把胡平臭骂了一顿，骂他监管不力，还威胁说等公司上市后胡平必须赔他两百万！

林奇走后，胡平打算让表兄张浩连销售部一起管，可张浩坚决不同意，胡平只好提拔了一个老业务员做经理。

“放着几个月后的亿万富翁不做，却偏偏看中这点小钱！”胡平对林奇这种鼠目寸光的行为嗤之以鼻。

春节上班后不久，一天上午，张浩突然接到一个女人的电话。

“我是方小丽。”女人显得很疲惫，说话有气无力，“我现在遇到了麻烦，能过来看看我吗，表哥？”

“行，我马上过来。”张浩说道。一听声音，他就确定对方是方小丽本人。但他搞不清为什么方小丽在电话里称他为表哥。

放下电话，张浩心里久久不能平静。在他心目中，他早已把这个长着一双和姑妈年轻时一样漂亮的水灵灵大眼睛的纯朴女孩当成了自己的妹妹甚至女儿。方小丽辞工后，他曾想尽一切办法想和她取得联系，甚至问过胡平，但一直没联系上。

张浩虽然是胡平的表兄，但他对这个表弟的为人处事却很不以为然，尤其是对他那种为达目的不择手段的做法颇有微词。他是整个公司里唯一知道胡平部分内心秘密的人——胡平把他当作亲人和知心朋友，偶尔在他面前透露一些内心的秘密。当他知道胡平为了追求权势和金钱而抛弃方小丽去追沈静时，更是怒不可遏，把他狠狠地骂了一顿，甚至想抽他两耳光！为此事两人差点割席绝交。

张浩和胡平的性格正好相反。他为人真诚，待人谦和，淡泊名利。他的妻子在老家县城教书，有个刚上初中的儿子。今年春节回家，他发现儿子长大了，已经进入了青春期，妻子快管不住了，他打算干完今年就辞职回家。他觉得如果儿子没管教好，即使挣再多钱也没用。去年黄博伟夫妇走后，胡平打算提他做副总，找他谈话，他拒绝了，后来经不住胡平再三央求，又想起他的妈妈曾经给予自己很大帮助，才同意了。张浩的上任对稳住当时星光公司的局势起了非常关键的作用。他在公司里的口碑威望比刘玲好，只比黄博伟差一些。当然，公司里没有人知道他是胡平的表哥。

胡平当上总经理后，热衷于炒作公司上市，四处许诺，以救世主自居，作孤注一掷的打算。这让张浩非常不解和不满。他悄悄咨询了关于创业板上市问题，觉得他们公司根本就不符合条件，而如果弄虚作假，一旦被查出来，那可是犯罪坐牢的事。他多次劝告胡平，可胡平不但不听，反而嘲笑他思想僵化，故步自封，跟不上时代前进的步伐，还说九月份公司上市后，他也会跟着成了亿万富翁——那意思是他本来应该好好感谢表弟这个总经理，却不知好歹，恩将仇报。他听后气得差点立刻辞职走人。总之，他对他这个表弟是失望大于希望，对胡平许诺的美好未来和亿万富翁不以为然，对胡平这种孤注一掷的激进做法深感担忧。

张浩按照方小丽提供的地址来到东惠市的一个比较偏僻的小镇。他找到那里，竟然发现自己来到了一个看守所。他大吃一惊，以为自己弄错了。他问一个正在值班的警察，警察听了后点点头说没错，并让他去值班室打听。

张浩怀着疑虑不安的心情来到值班室，说找一个名叫方小丽的女孩。值班警察拿出一份花名册看了看，问道：

“你是她的什么人？”

张浩记起方小丽在电话里称他为表哥，灵机一动，答道：

“我是她表哥。”

“表哥？”值班警察侧着头打量着他。

张浩怕他看出破绽，表面装作很镇定的样子，还冲值班警察憨厚地笑了笑。

“我看你挺老实的。”值班警察并没怀疑他的身份，点了点头说道，“你知道你表妹是做什么的吗？”

张浩怕猜错，据实说道：

“她以前在我们公司做品检组组长，后来辞工出去后就不清楚了。”

“我告诉你吧！”值班警察不屑地说道，“她现在卖淫、吸毒。”

张浩惊呆了，愣愣地看着值班警察。

值班警察没理会他的惊诧，拿过一份处罚单，说道：

“根据我市《治安处罚条例》，你的表妹非法卖淫，罚款一万元。交钱领人，否则三天后送去劳教所。”

张浩接过处罚单看了一下，说道：

“我可以先和表妹见一面吗？”他怕上当受骗，现在外面的骗子冒充警察行骗的层出不穷。

“可以。”值班警察似乎非常理解他的心情，边说边递给他一张通行证，“拿着这个证件，去五楼找保安。”

当张浩见到方小丽时，他几乎不敢相信自己的眼睛。她看上去萎靡不振，面黄肌瘦，头发染成了黄色，乱糟糟的，就像冬天里的枯草；她原来漂亮的水灵灵的大眼睛变得大而空，目光呆滞，她的嘴唇有些发紫，原来洁白的牙齿开始发黄。初春的季节，天气还有些冷，但她穿得却非常少。也许是冷的原因，她的身体明显地发抖，两只暴露在外的手臂上起满了鸡皮疙瘩。

方小丽见了张浩，双手捂着脸，低下头，泪水从手缝里流了出来。

张浩极力忍住眼泪，装出一副满不在乎的样子，说道：

“你再坚持一会儿，我马上去办手续。”

张浩来到值班室，找到值班警察，说马上交钱，然后拿出银行卡准备刷卡。

“我们这里只收现金。”值班警察瞟了一眼他手中的银行卡说道。

“为什么不能刷卡呢？”张浩着急地问，他想早一点把方小丽解救出来。

值班警察双手一摊，露出一个意味深长的笑容，然后提醒他说：

“还有半个小时我就下班了，那样的话你的表妹又得在这里住一晚上了。”

张浩听了，心如火燎，飞一样跑出去找银行，取到钱后又飞一般赶回来，他刚办完手续，就到了下班时间，他非常庆幸，赶紧去看守所把方小丽领了出来。

“我们先去吃饭吧！”张浩估计方小丽饿了，对她说道。

方小丽点了点头。

张浩带着方小丽来到一个比较好的饭店吃饭。吃完饭后，方小丽精神好了些。

“谢谢张大哥。”这是他们见面后她第一次说话，“我开始还担心你不会来呢！”说完，感激地看了张浩一眼。

“怎么会不来呢？”张浩见她叫自己大哥，心里暖洋洋的。以前在公司时，她都叫他经理。“自从你上次辞职离开后，我联系了很多次都联系不上你。你换了手机号码？”

“嗯。”

“你上次不是说回家吗？”张浩小心地说着话，尽量避免使用与吸毒和卖淫有关的词语。

“是的。是回了一趟家。”

“上次听你说你父亲的腿伤比较严重，现在好些了吗？”

“我上次回家的时候的确非常严重，后来我寄了些钱回去，让他去医院做了手术，现在好多了。”

张浩听了，明白了她出来卖淫的原因。

“你打算以后怎么办？”他关切地问道。

“以后——”方小丽垂下眼睑，过了好一阵子才说道，“也许重新找份工作，重新做人吧！”

“以前你在星光公司的时候，不是听说你在读电大吗？”张浩想了想说道。他想让她重新燃起对美好生活的希望。

方小丽一听眼里闪过一丝亮光，但亮光太微弱，稍纵即逝。她垂下头，小声说道：

“以后再看看吧！也许还有机会。”

张浩看着她面黄肌瘦的样子，听着她有气无力的话，真想对她说些逆耳忠言，但又怕她承受不了。他叹了一口气，说道：

“你家里人知道吗？”

“不知道。”方小丽答道，“如果你不来，那些人就要通知我家里人。”

“你不愿意让你的父母知道，所以才打电话叫我来？”

方小丽点点头，随即说道：“你的钱我会还给你的。”

“我不是那个意思。”张浩见她误会了自己的意思，忙解释说，“我是担心你这样下去你的父母迟早会知道。”

方小丽沉默了，过了一会儿抬起头问道：

“他还好吗？”

“谁？”张浩说完，随即醒悟，“他现在不错，已是公司的总经理。”

“是吗？”方小丽竟有些激动，“他是个有抱负的人，他一直都向往着这么一天。”

张浩听了差点就要说脏话骂人，他认为方小丽变成现在这个样子胡平要负很大责任，她竟然还在赞美他！他做了个深呼吸，硬生生把那些快出口的脏话咽了回去，换成了一句稍微好听的话：

“是他害了你。”

“不是，你错怪他了。”方小丽连忙摇了摇头，“我和他志趣爱好不一样，我只想以后教教书，过平平淡淡的日子。而他的目标要高得多，我配不上他！”

“狗屁！”张浩终于骂了出来，“我看是他配不上你。”

方小丽吃惊地望着他，半晌才说道。

“你不要把我的事告诉他，千万不要。”

张浩看了她一眼，被她痛苦的表情所感动，点头答应了。

“他找女朋友了吗？”过了一会儿，方小丽问道。

张浩听了心里隐隐作痛，他不忍心让眼前可怜的姑娘失望，于是说道：

“好像暂时还没有。”

“他是个工作狂，常常不会照顾自己。”方小丽幽幽地说道，“你是他的好朋友，你要劝劝他，让他学会照顾自己，早一点找个女朋友。”

“你不用担心他。”张浩没好气地说道，“他现在条件这么好，不知道他要找个什么样的呢！不过，他是不可能找到像你这样好的姑娘了。”

张浩看着天色已晚，想着自己还要赶回公司，于是准备告辞。他从口袋里拿出五千元钱给方小丽，说道：

“这些钱你先拿去用。既然你叫我大哥，以后你有什么事尽管找我，我一定会尽力帮助你。”

方小丽犹豫了一下，终于还是接过了钱。她现在已经身无分文了，而且她已有两天没有吸毒了，毒瘾快发了，她急需用钱去买毒品。她感激地对张浩说道：

“大哥，你是个好人，一个难得的好人。这些钱我会还你的。”末了，她抬起头望着张浩，神色凄凄地说道，“大哥，如果下次我再打电话给你，你还会像这次一样来看我吗？”

“一定会。”张浩说道。

第四十一章 致命圈套

3月初的一天，胡平收到一封请柬，是哈尔滨的一个叫罗忠的代理商送来的。罗忠是星光公司在黑龙江省的总代理，也是星光公司最大的客户之一。他打算在三月中旬召开一个全省经销商大会。他感觉新上任的销售部经理分量不够，也不熟悉，于是直接向总经理胡平发出邀请。胡平由于忙公司上市的事，开始并不打算去，后来想了想，觉得这个客户是个优质客户，每年销售额都排在公司的前三名，冷落了他可不好，再说原销售部经理林奇刚走不久，必须稳住这些大客户。还有一点，多年未见的同窗好友刘大好正好也在哈尔滨，去那里开会可以顺便看看他。于是他决定抽出时间去一趟。

他打算第一天参加代理商的会议，第二天去见刘大好，第三天回公司。他提前几天把自己的日程安排告诉了刘大好。

刘大好从小就对读书不抱好感，他对打架更感兴趣且擅长于斯。他从小学一直打到高中，为自己打，也帮别人打，由于他长得牛高马大，而四川人大多数天生小巧玲珑，加之他并非心慈手软之辈，所以一路走来胜多负少，到了高中更是因此名声在外。他的父母是政府部门的一个不大不小的官员，他是家中的独子，父母对其期盼甚高，不过到头来失望也愈大。父母轮流着经常往学校跑，去接受老师的教育，旁边则站着刚打完架的儿子，脸上得意之色还未完全褪尽！若高考凭打架来判定好坏，估计他非清华北大不读。

在父母的威逼利诱下，刘大好总算念完了高中，拿到了一张高中毕业证，然后拿着它到哈尔滨找他二叔去了。他二叔在哈尔滨做些杂七杂八的出口生意，时不时还跑到国外去转两圈，虽然这些国家大部分比中国还穷。

刘大好在二叔手下打了几年杂，渐渐窥出了其中的奥妙，几年后找了一个朋友做搭档，自创门户，分门独干去了。

他的这个朋友搭档叫郝仁，听起来就像“好人”，不过有点名不副实。郝仁个子不高，身材瘦削，看上去像一个大一号的猴子；他是本地人，游走于黑白两道之间；他为人做事灵活多变，也可以说是阴险狡猾；他对刘大好的生意头脑颇为佩服，甘当小弟，大多数情况下唯大哥马首是瞻。

刘大好继承了他二叔的生意头脑，做的东西也是杂七杂八。从衣服鞋子、糖果纸巾，到家用电器，只要能赚钱，他都做。他的这些东西全部销往俄罗斯及其周边国家，为中国巨额的外汇结余贡献了一己之力。

前几年，刘大好也赚了不少钱，但由于他经常视金钱如粪土，尤其是看到漂亮女孩时，他总感觉如果不把大把的钞票花在她们身上，心里就不能坦然，甚至感到内疚。他没结婚，甚至没有固定的女朋友，赚来的钱像流水般从他手里流到了年轻漂亮的姑娘手上。

去年九月爆发金融危机后，俄罗斯及其周边国家也未能幸免。他发往这些国家的货，有几个货柜因那边的经销商破产而无人提取，最后只好以两折的低价甩卖掉。更为糟糕的是前段时间他发往俄罗斯的几个装满电器的货柜，被俄罗斯海关以非法走私为名干净利落地全部没收。

他已欠了供应商接近两百万的货款，他的房子早就成了银行的了，他拿什么还债？他已到了山穷水尽的地步。

听说同窗好友胡平很快就要过来看望自己，他心里一阵激动，他在他的办公室兼卧室里到处翻寻，似乎是在找寻一件极其重要的东西。这时郝仁走了进来。

“大哥，忙什么呢？”他跷起二郎腿坐在沙发上问道。

“找东西。”刘大好头也不抬，边说边继续找他的宝贝。

郝仁心里有些不舒服，他这段时间受了很多委屈，催债的人像嗅到臭味的苍蝇一样围绕着他，越赶越多，他是本地人，“跑了和尚跑不了庙”，不像刘大好，实在不行，溜之大吉。

“刚才鞋厂的老杨又打电话催款了。”郝仁说道，“老杨这个人可不好惹，是个地头蛇。”

“差他多少？”刘大好问，仍在继续搜寻他的东西。

“三十万。”

“这么一点钱急什么？我们又不是不给他！”

“可我们拿什么来给？已超过规定付款日期一个月了！”

“再等几天——找到了！”刘大好忽然高兴地叫起来，把正坐在沙发上生闷气的郝仁吓了一跳。

郝仁见他这样高兴，还以为他发现了金银珠宝等值钱的东西，却见他手中挥舞着一张旧报纸，高兴得就像见了久违的亲人一样。

“一张旧报纸有什么用？”他没好气地说道。

“不要小瞧这张报纸。”刘大好伸出食指弹了弹上面的灰尘，不无得意地说，“这是我去年春节回家时买的。我的一个亿万富翁同学过两天就要来看我了。”说完，他瞟了一眼报纸，然后递给满脸疑惑的郝仁。

郝仁接过报纸一看，原来是一张春节前出版的四川苍平县的报纸，他顺着刘大好的手指看去，只见报上写着：《苍平人民的骄傲——专访星光集团总经理胡平先生》。他快速浏览了一下主要内容，然后抬头问道：

“你说的同学就是他？”

“对。”刘大好点点头，一副若有所思的样子。

“向他借?”郝仁放下报纸说道。

“他会答应借吗?两百万可不是一个小数目。”刘大好刚才也这么想着，但心里没底。

“他会借的，他一定会借的。”郝仁一边在房间不停地来回走动一边点头说道，“而且不只两百万，以后也不需要还。”郝仁停下来望着刘大好，两眼放光。

刘大好明白了他的意思，一副无奈的样子说道：

“就算是高中时候我帮他打架、保护他的保护费吧，只是稍微多了点。”然后叮嘱道，“这人性格倔强，又是我的好朋友，这次是不得已为之——这钱我以后会还他。你们在动手的时候不能打他、骂他，更不能搞什么五花大绑之类，一定要文斗，不要武斗，要尊重他，让他有尊严地同我们合作。毕竟人家是一个上万人企业的总经理。”

郝仁边听边点头，最后信誓旦旦地向刘大好保证不会伤他的同窗好友一根毫毛，一定想办法让胡总自觉掏钱的同时还要感激他的老同学。

胡平在中午快十二点的时候到达哈尔滨机场，为了表示尊重，罗忠亲自驾车去机场迎接。

胡平本来打算带上新上任的销售部经理，后来他想了想，觉得去开会不就是上台讲几句话，他对这个在行得很，一个人去就行了，而且他此次出差还有一个重要目的，就是去看老同学，若被公司里的其他人知道了有损他的威望，毕竟总经理带头假公济私可不是好事。

胡平和罗忠之前从未见过面，不过在机场出口一见面，两人就互相喜欢上了对方。

罗忠五十出头，中等身材，光头，脑袋看上去有点像一个冬瓜放在了脖子上，只是颜色更红润一些。他的肚子前进的步伐迈得过大，和身体的其他部位拉开了一段不小的距离，有种高处不胜寒的感觉。他非常喜欢他这个冒进的圆鼓鼓的肚子并常把它派上用场，在和别人发生争论尤其是在讨价还价的时候，他常常轻轻拍打着它，提醒别人注意：看看我的肚量，我是那种占小便宜、锱铢必较的人吗?

罗忠喜欢胡平说话时左边脸上时隐时现的小酒窝以及由此看起来单纯可爱的样子。他以为新上任的胡总是个品德高尚、纯洁善良的人，这样的人当然也就是一个好对付的人。他以前经常和刘玲打交道，他觉得这个女人太精明，太狡猾，太不好占便宜，常常是他以为自己占了便宜结果却吃了亏。

胡平喜欢罗忠挂在脸上的微笑，那种山里没见过世面的老农民的微笑，使他看上去显得憨厚纯朴，这甚至让胡平想起了他的一辈子老实巴交的父亲，对他产生了一种亲切感、信任感。

罗忠把胡平带到一家四星级酒店开好房，然后带着他来到楼下饭店的一个雅致的包间就餐。

两人照例一开始互相恭维了一番，然后东拉西扯地聊起来。吃到一半，罗忠从随身携带的皮包里拿出一沓文件，说是此次经销商大会的准备情况，请胡平过目并指教。

胡平拿过来随意看了一遍，他从来没搞过销售，也没接触过这类东西，以为罗忠此举只是出于对他的尊重。他根据自己的理解随意提了几条意见，罗忠立刻大赞提得好并用笔记下，并说一定采纳胡总的建议。他见胡平说完了，便收起了笑容，像下级对上级汇报工作似的说道：

“胡总，我想向你汇报三个问题。”

“请讲。”胡平客气地说道。

“第一，我们为什么要在此时举办此次会议？”罗忠讲道，“现在我们这一行已经开始进入淡季，白色家电很快就会进入旺季，而我们下面的经销商大部分都同时做白色家电。我们选择这个时候举办经销商大会，就是想趁他们还没到白色家电厂家进货之前，先拿出一部分钱来订购我们的产品。他们出了钱拿我们的产品回去，不可能一直放在仓库，所以他们就不得不拼命去推销，这样既可稳住下面的经销商，又可保证淡季不是很淡，另外，我知道每到淡季的时候公司也缺钱，是吧？”罗忠说完，微笑着看着胡平。

胡平觉得他讲得很有道理，点头称是。

“第二，”罗忠接着说道，“我们为什么这次要花三万元请专业的策划公司来策划这次活动呢？因为他们专业，会忽悠，能活跃气氛，调动下面经销商的热情，甚至让他们如痴如醉。当他们处于亢奋状态时，签约就会更爽快，订货就会更多。我们这次总共来了八十多个经销商，都是大户。如果再加上小户，有好几百人呢！”说完，罗忠停下来，看看胡平的反应。

胡平对他的做法深表赞同，连连赞道：

“不错，很好。”

罗忠心里暗自得意，接着往下说道：

“第三，下面的经销商为什么愿意在这个时候购我们的产品呢？因为我们这次是不惜血本，让利大促销。”说完，罗忠翻到文件的最后一页，用手指着奖励政策给胡平看，并说道：

“我们的奖励政策是：当天在会上订购三万以上的星光公司的产品，并在十天内打款过来，返十五个点；当天会上订购五万以上的货，并在十五天内打款过来，返三十个点。”

“不错。”胡平边听边点头赞道，“罗总真是个商界奇才，怪不得生意做得这么好。”他还以为罗忠的汇报到此结束了，殊不知前面只是个开始，重点和实质性的东西还在后面。

“是这样的。”罗忠作羞于启齿状，“按理胡总亲自过来，我们又是第一次见面，不应该提钱之类的事情，可是——”他欲言又止。

“你的意思是要我们公司资助一些费用？”胡平很快明白过来，这出乎他的意料，他还以为只要上台发表一遍激动人心的演讲就完事了呢！一提到钱，他马上警惕起来。

“是的。”罗忠说道，“以前公司也是这样做的。”

“资助多少？”胡平问。

“一般情况是一家一半。”罗忠说道，“不过今年我们投入的力量大大超过往年，我请了专业的策划公司，还将返利提到了三十个点，以前只有二十五个点。胡总看这次能不能多资助一些，我们举办这种会议，也主要是为公司着想，让公司多卖产品，多回点款。”

既然有先例，胡平知道这次肯定躲不过去，他迅速盘算了一下：十五加三十等于四十五，再除以四，按往年的做法公司就得资助当月回款的百分之十一。他觉得还应该压低些，于是说道：

“这样吧，我们按照你当月的实际回款额度，给你九个点的支持。”

罗忠听了心中暗喜，因为以往一般都只有五个点，不过他不露声色，装作很委屈的样子说道：“胡总，能不能再提高两个点，我请策划公司还花了三万呢！”说完，他习惯性地伸手去拍了拍代表“肚量”的肚子，遗憾的是胡平坐在他的对面，肚子被桌子给遮住了，没起作用。

“不行。”胡平态度坚决地说道，“公司现在资金也很紧张。”其实他刚才报出“九个点”的时候就已后悔，感觉报高了点。

罗忠见胡平态度坚决，也就不再坚持，拿出一份早已准备好的合约请胡平签字。胡平看了看，也不好反悔，在返点数后面写上“百分之九”，然后签上了自己的名字。

一顿饭便多得了十多万，罗忠非常开心，又着实把胡平从里到外赞美了一番，说他不仅外表英俊潇洒，而且才华横溢、年轻有为，前途不可限量。胡平听了心里很受用，很快就忘了刚才的“九个点”的事，开始和罗忠畅谈自己准备让公司在9月份开始的创业板上市的宏伟设想。

“公司上市后，像你这样重要的代理商，我们会考虑给你一定数额的股份。”胡平认真地说道，“这些股份至少价值数百万。”

罗忠目光没这么远大，不过有人许诺将来送他几百万，他当然不会拒绝，而且他表现出来的那种感激之情，似乎他已经收到了那几百万似的，这让胡平非常高兴。

下午两点半，经销商大会在一个酒店的大厅正式开始。大会由策划公司的人组织。开始是十几个年轻靓丽的女孩在节奏明快的音乐下跳了几组热舞，接着是一段相声表演。会场里的气氛逐渐热烈起来。然后在主持人的指令下，大家站成一个圆圈，后者的双手搭在前者的肩上，随着主持人的号令，大家相互揉肩捶背，亲热得像一家子似的。随后，在策划公司人员的带领下，大家又跳起了舞，踢踢腿，扭扭腰，伸伸手，转转头。

经销商们从来没见过这阵势，既新鲜好奇，又兴奋激动，会场气氛越来越激烈，大家像喝了酒般兴奋。

轮到罗忠上台讲话。他的脸上始终带着憨厚、纯朴的微笑。他讲的话不多，却对着台下的经销商鞠躬五次，他的谦卑、他的微笑获得了台下经销商的热烈掌声。

最后是星光集团总经理胡平讲话。

胡平的讲话热情洋溢，极富煽动性，他简述了星光公司的过去，重点谈了在他的领导下星光公司的光明未来。在描述了一幅幅动人的前景后，最后他声情并茂地说道：

“星光集团公司在几个月后就上市了，它很快就会成为中国的乃至世界的名牌。那时候，在座的各位手里握着的可是名牌产品的经销权，其价值不可估量，其前途无限光明。朋友们，让我们一起努力，共同去迎接美好的明天！”

他的讲话也同样获得了热烈的掌声。

第二天，罗忠又亲自陪着胡平去市里的几大市场转了转。罗忠告诉他，大会相当成功，经销商们踊跃订货。当天会上共收到订单超过两百万。胡平听了对他表示由衷的佩服，甚至觉得他的憨厚纯朴的笑容的价值超过了自己的单纯可爱的小酒窝。

下午四点左右，胡平找了个借口离开了罗忠，罗忠走后不久，一辆宝马车停在了胡平跟前，从车上走下来西装革履的刘大好。两人相见，格外高兴，刘大好甚至激动得眼泪都快流出来，拿出纸巾擦眼睛。

“先去我的办公室看看。”上了车，刘大好说道。

宝马车很快来到一栋非常漂亮的位于市中心的写字楼前停下。刘大好带着胡平来到三楼一间办公室。

办公室不大，只有五六十平方米，不过里面收拾得干净、整洁，办公桌上插着一束鲜花，显得舒适又温馨。为了迎接胡平的到来，两天前刘大好专门请人把办公室收拾了一番。

“不错，挺雅致的。”胡平看了赞道，“其他人呢?”

“都出去办事了。”刘大好一边热情让座，一边说道。

“公司总共有多少人?”胡平坐下后问道。

“四十多人。”刘大好答道。实际上连同他一起只有五个人，宝马车也是借朋友的，“我们在郊区还有办公室。市中心房租太贵。”

“听说你们公司有上万人?”停了一下，刘大好问道。

“只有几千人。”胡平故作谦虚地说道。

“了不起，真了不起!”刘大好赞道，“读高中的时候我就知道你是个人才，将来准会出人头地。”

到了吃晚饭的时间，刘大好带着胡平来到一个高档酒吧。两人一边喝酒一边听着酒吧里优美的音乐一边回忆高中时代的美好时光。

“你还记不记得? 高二的时候我和你出去，你不小心多看了一个女孩几眼，几个男的就围过来要揍你。”几酒杯下去后，刘大好说道。

“记得。”胡平点点头，“如果当时不是你站出来帮忙，我可就遭殃了。现在想起来那个女孩其实也不怎么漂亮，只是身材好。”说完两人哈哈大笑起来。

两人一起回忆了高中三年共同成长的历程，胡平再次感谢了刘大好当年照顾他保护他的仗义行为，他端着满满一杯酒，摇摇晃晃站起来说道：

“我很快就会有很多很多的钱，到时我一定会报答你的!”

“最好就是现在。”刘大好暗道。他酒量惊人，根本就没醉，他也装作快要醉的样子，端着酒杯，站起来说道：

“君子之交淡如水，兄弟之间不谈钱的事。”说完，两人碰杯，一饮而尽。

胡平喝了不少酒，眼睛有些迷离，朦胧的灯光下，那些女服务员在他眼里都成了绝色美女，他有些心猿意马，眼睛总是不听使唤地盯着女人看，几次换来别人鄙视的目光。

刘大好看在眼里，喜在心上，他怕胡平真的醉了反而不好办事，于是适时地带着胡平离开了酒吧。

来到酒吧外，被风一吹，胡平清醒了一些，刘大好装作要开车送他的样子，胡平坚决地拒绝了，他以为他的老同学，那个曾经多次保护过他的好朋友也喝多了，因为他走路的样子看上去比他还醉得厉害。他招了一辆出租车，告别刘大好，自己回酒店去了。

胡平来到酒店，由于酒喝得有点多，他找了半天也没找到电梯门在哪里，正巧这时有一位年轻漂亮的穿着服务员制服的女孩走了过来，她右手提着一个装食物的篮子。女孩见胡平迷了路，主动上前把胡平带到电梯门口并一同进了电梯，电梯里只有他们两人。

“你住在哪个房间?”漂亮女孩露出迷人的微笑，问胡平道。

胡平抬头看了女孩一眼，突然呆着了，他觉得眼前的女孩像极了方小丽，特别是她的微笑。胡平热血上涌，差点就要冲上去拥抱她。

“先生，你住在哪个房间?”女孩见他没反应，又问道。

胡平拼命地控制住自己，答道：

“十五层一一六房间。”

“正好我也去那一层送东西。”女孩甜甜地说道。

“送什么东西?”胡平好奇地问。

“有个客人要了一份水果。”女孩说着打开盒子，里面有切好的西瓜和苹果，“这个客人好像喝多了酒，说是拿去解酒。”

说话间，电梯已到了十五层，两人出了电梯。

“你给我也来一份吧!”胡平说着，给了女孩一百元，“剩下的就不用找了。”

女孩收了钱，嗲声嗲气地说了声“谢谢”，冲他连抛了几个媚眼，说道：“等会儿见!”

胡平回到房间，心里无法平静下来。刚才的女孩让他想起了方小丽，想起了她的温柔、体贴，想起了和她做爱时她娇羞的样子，想起了她美丽的胴体和她秀发中散发出的清香。自从王芳在去年八月份出事后，他就再也没有和女人亲热过。沈静和他每次都是到点为止，从来没让他越雷池半步。

他欲火中烧，原始的本能冲动在酒精的刺激下让他几乎不能把持。他赶紧去冲凉，希望借此浇灭心中燃起的欲火。冲完凉他刚穿上衣服，门铃声响了。他打开门，刚才电梯里遇到的漂亮女孩娉娉婷婷地站在他的面前，右手上提着一个食盒，左手提着一个篮子。

胡平关好门，连忙请女孩到屋里坐，女孩大大方方地进到屋里，将左手中的篮子放到正对着床的桌子上，将右手中的盒子交到胡平手上。胡平伸手去接，顺势抓着了女孩的手，女孩似乎并没有抽回去的打算。胡平一把将女孩揽入怀中，女孩半推半就，胡平再也忍不住了，将女孩抱起来放在床上，去解女孩的衣服。女孩故意左躲右闪，更让他心如火燎，他一使劲，将女孩的衣服撕了下来。女孩似乎被吓着了，变得顺从了。胡平饿虎般扑在女孩身上，在他心中眼前的女孩就是方小丽。他像火山爆发一样将女孩压在身下，尽情施展，像以前对待方小丽一样。他有时停下来，对着她的耳朵说“我爱你”，并不停亲吻她的耳根，有时一段激情后他又会怜爱地问她：“累了吗?”

完事后，胡平正准备离开女孩的身体，女孩却突然张嘴在胡平的手臂上咬了一口，胡平还以为女孩的举动是激情所致，并不在意，以前方小丽也曾这样咬过他，只是这次用劲大了点，在手臂上留下了几个清晰的牙印。

女孩突然用力把胡平从她的身上推开，然后站起来，边喊救命边跑去开门。

第四十二章 敲诈

门开了，冲进来几个光头大汉。

“你竟敢强奸我的小妹！”冲在前面的一个光头大汉悲痛万分地用手指着胡平说道，仿佛这个女孩真的就是他的亲妹妹。

女孩看上去痛不欲生，边哭边嚷道：

“他强奸我，他强奸我！”

一个戴墨镜的男子从放在桌上的篮子里取出一台摄像机，摆弄了几下，边看边摇头说道：

“太野蛮了！居然撕下小妹的衣服，这不叫强奸叫什么？”

还有一个人拿出照相机把胡平手臂上刚才被女孩咬过留下的牙印拍下来，大约是准备以后作为强奸的证据。

一个猴子模样的人慢慢走到胡平跟前，弯下身望着他，慢条斯理地说道：

“胡总，认栽吧！”

胡平很快就镇静下来，他知道自己中了别人设计的圈套。他奇怪别人怎么知道他的姓名，于是问道：

“你怎么知道我姓胡？”

“你不是在那个叫罗忠的代理商那里开会吗？我这里还有你的名片呢！”猴子模样的人说完，拿出一张名片在他胡平眼前晃了晃，“胡平，星光集团总经理，大人物啊，怎么会干这种丧尽天良的事？你知道这个小妹现在多少岁吗？”

胡平不开腔。

“还不到十四岁啊！”猴子模样的人做出一副痛心疾首的样子，“你这是强奸幼女啊！”说完，把一张身份证扔到胡平跟前。

胡平听了心里凉了一半，他是学法律的，知道强奸十四岁以下女孩的后果。他拿起身份证仔细看了看，感觉那个还在哭泣的女孩和身份证上的照片的确很相像。他暗叫一声“完了”。

“开个价吧，多少钱？”胡平直截了当地说道。

“这里不是一个谈生意的好地方。”猴子模样的人说道，“我们在楼下等你，只留一个人在这里。十分钟内你下楼来，否则我们就报警，而且还要在网上公布刚才的这段录像。”

几分钟后，胡平下了楼，随即在四个人的挟持下进了一辆面包车。

胡平想过反抗，想过报警，但他很快放弃了这些想法。因为如果这样做，即使他不被判刑，这件事肯定也会传到公司，他和沈静的事肯定告吹，他也不可能再在星光集团待下去了，这几年辛苦的付出将会付之东流。他顺从他们，只要他们不把这事张扬出去，一切都还有机会。他开始怀疑是罗忠串通这伙人干的，但他随即否定了，因为首先罗忠的生意做得不错，没有必要干这种事，其次昨天罗忠还在为向公司多争取返利和他讨价还价！知道他行踪的另一个人就只有刘大好，可刘大好和他有三年的同窗之情，刘大好以前除了热衷于打架外，并无其他恶迹，而且刘大好根本就不知道他住在哪里。

“也许是黑道上的人在那天的会上盯着了自己。”他想起自己那天在大会上曾做过长时间发言，有几个客户曾跟他要过名片，“也许那个瘦猴一样的人手里的名片就是在那个时候拿到的。”

“人怕出名猪怕壮，看来还是低调一点好！”最后，他总结道。

车在小巷里穿来穿去，半小时后，停在了一个偏僻的院落里。

胡平被带到了一间密闭的空荡荡的房间。

瘦猴一样的人就是郝仁，他正向大哥刘大好汇报。他们所在的房间就在关押胡平房间的对面，他们可以通过监视器观看胡平所在房间发生的一切。

“表面上看上去像个正人君子，我还担心他不会上当呢！没想到竟是个色中饿鬼。你看，连小妹的内衣都撕破了。”郝仁说道。两人一边看录像一边议论着。

“英雄难过美人关啊！”刘大好说道，“他不会怀疑是我干的吧？”

“绝对不会。”郝仁说道，“他一下飞机就被我们的人跟踪了。那天他们开会时我还特意去参加了，而且还从他手里弄了张名片。他要么认为是那个代理商干的，要么认为我们是黑道上的人，从那天会上得到的消息，再说你又没去过他住的酒店，他怎么会怀疑你呢？”

“做得好！”刘大好满意地点点头，“要抓紧时间，如果那个姓罗的或者他的公司知道他失踪了，报了警就麻烦了。”

“我们这次做得天衣无缝，而且证据确凿。他是个聪明人，我想他绝不会愿意为这点钱去蹲几年监狱，毁了自己的前程。”郝仁信心十足地说道。

“你过去带个头，叫兄弟们不要休息，连夜行动，争取早点搞定，越快越好！”

“听大哥的。”郝仁说完，起身告辞。

“注意不要伤害他，要保证他的尊严！”刘大好再次嘱咐道。

郝仁来到对面关押胡平的房间，见胡平站着，立即叫人搬来一张椅子，又叫人端来一杯茶。胡平此刻已完全放开了，他毫不客气地在椅子上坐下，端起茶杯喝了一大口，由于喝酒过多，他感到口干舌燥。他跷起二郎腿，双手抱在胸前，一副无所谓的样子。

“胡总。”郝仁点燃一支烟，吸了一口，说道，“咱们真人面前不说假话。我承认这是我们设计的圈套，可是你自己要往里钻，这就只能怪你自己了。更为悲惨的是，你强奸幼女的证据非常确凿，只要我们一报警，你去监狱蹲上七八年太正常了，那样，你将失去你现在拥有的一切！”说完，郝仁得意地看着胡平。

胡平对这个猴子一样的人非常反感，打心眼里瞧不起，可自己偏偏就栽在这样一个人手里，这让他感到非常恼火。他强压内心的愤怒，冷冷地说：

“开个价吧！”

郝仁伸出食指。

“一万？”胡平说道。他认为这应该是一个双方都可以接受的价格，为了早点脱身，他也不打算和对方讨价还价。

“这点钱只够打发叫花子！”郝仁边说边摇头。

“十万？”胡平想了想又说道。

“这简直是对一个拥有上万人企业老总的侮辱！”郝仁摇着头，皮笑肉不笑地说道。

“一百万？”胡平有些愤怒了，心想这些人真是狮子大开口。

“No.”郝仁嘟着嘴，边摇头边说道，“你也太小瞧咱们兄弟了。”

“到底想要多少？”胡平“噌”的一下从沙发上站起来，房间里的另外两个人以为他要动手，连忙赶过来。

“站着。”胡平一声大喝，“我来这里是为了谈生意，不是来和你们打架。”

两个大汉被胡平刚才的大喝给震着了，果然站着不敢动。

“你们到底想要多少？”胡平冲着郝仁问。

“一千万。”郝仁一字一顿地说道。

“哈哈哈……”胡平怒极而笑，他的笑声里饱含悲怆。

“哈哈哈……”郝仁仰天大笑，他像牛蛙一样，个子瘦小，笑声却大得惊人，颇具震撼力，一下就盖过了胡平的笑声。

第一次较量胡平算是输了，他停止了笑，愤怒地说道：

“你以为我是印钞票的吗？”

“你比印钞票的还有钱。”郝仁也停止了笑，说道，“你不是在会上说你的公司马上就要上市了吗？上市公司哪家没有几十、几百个亿？一千万对胡总来说其实只不过是九牛一毛，沧海一粟。你把这一毛一粟赏给我们兄弟，于你丝毫无损，对我们却大有裨益。我们兄弟哪一个不是上有老下有小、生活在水深火热之中？你就当是做慈善事业，捐给了我们这些贫困兄弟，我代表兄弟们感谢你！”郝仁说完，还真对胡平抱拳鞠躬。

“问题是我真的没有这么多钱！我只是个打工的，是替老板打工。”胡平双手一摊，说道。

“没有钱？”郝仁恶狠狠地盯着胡平，说道，“看来胡总是敬酒不吃吃罚酒，来人！”他朝门外大吼一声。

一个光头大汉手持一把明晃晃的砍刀走了进来，另两个人立刻抓着了胡平的胳膊。

郝仁来到胡平跟前，目露凶光说道：“我再说一遍，一千万，一分钱也不能少！”

想到自己所有的努力眼看就要化为泡影，胡平内心一片凄凉，他突然抬起头，悲愤地说道：

“没有，老子一分钱都没有！”

“你敢跟老子耍狠？”光头大汉上前一步，高高举起了手中的砍刀。

胡平把头向前一伸，闭上眼，一副配合挨宰的样子。

郝仁没想到胡平会这样强硬，愣着了。他见手拿砍刀的大汉正看着自己，忙示意其退下，他自己也随后退了出去。

郝仁来到对面刘大好所在的房间，狠狠地往沙发上一坐，气冲冲地对刘大好说道：

“你这个同学，真是茅坑里的石头——又臭又硬！”

“他就是这个脾气。”刘大好站起身，倒背双手，一边来回踱步一边说道。刚才他从监视器里看到胡平最后时刻悲愤的脸色，尤其是看到他故意将头伸到砍刀前时，他心里一阵感动，这让他想起高中时那个从来不服输、明知山有虎偏向虎山行的胡平，那个表面斯文秀气，内心却是个拼命三郎的胡平。他甚至产生了要冲过去保护他的念头，毕竟三年的同窗友谊，同睡一张床，他对胡平还是有深厚感情的，他从来没想过要把他逼上绝路，如果能从其他地方借到两百万，他宁愿放弃眼前的行动。

“你说怎么办吧，大哥？”停了一下，郝仁说道。

“也许他的确没有这么多钱。”刘大好踱着步说道，“凭我对他的了解，他不是那种喜欢撒谎的人，也许他真的就是个打工的。”

“你那份报纸上不是说他要回老家投资吗？拥有上万人企业的总经理，怎么会没钱？”郝仁说道。他怕刘大好突发慈悲之心，放了他的同学。

“他这个人野心大，好面子，而且吃软不吃硬。”刘大好停下来对郝仁说道，“他现在正在气头上，今晚先到这里。”

“难道就这样放他走？”郝仁不满地说道，“兄弟们付出了这么多！”

“怎么会呢？”刘大好冲郝仁笑了笑，说道，“我想他两百万还是有的，这是我的底线。他是个聪明人，让他先好好休息一晚上，仔细想想这件事的后果。我想他明天肯定会积极配合我们。”

郝仁临走时，刘大好又嘱咐他要给胡平准备好床和被子，让他能睡个安稳觉，第二天有个清醒的头脑，这样便于他认清眼下形势。

胡平的确睡了个好觉，他一直睡到第二天上午十点钟才醒来。他醒后不久，就有人端进一盆热水，还拿来毛巾和牙刷牙膏，一会儿又端来一碗热气腾腾的稀饭和几个包子。

胡平穿好衣服，洗漱完毕，吃了早餐，然后一个人坐在椅子上仔细回想昨晚发生的事。

他觉得自己这次遇上了真正的对手。女孩开始时不想就范，实际上就是等他去撕她的内衣，那内衣也真扯淡，一撕就破，这就等于证明了他是强奸。而女孩最后咬他一口，根本不是激情所致，纯粹就是为了留下她反抗的证据，而更致命的是女孩还不到十四岁。想起这些，胡平不寒而栗。他后悔自己不该喝那么多酒，他恨沈静不让他和她做爱，以致他无法控制压抑了半年多的欲火。他突然怀念和方小丽在一起的美好时光，如果方小丽还是他的女朋友，他绝不会做出这样的傻事。在和那个女孩干完事后，他无意中看了看躺在床上的女孩一眼，她的脸上抹了厚厚一层粉，头发也是假的，甚至嘴里还残留着大蒜的气味，比方小丽的天生丽质不知差了多少。他现在想起女孩的面容就恶心。

他又想起同学刘大好。他多么希望他能像高中时候那样，在他被人欺负的时候总是及时地站出来保护他，让他免受伤害。

“他现在在哪里呢?”胡平想，他的手机早已被没收了，要不然他真想打个电话给这位同窗好友，让他前来搭救自己。

刘大好其实就在他的对面三十米不到的房间里，他正通过监视器观察胡平的一举一动，选择最佳时机出手。他让手下的人暂时不要打扰胡平，他想让他的老同学认真思考一下自己的处境，为接下来的合作打好基础。

胡平知道这些人肯定不会轻易放过自己。他仔细算了一下他手里现有的全部积蓄：去年年底时沈福荣给了他一百万，再加上他做采购部经理期间捞的外快，总共差不多有两百万。他觉得，如果对方要价不超过两百万，就可以考虑成交。公司的钱他暂时不敢乱动，因为这些钱实际上是沈静管着。

胡平伸了个懒腰，站起来在房间里慢慢地来回走动。他又想到公司即将上市，到那时上亿的金钱就会乖乖地进入他的腰包。他甚至想，如果这件事发生在公司上市之后，他肯定会毫不犹豫地拿出一千万给他们，就像刚才那个猴子所说的——就当是捐给慈善机构了。他的气色好多了，甚至脸上有了笑容。这时门开了，郝仁和两个负责监视的人走了进来。

“怎么样，胡总，昨晚睡得还好吧?”郝仁坐到对面，很关心地说道，“你很清楚我们手上的证据对你的重要性。你要不要看看录像?”

“不用。”胡平摇头。

“你到底能给我们多少钱?”郝仁问。

“一百五十万。”胡平答。

“不行，太少。”郝仁道，“三百万。”

“我再说一遍，我是个打工的。”胡平站起来，高声说道，“我只有这么多钱，如果你们想要更多的钱，那就找我们老板要去。”

“你就是我们的老板。”郝仁嘿嘿一笑说道，他对胡平刚才报出来的价还算满意，离底线只差五十万，“我们不是在逼你，我们只是在为自己的生存而斗争。”

胡平鼻子里“哼”了一声，转过头去不理他。其实他从郝仁的眼神和语气中看出，两百万成交的可能性越来越大，他觉得自己应该保持一种强硬态势，让对方降低要求。

果然，过了一会，郝仁开口了：

“这样吧，咱们各退一步，二百五十万成交。”

“我的确没有那么多钱。”胡平一脸的无奈，“你们杀了我也没用，而且我已这么长时间没和公司、朋友联系了，一旦他们发现我失踪了报警，对你们也没什么好处。我的飞机票是下午一点半的。”

“两百万。”停了一下，郝仁说道，“这已经是我们最后的底线了，行就成交，不行我就立即报警。”说完，郝仁站起身来，做出一副鱼死网破的样子。

“好吧，两百万，算我倒霉。”胡平一屁股坐到沙发上，双手捂着脸。

“一手交钱一手交货。”郝仁从包里拿出摄像机和那件撕破的女孩的内衣。

“我身上哪有这么多钱?”胡平拿开捂在脸上的手，说道。

“你可以向你的代理商借，我们知道他很有钱。”郝仁说道。

胡平想了想：如果向罗忠借，这么大的数目一定会引起他的怀疑，弄不好公司里的人就会知道，最好是向老同学刘大好借。于是说道：

“把我的手机还给我，告诉我这是在什么地方。”

刘大好从监视器里看到胡平和郝仁已谈妥，心里非常高兴，既为自己也为老同学，仿佛这件事真的与他无关似的。他听到手机响，拿出来一看，竟是胡平的电话，他迟疑了一下，觉得不接容易引起胡平的怀疑，于是他接通电话说道：

“老同学，现在在哪里，需要我送你去机场吗?”他的声音听起来既热情又真诚。

“我遇到一件麻烦事，你能不能过来一下?”胡平在电话里说道，然后告诉了他地址。

“没问题，我马上过来，二十分钟就到。”

刘大好挂了电话，很快就猜到胡平是准备向他借钱。他叫人去对面把郝仁叫了过来。

“他打算向我借钱呢!”郝仁刚进门，刘大好就对他说道。

“我还以为他是给那个姓罗的代理商打电话!”郝仁略感吃惊，“大哥打算怎么办?”

“我打算答应他。”刘大好说道，“我估计他是怕给代理商借钱容易传到他的公司里去，两百万可不是个小数目。我们不能把他给逼急了，狗急了还要跳墙!”

“回去后他不认账怎么办?”

“据我对他的了解，他是一个非常讲信用的人，不会不认账。关键是他有没有看出这出戏的破绽，就是说到目前为止他有没有怀疑过我?”刘大好说完，望着郝仁。

“应该没有。”郝仁想了想，自信地点点头。

“好，那我们就把这出戏继续演下去。你去安排一下，叫兄弟们注意配合，千万不能让他看出端倪。你去将屋里的两个监视人员调到门外并告诉他们该怎么做。”刘大好说完，又和郝仁商量了一下细节问题。

胡平坐在椅子上，一边想着心事一边焦急地等着刘大好。他相信他的老同学一定会过来帮他，但他很担心刘大好能不能在这么短的时间里弄到这么多钱。

没过多久，门外传来刘大好和两个监视人员的争吵声，胡平一听，忙对站在旁边的郝仁说道：

“我的朋友来了，让他进来吧!”

“就是那个答应借钱给你的朋友?”郝仁故作不放心地问道。

“是。”

刘大好急匆匆地走了过来，边走边掏出纸巾擦额头上的汗，并对胡平说道：

“你怎么来到这儿? 好难找。”

“被道上的朋友请来的。”胡平苦笑着说道，同时瞟了一眼站在旁边的郝仁。郝仁见状，知趣地退到门外。

“到底是怎么回事？我刚才进来时看到门口的两个人就觉得不对劲。”见郝仁走远，刘大好十分关切地问道。

“我被人算计了。”危难之中见到这个在高中时经常出手保护自己的老同学，胡平似乎找到了安慰和依靠，他内心充满了对老同学的感激之情，激动得眼泪差点流了下来。胡平把自己被人算计的事向老同学简述了一遍。

“他妈的，有这等事！”刘大好听后，义愤之色写在脸上，然后眼睛往四下里瞧了瞧，用极低的声音说道，“不用怕，他们只有三人，等会儿你跟在我后面，我带着你冲出去。左前方有一把椅子，等会儿你把它抢过来当作防身武器。”

胡平听了大受感动，仿佛又回到了高中时和刘大好在一起的时候。他用手捏了捏感动得有些发酸的鼻子，以免眼泪鼻涕一起流下来。

“没用的。”他说道，“所有的证据都在他们手里，这件事一旦传回公司，我就彻底完蛋了。”

“两百万可不是个小数目！我一时去哪里弄这么多钱？”刘大好苦着脸说道。

“大哥这次一定要帮我这个忙。”胡平一急，称呼都变了，其实他和刘大好是同一年出生的，“如果这件事传出去，我这辈子就完了。你帮我想想办法，我回去后一定还你，另外加十万元作为这三天的利息。”

刘大好双手捂着脸，作痛苦沉思状，过了好一会儿，终于说道：

“我认识一个放高利贷的。我试试看。”

“太感谢大哥了。”胡平一边说一边找出纸和笔，立即写好一张借条交给刘大好。

“不用了，我们兄弟还信不过？”刘大好假装推辞。

“亲兄弟明算账。”胡平非常真诚地说道，“以后大哥有什么用得着我的地方，我一定尽全力。”

刘大好收下借条，又小声对胡平说道：

“你拿到证据后，马上通知我，我找人收拾这帮家伙，替兄弟报仇。”

“一定要等我走了后才能做。”胡平叮嘱道，“更不能报警，否则那些录像到了警察手里就麻烦了。”

刘大好告别胡平走了出来，他得意地朝站在门口的郝仁点了点头。

一个小时后，胡平接到刘大好打来的电话，说钱已弄到，问打到哪个账户。胡平向郝仁要了账号，然后告诉刘大好。

一会儿，刘大好打来电话，告诉胡平他已到了银行，准备打款，要绑架胡平的那伙人把胡平送到他指定的地点——他所在银行的对面，钱一到账必须立即放人并归还所有证据。

胡平对老同学周到细致的考虑深感佩服和感激。他告诉了郝仁，郝仁沉思了几分钟，勉强同意了。于是面包车又载着他们四个人来到刘大好指定的银行对面。

“已经打了，叫他们查一查。”一会儿，刘大好在电话里告诉胡平。

胡平随即转告坐在驾驶位的郝仁，郝仁立刻下车进了银行。不一会儿，他面带笑容走了出来，回到驾驶室，他朝后面两人挥了挥手，然后把摄像机和那件破烂的女人内衣交到胡平手里。临走时还像老朋友一样微笑着向胡平挥手告别。

胡平气得将内衣扔进垃圾桶，摄像机他怕别人拣去，只好先带在身上。

一会儿，刘大好赶了过来，两人相见两只手紧紧握在了一起，胡平十分感动，千言万语化作两个字。

“谢谢。”他哽咽着说。

刘大好又开着他借来的宝马车把胡平送到机场，临别时再三叮嘱胡平今后一定要小心，不要轻易相信别人，尤其是女人。

“女人是祸水。”他非常严肃地对胡平说道。胡平眼含热泪和老同学，他曾经的保护人，此刻的心灵导师依依惜别。

两天后，刘大好收到了胡平打到他账上的两百一十万，他将这些钱大部分用来还债，拿出十万元给了郝仁作为对他的奖励。

此次行动从筹划到实施大部分工作都是由郝仁负责，他对最后只拿到十万元很是不满，在把摄像机交给胡平之前他怕胡平回去后赖账，将里面的内容复制了一份自己保存。他想如果把这份录像拿去卖给胡平的老板说不定会有更大的收获。于是三天后，郝仁向刘大好请了假，乘飞机到了东惠市，再按胡平名片上的地址找到了星光公司所在地。

郝仁在星光公司附近找了家旅馆住下，经过几天的努力，他打听到了星光公司董事长的姓名和他开的车型。

一天下午，汪建明从公司开车出来，没走多远，公路上不知道谁放了几个大石头，正好挡住了车的去路，他只好停下车，下去打算把石头挪开。他正骂骂咧咧搬石头，从旁边走过一个人来，那人走近他突然开口叫道：“汪老板。”

汪建明吃了一惊，抬头看见是一个猴子模样的人，正一脸谄笑地望着他。他顿时心生警惕，退后一步问道：

“你是谁?”

“你的朋友。”郝仁一边说一边拿出一张从录像里剪辑打印出来的相片，指着相片上正压在一个女人身上全身赤裸的男人说道：

“汪老板认识这个人吗?”

汪建明觉得有些眼熟，但他还是摇了摇头。

“这是你们公司的总经理胡平。”郝仁说道，“他前不久在沈阳召妓时被我们当场抓获。”

汪建明一听，正准备大骂此人一顿，把他撵走，因为他最痛恨别人以这种事要挟，但转念一想，胡平可是在和大哥的女儿谈朋友，于是他不动声色地说道：

“你到底想干什么?”

“不干什么。”郝仁见他面无表情，心里有些失望，说道，“这张照片送给你，背后有我的联系电话，我这儿还有一盘当时现场拍摄的录像，如果汪老板感兴趣的话我们可以谈一谈。”说完，郝仁把照片给了汪建明。

晚上，汪建明来到沈福荣的家。在只有他们两人的时候，汪建明拿出了那张照片，并讲述了自己下午的奇遇。

“我早就说过这个人不是个好东西。”沈福荣一看照片，气得破口大骂，“他竟敢欺负到我的头上，我饶不了他！”

“可公司上市还需要他！”汪建明在旁提醒道。

沈福荣强压怒火，点了点头，说道：

“这件事现阶段一定要保密。”

汪建明点点头。

“另外——”沈福荣转头对汪建明说道，“你带几个兄弟，一定要不惜一切代价把那盘录像拿到手。那个家伙也太猖狂了，居然搞到我的头上。”

“我知道该怎么办。”汪建明答道，“大哥尽管放心。”

第二天上午，汪建明按照照片背后的电话号码打通了郝仁的手机。

“我想证实一下你说的那盘录像的真实性。”汪建明说道。

“没问题，如假包换。”郝仁以为机会来了，高兴地说道，“中午十二点我们见面再说，见面地点你定，不过一定要在市中心繁华的饭店。”郝仁怕被人暗算，觉得人多繁华的地方更安全些。

“中午我有事。”汪建明回答道，“晚上七点吧，具体地址我会发短信告诉你。”

“没问题。”郝仁得意地说道。

放下电话，郝仁兴奋了好一阵，他想这个姓汪的一定很有钱，开价至少不能低于两百万，他开始计划拿到这笔钱后怎么花。

“首先在深圳、广州玩上半个月，当然要找一个年轻漂亮的女人陪着，然后再去香港看看，再回沈阳买套房子……”

他胡思乱想了一个下午。

晚上七点，他准时来到约会的饭店，汪建明带了一个二十多岁的漂亮女孩，已点好菜在等他。郝仁走过去和汪建明打了个招呼，然后坐到对面。他瞟了一眼女孩，忍不住咽了咽口水，心想这老家伙真有艳福——“老牛吃嫩草”。汪建明很绅士地请他用菜，然后对女孩说他的手机忘记在车上，让她帮忙去取，女孩悻悻地走了。等女孩离去后，汪建明提出先看看录像。

郝仁迅速拿出随身带的手提电脑。很快，显示屏上便出现了胡平和一个女孩不堪入目的画面，汪建明看了一会儿便示意停下，说道：

“你打算卖多少钱？”

“两百万。”郝仁果断地说道，“一分也不能少。”

“太高了吧。”汪建明说道，“一百万怎样？”

“一百五十万。”郝仁急于拿到钱，降了五十万。

“行，成交。”汪建明答道。

“什么时候给钱？”

“明天上午一手交钱一手交货。”说完，汪建明站起身来称有事先走一步，并说道，“饭钱已付，你慢慢享用。”

郝仁酒足饭饱，打着饱嗝，哼着小曲，摇摇晃晃走出酒店，正好有一辆出租车过来，他一招手，上了出租车，出租车载着他向郊外驶去，很快开进了一家院子停下，郝仁一直闭着眼睛，想着一百五十万怎么花的问题。车一停，他以为到了他住的宾馆，睁开眼却发现不对，他正惊疑着，两边的门被人拉开了，一边伸进来一支枪，指着他喝道：

“滚下来!”

郝仁一下车，便上来几个人将他按倒在地，结结实实捆了起来，然后押着他来到一个灯火通明的客厅。他一抬头，发现客厅中间的沙发上，一张熟悉的脸正笑吟吟地看着他。

“郝先生，我们又见面了。”汪建明看着眼前的猎物，得意地说道。

“汪老板!”郝仁大吃一惊，吓得四肢发软，哆嗦着说道，“小人该死，小人有眼不识泰山。”

“郝先生，你从哈尔滨来到广东，不远千里，千方百计找到我，敲诈我，向我推销你手中的录像，可惜你弄错了对象，你摸到老虎的屁股了!”说完，汪建明用手一拍桌子，喝道，“说，叫什么名字?”

“郝仁。”郝仁吓得一哆嗦，说道。

“好人?”汪建明听后哈哈大笑，旁边的人也跟着笑起来，笑完后说道，“如果连你都是好人，这世上就没有坏人了。”

“我不是好人。”郝仁吓慌了，口不择言说道。

“还有点自知之明。”汪建明点头说道。“你比坏人还坏，简直就是头上长疮，脚底流脓——坏透顶了。”

“我姓郝，名字叫郝仁，仁义的仁。”郝仁见他们误会了，忙解释道。

汪建明听了一愣，随即哈哈大笑起来，笑得比前一次更开心更响亮，旁边的人也跟着大笑。

“你这个名字取得真好。”汪建明笑够了，调侃道，“可如今这世道好人难做啊。”

这时，有人拿着一张碟片走过来，在汪建明耳边说了几句，汪建明听后点了点头。

郝仁认得那张碟片就是自己从摄像机里刻录的那张，登时吓得魂飞魄散，双腿一跪，说道：

“汪老板，不，汪大爷饶命!请汪大爷看在我上有老父老母，下有三岁小孩的份上放我一马。大人不记小人过，小人下次再也不敢了。”说完，叩头如捣蒜。

“我可以放你一马。”汪建明挥手让周围的人退出，说道，“但你必须如实交代这张录像的来历。”

郝仁十分详细地讲了事情的经过，他讲的过程都很真实，只不过他把本来自己所做的事情全都放在了刘大好的身上。他只是个帮手，一个跑腿的而已。他以为这样就可以逃过此劫。

汪建明听了郝仁的讲述，认为他没有说谎。他觉得那个叫刘大好的人既心狠手辣又老奸巨猾，令人敬佩，不愧为后起之秀，这个人身上的那些优点甚至和大哥相比也难分高下。他有点可怜胡平。“被人卖了还帮着人家数钱”，如此聪明的人竟干出如此糊涂的事，这让他大惑不解。他对前任总经理黄博伟是真正有感情的，他先是打电话给刘玲让他们赶紧逃走，当沈福荣打算派人追杀时，他冒着风险劝阻。如果不是他，估计黄博伟夫妇难逃厄运。他对胡平就不同了，他甚至有点讨厌胡平，觉得胡平太爱出风头，太以自我为中心，对自己也不够尊重，常常仗着是大哥未来的女婿，不把他这个董事长放在眼里。

“枪打出头鸟，历来如此。”汪建明自语道。

郝仁以为这里也是“坦白从宽，抗拒从严”，讲述完后心里踏实了些，满脸谄笑望着汪建明，以为汪大爷会放他一马，说不定还会给他一些赏钱。

“汪老板，这次我可是帮了你的忙呀!”郝仁从汪建明脸上看出了他对胡平的不满，说道，“这个姓胡的是只菜鸟，不适合做你的总经理。”

“是吗?”汪建明瞟了一眼仍跪在地上的郝仁，脸上露出鄙夷之色，说道，“你放心，我会让你去该去的地方。”说完，他冲着门外喊道：

“来人!”

门外进来几个穿黑衣服的人。

“给这位‘好人’找个好归宿。”汪建明朝跪在地上的郝仁努了努嘴。

郝仁被几个人押上车，车很快停在了一座桥的中央，他的手脚被绑着，嘴被毛巾堵着，身上还绑了一块水泥板。几个人把他从车里抬了出来，随即将他抛到了桥外，黑夜里，郝仁平平稳稳地落到了河面上，随即稳稳当当地沉到了河底，只在水面上留下一串气泡。

汪建明随后到大哥那里做了汇报，沈福荣听完汇报，看了录像后，从嘴里吐出两个字：“活该!”

第四十三章‖脱离苦海

从哈尔滨回到公司后，胡平全身心投入星光集团公司上市运作之中。他经常和天大公司的老板王旦联系，询问公司上市进展情况。有时，他也请王旦吃饭，两人边吃边讨论上市计划，共同研究问题，解决问题。他们偶尔也畅谈各自的人生理想。交谈中，两人惊讶地发现竟是同路人：同样野心勃勃，同样为达目的不择手段。王旦虽然比胡平大了二十多岁，但在这方面和胡平相比只能甘拜下风。

这天，负责配合天大公司的财务副总监老周找到胡平，对他大吐苦水，说他从来没有做过这样的账，造假造得太离谱，这可是犯法的呀！他内心感到很不安，他还是党员呢，最后他带着哭腔请求道：

"胡总，你还是换个人吧！我都六十多岁的人了，万一出了事，我这把老骨头可经不起折腾。"

胡平认真地听他说完，然后微笑着说道：

"老周，我知道你有两个儿子，老伴还有病在身，我也知道你家庭经济比较困难。说实在话，像你这么大的年纪本来是应该安享晚年的时候，可你却不辞辛劳，不远万里，来到东惠市打工挣钱，这让我很感动。你知道我们为什么要花这么多精力和财力让公司上市吗？说白了，为的就是要让你这么大年纪的人可以早一点安心退休，早一点安享清福，早一点回家抱孙子。按照目前你在我们公司的职位和工龄，只要公司一上市，你至少可以拥有公司百分之零点五的股份，就是说如果公司市值五十亿——这是我们最低的估值，你将会得到多少？你是做会计的，应该比我还懂。"

老周听了后脸上的乌云顷刻间消失，他抖动着花白胡子，做出一副"老夫聊发少年狂"的样子说道：

"行，胡总，我听你的，你说咋办就咋办！"声音有些哽咽，有种士为知己者死的悲壮。

由于工作太忙，胡平和沈静的约会次数已减少到每周一次，一般是在周六晚上。自从哈尔滨出差回来后，胡平对沈静的热情大不如前。每次约会，他都像例行公事，按部就班地去拉着沈静的手，说些不着边际的话，快分手时拥抱一下，亲吻一下，有时甚至连后面两项都免了。他在不知不觉中把在哈尔滨发生的倒霉事的主要责任怪罪到了沈静身上，他对方小丽的思念越来越强。他悄悄地给她发过短信，甚至打过电话，可她的手机号码早就换了。他只能对着她留下的照片唉声叹气。

转眼之间，清明节到了。

这天早晨，方小丽起得很早，她租住的是一间一室一厅的房子。清明节前，她已将房间打扫得干干净净，一尘不染。她站在镜子前仔细端详自己，她发现自己老了许多，脸上看上去又黄又瘦，眼眶深陷，眼睛已失去了往日灵气。她的头发已在几天前拉直染黑，还原了她以前头发的样子，只是失去了以前的光泽。由于吸毒的原因，她原来洁白如玉的牙齿已经开始发黄，原来红润的嘴唇也变成了紫色。从去年七月份到今年四月份，不到九个月的时间，她看上去已经完全像换了一个人。她久久注视着镜中的自己，两行热泪顺着脸颊掉下来，她终于忍不住捂着脸号啕大哭起来。她尽情地哭着，尽情地发泄着，她要在哭声中忘记过去，她要在哭声中原谅自己，她要在哭声中埋葬自己。

她哭累了，哭够了，流干了所有的眼泪，她终于停止了哭。她开始洗澡，把全身仔仔细细地擦拭了一遍。她换上一套洁白的新内衣，穿上一套新的白纱连衣裙和一双白色高跟鞋。她用吹风机把刚洗过的头发吹干，让它披洒在肩上。她拿出化妆品，在脸上淡淡地擦了一层粉，在眼睛部位上了一层薄薄的眼膏，又在嘴唇上抹了一些口红。她站到镜前，对着镜子仔细检视了一番，满意地点了点头。她甚至伸出舌头，对镜中的自己做了个鬼脸。

她将床上的所有东西全部移走，换上一套新买的洁白如雪的床单、被子和枕头。

她在客厅里生起了一堆火。

她首先开始烧书。

她的书大部分都送了人，剩下的只有三本书：一本是英国三姐妹作家之一——夏洛蒂·勃朗特写的《简·爱》，这本书她已经看了好几遍，书中男女主人公之间曲折凄婉的爱情故事常常让她感动得泪流满面。一本是台湾作家三毛的书，她有时希望自己能像三毛一样去世界各地旅游，去追求那种轰轰烈烈的爱情。还有一本《宋词三百首》，她喜欢里面婉约派的词，尤其喜欢柳永的词。

烧完书，她开始烧信。

她从箱子里拿出一封封信投入火中。那里有高中男同学追她时写的信，有上了大学的同学鼓励她的信，有爸爸的信，还有两个妹妹的信。有一封胡平和她绝交时写的信，她又看了一遍，然后把它慢慢地放入火中。最后一封信还没拆开过——那是分手那一天胡平给她的，她一直没拆开看，想把它作为纪念保存下来。现在她已经没必要再保存它了，她打算拆开看看，可仔细一想，无论这封信给她带来的是痛苦还是欢乐，现在已经不重要了。她决定还给他，她把这封信放在了另一边。

烧完信，她从箱子里取出几本厚厚的相册。一张张相片从相册里取出来，投入了火中。这些相片中，有天真无邪的童年照，有情窦初开的少女照。她拿着一张高中时的毕业照，仔细看着，照片中很多同学她仍能记得他们的名字。在她的记忆中，高中生活虽然艰苦，却是人生中最为美好的时光之一。高中时代的友情是那样的纯洁，同学之间是那样的坦诚、团结。历历往事，让她感动不已。她认出了那个带她走上这条不归路的同学谢玉凤，她并不恨她，没有她，她的父亲可能早已不在人世，她的那个虽然贫穷却很幸福的家早就破碎了。在这不到九个月的时间里，她总共寄了差不多三十万回家，后面几个月由于她染上了毒瘾，已很少寄钱回家了。这三十万元挽救了她的父亲，挽救了她的家庭。她觉得自己的付出值得。

最后一个相册里装的全是她和胡平的照片。她的初恋，她的人生中最美好的时光，她一生中最值得记忆的日子都浓缩在了这些照片里。她一边烧一边流着泪。她留下了两张照片，一张是去年 7 月份回家时全家人的合影，一张是她和胡平在天涯海角的合影。

最后烧的是一些书稿，她从初中时候就开始写作。写诗，写散文，写小说，一直写到去年 7 月她离开星光公司。

她将书稿一件一件投入火中，有时也会停下来看上一眼，这些都是她历年的心血，都是她多年内心的感受、顿悟。她的理想，她的人生，她的对美好生活的追求，都在火光中逐渐消失，飘向无边的宇宙中。

最后，她拿出了几份她精心保存的书稿，她一边看一边投入火中。到了一首叫《双飞蝶》的诗稿时，她停下了，她记得这首诗曾在一家杂志社发表过，也背诵给胡平听过，胡平当时听了还称赞这首诗写得好。她看到诗的最后两句：

“去年双飞蝶儿，

来否？来否？”

她嘴里念着，眼泪禁不住又流了下来。她思考了片刻，找来纸和笔，写了她这一生中的最后一首诗：

我走了，亲爱的
亲爱的，我走了——
把我的头发，
化作柔和的春风，
轻轻地环绕在你的身边，
带走你的叹息、你的烦恼；

亲爱的，我走了——
把我的泪水，
化作春天的细雨，
悄悄地潜入你的身体，
抚平你受伤的心灵；

亲爱的，我走了——
把我的四肢，
化作一对强劲的翅膀，

在你想飞的时候，
带你去蓝天白云翱翔；

亲爱的，我走了——
把我的心，
化作一滴甘露，
喝了它，
一生一世幸福、安康；

亲爱的，我走了——
走到天涯海角，
我要化作一块礁石，
在碧水蓝天中眺望你，
当你的脚步声响起，
海水也会奏出美好的乐曲；

我走了，
亲爱的，
一声叹息，
一声无奈，
我要到另外一个世界，
等你——
亲爱的！

方小丽将《双飞蝶》和这首诗用信封装好，放在旁边，然后继续把剩下的书稿投入火里。

火焰越来越小，最后只剩下一堆灰烬。

方小丽呆呆地看着它，过了好长时间，她长长地叹了一口气，站起身，她看了看表，快十点了。她拨通了张浩的手机，说她生病了，希望他能来看看她。电话里张浩立刻答应了。

方小丽估计张浩到她这里要差不多两个小时。她把灰烬收拾干净，把客厅重新打扫了一次。她把房间各处又仔细检查了一遍，看看有没有遗漏的东西。

最后，方小丽把装有两首诗的信封连同胡平分手时给她的信一起装入一个大信封中，在信封上写上“胡平亲启”字样，又拿出一封写有“张浩大哥亲启”字样的信封以及两张留下的照片，一起放进一个印有几只小白兔的袋子中，再将袋子放在客厅的饭桌上。给爸爸妈妈和两个妹妹的信昨天已经寄出，估计他们最快也要三天之后才能收到。

收拾整理好后，她坐在椅子上，等候张浩的到来。

其实上次被张浩从看守所领出来时，方小丽就准备结束自己的生命。她之所以坚持到现在，是为了还清上次张浩给她的一万五千块钱。

她吸毒成瘾已无法戒掉；她已染上艾滋病，不知何时发作；她尤其担心和害怕的是她的父母和妹妹知道她现在所做的事。在她的父母眼里，她一直是个懂事、孝顺、听话的女儿，她的两个妹妹也一直非常敬重她，把她当作楷模。她宁愿死也不愿让父母知道她现在的真实情况。她上次向张浩求救，就是担心派出所的人会通知家里人。

在不吸毒不接客清醒的时候，方小丽也认认真真思考过自己的未来，可她看到的是一个充满黑暗、没有一丝光明和希望的未来。艾滋病和吸毒，只要染上一样就几乎无可救药，何况两样都找上了她。她不是那种有钢铁般意志的女强人，也不是那种有崇高理想和宏伟目标的女英雄，她只是一个普通的人，一个普普通通的女人，一个希望找个好老公然后生儿育女、相夫教子、孝顺父母的小女人，一个向往平平淡淡生活甚至有些不求上进的弱女子。她无法承受这两样不期而遇的恶魔，在它的面前，这个小女人，这个弱女子举手投降了。她现在要彻底甩掉它们、摆脱它们，去一个清清白白、安安静静的世界重新开始自己的新生活。

十一点半钟，张浩匆匆忙忙赶到了，他还以为方小丽生了什么重病，一脸的焦虑。等见到她，见她神情安详，面带微笑，他心里的石头落了地。他见她穿着一套洁白的连衣裙，一头黑色的秀发披在肩上，气色也比上次好了很多。她的外形和气质，和她在星光公司上班时相比恢复了七八成。张浩以为她已经改掉了以前的坏毛病，开始重新做人。他似乎看到了一个重获新生的方小丽，他心里很高兴。

“你的病现在怎么样?”张浩问。

“早上起床时感觉不舒服，不过现在基本上没事了。”方小丽微笑着说道。

张浩点了点头，过了一会儿问道：

“你的工作找好了吗，需不需要我帮你?”

“暂时不需要，过几天再说吧。”方小丽答道，仍是面带微笑。

为了让方小丽高兴，张浩又给她讲了几个笑话以及她走后星光公司发生的逸闻趣事，而那些沉重的话题比如王芳疯掉、黄博伟夫妇被迫出走则绝口不提。方小丽听后，开心地笑着，眼睛里也偶尔露出一丝依恋的目光，不过心情愉快的张浩并没察觉到。

张浩也没有提星光公司准备上市的事，因为提这事就必然要提到胡平。他看到眼前这个受苦受难的善良姑娘，心里就不由得恨他的表弟胡平。

不知不觉一个小时过去了，张浩突然想起还没吃午饭，便提出两人一起去外面吃。

“我身体发软，怕走路，你去外面买回来我们一起吃吧。”方小丽说道。

张浩以为她是生了病身体虚弱，忙说道：

“行，我马上去买。”

“下了楼往右，一直往前走大约三百米远，有一家川菜馆，那里的菜我最喜欢。”方小丽说道，脸上仍带着微笑。

“好，我就去那里买。”张浩说着，站起身，“你喜欢吃什么?”

“我吗?”方小丽想了想，说道，“也没什么特别爱好，你喜欢什么就给我买什么。”

方小丽把张浩送到门口，将一把钥匙交给他，对他说道：

“这是房门钥匙，回来时你自己开门，我怕麻烦。”

张浩想也没想，答应一声，拿着钥匙下楼去了。

方小丽站在门口，目送张浩远去，直到他的身影消失。

送走张浩，方小丽回到房间。她将客厅里的一张桌子搬到进门处，拿出早已写好的几张纸放在桌上。

做完这些事后，方小丽最后一次来到客厅的阳台，对着这个喧闹的世界投出最后一眼。她深深地吸了一口气，然后走回卧室。她躺在洁白的床单和被子中，将一段早已准备好的白色电线缠绕在自己的手上，右手轻轻地按下了白色的电源开关……

半个小时后，张浩提着饭菜回来了。路过一个花店时，他还特意进去买了一束鲜花，打算给方小丽一个惊喜。他来到方小丽租住的房间，拿出方小丽刚才给他的钥匙开了门。他推开门，发现一张桌子挡在进房间的路上，上面放着三张纸。他拿起离他最近的那张纸，只见纸上写着：

张大哥：

你好！

非常感谢你陪我走完了人生的最后一程！

自从我进入星光公司后，你就像对待亲妹妹甚至亲生女儿一样关心我，照顾我。在上次我被抓进看守所后，又是你把我救了出来。

在我短暂的一生中，能遇到你是我的福分。若有来生，我一定做你的小妹妹！

我已经无药可救了，不过我并不后悔当初走这条路。

我最后再叫你一声大哥。大哥，我走了，祝你全家快乐，幸福安康。

此致

敬礼

小妹：方小丽

于2009年清明

张浩拿起第二张纸，上面写着：

张大哥：

你好！谢谢你陪我走完最后一程，给你添麻烦了。

客厅饭桌上有一个印有小白兔的袋子，里面有两封信，一封是给你的，信封里有一张银行卡，上面有一万五千元钱，是还你的，密码是你手机号码最后六位数。另外一封是给胡平的，麻烦你转交给他。

袋子里的两张照片，是我最喜欢的。如果有可能的话请你帮忙烧了它，然后把烧成的灰拌入我的骨灰里，当我在另外一个世界里走累了的时候，我就会拿出来看看，看见他们我就不会觉得累了。

最后一张纸，上面的字很大很醒目，写的是：

我是触电自杀的，在没有关掉电源前，千万不要接触我的身体！电源总开关在厨房的右上方。

张浩看完，整个人瘫倒在地，眼泪从他眼里流出来，鲜花掉在了地上。

在方小丽自杀后的第三天晚上，张浩打电话约胡平晚上一起去附近一家酒店吃晚饭。

胡平听后有些惊讶，这段时间他的这位表兄对他很冷淡，好像自己欠了他一大笔债似的。胡平以为是公司上市的原因，他想正好趁今晚吃饭好好做做他的思想工作。

胡平按时来到和张浩约定的酒店，服务员带他来到一个小包间。他推门进去，只见张浩已点好菜，正独自一人在那里喝酒，而且看样子已经喝了不少，桌上一瓶白酒已去了一半。张浩抬头看了胡平一眼，也没说话，用手指了指对面的座位。

胡平略微感到有些尴尬，不过他也没往心里去，边坐下边开玩笑说道：

"怎么表哥想学李白月下独酌，不过今晚好像没有月亮？"

"喝酒。"张浩吐出两个字，说完，拿起胡平跟前的酒杯，倒了满满一杯酒。

"来，干杯。"张浩说完，举杯一饮而尽，胡平也跟着干了。

胡平说了些公司上市方面的情况，非常肯定地告诉表哥：九月份公司肯定能上市。

张浩听后一点反应都没有，仍是苦着脸喝酒。胡平见了便说道：

"你今天好像心情不好，遇到什么烦心事？还在怪我不应该冒险让星光公司上市？"

"跟公司上市不沾边。"张浩端起酒杯一饮而尽，说道，"我问你，还记得方小丽吗？"这时，张浩已经有了醉意。

"记得。"胡平点头答道，"前段时间我还想和她联系，可她换了手机号码！"

"想不想知道她现在的情况？"

"想，当然想。"

"她已经死了！"

"死了？"胡平吃了一惊，"怎么死的，什么时候？"

"三天前自杀的！"张浩说完，仰起脖子将满满一杯酒喝了下去。

"她为什么要自杀？"胡平睁大了眼睛。

"你问你自己！"张浩圆睁两眼冲胡平吼道。

胡平听说方小丽自杀心里本来已很不舒服，又被表哥责问，心里更生气。他说道：

"是我叫她自杀的吗？我和她自由恋爱，友好分手，我错在哪里？"

"你玩弄了她的感情。"张浩声音更大，"你逼疯了王芳，现在又害死了她。"

胡平虽然酒喝得不多，但他的酒量本来就不大，几杯酒下肚后已失去了往日的冷静。他听张浩说是他逼疯了王芳，立刻想起当时刘玲也这么说，还扇了他一耳光。他恼羞成怒，冲张浩吼道：

"你给我住口！谁逼疯了她？她明明是因为儿子出了车祸才疯的，跟我有什么关系？难道她想和我结婚我就得同意吗，难道是我强奸了她吗？”

胡平这一连串的责问让张浩一时无言以对，他又独自干了一杯酒，然后盯着胡平说道：

“你想知道方小丽自杀前是做什么的吗？”

胡平既没有点头也没有摇头，他隐隐约约已猜到了一点，他睁大眼睛望着张浩。

“她卖淫、吸毒！”张浩说完，双手捂着脸。

胡平嘴唇动了动，但没有说什么，仍看着张浩。过了一会儿，张浩把手拿开，他的眼角也有了泪水，他接着说道：

“一个月前她被抓进了看守所，我去把她领了出来。清明节那天她说生病了，让我去看她，没想到我去买午饭回来，她已经触电自杀身亡了。”说完，张浩从口袋里拿出两封信给胡平。

“这是她自杀前托我转交给你的。”

胡平接过信，打开第一封信，是两首诗，一首是以前听过的《双飞蝶》，另外一首则是新的。他看完诗，心里酸酸的感觉难受。他拿起另一封，突然记起这是他最后送给方小丽的那封信，他急忙把它打开，银行卡还在里面，显然没动过。

“这个女人，真是死脑筋。”他把银行卡拿在手里，说道，“给她钱不要，却要去卖淫，去做小姐。”胡平认为方小丽去卖淫简直就是对自己的侮辱，他非常生气。

张浩听到胡平骂方小丽，感觉就像是在骂自己的妹妹、女儿。他喝问道：

“你骂谁？”

“我骂方小丽，骂这个不知羞耻的女人，我给了她五万块钱不要，却跑去做妓女，做婊——”

“子”还没说出口，胡平的脸上就挨了重重一耳光，张浩的手比刘玲的手重多了，胡平头一昏，差点摔倒，接着一股鲜血从嘴角上流出来。

胡平没想到张浩竟敢出手打他，他还是他的顶头上司呢！他怒不可遏，正想还手，张浩却指着他骂道：

“我这一耳光是替方小丽打的。你不但在她生前玩弄了她，在她死后你还要侮辱她！你，你——”张浩手指着胡平，气得说不出话来。

上一次刘玲打他一耳光说是替王芳打的，这一次张浩打他一耳光又说是替方小丽打的，他怒极而笑，笑完后开始四处寻找趁手的家伙，他知道赤手空拳斗不过表哥。

他们的吵闹声很快惊动了酒店保安，正当胡平找到一件趁手的武器——一个空酒瓶，拉开架势准备扑上去时，冲进来几个保安将他俩拉开。最后，胡平将酒瓶扔在地上，满腹委屈地自己走了。

第二天张浩交了辞工书，胡平立即批了，并让原生产部经理张伟接任。

三天后张浩离开了星光公司。

第四十四章 灭顶之灾

方小丽的自杀和张浩的辞职对胡平的影响还是比较大，他对方小丽还是有感情的，自己也投入了不少真情，不过他对她最后选择的人生道路大惑不解，他对她还是比较了解，她不会因为和他分手而去走那条路。

“也许是家里太穷了吧。”胡平想，“可我给了她五万块钱她为什么一分钱都没用呢，是她不想还是不知道?”

连着几个晚上，胡平做梦都梦见方小丽，梦见她向他微笑，梦见她在黑暗里奔跑，有一次他还梦见她在万花丛中向他招手，他拼命地向她跑去，可总是追不上她。正在他焦急的时候，眼前突然出现了万丈深渊，他吓得大叫一声，从梦中惊醒。

张浩既有能力又有威望，他一直在暗中支持胡平的工作，就如他的左臂右膀，他的离去让胡平在公司失去了一个重要支柱。

对金钱和权势执着的追求，让胡平很快从悲伤和愤怒中摆脱出来。他比以前更加努力地工作，五月份快来临了，上市工作进入了最后的冲刺阶段。

四月下旬的一天下午，胡平正在办公室处理事情，桌上的电话响了，他拿起一听，里面传来一个熟悉的声音：

“是胡平吗?”

“是我，是刘总吗?”胡平听到声音，又惊又喜，说道，“你在哪里?”

“我在国外。”电话里刘玲淡淡地说道，“听说你现在是星光公司的总经理?”

“滥竽充数呗。”胡平答道，“什么时候过来看我？挺想你的。”

“少贫嘴。”电话里刘玲说道，“我是看在我们以前关系的份上，打个电话提醒你：赶紧离开星光公司，否则大祸临头。”说完，电话挂了。

胡平愣愣地拿着话筒，没弄明白刘玲电话里的意思。他回拨过去，却是空号。

“赶紧离开星光公司，否则大祸临头。”他喃喃自语，他整个下午都在分析这句话，他没有看见危险的迹象，其实他就是看到了，要他马上离开这个总经理的位置，也是不可能的。这个位置就是金钱和权势的象征，除非有人拿刀架在他的脖子上。不过他一向佩服刘玲的精明和远见，他思考了一会儿，去财务部预支了十万元现金，给他父亲寄了回去。他这些年的所有积蓄早就到了他的同窗好友刘大好手里。

离五一劳动节放假还有两天，星光公司计划放三天假。胡平打算好好利用这三天时间陪陪他的女朋友沈静，顺便从她那里打听一下她父亲的想法。自从刘玲那天给他打过电话后，他心里一直有种不祥的感觉。胡平觉得刘玲说的危险就是来自沈福荣，现在只有沈福荣才能对他造成威胁。所以他决定在这三天里最大限度地展现自己的魅力，彻底征服这个后台大老板的爱女，最好是想办法把生米煮成熟饭。因此，他打算选择一个比较远的地方去旅游，两人独自待上三天。那样的话，什么问题都可以解决。

到了下午，胡平正躺在摇椅上，思考怎样利用未来三天的假期，采用何种手段把沈静带到一个遥远的海边，在那里把生米煮成熟饭。这时，手机响了，他不耐烦地拿起来一听，里面传来税务专员老姜急促的声音：

“胡兄，赶紧离开公司。你们公司被人告了，省稽查局的人正赶过来。”说完便匆忙挂断电话。

胡平听后想了想，立即打电话通知销售部，让他们收拾好所有的凭证，尤其是销售往来单据；然后打电话通知沈静，让她立即疏散财务人员，他的话还没说完，两个穿制服的人推门进来。

“你就是总经理胡平吗？”其中一人问道。

胡平点点头。

“我们是省稽查局的，请你跟我们走一趟。”那人说着亮出了证件。

胡平被单独囚禁起来。不过他并不担心，觉得自己平时的保密工作做得很好，这些稽查局的人不会找到多少偷税漏税的证据，即使找到了，也不过罚几十万。更何况还有神通广大的准岳父顶着。审问他的时候，除了姓名年龄这些不说别人也知道的东西外，他什么也不说，他是学法律的，当然不会给他们留下任何把柄。

住在囚禁室里，空闲的时候，他仍在认真思考他的星光公司上市的问题，规划着星光公司未来的发展方向。

几天后，沈静来看他。隔着一层铁网，沈静一见他话未出口泪水先流了出来。

“不用担心，我没事。”胡平装出一副无所谓的样子劝道，“你们怎么样？”

“还好。”沈静抽抽泣泣地说道，“那天我接到你的电话，正打算疏散财务部人员，一群穿制服的人冲了进来，不准我们动，把所有的电脑主机和各种资料全部收起来，然后连同我们十多个财务人员一起押上车带走。”

“你是什么时候出来的？”

“我爸爸第二天就把我领出来了，其他的人也很快放了出来，现在就只有你、老汪和老周三个人还关押着。”

“他们查到了什么，情况严重吗？”胡平问。

“很严重。”沈静回头看了看监视人员，见离她比较远，就小声说道，“听爸爸说，我们是被前任总经理黄博伟夫妇告了。”

“他们拿什么告我们？”胡平疑惑地问道。

“他们早有预谋。”沈静说道，“黄博伟老婆收集了公司近几年销售部的几乎所有来往账单。他们对离开公司不满，走后就将这些账单拿到省里告发我们。”

胡平听了既气愤又感到纳闷：这公司本来就是他们夫妇带大的，他们为什么要这样做，置公司于死地呢？

“公司现在怎么样？我不在，谁负责管理？”沉默了一会儿，胡平问道。

“公司已经完了，被查封了。”沈静答道，“听说公司这几年的偷漏税款加罚款多达好几个亿，把公司全部卖掉都不够赔。”

听了这句话，胡平眼前一黑，差点摔倒。星光公司就是他的命根子，现在公司被查封，一切都完了，他强忍着悲伤，说道：

“找到他们夫妇了吗？”这时他终于领悟了那天刘玲打电话提醒他的意思。

“没找到，听说他们已经移居国外了。”沈静见胡平一脸痛苦，忙劝慰道，“你不用难过，等你出来后，我们一起重新创业。我还有些积蓄，我支持你，你去哪里我就跟你去哪里。”

胡平感激地点了点头。

当天晚上，胡平一夜没睡。星光公司没了，他的上市计划，他的亿万富翁的梦想，那些即将属于他的权势和金钱，全都成了水中月、镜中花。这几年他一直在忍耐，一直在努力，一直在奋斗，一直在拼搏，可是就在成功离他不远的时候，却眼睁睁看着一切努力化为泡影。他怎么能不痛苦呢？他想起自己这几年为了得到星光公司总经理的宝座所付出的心血。为了得到它，他忍辱负重，费尽心机，甚至无意中还牺牲了两个女人——虽然他并不以为这是他的责任。他落泪了，两颗泪珠在眼眶里来回转了几个圈后，终于还是从眼角跑了出来，它们慢慢地从眼角流到嘴角，一路时慢时快，在脸上留下两道蜿蜒曲折的泪痕，就像主人这几年走过的路，两颗眼泪最后掉到主人的衣服上，消失得无影无踪。

没过几天，胡平被移交到一个看守所关押起来。

胡平知道事情严重了，不过他并不怎么担心，他相信沈静会想办法把他弄出去，他知道这个女孩子虽然有些娇气，但却很执着，尤其是在对待爱情方面。他很快就忘记了星光公司，忘记了痛苦，告别了沮丧和绝望，重新变得坚强起来，这个神秘力量的源泉就是他对金钱和权势强烈的渴望和执着的追求。他静下心来，开始思考出去后的打算。

“是自己创业呢还是再找一家像星光公司一样的公司打工？”他不停地思索这个问题，对这两种做法进行反复研究比较，对他们各自的优缺点加以分析。最后，他认为如果沈静能说服她的父亲提供一笔可观的创业费用的话（他相信她家拿出几百甚至上千万是件轻而易举的事），他似乎偏向于自己创业，如果她的父亲不愿意出钱，那他就再找一家公司打工，然后想办法据为已有。当然，沈静自然是不能再要了，让她去和她的父母一起做守财奴。

他就这样在看守所里胡思乱想了几天，最后他有些着急，他想知道外面的情况，他焦急地期待着沈静来看他。

在一个星期天的下午，沈静来看他了，几天不见，她瘦了不少，显得心事重重。

胡平被带到接待室，只能透过一个小窗口说话。

“外面情况怎么样？”胡平尽量装出一副沉稳的样子，问道。

“很糟！”沈静抬起头，用充满泪水的眼睛隔着一层玻璃看着自己心爱的人，一边流泪一边说道，“昨天有人来找爸爸，我偷听了他们的谈话。据来人说，老周已经全招了。”

“招了什么？”胡平不解地问。

“就是我们造假账上市的事。听说天大公司的老板也被抓了。他们把全部责任推到你身上，说是你指示他们做的。”顿了一下，沈静说道，“来人还说这件事省里已经知道了，非常重视，由省里直接派人追查。”说完，担心地望着胡平。

胡平听了心里暗叫“完了”，他庆幸当初沈静没参与进来，不过想起不让沈静参与是沈福荣的指示，心里又有些气愤，心想这老狐狸太狡猾，拿别人当炮灰、替死鬼，自己在幕后坐享其成。

“你不会抛弃我吧？”胡平心里有些不安，说道。

“怎么会呢？”沈静坚决地说道，“我已经和爸爸说了：这辈子非你不嫁。不过这件事有点难办。”

“我相信你。”胡平此时感到自己的无助和无奈，他心里甚至有了一种不祥之感，“你回去后代我向你父母问好，感谢他们对我的关心。”

“嗯。”沈静点点头，强作欢笑道，“留得青山在不愁没柴烧，你要保重身体，我会等你的。”

眼看探视时间快到，沈静对着胡平做了个飞吻动作，胡平也还了一个。两人依依惜别。

“我会等你的！”临走，沈静深情地望着胡平说道。

在沈静探视胡平的同时，沈福荣正和周市长在一家高档酒店的包间里一边品着几千元钱一瓶的洋酒，一边聊天。各自的小情人则小鸟依人般依偎在他们身旁。他们之间的友谊进展神速，已发展到亲密无间的兄弟之情。每逢周六或星期天，他们常在一些高档酒店的高雅包间里，一边品着酒，一边谈论市政建设、各级领导班子的组成人选、房地产开发、法律条文的解释等等有关国民生计的国家大事，偶尔也说一些明星的八卦趣闻，诸如某位女星又被某位长官潜规则，某个官员又为情妇的事被老婆揭发。当然，他们也有表现高雅的时候，比如有时会请人到包间里来弹弹古筝，想借用这些高山流水般的仙乐来清洗一下自己污浊的心灵，甚至偶尔也会来两句风雅的诗句，比如周市长酒后挺喜欢说“牡丹花下死，做鬼也风流”，说完后常常很响亮地吻一下身边美丽清纯的大学生小情人，认为这样才有情趣，才能体现出他们英雄本色中柔情的一面。

“听说星光公司的老板是沈兄的朋友？”周市长慢慢咽下一口洋酒后，说道。

“是的，不过那已经是很久以前的事了。”沈福荣拿起纸巾擦了擦嘴，回答道，“这些年几乎没什么来往。”

“哦。”周市长一副恍然大悟的样子，“你以前的这位朋友这下可完了。这次可是省里直接查办，连我们都是事后得知。听说告他的人还是公司以前的员工。太狠毒了！”

“狗急跳墙呗。”美丽清纯的女大学生插话道。

“说得太好了，一针见血。”周市长赞叹道，并趁小情人得意之际在她脸上亲了一口。那些原本停留在周市长嘴唇上休息的洋酒饭渣菜汁趁机跑到了女孩白嫩的脸上，留下一个浅浅的亮晶晶的椭圆印。

“活该。”沈福荣说道，一副恨铁不成钢的样子，“我早就提醒过他：宁得罪君子，不得罪小人，小人难养也！”

周市长听了后没作声，他正关注盘子里的一只鲍鱼。他终于把它弄到了嘴里，并啧啧有声地吃着。吃完后，满意地舔了一下嘴唇，把那些刚才没来得及跑到小情人脸上的各种饭渣卷入口中，才说道：

“听说这事还没完。”说话间有意无意地瞟了沈福荣一眼，“他们公司为了在九月份的创业板上市，大肆造假，而且造得很离谱，那个所谓的财务副总监老头被抓后，全部招了。这件事性质相当严重，手段非常恶劣，已被捅到北京去了，上面正下旨严办呢。沈兄可千万不要和他搞在一起，这种事我也帮不上忙啊！”

“我们和他们不是一路的。”沈福荣的小情人终于等到了说话的机会。她早就想展示一下自己的聪明和远见。她没有周市长的小情人漂亮、清纯，她没念过大学，但她成熟、性感，尤其是两个像气球似的乳房，让沈福荣常常爱不释手，乐此不疲。为了引起注意，她停顿了一下才继续说道：

“我们搞的是房地产。这年头，搞制造业还不够养家糊口！”末了，又加了一句，“走我们自己的路，让别人说去吧。”说完，斜眼看着沈福荣，以为他也会像刚才周市长对小情人一样献上一吻以示奖励。沈福荣此刻表面上虽然若无其事，其实他心里正烦着呢。他今天来这里的目的就是想探探周市长的底线，刚才他的周兄已经说得非常明白：此事无能为力。

小情人见沈福荣无动于衷，索性自己主动在他的老脸上亲了一口，留下一个椭圆形的口红印。

沈福荣在毫无思想准备的情况下被亲了一口，思路被打断，不过也不便生气，只是不好意思笑了笑，端起酒杯招呼大家喝酒。

“听说沈伯伯的女儿和这件事有牵连？”美丽清纯的女大学生放下酒杯，瞟了一眼沈福荣的小情人，撇撇嘴说道。

周市长看着两个小情人暗中斗气，争风吃醋，觉得有趣极了，右手摸着油光可鉴的假发，哈哈大笑起来。

回到家里，沈福荣心里有底了。这几天他一直在思考怎样处理星光公司发生的事。他恨黄博伟夫妇，恨不得把他们抓起来千刀万剐，可他们已经出国，鞭长莫及。他后悔当初没在他们逃走后继续派人追杀，斩草除根。他必须想办法让星光公司发生的事不要牵连到他，不能影响到他的正如日中天的房地产事业。

知道星光公司和他有联系的只有两人，一个是汪建明，一个是胡平。他对他的老部下汪建明是完全放心的，他绝对不会吐露半点有关他的事情。可对于胡平，他却一直很担心，因为这个年轻人既有野心，又相当狡猾，而更让他痛恨的是他居然背着自己的女儿在外面乱搞，还被人录了像敲诈。他以前还曾犹豫过，指望他的周兄能在此事上帮帮忙，但眼下看来是不行了。他必须当机立断，采取果断行动，以绝后患。

沈福荣正在客厅里闭目沉思，沈静回来了，沈福荣见女儿眼睛红肿，一副悲伤的样子，吃了一惊，问道：

“怎么啦？脸色这么难看？”

沈静站在父亲面前，低着头不说话。

“下午去了哪里，这么晚才回来？”沈福荣又问。

“去了看守所。”沈静抬头望着父亲，说道。

“又去看那小子去了是吧？”沈福荣站起身，气愤地指着女儿说道，“我上次就告诉过你，叫你不能去看他，现在风声很紧，你去看他，弄不好会把我牵扯进去。”

“我就是要去看他。”沈静突然放声大哭，边哭边说，“你不喜欢他，你不救他，可他是我的男朋友，是我将来的老公。我这辈子除了他谁都不嫁，我生是他的人，死是他的鬼。”

沈福荣听了气得直跺脚，拿起桌上的茶杯摔在地上，冲女儿吼道：

“你是我女儿，我就是不允许你嫁给这个王八蛋！”

沈静哭得更伤心了，边哭边喊：“我就是要嫁给他，就是要嫁给他。”一边说一边用头去撞墙。

沈福荣的妻子在楼上听到吵闹声，赶紧跑下来去拉住女儿，一边劝女儿一边数落丈夫：

“你想干什么，你想逼死你女儿吗，那孩子有什么不好？这么好的一个小伙子你不要，你到底要找什么样的女婿？”

母女俩齐上阵，沈福荣有点吃不消，他急得抓耳挠腮，不停地在客厅走来走去。突然，他想起了什么，脸上露出了笑容，他来到女儿跟前，和蔼地说道：

“既然你们母女俩都说他好，行，咱们不用再吵了，你们两个说说他的优点，如果我不能证明他是个坏人，那我就听你们的。我保证倾其所有，在一周之内把他从看守所里弄出来，做我的女婿。”

沈静听了以为父亲已经默许了，只是在为自己找台阶下，当即止住了哭，说道：

“他聪明、勤奋、正直。对我一直都很好。”

“不错。这小子长得也不赖。”沈静的母亲在旁帮腔道。

“好。”沈福荣微笑着点头说道，“我现在就给你们看一张碟片，如果看完后你们还这么认为，我保证二话不说，当即按照我刚才承诺的去办。”

沈福荣随后找出上次汪建明给他的碟片，带着母女二人来到放映室，他把碟片放进放映机，叮嘱妻子一定要陪着女儿，然后自己关上门退了出去。他并不走远，就站在门附近。

不一会儿，放映室传来沈静歇斯底里的哭骂声。

“流氓，这个臭流氓，我要杀了你！”接着是摔凳子的声音。

沈福荣听完，脸上带着胜利的微笑走开了。

没过多久，看守所给胡平换了一个房间，新房间比原来的房间干净整洁，只是偏僻了些。房间起初只住胡平一个人。胡平见了心里很高兴，猜想可能是沈静的活动有了结果，他估计自己很快就可以出去了。他已经失去自由快半个月了。他渴望早日恢复自由，早日回到社会中，为金钱、为权势继续去拼搏、奋斗。

天快黑时，守卫带进来三个人。胡平并没在意，因为这么大的房间住四个人并不拥挤，比住在看守所好多了。只是他发现这三个人精神很好，全不像那些在看守所遇到的人，而且其中有一个身材特别高大结实，像个拳击运动员。

“也许他们是刚被抓进来的。”他想，他没理他们，继续思考着出去后的创业问题。

沈静那晚看了录像后，差点气疯了，她恨胡平欺骗了她，背叛了她，如果他在眼前，说不准她会拿刀杀了他。不过到了第三天，她已把胡平从她的心中彻底地清除了，如果说她对他还有记忆的话，那也只有恨。他的好与坏，他的生与死，从此与她无关。她已和他彻底断绝关系。

沈福荣看着女儿日渐消瘦，悲痛欲绝的样子，心里很着急。女儿可是他的宝贝，他的掌上明珠。他咨询了一个著名的心理医生，得知新的男友可以让她更快走出失恋阴影。他马上给周市长周兄去了个电话，请他帮忙物色。周市长听了大喜过望，他正好有个侄儿托他找女朋友，他对他的沈兄的家产早已垂涎三尺，巴不得和他共富贵。

这天晚上，沈福荣带着女儿、周市长带着侄儿，大家在一个酒店的包间见了面。

周市长的侄儿叫周迟，外观上属于五官各就其位的那种人。头发像他的叔叔一样梳得精光，只是他的头发看起来像是真的。他在市委宣传部工作，他叔叔对他的评价是：此子颇有政治头脑，能说会道，且能恰到好处地拍马屁，是个人才，说不定会青出于蓝而胜于蓝，超过他这个做叔叔的。周迟对沈静以及她家的资产非常满意，对沈静大献殷勤，并竭力装出一副一见钟情的样子。

沈静刚被人伤透了心，也想找点什么东西抚慰一下受伤的心灵，两人一拍即合，饭还没吃完，两人就手拉手去到阳台上倚窗观风景去了。

到了晚上十一点钟，胡平感觉有些困，他今天有些兴奋过度，以为沈静过两天就回来接他回家。再看看另外三人，他们似乎并没有睡觉的意思，倒好像是在等待什么。

胡平打了个哈欠，躺在床上，面带微笑进入了梦乡。睡梦中，他突然感觉到胸口闷得慌，他用尽全身力气猛地往外一推，坐了起来，他发现昏黄的灯光下，三双眼睛正虎视眈眈地盯着他。

“你们想干什么？”他盯着那个像个拳击手一样的人喝问。

“干什么？小子，你的死期到了。”拳击手模样的人狞笑着说道。他刚才正用手掐着胡平的脖子，打算把他闷死，没想到胡平力气这么大，竟然一下把他推开了，这让他很没面子。说完，他又准备动手。

“住手！”胡平大声喝道，他估计今晚凶多吉少，难逃厄运，他迅速做好拼死一搏的准备，但他不想死得不明不白，“你们为什么要害我？”

“因为你小子知道得太多了。”一个个子矮一点的说道，“别人出了太多的钱，我们难以拒绝。那人姓沈，你去阴间地府找他算账吧！”说完，便准备扑上来。

胡平叹了一口气，可惜醒悟得迟了些。三个人同时向他扑了过来。

此时，一股豪气在他胸中升起。

“即便死，也不能亏本。”他想着，突然往上一跃，双手抱着那个身材最高大的拳击手模样的人的脖子，张开嘴，像老虎一样死死咬着那人的脖子。

胡平感到一股咸咸的鲜血喷在了嘴里，接着头被什么东西击了一下，还有什么的东西扎进了身体，他已感觉不到疼，只死死地咬着那人的脖子。

他的脑袋开始发昏，他看到王芳带着儿子正在不远处放着风筝，那蝴蝶形的风筝被春风吹拂着，在蓝天白云下自由飞翔；他看到方小丽穿着一身洁白的连衣裙向他走来，那双像他的妈妈年轻时一样漂亮的水灵灵的大眼睛一直含情脉脉地望着他；他看到了老父亲，他正佝偻着背，在他妈妈的坟周围拾着杂物，偶尔也抬起头，眼睛里满是期盼之色；最后他看见了妈妈，那个生下他哺育他的最亲的亲人。妈妈还是那样慈祥，那样美丽，她张开双臂，似乎是在呼唤儿子的到来。胡平挣扎着向妈妈奔去，他渴望重新回到妈妈的怀抱，他感觉身子轻飘飘的，仿佛飞起来一样。他离妈妈的怀抱越来越近……

尾声

在中国西部省份四川的一个偏远的村子里，在一个僻静的小山顶上，在落日的余晖中，一个老人佝偻着身子，双手扶着一把锄头，呆呆地望着一座刚砌好的坟，新坟紧挨着旁边的一座旧坟，就像一个酣然入睡的小孩依偎着妈妈。老人头发已经全白了，下颌上几根灰白的胡子在晚风中颤抖着。他的嘴偶尔动几下，露出略微有些发黑的空洞洞的牙床，他没有哭，也没有流泪，他只是呆呆地望着眼前刚砌好的坟。

不知过了多久，老人长叹了一声，兀自摇了摇头。他把锄头扛在肩上，低着头，围着新坟慢慢地走着，他不时停下来，用锄头在他认为不妥当的地方加高或修低一点，他犹如一个世界上最伟大的建筑师，正用无边的父爱把儿子长眠的地方修建成一所他心中最美的居所，好让他的儿子舒适体面地躺在里面。

老人围着新坟走了一圈，他来到坟头，又眯着眼睛仔细地审视了一遍，满意地点了点头。老人扭头看了看右边的旧坟，脸上露出痛苦和绝望的表情。他喃喃自语道：

“萍啊，我对不起你，没有照顾好你最喜欢的幺儿。他先我一步来看你了，你有空去接接他，不要让他走错地方。萍啊，你幺儿很孝顺，临去之前还给我寄了十万元钱回来，你以后就不用担心我的生活了。他本来打算挣很多很多钱，可现在——哎！钱又有什么用呢？还有，你的幺儿是个英雄，有三个坏人欺负他，他把他们当中最强壮的那个坏人咬死了，咬断了那人的脖子，他没有白死。”

然后他又转身对新坟说道：

“平儿！你安安心心走吧，你妈妈最疼你，我已经告诉她了，她会去路上接你的。你快去吧！不要在路上停留，免得你妈妈担心。用不了多久，我也会赶来和你们团聚的。”

老人说完，用瘦骨嶙峋的手擦了擦眼睛——那里只有悲伤，没有眼泪。

老人抬头看了看夕阳，感觉时候不早。他放下锄头，弯下腰去，他想借着夕阳最后的余光清除掉那些飘落在两座坟周围的杂物。他弓着腰，低着头，绕两座坟慢慢地仔细地搜寻了一圈。

夕阳离天边越来越近了，整座小山被抹上了一层淡淡的红色。老人从放在地上的袋子里拿出一串鞭炮，他把它小心地摆好，然后划根火柴点燃。很快，噼噼啪啪的鞭炮声在晚风中、在山林里响起。

老人抬起头，望着如血的夕阳似乎在等待什么。突然，从山的深处传来“哇”的一声低沉的吼叫，一只大鸟腾空而起，大鸟飞过老人的头顶，向着落日方向飞去。

“狗日的!”老人一边骂一边将手中早已准备好的一块石头用尽全身力气向大鸟扔去。

石头带着老人手上的余温，沿着大鸟飞过的轨迹追踪而去，越飞越远，越飞越高，它向着大鸟，向着如血的夕阳飞……

后　记

一年后，沈福荣被人举报，警方介入调查，谋杀、行贿、敲诈、绑架以及经济方面的罪行被一一披露，胡平、郝仁被害案，黄博伟谋杀未遂案相继告破。沈福荣与朱市长和周市长长期以来的权钱交易也被纪委摸清，狱中的朱市长被追诉受贿罪，周市长涉及职务犯罪，亦锒铛入狱。沈福荣多年建立起来的黑社会性质组织被彻底瓦解，汪建明等骨干人员均受到法律的制裁，而沈福荣本人双手鲜血淋漓，恶贯满盈，被判处死刑立即执行。